different seasons

리타 헤이워드와
쇼생크 탈출

종이책의 감성을 온라인으로
황금가지의
온라인 소설 플랫폼

인기 출판소설 무료 연재 중!

리타 헤이워드와 쇼생크 탈출

different seasons

스티븐 킹의 사계 봄·여름 | 이경덕 옮김

STEPHEN
KING

황금가지

DIFFERENT SEASONS

by Stephen King

Copyright © 1982 by Stephen King
All rights reserved.

Korean Translation Copyright © 2010 by Goldenbough

Korean translation rights arranged with
Stephen King c/o Ralph M. Vicinanza, Ltd. through Shinwon Agency.

이 책의 한국어판 저작권은 신원 에이전시를 통해
Ralph M. Vicinanza, Ltd.와 독점 계약한 ㈜황금가지에 있습니다.

저작권법에 의해 한국 내에서 보호를 받는 저작물이므로
무단 전재와 무단 복제를 금합니다.

| 차 례 |

희망의 봄, 리타 헤이워드와 쇼생크 탈출 ·········· 11
타락의 여름, 우등생 ·········· 169
옮긴이의 말 ·········· 492

자각의 가을, 스탠 바이 미
의지의 겨울, 호흡법

| 일러두기 |

1. 이 책은 1982년에 출판된 『Different Seasons』를 저본으로 삼아 우리글로 옮겼습니다.
2. 본문 중 스티븐 킹이 의도한 행 바뀜 혹은 어긋난 표기법이 있습니다.
   원서에서 이탤릭으로 사용되거나 강조된 문구는 이탤릭, 고딕 등으로 표기되었습니다.
3. 이 책에 쓰인 본문 종이 E-light는 국내 기술로 개발된 최신 종이로,
   기존에 쓰이던 모조지나 서적지보다 더욱 가볍고 안전하며 눈의 피로를 덜게끔 한 단계 품질을 높인 고급지입니다.

말하는 사람이 누구이든 간에
중요한 것은 이야기로다.

"더러운 일을 저렴하게 처리해드립니다."
— AC/DC

"풍문으로 들었소."
— 노먼 휘트필드

"모두가 떠나가고 모든 것이 사라지네.
강물이 흘러가듯 근심도 잊히네."
— 플로베르

희망의 봄
Hope Springs Eternal

러스와 플로렌스 도어에게 바친다.

리타 헤이워드와 쇼생크 탈출
Rita Hayworth and Shawshank Redemption

전국 대부분의 주립 교도소나 연방 교도소에는 나 같은 놈이 있을 것이다. 한마디로 말해 나는 죄수들에게 어떤 물건이라도 제공해 줄 수 있는 사람이다. 주문한 상표의 담배, 자식들의 고등학교 졸업을 축하하기 위한 한 병의 브랜디, 물론 고객이 원한다면 마리화나도. 그 외에도 여러 가지를 밀반입하고 있다……. 물론 상식의 범위 내에서 그렇다. 옛날에 상식 따위는 쓰레기 같은 것이었지만.
  내가 쇼생크 감옥에 들어온 것은 정확히 스무 살 때의 일이다. 나는 여기 있는 행복한 동료들 가운데서 당당하게 자기가 저지른 짓에 대해 인정할 줄 아는 소수파 가운데 하나다. 내가 뭘 했냐고? 그건 살인이다. 3년 연상의 마누라에게 거액의 생명보험을 들어놓고 장인이 결혼기념으로 사준 시보레 쿠페의 브레이크를 좀 손보았다. 모든 것이 생각한 대로 잘 되었는데 마누라가 캐슬힐 시내로 외출하면서 이웃에 사는 부인과 그 애를 함께 태울 수 있다는 것까지 생각하지 못했다. 브레이크가 망가진 차는 중앙광장 가장자리에 있는 가로수를 들이박고도 스피드가 줄지 않았다. 목격자들은 차가 남북전쟁을 기념하는 동상과 충돌해 불타기 전까지 속도가 80킬로는 됐을 거라고 했다.

경찰에 붙잡힌다는 것은 생각지도 않았는데 결국 붙잡히고 말았다. 감옥의 정기 입장권을 손에 넣게 된 것이다. 메인 주에는 사형제도가 없다. 그러나 지방검사의 교묘한 술책으로 삼중 살인으로 하나씩 재판받았고 결국 차례차례 세 번이나 종신형을 선고받았다. 재판장은 내가 한 일을 "증오로도 모자라는 흉악범죄."라고 말했다. 틀린 말은 아니다. 그렇지만 이제 그건 과거의 얘기일 뿐이다. 누렇게 변한 《캐슬록 콜》이라는 신문을 조사해 보라. 전면에 실린 나의 판결이 히틀러나 무솔리니, 거기에다 루즈벨트의 알파벳 수프(뉴딜 정책으로 많이 만들어진 NRA, TVA, CCC, AAA 등의 정부관청 — 옮긴이)의 기사들과 함께 뭔가 묘하게 퇴색된 모습을 하고 있을 것이다.

내가 갱생했느냐고? 난 갱생이 무슨 뜻인지도 모른다. 적어도 감옥이나 교정시설에서 말하는 갱생이라면 더욱 그렇다. 아마도 갱생이란 놈은 정치가들이 머리를 짜내서 만든 말일 것이다. 다른 의미를 가지고 있을지도 모르고 언젠가 그 의미를 깨달을 때가 올지도 모르지만 그건 미래의 이야기일 뿐이다……. 죄수들은 미래의 일 따위를 생각하지 않는다. 당시 나는 젊었고 미남이었으며 평판이 매우 나쁜 거리 출신이었다. 내가 임신시킨 여자는 카빈 거리에 있는 낡은 저택에 사는 따님으로 삐뚤어진 느낌을 주는 자기 멋대로 하는 미인이었다. 그 여자의 아버지는 우리들의 결혼을 허락했다. 거기에는 조건이 하나 붙어 있었다. 내가 놈이 경영하고 있는 광학기계의 회사에 취직해서 밑바닥부터 시작한다는 것이 그 조건이었다. 나는 그놈의 본심을 알고 있었다. 예의라고는 조금도 모르고 잘 물기만 하는 불유쾌한 애완동물처럼 나를 자기 집에서 기르며 턱으로 나를 부려먹으려는 수작이었지. 분한 감정이 쌓이고 쌓여 그런 결과가 생기고 말았다. 만약 인생을 다시 살 수 있다면 그런 일을 하지 않을 텐데. 어쩌면 이런 이야기를 하고 있는 것이 갱생했다는 의미가 될지도 모르겠다.

어쨌든 내가 이야기하고 싶은 것은 나에 대한 것이 아니다. 앤디 듀프레인이라는 남자에 대해 이야기하려고 한다. 그러나 앤디에 대해 말하기 전에 나에 대해서 조금 더 설명해야겠다. 길지는 않다.

나는 쇼생크 감옥에서 40년 가까이 동료들에게 물건을 조달하였다. 물론 담배나 술 같은 금지된 것만 취급한 것이 아니다. 담배나 술은 내가 취급하는 것 중에서 최고지만 그 외에도 여기 복역하고 있는 놈들을 위해서 몇 천 가지에 이르는 물건을 취급했다. 개중에는 완전히 합법적인 것도 있었지만, 감옥 안으로 가져오기 힘든 것도 있었다. 소녀를 하나 강간하고 들어와서 다른 수십 명에게 몸을 내어준 놈이 있었는데, 이 자식은 내가 구해준 핑크빛 버몬트 대리석을 사용하여 아름다운 조각을 세 개나 만들었다. 아기와 열두 살 정도의 소년, 그리고 턱수염을 기른 젊은이 조각이었다. 그놈은 그 조각에다 '그리스도의 세 시대'라는 제목을 붙였다. 지금 그 조각은 이 주의 주지사였던 사람의 응접실을 장식하고 있다.

또한 로버트 앨런 코트라는 남자도 있었다. 만약 당신이 매사추세츠 북부 출신이라면 이 이름을 기억하고 있을지도 모르겠다. 1951년에 단지 강도의 목적으로 머캐닉 폴스의 퍼스트 머컨틸 은행에 침입하였는데 엉뚱한 유혈소동이 벌어져 여섯 명이나 죽이고 말았다. 그 중 두 명은 동료였고, 세 명은 인질, 나머지 한 명은 좋지 않은 때에 머리를 내밀어 한쪽 눈에 총알이 박힌 젊은 경찰이었다.

코트가 손댄 것은 옛날 돈을 모으는 것이었다. 물론 교도소가 그런 일을 허가해 줄 까닭이 없었다. 내가 그의 어머니와 세탁소에서 트럭을 운전하는 중개인의 손을 빌려서 감옥 안까지 운반해 주었다. 그리고 이렇게 말해 주었다.

"이봐, 도둑이 우글거리는 돌로 된 호텔 안에서 동전 수집 같은 짓을 하다니 너 바보 아니냐."

녀석은 나의 얼굴을 보면서 빙긋이 웃었다. "숨겨놓는 곳이 있어. 거기에 넣어두면 안전해. 걱정하지 말라니까." 녀석이 말한 그대로였다. 코트는 1967년에 뇌종양으로 죽었는데 동전은 끝내 찾지 못했다.

밸런타인데이 초콜릿을 배달해 준 일도 있었다. 오맬리라는 좀 특이한 아일랜드 사람의 주문으로 성패트릭 축제 때에 맥도널드에서 파는 녹색 밀크셰이크를 세 잔 배달해 준 일도 있다. 「목구멍 깊숙이」와 「미스 존스의 악덕」 같은 영화를 심야에 상영한 일도 있었다. 열두 명의 회원이 돈을 모아서 필름을 빌렸다. 대개 이런 경우는 장난이 심해서 일주일 정도 독방에 처박혔다. 일이 일이다 보니까 그런 정도의 위험 부담은 있기 마련이다.

참고서나 포르노 책, 핸드버저(손 안에 숨겨두고 악수할 때 벨이 울린다 ― 옮긴이), 가려움증 파우더(베이비파우더와 비슷하게 생긴 깡통으로 피부에 바르면 가려워짐 ― 옮긴이) 같은 장난스런 물건들도 사들였으며 장기 수감자가 부인이나 여자 친구의 팬티를 가질 수 있도록 해주기도 했다. 한두 번이 아니다. 여기에 있는 녀석들이 밤늦도록 그런 것을 가지고 뭘 할까는 상상할 수 있다. 물론 내가 사회봉사하는 것도 아니니까 물건에 따라서는 듬뿍 이윤을 남긴다. 그렇지만 내가 그 일을 하는 것은 돈 때문은 아니었다. 나에게 돈이 무슨 필요가 있겠는가. 캐딜락을 타고 2월에 자메이카로 2주간의 휴가를 갈 수 있는 날은 영원히 오지 않는다. 이렇게 돈을 버는 것은 평판 좋은 정육점이 신선한 고기만을 팔기로 하는 것과 마찬가지이다. 모처럼의 좋은 평판을 잃고 싶지 않은 것이다.

내가 밀반입을 거부하는 물건은 딱 두 가지밖에 없다. 그것은 총과 독약이었다. 누군가가 자살을 하거나 누군가를 죽이는 데 도움을 주고 싶지는 않다. 설사 도와준다고 해도 그 죽음 때문에 내가 살아 있는 동안 죄책감을 가지게 될 터이니 총과 독약은 절대로 들여오지 않았다.

그렇다. 그것은 혼자서 운영하는 백화점이었다. 그래서 앤디 듀프레인이 1949년 내게 와서 리타 헤이워드(관능미가 뛰어난 미국의 여배우 ― 옮긴이)를 몰래 감방에 들어오게 할 수 있을까 하고 물었을 때 나는 쉽게 수락했다. 사실 쉬운 일이었다.

1948년 앤디가 쇼생크에 들어왔을 때 그의 나이는 서른 살이었다. 금발에 작은 손을 가진 차림새가 깔끔한 작은 남자였다. 금테 안경을 쓰고 있었다. 손톱은 언제나 짧게 깎았으며 항시 깨끗했다. 손톱처럼 극히 부분적인 것을 기억하고 있는 것은 이상한 일이었지만 앤디를 한마디로 말하자면 그 이상 적절하게 표현하기 힘들다. 언제나 넥타이를 매고 있는 느낌이었다. 밖에 있었을 때에는 포틀랜드에 있는 큰 은행의 부사장이며 신탁 부문 책임자였다고 한다. 젊은 나이에 상당한 출세였다. 여하튼 은행이라는 곳은 대단히 보수적이고 게다가 뉴잉글랜드라고 하면 그 보수성이 열 배는 될 터였다. 머리가 벗겨지고 다리가 휘청거리면서 어긋난 복대를 바로하려고 언제나 바지를 추키는 노인네가 아니면 선뜻 돈을 맡기지 않는 곳이다. 앤디가 감옥에 잡혀 온 이유는 부인과 정부를 살해했기 때문이었다.

앞에서도 말했지만 감옥 안에는 자신의 죄를 인정하는 사람이 거의 없었다. 텔레비전에 나와 긴장한 채로 묵시록을 읽는 신자들처럼 모두 뻔한 이야기를 늘어놓았다. 돌로 된 심장과 불알을 가진 재판관과 능력 없는 변호사, 경찰의 날조, 그리고 불운의 희생자였기 때문이라고 울먹이며 말하곤 한다. 누구라도 이런 뻔한 소리를 하지만 얼굴에는 다른 이야기가 씌어 있다. 대개는 변변치 못한 놈들이라서 자기나 다른 사람에게 별로 도움이 안 되었다. 그들의 최고의 불운은 어머니의 뱃속에서 달이 차서 태어났다는 것이다.

쇼생크에서 오랜 세월을 보내는 동안 이렇게 무죄라고 주장하는 이야기를 수도 없이 들었지만, 그 이야기를 믿은 것은 열 명도 채 안 된다. 앤디 듀프레인도 그 중 한 사람이었지만 녀석의 무죄를 믿게 되기까지는 몇 년 가량 걸렸다. 만약 내가 1947년부터 1948년의 폭풍 같은 6주일 동안 포틀랜드 상급재판소에서 앤디의 재판에 참여한 배심원의 한 명이었다면 나 역시 유죄 쪽으로 표를 던졌을 것이다.

대단한 사건이었다. 화제가 될 만한 요소를 모두 갖추고 있는 매우 흥미로운 사건이었다. 사교계에서 최고의 인기를 누리던 젊은 미녀(사망), 그 지방에서 유명한 스포츠 선수(역시 사망), 게다가 피고석에 앉은 사람은 출세가도를 달리고 있는 젊은 비즈니스맨. 그뿐만 아니라 신문지상에 오르내리는 애정 스캔들까지 모두 갖추어져 있었다. 검찰 쪽에서 보면 단순 명료한 사건이었다. 그런데도 사건이 길어진 것은 지방검사가 하원의원 출마를 염두에 두고 일반대중들이 자기의 얼굴을 충분히 기억할 수 있도록 하려는 의도 때문이었다. 따라서 재판은 인기 있는 법률 서커스가 되었고 방청권을 얻기 위해 할 일 없는 놈팡이들이 아침 4시부터 영하 20도의 추위에서도 아무 불평 없이 기다렸다.

검찰의 주장에 대해 앤디가 이의를 주장하지 않은 것은 다음과 같다. 그에게 린다 콜린스 듀프레인이라는 부인이 있었다. 1947년 6월에 린다는 팔머스 힐스 컨트리클럽에서 골프를 배우고 싶다고 말을 했다. 그리고 4개월 레슨 코스에 등록했다. 그녀를 지도한 것은 팔머스 힐스의 프로골퍼인 글렌 퀜틴이었다. 1947년 8월 하순에 앤디는 퀜틴과 아내의 정사에 대해서 알게 되었다. 앤디와 린다 부부는 1947년 9월 10일 오후에 격한 말싸움을 하였다. 싸움의 이유는 린다의 불륜이었다.

앤디의 증언에 의하면 린다는 "당신이 알게 되어 오히려 잘 됐어요. 사람들의 눈을 피해 숨어서 만나는 것도 한심한 일이니까."라고 말했다. 그리고 앤디에게 리노에서 이혼 수속을 할 작정이라고 말했다. 앤디는 "리노에서 만날 거라면 그 전에 지옥에서 만나지."라고 말했다. 그녀는 바로 집을 뛰쳐나갔다. 그리고 그날 밤을 퀜틴과 함께 보내기 위해 골프장에서 그리 멀리 떨어지지 않은, 퀜틴이 빌려놓은 방갈로로 갔다. 다음날 아침 청소부가 침대 위에서 죽은 두 사람을 발견했다. 두 사람의 몸에는 총알이 각각 네 발씩 박혀 있었다.

앤디에게 다른 무엇보다 불리하게 작용한 것은 마지막 사실이었다. 정치적 야심에 차 있던 지방검사는 서두진술에서 최후변론까지 이 사실을 매우 강조했다. 그의 말에 따르면, 앤디 듀프레인의 사건은 아내의 부정에 대해 앞뒤 생각 없이 저지른 단순한 복수극이 아니었다. 만약 복수극이었다면 용납할 수는 없다고 하더라도 이해는 할 수 있을 것이다. 그러나 이번의 복수는 훨씬 냉혹하다.

"생각해 보십시오."

지방검사는 배심원을 향해서 외쳤다.

"네 발 더하기 네 발! 여섯 발이 아니라 여덟 발! 그는 탄창이 빌 때까지 권총을 쏘아대고…… 사격을 멈추고 탄알을 집어넣고 다시 두 사람을 쏜 것입니다!"

《포틀랜드 선》은 '남자에게 네 발, 여자에게 네 발'이라고 대서특필했다. 《보스턴 레지스터》는 '남녀평등 살인마'라고 이름을 붙였다.

루이스톤의 와이즈 전당포 점원은 이 이중살인이 있기 이틀 전에 6연발 38구경 권총을 앤디 듀프레인에게 팔았다고 증언했다. 컨트리클럽의 바텐더의 증언에 따르면, 앤디는 9월 10일 밤 7시경에 바에 들어와서 20분 동안 위스키 스트레이트를 세 잔 마시고, 의자에서 일어나면서 지금 퀜틴의 집에 갈 작정이라고 바텐더에게 말하고 나서 "그 이후는 신문을 봐."라고 말했다. 다른 한 사람, 퀜틴의 집에서 2킬로 정도 떨어진 편의점 가게점원은 앤디가 같은 날 9시 15분전쯤에 가게에 들어왔다고 법정에서 증언했다. 앤디가 산 것은 담배와 맥주 세 병, 행주 몇 장이었다. 검시관은, 퀜틴과 듀프레인의 부인이 살해당한 것은 9월 10일 오후 11시부터 11일 오전 2시 사이라고 증언했다. 이 사건을 담당한 검사국 형사의 증언에 따르면, 방갈로에서 7미터 정도 떨어진 곳에 자동차 대피소가 있고, 9월 11일 오후 이 대피소에서 세 가지 증거를 찾아냈다. 첫째는 빈 맥주병 두 개(피고의 지문 있음.), 둘째는 담배꽁초 열두 개비(상표는 모두 피고가 즐겨 피우는 '쿨'이었다.), 셋째는 타이어 흔적을 뜬 석고(피고의 1947년형 플리머스의 타이어의 마크와 마모의 흔적이 일치함.)였다.

퀜틴의 방갈로 거실에서는 네 장의 행주가 소파 위에 있는 것을 발견했다. 행주는 모두 총탄이 지나간 구멍과 화약에 그을린 흔적이 있었다. 형사는 (앤디측 변호사의 필사적인 항의에도 불구하고) 범인은 총소리를 죽이기 위해 총구에 행주를 감았을 것이라는 가정을 내세웠다.

앤디 듀프레인은 자기를 변호하기 위해 증인석에 섰다. 그는 시종일관 부드럽고 냉정하며 객관적으로 말했다. 그의 말에 따르면,

아내와 퀜틴에 대한 슬픈 소문을 들은 것은 7월의 마지막 주였다. 8월 하순이 되자 더 이상 참지 못하고 자기 스스로가 조사해 보려고 마음먹었다. 골프 레슨이 끝나고 난 뒤 린다가 포틀랜드로 시장을 보러 가기로 한 날, 앤디는 그녀와 퀜틴을 미행해서 퀜틴이 빌리고 있는 방갈로(물론 신문에서는 사랑의 보금자리라고 이름 붙였지만)에 두 사람이 함께 있는 것을 확인했다. 대피소에서 약 세 시간을 기다리자 퀜틴이 그녀를 컨트리클럽까지 바래다주고 오는 것이 보였다.

"그런데 당신이 부인을 미행할 때 사용한 차는 당신의 새 차인 플리머스 세단이었습니까?"

지방검사는 반대심문에서 그에게 물었다.

"아니오. 그날 밤만 친구의 차를 빌렸습니다."

앤디는 침착하게 대답했다. 하지만 이렇게 자기에 대한 조사가 주도면밀하게 진행되었다는 것을 냉정히 인정한 것이 배심원의 심증을 자기에게 유리하게 조정하지 못한 이유일 것이다.

친구와 차를 바꾸어 타고 그는 집으로 돌아왔다. 린다는 이미 침대에서 책을 읽고 있었다. 포틀랜드까지의 여행은 어땠냐고 그는 아내에게 물었다. 여행은 즐거웠지만 마음에 드는 물건이 없어서 아무것도 사지 않았다고 아내가 대답했다.

"내가 확신을 가진 것은 그때였습니다."

앤디는 숨을 죽이고 있는 방청객들 앞에서 진술했다. 그는 증언 도중 부드러우며 초연한 말투를 거의 무너뜨리지 않았다.

"그날 밤부터 부인이 살해된 밤까지 17일 동안 당신의 심정은 어떠했습니까?"

앤디의 변호사가 그에게 물었다.

"마음이 들떠 있었습니다."

앤디는 침착한 말투로 대답했다. 사야 할 물건의 목록을 읽는 것 같은 말투로 일단 자살을 생각했던 일이며 9월 8일에 루이스톤에 총을 사러 갔던 것을 이야기했다.

이쯤에서 변호사는 "살인이 일어난 밤에 그의 아내가 퀜틴을 만나러 간 다음 어떤 일이 일어났는지에 대해 배심원들 앞에서 말해 주십시오."라고 요구했다. 앤디가 거기서 배심원들에게 준 인상은 최악이었다.

나는 30년 가까이 앤디와 사귀었기 때문에 말할 수 있는데, 그렇게 태연자약한 놈은 본 적이 없었다. 기쁜 일이 있어도 또박또박 말을 했으며, 고통스러운 것은 가슴 깊은 곳에 묻었다. 그에게 작가들이 흔히 말하는 '칠흑 같은 어둠의 영혼'이라는 것이 있다 하더라도 절대로 드러내 보이지는 않을 것이다. 예를 들어 자살을 한다고 해도 유서를 남기지 않을 뿐더러 자기 주변은 분명하게 정돈해 놓은 다음 자살을 할 그런 타입의 인간이었다. 만약 앤디가 증인석에서 울음을 터뜨리거나 목소리가 갈라지거나 목이라도 잠기었다면, 아니면 워싱턴의 국회를 꿈꾸는 지방검사에게 대들었다면 종신형까지는 선고되지 않았을 것이다. 만약 종신형을 받았다 하더라도 1954년 전에 가석방으로 출소했을 것이다. 그런데 앤디는 마치 녹음기 같은 어투로 이야기를 했던 것이다. 배심원에게 이렇게 말했다고 한다.

"이것은 사실입니다. 인정하든 거부하든 그것은 당신들의 자유죠."

당연히 배심원들은 거부했다.

"그날 밤 나는 몹시 취해 있었습니다. 8월 28일 이후 술에 별로 세지 않지만 나는 매일같이 술을 마셨지요."

앤디가 말했다. 배심원은 더블 양복을 말쑥하게 입은 냉정한 청년이 아내와 시골의 프로골퍼와의 초라한 정사 때문에 제정신을 잃을 정도로 술을 마신다는 것을 상상할 수 없었을 것이다. 내가 앤디를 믿는 것은 그를 찬찬히 관찰할 수 있는 기회가 있었기 때문이다. 하지만 배심을 맡은 여섯 명의 남자와 여섯 명의 여자는 그럴 기회가 없었다.

앤디 듀프레인은 나와 알게 된 뒤로 1년에 술을 네 번밖에 마시지 않았다. 매년 자기의 생일 일주일 전과 크리스마스 일주일 전에 운동장에서 나와 만나 거래를 했다. 그는 언제나 잭 대니얼을 샀다. 대개 죄수들이 술을 사는 돈은 여기에서 노예처럼 일을 해서 받는 임금과 숨겨서 들여온 돈이 전부였다. 1964년까지 죄수들의 임금은 시간당 10센트였다. 1965년에 25센트로 대폭 인상되었다. 주류에 관한 나의 수수료는 10퍼센트였는데 잭 대니얼 중 블랙 라벨 등급의 비싼 위스키라면 상당한 이윤이 남았다. 1년에 넉 잔의 술을 사는데 앤디 듀프레인이 감옥 세탁소에서 몇 시간이나 땀을 흘려야 할지 계산해 보라.

생일인 9월 20일 아침, 앤디는 컵이 찰랑찰랑할 정도로 부어서 한 잔 마시고, 그날 밤 소등한 뒤 다시 한 잔을 마셨다. 다음날 그는 남은 것을 병째로 나에게 돌려주었고, 나는 그것을 모두와 나눠마셨다. 다른 한 병은 크리스마스 밤에 한 잔, 31일 밤에 한 잔을 마시고는 그 병 역시 모두와 함께 마시라는 말과 함께 내 손으로 되돌아왔다. 1년에 넉 잔. 여하튼 그는 술 때문에 호되게 당하기도 했고, 인생의 전락을 맛보기도 했던 것이다.

앤디는 배심원에게 이렇게 말했다. 10일 밤은 매우 취해 있었기 때문에 어떤 일이 있었는지 조금밖에 생각나지 않는다고. 그 날 오후 린다와 싸우기 전에 술을 벌컥벌컥 마셨는데, 그의 표현대로 하면 '용기를 내려고' 그랬다는 것이다.

린다가 퀜틴을 만나러 간 다음 그는 두 사람과 담판을 지어야겠다고 결심했다. 퀜틴의 방갈로에 가기 전에 술을 더 마셔야겠다고 생각하고 컨트리클럽에 들렀다. 바텐더에게 뭐라고 말했는지는 생각나지 않으며, 물론 "그 이후는 신문을 봐."라고 한 말도 기억나지 않았다. 편의점에서 맥주를 산 것은 기억하고 있지만 행주는 사지 않았다. 어느 신문은 "내가 행주를 사야 할 이유가 어디에 있습니까?"라고 그가 반문하자 세 명의 여성 배심원이 부르르 몸을 떨었다고 전했다.

한참이 지난 뒤, 앤디가 나에게 행주에 대해서 증언을 한 점원에 대한 추측을 들려주었다. 그때의 이야기를 여기에 적어 두는 것은 가치가 있다고 생각한다. 앤디는 어느 날 운동장에서 나에게 이렇게 말했다. "검사측이 증인 의뢰를 하기 위해 그날 밤 나에게 맥주를 판 남자를 찾았다고 가정해 봐. 그때는 이미 3일이 지난 후야. 사건에 대해서는 모든 신문에 자세하게 보도된 후라고. 아마도 놈들은 그 점원을 여럿이서 둘러쌌을 거야. 5, 6명의 경찰과 거기에 검사국에서 나온 형사, 지방검사의 조수. 기억이라는 것은 참 주관적인 것이지. 놈들은 '혹시 그놈이 행주를 네다섯 장쯤 사지 않았어?' 라고 넘겨짚어서 점원을 추궁했겠지. 많은 사람들이 무엇인가를 생각해 내도록 재촉하면, 이 질문은 상당히 강력한 설득의 무기가 되거든."

나는 그럴 수도 있을 것이라고 동의했다.

"그러나 그보다 더 강력한 것이 하나 있어."

앤디는 무엇인가를 생각하고 있다는 말투로 말을 이었다.

"최소한 그 점원이 자기도 그렇게 믿어버릴 수 있다는 거야. 이유는 스포트라이트야. 기자에게 둘러싸이고 신문에는 자기 얼굴이 나오고. 물론 클라이맥스는 법정에서 주인공이 될 때였겠지만. 뭐 그렇다고 그 사람이 어떤 이유가 있어서 진술을 왜곡했다거나 위증을 했다는 말은 아니야. 만약에 거짓말 탐지기를 설치했다 하더라도 그 사람은 충분히 통과했을 테지. 자기 어머니의 이름을 걸고 행주를 팔았다고 맹세했을 거란 말이야. 그러나 역시 기억이라는 것은 지긋지긋할 정도로 주관적이야. 이것만은 말할 수 있어. 예를 들어 변호사가 내 진술의 절반은 거짓이라고 생각했어도 행주에 대해서만은 문제 삼아야 했다고. 명백하게 논리가 성립되지 않으니까 말이야. 나는 고주망태가 되었었단 말이야. 그렇게 취해 가지고 총소리를 죽이려고 하다니 말도 안 돼. 만약 내가 총을 쏘았다면 그런 준비 하나 없이 갑자기 쏘았을 거라고."

당시에 앤디는 대피소까지 와서 차를 세웠다. 맥주를 마시고 담배를 피웠다. 퀜틴의 방갈로 1층의 불이 꺼지는 것을 바라보았다. 그리고 2층에 전등이 하나 켜졌다. 15분후에 그 전등도 꺼졌다. 앤디는 이후에 일어난 일은 누구나 추측할 수 있는 것이라고 법정에서 말했다.

"듀프레인 씨, 그래서 당신은 글렌 퀜틴 씨의 집으로 가서 두 사람을 죽였습니까?"

변호사가 큰 목소리로 물었다.

"아니오, 그렇지 않습니다."

앤디가 대답했다. 그의 말에 따르면, 한밤중이 되자 술이 좀 깼다. 그리고 숙취현상이 나타나기 시작해서 먼저 집으로 돌아가서 푹 자고 내일 맑은 머리로 생각해야겠다고 마음을 먹었다.

"내가 집으로 가면서 생각한 것은 그녀를 리노에 보내 이혼 수속을 하게 하는 것이 가장 현명한 방법이 아닐까 하는 것이었습니다."

"고맙습니다. 듀프레인 씨."

지방검사가 일어났다.

"당신이 그때 생각한 것이 빨리 이혼을 하는 것이라고 하셨는데, 당신은 행주를 감은 38구경 권총으로 그녀와의 인연을 끊은 것이 아니었습니까?"

"아니오. 그렇지 않습니다."

앤디는 부드럽게 대답했다.

"그러고 나서 당신은 그녀의 애인을 쏘았습니다."

"아니오. 그렇지 않습니다."

"그렇다면 퀜틴을 먼저 쏘았습니까?"

"아니오. 그 어느 쪽도 쏘지 않았다는 뜻입니다. 나는 맥주를 두 병 마시고 담배를 아무렇게나 피웠습니다. 경찰이 대피소에서 발견한 만큼 말입니다. 그리고 차를 타고 집으로 돌아와 잠을 잤습니다."

"당신은 배심원에게 이렇게 말했습니다. 8월 24일부터 9월 10일까지 끊임없이 자살을 생각하고 있었다고 말입니다."

"예. 그렇습니다."

"권총을 살 정도로 자살을 생각하고 있었다는 말입니까?"

"그렇습니다."

"듀프레인 씨, 만약 제가 당신은 절대로 자살을 할 사람으로 보이지 않는다고 말하면 기분 나쁘시겠습니까?"

"아니오. 그러나 제가 본 인상으로는, 당신은 그렇게 느낌이 좋은 사람으로 보이지 않습니다. 만약 자살을 생각한다고 해도 당신에게 상담하러 가는 것은 내키지 않겠는데요."

이런 이야기를 듣고, 쿡쿡거리며 웃음을 참고 있던 방청객 어느 누구도 배심원의 점수에는 영향을 주지 못했다.

"당신은 9월 10일 밤에 38구경을 휴대하고 있었습니까?"

"아니오. 이미 증언한 것처럼."

"아, 그랬지." 지방검사는 비아냥거리는 웃음을 띠었다. "당신은 그 권총을 강에 버렸다고 하셨죠. 9월 9일 오후에 로열 강에. 맞습니까?"

"그렇습니다."

"살인이 있기 하루 전이군요."

"그렇습니다."

"매우 타이밍이 잘 맞았군요. 안 그렇습니까?"

"타이밍이라뇨? 단순한 사실입니다."

"당신은 민처 경사의 증언을 들으셨죠?"

민처는 앤디가 권총을 버렸다고 증언한 폰드 로드 다리 부근에서 로열 강바닥을 샅샅이 조사한 수사반의 책임자였다. 경찰은 권총을 발견하지 못했다.

"예. 들었습니다."

"그렇다면 그가 이 법정에서 이렇게 말한 것도 들었겠지요. 사흘간에 걸쳐 강바닥을 샅샅이 뒤졌지만 권총은 찾아내지 못했다고. 이 역시 별로 나쁘지 않군요. 안 그렇습니까?"

"좋고 나쁘고를 떠나서 권총을 찾지 못한 것은 사실이 아니겠습니까?"

앤디는 냉정하게 대답했다.

"그러나 당신과 배심원 여러분에게 이것만은 지적해 주고 싶습니다. 폰드 로드 다리는 로열 강이 야머스 만으로 흘러 들어가는 하구 바로 옆입니다. 그래서 물살이 셉니다. 그 권총도 야머스 만까지 흘러들어갔을지도 모릅니다." 그러곤 앤디를 향해 말했다. "때문에 당신의 부인과 글렌 퀜틴 씨의 피투성이 시체에서 끄집어낸 총탄의 탄도와 당신의 권총의 탄도를 비교해 볼 수 없게 되었습니다. 그렇지 않습니까? 듀프레인 씨."

"예."

"이것도 당신에게 유리합니다. 안 그렇습니까?"

신문기사를 보면, 6주간의 재판과정에서 앤디가 처음으로 약간의 감정적인 반응을 보였다고 적혀 있다. 희미한 쓴웃음이 그의 얼굴을 지나갔다.

"나는 이 범죄 사건에 대해 무죄이며, 범죄가 일어난 전날 내가 권총을 강에 버렸다는 진술이 사실인 이상, 그 권총이 발견되지 않은 것은 나에게 극히 불리하다고 생각합니다."

지방검사는 이틀 동안 그에게 질문을 퍼부었다. 행주에 관한 편의점 점원의 증언을 다시 앤디에게 들려주었다. 앤디는 산 기억이 없다고 되풀이했지만 사지 않았다는 기억도 없다고 인정했다.

"당신과 부인이 1947년 초에 보험에 가입한 것은 사실입니까?"

"예, 사실입니다."

"만약 무죄로 방면되면 당신이 5만 달러의 보험금을 받게 되는 것은 사실입니까?"

"사실입니다."

"당신이 살의를 가슴에 품고 글렌 퀜틴의 집에 간 것은 사실이 아닙니까, 또한 이중살인을 한 것은 사실이 아닙니까?"

"예, 사실이 아닙니다."

"그렇다면 현장에 도난의 흔적도 없고, 도대체 그곳에서 무슨 일이 벌어졌다고 생각합니까?"

"나는 잘 모르겠습니다."

앤디는 조용히 대답했다.

눈이 내린 수요일 오후 1시에 이 사건은 배심원 회의에 맡겨졌다. 12명의 남녀로 구성된 배심원은 3시 30분에 법정으로 돌아왔다. 정리에 의하면 더욱 빨리 끝낼 수도 있었는데, 군에서 대접하는 벤틀리 식당에 주문한 치킨 디너가 늦게 도착하는 바람에 회의를 연장했다고 한다. 배심원은 유죄판결을 내렸다. 만약 메인 주에 사형제도가 있었다면 눈 속에서 사프란이 싹을 틔우기 전에 앤디는 공중에 매달려 춤을 추었을 것이다.

도대체 무슨 일이 있었을 것이라고 생각하는지 지방검사가 물었을 때, 앤디는 슬쩍 질문을 피했다. 그러나 그의 가슴 깊은 곳에는 나름대로의 추측이 들어 있었고, 내가 앤디에게서 그 추측을 들은 것은 1955년 어느 늦은 밤이었다. 우리 두 사람이 가볍게 인사하는 정도에서 친구가 되는 데 7년이나 걸린 것이다. 그러나 나는 1960년이 되어서야 우리가 정말로 친밀하게 되었다고 생각했는데, 그것도 나만 그런 느낌을 가지고 있었던 듯하다. 우리는 둘 다 장기 복역자였기 때문에 처음부터 마지막까지 같은 감방구역에 있었다. 서로의 감방은 복도 절반 정도 떨어져 있었다.
"내가 어떻게 생각했느냐고?"
앤디는 웃었다. 그러나 그 웃음에는 유쾌함이 없었다.
"그날 밤은 불운이란 놈이 여기저기 널려 있었던 것 같아. 같은 짧은 시간에 두 번 다시 모일 수 없을 정도로 잔뜩 모여 있었지. 살인을 한 건 지나가던 타지방 사람임에 틀림이 없어. 내가 집에 돌아온 다음, 그 길에서 타이어에 펑크 난 운전사일지도 몰라. 도둑일지도 모르고, 정신병자일지도. 누군가가 두 사람을 죽였어. 그뿐이야. 그리고 나는 여기에 있고."
얘기는 간단했다. 덕분에 앤디는 인생의 나머지를(그것도 인생의 황금기를) 쇼생크에서 보내는 운명이 되었다. 5년째부터는 그도 가석방 심사를 받게 되었다. 모범수였지만 언제나 기각되었다. 감옥 입장권에 살인이라는 스탬프가 찍히게 되면 쇼생크에서 나갈 수 있는 표를 얻을 때까지 시간이 많이 걸렸다. 물방울이 바위에 구멍을 내는 것만큼이나 많은 시간이 필요했다. 가석방 위원회의 인원은 주립교도소보다 두 명이 더 많은 일곱 명이었지만, 융통성이라고는 전혀 없는 인간들이었다. 그 놈들은 매수도, 아부도, 애원도 통하지 않았다. 위원회에는 돈이 먹혀들지 않았기 때문에 돈을 써서 쇼생크를 나간 사람은 없었다. 앤디의 경우는 다른 이유가 있었지만 그건 차차 얘기하겠다.

켄드릭스라는 모범수가 있었다. 이 친구는 50년대에 꽤 많은 돈을 내게서 꾸어갔는데 그것을 다 갚는데 4년이 걸렸다. 그가 이자로 지불한 것은 대부분 정보였다. 나는 일 때문에 주위에 항상 신경을 써야 했다. 그러지 않으면 언제 시체가 될지 모르기 때문이다. 예를 들어 어느 날 켄드릭스는 교도소의 기록을 훔쳐보았다. 나같이 공장에서 일하는 놈은 절대로 가까이 할 수 없는 기록이었다.

켄드릭스의 말에 의하면, 앤디 듀프레인에 대한 가석방 위원회의 표결은 1957년에 7 대 0으로 부결, 58년에는 6 대 1, 59년에는 다시 7 대 0, 60년에는 5 대 2였다. 그 다음은 모르지만 16년이 지난 후에도 그는 여전히 제5감방구역의 14호에 있었다는 것은 알고 있다. 그해, 그러니까 앤디가 탈옥을 감행하던 1975년에 그 친구의 나이는 57세였다. 그대로 있었다면 위원회도 고집을 버리고 1983년쯤에는 앤디를 바깥세상으로 되돌려 보내주었을 것이다.

종신형을 받으면 감옥에서 일생을 마치게 된다. 어쨌든 한평생 가운데 가장 좋은 때에 말이다. 나갈 수 있을 때가 오겠지. 그러나…… 들어보라. 내가 아는 녀석 가운데 셔우드 볼튼이란 놈이 있었는데 감방에서 비둘기를 길렀다. 1945년부터 석방된 1953년까지 비둘기하고 함께 살았다. 그 비둘기의 이름은 제이크였다. 볼튼은 자기가 석방되기 하루 전에 제이크를 날려 보냈는데, 비둘기는 씩씩하게 하늘을 날아갔다. 그러나 셔우드 볼튼이 우리의 행복한 보금자리를 떠난 지 일주일이 지난 어느 날, 누군가가 운동장 서쪽 구석에서 나를 불렀다. 셔우드가 언제나 앉아 있던 곳이었다. 거기에 한 마리의 작은 새가 더러운 흙 위에 아주 작은 산 모양으로 뒹굴고 있었다. 굶어 죽은 것 같았다. 누군가 말했다.
"이거 제이크 아냐?"
그랬다. 그 비둘기는 그렇게 뒈진 것이었다.

처음 앤디가 주문을 위해 말을 걸었을 때의 모습은 어제 일어난 일처럼 아직도 생생하게 기억하고 있다. 다만 그때 주문한 것은 리타 헤이워드가 아니었다. 그건 나중의 일이었다. 1948년에 앤디가 나에게 주문한 것은 전혀 다른 것이었다.
나의 거래 장소는 주로 운동장이었다. 여기의 운동장은 다른 곳과 비교가 안 될 정도로 넓었다. 정사각형으로 한 변이 70미터 정도였다. 북쪽은 외벽으로 양쪽에 감시탑이 있고, 탑 위에는 간수가 쌍안경과 산탄총을 들고 있었다. 정문은 북쪽에 있다. 트럭의 하치장은 다섯 군데 있는데 운동장의 남쪽에 있었다. 수시로 드나드는 트럭 때문에 쇼생크에서 가장 바쁜 장소였다. 여기에는 번호판을 만드는 공장과 감옥뿐만 아니라 키터리 공영병원과 엘리엇 요양소의 세탁물까지 맡아서 처리하는 커다란 세탁 공장이 있었다. 큰 자동차 수리공장도 있어서 죄수들이 주나 시의 관용차를 고쳤다. 물론 간수들의 차나 행정관, 그리고 가석방 위원들의 차를 손보는 것도 자주 있는 일이었다.
동쪽은 좁고 길며 작은 창이 연이어 있는 두꺼운 돌로 만든 벽이다. 제5감방구역은 이 벽의 뒤편에 있다. 서쪽은 관리소와 진료소가 있다. 쇼생크는 다른 곳과 달리 만원이 된 적이 없었다. 1948년에는 정원의 3분의 2에 불과했다. 운동장에는 늘 80명에서 120명 정도가 있었다. 이들은 축구나 캐치볼, 주사위 도박을 하거나 이야기나 거래를 했다. 일요일에는 더욱 붐볐다. 일요일은 시골의 축제 같았다. 여자라도 있었다면 더욱 좋았겠지만.

앤디가 내 앞에 처음 나타났을 때도 일요일이었다. 마침 엘모어 아미티지라는 녀석과 라디오 거래에 대해 이야기를 마쳤을 때 앤디가 나를 향해 다가왔다. 물론 나는 앤디에 대해서 알고 있었다. 젠체하며 교만하다는 말이 떠돌았다. "언젠가 따끔한 맛을 보여줘야지."라고 말하는 녀석들도 있었다. 그 중의 한 놈이 보그스 다이아몬드였는데 이 녀석에게 걸리면 꽤나 성가셨다. 앤디는 같은 감방 안에 친구가 없었고, 소문에 따르면 본인도 그러길 원했다. 자기 똥은 남들에게도 좋은 냄새가 날 것으로 생각하는 모양이라고 말하는 녀석도 있었다. 그러나 내 눈으로 판단할 수 있다면 소문에 귀를 기울일 필요는 없다.

"안녕하시오. 나는 앤디 듀프레인입니다."

그가 손을 내밀었기 때문에 나는 악수를 했다. 녀석은 쓸데없는 곳에 시간을 낭비하는 타입이 아니었다. 바로 본론을 끄집어냈다.

"물건을 구할 수 있다고 들었는데." 나는 고개를 끄덕였다. "어떻게 물건을 손에 넣을 수 있소?"

앤디가 물었다.

"어떤 때는 물건이 혼자서 굴러들어 오지. 설명해 줄 수가 없어. 내가 아일랜드계라서 그런 건지도 모르지."

앤디는 그 말을 듣고 픽 웃었다.

"록 해머를 구하고 싶은데, 가능할까?"
"그건 어떤 물건이고, 왜 구하려고 하는 거지?"
앤디는 의외라는 얼굴을 했다.
"이유를 묻는 것도 장사의 일부분인가?"
그렇게 말을 돌리는 것을 들으며 잘난 척한다는 주위에 떠도는 소문이 이해되었다. 그러나 그 질문은 약간 유머가 포함된 것이었다.
"가르쳐 주지. 만약 자네 주문이 칫솔 정도라면 꼬치꼬치 캐묻지 않을 거야. 가격을 말할 뿐이지. 칫솔은 위험한 물건이 아니니까."
"위험한 물건에 대해 조심하는 모양이군."
"당연하지."
녹색 테이프를 붙인 야구공이 이쪽으로 날아왔다. 녀석은 고양이처럼 가볍게 돌아서며 공중에서 야구공을 잡았다. 명수인 프랭크 멀존도 혀를 내두를 정도의 날렵한 몸동작이었다. 앤디는 날아온 곳으로 공을 던져주었는데 가볍게 던졌는데도 상당한 스피드가 있었다. 주위에는 많은 사람들이 제각기 하고 싶은 것을 하면서 곁눈질로 우리를 보고 있었다. 감시탑의 간수도 우리를 보고 있을지도 몰랐다. 그렇다고 앤디를 칭찬한다든지 하는 것은 아니다. 어느 감방이든 실력자들이 있었다. 작은 곳이라면 4, 5명, 큰 곳이라면 2, 30명 정도 있었다. 쇼생크에서는 나도 실력자 중에 한 사람이었기에 내가 앤디 듀프레인을 어떻게 생각하느냐 하는 것이 그의 생활에 큰 영향을 미쳤다. 앤디도 그런 것을 알고 있었겠지만 굽실거리거나 아부하지 않았다. 그런 것이 그의 매력이다.

"잘 알았어. 그러면 그것이 어떤 물건인지, 왜 필요로 하는지 얘기해 주지. 록 해머라는 것은 아주 작은 곡괭이로 길이는 이 정도야."

앤디가 양손을 30센티 정도 벌렸을 때, 나는 처음으로 그가 얼마나 손톱을 잘 다듬고 있는지 알았다.

"한쪽 끝은 곡괭이처럼 날카롭고 뾰족하며, 다른 한쪽은 평평한 쇠망치지. 필요로 하는 이유는 돌을 좋아하기 때문이야."

"돌을?"

"잠깐 여기 앉아 봐."

나는 그의 말대로 했다. 우리는 인디언처럼 쪼그리고 앉았다.

앤디는 운동장의 흙을 조금 파서 손바닥에 올려놓고 흔들기 시작했다. 흙 알갱이가 걸러지고 작은 돌이 남았다. 한두 개가 반짝거렸으나 나머지는 광택이 없었다. 별것 아닌 작은 돌이었다. 광택 없는 작은 돌 가운데 하나는 석영이었다. 광택이 없는 것은 더러웠기 때문이었다. 닦으니까 우윳빛 광택이 살아났다. 앤디는 돌을 닦고 나서 나에게 건네주었다. 나는 그걸 받아들고 그 돌의 이름을 물었다.

"물론 석영이야. 봐. 운모. 혈암(頁岩). 실트화강암. 여기에는 석회암이 있어. 여기는 언덕의 중간 지점에서 위를 파내고 평평하게 다듬은 곳이야." 앤디는 돌을 버리고 양손의 모래를 털어내었다. "나는 광물 수집가야. 아니 광물 수집가였지. 바깥세상에서 말이야. 그 취미를 다시 가져보고 싶어. 스케일은 작아지겠지만 말이야."

"일요일에 운동장 탐색이라."

나는 일어서며 말했다. 어처구니가 없었지만 작은 석영조각을 보았을 때 묘한 기분이 들었다. 왜인지는 잘 모르겠지만 아마도 바깥세상을 연상했는지도 모르겠다. 석영이라니, 운동장에서 그런 생각을 하는 사람은 없었다. 석영 같은 것은 강가에서나 주워 오는 것이라고 생각할 뿐이었다.

"아무것도 하지 않는 것보다는 낫지 않겠어?"

앤디의 말이었다.

"그 록 해머로 머리통을 치면 박살나는 거 아냐?"

"이곳에 내 적은 없어."

그가 조용히 대답했다.

"그래?"

나는 웃었다.

"만약 문제가 생긴다면 록 해머를 쓰지 않고서도 해치울 수 있지."

"설마 탈옥을 생각하는 것은 아니겠지? 벽 밑을 파거나, 만약 그렇다면……"

내 말에 그는 품위 있게 웃었다. 3주 후에 실제로 록 해머를 보았을 때에야 겨우 그 웃음을 이해할 수 있었다.

"잘 들어, 만약 간수에게 들키면, 숟가락 하나라도 바로 뺏기니까 조심해야 돼. 도대체 그런 것으로 뭘 할 거지? 운동장에 주저앉아서 땅이라도 파려는 거야?"

"아니, 그보다 좋은 일을 할 수 있을 거야."

나는 고개를 끄덕였다. 일단 물건을 건네고 나면 나는 모르는 일이었다. 누군가가 나에게 주문하고, 그걸 손에 넣는다. 그것을 언제까지 가지고 있는가 하는 것은 나하고는 관계없는 일이었다. 그 사람의 능력이다.

"그런 물건은 보통 얼마면 살 수 있지?"

내가 물었다. 그의 차분하고 조심스러운 얘기를 듣고 있으려니까 점점 즐거워졌다. 나는 쇼생크에서 10년 이상 지내면서 거드름을 피우는 놈, 자기에게 도취한 놈, 떠버리들에게 질려 있었다. 그래서 앤디를 처음 만나는 순간부터 좋아하게 되었는지도 모른다.

"어디에든 8달러면 살 수 있을 거야. 그러나 당신의 판매 방법은 좀 다를 것 같은데."

"정가에다 10퍼센트가 보통 나의 가격인데, 위험한 물건은 좀 더 받지. 네가 말하는 거라면 뇌물을 좀 줘야 하니까. 10달러면 어때?"

"그러지."

나는 싱글거리면서 앤디의 얼굴을 보았다.

"10달러는 가지고 있나?"

"가지고 있어."

앤디는 조용하게 대답했다.

그가 500달러 이상을 가지고 들어온 것을 안 것은 한참 후의 일이었다. 앤디는 몰래 돈을 가지고 들어 왔던 것이다. 이 호텔에 처음 들어올 때, 벨보이는 손님을 납작 엎드리게 해서 항문까지 전부 검사했다. 그러나 항문이 워낙 깊기 때문에, 원하기만 하면 꽤 많은 물건을 숨길 수 있었다. 벨보이가 고무장갑을 끼고 항문 속을 뒤적거려 보지 않을 경우에만 가능하지만.

"그럼 됐어." 내가 이어 말했다. "자 그럼, 내게서 산 물건이 간수에게 발견되었을 때 어떻게 하는지 알려주도록 하지."

"이미 들었어."

회색 눈에 생긴 아주 작은 변화를 보고, 나는 그가 이미 잘 알고 있다는 것을 느꼈다.

"요점만 말하면, 간수에게 잡혔을 때는 스스로 책임을 져야 해. 3, 4일 독방에 처박히게 될 뿐이니까. 물론 장난감은 빼앗기고 기록에는 벌점이 올라가지만. 만약 놈들에게 내 이름을 밝히면 너와 다시는 거래를 안 해. 구두끈 하나, 담배 한 갑도 줄 수 없어. 그리고 내가 누군가를 보내 널 죽여 버릴 거야. 폭력은 좋아하지 않지만 체면이 있으니까. 자기도 돌보지 못하는 놈이라는 소문이 나면 이 장사 걷어치워야 하니까."

"걱정하지 마. 그래, 그렇겠지. 걱정할 필요 없어."

"걱정 따위 하지 않아. 이런 데서 뭘 더 걱정할 게 있다고."

앤디는 고개를 끄덕이곤 저쪽으로 갔다. 그리고 사흘 후, 세탁 공장의 아침 휴식시간에 운동장에 나갔을 때 앤디가 내 곁으로 다가왔다. 아무 말 없이, 나의 얼굴도 보지 않고 알렉산더 해밀턴의 초상화(10달러 지폐에 그려진 인물화 ─ 옮긴이)를 한 장 내 손에 찔러주었다. 솜씨가 매우 좋은 마술사가 카드 마술을 보여주듯 매우 빨랐다. 이해하는 것이 빠른 친구였다. 얼마 되지 않아 바라던 록 해머가 손에 들어왔다. 모습은 앤디가 말한 그대로였다. 하룻밤 가지고 살펴보았지만 탈옥을 위해 쓸 수 있는 물건이 아니었다(록 해머를 사용해서 벽 아래에 굴을 판다고 하면 600년 정도는 걸릴 거라는 생각도 들었다.). 그러나 일말의 불안은 남았다.

만약 이 곡괭이로 누군가의 머리를 내려친다면 맞은 놈은 더 이상 라디오 코미디 프로를 듣지 못하게 될 것이다. 게다가 시스터 패거리들이 앤디를 노리고 있었다. 놈들을 대비해서 록 해머를 산 것인지도 몰랐다.

결국은 나의 판단을 믿기로 했다. 다음날 아침 기상 사이렌이 울리기 20분 전, 록 해머와 카멜 한 갑을 몰래 어니에게 넘겨주었다. 어니는 1956년에 석방되기까지 제5감방구역 바닥을 청소하던 나이 먹은 모범수였다. 어니는 아무 말 없이 그것을 상의 주머니에 숨겼다. 내가 그 록 해머를 다시 본 것은 그 이후 19년이 지나서였는데, 그때는 다 닳아서 더 이상 쓸 수 없게 되어 있었다.

다음 일요일 운동장에서 앤디는 다시 나에게 다가왔다. 그날 그의 얼굴은 차마 쳐다볼 수 없을 정도였다. 아랫입술은 여름 소시지처럼 부어올랐고 오른쪽 눈은 절반쯤 감겼으며 한쪽 뺨은 빨래판처럼 심하게 긁힌 자국이 있었다. 시스터 패거리와 싸운 것이 분명했지만 앤디는 한 마디도 그런 얘기를 하지 않았다.

"물건을 구해줘서 고마워."

그렇게 말하고는 가버렸다.

나는 걱정이 되어 그를 바라보았다. 앤디는 두세 걸음 걸어가다가 땅에서 무엇을 보았는지 몸을 구부리고 그것을 주웠다. 작은 돌이었다. 교도소의 작업복은 수리공이 작업할 때 입는 옷을 제외하고는 주머니가 없었다. 그러나 방법은 있었다. 작은 돌은 앤디의 소매로 들어가서는 나오지 않았다. 나는 앤디의 솜씨에 감탄했다. 앤디라는 남자에 대해서도 감탄했다. 그 친구는 고통을 품고 있으면서도 자기가 사는 방식대로 살아가고 있었다. 세상엔 그렇게 하지 않는 녀석, 그렇게 할 수 없는 녀석들이 대부분이었다. 그것은 감옥 안에서만 해당되는 말은 아닐 것이다. 앤디의 얼굴은 회오리바람이 지나간 것처럼 엉망이었지만, 두 손은 깨끗했고 손톱은 깔끔하게 손질되어 있었다.

그로부터 6개월 동안 나는 그의 얼굴을 거의 보지 못했다. 주로 독방에 있을 때가 많았기 때문이다.

시스터에 대해서 몇 마디 해야겠다.

대개 감옥에는 호모들의 별명이 있는데(최근의 유행어는 '킬러 퀸'이다.) 쇼생크에서는 왜인지 알 수 없으나 언제나 시스터라고 불렀다.

감옥 안에서의 남색은 새삼스러운 것이 아니어서 (젊고, 늘씬하고, 잘 생겼으며 경계심이 부족한 불행한 신참들은 예외지만) 놀라지도 않는다. 그러나 동성애에도 남녀의 섹스와 마찬가지로 여러 가지 모습이 있었다. 어떤 섹스라도 하지 않으면 참을 수 없는 녀석들은 다른 남자의 항문을 빌렸다. 대개의 경우는 감옥 안에서 생겨나는 커플이었다. 나중에 그 놈들이 마누라나 여자 친구에게 돌아갔을 때 자기들이 생각하던 일반적인 섹스를 계속 하는지에 대해서는 알 길이 없다.

개중에는 감옥 안에서 그 길로 들어선 놈들도 있다. 새로운 유행어로 말하면 '게이가 되었다.'거나, '벽장 속에서 나왔다.'고 표현했다. 대개(모두가 그런 것은 아니지만) 이 녀석들은 여자 역할을 맡았으며, 다른 놈들은 그 녀석에게 환심을 사기 위해 경쟁을 했다.

그리고 시스터들이 있다.

감옥사회에서 이 패거리는 바깥 세상에 비유하면 부녀자 강간을 전문으로 하는 놈들이다. 대개는 흉악한 범죄를 저지르고 감옥에 처박힌 장기수들이 많았다. 녀석들이 노리는 것은 젊은 남자, 약한 남자, 숫총각이다……. 앤디 듀프레인의 경우는 약해보이는 남자에 속했다. 시스터들의 사냥터는 샤워실이나 세탁 공장의 대형 세탁기 뒤에 있는 굴 같은 작은 통로였으며, 때로는 진료실도 사용했다. 강당 뒤의 좁은 영사실에서 강간이 행해진 것도 한두 번이 아니었다. 대개 그들은 우격다짐이 아니더라도 원하는 것을 무료로 얻을 수도 있었다. 이 길로 들어선 녀석들 중에는 십대 여자애가 엘비스 프레슬리나 프랭크 시나트라에게 열광하는 것처럼 언제나 시스터들 중 누군가에게 정열을 바치는 녀석이 있었기 때문이다. 그럼에도 불구하고 시스터 패거리들은 강제로 겁탈하는 것을 더 좋아했다. 아마도 그런 성향은 변치 않으리라.

시스터 패거리들은 작은 몸에 피부가 희고 잘 생긴(게다가 아마 나를 감탄하게 했던 냉정한 성격이 빌미가 되었겠지만) 앤디를 입소한 그날부터 노리고 있었다. 만약 이것이 아이들에게 해주는 옛날이야기라면 앤디가 잘 버텨냈기 때문에 시스터들이 포기했다고 끝을 맺었을 것이다. 그렇게 말하면 나도 좋겠지만 실상은 그렇지 못했다. 감옥은 심심풀이 이야기 세계가 아니었다.

앤디가 처음 경험한 것은 행복한 쇼생크 가족이 된 지 사흘째 되던 날 샤워실에서였다. 그때는 뺨을 때리고 좀 만져준 정도였던 것 같다. 시스터는 실제로 하기에 앞서 먼저 상대를 떠본다. 자칼이 먹이를 보고 상대의 반응을 떠보는 것과 같다.

앤디는 되받아 쳐서 보그스 다이아몬드라는 위엄 있게 덩치 큰 자식의 입술을 피투성이로 만들었다(지금 그 놈은 몇 년째 어떻게 되었는지 소식도 없다.). 간수가 뛰어들어 거기서 끝났지만, 보그스는 언젠가 네놈을 내 것으로 만들고 말겠다고 무섭게 협박했다. 그리고 그 말을 지켰다.

두 번째 접촉은 세탁 공장의 그늘진 곳이었다. 그 가늘고 긴 먼 지투성이 장소에서는 오랫동안 이런저런 일들이 일어났다. 간수도 그것을 알고 있었지만 아무 간섭도 하지 않았다. 그곳은 어두우며 세제와 표백제 껍데기가 흩어져 있고 헥스라이트 촉매제의 드럼통이 뒹굴고 있었다. 헥스라이트는 만지는 사람의 손이 말라 있으면 소금처럼 해가 없지만 젖은 손으로 만지면 유산(硫酸)을 마구 끼얹은 것처럼 되었다. 간수는 그곳에 들어오려고 하지 않았다. 몸을 피할 장소도 없을 뿐더러, 이런 곳에서 일하는 간수들의 원칙 중의 하나가 죄수들과 상대할 때 후퇴할 수 없는 장소로 절대로 유인당하지 않는다는 것이었다.

그날 보그스는 없었지만 1922년부터 세탁실 실장을 하고 있는 헨리 바커스에게서 나중에 들은 이야기로는 보그스의 동료 네 명 있었다고 한다. 앤디는 헥스라이트를 집어 들고, 만약 다가오면 눈에 던져버리겠다고 위협하며 상대를 움직이지 못하게 했지만, 뒤로 물러서며 세탁기의 옆을 돌다가 넘어진 모양이었다. 그걸로 충분했다. 놈들은 앤디의 위에 덮쳐들었다. '돌림빵'이라는 말은 세대가 바뀌어도 변하지 않는 말인 듯하다. 네 명의 시스터가 앤디에게 한 짓은 앤디를 기어박스 위에 눌러두고 그중 한 놈이 필립스 십자드라이버를 앤디의 관자놀이에 들이대고 교대로 강간을 했던 것이다. 상처는 생겼지만 그리 심하지는 않으리라. 개인적인 경험에서 하는 말이냐고? 그렇지 않다면 얼마나 좋겠는가. 당하고 나면 얼마 동안 피가 흐른다. 장난스런 놈들이 생리하느냐고 묻는 것을 듣기 싫으면, 휴지를 둥글게 뭉쳐서 피가 멎을 때까지 팬티 뒤에 넣어두면 좋다. 사실 출혈은 생리하고 비슷하다. 줄줄 흐르는 것이 2, 3일 계속되다가 멎는다. 놈들에게 그 이상 심한 일을 당하지 않았다면 별로 해가 없는 셈이다. 육체적인 해는 없다. 그러나 강간은 강간이다. 언젠가 거울을 들여다보며 스스로를 어떻게 생각하는지 판단해야 할 때가 온다.

앤디는 혼자서 그것을 해결했다. 그때의 앤디는 뭐든지 혼자서 해결했다. 앤디는 그때까지의 신참들이 가졌던 결론에 도달한 것이 분명했다. 결국 시스터를 상대하는 데에는 두 가지 방법밖에 없다는 것 말이다. 그 두 가지는 싸워보고 당하는 것과 처음부터 당하는 것이었다.

그는 싸우기로 결정했다. 세탁 공장 사건이 있고 한두 주일이 지나서 보그스와 두 명의 동료가 앤디에게 덤볐을 때(그때 그 자리에 있었던 어니에 따르면 보그스가 앤디에게 "너 개통공사 끝냈다면서?"라고 말한 모양이다.) 앤디는 맞서 싸웠다. 그는 루스터 맥브라이드라는 놈의 코뼈를 부러뜨렸다. 의붓딸을 때려죽인 죄로 들어온 배가 나온 녀석이었다(결국 잘된 일이지만 루스터 맥브라이드는 감옥 안에서 죽었다.).

놈들은 앤디에게 폭행을 가했다. 때리는 것이 끝나자 루스터 맥브라이드와 다른 한 놈(피트 버니스가 아닐까 생각하는데 확신은 없다.)이 앤디의 무릎을 꿇게 만들었다. 보그스 다이아몬드가 앤디 앞에 섰다. 그 당시 보그스는 진홍빛 손잡이가 달린 면도칼을 가지고 있었다. 손잡이 양쪽에 '다이아몬드 펄'이라는 문자가 새겨져 있었다. 보그스는 면도칼을 폈다.

"잘 들어, 지금부터 내가 바지 지퍼를 열고 입에 넣으라고 하는 것을 말한 대로 해. 내 걸 다 빨고 나면 다음은 루스터 맥브라이드의 것을 입에 넣어. 네가 루스터의 코뼈를 부러뜨렸으니까, 루스터의 것도 해 줘야 돼."

앤디는 말했다.

"내 입속에 들어오는 것은 모두 물어서 끊어버릴 거다."

나중에 어니에게 들은 말에 따르면, 보그스의 표정은 '이 녀석 머리가 어떻게 된 거 아니야?' 라고 생각하는 얼굴이었다고 한다.

"그럴 순 없지." 보그스는 바보 같은 아이를 달래듯이 천천히 앤디에게 설명했다. "아무것도 몰라서 그러는 모양인데, 만약 그런 짓을 하면 이 20센티의 칼날이 푹하고 너의 귓속으로 꽂혀 들어가, 알겠어?"

"잘 알고 있다. 모르는 것은 너희들이지. 네가 내 입에 무엇을 집어넣든지 나는 이빨로 끊어버릴 거다. 물론 면도칼을 내 머릿속에 꽂아 버리는 것은 네 자유겠지만. 그러나 이것만은 알려주지. 갑자기 뇌에 커다란 손상을 입었을 경우, 피해자는 대소변만 보는 것이 아니라 동시에 이빨을 더 악문다는 사실이지."

앤디는 언제나처럼 담담한 미소를 떠올리면서 보그스를 올려다보았다. 세 명에게 둘러싸여 갇혀 있다기보다는 세 명을 상대로 주식이나 채권에 대한 이야기를 하고 있는 느낌이었다고 어니가 설명해 주었다. 먼지가 쌓인 청소용품 선반 위에 바지를 복사뼈까지 내리고 허벅지에 피를 흘리고 있다기보다는, 은행의 중역으로 양복을 말쑥하게 입고 있는 느낌이었다.

"그뿐 아니야." 앤디는 계속했다. "반사적인 행동은 무서울 정도로 강하니까, 피해자의 턱을 억지로 벌리려고 하면 쇠로 만든 지렛대나 작은 기중기가 필요할 때도 있지."

1948년 2월 말의 그날 밤, 보그스는 앤디의 입에 무엇 하나 집어넣지 못했다. 내가 알기로는 앤디 같은 친구는 이 교도소에 없었다. 그날 밤 세 명이 앤디에게 해준 것은 앤디를 초주검으로 만든 일이었다. 덕분에 결국 네 명 모두 독방에 갇혔다. 앤디와 루스터 맥브라이드는 진료소로 먼저 갔다.

그 후 보그스 패거리가 얼마나 더 앤디를 덮쳤느냐고? 잘 모른다. 루스터 맥브라이드는 얼마 지나지 않아서 강간이라는 취미 활동을 그만둔 것 같았다. 하긴 한 달씩이나 코에 부목을 대고 살아보면 누구라도 그럴 것이다. 그리고 보그스 다이아몬드도 그해 여름에 갑자기 손을 떼었다.

6월 초순의 어느 아침, 보그스가 아침 점호에 얼굴을 내밀지 않았다. 조사해 보았더니 누군가에게 구타당해서 쓰러져 있는 것이 발견되었다. 보그스는 누구에게 당했는지, 왜 상대를 감방 안으로 들어오게 했는지, 한 마디도 말하지 않았다. 그러나 나처럼 장사를 하고 있으면 알 수 있는 일이었다. 죄수에게 총을 건네주는 것만 빼면 얼마든지 간수를 매수할 수 있었다. 간수들은 지금도 그렇지만 당시에도 월급이 형편없었고, 게다가 당시에는 전자식 잠금 시스템이나 폐쇄회로 텔레비전, 감옥 전체를 관리하는 시스템 등도 없었다. 1948년에는 어느 감방구역에나 담당 간수가 있었다. 간수를 매수해서 누군가를(아니면 두세 명을) 감방 안에 들여보내는 것은 간단했다. 예를 들어 보그스 다이아몬드의 감방이라도 말이다.

물론 그 정도의 일을 처리하려면 많은 돈이 들었다. 아니 바깥세상의 표준으로 보면 그리 큰돈이 아니었다. 감옥의 경제는 규모가 매우 작았다. 여기에서 잠시 머물러보면 손 안의 1달러가 교도소 벽 밖의 20달러 정도로 생각되어진다. 내가 판단하기로는 보그스를 해치우는데 꽤 많은 돈이 들었을 것이다. 간수에게 15달러, 그리고 주먹을 휘둘러 준 친구들에게 각각 2, 3달러 정도는 주었을 것이다.

그 일을 꾸민 것이 앤디 듀프레인이라는 말은 하지 않겠지만, 여기 들어올 때 500달러 이상 가지고 들어온 것을 알고 있고, 게다가 녀석은 바깥세상에서 은행가였다. 누구보다도 돈의 위력을 잘 알고 있을 터였다.

그리고 이것도 알고 있다. 늑골 세 개가 부러지고, 한쪽 눈에서는 피가 흘렀으며, 허리관절을 삐었고, 고관절 탈구라는 큰 상처를 입은 보그스 다이아몬드는 앤디에게 더 이상 손을 대지 않았다. 허풍만 떠는 '나약한 시스터'가 되고 말았다.

그것이 보그스 다이아몬드의 말로였다. 만약 앤디가 선수를 치지 않았다면(선수를 친 것이 앤디라고 한다면) 보그스는 언젠가 앤디를 죽였을 것이다. 그러나 앤디와 시스터와의 싸움은 그것으로 끝난 것이 아니었다. 잠시 쉰 다음 다시 시작되었다. 그러나 이번에는 전처럼 격렬하지 않았고 끔찍하지도 않았다. 자칼은 편한 먹이를 노렸다. 앤디 듀프레인보다 쉬운 먹이는 얼마든지 있었다.

앤디는 언제나 놈들에게 저항했다. 단 한 번이라도 싸우지 않고 놈들의 뜻대로 하면 다음부터는 보다 편한 방법을 택한다는 것을 앤디는 잘 알고 있었다. 가끔 앤디는 얼굴에 멍이 들어서 나타났다. 다이아몬드 사건 이후 7, 8개월 지나서 손가락이 두 개 부러진 적도 있었다. 아, 그렇다. 1949년 종반에 앤디는 광대뼈가 부러져서 진료소에 처박혀 있었던 적도 있었다. 앤디는 언제나 저항했고 그 결과로 독방에 보내졌다. 그러나 앤디의 독방은 다른 놈들에 비해 고통이 적었을 거라고 생각한다. 녀석은 혼자서도 잘 지냈을 테니까.

시스터도 앤디가 적응한 것 가운데 하나였다. 그리고 1950년에는 그런 일이 다시 일어나지 않았다. 그 얘기는 나중에 다시 하겠다.

1948년 가을 앤디는 운동장에서 나와 만나 록 블랭킷을 반 다스만 구해 달라고 부탁했다.

"도대체 그게 뭔데?"

내가 물었다.

앤디의 말에 의하면 그것은 광물 수집가들이 붙인 이름으로, 행주 정도 크기의 갈고 다듬는 헝겊이었다. 안에는 패드가 잔뜩 들어 있는데, 한쪽 면은 매끄러우며 다른 면은 꺼칠꺼칠한 헝겊이었다. 매끄러운 면은 곱게 인쇄된 종이 같으며, 거친 면은 공업용 강철 솜처럼 연마력이 있었다(앤디는 자신의 감방에 강철 솜이 한 상자 있다고 했지만, 그건 내가 제공한 물건이 아니었다. 아마도 세탁 공장에서 슬쩍한 것인 듯했다.).

나는 그런 것이라면 거래할 수 있다고 대답하고 전에 록 해머를 사온 가게에 부탁해서 가져오게 했다. 이번에는 10퍼센트의 수수료 이상은 청구하지 않았다. 목숨과 관계되는 물건도 아니었고 감옥 안으로 가져오는데 눈곱만큼도 위험하지 않았기 때문이다.

앤디가 리타 헤이워드를 몰래 들여올 수 있겠냐고 물은 것은 5개월이 지나서였다. 그런 말을 한 것은 강당에서 한참 영화를 보고 있을 때였다. 지금은 일주일에 두세 번 영화를 볼 수 있지만 그때는 한 달에 한 번 정도밖에 볼 수 없었다. 감옥에서 상영하는 영화는 대개 교훈적이었다. 그날의 「잃어버린 주말」도 예외는 아니어서 음주의 위험성이 그날의 교훈이었다. 상당히 마음을 달래주는 교훈이었다.

앤디는 웬일인지 내 옆 좌석에 앉았다. 영화가 절반 정도 지나갔을 때, 그는 내 쪽으로 약간 몸을 기울이며 '리타 헤이워드를 손에 넣을 수 없을까?"하고 물었다. 솔직히 말해서 좀 이상했다. 언제나 냉정하고 침착한 사람이 그날 밤만은 안절부절 못하고 수줍어하기까지 했다. 한 무더기의 콘돔이나, 잡지 같은 데서 '당신 혼자만의 뜨거운 즐거움'이라고 쓴 선전 문구에 나오는 양가죽으로 뒤를 댄 기구 같은 것을 바라고 있는 듯도 하였다. 충전을 너무 많이 했는지 조금만 더 있으면 라디에이터가 폭발할 것 같은 느낌이었다.

"그래 구할 수 있어."라고 답했다. "좀 진정하고, 큰 게 좋아 아니면 작은 게 좋아?" 그 당시 리타는 나의 최고의 인기상품으로

(2, 3년 전까지는 베티 그레이블이었다.) 사이즈는 두 가지가 있었다. 1달러로는 작은 리타를 살 수 있었다. 2달러 50센트만 내면 키 120센티의 커다란 리타를 살 수 있었다.

"큰 거."

앤디는 그렇게 말만 하고 내 얼굴을 보려고 하지도 않았다. 형의 징병 카드를 들고 와서 스트립쇼를 구경하려고 하는 아이처럼 얼굴이 새빨갛게 변했다.

"손에 넣을 수 있을까?"

"안심하라니까. 여자가 소변을 앉아서 누느냐고 물어보는 것과 마찬가지야."

마침 벽에서 벌레들이 슬금슬금 기어 나와 알코올중독 때문에 환각증을 일으키고 있는 레이 밀란드에게 덤벼들고 있을 때여서 관객들이 박수를 치거나 휘파람을 불어서 매우 시끄러웠다.

"언제쯤 손에 넣을 수 있을까?"

"일주일 정도, 어쩌면 그보다 더 빨리."

"알았어." 내가 바지 안에 감추어 놓은 것을 기대했던 것인지 꽤나 낙담한 말투였다. "얼마야?"

나는 도매가격을 말해주었다. 이 물건은 원가로 제공해 주려고 생각했기 때문이다. 록 해머와 록 블랭킷을 사준 단골이기도 했고, 게다가 앤디에게 감탄하고 있었기 때문이다. 보그스나 루스터 등의 시스터 패거리들과 문제가 있었을 때 그 록 해머를 사용해서 머리를 내려칠까 걱정한 적이 한두 번이 아니었기 때문이다.

포스터는 내 장사에서 주력상품의 하나였다. 술과 담배 다음이며 마리화나보다는 조금 앞서 있었다. 60년대에는 이 장사가 여러 가지 방향으로 폭발하여 많은 녀석들이 지미 헨드릭스, 밥 딜런 그리고 「이지 라이더」의 포스터라든지 야한 미녀를 탐내었다. 그러나 대개는 여자였다. 미녀 여왕이 계속해서 바뀌었다.

앤디가 얘기한 날부터 이삼 일 지나서 당시 나의 중개인이었던 세탁 공장 트럭운전사가 60매 정도의 포스터를 건네주었다. 그 대부분이 리타 헤이워드였다. 여러분은 그 사진을 기억하고 있을지 모르겠다. 나는 아주 잘 기억하고 있다. 그것을 옷이라고 한다면 리타는 수영복을 입고 한 손은 머리 뒤로 올리고 양쪽 눈은 반쯤 감고 있었으며 몸은 풍만했다. 삐죽 내민 입술은 반쯤 벌어져 있었다. 그 포스터를 '리타 헤이워드'라고 불렀는데, '발정 난 여자'라고 붙여도 좋을 듯싶다.

여러분이 이상하게 생각한다면 말해주겠는데, 교도소 당국도 이 암시장을 잘 알고 있었다. 말할 필요도 없는 일이다. 필시 녀석들은 내가 하는 장사를 나만큼이나 잘 알고 있었을 것이다. 녀석들이 눈감아 주는 것은 감옥이라는 것이 커다란 압력솥 같아서 안에 있는 증기를 빼줄 배출구가 없으면 안 된다는 것을 잘 알고 있었기 때문이다. 놈들은 가끔씩 단속도 했고 나도 오랜 기간 동안 두세 번 독방에 처박힌 적이 있지만 포스터 같은 것은 눈감아 주었다. 세상은 서로 도우며 사는 것이다. 만약 누군가의 감방에서 리타 헤이워드가 갑자기 등장해도 친구나 가족들이 우편으로 부쳐주었겠지 하고 넘어간다. 물론 친구나 가족들의 차입물건은 모두 검열하여 안에 들어 있는 물건의 목록을 적어 두지만, 리타 헤이워드나 에바 가드너의 포스터 같은 무해한 것을 발견해서 일부러 목록을 조사해 보는 놈이 어디 있겠는가? 압력솥 안에서 생활하고 있으면 세상은 서로 돕고 산다는 것을 알게 된다. 그렇지 않으면 누군가에게 칼로 목을 눌린 채, 입술이 파랗게 질려 꼼짝도 못하는 그 상황을 이해하게 된다. 적당히 할 필요가 있다는 것을 깨닫게 되는 것이다.

내가 있는 6호실에서 앤디가 있는 12호실까지 포스터를 가져다준 사람은 이번에도 어니였다. 메모를 가져다 준 것도 어니였다. 거기에는 꼼꼼하게 쓴 단 한마디 이렇게 적혀 있었다.

'고마워.'

얼마 지나지 않아 열을 지어 아침을 먹으러 가는 도중 나는 앤디의 감방 안을 들여다보았다. 침대 위에는 뇌쇄적인 수영복을 입은 리타 헤이워드가 한손을 머리 뒤로 올리고 눈을 반쯤 감고 매끄러운 입술을 반 정도 벌리고 있었다. 앤디는 소등한 뒤 침대에 누워서 운동장에서 비쳐드는 불빛에 비쳐 그것을 감상할 수 있을 것이다. 그러나 밝은 아침 햇살 아래에서는 그녀의 얼굴에 검은 사선이 그어져 있었다. 하나뿐인 작은 창에 박혀 있는 쇠창살의 그림자 때문이었다.

자, 지금부터 1950년 5월 중순에 있었던 사건을 말해 보겠다. 그 사건은 3년간 계속되어온 앤디와 시스터 패거리의 싸움에 종지부를 찍은 사건이었다. 이 사건 덕분에 앤디는 세탁 공장에서 손을 씻고 도서실로 일자리가 바뀌었으며 올해 이 '행복한 가족'을 떠나 탈옥하기 전까지 거기서 일을 했다.

지금까지의 내 이야기가 대부분 들은 것만으로 구성되었다는 점을 여러분들도 알아차렸을 것이다. 누군가가 무엇인가를 보고 나에게 그것을 얘기하면 나는 여러분에게 그것을 옮긴다. 경우에 따라서는 도중에 많이 생략되고 입에서 입으로 4, 5번 거친 정보를 내 눈으로 본 것처럼 말하는 것도 있다(앞으로도 그럴 것이다.). 여기서는 그럴 수밖에 없다. 정보망은 현실이며 앞서가고 싶으면 정보를 이용해야 한다. 물론 거짓이나 소문, 희망적 관측 중에서 진실을 알아내는 방법을 모르면 안 되겠지만.

게다가 내 이야기의 주인공이 살아있는 인간이라기보다 전설화된 사람이라는 것을 눈치 챘는지 모르겠다. 전설이라는 것이 얼마쯤은 근거가 있다는 것을 나도 인정한다. 나 같은 장기 수감자들에게는 앤디에 대한 환상 같은 것이 있다. 이해할지 모르겠지만 신화에 나오는 마법 같은 느낌이다. 보그스 다이아몬드가 면도칼로 위협했지만 앤디가 굴복하지 않았던 사건도 신화의 일부분이며, 그가 끝까지 시스템과 싸운 것도 신화의 일부분이었다. 앤디가 어떻게 해서 도서관의 일을 하게 되었는지도 그 일부였다……. 그러나 지금 얘기할 사건은 지금까지와는 다른 중요한 차이점이 한 가지 있다.

그때 나는 그 장소에 있었기 때문에 무슨 일이 일어났는지 내 눈으로 볼 수 있었다. 그렇기 때문에 지금부터 말하는 것은 모두 사실이라는 것을 어머니의 이름을 걸고 맹세한다. 수감 중인 살인자의 맹세가 어떤 가치가 있을지 모르지만 이것만은 믿어 주면 좋겠다. 거짓말은 하지 않을 테니까.

이미 그때 앤디와 나는 자주 이야기를 나누는 사이가 되어 있었다. 끝없는 매력을 가진 친구였다. 다시 생각해 보니 포스터 사건에서 빼먹은 것이 하나 있다. 이것은 꼭 말해야 하는 것이다. 앤디가 리타를 벽에 붙여놓고 나서 5주일이 지난 어느 날(나는 완전히 그 일을 잊어버리고 다른 장사에 열을 올리고 있었다.) 어니가 쇠창살 사이로 하얗고 작은 상자를 건네주었다.

"듀프레인이 줬어."

어니는 낮은 목소리로 말했을 뿐 비질을 멈추지 않았다.

"고마워, 어니."

나는 절반쯤 남은 카멜을 그에게 몰래 쥐어주었다. 도대체 이게 뭘까. 나는 의아한 마음으로 작은 상자의 뚜껑을 열었다. 안에는 하얀 탈지면이 가득 채워져 있었고 그 아래에는……

나는 오랫동안 그것을 바라보았다. 2, 3분 정도 만질 용기조차 생기지 않았다. 그 정도로 예뻤다. 감옥 안에는 울음이 날 만큼 멋진 것이 거의 없었기도 했지만, 대개는 한심스럽게도 별로 그런 것에 신경도 쓰지 않았다.

상자 안에는 석영이 두개 들어 있었는데 모두 잘 다듬어져 있었다. 두 개 모두 물에 흘러가는 나무의 모습을 한 것이었다. 그 안에 섞여 있는 황철광의 작은 광채는 금가루처럼 빛나고 있었다. 만약 그렇게 무겁지 않았다면 멋진 신사용 커프스단추가 되었을 것이다. 한 쌍이 될 수 있을 정도로 크기가 같았다. 그 두 개의 작품을 만들기 위해서 얼마나 많은 노력을 했을까? 소등한 뒤에 몇 시간씩 그것을 위해 정성을 쏟았을 것이다. 그것만은 나도 알 수 있었다. 먼저 깨서 형태를 정리한다. 그리고 그 록 해머를 사용하여 다듬고 또 다듬어 완성하는 것이다. 그것을 보고 있는 사이에 인간이 뭔가 예쁜 것, 손으로 정성을 다해 '만들어낸'(그것이 인간과 동물의 차이라고 생각한다.) 것을 보았을 때 느끼는 따스한 기분을 느꼈다. 그리고 조금 다른 것도 느꼈는데, 그것은 앤디의 끈기에 대한 존경심이었다. 그러나 앤디가 지닌 집요함의 참모습을 본 것은 그로부터 한참 지나고 난 뒤였다.

1950년 5월 교도소 당국은 번호판 공장의 지붕에 방수용 타르를 바르기로 결정했다. 지붕 위가 뜨거워지기 전에 일을 끝내기 위해 일주일 예정으로 지원자를 모집했다. 70명 정도가 지원했다. 푸른 하늘 아래서의 작업, 게다가 5월은 지붕작업을 하기에는 가장 적합한 계절이었기 때문이다. 그래서 추첨을 해서 십여 명 정도를 뽑았다. 그 열 명 가운데 앤디와 내가 있었다.

주초부터 우리들은 아침식사를 마치고 선두에 간수 두 명, 뒤에 간수 두 명이 우리를 인솔해서 운동장까지 행진을 했다……. 거기에다 감시탑 꼭대기에서는 간수들이 쉬지 않고 쌍안경으로 우리를 노려보았다.

우리들 중 4명은 늘리거나 줄일 수 있는 사다리를 메고 있었는데(그 일의 동료였던 딕키 베츠가 이 사다리를 '늘거나 줄어드는 놈'이라고 해서 웃었지만) 그 사다리를 낮고 평평한 건물 옆에 세웠다. 그리고 양동이 릴레이를 해서 뜨거운 타르가 든 양동이를 지붕까지 운반했다. 뜨거운 타르를 뒤집어썼다가는 곧장 진료소로 뛰어가야만 할 처지에 놓일 것이다.

이 공사에는 여섯 명의 간수가 연공서열로 선발되었다. 그자들에게는 일주일간의 휴가나 마찬가지였다. 죄수들이 세탁 공장이나 번호판 공장에서 땀투성이가 되거나 비바람이 부는 노천에서 펄프나 덤불을 자르거나 하는 것을 감독하는 것과는 달리 화창한 햇살 아래서 5월의 휴일을 낮은 담 벽에 몸을 기대고 이런저런 얘기도 할 수 있었다.

그들은 한쪽 눈으로만 우리를 감시하면 되었다. 남쪽 벽의 감시탑이 아주 가까이 있었기 때문에, 만약 그 위의 간수들이 원한다면 우리에게 침을 뱉을 수 있을 정도의 거리였다. 지붕 위의 방수 공사에 선발된 우리들 누구라도 이상한 움직임을 보인다면 45구경 기관총이 불을 뿜는 데 4초도 채 걸리지 않을 것이다. 이런 까닭으로 옆에 계신 간수님들은 거기에 앉아서 편하게 지내고 있었다. 그들에게 없는 것은 얼음에 담근 6개들이 캔 맥주 두 팩 정도였다. 그것만 있으면 왕 같은 기분이 될 터였다.

그 중 한명은 바이런 해들리라는 사람이었는데 그 당시 이미 쇼생크에서 나보다도 오래 생활한 인물이었다. 보다 구체적으로 말하면 그때까지의 거쳐 간 두 사람의 교도소장의 기간을 합쳐 놓은 것보다 오래되었다. 1950년에 교도소의 책임을 맡은 사람은 조지 듀너히라는 메인 주 출신의 양키였다. 그자는 행정 형법학의 학위를 가지고 있었다. 내가 아는 한도 내에서지만 교도소장의 자리를 준 사람들과 달리 그를 좋아한 사람은 아무도 없었다. 들은 얘기지만, 그 자가 흥미를 가지고 있는 것은 세 가지밖에 없다고 했다. 앞으로 쓸 책을 위해서 필요한 통계를 모으는 것(나중에 라이트 사이드 프레스라는 뉴잉글랜드의 작은 출판사에서 냈다고 하지만, 아마 자비 출판일 것이다.)이 그 하나고, 매년 9월 교도소 내 야구 선수권 대회에서 어느 팀이 우승할 것인가 하는 것이 그 둘째이며, 메인 주에 사형법안을 통과시키는 것이 그 세 번째 관심사였다. 조지 듀너히는 사형에 대해 열광적이었다. 이 사람은 1953년에 면직이 되었는데, 그 이유는 교도소 안에 있는 자동차 수리공장에서 할인 수리를 청부해서 그 이익을 바이런 해들리와 그렉 스태머스 셋이서 나누어 먹은 것이 탄로 났기 때문이었다. 해들리와 스태머스는 자기들의 허물을 감추는 데 도사였기 때문에 별일 없이 지나갔지만 듀너히는 목이 날아갔다. 그자가 쫓겨나가는 것을 애석하게 생각한 사람은 하나도 없었지만, 그렉 스태머스가 그 후임자가 되는 것을 기뻐한 사람도 없었다. 스태머스는 배를 단단히 조른 키가 작은 사람으로 누구보다도 냉정했으며 다갈색의 눈을 가지고 있었다. 화장실에 가고 싶은 것을 참고 있는 사람처럼 항상 얼굴을 찡그렸으며 입은 삐뚤어졌다. 스태머스가 교도소장으로 있었던 기간에는 죄수 학대가 다반사로 일어났으며, 증거는 없지만 감옥 동쪽에 있는 잡목림 안에 밤에 몰래 매장한 것만 해도 5, 6회는 넘었다. 그렉 스태머스는 잔혹하고 냉혈적인 악마였다.

스태머스와 해들리는 친구였다. 교도소장인 조지 듀너히는 형식적인 책임자였고 스태머스와 해들리가 실제로 감옥을 휘두른 사람이었다.

해들리는 가냘픈 몸매에 키가 큰 사람이었고 붉은 머리는 슬슬 빠지고 있었다. 일광욕을 하면서 메마른 목소리로 지껄이거나 우리들이 조금이라도 꾸물거리면 곤봉으로 두들겨 팼다. 지붕 위에서 작업한 지 사흘째가 되던 날, 녀석은 머트 엔트휘슬이라는 간수와 이야기를 하고 있었다.

해들리는 막 들은 좋은 소식에 대해 투덜거리고 있었다. 그것이 이 사람의 삶의 방식이었다. 세계가 자기를 적으로 생각하고 있다고 믿고 있는 타인의 은혜를 모르는 그런 인간이었다. 이 세계가 자기의 가장 좋은 시간을 속여서 빼앗았고 앞으로 남은 시간도 아마 그럴 것이라고 믿고 있는 듯했다.

나는 성인군자 같은 간수를 몇 명 본 적이 있는데, 그들이 왜 그렇게 되었는지 알 수 있을 것도 같다. 그들은 아무리 빈곤하더라도 자신들이 주정부로부터 돈을 받고 감시하는 이들의 생활과 비교해 보면 얼마나 큰 차이가 있는지 잘 알고 있기 때문이었다. 때문에 그 간수들은 대부분 타인의 처지를 이해할 줄 아는 사람들이었다. 하지만 그 외의 간수들은 그렇지 못할 뿐만 아니라 그럴 이유조차 느끼지 못하고 있었다.

바이런 해들리 역시 애초부터 타인의 처지를 이해하려고 하지 않았다. 화창한 5월의 햇살 아래 편하게 앉아서 뻔뻔스럽게도 자기의 행운을 푸념하고 있는 놈이었다. 앉은 자리에서 3미터도 떨어지지 않은 곳에 한 무리의 남자들이 화상을 무릅쓰고 거품이 부글거리는 뜨거운 타르가 들어 있는 양동이를 땀을 흘리면서 나르고 있는데도 말이다. 그것도 평소 같으면 그보다 더 힘든 일을 하고 있을 우리들이었다.

인생관을 나타낸다는 그 오래된 질문(절반의 물이 담긴 컵에 대해 보이는 긍정적 혹은 부정적 반응 — 옮긴이)을 기억하는가? 아마 해들리라면 "컵의 물이 절반밖에 남아 있지 않아."라고 대답할 것이다. 언제까지라도 아멘. 만약 훌륭한 과일주를 선물 받더라도 그 놈은 식초라고 생각할 것이다. 만약 누군가 "당신의 아내는 매우 정숙하시군요."라고 말했다고 한다면, 그건 마누라가 너무 못생겼기 때문이라고 해들리는 말할 것이다.

어쨌든 그 놈은 머트 엔트휘슬을 상대로 해서 우리들 모두가 들을 수 있을 정도로 크게 떠들고 있었다. 커다랗고 하얀 이마는 벌써 볕에 타서 붉어져 있었다. 그는 지붕을 둘러싸고 있는 낮은 벽 난간에 한손을 기대고 있었다. 다른 한 손은 38구경 총 손잡이를 쥐고 있었다.

우리들은 머트와 함께 그 이야기를 모두 들었다. 해들리의 형은 14년 전에 텍사스로 떠나버리고는 남은 가족에게 편지 한 장 보내지 않았다. 가족들은 죽은 사람으로 생각하고 귀찮은 존재를 떨쳐버렸다고 생각하고 있었다. 그런데 10일 전쯤 오스틴의 변호사에게서 장거리 전화가 걸려왔다. 해들리의 형이 4개월 전에 죽었는데 매우 부자였다는 것이었다(*전혀 믿을 수 없는 일이야. 그자식이 그런 행운을 잡다니 말이야.*). 석유로 돈을 벌었는데 재산이 백만 달러 정도라고 했다.

물론 그렇다고 해들리가 백만장자가 된 것은 아니다. 만약 그랬다면 아무리 해들리라도 당분간은 행복에 젖어 있었을 것이다. 그런데 형은 메인 주에 있는 가족 가운데 살아 있는 사람이라는 조건을 붙여 한 사람당 3만 5000달러라는 꽤 많은 유산을 남겨 주었다. 괜찮은 일이다. 우연히 경마 복권에서 돈을 딴 것과 마찬가지가 아닌가.

그런데 해들리가 보기에 컵의 절반은 언제나 비어 있었다. 그 날 아침 장황하게 녀석이 머트에게 푸념한 것이 무엇인가 하면, 개 같은 정부가 굴러 들어온 호박을 어느 정도 상속세로 잘라갈 것인지에 대한 것이었다.

"녀석들이 남긴 것으로 새 차 정도는 살 수 있겠지. 그러나 그

차에도 세금이 붙을 거 아냐? 거기에다 수리비, 유지비가 들지. 그리고 젊은 계집애들이 드라이브 가자고 치근덕거릴 거란 말이야."

"그리고 계집애들이 운전하게 해 달라고 조르겠지."

머트가 거들었다. 머트 엔트휘슬은 이해득실 계산에 빠른 놈이었기 때문에 빤한 말은 하지 않았다. *있잖아, 바이런, 만약 그 돈 때문에 머리가 아프다면 내가 대신 받을까? 친구라는 게 그럴 때 필요한 것 아니야?*

"그렇지, 운전해 보겠다고 조르겠지. 뭐 운전연습 해보고 싶다는 핑계 따위를 대면서 말이야."

바이런은 부르르 몸을 떨었다.

"그런데 연말에 뭐가 날아올 거라고 생각해? 만약 세금 견적이 잘못되어 대출금 갚을 돈이 남아 있지 않으면 어떡해, 내 주머니에서 갚아야 되나? 그렇지 않으면 유대인 고리대금업자에게 빌려야 하나. 게다가 녀석들은 신고서를 조사해 보겠다고 하겠지. 세무서가 조사한다고 한다면 언제나 추징금이 뒤따르게 마련이고. 엉클 샘(정부를 뜻함 — 옮긴이)을 어떻게 이길 수 있겠어? 정부는 옷 속에 손을 넣고 젖꼭지가 보라색이 될 정도로 짜내려고 하겠지. 언제나 남는 것은 자투리뿐이야. 나 좀 도와 줘."

해들리는 3만 5000달러의 유산을 받지 않으면 안 되는 자기의 불행을 비관하는 것 같은 침울한 표정으로 더 이상 아무 말도 하지 않았다. 앤디 듀프레인은 5미터 정도 떨어진 장소에서 커다란 솔로 타르를 바르고 있었는데 갑자기 솔을 양동이에 던져 넣고는 해들리가 앉아 있는 곳으로 다가갔다.

우리들은 긴장했다. 다른 한 명의 간수인 팀 영블러드의 손이 권총으로 가는 것이 보였다. 감시탑 위의 간수도 동료를 불러 이 쪽으로 몸을 돌렸다. 순간 나는 탄환이나 곤봉, 아니면 두 가지가 동시에 앤디를 덮치지 않을까 하고 걱정했다.

앤디는 엉뚱하게도 조용한 목소리로 해들리에게 이렇게 말했다.
"당신은 부인을 믿고 있습니까?"

해들리는 눈을 이쪽으로 돌리고 있었는데 얼굴이 점점 붉어지는 것을 보고 나는 큰일 났다고 생각했다. 3초만 지나면 놈은 곤봉을 꺼내들고 앤디의 명치를 내려칠 것이었다. 강도에 따라서는 사람이 죽을 수도 있었는데, 간수들은 언제나 그것을 노렸다. 죽지 않는다고 해도 일시적으로 몸이 마비되어 아무리 움직이려 해도 움직일 수 없게 된다.

"이 자식 봐라? 좋아 한 번 기회를 주지, 솔을 집어 들어, 그렇지 않으면 이 옥상에서 머리부터 떨어뜨려 줄 거야."

해들리가 말했다.

앤디는 매우 부드럽게 상대를 바라보고 있을 뿐이었다. 얼음 같은 눈으로 아무것도 귀에 들어오지 않는 것처럼 서 있었다. 나는 앤디에게 어떻게든 가르쳐주고 싶었다. 절대로 간수들의 이야기를 들은 티를 내서는 안 된다는 것을 말이다. 그리고 명령받지 않은 한 절대로 간수에게 말을 걸지 마라(만약 그런 명령이 있다 하더라도 그자들이 듣고 싶어 하는 것만 말하고, 다른 것에 대해서는 입을 다물어라.). 흑, 백, 적, 황 등 피부색은 감옥과 관계가 없다. 여기의 우리들에게는 평등한 낙인이 찍혀 있다. 감옥 안에서는 모두 검둥이였다. 사람을 죽이는 것을 아무렇지 않게 여기는 해들리나 스태머스를 상대로 살아남기 위해서는 그런 생각에 익숙해져야만 한다. 감옥에 들어올 때는 내 몸이 주정부의 것이라는 것을 잊어서는 안 되었다. 만약 그것을 잊어버리면 재난이 뒤따랐다. 나는 눈이 먼 사람, 손가락이나 발가락이 없어진 사람을 알고 있다. 어떤 사람은 성기의 귀두가 잘렸지만 그렇게 끝난 것이 오히려 행운이라고 여기고 사는 경우도 있었다. 나는 앤디에게 이미 늦었다고 가르쳐주고 싶었다. 지금부터 술을 가지러 되돌아온다 해도 어차피 오늘밤 샤워실에는 누군가 덩치가 큰 놈이 기다리고 있다가 앤디의 양쪽 발을 자물쇠로 묶은 다음 발버둥치는 그를 시멘트 바닥 위에 그대로 내버려 둘 것이다. 덩치 큰 놈을 고용하는 데는 담배 한 갑이나 초콜릿 3개 정도면 충분했다. 무엇보다 내가 가르쳐주고 싶은 것은 그 이상 나쁘게 만들지 말라는 것이었다.

그렇지만 나는 아무것도 하지 못하고 타르를 지붕에 바르고 있었다. 다른 사람과 마찬가지였다. 내 궁둥이부터 돌보는 것이 먼저였다. 그렇게 할 수 밖에 없다. 궁둥이에는 어차피 구멍이 하나 있는데, 이곳 쇼생크에는 언제라도 그 구멍을 더 크게 찢어줄 준비를 하고 있는 해들리 같은 놈들이 얼마든지 있는 것이다.

앤디가 말했다.

"내가 말하는 것이 서툴렀는지도 모르겠군요. 당신이 부인을 믿고 안 믿고는 관계없는 일이죠. 문제는 부인이 몰래 당신의 재산에 손을 대는 일이 절대로 없을 것이라고 믿는지 안 믿는지 하는 것입니다."

해들리는 일어섰다. 머트도 일어섰다. 팀 영블러드도 일어섰다.

해들리의 얼굴은 소방차보다 더 붉었다.

"네놈이 지금 당장 생각해야 할 문제는 어느 정도 뼈가 부러지지 않고 살아남느냐 하는 거야. 진료소에서 꼼꼼히 세어봐. 이리 와, 머트. 이 개자식을 집어던져 버리자."

팀 영블러드는 권총을 뽑았다. 우리들은 필사적으로 타르를 발랐다. 해는 쨍쨍 쏟아지고 있었다. 그자들은 집어던질 거다. 해들리와 머트는 옥상에서 앤디를 던져버릴 것이다. 비참한 사고. 듀프레인, 수인번호 1433-SHNK는 양동이를 가지고 내려오다가 발을 헛디뎌 추락했다. 불쌍하게도.

그자들은 앤디를 붙잡았다. 머트가 왼쪽, 해들리가 오른쪽이었다. 앤디는 저항하지 않았다. 그의 눈은 한순간도 해들리의 붉고 긴 얼굴에서 떨어지지 않았다.

"해들리 씨, 만약 당신이 부인을 확실히 잡고 있다면." 앤디는 변함없이 부드럽고 차분한 말투로 계속했다. "걱정할 것 없습니다. 그 돈을 전부 가질 수 있습니다. 최종 점수는 미스터 바이런 해들리 3만 5000달러, 엉클 샘 0."

머트는 앤디를 지붕 끝으로 끌고 가려고 했지만 해들리는 그곳에 선 채로 있었다. 앤디는 두 사람의 가운데서 줄다리기에 쓰는 로프처럼 당겨졌다. 그 때 해들리가 말했다.

"잠깐 기다려, 머트. 야, 인마, 지금 한 말이 무슨 뜻이야?"

"그러니까 만약 당신이 부인을 꽉 잡고 있다면 그 돈을 부인에게 양도하면 되는 것입니다."

"좀 쉽게 말해 봐. 그렇지 않으면 지붕에서 밀어버릴 거니까."

"세무서는 배우자에게 면세한도액 6만 달러까지 증여하는 것을 한 번은 인정해 줍니다."

해들리는 도끼로 얻어맞은 것처럼 앤디를 바라보았다.

"그럴 리가, 세금이 없다고?"

"세금을 안 내도 됩니다. 세무서는 한 푼도 받아가지 않습니다."

"어째서 너 같은 놈이 그런 것을 알고 있지?"

해들리의 물음에 팀 영블러드가 말했다.

"저 녀석은 은행가였어. 어쩌면……."

"입 닥치고 있어, 송어새끼야."

해들리는 팀의 얼굴을 보지도 않고 말했다. 팀은 얼굴이 빨개졌고 아무 말도 하지 않았다. 몇 명의 간수로부터 송어라고 불리게 된 것은 여자처럼 입술이 두껍고 눈이 툭 튀어나왔기 때문이다. 해들리는 찬찬히 앤디를 바라보았다.

"그래 마누라를 쏘아 죽인 약삭빠른 은행가였지? 그런데 내가 왜 약삭빠른 은행가의 말을 들어야 되지? 나도 여기 처박혀서, 너 같은 놈 옆에서 땀을 흘리게 해주고 싶어서 그러는 거야? 그것이 네가 노리는 거야? 응?"

앤디는 아주 조용히 말했다.

"만약 탈세로 감옥에 가게 된다면 당신이 가게 되는 곳은 연방교도소지 쇼생크가 아닙니다. 그러나 절대로 그런 일은 없습니다. 배우자에게 세금 없이 증여하는 것은 전적으로 합법적이며 또한 빠져나갈 수 있는 구멍이기도 합니다. 나는 몇 십 명, 아니 몇 백 명에게 수속을 해준 일이 있습니다. 원래 이 제도는 작은 사업을 물려주고 싶다거나, 단 한 번 생각지도 않은 돈이 굴러들어온 사람들을 위한 것입니다. 바로 당신 같은 사람을 위해서."

"거짓말이지."

해들리는 그렇게 말은 했지만 거짓이라고 생각하는 눈치는 아니었다. 보면 아는 일이다. 그놈의 얼굴에는 어떤 감정이 자라나고 있었다. 못생기고 긴 얼굴과 햇볕에 그을린 벗겨진 머리 위에 징그럽게 겹쳐진 감정이었다. 바이런 해들리 같은 얼굴에는 오히려 외설적으로 보이는 감정, 그것이 희망이었다.

"거짓말이 아닙니다. 그러나 당신이 내 말을 믿을 이유는 없지요. 변호사와 상담하세요."

"그 자식들은 순 날강도 같은 놈들이라고!"

앤디는 어깨를 들썩였다.

"그러면 세무서에 가서 물어보시죠. 무료로 가르쳐줄 테니까. 사실은 내가 가르쳐줄 필요도 없습니다. 스스로 조사해 보면 바로 알 수 있는 일이니까요."

"개 같은, 마누라나 죽인 비열한 은행가에게 빤한 일을 물어볼 필요는 없어."

"그러나 증여 서류를 만드는 데는 세무변호사나 은행원이 필요하며 돈도 어느 정도 필요합니다." 앤디가 이어서 말했다. "그래서, 만약 당신이 괜찮다면 내가 서류를 만들어 주겠습니다. 보수는 여기에 있는 동료들에게 캔 맥주 세 개씩만 주는 것으로 하고."

"동료들이라고?"

머트가 낄낄거리며 무릎을 치면서 웃었다. 머트는 자기 무릎을 치는 것이 습관이었다. 저런 녀석은 세상 어딘가에 모르핀이 아직 발견되지 않은 곳에서 직장암으로 뒈지면 좋을 텐데.

"동료들이라…… 좋은 말이지. 흐흐, 동료들이래."

"시끄러워 조용히 해."

해들리에게 한마디 듣고서 머트는 입을 다물었다. 해들리는 아직도 앤디의 얼굴을 바라보고 있었다.

"방금 뭐라고 했어?"

"이렇게 말했습니다. 나에 대한 보수로 동료들에게 캔 맥주 세 개씩 나눠 주면 고맙겠습니다." 앤디는 이어서 또박또박 말했다. "봄에 밖에서 일할 때 맥주를 마실 수 있다면 자신이 인간이라는 것을 느낄 수 있을 것입니다. 이것은 내 개인적인 의견입니다만, 그렇게 한다면 아마 당신은 틀림없이 모두로부터 감사의 말을 듣게 될 것입니다."

그날 거기에 있었던 친구들 몇 명과 후에 얘기한 것이지만, 우리가 거기서 보고 느낀 것은 모두 같았다. 갑자기 앤디가 우위를 점했다는 것이다. 해들리는 허리에 권총, 손에는 곤봉을 들고 있었다. 해들리에게는 친구인 스태머스가 뒤에 버티고 있었으며, 스태머스의 뒤에는 감옥 관리본부가, 그 뒤에는 주정부의 권력이 있었다. 그러나 황금빛 햇살 아래 갑자기 그런 것들은 아무런 관계가 없어지고 우리들의 가슴 가운데 심장이 기뻐서 펄쩍 뛰는 것을 느꼈다. 1938년, 내가 다른 4명의 죄수와 함께 트럭을 타고 정문을 기어들어 운동장에 내린 이후 처음으로 느끼는 체험이었다.

앤디는 그 차갑고 맑으며 부드러운 눈으로 해들리를 바라보았지만, 상황은 3만 5000달러에만 해당된 것이 아니라는 데 우리의 의견이 일치했다. 그 장면을 머릿속에서 몇 번인가 되풀이해 보고 나서 알아낸 것이다. 남자 대 남자의 대결에서 앤디는 그놈을 굴복시켰던 것이다. 팔씨름에서 팔 힘이 강한 사람이 약한 사람의 손목을 테이블 위에 눌러버리듯이. 그 순간 해들리가 머트에게 말해서 먼저 앤디를 거꾸로 집어던진 다음에도 충분히 앤디의 조언을 이용할 수 있었다.

충분히 생각해 볼 수 있는 일이었다. 그러나 해들리는 그렇게 하지 않았다.

"만약 그렇게 생각한다면 너희들에게 맥주를 줄 수도 있지." 해들리가 말했다. "일하면서 마시는 맥주는 아주 맛있으니까."

그 자식은 기분 좋은 표정까지 지어 보였다.

"그러면 세무서에서 알려주지 않는 정보 또 하나." 앤디는 긴장을 풀지 않고 해들리를 바라보고 있었다. "확신이 있다면 부인에게 증여하십시오. 만약 배신당한다든지, 도망할 가능성이 있다면 다른 방법을 생각해 보시죠."

"나를 배신해?" 해들리는 의외라는 듯이 큰소리로 말했다. "나를 배신한다고? 능숙한 은행가님, 그 년은 말이오, 한 트럭분 설사약을 먹고도 내가 허락하지 않는 한, 방귀도 뀌지 못할 여자요."

머트와 영블러드, 다른 간수들 모두 아첨하듯 크게 웃었다. 앤디는 미소도 짓지 않았다.

"그렇지만 필요한 서류는 만들어 둡시다. 용지는 우체국에서 받아 오세요. 내가 기입하고 나서 나중에 서명만 하면 됩니다."

해들리는 갑자기 위대한 사람이라도 된 것처럼 가슴을 쭉 폈다. 그리고 우리를 발견하고 큰 소리로 말했다.

"이 자식들 뭘 멍청하게 보고 있는 거야? 개자식들, 빨리 일하지 못해!" 그러곤 해들리는 앤디를 돌아보았다. '이리와, 이것만은 기억해 주면 좋겠어. 만약 나를 속이려고 한다면 이번 주 안에 샤워실 근처에서 네 놈의 머리를 박살내겠어."
"그건 잘 알고 있습니다."
앤디는 변함없이 부드럽게 대답했다.
분명히 앤디는 잘 알고 있었다. 나중에 점차로 알게 된 것이지만 앤디는 나보다도 훨씬 잘 알고 있었다. 우리들 가운데 누구보다도 잘 알고 있었다.

그렇게 해서 1950년 봄 번호판 공장 지붕 위에서 타르를 바르고 있던 죄수들은 작업 종료 이틀 전 아침 10시에 모두 나란히 앉아서 쇼생크 감옥의 역사에 남을 악마 같은 간수가 베푸는 블랙 라벨의 맥주를 마셨다. 소변처럼 미지근했지만 그래도 세상에 태어나서 마신 맥주 가운데 가장 맛있는 맥주였다. 우리들은 앉아서 등에 따스한 햇볕을 쪼이며 찔끔찔끔 아끼며 마셨다. 해들리의 얼굴에 떠오른 반쯤은 재미있어 하고 나머지 반은 경멸하는 표정이 눈에 들어왔다. 인간이 아닌 고릴라가 맥주를 마시는 것을 보기라도 하는 것처럼 우리를 보고 있었다. 그러나 그러한 표정도 우리들의 기분을 상하게 하지 않았다. 맥주 마시는 휴식은 20분이었고 그 20분 동안 우리들은 자유로운 인간이었다. 맥주를 마시면서 내 집의 지붕에 타르를 바르고 있는 기분이었다.
그러나 앤디는 마시지 않았다. 그의 음주 습관은 앞에서 얘기한 그대로이다. 앤디는 그늘에 쭈그리고 앉아서 무릎 사이에서 양손을 흔들면서 엷은 미소를 띠고 우리를 바라보고 있었다. 앤디의 그런 모습을 기억하고 있는 이들이 많다는 것은 놀란 만한 일인데, 앤디 듀프레인이 바이런 해들리와 대결했을 때의 작업반이 몇 명 되지 않았던 것을 생각해 보면 더욱 놀랍다. 내 기억에 그 장소에 있었던 사람은 아홉 명인가 열 명이었는데, 1955년이 되자 그 자리에 있었던 사람은 200명, 아니 그보다도 더 많았다.

내 이야기가 한 인간의 실화인지, 아니면 진주가 모래에서 만들어지듯이 한 인간을 두고 만들어진 전설인지 확실히 대답하라고 묻는다면 그 답은 그 중간쯤 될 거라고밖에 못하겠다. 확실히 알고 있는 것은 앤디 듀프레인이라는 친구는 나 자신뿐만이 아니라, 감옥에 들어와서 내가 알게 된 그 누구하고도 거의 닮지 않았다는 것이다. 이 창백한 남자는 자기 몸의 뒷문에 500달러를 숨겨가지고 들어왔지만, 그 외에도 몰래 무엇인가를 가지고 들어왔다. 그것은 그 자신의 값어치나 마지막에 승자가 되려고 하는 그의 의지일지도 모른다. 어쩌면 이 걸레 같은 회색 벽 속에서도 존재할 수 있는 자유로운 기분일지도 모르는 일이다. 앤디가 가지고 다니는 것은 내적인 빛이었다. 그가 단 한 번, 그 빛을 잃어버렸던 때를 나는 알고 있는데, 그것도 이 이야기의 일부이다.

1950년 월드 시리즈가 시작할 무렵 앤디는 더 이상 시스터들과 문제가 없었다. 스태머스와 해들리가 손을 댔기 때문이다. 만약 앤디가 스태머스나 해들리에게 갔을 때나, 혹은 두 사람과 긴밀한 관계의 다른 간수에게 갔을 때, 앤디의 팬티에 묻어 있는 한 방울의 피라도 보였다면 쇼생크에 있는 시스터들 전원은 그날 밤으로 머리를 싸매고 침대에서 뒹굴어야 했을 것이다. 시스터들은 반항하지 않았다. 앞에서도 얘기한 것처럼 감옥 안에는 앤디 외에도 열여덟 먹은 차 도둑이나 방화범, 어린 아이를 강간한 놈 등 얼마든지 상대는 많았다. 번호판 공장 지붕 위의 그날부터 앤디는 자기의 길을 갔으며 시스터들도 자신의 길을 가게 된 것이다.

그 무렵 앤디는 브룩스 해틀런이라는 억세고 늙은 죄수 밑에서 도서관 사서를 하고 있었다. 브룩스는 대학을 졸업했다고 해서 1920년대 말부터 그 일을 시작했다. 브룩스의 전공은 축산학이었지만 쇼생크 같은 하급교육시설에서는 대학을 졸업한 사람이 거의 드물었기 때문에 입맛에 맞는 사람을 구할 수 없었다.

브룩스는 쿨리지 대통령 시대에 노름으로 재산을 날리고 부인과 딸을 죽인 사람이었는데, 1952년 가석방되었다. 으레 그렇듯이 브룩스가 사회에서 적응할 수 없는 것을 예측하고 출소시킨 것이었다. 폴란드에서 만든 옷을 입고 프랑스제 구두를 신고 한 손에는 가석방 허가증과 다른 한 손에는 그레이하운드의 승차권을 들고 비척거리며 나가는 브룩스의 나이는 68세였고, 거기에 관절염까지 있었다. 감옥 문을 나가면서 그는 한참을 울었다. 쇼생크가 브룩스의 세계였던 것이다. 브룩스에게 벽 밖의 세계는 15세기에 미신을 신봉하는 선원들이 생각하던 대서양처럼 무시무시한 곳이었다. 감옥 안에서 브룩스는 중요인물이었다. 도서관의 사서였고 배운 사람이었다. 그러나 그가 키터리 도서관에 가서 취직시켜 달라고 말한다 하더라도, 취직은커녕 대출 카드조차 받지 못할 것이다. 소문에 의하면 브룩스는 1953년에 프리포트 가까이에 있는 어느 빈곤 노인수용소에서 죽었다고 한다. 그래도 내가 예상한 것보다 6개월이나 더 살았다는 얘기가 된다. 간단히 말하면 주정부는 앙갚음을 한 것이다. 감옥 안을 좋아하게 만들어 놓고 밖으로 내쫓아버린 것이다.

앤디는 브룩스의 일을 이어받아 23년간 사서를 했다. 도서관을 훌륭하게 꾸미기 위해 해들리에 대해 사용한 의지력을 가지고 리더스 다이제스트의 요약본과 내셔널 지오그래픽이 꽂혀 있던 작은 방을(1922년까지 도료실이었던 그 방에서는 여전히 송진 냄새가 났으며 변변히 바람도 통하지 않았다.) 뉴잉글랜드 제일의 교도소 도서관으로 개량해 나갔다.

앤디는 도서관 꾸미기를 서서히 진행시켰다. 문 옆에 투서함을 설치하고 '포르노를 더 많이'라든지 '탈옥법 단기완성'을 같은 장난스런 제안을 끈기 있게 가려냈다. 그리고 죄수들이 진지하게 알고 싶어 하는 책들을 모았다. 뉴욕의 큰 북클럽에 편지를 띄워서 그중 두 군데의 문학 길드와 과학서적 클럽에서 선정한 모든 도서를 특별 할인가격으로 받기도 했다. 앤디가 발견한 것은 비누 조각이나 나무 조각, 요술, 카드점 등의 보잘 것 없는 취미 정보였지만 모두가 굶주리고 있던 것이었다. 그래서 그러한 책을 가능한 모아들였다. 거기에 교도소 기본 도서라고 할 수 있는 얼 스탠리 가드너, 루이 러모어 등도 모아 들였다. 죄수들은 법정의 이야기와 서부 황야의 이야기는 아무리 읽어도 질리지 않는 모양이었다. 그 이외에도 앤디는 대출 데스크 위에 상당히 자극적인 문고본들을 감추어 두고 있다가 반드시 돌려준다는 보증만 있으면 몰래 빌려 주었다. 그런 책은 새로 들어오자마자 너덜너덜하게 될 때까지 읽고 또 읽었다.

1954년이 되자 앤디는 오거스타에 있는 주 의회에 편지를 띄우기 시작했다. 그 무렵에는 스태머스가 교도소장이 되어 있었는데, 그자는 앤디를 일종의 마스코트처럼 취급했다. 자주 도서관에 와서는 앤디와 쓸데없는 잡담을 하거나 때로는 아버지라도 되는 것처럼 앤디의 어깨를 안아주거나 꾸지람을 하기도 했다. 그러나 누구의 눈도 속일 수 없다. 앤디는 누구의 마스코트도 아니었다.

스태머스는 앤디가 주 의회에 편지를 띄우는 데 대해 이렇게 훈계했다. "바깥에서 네가 은행가였는지도 모르지만 그 인생의 일부는 점점 과거로 멀어져가고 있다. 그러니까 교도소의 방식에 적응하지 않으면 안 된다. 게다가 오거스타에 있는 그 벼락부자인 공화당 로터리클럽 회원들의 생각에 의하면, 교도소와 범죄자 교정 분야에서 납세자의 돈을 사용하는 길은 세 가지밖에 없다. 첫째는 더 많은 벽을 쌓는 것이고, 둘째는 더 많은 쇠창살을 만드는 것이며, 셋째는 더 많은 간수를 고용하는 것이다." 즉 주 의회가 쇼생크에 있는 죄수들을 인간쓰레기로 생각하고 있다는 말이었다. 죄수들은 고통스러운 시간을 보내기 위해 그 곳에 온 것이기 때문에, 예수 그리스도의 이름을 걸고 앤디의 요청을 주 의회가 들어주지 않을 것이라는 거다. 배급되는 빵 속에 몇 마리의 벌레가 들어 있다고 해도 그게 뭐가 문제야?

앤디는 언제나처럼 차분한 미소를 지으며 스태머스에게 이렇게 말했다.

"만약 콘크리트 블록 위에 매년 빗물이 한 방울씩 떨어진다고 할 때, 그것이 백만 년 계속된다면 어떻게 되겠습니까?"

스태머스는 껄껄 웃으며 앤디의 등을 툭 쳤다.

"이것 봐, 자네는 백만 년을 살지도 못하잖아. 좋아, 만일 그런 일이 있다면 그건 자네의 일이야. 자넨 미소를 지으며 계속 그렇게 하겠지. 좋은 일이지. 편지를 쓰겠다면 쓰게. 자네가 우표 값을 부담한다면 우편함에 넣어줄 수는 있어."

앤디는 그렇게 했다. 그리고 마지막에 웃은 사람은 앤디였다. 그렇지만 스태머스도 해들리도 그때 쇼생크에 없었다. 도서관 예산에 관한 앤디의 청원은 언제나 판에 박은 듯이 각하되었지만 결국 1960년에 200달러짜리 수표가 날아왔다. 분명히 주 의회는 그 정도면 앤디가 입을 다물고 다른 곳에 청원할 것이라고 생각한 것이 틀림없었다. 절대로 그렇지 않았다. 앤디는 한 걸음은 떼어 놓았다는 자신감을 가지고 두 배의 노력을 기울였다. 매주 한 통의 편지를 두 통으로 늘렸다. 1962년에는 400달러가 날아왔으며 60년대 후반에 가서는 매년 700달러씩 받았다. 1971년에는 1000달러로 크게 인상되었다. 보통 시골의 도서관에 지원하는 금액과 비교하면 어림도 없이 적은 돈이었지만 1000달러가 있으면 페리 메이슨 같은 탐정소설이나 제이크 로건 같은 서부소설의 헌책을 몰래 살 수 있었다. 앤디가 사라지기 직전에 도서관에 가면 (원래 도료실로 쓰던 방에서 세 개로 늘렸다.) 원하는 책은 대개 구비가 되어 있었다. 만일 없다고 하더라도 앤디에게 부탁하면 거의 받아 볼 수 있었다.

그런데 여러분은 이쯤에서 이런 질문을 하고 싶어 할지도 모르겠다. 이러한 일들이 전부 앤디가 해들리에게 세금 절약법을 가르쳐 주었기 때문에 생긴 일이냐고. 그렇다고도 할 수 있고 그렇지 않다고도 할 수 있다. 거기에 무엇이 있었는지는 추측할 수 있을 것이다.

쇼생크의 벽 안에 돈을 잘 불리는 마법사가 있다는 소문이 퍼졌다. 1950년 늦은 봄부터 여름에 걸쳐 앤디는 아이들을 대학에 보내고 싶어 하는 두 명의 간수에게 신탁자금의 설정을 해 주었고, 증권을 해보고 싶다는 다른 두 명의 간수에게 조언을 해 주었다. 결국 두 사람은 큰돈을 벌었다. 그 중 한명은 돈을 많이 벌었기 때문에 2년 뒤에 재빠르게 간수를 그만두었다. 그러니까 교도소장, 조지 듀너히에게도 세금 대책을 가르쳐 주지 않았을 리가 없다. 듀너히가 쫓겨나기 바로 전에 아마도 자기의 책으로 몇 백만 달러를 버는 꿈을 꾸었을 것이다. 1951년 4월에는 쇼생크에 있는 절반 이상의 간수들을 위해 소득신고를 대행해 주었다. 1952년에는 거의 전부를 해 주었다. 앤디는 보수로 교도소에서 가장 값어치가 있는 선물을 받았다. 그것은 간수들의 호의였다.

그 후 스태머스가 교도소장의 의자에 앉자, 앤디는 더욱 더 중요한 인물이 되었다. 그렇지만 나에게 거기에 대해서 설명하라고 한다면 그건 억측일 뿐이다. 내가 알고 있는 것도 있지만 그 외에는 상상할 수밖에 없기 때문이다. 죄수들 가운데 여러 가지 특혜를 받고 있는 자들이 분명히 있다. 감방 안에 라디오를 두고 있다거나 빈번한 면회 등 이런 저런 특혜가 있는데 그것은 바깥에서 그만큼의 돈을 지불하고 있는 것이다. 그런 사람들을 죄수들은 천사라고 불렀다. 갑자기 누군가가 번호판 공장에서 토요일 오후 작업을 면제받는다고 한다면, 그 사람의 천사가 벽 바깥에서 그렇게 되도록 힘을 쓰고 있다는 것을 알 수 있다. 대개의 경우, 천사가 간수에게 돈을 지불하고 그 간수는 조직의 위아래에 돈을 집어 주었다.

그런데 듀너히 소장의 목이 달아나게 한 할인 자동차 수리공장 비리는 잠깐 동안 지하로 숨어들었지만 50년대 후반이 되면서 전보다도 더 강한 숨을 내뿜었다. 교도소의 노력을 사용하고 있는 청부업자들이 가끔씩 관리본부의 상층부에 수수료를 지불했을 것이다. 같은 일은 세탁 공장이나 번호판공장, 거기에다 1963년에 만들어진 쇄광(碎鑛)공장에 기계를 팔거나 설치한 회사도 마찬가지일 것이다.

60년대 후반이 되면서 마약 붐이 일어나 관리직원 녀석들이 이에 관여하기 시작했다. 그 모든 것을 합치면 거금의 불법 소득이 유입되었다는 말이 된다. 아티카나 산 퀜틴 같은 큰 교도소에서 거래하는 비밀스런 돈다발과는 비교가 되지 않겠지만 푼돈은 아니었다. 그렇게 되면 결국 돈의 처리가 문제가 된다. 그 돈을 지갑에 처박아두고 뒷마당에 수영장을 만든다든지 집을 늘려 짓는 경우, 꼬기작거리며 20달러 다발이나 구깃구깃한 10달러 다발을 꺼낼 수는 없다. 일단 어느 정도를 넘으면 그 돈의 출처를 설명해야 하는 필요가 생긴다. 만약 그 설명이 별로 설득력이 없으면 자기도 가슴에 수형번호를 붙이는 신세가 될 것이 뻔했다.

그래서 앤디는 인기가 좋을 수밖에 없었다. 그들이 앤디를 세탁 공장에서 빼내서 도서관에 앉혔지만 다른 한편으로 생각해 보면, 그들은 앤디를 세탁 공장에서 빼낸 것이 아니었다. 더러워진 옷을 빠는 대신 더러운 돈을 세탁하게 만들었다. 앤디는 그 돈으로 주식이나 사채, 면세가 되는 도시 채권을 사들였다.

번호판 공장 옥상의 그날 이후 10년 사이에 단 한 번 앤디는 나에게 이렇게 말한 적이 있었다. 지금 자기가 하고 있는 일에 대한 생각이 정리됐기 때문에 양심의 가책은 그리 심하지 않다. 그

더러운 일은 자기가 하지 않아도 누군가에 의해 계속될 것이고 자기가 쇼생크로 보내 달라고 부탁한 것도 아니다. 자기는 무서운 불운에 희생된 죄 없는 사람이다. 전도사나 사회사업가도 아니다 라고.

"그리고 말이야, 레드." 앤디는 언제나처럼 미소를 지으며 말했다. "내가 쇼생크에서 하고 있는 일은 바깥세상에서 했던 일과 별로 다를 것이 없어. 이건 상당히 냉소적인 격언이지만, 개인이나 사회가 필요로 하는 전문적인 이익에 대한 조언은 그 개인 또는 사회가 어느 정도 많은 사람을 착취하느냐에 정비례해서 증가한다는 거야. 이 교도소를 지배하고 있는 녀석들은 우둔하고 잔혹한 괴물들이야. 올바른 세상을 지배하고 있는 놈들도 잔혹한 괴물이지만 그렇게까지 우둔하지는 않아. 그것은 바깥세상의 능력을 기준으로 하면 조금 높은 정도야. 그렇게 큰 차이가 나지 않지. 아주 조금이야."

"그러나 마약은 얘기가 다르지. 자네에게 이것저것 간섭하고 싶지 않지만 마음에 걸려서 말이야. 마리화나, 각성제, 진정제, 넴부탈, 게다가 요새는 페이스 포 같은 것도 나오고 있잖아. 나는 그런 것은 절대로 사용하지 않아. 물론 앞으로도 마찬가지지만."

"그래. 나도 마약은 싫어해. 물론 사용한 적도 없고, 원래 담배나 술도 별로 즐기지 않으니까. 나는 마약을 취급하지 않아. 구입한 적도 없으며 벽 안으로 갖고 들어온 것을 팔아본 적도 없어. 그 짓을 하는 것은 대개 간수들이야."

"하지만……"

"알고 있어. 무슨 일이든 한계가 있는 법이지. 간단히 말해서 레드, 세상에는 절대로 자기의 손을 더럽히지 않는 사람도 있어. 성자가 되면 비둘기가 날아와 어깨에 앉아서 옷에 똥을 싸게 내버려두기도 하지. 그것의 반대는 쓰레기 더미에 앉아서 뭐든지 돈이 되는 것은 똥이라도 취급하는 것이겠지. 총이나 칼, 헤로인 등 그게 무엇이든 상관하지 않아. 자네는 지금까지 누군가로부터 살인을 의뢰받은 일이 있어?"

나는 고개를 끄덕였다. 오랫동안 그런 일이 몇 번인가 있었다. 게다가 나는 물건을 파는 사람이었다. 만약 트랜지스터에 끼울 건전지나 럭키 스트라이크 몇 보루, 마리화나 등을 주문받거나 한다면 칼을 사용하는 친구들도 있지 않느냐고 생각하기 마련이다. 앤디가 동의했다.

"물론 있겠지. 그러나 넌 거절했을 거야. 왜냐하면 레드, 우리 같은 인간은 제3의 선택이 있다는 것을 알고 있기 때문이야. 순결만을 관철하지도 않고, 헤로인이나 더러운 물건에 흠뻑 잠기지도 않는 다른 한 길, 그것은 대부분의 세상의 어른들이 선택하는 길이야. 욕심에 눈이 어두워져 진창에 빠지지 않도록 균형을 잡고, 두 가지의 악 가운데에 보다 작은 것을 골라 자기의 선의를 잃어버리지 않도록 하며 살아가지. 그런데 자기가 어느 정도 잘 해나가는지는 아마도 이걸로 판단할 수 있을 것이라고 생각해. 밤에 얼마나 편하게 잘 수 있을까. 그리고 어떤 꿈을 꾸는지."

나는 웃었다.

"선의라. 그 정도는 모두 알고 있어 앤디. 그 길을 깜빡 잘못 밟으면 아래는 지옥일 거야."

그러자 앤디가 갑자기 진지한 얼굴을 했다.

"아니 난 진지한 얘기를 하고 있어. 지옥은 여기에 있어. 이 쇼생크에 있지. 그놈들은 마약을 팔고, 나는 그렇게 해서 번 돈을 어떻게 하면 좋을지 가르쳐 주고 있어. 그러나 나는 도서관을 손에 넣었어. 도서관의 책을 이용하여 고등학교 검정고시에 합격한 사람이 벌써 20명이 넘어. 여기를 나간 다음 그들을 똥거름에서 빠져나가게 할 수 있을지도 모르지. 1957년 두 개의 방이 필요했을 때 나는 그걸 손에 넣었어. 간수들은 나를 어르고 싶어 해. 그 대신 나는 싸게 일을 해 주었지. 그런 거래가 성립된 거야."
"게다가 앤디, 네 개인 방도 손에 넣었잖아?"
"물론 그것이 내가 노리는 것이었지."
교도소의 인구는 50년대를 통해서 점차로 상승하여 60년대에 들어와서는 폭발할 지경이었다. 전국적으로 대학에 가야 할 젊은 것들이 마약을 피우고 싶어 했지만 마리화나를 조금 피운 것 때문에 말도 안 되는 형벌을 받았기 때문이었다. 그러나 이때에도 앤디의 감방에는 동거인이 아무도 없었다. 한번은 노머덴이라는 이름을 가진 큰 몸집에 별로 말이 없는 인디언이(쇼생크에 있는 인디언이 모두 그랬지만 노머덴도 추장이라고 불렸다.) 같이 지낸 적이 있었는데 그리 길지 않았다. 다른 장기 복역수는 앤디의 머리가 이상하다고 생각하고 있었지만 앤디는 빙긋이 웃기만 했다. 그는 혼자 지내는 것이 성격에 맞았다. 그리고 앤디가 말한 대로 교도소 당국은 앤디를 편하게 해 주려고 했다. 왜냐하면 싸게 일을 해 주니까.

교도소의 시간은 더디게 흘러갔다. 가끔 '멈추어 있을 거야'라고 단언하고 싶지만 그래도 시계는 움직이고 있었다. 시간은 흘러 갔다. 조지 듀너히는 '스캔들', '더러운 자리'라고 신문에 대서특 필되고 있는 사이에 여기를 떠났다. 스태머스가 그를 이어 교도소 장이 된 후 6년간 쇼생크는 일종의 생지옥이었다. 스태머스가 군림한 시대에는 진료소의 침대와 독방은 언제나 만원이었다.

1958년 어느 날 감방의 작은 면도거울을 보고 있으려니까 40세 정도의 중년 남자가 나를 마주 보고 있었다. 1938년 여기에 처음 들어왔을 때 홍당무 같은 붉은 머리를 가진 젊은이는 후회와 죄 책감으로 머리가 이상하게 되어 자살을 생각했었다. 그런데 그 젊 은이는 어디에도 없었다. 붉은 머리는 회색으로 변하기 시작하였다. 눈 주위에는 잔주름이 있었다. 그날 나는 내 안에 있는 노인이 밖에 나갈 때를 슬프게 기다리고 있는 것을 보고 말았다. 그것을 보고 오싹했다. 누구라도 감옥 안에서 나이를 먹고 싶어 하지 않았다.

스태머스는 1959년이 시작하고 바로 모습을 감추었다. 그때까지 몇 명인가 취재기자가 찾아와서 냄새를 맡으려고 했고, 그 가운데 하나는 사실무근의 일을 날조한 까닭으로 4개월간 쇼생크에서 복역했다. 또다시 스캔들과 더러운 자리에 대해 폭로될 지경에 이르렀으나 기자들이 펜대를 휘두르기 전에 스태머스는 도망치고 말았다. 그 기분은 알 수 있다. 알다 뿐인가. 만약 재판을 받고 유죄판결이 나면 쇼생크에 처박힐지도 모르는 일이었다. 만일 그렇게 된다면 스태머스의 수명은 길어야 5시간 정도일 것이다. 바이런 해들리는 그 2년 전에 사라졌다. 그 악마 같은 간수는 심장 발작을 일으켜 재빠르게 이 세상에서 은퇴하고 말았다.

앤디는 스태머스 사건이 일어난 뒤에도 아무 변화가 없었다. 1959년에 새로운 교도소장이 임명되었고 그에 따라 새로운 부교도소장과 새로운 간수들이 왔다. 그리고 8개월간 앤디는 평범한 죄수의 한사람이었다. 노머덴이라는 몸집이 큰 혼혈 인디언이 앤디와 동거한 것은 바로 이 때였다. 그리고 모든 일은 원상태로 되돌아가기 시작했다. 노머덴은 다른 곳으로 옮겨졌고 앤디는 독방을 사용해도 좋은 신분이 되었다. 교도소장의 이름이 바뀌었어도 더러운 자리의 알맹이는 바뀌지 않았다.

언젠가 노머덴에게 앤디에 대해 물어본 적이 있었다.

"좋은 놈이야."

노머덴은 그렇게 말했다. 노머덴의 이야기를 듣는 것은 어려운 일이었다. 언청이에다가 입천장이 갈라져서 말이 분명하지 않았다.

"같이 있을 때가 좋았는데. 녀석은 놀리지 않았거든. 그렇지만 내가 있으면 방해가 되는 모양이야. 그런 것은 알 수 있어."

그가 어깨를 크게 들썩였다.

"나 거기서 나올 때 기분 좋았어. 그 감방은 외풍이 심해서 언제나 추워. 녀석은 자기의 개인 물건을 만지지 못하게 했어. 별로 상관하지 않지만. 좋은 녀석이야. 놀리지도 않고. 그렇지만 그 외풍은 싫어."

내 기억이 틀리지 않았다면 리타 헤이워드는 1955년까지 앤디의 감방에 붙어 있었다. 그 다음은 마를린 먼로였다. 「7년만의 외출」에서 지하철의 통풍구 위에 서서 바람 때문에 치마가 들려올라간 그 사진이었다. 마를린 먼로는 1960년까지 붙어 있었고 포스터가 너덜너덜 되었을 때 앤디는 제인 맨스펠드로 바꾸어 붙였다. 제인은 분명히 말하지만 가슴이 빵빵했다. 1년 정도 지나서 제인은 영국의 여배우로 바뀌었다. 헤이젤 코트였는지도 모르지만 확실하게 기억나지 않는다. 1966년에는 그것이 사라지고 라켈 웰치가 등장해 앤디의 감방 안에서 6년간이라는 기록을 세우며 장기흥행에 성공했다. 최후에 그 벽을 장식한 것은 린다 론스타트라는 귀여운 컨트리 록 가수였다. 언젠가 앤디에게 "자네에게 포스터란 도대체 어떤 의미야?"라고 물은 적이 있었다. 앤디는 의외로 매우 놀란 얼굴을 했다.

"아니 별로, 대개의 죄수들이 느끼는 것과 별 차이가 없다고 생각하는데. 그래, 자유라고 할까. 그 예쁜 여자들을 보고 있으면 내가 벽을 지나서 그녀의 옆에 서 있는 기분이 들어. 자유의 신분으로 말이야. 그래서 라켈 웰치가 가장 마음에 들었어. 그 이유는 그녀뿐만 아니라 그녀가 서 있는 해변이 마음에 들어서. 멕시코 어딘 것 같은데. 내가 생각하고 있는 것이 들려오고 있는 것 같은 장소지. 레드, 자네는 포스터의 사진을 보고 그런 기분이 든 적이 없어? 그 속으로 걸어 들어갈 수 있을 것 같은 기분 말이야."

그렇게 생각해 본 적이 한 번도 없다고 나는 말했다.

"아마도 언젠가 내가 말하는 의미를 알 날이 오겠지."

그가 말한 그대로였다. 그로부터 몇 년 후에 나는 앤디가 말한 의미를 알아차렸다. 그리고 그것을 깨달았을 때 맨 먼저 든 생각은 노머덴의 이야기였다. 앤디의 감방은 외풍 때문에 언제나 추웠다는 바로 그 이야기.

1963년 3월말인지 4월초인지 앤디에게 불행한 사건이 발생했다. 그에게는 나를 포함한 우리에게 없는 것이 있다고 전에 말한 적이 있다. 그것은 운명에 대한 감수라고 해도 좋고 마음의 평화라고 해도 좋으며 어쩌면 언젠가 나쁜 꿈이 끝난다고 하는 흔들리지 않는 확신이라고 해도 좋다. 그것에 대해 어떤 이름을 붙이건 앤디 듀프레인은 언제나 자기의 행동에 일관성을 가지려고 하는 것 같았다. 대개의 종신형 죄수가 얼마 지나지 않아 걸리게 되는 '세상을 등지는 절망'은 없었다. 앤디에게는 고작 이것밖에 남지 않았다고 생각하는 무력감도 없었다. 그 63년 겨울까지는.

그 사이에 새로운 교도소장이 부임해 왔다. 새뮤얼 노튼이라는 사람이었다. 내가 아는 한 노튼이 잠깐이라도 얼굴 표정을 일그러뜨리는 것을 본 적이 없었다. 그자는 엘리엇 침례재림교회에서 30년 개근 배지를 받았다. 이 행복한 가정의 가장으로서 해낸 가장 큰 개혁은 새로 들어오는 신참에게 반드시 신약성서를 지급한다는 것이었다. 그자의 책상에는 티크로 만든 작은 널빤지에 금박 글씨로 '예수는 나의 구세주' 라고 새겨놓은 것이 있었다. 그자의 마누라가 만든 자수 작품에는 '심판의 날이 곧 오리라' 라는 수가 놓여 있었다. 이 문구는 우리들에게 웃음거리가 되었다. 우리는 이미 심판을 받았다. 바위도 우리를 숨겨주지 않으며 말라버린 고목도 우리를 숨길 수 없다는 것은 언제라도 증언할 수 있다. 새뮤얼 노튼이란 사람은 언제나 성서를 인용해서 말을 했다. 여러분에게 충고하겠는데 이런 인간을 만나면 빙긋이 웃어주고는 양손으로 불알을 가리는 게 상책이다.

스태머스 시대보다는 진료소에 가는 사람도 줄었고, 내가 아는 한 달빛 아래서의 암매장은 사라졌다. 그것은 노튼이 형벌의 신봉자가 아니기 때문이 아니었다. 독방은 언제나 차고 넘쳤다. 죄수들의 이빨이 빠지는 것은 구타 때문이 아니라 빵과 물밖에 없는 식사가 원인이었다. 독방에 있는 죄수들은 빵과 물밖에 없는 식사를 단식요법이라고 이름 붙였다.

"난 새뮤얼 노튼식 단식요법을 쓰고 있어."

이 사람은 지위가 높은 사람으로서 내가 지금까지 본 최고로 저질인 위선자였다. 전에 말한 더러운 자리는 그대로 번창하고 있었지만 새뮤얼 노튼은 거기에 새로운 것을 추가했다. 앤디는 그것을 잘 알고 있었고 그 당시 무척 절친해진 나에게 그 중의 몇 가지를 몰래 이야기해 주었다. 그 이야기를 하면서 앤디의 얼굴은 비웃음과 불쾌함이 뒤섞인 놀라운 표정을 지었고 추악한 벌레에 대해서 말하는 것 같았다. 그 벌레는 얼마나 추악하고 욕심이 많은지 무서움보다는 비웃음이 먼저 일어났다.

노튼 교도소장이 실행한 계획은 여러분이 16, 7년 전에 읽은 적이 있을지도 모르겠다. 《뉴스위크》에도 기사가 실렸다. 신문이나 잡지에서는 현실적인 범죄자 갱생 정책의 커다란 진보라고 보도했다. 펄프 목재를 벌채하는 복역자들, 다리나 상수도를 수리하는 복역자들, 감자 저장소를 만드는 복역자들. 노튼은 이런 것들에 '쇄신정책'이라는 이름을 붙였다. 특히 《뉴스위크》에 기사가 나가고 난 다음 뉴잉글랜드에 있는 대부분의 로터리클럽이나 키와니스 클럽에 초대되어 그 의미를 설명하곤 했다. 복역자들은 그것을 '노가다'라고 부르고 있었는데 내가 알고 있는 범위에서 키와니스 회원이나 로터리클럽 회원 앞에서 그 의견을 발표한 녀석은 한명도 없었다.

노튼은 30년 개근 배지를 빛내면서 모든 작업장을 감독했다. 펄프 벌채장으로부터 빗물을 퍼내는 도랑, 주 고속도로 아래에 새로운 고랑을 뚫는 작업까지 어디에나 노튼은 있었고, 그는 가장 좋은 곳을 낚아챘다. 그런 일은 수백 가지의 방법이 있었다. 인간, 물자 뭐든지 상관하지 않았다. 그런데 그자는 또 다른 아주 좋은 방법을 알고 있었다. 이 지방의 건축업자들은 노튼의 '쇄신정책'을 몹시 겁냈다. 복역자의 노동력을 이용하는 건 노예 노동이기 때문에 아무리 타 업체가 경쟁해도 이길 수가 없었다. 그런 이유로 신약성서와 30년 개근 배지의 남자 새뮤얼 노튼은 쇼생크 교도소장 16년 동안 막대한 숫자의 두터운 봉투를 그들로부터 받았다. 봉투를 건네받으면 입찰할 때 지나치게 높은 가격을 써 넣든지 아니면 아예 입찰하지 않았다. 그러곤 때마침 복역자들이 다른 공사를 하고 있기 때문이라는 그럴싸한 이유를 댔다. 노튼이 매사추세츠의 고속도로에서 멀리 떨어진 선더버드의 트렁크 안에서 두 손이 결박당해 6발의 총탄을 맞은 모습으로 발견되지 않은 것이 신기할 정도였다.

어쨌든 선술집에서 부르는 우스꽝스러운 노래에도 있지만, (*오 하느님 어째서 돈이 이렇게 굴러 들어오는 것입니까.*) 노튼은 아마도 오래된 청교도의 사고방식에 심취해 있었을 것이다. 하느님이 어떤 인간을 가장 사랑하는지를 알기 위해서는 모두의 은행 잔고를 조사하는 것이 최고라고 하는 그것 말이다.

앤디 듀프레인은 그의 모든 사업에서 노튼의 오른팔이었고 익명의 파트너였다. 교도소 내의 도서관은 언제 사라질지 모르는 일종의 저당이었다. 노튼은 그 점을 알고 있었기에 이를 이용했다. 앤디에게 들은 얘기지만, 노튼이 좋아하는 격언의 하나는 '한 손을 씻으면 다른 한손도 깨끗하게 된다.'는 것이었다. 그래서 앤디는 거기에 어울리는 조언을 하였고 도움이 되는 정보를 주었다. 앤디가 '쇄신정책'을 능숙하게 처리해 주었는지는 어떤지는 확실히 알지 못하지만 그 신앙심 깊은 개자식을 위해 돈을 세탁해 준 것은 확실했다. 앤디의 효과적인 정보를 통해 돈을 여기 저기 숨겨 놓을 수 있었다. 개자식. 도서관에는 자동차 수리를 위한 새로운 교본과 글로리에 백과사전, 대학진학 적성시험을 위한 수험 참고서들이 갖추어졌다. 그리고 당연하지만 얼 스탠리 가드너, 루이 라모어의 책도 많이 들여왔다.

나에게는 확신이 있는데, 그 당시 일어난 사건은 노튼이 생명같이 여기는 오른팔을 잃지 않으려고 일으킨 사건이었다. 아니 좀 더 깊숙이 살펴보자. 그 사건이 일어난 것은 만약 앤디가 출소하는 일이라도 생기면 노튼에게 얼마나 불리한 증언을 할지 몰랐기 때문에 그 두려움 때문에 일으킨 사건이었다.

나는 7년 동안 조금씩 사건의 전말에 대해 들었다. 그중의 일부는 앤디에게 들은 것이지만 전부는 아니었다. 왜냐하면 앤디는 그 부분에 대해서 얘기하려 하지 않았기 때문이다. 그 점을 충분히 이해한다. 따라서 이 이야기는 절반 이상은 출소하고 나서 들은 것이다. 죄수들은 노예나 마찬가지여서 그들은 얼간이 같은 표정을 하고 이야기를 하거나 듣거나 하는 독특한 노예근성이 있었다. 내가 들은 정보는 앞뒤 구분이 없는 것이었지만 여러분에게는 A부터 Z까지 순서대로 말하겠다. 이 이야기를 들으면 왜 앤디가

10여 개월 동안 쓸쓸하고 침울하며 망연자실한 상태로 보내야 했는지 이해하게 될 것이다. 앤디는 1963년까지 그러니까 여기 좁고 고통스러운 지옥에 들어와 15년이 될 때까지 그 사건의 진상을 알지 못했다. 토미 윌리엄스를 만나기 전까지는 어느 정도 이 지옥이 끔찍한 장소인지를 알지 못했던 것이다.

   토미 윌리엄스가 쇼생크의 행복한 가족이 된 것은 1962년 10월경이었다. 토미는 자기가 매사추세츠의 대지의 아들이라고 생각하고 있었지만 자만하지는 않았다. 토미는 27년간의 인생을 살면서 뉴잉글랜드 일원의 여러 교도소를 돌아다녔다. 그 녀석은 상습 도둑이었는데 내 생각으로는 다른 직업을 선택했어야만 했다. 토미는 기혼자로 매주 빼먹지 않고 마누라가 면회를 왔다. 마누라는 토미가 대입 검정고시에라도 합격하면 토미 본인을 위해서도 그렇고(결과적으로는 세 살배기 아이와 자기를 위해) 모든 일이 잘 되지 않을까 하고 생각하고 있었다. 토미 윌리엄스는 마누라의 희망대로 부지런히 도서관에 출입했다.
   앤디에겐 별로 대단한 일은 아니었다. 앤디는 토미가 대입 검정고시에 합격할 수 있도록 여러 가지 도움을 주었다. 토미는 고등학교 때 합격했던 과목들을 (많지는 않았지만) 한 번 복습하고 시험을 치렀다. 앤디는 고등학교에서 취득하지 못했던 과목들을 취득할 수 있도록 몇 군데의 통신교육강좌도 신청해 주었다.
   토미는 그리 열심히 하지도 않았고, 나중에 합격을 했는지에 대해서는 잘 알지 못한다. 별로 상관없는 일이지만 문제는 앤디가 토미의 공부를 도와주는 사이에 녀석이 앤디를 무척 따르게 되었다는 것이다. 대개의 사람이 그렇지만.

그런데 녀석은 두세 번 정도 "당신같이 머리가 좋은 사람이 이런 곳에 뭐 하러 있어요?"라고 물은 모양이었다. 이 질문은 "너같이 멋있는 여자애가 이런 곳에 뭐 하러 있니?"라고 물어보는 것과 비슷하다. 앤디는 그런 것을 말할 사람이 아니었다. 빙긋이 미소를 짓고는 화제를 다른 곳으로 돌렸다. 당연한 일이지만 토미는 다른 사람에게 앤디에 대해 물어 보았고, 그에 대해 모두 알고 난 뒤 젊은이는 큰 충격을 받았다.

토미가 그것을 물어본 상대는 같이 일하는 세탁 공장에서 스팀 다림질과 옷을 개는 일을 하는 동료였다. 그는 찰스 래스롭이라는 사람으로 살인죄를 짓고 12년의 형을 선고받은 사람이었다. 그는 두 번의 대답으로 앤디 사건에 대해서 상세하게 얘기해 주었다. 잘 다려진 시트를 기계에서 꺼내 바구니에 넣는 작업을 지루해 하던 참이었기 때문에 신이 나서 이야기를 해 주었다. 마침내 배심원이 점심을 끝내고 유죄 판결을 가지고 돌아온 곳까지 이야기를 했을 때 갑자기 벨이 울리고 건조기가 삐걱거리며 멈추었다. 두 사람은 세탁이 끝난 엘리엇 요양소의 시트를 저쪽 끝에서 넣고 있는 중이었다. 건조가 끝난 시트는 잘 눌려져 5초에 한 장 꼴로 토미와 찰리가 있는 곳으로 나온다. 두 사람의 일은 그것을 붙잡아 빠르게 접어서 미리 깨끗한 갈색종이가 깔려 있는 손수레에 집어넣는 것이었다.

그러나 토미 윌리엄스는 그곳에 멍청히 서서 아래턱이 가슴까지 내려올 정도로 입을 벌린 채 찰스 래스롭을 바라보고 있을 뿐이었다. 토미는 시트가 쌓이는 곳에 서 있었다. 겨우 깨끗하게 되어 나온 시트가 지금은 바닥에 떨어져 진창에 뒹굴고 있었다. 세탁 공장의 바닥은 매우 더러웠다.

그때 그날의 주임간수인 호머 제서프가 큰 소리를 지르면서 곤봉을 들고 뛰어왔다. 토미는 그 쪽을 쳐다보지도 않았다. 찰스에게 물었다.

"그 프로 골퍼의 이름이 뭐라고 했지?"

"퀜틴."

찰스는 갈팡질팡하면서 대답했다. 나중에 그가 말해 준 것이지만 그때 토미의 얼굴은 항복할 때 사용하는 깃발처럼 하얗게 질렸다고 했다.

"글렌 퀜틴이었던 것 같아. 그래 분명히 그 이름이야. 하여간."

"이것 봐, 뭐하는 거야!"

호머 제서프는 수탉의 벼슬처럼 목둘레를 빨갛게 하고서 달려왔다.

"시트를 물에 담가. 빨리 하지 못해. 빨리 해. 이 자식이."

"글렌 퀜틴이라고, 오 하느님."

토미 윌리엄스가 말한 것은 이것뿐이었다. 성질 급하기로 소문난 호머 제서프가 그 순간 곤봉으로 토미의 귀 뒷부분을 내려 쳤기 때문이었다. 토미는 기세 좋게 바닥에 쓰러졌고 앞니가 세 개나 부러졌다. 다시 눈을 떴을 때는 독방이었고 일주일간 거기에 처박혀서 새뮤얼 노튼의 유명한 단식요법을 받았다. 보너스로 고과표에 벌점이 올라갔다.

이것이 1963년의 일이었고 토미 윌리엄스는 독방에서 나온 다음 예닐곱 명의 오래된 사람들에게 같은 일을 되풀이해서 물어 보았다. 나도 그 중의 한 사람이었다. 그러나 어째서 그 일에 대해서 그렇게 열심히 들으려 하느냐고 물어보자 녀석은 입을 다물어 버렸다.

드디어 어느 날 토미는 도서관으로 가서 어처구니없는 정보 한 뭉치를 앤디 듀프레인에게 남김없이 풀어 놓았다. 그리고 앤디가 처음이자 마지막으로 침착함을 잃어버렸다. 아니 최소한 태어나서 처음으로 콘돔을 사러온 애처럼 들뜬 표정으로 리타 헤이워드를 사러왔던 그 이후 처음일 것이다. 그렇지만 이번의 경우는 그가 지니고 있는 냉정함까지도 잃어버리고 말았다.

그날 늦게야 앤디를 발견했는데, 가래의 날을 무심코 밟아서 뛰어오른 자루에 미간을 세게 얻어맞은 사람처럼 보였다. 손을 벌벌 떨면서 내가 말을 걸어도 아무런 대꾸도 하지 않았다. 그날 오후 일과가 끝나기 전에 앤디는 간수장 빌리 한론에게 가서 다음 날 노튼 교도소장과의 면회를 부탁했다. 나중에 앤디에게 들은 것이지만 그날 밤은 한잠도 자지 못한 모양이었다. 밖에서 휘몰아치는 차가운 바람의 신음소리를 들으며 서치라이트가 몇 번이고 회전할 때마다 시멘트 바닥에 긴 그림자가 지나가는 것을 바라보면서 트루먼이 대통령이었을 때부터 나의 집이라고 불러 온 감옥 안에서 모든 것을 정리해서 생각해 보려고 했다. 머리 깊숙이 있는 울타리, 자기의 감방과도 닮은 울타리를 열 수 있는 열쇠를 토미가 가져다 준 느낌이었다고 했다. 그러나 그 우리는 인간을 가두어 놓는 대신 호랑이를 가두어 두고 있었고 그 호랑이는 희망이라는 이름이었다. 토미는 그 우리의 문을 열 수 있는 열쇠를 주었고 호랑이는 밖으로 나와 앤디가 좋아하든 말든 머릿속을 헤매기 시작했다.

4년 전에 토미 윌리엄스가 도난품을 가득 실은 도난차를 운전하고 있었다는 이유로 로드아일랜드 주에서 체포되었다. 토미는 공범자를 모두 실토하였고 검사는 약속을 지켜 형을 가볍게 선고했다. 실형 2년 이상 4년 이하. 감옥에 들어간 지 11개월 되던 달에 같은 방에 있던 노인이 석방되어 새로운 사람이 들어왔다. 엘우드 블래치라는 사람이었다. 블래치는 무장 강도죄로 체포되어 6년 이상 12년 이하의 형을 선고받았다.

"그렇게 신경질적인 자식은 처음이었어요."

토미가 나에게 그렇게 설명했다.

"그런 자식은 강도짓을 하면 안 되죠. 무엇보다 무장을 하면 안 되고. 아주 작은 소리에도 그 자식은 1미터 정도는 뛰어오른다니까. 바닥에 다시 내려오면 아마도 총을 쏘아대기 시작할 거예요. 그날 밤도 복도 저쪽에서 누군가가 깡통으로 쇠창살을 두드렸을 뿐인데, 내 목을 졸라서 거의 죽일 뻔했죠. 감옥을 나올 때까지 7개월 동안 그 자식과 함께 지냈어요. 그렇지만 그 자식과 얘기했다고는 할 수 없어요. 블래치는 대화를 하는 성격이 아니었어요. 그 자식의 이야기는 일방통행이어서 끊임없이 지껄이거든요. 한 번 말하기 시작하면 끝이 없어요. 어쩌다 한 마디 끼어들려고 하면 눈을 크게 뜨고 노려봐요. 위협을 할 때면 언제나 싸늘한 바람이 불었어요. 키와 몸짓이 크고 머리는 완전히 벗겨졌고 눈은 녹색의 옴팡눈이었어요. 하여간 다시 만나고 싶지 않은 놈이에요.

매일 밤 그 자식의 독무대였어요. 어디에서 자랐고 어느 고아원에서 도망쳤으며 어떤 모험을 했는지, 어떤 여자하고 잤는지, 어딘가에서 주사위 도박을 해서 크게 돈을 땄다든지. 나는 녀석이 지껄이고 싶은 만큼 지껄이게 해 주었어요. 보시다시피 뭐 잘생긴 얼굴도 아니지만 이 이상 녀석에게 얼굴을 개조당하고 싶지는 않았기 때문이에요.

믿기지 않는 일이었지만 그 자식은 지금까지 200회 이상 도둑질을 했다더군요. 하기는 누군가 요란한 방귀라도 뀌면 그것을 불꽃놀이라고 튀기는 놈이니까. 그러나 녀석은 맹세코 거짓이 아니라니까 어쩌겠어요. 그런데 들어보세요, 레드. 인간이란 무엇인가를 이야기할 때 이런 저런 있지도 않은 이야기를 꾸며내는 것 같아요. 그래서 퀜틴이라는 프로 골퍼에 대한 이야기를 듣기 전부터 이렇게 생각하고 있었어요. 만일 블래치가 우리 집에 몰래 들어왔고 그 사실을 나중에 알았다고 한다면, 내가 살아 있다는 사실만으로 운이 좋았다고 생각할 것이라고. 상상할 수 있겠어요? 그 자식이 돈 많은 여자의 침실에 기어들어가 보석함 안에 있는 것들을 슬쩍하고 있는데 여자가 자면서 기침을 하거나 갑자기 돌아눕거나 한다면 어떻게 될 것 같아요? 우리 어거니의 이름을 걸고 말하겠지만 생각하는 것만으로도 등골이 오싹하는데요.

그 자식은 사람을 죽인 적이 있다고 말했어요. 자기를 놀린 녀석들을 죽였다고 이야기한 적이 있었어요. 나는 그 말을 믿어요. 확실히 그 자식이라면 충분히 사람을 죽일 수 있어요. 그 자식은 굉장히 흥분을 잘 했거든요. 아주 민감한 노리쇠가 들어 있는 권총 같았어요. 내가 알고 있는 사람 중에 스미스 앤드 웨슨에서 만든 아주 민감한 노리쇠가 들어 있는 총을 가진 사람이 있었는데, 사실 그런 총은 별로 도움이 안 되잖아요. 겨우 이야깃거리나 될 뿐이지요. 그 자식 이름은 조니 캘러핸이었는데, 스피커 위에 그 총을 올려놓고 레코드의 볼륨을 최고로 높이는 거예요. 어느 순간 민감한 총이 발사되겠죠. 블래치란 녀석은 그런 자식이에요. 그보다 더 정확하게 표현할 수는 없어요. 따라서 그 자식이 몇 명을 죽였다고 하는 것을 의심하지 않았어요.

그런데 어느 날 밤 무료한 시간을 때우기 위해 나는 이렇게 물었죠. '누구를 죽였어?' 일종의 농담이었죠. 그러자 그 자식은 웃으면서 이렇게 말했어요. '지금 메인 주 북부의 어느 감옥에 그 녀석이 있는데 말이야, 녀석이 죽인 것으로 되어 있는 두 사람은 사실 내가 죽인 거야. 지금 땅속에 처박혀 있는 얼간이 마누라와 그 정부 말이야. 내가 그 놈들 집에 들어갔을 때 정부가 애를 먹여서 말이지.'

그 자식이 그 여자의 이름을 말했는지는 잘 기억나지 않아요."

토미는 이야기를 계속했다.

"말했었는지도 모르겠어요. 그렇지만 뉴잉글랜드에 듀프레인이란 이름은 얼마든지 있어요. 그 만큼 프랑스계가 많은데, 듀프레인, 라베스크, 울레트, 풀린 같은 이름을 누가 기억하겠어요. 그러나 남자의 이름은 확실하게 기억하고 있어요. '그 자식은 남자가 글렌 퀜틴이라는 이름을 가진 개 같은 놈이야, 돈 많은 녀석에다 프로 골퍼야.'라고 말했거든요. 블래치가 말해준 것인데, 그 퀜틴이란 놈이 현찰을 5000달러 정도 가지고 있는 것을 알아냈다고 하더군요. 그 당시만 해도 거금이었다고 말하데요. 그래서 내가 물었죠. '언제쯤이야?' 그러자 그 자식의 대답이 '전쟁이 끝난 뒤야. 전쟁이 끝난 바로 다음이지.'라고 했어요.

그래서 그 자식이 그 집에 들어가 조사를 해 보니까 두 사람은 자고 있었는데 정부가 블래치의 신경을 거슬리게 한 거죠. 블래치는 그렇게 말했어요. 하지만 내 생각엔 그 정부는 그저 코를 좀 골았을 거예요. 하여간 퀜틴은 어느 유명한 변호사의 마누라와 동침하고 있었고, 그 이후 그 변호사는 쇼생크 주립교도소에 처박혔다는 이야기였어요. 그리고 그 자식은 크게 웃음을 터뜨렸지요. 가석방을 받고 그 곳을 나올 수 있었을 때보다 더 기뻐했던 것 같아요."

토미에게서 그 이야기를 듣고 왜 앤디가 그토록 비틀거렸는지, 왜 교도소장에게 바로 면회를 해야겠다고 생각했는지 그 기분을 알 수 있었다. 블래치는 토미가 4년 전에 알게 되었을 때 이미 6년 이상 12년 이하의 형을 받고 있었다. 앤디가 1963년에 그 이야기를 들었을 때에는 블래치도 슬슬 출소할 때가 되어 있었다. 아니 이미 출소했을지도 몰랐다. 따라서 앤디는 매우 급했던 것이다. 블래치가 아직 복역하고 있을지도 모른다는 생각과 바람처럼 어디론가 사라져 버렸을지도 모른다는 가능성이 그를 몰아쳤기 때문이었다.

토미의 이야기에는 몇 가지 모순이 있었지만, 세상의 현실이라는 것이 다 그런 것 아니겠는가? 블래치가 토미에게 교도소에 처박혀 있는 것은 변호사라고 말했지만 앤디는 은행가였다. 그러나 변호사나 은행가는 교육을 받지 못한 사람들이 자주 혼동하는 직업이었다. 거기에 블래치가 재판의 이야기를 신문에서 읽은 것과 토미에게 이야기 한 것이 12년의 간격이 있음을 잊으면 안 된다. 블래치는 토미에게 퀜틴이 화장실에 숨겨 놓은 1000달러 정도를 훔쳤다고 말했지만, 앤디의 재판에서 경찰은 도난의 흔적이 없다고 증언하였다. 여기에서 내 생각을 말해 보겠다. 가장 먼저 만일 현금을 훔쳐간 도둑이 있고 그 돈의 주인이 죽었다고 한다면 애초에 그런 돈이 있었는지 누가 증명하느냐 하는 것은 접어 두고라도, 그 돈이 사라졌다는 것을 어떻게 알 수 있겠는가? 둘째로 블래치가 중간에 거짓말을 하지 않았다고 누가 단언할 수 있겠는가? 어쩌면 그 놈이 두 사람을 죽였으면서도 빈손으로 돌아온 것을 말하고 싶지 않았을 수도 있을 것이다. 세 번째로 도난의 흔적이 있었지만 경찰들이 그 흔적을 발견하지 못했을 수도 있다. 경찰 중에는 얼간이들도 많이 있으니까. 아니면 지방검사가 변명을 하지 못하도록 일부러 그것을 감추었을 수도 있다. 여러분이 기억해 주면 좋겠는데, 그 지방검사는 하원의원에 입후보하려고 했기 때문에 어떡하든지 앤디를 유죄로 만들고 싶어 했다. 밤도둑이 사정이 변해 살인을 한 것으로 하원의원이 된다는 것은 체면이 안서는 일이니까.

그렇지만 세 가지 중에 가장 그럴 듯한 것은 두 번째다. 나는 쇼생크에 복역 중인 녀석들 가운데 블래치처럼 광란의 눈을 가진 총잡이를 몇 명 본 적이 있다. 이런 놈들은 어떤 도둑질에서도 44캐럿 다이아몬드에 버금가는 수확을 올렸다고 사람들에게 말했다. 예를 들어 냄새나는 밥을 먹게 된 것이 2달러짜리 손목시계라든지 9달러를 훔친 죄 때문이라고 해도.

그리고 앤디가 의심의 여지없이 확신을 갖게 된 또 하나는 블래치가 아무 이유 없이 퀜틴을 노린 것이 아니었다는 것이다. 그 자식은 퀜틴을 아주 많은 돈을 가진 개자식이라고 불렀고 퀜틴이 프로 골퍼라는 것을 알고 있었다. 그런데 앤디와 마누라는 그 컨트리클럽에서 매주 한두 번씩은 술을 마시거나 저녁식사를 하는 것이 2년 정도 계속된 일이었으며 처의 부정을 알고 나서 앤디는 잘 마시지도 못하는 술을 그 곳에서 꽤 많이 마신 모양이었다. 그 컨트리클럽에는 계류장이 있어서 1949년 한 때 토미가 말한 블래치와 인상착의가 아주 닮은 시간제 정비공이 거기에서 일한 적이 있었다. 키와 몸집이 큰 사람으로 머리는 거의 벗겨졌고 쑥 들어간 녹색의 눈을 가지고 있었다. 등급을 매기듯이 사람을 바라보는 기분 나쁜 사람이었다. 그 사람은 그 곳에 오래 있지 않았다고 앤디는 말했다. 스스로 그만두었는지 아니면 책임자로부터 목이 잘렸는지는 모르지만 녀석은 한 번 보면 절대로 잊어버릴 수 없는 인간이었다. 그 정도로 특징 있는 인간이었다.

앤디는 노튼 교도소장을 만나러 갔다. 비바람이 몹시 강한 날, 회색 벽 위에는 커다란 회색 구름이 매우 빠르게 지나가고 있었다. 마지막까지 남아 있던 눈도 녹기 시작했고 교도소 저쪽의 공터에는 지난 해 풀이 말라버린 흔적들이 드러나 있었다.

교도소장은 관리본부에 커다란 사무실을 가지고 있었는데 소장 책상 뒤에는 부소장의 사무실로 통하는 문이 있었다. 그날 부소장은 외출하고 없었지만 모범수 하나가 거기에 있었다. 그는 다리가 불편한 사람이었는데 본명은 잊어버렸지만 우리들은 체스터라고 불렀다. 「건 스모크」에 나오는 딜런 보안관의 다리가 불편한 조수를 본뜬 별명이었다. 체스터는 화분에 물을 주거나 바닥에 왁스를 바르는 일을 하고 있었다. 내 추측으로는 그날 화분은 물이 없어 말랐을 테고 체스터가 자신의 먼지투성이 귀로 문의 손잡이 위를 닦은 것이 유일한 왁스칠이었을 것이다.

체스터는 소장 방의 문이 열리고 닫히는 소리, 그리고 노튼의 목소리를 들었다.

"잘 지냈나, 듀프레인. 그래 무슨 일인가?"

"소장님."

듀프레인은 말하기 시작했다. 체스터는 아무리 들어도 앤디의 목소리라고 생각할 수 없을 정도로 평소와 달랐다고 했다.

. "소장님…… 사실 어떤 일이…… 어떤 일이 저에게 일어나서…… 그게 그러니까…… 어디서부터 말을 해야 할지."

"그렇다면 처음부터 말하면 어떨까?"

교도소장은 그렇게 말했다. 가끔 '그럼 시편 23장을 펴고 함께 읽어봅시다.'라고 말하던 그 간사한 목소리로 말했을 것이다.

"대개는 그렇게 하지 않나?"

그래서 앤디는 그렇게 했다. 어째서 자기가 교도소에 들어오게 되었는지 처음부터 끝까지 노튼을 위하여 기억을 되살려 이야기했다. 그리고 토미 윌리엄스에게 들은 대로 소장에게 옮겼다. 앤디는 토미의 이름을 밝혔는데 나중에 일어난 일을 생각해 보면 별로 옳은 행동은 아니었다고 생각할지도 모르겠다. 그러나 물어보겠는데, 자기 이야기에 대해 상대의 신뢰를 얻기 위해서 앤디에게 다른 어떤 방법이 있었겠는가?

앤디의 이야기가 끝났을 때 노튼은 당분간 아무 말도 하지 않왔다. 나에게는 그 모습이 눈에 보이는 것 같다. 리드 지사의 초상화가 걸려 있는 벽에 의자를 기대고 양손의 손가락을 끼운 채로 검붉은 색의 입술을 오므리고서 이마에 사다리 같은 주름살을 지으며 30년 개근의 배지를 부드럽게 빛내고 있었을 것이다.
"음 그래." 노튼은 드디어 입을 벌렸다. "그런 터무니없는 이야기는 처음 들었는데. 그러나 무엇보다 나에게 의외였던 것을 말해 볼까, 듀프레인?"
"어떤 것입니까?"
"자네가 완전히 속은 일이야."
"예? 무슨 말인지 잘 모르겠습니다만."
체스터의 말에 의하면 13년 전 번호판공장 지붕 위에서 바이런 해들리를 위압하던 그 앤디 듀프레인이 웬일인지 말이 막혔다고 했다.
"잘 듣게. 그 윌리엄스라는 젊은 녀석이 자네에게 강한 인상을 받은 것은 분명해. 사실 자네에게 뜨거운 호의를 품고 있다고 해도 좋겠지. 자네의 슬픈 과거의 이야기를 듣고 뭐라고 할까…… 그래, 자네에게 힘을 불어 넣어 주어야겠다고 생각했다고 해도 무리는 아니겠지. 지극히 당연한 일이기도 하지. 그 사람은 나이도 젊고 별로 머리가 좋은 편도 아닌 것 같고. 따라서 자네가 그 이야기를 듣고 어떤 마음이 될지 몰랐다고 해도 별로 의아한 일이 아닐 거야. 그래서 내가 해 줄 수 있는 충고는……"
"내가 그 점을 생각해 보지 않았다고 생각하십니까?" 앤디는 되물었다. "계류장에서 일했던 그 사람에 대해서는 토미에게 말한 적이 없습니다. 그 일은 누구에게도 말한 적이 없습니다. 그보다 그런 일은 머리에 떠오르지도 않았습니다! 그러나 토미가 말한 그 사람의 인상은…… 완전히 똑같은 사람이었습니다!"

"잠깐, 그 부분은 자네가 지나치게 골몰해서 생긴 선택적 지각의 착각일 수도 있겠지."

노튼은 뜻있는 웃음을 지었다. 선택적 지각이라는 말은 행정 형법이나 교정관계의 사람들에게는 필수과목으로 녀석들은 언제나 그 말을 사용하려고 했다.

"그건 그렇지 않습니다."

"그것은 자네의 잘못된 시각이야. 내가 보는 것은 좀 다르네. 그리고 잊은 것은 아니겠지. 당시 팔머스 힐스 컨트리클럽에 그런 사람이 일을 하고 있었는지 어떤지는 자네의 말 이외에는 근거가 없어."

"그렇지 않습니다." 앤디는 말을 잘랐다. "그렇지 않습니다. 왜 그런가 하면……"

"하여간 이 문제를 망원경의 반대쪽에서 들여다보지 않겠나? 괜찮겠지. 엘우드 블래치란 사람이 실재하고 있다고 한번 가정해 보자고."

노튼은 여유 있게 큰소리로 가로막았다.

"블래치."

앤디는 굳어진 목소리로 정정했다.

"블래치라고? 좋아. 그가 로드아일랜드에서 토미 윌리엄스와 한 방에 있었다고 가정해 보자. 그가 이미 석방되었을 가능성은 매우 높다고 할 수 있어. 그런데 그가 윌리엄스와 함께 지내기 전에 어느 정도 복역하고 있었는지는 모르지 않나, 그렇지? 단지 그는 6년 이상 12년 이하의 형을 받았다는 것만 알고 있는 거지."

"예. 그 때까지 몇 년 복역하고 있었는지는 모릅니다. 그러나 토미의 말에 따르면 그는 중범죄자이고 말썽을 자주 피우는 놈이기도 하니까 아직 복역하고 있을 가능성은 충분히 있습니다. 만약에 석방되었다고 하더라도 교도소의 기록에 그의 마지막 주소라든지 가까운 사람들의 이름 같은 것이……"

"아마도 어느 쪽도 희망이 없을 걸세."

앤디는 순간 침묵에 잠겼지만 금세 침묵할 수 없다는 듯이 말했다.

"그러나 하나의 가능성은 있지 않겠습니까?"

"그렇지, 물론이야. 그렇지만 듀프레인 잘 듣게나. 일단 블래치라는 사람이 존재하고 로드아일랜드 감옥에 감금되어 있다고 가정해 보세나. 그런데 우리들이 그 문제를 그 곳으로 가지고 갔을 때 그는 뭐라고 말할까? 내가 했습니다! 저를 종신형에 처해 주십시오! 라고?"

"당신 도대체 왜 그렇게 바보 같은 말을 하는 거지?"

앤디는 체스터가 거의 들을 수 없을 정도로 작은 소리로 말했다. 그러나 교도소장의 목소리는 체스터도 잘 들을 수 있었다.

"뭐라고? 자네 지금 뭐라고 그랬나?"

"바보라고 그랬다. 아니면 일부러 그러는 거냐?"

앤디의 외침이었다.

"듀프레인, 자네는 나의 시간을 5분이나, 아니 7분이나 헛되게 했네. 오늘 매우 바쁜 일이 있었는데. 어쨌든 좋아. 이야기는 여기서 끝내도록 하지."

"그 컨트리클럽에는 옛날 타임카드가 남아 있을 게 뻔해. 그것조차 모르는 거야?"

앤디가 이어 외쳤다.

"세금 신고서, 원천징수 증명, 실업보험 신청서 등 그 녀석의 이름은 남아 있을 것 아니야. 당시 그곳에서 일했던 종업원이 어쩌면 아직도 남아 있을지도 모르고. 그로부터 15년이야. 먼 옛날이야기가 아니란 말이야! 모두들 녀석의 일에 대해 생각해 낼 거야. 블래치를 생각해 낸다니까! 만일 블래치가 말한 것을 토미가 증언해 주면 재판을 뒤집을 수도 있어!"

"간수! 간수! 이 녀석을 끄집어 내!"

"당신 도대체 무슨 생각인 거야?" 체스터는 그때의 앤디의 목소리는 절규에 가까웠다고 말했다. "이건 나의 삶이 걸려 있다고. 여기를 나갈 수 있단 말이야. 그걸 모르고 그러는 거야? 장거리 전화 한 통화도 못 걸어 준단 말이야? 최소한 토미의 이야기라도 확인해 주는 정도는 해 줄 수 있잖아. 좋아. 전화비는 내가 낼 테니까, 제발!"

매우 소란스러웠다. 간수들이 앤디를 붙잡고 밖으로 끄집어내려 했다.

"독방."

노튼 교도소장은 차가운 목소리로 말했다. 필시 30년 개근 배지를 쓰다듬으면서 그렇게 말했을 것이다.

"빵과 물뿐이다."

간수들은 앤디를 끌어내려 했고, 완전히 자제력을 잃어버린 앤디는 아직도 교도소장을 상대로 외쳐대고 있었다. 체스터는 문이 닫히고 나서도 소리가 들렸다고 말했다.
"내 인생이야. 내 삶이라고. 그걸 모른단 말이야?"

앤디는 독방에서 20일간 단식요법을 받아야만 했다. 독방은 이번이 두 번째였고 노튼과의 말싸움은 이 행복한 가족이 된 후 처음으로 큰 벌점을 안겨 주었다.

이왕 말이 나왔으니까 쇼생크의 독방에 대해서 조금 설명해 주겠다. 이야기는 메인 주가 1700년 초에서 중반에 걸쳐 그 고생스러웠던 개척시대로 거슬러 올라간다. 당시는 누구도 '행정 형법'이니 '갱생'이니 '선택적 지각' 같은 말에 얽매어 시간을 보내지 않았다. 당시의 인간들은 흑백을 확실히 가렸다. 유죄냐 무죄냐. 만약 유죄라면 목을 매달든지 아니면 감옥에 처넣었다. 감옥행이 결정되면 가야 할 곳은 교도소가 아니었다. 메인 식민지가 제공하는 삽으로 자기 감옥을 스스로 파야 했다. 해가 뜨고부터 해가 질 때까지 가능한 깊고 넓게 파야 했다. 그리고 두 장의 모포와 양동이를 받고서 구덩이 안으로 들어갔다. 안으로 들어가면 간수가 구덩이의 위를 목책으로 덮고 일주일에 한두 번 곡류나 구더기가 득시글거리는 고기 조각을 던져 주었고 일요일 밤에는 보리죽을 국자로 한번 퍼 주었다. 죄수는 양동이에 소변을 보고 간수가 아침 6시에 오면 양동이를 내주고 그 양동이에 먹을 물을 받았다. 비가 오면 그 양동이를 이용하여 구덩이의 물을 퍼내야 했다. 무슨 말인가 하면 통에 빠져 죽은 쥐처럼 익사하고 싶지 않으면 물을 퍼내야 한다는 말이다.

그 당시 그 구덩이에 오랫동안 버텼던 사람은 없다고 한다. 30개월 정도라면 매우 긴 형기였고, 내가 아는 한 죄수가 살아서 밖으로 나온 것 중 가장 오랫동안 구덩이에 있었던 실례는 '더햄의 소년'이었다. 이 죄수는 녹슨 금속조각을 가지고 학교 친구들을 거세해 버렸다. 열네 살 먹은 정신이상자였다. 7년의 형을 받았고 구덩이에 들어갈 때는 아직 젊고 생기 넘치는 죄수였다.

기억해 주면 좋겠는데, 이 시대에는 좀도둑질이나 금지되어 있는 말을 하거나 안식일에 외출할 때 손수건을 주머니에 넣는 것을 잊어버린다든지 하는 것보다 좀 더 심한 범죄는 교수형이라고 정해져 있었다. 지금 말한 경범죄도 구덩이에 6개월에서 9개월가량 보내고 나오면 물고기 배 같은 얼굴색과 넓은 장소에서는 몸을 가누지 못한다든지 눈은 반쯤 소경이 되어 버리고 괴혈병으로 이빨이 흔들거렸으며 다리는 부스럼투성이가 되는 것이 보통이었다. 옛날의 메인 주는 그만큼 활기찼다.

쇼생크의 독방은 그 정도로 심하지는 않다고 생각한다. 인간의 경험은 삼 단계를 거치는 것 같다. 유쾌함과 불쾌함, 그리고 비참이라는. 그리고 비참함을 향해서 점차로 깊은 어둠 속으로 빠져 들어가면 세밀한 구분이 점점 더 어려워진다.

독방으로 들어가기 위해서는 먼저 계단을 23칸 내려가서 지하실로 들어가게 되는데 거기서 들을 수 있는 것은 물이 툭툭 떨어지는 소리뿐이었다. 빛은 천장에 매달려 있는 60와트 전구의 행렬뿐이었다. 독방은 흔히 부자들이 벽에 걸려 있는 그림 뒤에 숨겨 놓은 금고처럼 작은 나무통처럼 생겼다. 금고처럼 입구에는 둥근 문이 경첩으로 고정되어 있고 이 문은 쇠창살이 아니라 두터운 나무판자였다. 공기는 위에서 흘러들어 오지만 빛은 독방 안에 있는 60와트짜리 전구 하나뿐이었다. 그것도 다른 감방의 소등 시각보다 한 시간 빠른 오후 8시에 정확히 꺼졌다. 전구에는 어떤 것도 붙어 있지 않았다. 만일 전구를 떼어내고 어둠 속에서 지내보겠다고 말하면 얼마든지 편의를 봐주었다. 그러나 그런 녀석은 거의 없었고, 8시가 지나면 불이 꺼졌는데 물론 선택의 여지가 없었다. 침대는 벽에 나사로 고정되어 있고 변기에는 앉을 곳이 없었다. 거기에서 시간을 보내는 방법은 세 가지가 있었다. 앉아 있든지, 똥을 누든지, 그것도 아니면 자든지. 그 속에 있으면 20일이 1년처럼 생각된다. 30일은 2년처럼 생각되고 40일은 10년처럼 생각된다. 때로 통풍관 안에서 쥐의 발자국 소리가 들린다. 이런 상황이 되면 비참함의 세밀한 구분은 불가능해진다.

　독방 안에서 뭐 좋은 일이 없을까 하고 묻는다면 그것은 생각할 수 있는 시간이 생긴다는 것이다. 앤디는 20일간의 단식요법을 즐기는 사이에 차분히 생각하였고 거기에서 나오자마자 다시 교도소장에게 면담을 요청했다. 요구는 받아들여지지 않았다. 교도소장에 의하면 그런 대화는 '비생산적'이라는 것이었다. 이것도 교도소나 갱생관계의 일을 하는 인간이 꼭 알아야만 하는 용어였다.
　앤디는 끈기 있게 자기의 요구를 되풀이했다. 그리고 다시 되풀이했다. 녀석은 완전히 변해 있었다. 그 앤디 듀프레인이 말이다. 1963년 봄이 우리들의 주위에 꽃을 피우는 것과 함께 녀석의 얼굴에는 주름살이 생기고 흰 머리가 여기저기 나기 시작했다. 언제나 입 언저리에 떠돌던 미소도 사라져 버렸다. 눈이 허공을 바라보는 횟수도 많아졌다. 누군가가 그런 모습을 할 때에는 대개 여기에 들어 와서 지나간 햇수나 달수, 그리고 날짜를 헤아리는 것이었다.

앤디는 자신의 요구를 되풀이하고 또 되풀이했다. 그는 끈기 있게 기다렸다. 가지고 있는 것은 시간뿐이었다. 점차 여름이 되어 갔다. 워싱턴에서 케네디 대통령은 수명이 반년밖에 남은 것도 모르고 빈곤과 시민권의 불평등에 대해 싸워 나가겠다고 약속했다. 리버풀에서는 비틀즈라는 새로운 그룹이 나타나서 영국 음악계에서 깔볼 수 없는 세력이 되어 있었으나 아직 미국에서는 그 이름도 모르고 있었다. 보스턴 레드삭스는 뉴잉글랜드 사람들이 말하는 7년간의 기적 달성을 4년 앞에 두고 아메리칸 리그의 밑바닥을 헤매고 있었다. 이러한 모든 일은 인간이 자유롭게 걸어 다닐 수 있는 커다란 바깥세상에서 일어났다.

노튼은 6월말이 되어서야 앤디의 면회를 수락했다. 다음의 이야기는 7년이 지난 다음 앤디에게서 직접 들은 것이다.

"만약에 문제가 되는 것이 뇌물을 받은 것 때문이라면 걱정하지 않아도 됩니다." 앤디는 목소리를 죽여서 노튼에게 말했다. "내가 그런 일을 발설할 거라고 생각합니까? 스스로 목을 죄는 일입니다. 나도 함께 기소되어……"

"그만."

노튼은 말을 중단시켰다. 그 자의 얼굴은 슬레이트 묘비석처럼 차가웠다. 의자에 등을 기대고 '심판의 날이 곧 오리라'라고 적혀 있는 자수에 뒷머리가 닿을 정도로 몸을 뒤로 젖혔다.

"그렇지만……"

"두 번 다시 돈 얘기는 하지 마. 이 사무실이건 어디에서건. 도서관이나 창고, 도료실에 거꾸로 매달리고 싶지 않으면 알아서 해."

"소장님을 안심시키려고 했을 뿐입니다."

"잘 들어. 너같이 비참한 자의 말을 듣고 안심해야 된다면 나는 은퇴해야겠지. 듀프레인, 자네에게 면회를 허락한 것은 귀찮고 시끄러웠기 때문이야. 이제 그만해. 만일 그 허풍을 계속 믿겠다면 그건 자네의 자유야. 그러나 나는 그렇지 않아. 이런 장난을 하나하나 들어주면 주 2회로는 안되겠지. 여기에 있는 죄인들 모두가 나를 수건으로 착각하고 눈물을 닦아 달라고 하겠지. 자네는 좀 현명한 놈이라고 생각했는데. 하지만 여기서 끝이야. 알아들었지?"

"예. 하지만 제 변호사를 고용하겠습니다."

"무엇 때문에?"

"상소 준비를 하겠습니다. 토미 윌리엄스와 나의 증언과 컨트리 클럽의 기록이나 종업원의 보충 증거를 종합해 보면 뭔가 될 겁니다."

"토미 윌리엄스는 이미 우리 교도소의 복역자가 아니야."

"뭐라고?"

"그는 이송되었어."

"이송이라니 어디로?"

"캐시먼이야."

앤디는 이 말을 듣고 말을 잊었다. 그는 머리가 좋은 사람이었지만 아무리 둔한 녀석이라도 이 거래에서 냄새가 풀풀 난다는 것을 느낄 수 있을 것이다. 캐시먼은 아루스투크 군의 한참 북쪽에 있는 경비가 심하지 않은 교도소였다. 거기의 죄수들은 감자를 캐야 했다. 힘든 노동이었지만 노동에 대한 보수는 그만큼 많았고, 누구나 희망하면 CVI라고 하는 잘 정비된 직업 훈련소에서 교육을 받을 수도 있었다. 토미처럼 젊은 마누라와 어린 아이가 있는 사람이라면 더욱 좋은 점은 일시귀가제도가 있다는 것이다. 그러니까 최소한 주말에는 일반인처럼 살 수 있는 기회가 있는 것이었다. 어린 자식들과 모형 비행기를 만든다든지 마누라와 섹스를 하거나 때로는 소풍도 갈 수 있는 제도였다.

분명히 노튼은 이러한 것들로 토미를 현혹시켰을 것이 틀림없었다. 그리고 단 한 가지 조건을 달았을 것이다. 즉 그 대신 블래치에 대해서는 한마디도 해서는 안 된다는 것. 영원히. 그렇지 않으면 전망 좋은 국도 1호선 부근에서 전과 있는 악당들과 함께 지내게 해 줄 거야. 마누라하고 섹스 하는 대신에 그 형들에게 엉덩이를 대주어야 할 거야.

"그런데 왜? 왜 그곳으로……."

앤디의 물음에 노튼은 냉정히 대답했다.

"자네에 대한 호의야. 내가 노드 아일랜드에 문의해 보니까 분명히 블래치라는 복역자가 있었다고 회신이 왔다. 그는 이른바 PP라는 것을 부여받았지. 즉 잠정적 가석방이라는 것인데 범죄자를 풀어 주는 것이야. 아주 자유로운 제도지. 그의 그 이후의 소식에 대해서는 알 수 없어."

앤디는 물었다.

"그곳의 교도소장이 친구입니까?"

노튼은 신부(deacon, 일부 교회에서 집사로도 쓰인다. ─ 옮긴이)의 시곗줄 같은 차가운 미소를 흘렸다.
"좀 알지."
그러자 앤디가 다시 물었다.
"어째서? 어째서 그런 조치를 취했는지 설명해 주시겠습니까? 내가, 내가 비밀을 일절 발설할 리 없다는 걸 알 겁니다. 그런데 왜?"
노튼은 천천히 대답했다.
"그건 너 같은 놈을 보고 있노라면 분노가 치밀어 오르기 때문이야. 나는 네가 지금 이 장소에 처박혀 있으면 좋겠다고 생각해. 듀프레인 씨, 내가 여기 쇼생크에서 소장을 하고 있는 한 너는 여기에서 한 발자국도 못 나가. 잘 들어, 너는 자기가 누구보다도 똑똑하다고 생각하고 있을 거야. 오랜 경험으로 그런 생각을 가진 사람은 바로 알아 볼 수 있지. 처음 도서관에 들어가 네 얼굴을 처음 보았을 때 바로 알 수 있었어. 그건 너의 이마에 큰 글자로 써 놓은 것과 마찬가지지. 지금 그 표정이 없어진 것은 아주 좋은 현상이야. 네 자신이 유용한 놈이라고 생각하고 있다면 그건 아주 터무니없는 생각이야. 그런 생각은 버리는 게 좋을 거야. 너 같은 인간은 겸손이라는 것을 배울 필요가 있으니까. 잘 들어, 너는 운동장을 자기 집의 응접실에 있는 것처럼 돌아다니고 있었지. 타락한 무리들이 서로의 남편이나 부인에게 추파를 던지고 돼지처럼 취해 자빠진 칵테일파티에 있는 것처럼 자유롭게 돌아다녔어. 하지만 이제부터 그렇게 안 돼. 다시는 그렇게 할 수 없도록 내가 지켜볼 테니까. 지금부터 더 이상 없을 기쁨을 가지고 네 녀석을 감시할 작정이야. 자, 꺼져."

"알았다. 그러나 노튼, 바로 지금부터 과외활동은 전부 취소하겠다. 투자 상담, 신용사기, 세금 줄이는 방법. 모두 스톱이다. 소득신고 하는 요령을 알고 싶으면 세무 사무소에 부탁해라."

노튼 교도소장의 얼굴은 먼저 흙빛이 되었다. 다음은 핏기가 싹 가셨다.

"지금 그 말 때문에 독방에 다시 들어가야겠군. 30일간 물과 빵뿐이야. 거기에다 새로운 벌점도 추가될 거야. 독방 안에서 잘 생각해 봐라. 만일 그때도 지금과 같은 생각이라면 도서관은 없어질 거다. 네가 여기에 오기 전의 상태로 돌려놓을 테니까. 그뿐 아니라 네 수감 생활도 극도의 고통이 되게 해주겠다. 이 이상 고통스러운 것은 없다고 생각할 정도의 장기복역을 하게 되겠지. 우선 제5감방 구역의 네 개인 수감실을 없애고 창가에 놓여 있는 돌조각들도 없어지게 될 거야. 호모들로부터 너를 보호해 주던 간수들의 배려도 잃게 되겠지. 모든 것을 잃게 될 거다. 알겠어?"

이것으로 분명해졌다.

변함없이 시간은 흐른다. 시간은 세계에서 가장 오래된 곡예이고, 어쩌면 오직 하나뿐인 진짜 마술인지도 모른다. 그렇지만 앤디는 변했다. 이전에 비해 어딘지 딱딱해진 것 같았다. 그렇게밖에 표현할 말이 없다. 그는 노튼 소장의 뒤치다꺼리를 계속했으며 도서관을 떠나지 않았기 때문에 곁에서 보면 변한 것이 아무것도 없었다. 앤디는 생일과 연말에 마시는 술도 그대로 마셨으며 남은 것을 우리에게 주는 것도 그대로였다. 나는 그에게 돌을 다듬는 새로운 헝겊을 구해 주었으며 1967년에는 새로운 록 해머를 사 주었다. 전에도 말했지만 19년 전에 건네준 낡은 록 해머는 완전히 닳아 버렸다. 19년! 갑자기 그렇게 말하면 이 세 음절에 무덤의 문이 쿵하고 닫혀 버리고 2중 자물쇠가 채워진 것처럼 울린다. 그 당시 10달러였던 것이 67년에는 22달러7- 되어 있었다. 우리는 슬픈 미소를 지었다.

앤디는 다시 운동장에서 발견해 낸 돌을 가다듬고 다듬기 시작했지만 운동장에는 별로 돌이 남아 있지 않았다. 1962년 아스팔트 공사로 절반 이상이 포장되었기 때문이었다. 그래도 시간을 보낼 수 있는 돌은 충분히 있는 모양이었다. 하나씩 만들어질 때마다 앤디는 그것을 창틀에 늘어놓았다. 창문은 동쪽으로 나 있었다. 그곳에 해가 비쳐드는 것을 보는 것이 좋다고 앤디는 말했다. 흙 가운데서 자기가 주워서 다듬은 지구의 파편들, 석영, 편암, 화강암. 모형 비행기를 조립할 때 쓰는 접착제로 붙여놓은 이상한 모양의 작은 운모조각들과 여러 가지 퇴적암을 수직으로 절단하여 다듬은 것도 있었다. 앤디는 그것을 '천년의 샌드위치'라고 불렀는데 그 이유는 보면 알 수 있다. 몇 십 년, 몇 백 년 동안 쌓이고 쌓인 여러 가지 재료가 차례로 층을 이루고 있었다.

앤디는 때때로 새로운 작품을 둘 장소를 만들기 위해 돌조각이나 세공품을 친구들에게 나누어 주었다. 내가 가장 많이 받은 것 같다. 전에 말한 커프스단추 비슷한 것을 포함해서 다섯 개도 넘었다. 그 중에 하나는 지금 말한 운모 조각품이었는데 아주 정성을 들인 세공으로, 남자가 창을 던지는 것처럼 보였다. 그리고 예쁘게 다듬은 횡단면에 수많은 층이 전부 보이는 퇴적암이 두 개 있었다. 나는 아직도 그것들을 가지고 있으며, 수시로 그것을 끄집어내어 한 사람의 인간이 어느 정도의 일을 할 수 있을지에 대해 생각한다. 물론 그 사람이 시간이 충분히 있고 한 번에 조금씩 그 시간을 쓸 수 있는 끈기가 있어야 하겠지만.

이렇게 해서 최소한 겉보기엔 모든 것이 이전과 다를 것이 없었다. 만약 노튼이 그때 말한 것처럼 앤디의 자존심을 꺾을 요량이었다면, 이후 앤디의 변화를 알아내기 위해서 내면을 자세히 살펴보지 않으면 안 되었을 것이다. 그래서 앤디가 얼마나 변했는지 알아차렸다면 그 충돌 사건이 있은 후 4년 동안, 노튼은 충분히 만족했을 것이다.

노튼은 운동장을 돌아다니는 앤디가 칵테일파티에 있는 것 같다고 말했다. 나라면 그런 표현을 하지 않겠지만 하여간 그자가 말한 의미는 알 수 있다. 전에도 내가 말한 것처럼, 앤디는 눈에 보이지 않는 자유라는 코트를 입고 있었고 결코 죄수라는 정신 상태에 빠지지 않았다. 앤디의 눈은 결코 흐리멍덩한 눈이 되지 않았다. 하루가 끝나고 모두가 밤을 맞이하기 위해 제각기 감방으로 돌아갈 때에도 결코 고양이같이 등이 구부려져 축 처진 걸음걸이로 걷지 않았다. 앤디는 가슴을 쭉 펴고 발걸음은 언제나 가벼워서 맛있게 지은 저녁과 사랑하는 아내가 기다리는 집으로 돌아가는 듯했다. 아무런 맛도 없는 시들고 퍼진 야채와 데굴데굴 구르는 으깬 감자와 대개의 죄수들이 수수께끼 같은 고기라고 부르는 기름투성이에 힘줄이 많은 한두 조각의 고기가 기다리고 있는, 그리고 벽에 붙여둔 라켈 웰치의 포스터가 있는 곳으로 돌아가는 사람처럼 느껴지지 않았다.

그러나 그 4년 동안 다른 녀석들과 마찬가지는 아니었지만 말없이 생각에 잠겨있을 때가 많았다. 누가 녀석에게 무어라고 할 수 있겠는가? 그래서 어쩌면 노튼 소장도 만족하고 있었을지도 모른다. 최소한 당분간은 그렇다.

앤디의 어두운 기분이 사라진 것은 1967년 월드 시리즈가 시작할 무렵이었다. 그 해는 정말 꿈과 같이 레드삭스가 라스베이거스의 도박사들이 예언한 9위가 아니라 우승을 한 해였다. 레드삭스가 아메리칸 리그에서 우승했을 때 감옥 전체가 온통 축제 분위기였다. 레드삭스가 승리를 할 수 있다면 우리도 무슨 일이든 할 수 있을 것 같은 기분이었다. 그 기분을 지금 설명하는 것은 무리다. 그것은 비틀즈 팬이 그때의 광기를 설명할 수 없는 것과 마찬가지라고 생각한다. 하여간 그것은 현실이었다. 감옥에 있는 모든 라디오는 우승을 향해 질주하는 레드삭스의 시합에 채널이 고정되어 있었다. 종반에 클리블랜드에서 2연패 했을 때는 모두 침울했으며 리코 페트로셀리가 우승을 결정짓는 플라이를 잡았을 때 모두는 너무 기뻐 광란 상태가 되었다. 시리즈 일곱 번째 시합에서 론보그가 난타당해 꿈을 이루기 일보 직전에서 끝났을 때, 그 우울은 다시 찾아왔다. 필시 노튼은 기뻐서 어쩔 줄을 몰랐을 것이다. 개자식. 녀석은 교도소 전체에 상복을 입혀주고 싶어 했다.

그러나 앤디에게는 우울이라는 전략은 더 이상 없었다. 어쩌면 그 친구는 야구팬이 아니었기 때문에 그럴지도 몰랐다. 그러나 앤디는 당시 모두가 빠져 있던 그 분위기에 감염이라도 된 것처럼 보였고, 그것은 월드 시리즈가 끝나고 나서도 약해지지 않았다. 다시 그 보이지 않는 코트를 옷장에서 꺼내 입은 느낌이었다.

이미 10월말에 가까운, 금색으로 내려 쪼이는 만추의 그 날을 기억하고 있다. 월드 시리즈가 끝난 것은 2주일 전의 일이었다. 일요일이었다고 생각한다. 운동장은 '뻐근한 어깨를 풀어보려는' 사람들로 가득 찼다. 캐치볼을 하거나 미식축구의 패스를 하기도 하고, 물건을 교환하거나 했다. 그 밖에 녀석들은 면회실의 긴 책상 앞에 앉아서 간수가 지켜보는 가운데 개인적인 이야기를 하거나 담배를 피웠고, 어떤 놈은 성의 있는 거짓말을 하고 있었으며, 검사가 끝난 차입품을 받는 녀석들도 있었다.

앤디는 벽 가까이에 인디언식으로 책상다리를 하고 앉아서 양손에 든 돌을 맞부딪치면서 햇볕을 쬐고 있었다. 벌써 겨울이 다 가왔는데도 의외일 정도로 따스한 날이었다.

"레드. 여기에 앉아봐."

앤디가 불러서는 정성스럽게 손질한 두 개의 작은 돌 가운데 한 개를 건네주었다.

"이거 갖고 싶지 않아?"

조금 전에 말한 '천년의 샌드위치'였다.

"이거 굉장히 예쁜데, 고마워."

앤디는 어깨를 으쓱하고는 화제를 바꾸었다.

"내년은 자네에게 아주 기념적인 해겠군."

나는 고개를 끄덕였다. 내년이 되면 30년 근속이었다. 인생의 60퍼센트를 쇼생크 교도소에서 보낸 셈이 된다.

"언젠가 나갈 수 있을 거라고 생각해?"

"나갈 수 있어. 흰 수염을 길게 기르고 머리 속에서 덜그럭거리는 소리가 날 때쯤 해서 나갈 수 있겠지."

그는 빙긋이 웃고 다시 햇살을 향해 고개를 돌리고 눈을 감았다.

"기분 좋은 날이야."

"지긋지긋한 겨울이 눈앞에 닥쳐오면 언제나 그래."

앤디는 고개를 끄덕였고, 우리들은 아무 말도 하지 않았다.

"여기를 나가면……" 앤디는 조금 지난 뒤에 입을 열었다. "난 1년 내내 따뜻한 지방으로 갈 거야."

한두 달만 지나면 형기를 마치는 사람처럼 차분하고 자신이 넘치는 말투였다.

"어디로 갈 거 같아, 레드?"

"글쎄."

"지와타네호." 앤디는 그 이름을 혀 위에서 음악처럼 굴렸다. "멕시코에 있지. 플라야 아줄과 멕시코 고속도로 37호선에서 3킬로 정도 떨어진 작은 마을이야. 아카풀코에서 북서쪽으로 160킬로 정도 될까. 태평양 연안이야. 멕시코 사람들이 태평양에 대해서 뭐라고 하는지 알아?"

"몰라."

"그 바다에는 기억이 없다고 하지. 나는 그곳에서 삶을 마치고 싶어. 레드, 기억이 없는 따스한 땅에서 말이야."

앤디는 이야기하면서 작은 돌을 한 주먹 주워 올렸다. 그것들을 하나씩 가볍게 던지면서 야구장의 내야로 튀어 굴러가는 것을 지켜보았다. 여기도 머지않아 30센티의 깊게 쌓인 눈 아래에 파묻힐 것이다.

"지와타네호. 거기에 조그마한 호텔을 하나 지을 생각이야. 해안을 따라서 통나무집을 여섯 개, 고속도로의 손님을 위해 산 쪽에 여섯 개. 시즌 중 가장 큰 청새치를 낚은 사람에게는 트로피를 주고 그 사진을 로비에 걸어둘 거야. 가족용 호텔이 아니야. 허니문 호텔. 초혼이나 재혼 손님을 위한 그런 허니문 호텔을 지을 거야."

"그런데 그런 호화 호텔을 지을 돈이 어디 있어? 조각품을 팔아서?"

그는 나를 보고 빙긋이 웃었다.

"정확히 맞추지는 못했지만 크게 빗나가지도 않았어. 너의 예리한 느낌에 때때로 놀랄 때가 있어. 레드."

"도대체 무슨 말이야?"

"재난이 닥쳐왔을 때, 궁극적으로 두 가지 인간형이 있지." 앤디는 성냥을 꺼내어 담배에 불을 붙였다. "예를 들어 명화나 조각이나 훌륭한 골동품이 집에 많이 있다고 해봐, 레드. 그런데 그 주인이 뉴스를 듣고 거대한 허리케인이 접근중이라는 것을 알았다면? 어떤 사람은 단지 아무 일 없기를 빌 뿐이야. 반드시 허리케인이 코스를 바꾸어 줄 것이라고 자기에게 말을 할 거야. '적어도 정직한 허리케인이라면 렘브란트나 드가의 말 그림 두 장, 그랜트 우드, 또 벤튼의 그림 등을 못 쓰게 만들지 않을 거고, 하느님도 그런 일을 허락하지 않겠지.' 라고. 또 만일을 대비해서 보험을 들어두지. 이것이 한 종류의 인간이야. 다른 종류의 인간은 허리케인이 자기 집을 정면으로 통과할 것이라고 생각해. 아무리 기상청이 허리케인의 진로가 바뀌었다고 보도를 해도, 이 사람은 분명히 허리케인이 코스를 다시 바꾸어 자기 집을 강타할 것이 틀림없다고 생각해. 두 번째 종류의 인간은 최악의 사태에 대비하고 나서 행운을 빌어도 손해 보지 않는다는 것을 알고 있어."

나도 담배를 꺼내 물었다.

"그렇다면 이 사태에 대비하고 있는 거야?"

"그래. 허리케인에 대한 대비는 하고 있어. 구름이 어느 정도 험악한지 알고 있어. 별로 시간이 없었지만 하여간 필요한 행동을 해놓았지. 친구가 하나 있었는데 (마지막까지 내 편이었던 유일한 친구였지.) 포틀랜드의 투자회사에 다니고 있었지. 6년 전에 죽었지만."

"안됐네."

"그래." 앤디는 꽁초를 던졌다. "린다하고 나에게는 1만 4000달러 정도의 재산이 있었지. 큰돈은 아니야. 아직 둘 다 젊었고 전도가 양양했으니까."

앤디는 잠깐 미간을 찌푸리고는 미소를 지었다.

"어처구니없는 재난이 닥쳐왔을 때, 나는 허리케인의 진로에서 나의 렘브란트를 끄집어냈지. 주식을 팔고, 착실한 초등학생처럼 소득세를 지불했지. 여하튼 뭐든지 신고했어. 속이는 짓은 일체 하지 않았어."

"재산이 동결되지 않았어?"

"나는 살인용의로 기소된 거지 죽은 것이 아니야. 죄 없는 사람의 재산을 동결하는 것은 불가능해. 고맙게도 그자들이 살인죄로 나에 대한 기소를 결정하기까지 시간이 좀 있었지. 나와 짐에게. 아까 말한 친구 말이야. 그래서 나에게 주어진 시간 안에 서둘러서 팔아치웠지. 그런데 서두르다 보니까 너무 싸게 팔았지. 하지만 그때는 주식의 작은 손해에 신경 쓰지 못할 만큼 큰 걱정이 있었으니까."

"음, 그렇겠지."

"그러나 쇼생크에 들어왔을 때는 모든 것이 안전하게 되었어. 물론 지금도 안전하고. 이 벽 바깥에는 이 세상 누구와도 얼굴을 마주친 적이 없는 사람이 있어. 그 사람은 사회보장카드도 가지고 있고, 메인 주의 운전면허증도 가지고 있어. 출생증명서도 가지고 있지. 피터 스티븐스란 이름을 가진 사람이야. 별로 눈에 띄지 않으면서 멋있는 이름이지?"

"그 사람이 누구야?"

대답을 듣지 않아도 알 것 같았지만 믿을 수가 없었다.

"나야."

"잠깐, 설마 이렇게 말하지는 않겠지. 경찰에게 엉망진창으로 맞아 죽어가고 있는 사이에 가짜 신분을 만들 수 있는 기회가 생겼다든지, 재판을 하고 있는 사이에 위조를 끝냈다든지……."

"물론 그렇지 않아. 친구 짐이 가짜 신분을 만들어 주었어. 나의 공소가 각하된 다음부터 만들기 시작해서 1950년 봄에 친구는 그것을 손에 쥐었지."

"어지간한 친구네."

나는 이 말을 어디까지 믿어야 좋을지 잘 몰랐다. 일부분인지, 아니면 다 믿어야 하는지, 모두 믿지 말아야 하는지. 그러나 그날은 따뜻한 게 날씨가 좋았고, 앤디의 이야기도 매우 구성력이 있었다.

"완전히 법률위반인데, 그런 상태에서 신분증을 위조하는 것은."

"친구였어. 전쟁 중에도 항상 함께 있었지. 프랑스, 독일. 좋은 친구였는데. 법률위반이라는 것도 잘 알고 있지만, 이 나라에서 가짜 신분증을 만드는 게 아주 간단하고 또한 안전하다는 것도 알고 있어. 그는 세무서의 눈에 띄지 않게 하기 위해 착실히 세금을 지불한 그 돈을 피터 스티븐스를 위해 투자했어. 그게 1950인지 1951년의 일이야. 지금 그 돈은 37만 7000달러와 얼마간의 잔돈으로 불어났어."

앤디가 빙긋이 웃은 것을 보면, 아마도 내 턱이 가슴에 닿을 정도로 입이 벌려져 있었을 것이다.

"1950년대, 그때 투자했으면 좋았을 텐데 라고 모두 나중에 후회한 것이 생각나? 피터 스티븐슨은 그 중 둘인가 셋을 적중했던 거지. 아마 여기 처박히지 않았으면 지금쯤 그 돈은 7, 800만 달러는 될 텐데. 필시 롤스로이스를 타고, 거기에 휴대용 라디오만 한 큰 위궤양도 가지고 있겠지."

앤디는 다시 흙을 집어 들고 작은 돌을 고르기 시작했다. 우아하고 끈기 있는 움직임이었다.

"나는 최선을 원했고 최악을 예상하고 있었어. 그뿐이야. 가명도 내가 가지고 있는 아주 적은 자본을 날려버리고 싶지 않았기 때문에 만든 거고. 나는 허리케인의 진로에서 재산을 지켜냈지. 그러나 허리케인이 이렇게도 오랫동안 계속될 줄은 생각지도 못했어."

나는 잠시 침묵에 빠졌다. 내 옆에 있는 회색 죄수복을 입은 마르고 작은 사내가 더러운 자리에 앉아 있는 노튼 교도소장이 남은 삶 동안 악착같이 모을 재산보다 더 많은 재산을 가지고 있다는 것은 도저히 믿을 수가 없는 일이었다.

"그럼 변호사를 고용하겠다고 한 것도 농담이 아니었네." 나는 겨우 말을 던졌다. "그 정도의 돈이 있으면 클라렌스 대로 같은 명변호사라도 고용할 수 있잖아. 왜 그러지 않았어, 앤디? 뭐가 뭔지 모르겠네. 로켓처럼 날아서 여길 빠져나갈 수 있었을 텐데."

앤디는 미소를 지었다. 린다와 자기는 전도양양했다고 말하면서 떠올렸던 것과 같은 미소였다. 나는 완전히 흥분해 버렸다.

"그만두면 안 돼. 실력 있는 변호사라면, 예를 들어 토미가 싫다고 해도 그 자식을 캐시먼에서 끄집어낼 수 있잖아? 재심을 받아야만 했어. 사립탐정을 고용해서 블래치라는 놈을 찾아내서 노튼의 코를 납작하게 해줄 수 있잖아. 앤디, 왜 그렇게 하지 않았지?"

"내가 너무 약삭빠르게 굴어서 그래. 만약 감옥 안에서 피터 스티븐스의 돈에 손을 대면 1센트도 남지 않고 사라져 버리게 돼. 만약 친구인 짐이 살아 있으면 어떻게 잘 처리해 주겠지만 짐은 죽어버렸어. 그 어려움을 알 것 같아?"

알고 있다. 그 돈이 얼마간 앤디에게 도움이 된다고 하더라도 그 돈은 다른 사람의 돈이나 마찬가지였다. 어떤 의미에서는 사실 그랬다. 그리고 만일 투자 대상이 갑자기 잘못되기라도 한다면 앤디는 아무 말 없이 지켜볼 수밖에 없다. 매일 《프레스 헤럴드》의 주식면의 숫자만 바라보고 있어야 할 뿐이었다. 아무리 지치지 않는 사람이라고 해도 역시 인생은 고통스러운 것이다.

"레드, 어떤 상태인지 가르쳐줄까? 벅스턴에 큰 목초지가 있어. 벅스턴이 어디에 있는지는 알고 있겠지?"

알고 있다고 나는 대답했다. 스카보로 바로 옆의 도시였다.

"그 목초지의 북쪽 끝에 로버트 프로스트의 시에서 빠져나온 것 같은 돌담이 있어. 그 담 밑바닥 어딘가에 메인 주의 목초지와는 아무 관계가 없는 돌이 있어. 흑요석 조각으로 1947년까지 내 사무실 책상 위에 있었던 문진이야. 짐이 그것을 담 아래에 두었고 그 밑에 열쇠가 있어. 그 열쇠로 캐스코 은행 포틀랜드 지점의 금고를 열 수 있어."

"꽤 복잡하네. 네 친구가 죽은 다음 국세청은 그 사람의 명의로 된 금고를 모두 열어 보았을 텐데. 물론 유언 집행인과 함께였겠지만."

앤디는 미소를 지었다. 나의 관자놀이를 쿡 찔렀다.

"나쁘지 않네. 나는 짐이 먼저 죽을 가능성을 생각해서 손을 써놓았지. 금고는 피터 스티븐스의 이름으로 되어 있고, 1년에 한 번 짐의 유언 집행을 맡고 있는 법률사무소에서 스티븐스의 금고 사용료로 수표를 캐스코로 보내고 있어. 피터 스티븐스는 그 금고 안에서 나갈 날만 기다리고 있지. 그의 출생증명서, 사회보험 카드, 운전면허증과 함께 말이야. 짐이 죽었기 때문에 운전면허증은 만료일이 지났지만, 5달러의 수수료만 내면 훌륭하게 갱신할 수 있어. 그 사람의 주식도 거기에 있지. 세금이 면제되는 도시채권과 액면 1만 달러짜리 무기명 공채가 열여덟 장이 들어 있어."

생각지도 않은 휘파람이 나왔다.

"피터 스티븐스는 포틀랜드의 캐스코 은행에, 앤디 듀프레인은 쇼생크 금고 안에 있는 거지."

앤디가 말했다.

"서로 닮았지. 그리고 그 금고와 돈과 새로운 인생을 열 열쇠는 벅스턴의 목초지의 흑요석 아래 있어. 여기까지 이야기했으니까 다 이야기하도록 하지. 레드, 20년 동안 나는 벅스턴의 건설 계획에 대한 뉴스를 빠짐없이 흥미를 가지고 읽었어. 언젠가 그 곳을 관통하는 고속도로가 생기지 않을까, 새로운 지역 종합병원이 세워지는 것은 아닐까, 그것도 아니면 쇼핑센터가 생기는 것이 아닐까 하고 말이야. 나의 제2의 인생이 3미터 콘크리트 밑에 묻혀버리는 것은 아닐까, 혹은 모래와 함께 어딘가의 늪지를 메우지나 않을까 하고."

나는 입을 놀렸다.

"만약 그 말이 사실이라면 어떻게 지금까지 미치지 않고 버텼지. 참 대단한 놈이야."

그는 빙긋이 웃었다.

"지금까지는, 서부 전선 이상 없다야."

"그렇지만 앞으로 어떻게 될지……."

"그렇지? 그러나 주정부나 노튼이 생각하고 있는 만큼 오래 걸리지 않을지도 모르지. 나는 그 때까지 기다릴 수가 없어. 지와타네호와 작은 호텔이 머리에서 떠나지 않아. 지금 내 인생에 필요한 것은 그것뿐이야. 레드, 나는 욕심쟁이라고 생각하지 않아. 나는 글렌 퀜틴을 죽이지도 않았고 아내도 죽이지 않았어. 그 호텔 정도 욕심내는 것은 괜찮겠지. 바다에서 수영하고, 몸을 태우고,

창이 넓은 방에서 잠을 자고…… 그 정도 바란다고 해서 나쁠 것은 없겠지."

앤디는 남아 있는 작은 돌을 털어냈다.

"그런데 레드……" 앤디는 대수롭지 않게 이어 말했다. "그런 호텔에는…… 물건을 조달하는 방법을 알고 있는 사람이 필요해."

나는 그것을 차분히 생각해 보았다. 그래서 알아낸 것이지만, 내 머릿속의 최대의 장애는 지금 이렇게 변변치도 못한 감옥 운동장에서, 그것도 감시탑에서 무장한 간수들이 지켜보는 가운데서 나누고 있는 꿈 같은 이야기에 지나지 않았다.

"나는 할 수 없어. 바깥세상에 나가서는 잘 안 될 거야. 나는 모두가 말하는 시설 속에 갇힌 인간이 되고 말았어. 여기서 나는 확실히 물건을 조달해 주는 사람이지만, 바깥세상에 나가면 누구라도 그 일을 할 수 있어. 바깥세상에서는 만약 포스터나 록 해머, 레코드, 병에 든 배 모형 세트 같은 것이 필요하면 업종별 전화번호부를 펼쳐보면 돼. 여기서는 내가 업종별 전화번호부인 셈이지. 어떻게 해서 손을 대야 하는지, 어디서부터 손을 대야 하는지 나는 몰라."

"그건 자기를 너무 업신여기는 말이야. 자네는 혼자서 배운 사람이고 혼자서 모든 것을 해낸 사람이야. 난 자네가 보통 사람하고는 다르다고 생각해."

"농담하지 마. 나는 고등학교 졸업장도 없어."

"그런 건 이미 알아. 그러나 종이 쪼가리가 인간을 만드는 것이 아니야. 그리고 감옥이 인간을 망치는 것만도 아니고."

"앤디, 나는 바깥세상에서 살아갈 자신이 없어. 나 스스로 잘 알고 있어."

앤디는 자리를 털고 일어났다.

"여하튼 생각해 봐."

앤디가 그렇게 말했을 때 감방으로 돌아가라는 사이렌이 울었다. 그는 부리나케 걸음을 옮겨 놓았다. 나는 지금 막 자유인에게 거래 상담을 한 사람이 된 듯했다. 그리고 당분간 나는 자유로운 기분이 되었다. 앤디에게는 그런 기술이 있었다. 그는 우리들이 종신형의 죄수이고, 잘 모르는 가석방 위원회와 시편을 언제나 인용하는 교도소장의 관계가 가깝다는 사실을 잠시라도 잊게 해주었다. 교도소장은 앤디 듀프레인을 절대로 놓아주지 않을 것이다. 뭐라고 해도 앤디는 소득신고를 할 줄 아는 귀여운 강아지였다. 얼마나 귀여운 동물인가!

그러나 그날 밤 감방 안에서 나는 다시 죄수의 기분으로 돌아왔다. 앤디의 생각이 모두 바보같이 생각되었고 푸른 바다와 하얀 백사장의 이미지는 바보 같다기보다는 잔인하게 느껴졌다. 낚시 바늘처럼 나의 뇌에 늘어뜨린 환상이었다. 앤디처럼 보이지 않는 코트를 입는 기술이 나에게는 없었다. 그날 밤 꿈에 목초지 한가운데 있는 커다랗고 검은 유리를 닮은 돌이 보였다. 터무니없이 큰 대장간의 쇠 지렛대 같은 모양을 한 돌이었다. 나는 그 아래에 있는 열쇠를 집으려고 돌을 움직여 보았다. 돌은 꿈쩍도 하지 않았다. 너무 거대했기 때문이다.

그리고 어딘가 멀리서, 점점 이쪽으로 달려드는 사냥개들이 짖어대는 소리가 들려왔다.

이렇게 해서 이야기는 탈옥으로 바뀌었다.

여기 행복한 가족 중에도 가끔씩 탈옥자가 있었다. 단지 쇼생크에서는 약삭빠른 놈일수록 담을 넘는 짓은 하지 않았다. 서치라이트가 교도소를 둘러싸고 있는 그저 휑뎅그렁한 풀밭과 냄새 나는 습지를 하얗고 긴 손가락으로 밤새도록 더듬고 있었기 때문이다. 가끔 담을 넘는 녀석들이 있는데, 대개 서치라이트에 걸려들었다. 운 좋게도 거기를 빠져나가도, 고속도로 6호선이나 99호선에서 지나가는 차에게 엄지손가락을 들고 있는 사이에 붙잡혔다. 만약 걸어서 들판을 지나가려고 해도 근처에 살고 있는 사람들이 그것을 보고 바로 신고해 버렸다. 담을 넘는 것은 멍청한 짓이었다. 쇼생크는 풍광이 좋은 캐논시티와는 전혀 다르고, 게다가 이런 촌구석에서 회색 죄수복을 입고 돌아다니는 녀석은 웨딩 케이크 위의 바퀴벌레처럼 눈에 잘 띄었다.

오랜 세월 동안 가장 훌륭하게 탈옥한 녀석들은 의외라고도 할 수 있으나 한편 그렇지 않다고도 생각하게 된다. 갑자기 생각난 놈들인데, 그 중 몇 명은 트럭에 가득 실린 시트 안에 숨어서 도망갔다. 하얀 빵 안에 죄수가 들어간 샌드위치, 바로 그것이었다. 내가 처음 이곳에 왔을 때 가장 유행한 탈옥방법이었지만, 얼마 후 간수들이 눈치를 채고 그 구멍을 막아 버렸다.

노튼 교도소장의 '쇄신정책'도 많은 탈옥자를 만들어냈다. 울타리 안보다는 푸른 하늘 아래가 더 좋다고 생각한 녀석들이 많았다. 이번에도 대개는 평범한 방법을 사용했다. 간수 하나가 트럭 옆에서 물을 마시거나, 두 명의 간수가 보스턴 패트리어트의 야드 패스나 돌파력에 대해 정신없이 이야기하고 있을 때 블루베리 갈퀴를 그 자리에 내려놓고 홀연히 덤불 속으로 들어가 버리는 방법이었다.

1969년에 '쇄신정책'의 죄수들은 사바터스에서 감자를 캐고 있었다. 11월 중반 일은 거의 끝나가고 있었다. 헨리 퓨라는 간수가 있었는데 (덧붙여서 말하면 녀석은 이제 우리 행복한 가족이 아니다.) 감자를 실은 트럭의 범퍼에 앉아서 카빈총을 무릎에 내려놓고 도시락을 먹고 있었다. 정오가 좀 지났을 즈음 차가운 덤불 안에서 나타난 것은 아름다운(나도 들은 이야기인데 이런 이야기는 과장되게 전해지기 마련이다.) 열 개의 뿔을 가진 수사슴이었다. 이놈의 머리를 집의 응접실에 장식하면 얼마나 좋을까라고 꿈꾸면서 퓨는 그 사슴을 좇았고, 그 사이에 세 명의 죄수가 달아나 버렸다. 그 중에 두 명은 리스본 폴스의 핀볼 센터에서 붙잡혔지만, 나머지 한 명은 아직도 발견하지 못했다.

그러나 누구보다도 유명한 것은 시드 네도의 탈옥이라고 생각한다. 1958년이니까 꽤 오래된 이야기지만 그를 능가하는 사람은 아직 나타나지 않았다. 시드는 토요일 교도소 내의 야구 대회 준비로 그라운드에 하얀 선을 그리고 있었는데, 3시에 감방으로 돌아가라는 호루라기 소리가 나고 간수 교대를 알렸다. 주차장은 운동장 바로 건너편의 전기로 개폐되는 정문 바깥쪽에 있었다. 3시가 되면 정문이 열리고 당직간수와 비번으로 나가는 간수가 뒤섞였다. 대개 서로의 등을 툭 치거나 장난을 쳤다. 또는 볼링 팀의 점수를 비교해 보거나 오래된 농담을 주고받았다.

시드는 선을 그리는 기계를 끌고 당당하게 문밖으로 걸어 나갔다. 뒤에 남겨진 것은 운동장의 홈 플레이트에서부터 그어진 폭 8센티의 하얀 선이었는데, 그 선은 고속도로 6호선을 지나 건너편 구덩이까지 이어져 있었다. 그리고 석회더미에 넘어져 있는 선 그리는 기계를 찾아냈다. 어떻게 해서 그런 일이 일어날 수 있었는지에 대해서는 묻지 않았으면 좋겠다. 녀석은 죄수복을 입고, 190센티의 키에 석회가루를 풀풀 날리면서 걸어갔을 것이다. 그 녀석에 대해 말할 수 있는 것은 이것뿐이다. 마침 그날이 금요일 오후였기 때문에 퇴근하는 간수는 매우 즐거웠을 것이고, 출근하는 간수들은 들어오는 것이 매우 싫었을 것이다. 따라서 퇴근하는 간수들은 구름 속에서 밖을 보려 하지 않았을 것이고, 출근하는 간수들은 자기의 구두에서 코를 떼려 하지 않았을 것이다. 시드 네도 아저씨는 그 둘 사이를 망설이지 않고 빠져나갔을 것이다.

내가 아는 한 시드는 아직 체포되지 않았다. 오랫동안 앤디와 나는 몇 번이고 시드의 대탈출을 이야기하며 크게 웃었다. 여객기 공중납치 사건으로 몸값을 요구하던 범인이 뒷문을 열고 낙하산으로 탈출했다는 말을 들었을 때, 그 D.B 쿠퍼라는 사람이 시드 네도가 틀림없다고 앤디는 하느님을 걸고 단언했다.

"그리고 아마도 행운의 상징으로 선 그리는 석회를 한 줌 호주머니에 넣고 있었을 거야. 운 좋은 자식."

앤디의 말이었다.

그러나 시드 네도의 사건이라든지 사바터스의 감자밭에서 달아난 놈은 교도소판 아일랜드 경마복권에서 크게 딴 것과 같았다. 행운 여섯 가지가 우연히 그 순간 하나로 모인 것과 같았다. 앤디 같은 사람은 90년을 기다려도 그런 기회는 찾아오지 않을 것이다.

여러분도 기억하고 있을까? 이 이야기의 처음 부분에서 헨리 바커스라는 사람이 등장한 적이 있다. 세탁 공장 세탁실의 조장이었다. 이 사람은 1922년에 쇼생크에 들어와서 31년이 지난 1953년에 감옥 안의 진료소에서 죽었다. 탈옥과 탈옥 미수에 대한 이야기가 그의 취미였지만, 정작 그 자신은 용기가 없었던 모양이다. 그의 말을 들어보면 100가지가 넘는 탈옥계획을 알고 있지만 대부분 쓸모가 없는 것이었다. 그는 단 한 번 쇼생크에서 탈옥을 위한 실험을 해 본 적이 있다고 했다. 내가 가장 마음에 든 것은 비버 모리슨의 이야기였다. 가택 침입죄를 지은 모리슨은 번호판 공장의 지하실에서 글라이더를 만들기 시작했다. 그가 사용한 설계도는 『현대 소년의 놀이와 모험 안내』라고 하는 1900년경에 나온 책에서 얻은 것이었다. 모리슨은 간수에게 들키지 않고 그것을 완성시켰다. 다 만들어 놓고 알아차린 것이지만, 지하실에는 글라이드 같은 물건을 밖으로 끄집어 낼 수 있는 문이 없었다. 헨리가 그 이야기를 해 주었을 때 배가 뒤틀릴 정도로 웃었다. 헨리는 이에 뒤지지 않는 많은 이야기를 알고 있었다.

헨리는 쇼생크에서 발생한 탈옥에 대해서 아주 세세한 것까지 기억하고 있었다. 자기가 알고 있는 것만 해도 자기 복역기간 내에 400건이 넘는 탈옥 미수가 있었다고 한다. 여러분이 고개를 끄덕이면서 다음을 읽기 전에 이 일에 대해 차분히 생각해 주면 좋겠다. 400건의 탈옥 미수! 헨리 바커스의 기억이 옳다고 한다면 매년 12.9건의 탈옥 미수가 일어나고 있는 것이다. 매월 한 건씩인 셈이다. 물론 그 대부분이 조잡해서 몰래 옆걸음을 치고 있는 당황한 탈옥수 옆에 간수가 나타나 팔을 끼는, 대개 이와 비슷하게 막을 내리지만.

"야 멍청아. 잠에 취해서 어디 가려고 그래?"

헨리의 말을 빌면 본격적인 탈옥으로 분류할 수 있는 것이 약 60건 정도 되는데, 거기에는 내가 쇼생크에 들어오기 바로 전인 1937년의 집단 탈옥도 포함되어 있었다. 당시 새로운 관리 본부가 건설 중이었는데, 열네 명의 죄수가 현장에 있던 건축자재를 사용해서 도망치고 말았다. 메인 주의 남부 일대가 대혼란에 빠졌다. 그러나 열네 명의 흉악범들 또한 끔찍한 공포에 떨어야 했다. 고속도로에 뛰어든 야생토끼가 트럭의 헤드라이트 사이에서 꼼짝도 하지 못하고 있는 것처럼 어디로 달아나면 좋을지 몰랐기 때문이었다. 열네 명 중 도망에 성공한 녀석은 한 사람도 없었다. 두 명은 총에 맞아 죽었다. 그것도 경찰이나 교도소 관계자가 아닌 민간인이 쏜 총에 맞아 숨졌다.

내가 여기 온 1938년부터 앤디가 처음 지와타네호의 이야기를 한 10월의 어느 날까지 도대체 몇 명이나 탈옥에 성공했을까? 내 정보와 헨리의 기억을 참고로 생각해 볼 때 많아야 십여 명 정도일 것이다. 그리고 이것은 어디까지나 추측이지만 그 열 명 가운데 절반가량은 쇼생크와 비슷한 불평등 교육 시설에 갇혀 형기를 보내고 있을 것이다. 왜냐하면 인간은 제도에 익숙해져 있기 때문이다. 인간의 자유를 빼앗고 좁은 감방에 살도록 교육받으면 다른 곳에 갈 수 있다는 생각을 하지 못하게 된다. 조금 전에 말한 토끼와 마찬가지로 다가오는 트럭에 치일 것이라는 것을 알고 있어도 그 불빛 가운데서 몸이 얼고 마는 것이다. 막 교도소 문을 나간 전과자가 애초에 성공할 수 없는 범죄를 저지르는 경우가 있다. 도대체 왜 그럴까? 그렇게 해서 다시 감옥으로 되돌아오려는 것이다. 그곳이라면 살아갈 자신이 있기 때문이다.

앤디는 그렇지 않았지만 나는 그랬다. 태평양을 바라보는 것은 멋있게 들리지만 실제로 그곳에 가면 엄청나게 넓은 것 때문에 죽고 싶을 정도로 두려움에 떨 것이다.

하여간 멕시코에 대해서, 피터 스티븐스 씨에 대해서 앤디가 말한 날부터 나는 앤디가 어디론가 사라지려고 한다는 것을 믿기 시작했다. 만일 그렇다면 조심해야지라고 마음속으로 생각했지만 앤디가 성공할 것이라는 쪽에 돈을 거는 것은 절대로 사양할 일이었다. 게다가 노튼 소장이 앤디에게 특별히 주의를 하고 있었다. 앤디는 단지 번호를 가슴에 붙인 얼간이가 아니었다. 두 사람은 일종의 거래 관계를 맺고 있었다. 앤디는 두뇌가 있고 심장이 있었다. 노튼은 그 하나를 이용해서 다른 하나를 눌러 뭉개 버리려고 했다.

바깥세상에서도 뇌물을 받으면 의리를 지키는 정직한 정치가가 있는 것처럼 교도소에도 정직한 간수가 있었다. 만일 여러분에게 사람을 볼 줄 아는 눈과 돈이 많이 있다면 눈감아 줄 수 있는 간수들을 매수해서 달아날 수도 있을 것이다. 그런 일은 해보지 않아도 알 수 있는 일이다. 그러나 앤디는 도저히 그럴 수가 없었다. 왜냐하면 지금 말한 대로 노튼이 지켜보고 있기 때문이다. 앤디도 그것을 알고 있었고 간수들도 잘 알고 있었다.

아무도 앤디에게 '쇄신정책'을 시키지 않았다. 노튼 소장이 명부를 확인하는 한 불가능했다. 게다가 앤디는 시드 네도와 같은 방법으로 탈옥을 감행할 성격도 아니었다.

　내가 그였다면 그 열쇠 생각 때문에 무척이나 괴로워했을 것이다. 두 시간이라도 푹 잘 수 있는 밤이 있다면 그건 운이 좋은 때일 것이다. 벅스턴은 쇼생크에서 50킬로도 채 되지 않는 곳에 있다. 무서울 정도로 가까이에 있고 끔찍할 정도로 멀었다.

　내 생각 같아서는 역시 변호사를 고용해서 재판을 다시 하는 것이 가장 좋을 듯싶었다. 노튼의 엄지손가락 아래에서 벗어날 수만 있다면 다른 것은 어떻게 되어도 좋을 듯싶었다. 일시 휴가 제도를 미끼로 토미 윌리엄스의 입을 다물게 했다고 해도 그건 아직 모르는 일이다. 클라렌스 대로 같은 변호사 정도면 녀석의 입을 열게 할지도 모르는 일이다. 아니 변호사가 그렇게까지 노력하지 않고서도 끝날 수 있을지도 모른다. 토미는 앤디를 좋아했으니까. 나는 앤디에게 언제나 이렇게 충고했지만 그는 멀리 보고 있는 것 같은 눈으로 웃으며 "생각하고 있어."라고 말할 뿐이었다.

　어쩌면 앤디는 그 밖의 많은 방법들을 생각하고 있는지도 몰랐다.

　1975년 앤디 듀프레인은 쇼생크에서 탈옥했다. 그리고 지금까지 붙잡히지 않았고 앞으로도 그럴 것이라고 생각한다. 왜냐하면 이미 앤디 듀프레인이란 사람은 존재하지 않기 때문이다. 그러나 멕시코의 지와타네호에는 피터 스티븐스라는 이름을 가진 사내가 있을 것이고, 그는 아마 1976년에 새로 지은 호텔을 경영하고 있을 터였다. 그렇지만 내가 알고 있는 것은 상상일 뿐이다. 내가 할 수 있는 것은 그 정도뿐이다. 그렇지 않은가?

제5감방구역의 각 감방문은 일요일을 빼고 매일 아침 언제나 6시 30분에 열렸다. 그리고 일요일을 제외한 매일 감방에 있는 죄수들은 복도로 나와 문이 등 뒤에서 닫히는 것과 함께 이열로 줄을 섰다. 죄수들은 감방구역의 출입구까지 걸었다. 거기서 두 명의 간수가 숫자를 확인하고 나서 식당으로 가서 오트밀과 달걀을 풀어서 끓인 국과 지방이 많은 베이컨이 나오는 아침식사를 급히 먹어치웠다.

1975년 3월 12일. 출입구의 점호까지는 지금까지의 순서대로 진행되었다. 제5감방구역의 머리수는 스물일곱이었다. 그런데 스물여섯밖에 되지 않았다. 간수장에게 연락하는 사이 죄수들은 아침을 먹으러 갔다.

간수장은 리처드 고니어로 나쁜 사람이 아니었다. 조수는 데이브 버크스라는 아주 쾌활한 녀석이었다. 두 사람은 바로 제5감방구역으로 달려갔다. 고니어는 감방의 문을 다시 열고 버크스와 함께 권총을 차고 쇠창살을 곤봉으로 툭툭 치면서 복도를 걸었다. 이런 일은 밤에 병이 난 죄수가 있어서 아침에 복도에 나올 수 없는 것이 대부분이었다. 좀 드문 일이지만 누군가가 죽었거나 자살한 경우도 있었다.

그러나 이번 경우는 좀 달라서 두 사람의 간수가 발견한 것은 병자도 아니었고 죽은 시체도 아니었다. 수수께끼였다. 감방은 말끔하게 정돈되어 있었으며 (쇼생크에서는 감방을 지저분하게 사용하면 면회금지의 벌을 받았다.) 모든 것이 완전히 비어 있었다.

처음에 고니어는 간수의 계산착오나 아니면 장난이라고 생각했다. 제5감방의 죄수들은 아침을 먹은 다음 작업을 나가는 대신

자기의 감방으로 되돌아가며 즐거운 듯이 지껄이고 있었다. 일상의 단조로움을 깨는 것은 무엇이든 상관없이 환영받았다.

감방의 문이 열리고 죄수들은 들어갔다. 문이 닫혔다. 누군가 익살맞은 놈이 외쳤다.

"변호사를 불러줘. 변호사를 불러줘. 여기 대우는 교도소 같아."

"거기 너 조용히 하지 않으면 따끔한 맛을 보여주겠어."

버크스였다.

"네놈의 마누라를 즐겁게 해 주었는데 너무하잖아."

익살꾼의 말에 고니어가 말했다.

"조용히 해. 모두 조용히 하지 않으면 하루 종일 밖에 못나가게 하겠다."

고니어와 버크스는 다시 머리수를 세면서 복도를 걸었다. 그렇게 많이 걸을 필요는 없었다.

"이 방의 죄수가 누구야?"

고니어는 우측에 있는 야간 담당 간수에게 물었다.

"앤디 듀프레인입니다."

간수가 대답했다. 그것으로 모든 것은 바뀌었다. 그 순간부터 모든 일은 다른 때와 달랐다. 큰 소란이 벌어졌다.

내가 본 모든 교도소 이야기 영화에서는 탈옥한 사실이 밝혀지면 사이렌이 울렸다. 쇼생크에서는 그렇지 않았다. 고니어가 먼저 한 일은 교도소장에게 연락하는 것이었다. 두 번째로 한 일은 교도소 안의 수색이었다. 세 번째가 탈옥의 가능성을 생각하고 스카보로 주 경찰에게 통보했다. 이것은 정해진 순서였다. 탈옥한 의심이 있는 죄수의 감방 수색은 필요하지 않았기 때문에 누구도 앤디의 감방을 수색하지 않았다. 무엇 때문에 감방 수색을 하겠는가? 모든 것은 보이는 그대로였다. 사각형 모양의 방, 창문에는 쇠창살, 여닫는 문에도 쇠창살이 박혀 있었다. 안에는 화장실과 텅 빈 침대, 창틀에는 예쁘고 작은 돌이 몇 개 있었다.

그리고 물론 포스터. 그때의 포스터의 주인공은 린다 론스타트였다. 포스터는 침대 바로 위에 붙어 있었다. 26년간 언제나 그 자리에 포스터가 붙어 있었다. 그리고 누군가가 (결국 뜯어본 사람은 노튼이었지만, 이런 것이 극적 반전이라는 것일까?) 그 포스터의 뒤를 조사했을 때, 그자는 엄청난 충격을 받았다.

그러나 그때는 저녁 6시 30분이었다. 앤디가 없어졌다고 보고한 때부터 12시간 정도가 지나 있었고, 실제의 탈옥으로부터는 거의 20시간이 지난 뒤였다.

노튼은 펄쩍 뛰었다.

여기에도 신용할 수 있는 증인이 있다. 모범수인 체스터가 마침 이날 관리 건물 복도에 왁스를 칠하고 있었다. 그날 그는 열쇠구멍에 자기의 귀를 닦는 것으로 그날 일을 끝냈다. 리처드 고니어에게 호통을 치는 소장의 목소리는 자료를 보존하는 방까지 들려왔다.

"그놈이 교도소에 없는 게 확실하다니 도대체 그게 무슨 소리야? 네 녀석이 그놈을 발견하지 못했다는 뜻이잖아? 빨리 찾아내! 빨리! 나는 그놈에게 용건이 있어! 안 들려? 그 놈에게 볼일이 있단 말이야!"

고니어가 뭔가 말했다.

"네놈 당직 중에 일어난 일이잖아? 그건 핑계야. 내가 알기로는 그게 언제 일어난 일인지 아무도 몰라. 그 방법도. 그리고 사실 그런 일이 일어났는지 어떤지 아무도 몰라. 잘 들어, 오늘 오후 3시까지 그놈을 이 방에 데리고 와. 그렇지 않으면 몇 놈은 목이 날아갈 각오를 해. 그것만은 약속할 수 있고, 나는 약속을 철저히 지키는 사람이니까."

고니어가 다시 뭐라고 말했고 그 말에 노튼은 격노하고 말았다.

"뭐라고? 그러면 이걸 봐. 이걸 보라니까! 뭔지 알아? 어제 저녁 제5감방구역 점호 보고야. 모든 죄수가 있었어! 듀프레인은 분명히 어젯밤 9시에 감방 안에 갇혔어. 그런데 지금 와서 없다고? 그런 일은 불가능해! 그러니 빨리 그 자식을 찾아와!"

그러나 오후 3시가 되어도 앤디는 여전히 행방불명이었다. 5시쯤 되어서 노튼 자신이 직접 제5감방구역에 나타났다. 우리들은 하루 종일 갇혀 있었다. 그리고 달달 볶였다. 용의 한숨을 목덜미에 느끼고 있는 듯이 파랗게 질린 간수들이 하루 종일 심문했다. 모두 같은 것을 대답했다. 아무것도 보지 못했으며, 아무것도 듣지 못했다고. 내가 아는 한 거짓말을 한 사람은 아무도 없었다. 최소한 나는 그랬다. 우리들이 말할 수 있는 것은 앤디가 어제 저녁 9시에 감방에 들어갔으며, 한 시간 후의 소등까지 틀림없이 자기의 감방 안에 있었다는 것이다.

익살스러운 한 녀석이 앤디가 열쇠구멍으로 빠져나간 것이 아닐까 하고 말했다. 이 한 마디로 녀석은 4일 동안 독방에 들어갈 수 있는 자격을 획득했다. 간수들은 꽤나 신경질적이었다.

드디어 노튼이 직접 나섰다. 우리들을 노려보는 푸른 눈이 움직일 때마다 강철로 만들어진 울타리에 불꽃이 이리저리 튀는 듯이 보였다. 그는 우리들이 한 패거리라고 믿고 있는 눈초리였다. 어쩌면 사실 그렇게 믿고 있었는지도 모른다.

그자는 앤디의 감방에 들어가 안을 둘러보았다. 감방 안에는 침대의 이불은 접혀 있었고 잠을 잔 흔적은 없었다. 창가에 작은 돌도 그대로 남아 있었다. 그렇지만 전부 남아 있지는 않았다. 가장 마음에 들어 했던 것은 가져간 듯했다.

"돌이라."

노튼은 날카로운 숨을 내쉬고는 돌들을 거칠게 바닥으로 떨어뜨렸다. 초과 근무를 하고 있는 고니어는 얼굴을 찌푸렸지만 아무 말도 하지 않았다.

노튼의 눈은 린다 론스타트의 포스터에 멈추었다. 꽉 끼는 황갈색 바지의 뒷주머니에 두 손을 넣고 뒤를 돌아보고 있었다. 위는 러닝셔츠 하나만 입었고 캘리포니아의 태양에 알맞게 그을려 있었다. 그 포스터를 보고 근엄한 종교인인 노튼은 배알이 뒤틀렸을 것이다. 그자가 포스터를 노려보고 있는 것을 구경하면서 나는 앤디가 전에 한 말을 떠올렸다. 포스터 안으로 들어가 그녀를 만나고 있는 것 같은 느낌이 든다고 했던 그 말이다.

실제로 앤디가 한 일도 바로 그것이었다. 그것을 노튼이 발견하기까지 몇 초 걸리지 않았다.

"천벌을 받을 놈!"

노튼은 중얼거리며 손을 뻗어 포스터를 벽에서 떼어냈다.

그 다음에 나타난 것은 콘크리트 벽에 뻥 뚫린 톱니 모양의 구멍이었다.

고니어는 그 구멍 안으로 들어가려 하지 않았다.
노튼은 위압적으로 명령했다. 노튼이 리처드 고니어에게 구멍에 들어가라고 명령하는 목소리가 교도소 전체에 울려 퍼졌음에 틀림없다. 그러나 몇 번이고 고니어는 냉정하게 거절했다.
"네놈 모가진 줄 알아!"
노튼이 소리쳤다. 그 목소리는 갱년기에 이른 여자의 히스테리를 닮았다. 냉정함은 어디론가 사라져 버렸다. 노튼의 목둘레는 검붉게 물들었으며 이마에는 두 줄의 정맥이 거칠게 뛰고 있었다.
"기억해 둬라. 이 프랑스 자식아! 네놈의 목을 자르고 나서 뉴잉글랜드에 있는 어떤 교도소에서도 다시는 일을 못하게 해 주겠어!"
고니어는 자기의 총 손잡이를 앞으로 향해 노튼에게 내밀었다. '나도 질렸소.'라고 말하는 듯했다. 이미 초과 근구가 두 시간에서 세 시간으로 늘어나 있었고 노튼에게도 정나미가 떨어져 있었을 것이다. 앤디가 행복한 가족으로부터 달아난 것을 기회로, 노튼은 절벽에서 발을 헛디딘 것처럼 예전부터 속에 담고 있었을 비밀스런 광기가 되살아난 것처럼 보였다. 그 정도로 그날 밤의 노튼은 정상이 아니었다.
물론 그 비밀스런 광기가 무엇인지는 모른다. 그러나 그날 저녁 잔뜩 찌푸린 겨울하늘로부터 최후의 빛이 사라졌을 때, 스물여섯 명의 죄수가 노튼과 리처드 고니어 사이에 오고 간 대화를 열심히 듣고 분명히 알았다. 거친 놈이 되었건 애송이가 되었건 역대의 교도소장이 왔다가 사라지는 것을 본 우리들 장기 복역수들은 그 대화를 듣고 새뮤얼 노튼 교도소장이 지금 한계를 넘어섰다는 것을 알았다.

하느님을 걸고 말하겠는데, 어디선가 앤디가 웃고 있는 웃음소리가 나에게 들리는 듯했다.

노튼은 결국 몸이 마른 야간 당직 간수에게 린다 론스타트의 포스터가 숨기고 있던 굴로 들어갈 것을 명령했다. 이 마른 간수는 로리 트레먼트라고 하는 사람으로 머리가 둔한 사람이었다. 아마도 청동훈장이라도 받을 수 있을 거라고 생각했을 것이다. 나중에 안 일이지만 노튼이 선택한 사람이 앤디와 체격조건이 닮은 것은 행운이었다. 대개 교도소의 간수들은 몸집이 컸고, 그런 간수들이 그 구멍 안으로 들어갔다면, 틀림없이 중간에 꽉 끼고 말았을 것이다. 어쩌면 지금까지 오도가지도 못하고 있었을지도 모르는 일이었다.

트레먼트는 누군가가 차 트렁크에서 가져온 나일론 줄을 허리에 묶고 건전지 여섯 개가 든 커다란 회중전등을 한 손에 들고서 구멍으로 들어갔다. 이때쯤 고니어도 사표 쓰는 것을 취소하고 그럭저럭 냉정을 되찾은 모양으로 어디선가 설계도를 들고 왔다. 그들은 트레먼트에게 무엇이 보일지 잘 알고 있었다. 횡단면에서 보면 샌드위치 같은 구멍이었다. 벽의 두께는 3미터 정도였다. 내측과 외측 부분의 두께는 각각 120센티 정도였다. 그 중앙에 60센티 정도의 파이프가 지나가는 공간이 있었다. 몇 가지 의미에서 그 곳이 중요할 것 같았다.

트레먼트의 목소리가 구멍 안에서 들려 왔다. 메마르고 생기가 없는 목소리였다.

"소장님, 여기 조금 이상한 냄새가 나는데요."

"신경 쓸 거 없어! 앞으로 가."

트레먼트의 무릎 아래가 구멍 속으로 사라졌다. 얼마 안 있어 그의 구두가 보이지 않게 되었다. 빛이 어슴푸레하게 보였다.

"소장님, 여기는 지독한 냄새가 나는데요."

"신경 쓰지 말라고 했잖아!"

노튼이 소리쳤다.

슬픈 느낌이 나는 트레먼트의 목소리가 둥둥 떠밀려 왔다.

"똥냄새야. 아아, 하느님. 이거 똥이야. 부탁입니다, 하느님! 저를 여기서 나가게 해 주세요. 토할 것 같아. 맙소사, 이거 진짜 똥이야. 오, 하느님."

그 다음 틀림없이 로리 트레먼트가 최근에 먹은 두 끼 분량의 음식물을 역류시키는 소리가 들려왔다.

그것이 방아쇠였다. 나는 더 이상 참을 수가 없었다. 그날 하루 분의, 아니 30년분의 웃음이 한꺼번에 터져 나왔다. 지금도 그 생각만 하면 배가 뒤틀릴 것 같다. 그렇게 웃어본 것은 태어나서 처음이었다. 이 회색 벽 안에 그런 일이 있을 줄은 예상도 못한 웃음이었다. 게다가 아아, 하느님 왜 이렇게 기분이 좋습니까!

"저 자식을 끄집어 내!"

노튼 소장의 금속성 목소리가 들려 왔지만 나는 나의 웃음 때문에 그자가 말한 것이 나를 가리키는 것인지 아니면 트레먼트를 가리키는 것인지 몰랐다. 배를 쥐고 발을 허둥대면서 큰소리로 웃어댔다. 만일 노튼이 총을 쏘아 죽이겠다고 겁주지 않았으면 웃음이 그치지 않았을 것이다.

"저 자식을 끌어내!"

그렇다. 나는 끌려 나갔다. 독방으로 직행해서 15일간 처박혀 있었다. 오랜 시간이었다. 그러나 가끔 불쌍하고 머리 나쁜 로리 트레먼트가 "이거 진짜 똥이야!"라고 외치던 것을 생각하고, 그리고 앤디가 말쑥하게 옷을 갈아입고 자기 차로 남쪽을 향해 달려가고 있는 것을 상상하면 웃음이 멈추지 않았다. 독방에서의 15일도 아무렇지 않았다. 그것은 앤디와 함께 있었기 때문일 것이다. 똥 사이를 빠져나가 저쪽으로 깨끗하게 나간 앤디 듀프레인, 태평양을 향해 가고 있을 앤디와 나는 함께 있었다.

그날 밤 내가 독방으로 끌려간 뒤에 일어난 일에 대해서는 감방으로 돌아와서 들었다. 뭐 대단한 이야기는 아니다. 로리 트레먼트는 점심과 저녁을 토하고 나서 더 이상 잃어버릴 것이 없다고 생각하고 계속 앞으로 나아갔다. 감방구역의 안쪽과 바깥쪽 사이에 있는 배관용 수혈은 떨어질 위험이 없었다. 극히 좁았기 때문에 트레먼트는 오히려 몸을 비집고 들어가는 느낌으로 내려갔기 때문이다. 옅은 숨 밖에 쉴 수 없었기 때문에 생매장당하는 것 같은 기분이었다고 나중에 트레먼트가 말했다고 한다.

드디어 수혈의 바닥에서 찾아낸 것은 제5감방구역 14개의 화장실에서 바로 연결된 하수관이었다. 33년 전에 부설된 파이프였다. 이 파이프에는 구멍이 뚫려 있었다. 톱니처럼 뚫어진 구멍 옆에서 트레먼트는 앤디의 록 해머를 발견했다.

앤디가 자유의 몸이 되었지만 그것은 쉬운 일이 아니었다.

하수관은 트레먼트가 지금 내려온 구멍보다도 더 좁았다. 로리 트레먼트는 그 안으로 들어가지 않았고, 내가 아는 한 누구도 들어간 사람은 없었다. 분명히 말로 표현할 수 없는 경험이었을 것이다. 트레먼트가 구멍과 록 해머를 조사하고 있는 사이에 쥐 한 마리가 안에서 뛰어 나왔는데, 나중에 그가 단언한 바에 의하면 코커스패니얼 종의 강아지만큼이나 컸다고 한다. 트레먼트는 겁을 먹고 앤디의 감방까지 엉금엉금 기어서 도망쳐 나왔다.

앤디는 그 하수관 안으로 들어간 것이었다. 그것이 교도소의 서쪽에 있는 호수, 450미터 앞에 있는 강으로 흘러 들어간다는 것을 알고 있었을 것이다. 나는 그렇게 생각한다. 교도소의 설계도는 가까이에 있었고, 앤디는 그것을 조사해 볼 수 있는 방법을 찾아냈을 것이다. 아주 계획적인 친구였다. 그는 제5감방구역에서 이어진 하수관이 낡은 하수관이며 새로운 하수 처리장과 연결되어 있지 않은 것을 알고 있었던지, 아니면 조사한 것이 틀림없다. 또 1975년 중반까지 탈옥하지 않으면 영원히 그 기회가 오지 않을 것이라는 것도 알고 있었을 것이다. 1975년 8월에는 이 감방구역의 하수관을 바꾸고 새로운 하수처리장으로 연결하는 공사를 시작할 예정이었던 것이다.

450미터. 미식축구 필드의 다섯 배. 반 킬로미터에 조금 못 미치는 거리였다. 앤디는 그 거리를 기어갔다. 불빛이라고는 만년필처럼 생긴 플래시나 그것도 아니면 성냥 두어 개 정도였을 것이다. 나는 도저히 상상도 할 수 없는 일이고, 상상하기도 싫은 악취와 더러운 물건들 사이를 앤디는 기어간 것이다. 아마도 쥐가 눈앞에서 이리저리 도망갔을 것이고, 어쩌면 어둠 속에서 대담해진 동물들이 자주 그러하듯이 덤벼들었을지도 모르는 일이다. 하수관 구멍은 납작 엎드려서 겨우 양 어깨가 빠져나갈 수 있을 정도의 틈 밖에 없었을 것이고, 하수관의 이음새에서는 필시 무리해서 몸을 억지로 밀고 나가지 않으면 안 되었을 것이다. 만약 나에게 해보라고 한다면 폐쇄 공포증으로 미쳐버리고 말 것 같다. 그러나 앤디는 그것을 해냈다.

하수관 저쪽 끝에는 배수가 흘러들어가는 고여서 썩어버린 작은 강이 있고, 거기서 진흙투성이의 발자국이 이어지고 있는 것을 찾아냈다. 거기서 3킬로미터 떨어진 곳에서 수색대는 앤디의 죄수복을 발견했다. 포스터 뒤에서 구멍을 발견한 그때로부터 하루가 지나고 나서였다.

이 사건은 신문에 크게 났지만 교도소를 중심으로 반경 25킬로 이내에서 차를 도난당하거나 옷을 도둑맞거나 벌건 백주에 벌거벗은 남자가 걷고 있다는 신고는 들어오지 않았다. 농가에서 개가 짖었다는 보고조차도 없었다. 앤디는 하수관을 빠져 나간 다음 연기처럼 사라져 버린 것이다.

그러나 앤디가 벅스턴 쪽으로 도망한 것에 대해서만은 돈을 걸어도 좋다.

이 기념할 만할 날부터 3개월 후 노튼 교도소장은 사표를 썼다. 이렇게 쓰는 것만으로도 즐겁다. 그자는 패배자였다. 노튼의 발걸음은 완전히 탄력을 잃었다. 마지막 날 노튼은 진료소에 약을 타러 가는 늙은 죄수처럼 다리를 질질 끌면서 고개를 숙이고 교도소를 나갔다. 후임자는 고니어였다. 그것은 노튼에게 가장 잔인한 일격이었을 것이다. 내 생각에 새뮤얼 노튼은 지금 엘리엇에서 일요일마다 교회에 출석하면서 왜 앤디에게 당했을까 의아해하고 있을 것이다. 노튼에게 가서 이렇게 가르쳐주고 싶다. 그 질문의 답은 간단하다. 끈기가 있는 놈과 그렇지 못한 놈의 차이라고. 끈기가 없는 놈은 아무리 몸부림쳐도 안 된다.

내가 확실히 알고 있는 것은 이것뿐이다. 지금부터 말하는 것은 모두 추측이다. 세세한 부분의 몇 가지는 틀릴지도 모른다. 그러나 거의 윤곽을 잡을 수 있는 자신이 있다. 이 시계와 사슬을 걸어도 좋다. 앤디가 그런 성격을 가진 사람인 이상 생각할 수 있는 방법은 한 가지나 두 가지밖에 없기 때문이다. 그리고 그 일을 생각할 때면 나는 언제나 노머덴을 떠올린다. 머리가 반쯤 돌아버린 인디언이다.

"좋은 놈이야."

노머덴은 앤디와 8개월을 함께 살고 난 뒤 말했다.

"나 그 방에서 나와서 기뻐. 그 감방은 외풍이 너무 심해. 언제나 추워. 앤디는 자기 물건을 못 만지게 해. 그거야 나쁠 것 없지. 좋은 놈이야. 놀리지도 않고. 그렇지만 그 외풍만은."

불쌍한 노머덴. 그 녀석은 누구보다도 일찍부터, 누구보다도 많은 것을 알고 있었다. 앤디가 그를 거기서 내보내고 혼자서 감방을 독점하기까지는 8개월이라는 긴 시간이 걸렸다. 만약 노튼 소장이 취임하고 나서 8개월을 노머덴과 지내지 않았다면 앤디는 분명히 1974년 닉슨이 사임하기 전에 자유의 몸이 되었을 것이다.

지금 돌이켜 생각해 보면 구멍파기가 시작된 것은 1949년이 틀림없다. 록 해머가 아니라 리타 헤이워드의 포스터와 함께였다. 앤디가 리타 헤이워드를 주문했을 때 얼마나 들뜬 상태였는지는 앞에서 말한 적이 있다. 들떠서 애써 흥분을 감추려 하고 있었다. 당시 나는 멋쩍어서 그런 것이라고 생각하고 있었다. 앤디라고 하는 남자는 자기의 약한 부분을, 여자를 원하고 있는 것을 다른 사람에게 알리고 싶지 않은 것이겠지, 라고 생각하고 있었다. 그러나 지금 돌이켜 생각해 보면 터무니없는 착각이었다. 앤디의 흥분은 완전히 다른 것이 원인이었다.

그 리타 헤이워드의 사진이 만들어졌을 때 아직 태어나지도 않았던 젊은 가수 린다 론스타트의 포스터 뒤에서 노튼 소장이 발견해 낸 구멍은 어떻게 만들어졌을까? 그것은 전적으로 앤디 듀프레인의 인내와 노력에 의한 것이다. 그 가치를 깎아내리고 싶지는 않다. 그러나 이 방정식에는 다른 두 가지의 요소가 있었다. 그건 우연찮은 행운과 WPA 콘크리트다.

우연찮은 행운은 설명할 필요도 없다고 생각한다. WPA 콘크리트는 얼마간의 시간과 우표 두 장을 사용해서 직접 조사해 보았다. 먼저 메인 대학의 역사학과에 문의를 해서 다음에 대학에서 알려준 어떤 남자의 집으로 편지를 띄웠다. 이 남자는 쇼생크 감옥을 지은 WPA 계획, 그러니까 공공사업 건설공사의 소장이었다. 제3, 4, 5감방구역을 포함한 교도소 건물은 1934년에서 37년에 걸쳐 건설되었다. 대개의 사람들은 시멘트와 콘크리트를 보면서 자동차나 우주선을 볼 때처럼 '기술의 진보'라고 느끼지 않는데, 실제로는 그렇지 않다. 시멘트가 만들어진 것은 1870년경이고, 현대적인 시멘트가 만들어진 것은 20세기에 들어와서부터이다. 시멘트의 혼합비율을 맞추는 것은 빵을 만드는 것과 마찬가지로 어렵다. 물이 많이 들어가거나 물이 적게 들어가기도 하고, 모래와 골재가 너무 많이 들어가거나 너무 적거나 할 수 있다. 1934년 당시에는 이 섞는 기술이 지금보다 많이 뒤떨어져 있었다.

제5감방구역의 벽은 단단했지만 토스트처럼 기분 좋게 말라 있지는 않았다. 사실 옛날도 지금처럼 축축했다. 비라도 많이 오면 벽에 습기가 끼고 물방울이 맺히는 때도 있었다. 금이 갈 때도 있었는데, 심하면 30센티 정도 깊이까지 금이 갔다. 보통은 그걸 모르타르로 메웠다.

그런데 앤디가 제5감방으로 들어온 것이다. 그는 메인 대학의 경영학 출신이었기 때문에 지질학 강의도 두세 과목 수강했을 것이다. 무엇보다 지질학은 앤디가 가장 좋아하는 취미였다. 아마도 급하지 않고 꼼꼼한 성격과 잘 맞았을 것이다. 이건 만 년 전의 빙하시대, 저건 백만 년 전의 조산활동, 밑바닥의 지반은 몇 천 년에 걸쳐서 지각 깊숙한 곳에서 꾹꾹 눌려진 것이야. 압력. 언젠가 앤디는 나에게 지질학의 모든 것은 압력의 연구라고 말한 적이 있다.

그리고 당연하지만 시간은 충분했다.

앤디에게는 이 벽을 연구할 수 있는 시간이 있었다. 진절머리 날 정도의 시간이 있었다. 감방 문이 쿵하고 닫히고 불이 꺼지고 나면 달리 볼 것도 할 일도 없다.

초범자는 대개 교도소 생활에 익숙해지기까지 시간이 걸렸다. 간수만 보면 열이 나고 진료소까지 옮겨져서 진정제를 맞는 소란을 두세 번씩 겪어야 겨우 교도소 생활에 익숙해진다. 흔히 있는 일 가운데 하나가 행복한 가족에 새로 들어온 신참이 감방의 쇠창살을 꽝꽝 두드린다든지 나가게 해 달라고 외치는 일이다. 그러나 그 절규가 오래 지속되기 전에 감방구역에는 이런 합창이 시작된다.

"신참, 어이 귀여운 신참, 신참아, 신참아, 오늘은 귀여운 신참이 들어왔다네."

1948년 앤디가 쇼생크에 들어왔을 때 그 정도로 자제력을 잃지는 않았지만 그런 고민이 없었다고는 말할 수 없다. 미치기 일보 직전까지 갔을지도 모르는 일이다. 어떤 녀석은 앤디와 같았고, 어떤 녀석은 바로 미쳐버렸다. 옛날 생활은 일순간에 사라져버리고 몽롱한 악몽이 끝나지 않는 지옥의 계절로 끌려온 것이다.

거기서 그는 무엇을 했을까? 자기를 가라앉힐 수 있는 것을 필사적으로 찾았을 것이다. 물론 교도소라도 기분전환을 할 방법은 여러 가지가 있다. 한 번 기분전환을 하고 나면 인간의 머리는 무한한 가능성으로 넘치는 모양이다. 전에 말한 조각가와 '그리스도의 세 시대'도 그렇다. 언제나 자기의 수집품을 도둑에게 잃는 동전 수집가도 있었고 우표를 수집하는 사람도 있었으며 35개국의 그림엽서를 모은 사람도 있다. 좀 더 덧붙인다면, 누구라도 이 남자의 그림엽서를 만지면 그의 목숨은 없는 것과 마찬가지였다.

앤디가 관심을 가진 것은 작은 돌멩이였다. 감방의 벽도 그렇고. 어쩌면 처음의 생각은 리타 헤이워드의 포스터를 붙일 벽에 자기의 이니셜을 파 넣으려고 했을지도 모른다. 아니면 시 한 구절일지도. 그렇지만 그가 거기서 발견한 것은 재미있을 정도로 약한 콘크리트였다. 혹 자기의 이니셜을 파 넣으려고 했을 때 벽에서 커다란 덩어리가 떼굴떼굴 떨어졌을지도 모른다. 침대에 누워서 콘크리트 덩어리를 손에 들고 조사해 보는 모습이 눈에 보이는 듯하다. 인생이 끝났다고 생각하지 말자. 한꺼번에 닥친 불운으로 누명을 쓰고 여기에 처박힌 것도 생각하지 말자. 그런 일은 모두 잊어버리고 이 콘크리트 조각을 보아라.

그리고 몇 개월 후 그 벽을 어느 정도 팔 수 있는지 시험해 보는 것도 재미있을 것이라는 생각을 했을 것이다. 그러나 갑자기 벽을 파내기 시작한다 하더라도 매주 감방 검사(술이나 마약, 포르노 사진, 무기 등을 숨긴 곳을 찾는 검사) 때에 간수에게 이렇게 말할 수는 없는 일이다.

"이거? 감방의 벽을 조금 파본 거야. 신경 쓸 필요 없어."

그렇다, 그런 일은 무리였다. 그래서 나에게 리타 헤이워드를 주문했던 것이다. 그것도 큰 것으로.

물론 록 해머도 가지고 있었다. 기억하고 있는가? 내가 그 물건을 처음 보았을 때, 이것으로 벽을 판다면 600년 정도 걸릴 거라고 생각했던 그 록 해머다. 그 말은 틀린 말이 아니다. 그러나 앤디는 벽의 절반만 파면 그걸로 족했다. 그래도 그 약한 콘크리트를 뚫는데 두 개의 록 해머와 27년이라는 시간이 걸렸다.

물론 앤디는 그 중 1년 가까이 노머덴 때문에 일을 중단해야 했고 밤중, 그것도 당직 간수를 포함해서 모두가 잠든 한밤중에만 일을 할 수 있었다. 그러나 내 생각으로는 가장 시간이 걸린 것은 파낸 콘크리트 벽을 어떻게 처리하느냐 하는 것이었을 것이다. 파내는 소리는 해머의 앞에, 전에 말한 돌을 다듬는 헝겊으로 덮으면 줄일 수 있다. 그러나 콘크리트의 가루와 가끔 굴러 떨어지는 덩어리는 어떻게 처리했을까?

아마도 앤디는 그 덩어리를 잘게 부수어 그것을……

그와 관련해서 떠오른 생각은 앤디에게 록 해머를 전해준 다음 일요일의 일이다. 시스터 패거리들에게 호되게 당해 얼굴이 부어 오른 앤디가 운동장을 걸어가는 것을 나는 지켜보았다. 앤디가 허리를 숙이고 작은 돌을 주웠다. 그리고 그 돌은 소매 속으로 사라졌다. 그 소매 안의 숨겨진 주머니는 예부터 전해져오는 방법이었다. 윗옷 소매 안이나 바지 옷자락 바로 뒤쪽에 주머니를 만들었다. 그리고 또 하나 매우 인상적이었지만 초점이 희미해진 기억 하나 있다. 어쩌면 여러 번 그것을 보았을 것이다. 그 기억이라는 것은 서늘한 바람 하나 없는 매우 더운 날 앤디가 운동장을 걸어가고 있었다. 바람은 불지 않았다. 그러나 앤디의 발 근처에만 부드러운 바람이 불어 흙먼지가 날리고 있었다.

아마도 그는 바지의 무릎 아래에 두 개 정도의 자루를 만들었을 것이다. 그 자루에 가루를 가득 채우고 양손은 주머니에 넣고 그대로 걸어 다니면서 아무도 보지 않는 것을 확인하고 주머니를 조금 당기면 되었다. 물론 주머니는 튼튼한 실로 자루에 연결되어 있었다. 자루 안에 있는 것은 걸어 다니면서 바지자락을 통해 흘렸다. 시간이 가면서 앤디는 자기 감방의 벽을 한 컵씩 운동장에 옮겨놓았다. 교도소장들과 잘 타협했고, 그 타협의 목적에 대해 소장들은 그가 단지 도서관을 넓히려고 한다고만 생각했다.

그것도 한 이유였지만 앤디의 최대 목적은 제5감방구역의 14호실을 자기 독방으로 하는 것이었다.

그는 정말로 탈옥의 계획과 희망을 가지고 있었는지에 대해서는 의심이 간다. 최소한 처음부터 생각한 것은 아닐 것이다. 아마 그 벽의 두께가 3미터이고 속이 꽉 찬 시멘트이며 혹 구멍을 낸다고 해도 운동장 10미터 위로 나올 것이라고 생각했을 것이다. 몇 번이고 말하듯이 그는 그렇게까지 탈옥의 성공 여부에 대해 신경 쓰지 않았던 것 같다. 아마 이런 생각이었을 것이다. '콘크리트는 7년에 30센티밖에 팔 수밖에 없다면 구멍을 내는 데 70년이 걸릴 것이다. 그때 내 나이는 101살이 된다.'

만약 내가 앤디의 처지였다면 두 번째 가정은 이렇다. 언제고 이 일이 발견되면 오랫동안 독방에 처박힐 것이고 게다가 벌점도 잔뜩 올라갈 것이다. 여하튼 매주 정기 검사가 있고 2, 3주에 한 번 예고 없는 검사가 있었다. 대개 예고 없는 검사는 한밤중에 행해졌다. 구멍을 파는 일이 오랫동안 계속될 수가 없다는 것을 앤디도 알았을 것이다. 빠르건 늦건 간수가 들어와서 날카로운 숟가락 손잡이나 마리화나를 벽에 테이프로 붙여놓지 않았나 하고 리타 헤이워드의 뒤를 들여다 볼 것이 틀림없었다.

그리고 두 번째 가정에 대한 답은 이랬을 것이다. '신경 쓸 필요 없어.' 어쩌면 그는 그것을 하나의 게임으로 생각했을지도 모른다. 간수들이 발견하기까지 얼마나 걸릴까? 교도소는 무서울 정도로 재미없는 곳이다. 한밤중에 포스터를 떼어놓은 곳으로 예고 없이 간수들이 들어와 간이 떨어질 가능성은 무료한 생활의 작은 자극이 되었는지도 모른다.

그리고 앤디가 그 예고 없는 검사를 피할 수 있었던 것은 우연한 행운이 아니라고 생각한다. 그것으로는 27년을 버티어 낼 수가 없다. 콘크리트를 파기 시작한 처음 2년은(1950년 5월 중순에 해들리의 굴러들어온 유산의 세금문제를 해결해 줄 때까지) 행운에 의지하고 벽을 팠다.

그러나 1950년 이후는 우연한 행운보다 더 좋은 동지를 얻게 된 것이다. 앤디에게 돈이 있었다면 매주 누군가에게 돈을 건네주고 적당히 조처할 수 있었을 것이다. 돈만 맞으면 대개의 간수는 눈을 감아 주었다. 뇌물에 따라서 포르노 사진이나 담배도 구할 수 있었다. 그리고 앤디는 모범수였다. 앤디는 조용한 성격에 말도 정중하게 했으며, 순종적이었고, 난폭하게 굴지도 않았다. 만약 앤디가 거칠거나 반항적이었다면 최소한 반년에 한 번은 감방 안을 샅샅이 조사했을 것이다. 매트리스의 지퍼를 열어 보거나 베개 속을 잘라보거나 화장실 배수관을 정성스럽게 살펴보았을 것이다.

드디어 1950년에 앤디는 모범수 이상이 되었다. 그는 전국망을 갖고 있는 세무사무소 'H&R 블록'보다 훌륭하게 소득신고를 해주는 살인범이 되었다. 앤디는 무료로 투자계획을 도와주었고, 안전하게 탈세하는 방법을 일러 주었으며 할부 신청서를 작성해 주었다. 지금도 생각나는 것은 그가 도서관 책상에 앉아서 중고차를 사려는 간수를 위해 자동차 할부 계약의 조항을 하나씩 조사해 가면서 그 계약의 좋은 점과 나쁜 점을 가르쳐주고, 좀 더 성실한 할부 판매를 찾아보면 그렇게 심한 이자를 내지 않아도 된다고 설명해 주면서 합법적으로 높은 이자를 받고 빌려주는 것과 별 차이가 없는 그 금융회사를 피하도록 설명해 주던 모습이었다. 앤디가 설명을 다 하고 나자 간수는 손을 내밀려고 했다. 그러고는 당황해서 다시 집어넣었다. 그 간수는 자기가 인간이 아닌 마스코트를 상대하고 있는 것을 순간적으로 잊어버린 것이다.

앤디는 새로운 세법이나 주식시장의 변화에 대한 추이를 쫓는 노력을 게을리 하지 않았기 때문에 잠깐 동안 손을 떼고 있었는데도 그의 유용성은 사라지지 않았다. 앤디는 도서관의 예산을 손에 넣었고 시스터 패거리와의 장기전도 끝냈으며 앤디의 감방을 뒤지는 간수는 아무도 없었다. 그는 선량한 죄수였다.

드디어 어느 날 작업이 거의 끝나갈 무렵(아마도 1967년 10월경쯤) 오랫동안의 취미가 갑자기 다른 것으로 바뀌었다. 어느 날 밤 엉덩이의 위에 걸려 있는 라켈 웰치의 포스터의 그늘에서 허리까지 구멍 속으로 집어넣고 있을 때 느닷없이 록 해머의 날카로운 앞부분이 콘크리트 속으로 자루까지 푹 들어가 박힌 것이 틀림없다. 앤디는 콘크리트 조각들을 쓸어 모았지만 아마도 그 중 몇 개는 밑으로 떨어져 하수관을 때리는 소리를 들었을 것이다. 그때 앤디가 그 수혈이 있는 것을 알고 있었는지, 아니면 그 소리를 듣고 놀랬는지는 확실히 모른다. 그 때 이미 교도소의 설계도를 보았는지 아니면 보지 않았는지는 잘 모른다. 만약 그 때까지 보지 못했다면 곧바로 그것을 찾아낼 방법을 강구했을 것이다.

거기에서 앤디는 자기가 하고 있는 것이 게임이 아니고 큰 도박이라는 것을 문득 깨달았을 것이다. 자기의 인생과 자기의 장래를 생각해 보면 최고의 도박이었다. 그때서야 혹실히는 알지 못했겠지만 그래도 상당히 구체적인 계획을 가지기 시작했을 것이다. 왜냐하면 바로 그때 나에게 처음으로 지와타네호의 이야기를 했기 때문이다. 갑자기 시시하게 보이던 그 벽의 구멍은 장난감이 아니라 그의 주인이 되었다. 물론 앤디는 그 아래에 있는 하수관과 그 하수관이 벽 아래를 지나서 밖으로 통하고 있다는 것을 알고 있었다는 가정이 필요하지만.

몇 년 전부터 앤디는 벅스턴의 돌 아래의 열쇠에 대해 걱정하고 있었다. 이번에는 누군가 열심인 간수가 들어와서 포스터의 뒤를 조사해 모든 계획을 수포로 만든다든지, 새로운 감방 동료가 들어온다든지, 갑자기 다른 교도소로 이송되지는 않을까 하는 걱정이 생겼을 것이다. 그로부터 8년 동안 그는 이러한 걱정을 마음 구석에 감추고 살아왔다. 내가 말할 수 있는 것은 그가 이 세상에서 가장 냉정한 사람 중의 하나라는 것이다. 나라면 그만큼의 불안을 안고 있으면 얼마 지나지 않아서 전부 발설해 버리고 말 것이다. 앤디는 아무렇지도 않은 얼굴로 게임을 계속했다.

앤디는 그로부터 8년 동안 발각의 가능성에 시달려야 했다. 아니 강한 가능성이라고 하는 것이 옳을 것이다. 왜냐하면 아무리 감쪽같이 속임수를 쓴다고 해도 누군가가 알 수 있기 때문이었다. 그러나 행운의 여신은 꽤나 오랫동안, 그러니까 19년 동안 앤디에 대해 친절했다.

나에게 떠오른 가장 잔인한 장난은 그에게 가석방을 허가해 주는 것이었다. 상상할 수 있겠는가? 가석방자는 실제로 출소하기 사흘 전에 다른 감방으로 이송되어 거기에서 면밀한 신체검사와 직업 적성검사를 받게 되어 있다. 거기에 있는 사이에 낡은 감방은 완전히 청소하게 된다. 그 결과 앤디는 가석방이 아니라 지하 독방에 오랫동안 처박혀 있은 다음 다시 한 계단 위에서 생활하게 될 것이었다. 단 이번은 다른 감방에서지만.

그런데 1967년 수혈까지 파 놓고서 왜 1975년까지 탈옥하지 않았을까?

확실한 것은 말할 수 없다. 그러나 꽤 신빙성 있는 추리는 가능하다.

첫 번째로 앤디는 그 무렵 예전보다 더욱 조심했을 것이다. 영리한 사람이니까, 마지막을 전속력으로 파서 바로 도망가려 하지는 않았을 것이다. 수혈 입구를 조금씩 넓혀 나갔을 것이다. 그해 12월 31일 밤 한 잔 마실 즈음에는 찻잔 정도의 크기, 1968년 생일날 한 잔 마실 때에는 접시 정도의 크기, 그리고 1969년 야구 시즌이 시작될 무렵에는 쟁반 정도의 크기쯤 팠을 것이다.

나는 앤디가 탈옥한 바로 다음 일시적으로 그것이 예상 외로 빨리 진행된 것이 틀림없다고 생각했다. 콘크리트 덩어리를 잘게 부수어 가루로 만들고 다시 그것을 운동장에 갖고 가서 버리기 전까지의 방법을 사용하지 않고 수혈에 그대로 던져 버리지 않았을까 생각했기 때문이다. 그러나 앤디는 파는데 걸린 시간을 생각해 보면 그런 위험을 감수하지 않았다는 것을 알 수 있다. 그 소리로 누군가의 의혹을 살 위험이 있다고 생각했을 것이다. 그리고 만약 하수관에 대해서 알고 있었다면, 아니 분명히 알고 있었겠지만, 밑에 떨어뜨린 콘크리트 조각들에 맞아서 깨진다면 감방 구역의 하수 시스템이 엉망이 될 것이고 조사를 받게 될지도 모르는 일이었다. 말할 것도 없이 그 조사에서 모든 것은 밝혀질 것이다.

그럼에도 불구하고 나의 추측에는 닉슨 대통령이 두 번째 선서를 할 때인 1972년 말, 그 구멍은 앤디가 기어서 빠져나갈 수 있을 정도로 크게 되어 있었을 것이다. 아니 더 빨랐을 것이다. 왜냐하면 앤디는 몸이 작은 사람이었기 때문이다.

왜 다 파놓고도 탈옥하지 않았을까?

여러 가지 정보를 토대로 한 추측은 이제 바닥이 났다. 이제부터는 짐작일 뿐이다. 하나의 가능성은 수혈이 똥으로 막혀 있어서 그것을 청소해야만 했을 수가 있다. 그렇지만 그것은 그렇게 많은 시간을 필요로 한 이유를 설명해 주지 못한다. 그렇다면 왜일까?

이 역시 내 생각이지만, 어쩌면 앤디는 두려워했던 것이 아닐까? 감방에 익숙해진 인간이라는 것이 어떤 것인지 앞에서 상세하게 설명했다. 처음 좁은 네 벽안에 갇혔을 때는 참을 수 없었지만, 어느새 서로 타협하게 되고 점차로 그 벽을 받아들이게 된다. 마침내 몸과 머리와 정신이 철도 모형처럼 축척의 세계에 순응하게 되고 그것을 좋아하게 된다. 언제 식사할까, 언제 편지를 쓰면 좋을까, 언제 담배를 피우면 좋은지도 모두 가르쳐 주었다. 만약 세탁 공장이나 번호판공장에서 일을 하면 한 시간에 5분씩 화장실 갈 수 있는 시간이 생긴다. 35년 동안 나의 자유시간은 언제나 매시 25분이 지나서였기 때문에 35년의 교도소 생활이 끝난 다음에도 소변이나 똥을 누고 싶은 것은 언제나 그 시간이었다. 매시 25분 지나서였다. 만일 어떤 이유로 그 시간에 가지 않았을 때

30분이 지나면 자연적인 욕구가 완전히 사라졌다가 다음 25분이 되면 다시 돌아왔다.

아마 앤디는 그 교도소에서 적응된 것과 싸우고 있었을 것이다. 그리고 이 모든 것이 헛수고일지도 모른다는 불안과도 싸워야 했을 것이다.

포스터 아래 누워서 하수관에 대해 생각했을 것이고, 기회는 한 번밖에 없다는 것도 생각했을 것이고, 잠을 이루지 못하는 밤은 또 얼마나 많았을까? 설계도가 하수관의 크기를 가르쳐주었는지는 모르겠지만, 설계도는 하수관의 내부가 어떤 상태인지는 알려주지 못한다. 질식당하지 않고 호흡을 할 수 있을지, 쥐가 싸워 이길 수 없을 정도로 크고 흉포하지 않을까? 거기에 만약 끝까지 기어갔다 하더라도 하수관의 끝에 무엇이 있는지에 대해서도 설계도는 알려주지 않는다. 앞에 말한 가석방보다도 더 장난스런 아이러니가 있다. 앤디가 하수관에 들어가 숨을 쉴 수 없는 똥 냄새를 맡으며 450미터를 기어간 그 막다른 곳에 두꺼운 쇠창살이 박혀 있다고 한다면? 하하! 어처구니없는 웃음밖에 나오지 않는다.

이런 것들이 앤디의 머릿속에 있었을 것이다. 만약 운이 좋아서 밖으로 나갔다고 하더라도 민간인의 옷을 얻어서 교도소 근처에서 발견되지 않고 도망갈 수 있을까? 마지막으로 하수관을 빠져나가 사이렌이 울기 전에 쇼생크에서 멀리 도망쳐 벅스턴에 도착해서 돌을 찾아내고 그것을 들어 올렸을 때…… 그 밑에 아무것도 없다고 하면 어떻게 할 것인가? 목적지인 목초지를 찾아갔을 때 그 현장에 고층 아파트가 서 있다든지, 슈퍼의 주차장으로 변해 버렸다든지, 그런 드라마틱한 것만 있는 것도 아니다. 작은 돌을 좋아하는 어린 아이가 현무암을 발견하고 깜짝 놀라 뒤집어 보니까 금고의 열쇠가 있고, 그래서 그 두 가지를 자기 집으로 들고 가버렸을 수도 있다. 어쩌면 11월에 어느 사냥꾼이 그 돌을 걷어차 버리고 열쇠가 그냥 뒹굴게 된 다음, 반짝이는 것을 좋아하는 다람쥐나 까마귀가 열쇠를 어디론가 가져가 버리는 일도 일어날 수 있는 일이다. 아니면 언젠가 홍수가 나서 그 돌담까지 밀려들어 열쇠를 다른 곳으로 흘러가게 했는지도 모르는 일이다. 모두 있을 수 있는 가정이다.

그래서 나는 앤디가 당분간 작업을 중단한 것이 아닐까 하고 생각한다. 돈을 걸지 않으면 잃을 것도 없다. 그에게 잃어버릴 것이 뭐가 있었겠냐고? 하나는 도서관이다. 다른 하나는 감방생활에 익숙해진다는 그 해로운 평화다. 그리고 자기의 안전한 신분을 움켜쥘 수 있는 장래의 기회였다.

그러나 앤디는 결국 해냈다. 멋지게 성공한 것이다. 안 그래요, 여러분.

그러나 정말로 도망간 것인가? 그 다음에 무슨 일이 있었을까? 그가 목초지까지 찾아가서 그 돌을 뒤집었을 때 무슨 일이 있었을까? 물론 돌이 그 곳에 있다는 가정이 있어야겠지만.

그런 것에 대해 나는 아무 말도 할 수 없다. 감방에 익숙해진 나는 아직도 이 감방 안에 있고, 몇 년 안에 나갈 수 있는 희망도 없다.

그러나 이것만은 말할 수 있다. 1975년 여름이 끝나갈 무렵, 정확히 말하면 9월 15일, 나는 텍사스 주의 맥내리라는 작은 마을에서 온 그림엽서를 받았다. 이 마을은 미국 국경에 있었고 엘포르베니르를 정면으로 바라보고 있었다. 그림엽서에는 아무것도 쓰여 있지 않았다. 그렇지만 나는 알 수 있었다. 이것은 모든 인간이 죽는다는 것과 마찬가지로 확실한 것이다.

앤디는 맥내리에서 국경을 넘었다. 텍사스 주 객내리에서.

이상이 나의 이야기다. 이것을 모두 기록하는데 얼마나 시간이 걸릴지, 어느 정도의 종이가 필요할지 생각해 본 적은 없다. 그림엽서가 도착한 다음부터 쓰기 시작해서 지금 1976년 1월 14일에 다 적었다. 이것을 쓰기 위해서 연필이 세 자루나 몽당연필이 되었고, 종이는 거의 한 첩을 사용했다. 쓴 것은 조심스럽게 숨기고 있다. 물론 지렁이가 꿈틀거리는 것 같은 내 글을 읽을 수 있는 놈도 없다.

이것을 쓰고 있는 사이에 상상도 하지 못할 정도의 많은 추억이 떠올랐다. 자기에 대해서 쓰는 것은 맑은 강의 흐름에 나무토막을 집어넣고 휘젓는 것과 비슷하다.

'뭐야, 너는 너에 대해서 아무것도 쓰지 않았잖아.'라고 관람석에서 누군가 말하는 소리가 들려온다. '너는 앤디 듀프레인에 대해서 썼을 뿐이야. 너는 그 이야기의 해설자일 뿐이야.' 그러나 그렇지 않다. 이것은 한마디 한마디가 모두 나의 이야기이다. 앤디야말로 그 누가 아무리 애써도 떼어내지 못할 나의 일부이며 교도소문이 열리고 싸구려 양복을 입고 주머니에 몰래 숨긴 돈 20달러를 가지고 나갈 때, 기쁨으로 부르르 몸을 떨 나의 일부이다.

그 나의 일부는 다른 내가 아무리 나이를 먹어도, 아무리 심하게 좌절하더라도, 짙은 두려움에 떨어도 즐거움이 되어 내 몸을 두르고 있을 것이다. 앤디는 나보다 그 부분을 훨씬 많이 가지고 있었고 그것을 잘 사용했을 뿐이라고 생각한다.

여기에는 앤디를 잊지 않는 나 같은 사람이 또 있었다. 우리들은 앤디가 멋지게 탈옥한 것이 기쁘기도 하지만 슬프기도 하였다. 작은 새들 가운데는 새장 안에서 기를 수 없는 새도 있다. 그뿐이었다. 날개 색깔이 너무도 선명하거나, 노래 소리가 너무 아름답거나, 좀 색다른 것이 있기도 하였다. 그래서 그 새를 놓아주거나 아니면 먹이를 주려고 새장을 열었을 때 스스로 손을 빠져나가 날아가기도 한다. 애초부터 그 새를 새장에 가두는 것이 잘못되었다는 것을 알고 나서 마음은 오히려 안심하게 되지만, 그 새가 없어졌기 때문에 집은 전보다 더 쓸쓸하고 공허하게 된다.

이것이 그 이야기다. 어쨌든 이야기를 마쳐서 기쁘다. 결말이 얼마간 꼬리가 잘려 나가기도 하고, 강바닥을 나무로 휘젓는 것처럼 연필이 끄집어 낸 추억 때문에 얼마간은 슬픔과 원래보다 나이를 더 먹어버린 기분도 들었다. 아무튼 긴 이야기를 들어주어 고맙다. 그리고 앤디, 만약 당신이 내가 믿고 있는 대로 정말 그곳에 있다면 나를 대신해서 해가 진 뒤 바로 밤하늘을 올려다 봐주고, 해변의 모래를 쥐어 보기도 하고, 파도 소리를 들으며 자유를 만끽해 주게나.

이 이야기가 다시 계속될 줄은 생각하지도 못했다. 지금 나는 페이지의 끝을 펼쳤다. 주름투성이의 원고를 눈앞의 책상에 올려 놓았다. 3, 4페이지 정도 새 편지지를 사용해서 쓸 생각이다. 편지지는 문구점에서 사 왔다. 포틀랜드의 콩그레스 거리에 있는 어떤 가게에 무작정 들어가서 샀다.

1976년 쓸쓸한 1월 어느 날, 쇼생크 교도소의 안에서 나는 이 이야기의 결말을 지으려고 하였다. 지금은 1977년 5월이고 이것을 쓰고 있는 것은 포틀랜드의 브루스터 호텔의 싸구려 좁은 방이다.

창문은 열려 있었고, 거기에서 들려오는 교통 소음은 무서울 정도로 커서 가슴을 휘저으며 위협하듯 울려왔다. 끊임없이 그 창을 보면서 저기에는 쇠창살이 없다고 스스로에게 말을 해야 했다. 밤에는 잠이 잘 오지 않았다. 이 방의 침대는 방과 마찬가지로 싸구려였지만 너무 컸으며 지나치게 사치스러운 듯이 생각되었다. 매일 아침 6시 30분이면 어김없이 눈을 떴고 내가 지금 어디에 있는지 알 수 없어 불안했다. 이상한 꿈도 꾸었다. 자유롭게 낙하하고 있는 것 같은 묘한 기분이 들었다. 그 느낌은 상쾌했지만 무섭기도 했다.

내 인생에 어떤 일이 일어났는지 맞춰 보라.

가석방.

38년 동안의 판에 박힌 면접과 판에 박힌 기각이 계속된(38년 간 나를 담당한 변호사는 세 명이나 되었다.) 끝에 가석방이 허가되었다. 아마도 이 자식이 쉰여덟이나 처먹고 완전히 늙어 버렸으니까 이젠 내보내도 안전하다고 생각했을 것이다.

여러분이 지금 읽은 원고를 태워버리려고 마음먹었을 때였다. 그자들은 가석방 출소자를 새로 들어온 '신참'들과 마찬가지로 세밀한 신체검사를 했다. 만약 발견되기라도 한다면 감방으로 다시 들어가 6, 7년은 더 살 것이 분명한 다이너마이트일 뿐 아니라 나의 '회상록'에는 그 이상의 것이 적혀 있었다. 그것은 앤디 듀프레인이 살고 있을 마을의 이름이었다. 멕시코 경찰은 기쁜 마음으로 미국 경찰에 협력할 것이다.

나는 그렇게 오랫동안 고생해서 쓴 원고를 버리고 싶지 않았고 그렇다고 내 자유와 교환해서 앤디의 자유를 빼앗고도 싶지 않았다. 그래서 생각한 것이 1948년 그 옛날 앤디가 500달러를 몰래 숨겨 가지고 들어온 방법이었다. 그의 이야기도 같은 방법을 사용하기로 작정했다. 만의 하나를 생각해서 지와타네호의 이름이 나오는 페이지를 모두 깨끗하게 정서했다. 만약 쇼생크의 간수들이 말하는 '나체검사'에서 원고를 찾아내면 나는 감방으로 다시 돌아가야 한다. 그러나 경찰이 앤디를 찾아 돌아다닐 곳은 라스 인투드레스라는 페루의 해안도시일 것이다.

석방위원회가 나에게 마련해 준 직업은 포틀랜드 남부의 스프루스 몰에 있는 큰 식품매장 창고지기 조수였다. 그러니까 또 한 사람의 나이 먹은 짐꾼이 된 것이다. 짐꾼은 늙은이와 젊은이 두 종류밖에 없었다. 아무도 짐꾼에게 신경 쓰지 않는다. 만일 여러분이 거래하는 가게가 스프루스 몰 식품매장이고 거기서 식품을 샀다면 내가 식품을 자동차까지 운반해 주었을지도 모르겠다. 단 1977년 3월부터 4월 사이에 거기서 물건을 샀다고 했을 때의 얘기지만. 내가 거기서 일한 것은 그 기간뿐이었다.

처음에는 내가 바깥세상에서 살 수 있을 것이라고 생각하지 못했다. 앞에서 교도소 사회를 밖의 세계의 축소판이라고 비유한 적이 있는데 바깥세상의 모든 것이 이렇게 빠르게 움직이고 있을 줄은 상상도 못했다. 사람들은 빠르게 돌아다녔고 빠르게 지껄였다. 그것도 큰소리로.

지금까지 이렇게 어렵게 적응을 해야 했던 적은 없었다. 사실 아직도 적응이 되지 않았다. 여자를 예로 들면, 40년간 여자가 인류의 절반이라는 생각을 잊고 살았다. 그런데 갑자기 여자들이 가득한 가게에서 일을 하게 되었다. 나이 먹은 여자, 아래로 그려진 화살표와 '아기는 여기'라고 적혀 있는 티셔츠를 입은 임신한 여자, 셔츠 아래 유두가 도드라져 보이는 마른 여자 등. 내가 감방에 들어갈 무렵 여자가 그런 옷을 입고 있으면 바로 체포되어 정신감정을 받았다. 여러 가지 모습을 한 여자들이 있었다. 나는 계속해서 성기를 반쯤 세우고 돌아다녔으며 스스로 호색한이라고 욕을 했다.

화장실에 가는 것도 문제였다. 화장실에 가고 싶을 때(그것도 그 욕구가 언제나 매시 25분이 지나서 생겼지만) 책임자의 허락을 받아야 한다는 강렬한 충동과 싸워야 했다. 이 눈부신 바깥세상에서는 그런 것쯤 자유롭다는 것을 머리는 잘 알고 있었다. 그렇지만 가까이 있는 간수에게 허락을 받지 않으면 이틀간 독방에 간다는 오랫동안의 나의 내면에 존재하는 그것을 그 지식에 적응시키는 것은 별개의 문제였다.

지배인은 나를 싫어하는 것 같았다. 26, 7세의 남자가 나를 보면 몸서리 칠 것이라는 것은 잘 알고 있다. 나이 먹고 비루한 개가 머리를 쓰다듬어 달라고 가까이 왔을 때 몸서리치는 것과 마찬가지였다. 제기랄, 나도 나에게 정나미가 떨어진다. 그러나 어쩔 수가 없었다. 나는 지배인에게 이렇게 말하고 싶었다. '젊은이, 교도소에 오래 있으면 다 이렇게 되지. 거기에서는 정부 측에 있는 것은 모두 주인이고 우리는 그 주인의 개가 되어야 하는 거야. 내가 개가 된 것은 잘 알 수 있어. 그렇지만 회색 죄수복을 입은 다른 모두도 개니까 그런 일은 상관없어. 그런데 바깥세상은 그렇지 않아.'

그러나 새파랗게 젊은 녀석에게 그런 말을 할 수는 없었다. 말해도 모를 것이다. 가석방 관찰자도 마찬가지였다. 옛날 해군에 있었다는 뽐내기 좋아하는 덩치 큰 사람으로 붉고 긴 수염을 기르고 있었으며 폴란드의 농담을 많이 알고 있었다. 나는 그 자와 매주 5분 정도 면접했으며 폴란드 농담이 끝나면 "어떠시오, 얌전하게 잘 하고 있겠지?"라고 물었다. "예."라고 대답하면 그것으로 끝이었다. 남은 것은 다음 주에 다시 가는 것뿐이었다.

라디오의 음악 프로도 그렇다. 옛날 내가 교도소에 들어 갈 때 대형 밴드들이 전성기를 누리고 있었다. 지금은 무슨 노래이건 성교에 대한 내용뿐인 것 같다. 자동차도 지나치게 많았다. 처음에 길을 건너는 것은 목숨을 거는 일이었다.

또 있다. 처음 보는 것은 무엇이든 무서웠다. 이미 여러분도 대충 느끼고 있든지 적어도 끄트머리 정도는 알고 있을 것이다. 나는 감방으로 되돌아가야 할지에 대해 진지하게 고민했다. 가석방 중인 몸이었기 때문에 뭘 해도 돌아갈 수 있었다. 부끄러운 이야기지만 돈을 훔칠까, 식품매장에서 물건을 훔칠까 하는 생각도

했다. 뭐든 좋다. 그 조용한 곳, 그날 일어날 일을 전부 알고 있는 그 장소로 돌아갈 수 있다면 뭐든 좋았다.
 만일 앤디를 알지 못했다면 아마도 그렇게 했을 것이다. 그러나 그와 오랜 세월을 자유롭고 싶다는 그 마음 하나로 그 콘크리트 벽을 록 해머로 팠던 일이 끊임없이 머리에 떠올랐다. 그 일을 떠올리면 창피해져서 다시 주저했다. 그래, 그는 나보다 자유로워지려는 이유가 많이 있었다. 앤디에게는 새로운 신분과 많은 돈이 있었다. 그러나 그것만이 아니다. 그에게는 새로운 신분이 거기에 있는지 확신을 가질 수 없었고, 새로운 신분이 없으면 그 돈은 영원히 손 안에 들어오지 않는다. 그래. 앤디가 원했던 것은 단 하나, 그것은 자유였다. 만일 내가 지금 가지고 있는 자유를 버린다면 녀석이 그렇게까지 고통스럽게 성취해 낸 모든 것에 침을 뱉는 것과 마찬가지가 아닌가.
 그래서 시간의 여유가 생기면서 시작한 것이 벅스턴이라는 작은 마을까지 차를 얻어 타고 여행을 하는 일이었다. 1977년 4월 초, 마침 밭에 눈이 녹기 시작해 바람도 점차로 따스해졌고 야구가 새로운 시즌을 개막했다. 아마 하느님도 좋아할 것이라고 내가 생각하는 즐거운 게임이 시작되는 계절이었다. 그 여행을 떠날 때면 언제나 은색 나침반을 가지고 갔다.
 그리고 예전에 앤디가 했던 말을 떠올렸다.
 "벅스턴에는 커다란 목초지가 있어. 그 목초지의 북쪽 끝에는 로버트 프루스트의 시에서 빠져나온 것 같은 돌담이 있고, 그 아래 어딘가에 메인 주의 목초지와는 전혀 관계가 없는 돌이 있어."
 '고생만 하고 애쓴 보람이 없을 걸' 하고 여러분은 말할지도 모른다. 벅스턴 같은 시골에 얼마나 많은 목초지가 있을 거라고 여러분은 생각하는가? 오십? 백? 개인적인 경험으로 말한다고 해도 나의 계산은 그것보다 많다. 게다가 내 계산에는 앤디가 교도소에 들어갔을 때에는 목초지였지만 지금은 경작지가 된 밭도 포함되어 있다. 만약 정확하게 그곳을 발견했다고 해도 알아차리지 못할지도 모른다. 흑요석을 보고 지나칠 수도 있으며 앤디가 그것을 주머니에 넣고 갔을 가능성은 더욱 높았다.

그래서 고생만 하고 애쓴 보람이 없을 거라는 그 의견에 찬성한다. 틀림없이 그럴 것이다. 더욱 좋지 않은 일은 가석방 중인 인간에게 썩 좋지 않은 여행이라는 것이다. 왜냐하면 그런 밭에는 대개 '들어가지 마시오.'라고 분명히 써 놓았기 때문이다. 전에도 말한 것처럼 녀석들은 감방에서 한번 나간 뒤 다시 되돌아오는 것을 무척이나 즐겼다.

고생만 하고 애쓴 보람이 없다. 그러나 27년간 회색 콘크리트 벽을 계속해서 판 것도 마찬가지였다. 내가 교도소 안에서 물건을 파는 놈에서 나이 먹은 짐꾼이 되었을 때, 새로운 삶 속에서 마음을 달래기 위해서 취미를 갖는 것도 좋았다. 나의 취미는 앤디의 돌을 찾는 것이었다.

그래서 벅스턴까지 차를 얻어 타고 마을을 돌아다녔다. 새들의 지저귐이나 도랑을 흐르는 눈 녹은 물의 소리에 귀를 기울이고, 녹은 눈 속에서 병을 주워 조사해 보았다. 공교롭게도 반환할 수 없는 병이었다. 내가 감옥 안에 있는 사이에 세상은 무척이나 심한 낭비벽이 생긴 듯했다. 이런 식으로 목초지를 찾아다녔다.

대개의 목초지는 애초부터 찾던 곳이 아니라는 것을 알 수 있었다. 돌담이 없었다. 다른 것들은 돌담이 있어도 나침반으로 보면 방향이 틀렸다. 방향이 다르더라도 여하튼 걸어보았다. 그렇게 하는 것이 기분이 좋았고 이렇게 멀리 나오면 자유와 평화를 느낄 수 있었다. 어느 토요일에는 늙은 개가 계속 따라왔다. 다른 날에는 겨우내 비쩍 마른 사슴을 보았다.

4월 20일이 되었다. 그날의 일은 58년을 더 산다고 해도 잊히지 않을 것이다. 맑은 토요일 오후에 나는 다리 위에서 낚시를 하고 있는 아이들에게 물어서 올드 스미스 로드를 걷고 있었다. 길 끝에 있는 바위에 걸터앉아 식품매장의 다갈색 종이봉투에 넣어서 가져온 도시락을 먹었다.

다 먹고 나자 죽은 아버지가 가르쳐 준대로 도시락 봉투를 땅에 묻었다. 그 시절의 나는 아까 길의 이름을 가르쳐 준 다리 위의 낚시꾼과 같은 아이였다.

2시 정도에 왼쪽으로 큰 목초지가 보였다. 목초지 저쪽으로 돌담이 있고 대충 북서쪽으로 이어져 있었다. 철벅철벅 소리를 내면서 젖은 땅위를 가로질러 벽으로 다가갔다. 다람쥐 한 마리가 참나무 위에서 나를 노려보고 있었다. 벽을 따라 사분의 삼 정도 갔을 때 그 돌을 보았다. 틀림없었다. 오랫동안 멍하니 돌을 바라보다가 까닭 없이 울고 싶은 기분을 느꼈다. 아까 보았던 다람쥐는 뒤따라와서 무언가 작은 소리로 중얼거렸다. 나의 심장은 사정없이 뛰고 있었다.

얼마간 기분을 가라앉히고 그 돌 가까이로 다가가 그 옆에 쭈그리고 앉아서(무릎의 관절이 2연발 산탄총 같은 소리를 냈다.) 만져보았다. 이것은 현실이었다. 바로 들어 올리지 않은 것은 그 아래 아무것도 없을 것이라고 생각했기 때문이다. 그대로 아래에 있는 것을 보지 못하고 그대로 돌아갔을지도 모른다. 어쨌든 그 돌을 가지고 갈 생각은 없었다. 가지고 가도 좋을 것이라는 생각이 들지 않았다. 그 목초지에서 그 돌을 가지고 가는 것은 세상에서 가장 악질적인 도둑질 같은 느낌이 들었다. 내가 돌을 들어 올린 것은 좀 더 느끼고 싶었기 때문이었다. 그 무게를 재어보고 부드러운 감촉을 느끼는 것으로 그것이 현실이라는 것을 증명하고 싶었기 때문이다.

그 아래에 있는 것을 오랫동안 바라보았다. 눈은 그것을 바라보고 있었지만 마음이 눈을 쫓아가는데 시간이 필요했기 때문이었다. 그것은 습기를 방지하기 위해 정성스럽게 비닐봉지에 싼 봉투였다. 봉투 위에는 앤디의 꼼꼼한 필적으로 내 이름이 적혀 있었다.

나는 그 봉투를 집어 들고 돌은 앤디가 남겨둔, 그 전에는 앤디의 친구가 남겨두었을 그곳에 두고 왔다.

친애하는 레드

만일 이 편지를 읽고 있다면 이제 자네도 밖으로 나왔겠지. 확실한 방법으로 나왔겠지. 만일 여기까지 쫓아왔다면 조금만 더 나를 따라올 생각이 있겠지? 그 마을의 이름을 기억하고 있나? 내 계획을 실행하기 위해서는 실력 있는 사람의 협력이 절대적으로 필요해.

그 전에 내가 한 턱 낼 테니까 한 잔 마시게. 그리고 나서 잘 생각해 봐. 나는 자네가 언제 올지 눈을 쟁반처럼 크게 뜨고 기다리고 있어. 레드, 잊으면 안 돼. 희망은 무엇보다도 좋은 것이고, 좋은 것은 결코 죽지 않는 법이야. 나는 희망하고 있어. 이 편지가 자네에게 발견되기를, 그리고 건강한 자네 모습을 볼 수 있기를.

너의 친구
피터 스티븐스

나는 그 편지를 목초지에서 읽지 않았다. 일종의 공포가 생겨서 그 곳에서 도망치고 싶었기 때문이었다. 체포되는 것이 두려웠기 때문이었다.
내 방으로 돌아와 그것을 읽고 있는 사이에 노인들을 위한 저녁식사 냄새가 계단에서 풍겨왔다.
봉투를 열고 편지를 다 읽고 나서 나는 양손으로 얼굴을 가리고 울었다. 편지와 함께 손에는 50달러짜리 새 돈이 스무 장 들려 있었다.

그리고 지금 나는 브루스터 호텔에 있다. 법적으로는 아직 감시를 받고 있었다. 이번 범죄는 가석방 위반이다. 그러나 그 죄명으로 쫓기고 있는 범죄자를 잡기 위해 도로봉쇄 같은 짓은 하지 않을 것이다. 나는 지금부터 어떻게 할 것인가를 생각하고 있다.
먼저 이 원고가 있다. 그리고 내 재산이 모두 들어 있는 의사의 왕진가방 정도 크기의 가방이 있다. 가지고 있는 돈은 50달러짜리 지폐 19장, 10달러짜리 지폐 4장, 5달러짜리 1장, 1달러짜리

3장과 몇 개의 동전이다. 50달러 지폐 가운데 1장을 담배와 이 편지지를 사기 위해 사용했다.

지금부터 어떻게 할 것인가.

그러나 거기에는 아무 의문도 없었다. 결국 두개의 선택 가운데 어느 쪽이 될 것이다. 사는 쪽으로 뛰어들 것인가, 죽는 일로 뛰어들 것인가.

먼저 나는 이 원고를 가방 안에 넣는다. 그리고 가방을 닫고 윗도리를 손에 들고 복도를 내려가서 이 싸구려 호텔을 떠난다. 그 다음에 시내로 걸어가서 아무 술집에나 들어가 5달러짜리 지폐를 바텐더에게 내밀고 잭 대니얼을 스트레이트로 두 잔 주문한다. 한 잔은 나를 위해, 다른 한 잔은 앤디를 위해. 한두 잔의 맥주를 빼고는 1938년 이후 처음으로 자유인으로서 내가 마시기 시작하는 술이다. 그리고 바텐더에게 팁을 1달러 주고 잘 마셨다는 말을 한다. 술집을 나와서 스프링 거리를 걸어서 그레이하운드 버스 터미널로 가서 뉴욕을 경유해서 엘파소까지 가는 버스표를 산다. 엘파소에 도착하면 맥내리까지의 표를 산다. 맥내리에 닿으면 나 같은 늙은 악당이 국경을 넘어서 멕시코에 잠입할 수 있는지 알아보자.

물론 그 마을의 이름은 기억하고 있다. 지와타네호. 그렇게 아름다운 이름은 잊어버리려고 해도 잊히지 않을 것이다.

흥분이 밀려온다. 너무 흥분해서 손이 떨리고 연필이 마음먹은 대로 쥐어지지 않는다. 이것은 자유인만이 느낄 수 있는 흥분이라고 생각한다. 이 흥분은 이제 시작할 불확실한 긴 여행을 출발하는 자유인만이 알 수 있다.

부디 그 곳에 앤디가 있기를.
부디 무사히 국경을 넘을 수 있기를.
부디 친구와 다시 만나 악수를 할 수 있기를.
부디 태평양이 꿈속에서 본 것처럼 짙은 푸른색이기를.
이것이 나의 희망이다.

Summer of Corruption
타락의 여름

일레인 코스터와 허버트 슈넬에게 바친다.

우등생
Apt Pupil

1

어디를 보더라도 전형적인 미국인이라는 느낌을 주는 소년이, 변형 핸들을 단 26인치 스윙자전거를 타고 교외 주택지를 달리고 있다. 분명히 전형적인 미국 소년이다. 토드 보던, 열세 살, 173센티, 63킬로, 건강 양호, 머리카락은 잘 익은 옥수수 빛, 파란 눈동자, 가지런한 하얀 치열, 조금 탄 피부에는 아직 사춘기를 상징하는 여드름 하나 없다.

소년은 페달을 밟으면서 여름방학이 가져다주는 특유의 눈부신 미소를 띠면서, 자기 집에서 그리 멀지 않은 가로수 길의 양지와 음지를 가로질러 간다. 신문배달을 하는 소년으로 보이는데, 사실 《산토 도나토 클라리언》을 배달하고 있다. 또 경품을 목적으로 하는 축하카드를 팔러 다니는 타입으로 보이기도 하는데, 그것도 하고 있다. 보내는 사람의 이름이 깨끗하게 인쇄되어 있는 카드에, '잭과 메리 버크'라든지 '돈과 샐리', '머치슨 일가' 등이 적혀 있다. 또 일을 할 때는 휘파람을 불 것 같은 느낌을 주는데, 실제로도 언제나 휘파람을 분다. 이 소년의 아버지는 연봉 4만 달러의 건축기사이며 어머니는 대학에서 프랑스어를 전공하였는데, 마침 그 당시 가정교사를 찾고 있던 학생, 바로 현재의 토드 아버지와 알게 되었다. 어머니는 현재 여가를 이용하여 원고 타이프를 정리하는 일을 하고 있다. 또한 토드의 지난 성적표를 모두 철을 해서 보관하고 있는데, 어머니가 가장 마음에 들어 하는 성적표는 4학년 때의 것으로, 업쇼 선생이 '토드에게는 더 이상 할 말이 없습니다. 뛰어난 학생입니다.'라고 쓴 것이었다. 사실 그랬다. 성적표에는 평균점보다 훨씬 높은 A와 B뿐이었다. 만약 토드가 그 이상의 점수(예를 들어 모두 A학점)를 받았다면 친구들 사이에 '그 자식 좀 이상한 놈 아니야?'라는 소문이 나돌았을지도 모른다.

토드는 클레어몬트 스트리트 963번지 앞에서 자전거를 멈추었다. 찾아가는 집은 부지의 쑥 들어간 한구석에 지은 작은 집이었다. 미늘창과 테두리만 갈색이고 나머지는 하얗게 칠한 집이었다. 정면은 산울타리로 둘러싸여 있었다. 산울타리는 충분히 물을 주었고, 손질도 잘 되어 있었다.

토드는 눈을 가리는 머리카락을 쓸어 올리고, 스윙자전거를 밀면서 시멘트로 된 좁은 길을 지나 계단으로 조심스럽게 다가갔다. 빙긋 웃는 미소는 매우 쾌활했으며 아름다웠다. 나이키 조깅화의 발끝으로 자전거를 세우고, 접혀진 신문 뭉치의 가장 밑바닥에 있는 신문을 끄집어냈다. 그 신문은 《클라리언》이 아니었다. 《LA 타임스》였다. 신문을 옆구리에 끼고 계단을 올라갔다. 입구에는 방충망이 쳐진 문이 있고 그 안에는 조그마한 창 하나 없는 단단한 나무문이 있다. 문틀 오른쪽 테두리에는 초인종이, 그리고 그 아래에는 문패가 있었다. 단단히 나사가 박혀 있었고 노란색을 띠고 있었으며 비에 젖지 않도록 플라스틱 커버를 씌워놓았다. '매우 실용적인 독일식인데.'라고 생각하며 빙긋이 웃었다. 나이에 어울리지 않는 생각이었다. 그런 생각이 들 때마다 언제나 마음속으로 몹시도 자신을 자랑스러워했다.

위의 문패에는 '아서 덴커'라고 쓰여 있었다.

그 아래에는 '권유, 세일즈, 강매 거절'이라고 쓰여 있었다.

아직 미소를 지우지 않은 토드는 초인종을 눌렀다.

희미하게 삐 하는 소리가 작은 집 어딘가에 울린 것 같았다. 거의 들리지 않았다. 소년은 초인종에서 손을 떼고 약간 고개를 숙이고 발소리에 귀를 기울였으나, 아무런 소리도 들리지 않았다. 손목에 있는 시계(이름을 새긴 축하카드를 판 보상으로 받은 것)를 보니 12시 10분을 가리키고 있었다. 어떤 사정이 있더라도 일어났을 시간이었다. 토드는 늦어도 7시 반까지는 반드시 일어났다. 여름방학 중에도 그랬다. 일찍 일어난 새가 먹이를 잡는 법이니까.

30초 정도 귀를 기울여 본 다음, 집 안이 조용한 것을 느끼고 초인종에 손가락을 대고 손목시계의 초침이 문자판을 도는 것을 바라보았다. 초인종을 눌러대기 시작한 후로 정확히 71초가 되었을 때 겨우 발을 끄는 듯한 소리가 들려왔다. 질질 끌리는 소리를 듣고 그것이 실내화라는 것을 알 수 있었다. 토드는 추리 마니아였다. 어른이 되면 사립탐정이 될 생각이었다.
"알았어! 알았다니까!"
아서 덴커라고 불리는 사람은 조급한 목소리를 내질렀다.
"지금 나가! 그만 눌러! 나간다니까!"
토드는 초인종에서 손을 떼었다.
조그마한 창도 없는 안쪽 문의 저쪽에서 체인과 볼트를 푸는 소리가 들렸다. 문이 빠끔히 열렸다.
등이 구부러진 실내복 모습의 노인이 그물 문을 사이에 두고 밖을 내다보았다. 손에 끼어 있는 담배가 아직도 타고 있다. 토드의 눈에는, 노인이 앨버트 아인슈타인과 보리스 칼로프를 섞어놓은 사람처럼 보였다. 머리카락은 희고 길었으나 상아색이라고 하기보다는 담배의 니코틴 색처럼 누렇게 바랜 것이 불쾌했다. 얼굴은 주름투성이였고 막 잠에서 깨어난 듯 푸석푸석 했으며, 게다가 이틀 정도 면도를 하지 않은 것 같았다. 토드는 미간을 찌푸렸다. 토드 아버지가 언제나 입버릇처럼 하는 말은 "아침에 수염을 깎아야 하루가 다듬어진다."는 것이었다. 토드의 아버지는 출근하는 날이나 휴일을 막론하고 매일 정성스럽게 수염을 깎았다.
토드를 바라보고 있는 움푹 들어간 충혈된 눈은 경계의 빛을 띠고 있었다. 토드는 순간 실망을 금치 못했다. 분명히 조금은 아인슈타인을 닮았고 조금은 칼로프도 닮았지만, 이 사람이 무엇보다 닮은 것은 폐쇄된 기차역의 주위를 헤매고 다니는 알코올에 중독된 초라한 거지였다.
'그렇지만'이라고 토드는 스스로에게 말했다. 저 사람은 지금 막 일어났으니까. 토드는 몇 번인가 덴커를 본 적이 있었다.(그러나 덴커가 알아차리지 못하도록) 매우 조심했다. 절대로 들키지 않도록!). 외출할 때의 덴커는 매우 조신하게 행동했다. 만약 토드가 도서관에서 조사한 생년월일이 정확하다면 그는 지금 76세가 되었다. 그러나 그는 머리끝에서 발끝까지 퇴역장교라는 느낌을 주었다. 토드가 뒤를 밟고 있다는 것도 모르고 아서는 슈퍼에서 물건을 사거나 버스 정류장에서 가까운 세 개의 영화관 중 어딘가에 갈 때에는 (덴커는 차를 가지고 있지 않다.) 아무리 더워도 손질이 잘 된 세 벌의 양복 중 하나를 말쑥하게 입고 있었다. 만약 허전함을 느끼면 덴커는 접은 우산을 군인용 지팡이처럼 옆구리에 끼고 걸었다. 때때로 차양이 좁고 가운데가 접힌 모자를 썼다. 또한 외출할 때의 덴커는 언제나 깨끗하게 수염을 깎고 있었고 하얀 콧수염은 (완치되지 못한 언청이를 숨기기 위해선지) 말끔하게 다듬어져 있었다.

"애잖아."

덴커가 처음으로 입을 열었다. 아직도 잠이 덜 깬 목소리였다. 토드는 색이 바래고 초라한 실내복에 새로운 실망을 느꼈다. 한쪽 옷깃 끝이 이상한 각도로 불쑥 나와서 축 처진 목을 쿡쿡 찌르고 있었다. 왼쪽 옷깃에는 체리 소스인지 A-1 스테이크 소스인지 얼룩이 묻어 있었고 담배냄새와 시큼한 술 냄새가 났다.

"애잖아."

그는 되풀이해서 말했다.

"얘야, 나는 아무것도 필요 없어. 문패 아래를 보렴. 글자는 읽을 수 있겠지? 물론 읽을 수 있겠지. 미국의 아이들은 모두 글을 읽을 줄 아니까. 얘야, 시끄럽지 않게 해 주겠니? 잘 가거라."

문이 닫히기 시작했다.

'거기서 그만 둘 수도 있었다.' 한참이 지난 후에 토드는 잠이 오지 않는 밤에 그렇게 생각했다. 처음으로 그 사람에게 가까이 접근하였다. 그것도 외출할 때와 전혀 다른 얼굴을(아마도 그 얼굴은 우산과 가운데가 접힌 모자와 함께 화장실에 걸려 있을 것이다.) 본 실망으로 그만 둘 수도 있었다. 그 순간에 문이 잠기고 빗장이 걸리는 작고 평범한 소리가 들릴 때 그 뒤에 일어난 모든 것을 가위로 잘라내듯이 끝낼 수도 있었다. 그렇지만 상대가 말한 것처럼 토드는 미국 소년이었고, 미국은 끈기가 미덕의 하나라고 가르쳤다.)

"여기 신문이 있습니다, 듀샌더 씨?"

토드는 예의 바르게 《LA 타임스》를 내밀었다. 닫히려고 하는 문이 문턱을 약 10센티 남겨두고 딱 멈추었다. 그리고 주의 깊은 표정이 쿠르트 듀샌더의 얼굴에 떠올랐지만 바로 사라졌다. 그 표정에는 공포가 뒤섞여 있었는지도 모르겠다. 대단해. 하지만 표정을 감추는 그 솜씨는 대단했지만 토드는 세 번째의 실망을 느껴야 했다. 듀샌더에게 기대하고 있었던 것은 그런 솜씨가 아니었다. 좀 더 대단한 것을 기대하고 있었던 것이다.

'어린애라고?' 토드는 치밀어 오르는 무언가를 느끼면서 생각했다. 열 받는데.

상대는 다시 한 번 문을 열었다. 관절 류머티즘이 걸린 한 손이 그물 문의 빗장에서 내려왔다. 그물 문을 아주 조금 연 그 손이 거미처럼 문틈을 빠져나와 토드가 내민 신문의 끝을 움켜쥐었다. 노인의 손톱이 길고 누렇게 각질화 되어 있는 것을 보고 토드는 심한 혐오감을 느꼈다. 깨어 있는 시간 내내 끊임없이 담배를 피우는 인간의 손을 보면서, 토드는 담배는 불결하고 위험한 습관이므로 절대로 피우지 않겠다고 다짐했다. 듀샌더가 지금까지 살아있는 것이 불가사의하게 느껴질 정도였다.

노인은 팔을 당겼다.

"신문을 줘."

"좋습니다, 듀샌더 씨."

토드는 신문을 놓았다.

거미 같은 손이 신문을 안으로 끌어 당겼다. 그물 문이 닫혔다.

"내 이름은 덴커야."

노인이 이어 말했다

"듀샌더라고 부르지 않아. 불쌍하게도 글을 읽을 줄 모르는 모양이구나. 그럼."

문이 다시 닫히기 시작했다. 좁아지는 문틈 사이에 대고 토드는 빠르게 소리쳤다.

"베르겐벨젠, 1943년 1월부터 같은 해 6월까지. 아우슈비츠, 1943년 6월부터 1944년 6월까지, 부소장. 파틴에서······."

문이 다시 멈추었다. 노인의 늘어지고 창백한 얼굴이 그 틈새로 나타났는데, 그 얼굴은 절반 정도 오그라든 쭈글쭈글한 풍선 같았다. 토드는 미소를 지었다.

"당신은 소련군이 들이닥치기 전에 파틴을 떠났어요. 그리고 부에노스아이레스에 도착했어요. 거기에서 독일에서 가져온 금괴를 마약에 투자해서 큰 갑부가 되었다는 이야기도 있어요. 어쨌든 1950년부터 1952년까지 멕시코시티에 있었어요. 그리고······."

"얘야, 넌 뻐꾸기처럼 머리가 이상한 모양이구나."

관절 류머티즘에 걸린 손가락 하나가 일그러진 귀의 주위에서 원을 그렸다. 그러나 이가 없는 입은 부르르 떨리고 있었다.

"1952년부터 1958년까지는 행방불명……." 토드는 더욱 크게 웃으면서 이어 말했다. "그리고 그 이후는 아무도 모르는 것 같아요. 말하고 싶어 하지 않을지도 모르죠. 그렇지만 이스라엘 정보원이 쿠바의 커다란 호텔에서 급사장을 하고 있던 당신을 찾아냈어요. 카스트로가 정권을 잡기 바로 직전의 일이죠. 혁명군이 아바나로 공격해 들어왔기 때문에 그 정보원은 당신을 놓치고 말았어요. 1965년에 당신은 갑자기 베를린에 모습을 드러냈어요. 잡힐 뻔했죠."

그렇게 말하는 것과 동시에 토드는 손가락을 굽혀 크게 주먹을 쥐고 부르르 떨었다. 듀샌더의 눈은 모양도 영양도 좋은 미국인의 손을 내려다보았다. 모터가 없는 경주용 자동차나 오로라사(社)의 모형을 만들기에 좋은 손처럼 보였다. 토드는 두 가지 다 만들어 본 경험이 있었다. 그뿐만 아니라 작년에는 아버지와 함께 타이타닉호의 모형을 만들었다. 토드의 아버지는 4개월 가까이에 걸려서 완성한 그것을 지금도 사무실에 장식해 두고 있다.

"무슨 말인지 잘 모르겠구나."

의치를 벗은 듀샌더의 발음은 약한 울림이 있어 토드의 마음에 들지 않았다. 그래, 진짜가 아닐지도 몰라. TV의 「포로수용소」에 나오는 클링크 대령이 듀샌더보다 더 나치처럼 생각되었다. 그러나 옛날에는 꽤 카랑카랑했을 것이 틀림없었다. 강제수용소에 대해 쓴 《맨즈 액션》의 기사에서는 듀샌더를 파틴의 흡혈귀라는 별명으로 불렀다.

"이제 돌아가거라. 안 그러면 경찰에 전화할 거다."

"그래요? 전화해 주세요, 듀샌더 씨. 아니면 헤어(미스터의 독일어 — 옮긴이) 듀샌더가 더 좋을까요?"

토드가 미소를 짓자 고른 치열이 드러났다. 태어났을 때부터 불소처리를 되풀이해 왔으며 그것과 비슷한 기간 동안 하루 세 번씩 크레스트 치약으로 닦아온 이빨이었다.

"1965년 이후 내가 시내의 버스 안에서 당신을 찾아내기 전까지 당신을 본 사람은 아무도 없었어요."

"너 미쳤구나!"

"그러니까, 경찰을 부르시는 게 어때요?" 토드는 여전히 미소를 짓고 있었다. "어서 불러 주세요. 이 계단에 앉아서 기다릴 테니까. 하지만 바로 경찰을 부르려는 게 아니라면 저를 안으로 들여보내 주시겠어요? 이야기를 좀 하죠."

상당히 오랫동안 노인은 미소를 띤 소년을 바라보았다. 나뭇가지에서는 새가 지저귀고 있었다. 길 건너에서는 잔디 깎는 기계가 움직이고 있었고, 멀리 좀 더 교통이 복잡한 거리에서는 자동차의 경적이 자기들의 인생과 상업의 리듬을 수놓고 있었다.

토드는 의심이 들기 시작했다. *내가 틀렸을 리가 없는데, 안 그래? 아니면 어떤 잘못이라도 있었나?* 틀렸다고 생각하지 않았지만 이것은 학교에서 치르는 시험이 아닌 것만은 확실했다. 이것은 진짜 인생이었다. 따라서 듀샌더가 이렇게 말했을 때 안도감이 밀려오는 것을 느꼈다(가벼운 안도감이라고 나중에 스스로에게 말했지만.).

"그렇게 들어오고 싶다면 잠깐 들어오는 것도 괜찮겠지. 그러나 너 때문에 말썽이 생기는 걸 원하지 않기 때문이야, 알겠어?"

"알겠습니다, 듀샌더 씨."

토드는 그물 문을 열고 현관으로 들어갔다. 듀샌더는 바로 문을 닫아 햇살을 차단했다. 집 안의 공기는 환기가 되지 않아 희미하게 엿기름 냄새가 났다. 토드의 집도 가끔 이런 냄새가 날 때가 있었다. 부모님이 파티를 열고 난 다음날 아침 어머니가 환기를 시키기 전이 그랬다. 그러나 이 집의 냄새는 더 지독했다. 집의 구석구석에 배어 있었다. 위스키와 프라이, 땀, 낡은 옷과 거기에 빅스인지 맨소래담인지 알 수 없는 약 냄새까지 섞여 역겨웠다. 복도에는 엷은 어둠이 휘감겨져 있었고 듀샌더가 바싹 옆에 붙어 있었다. 실내복의 옷깃 안에 머리를 집어넣고 있는 모습은 상처 입은 동물의 숨이 끊어지기를 기다리는 대머리 독수리처럼 느껴졌다. 그 순간 제멋대로 자라게 내버려둔 수염과 축 처진 살덩이와는 모순되게, 토드가 지금까지 길에서 바라보던 때보다도 더 확실하게 검은 나치 친위대의 복장을 한 남자를 선명하게 본 것 같은 느낌이 들었다. 돌연 공포의 예리한 칼이 배에 박혀오는 것 같았다. 가벼운 공포라고 나중에 정정은 하였지만.

"말해 두겠는데요, 만약 나에게 무슨 일이 있다면······."

토드가 말을 시작했을 때 듀샌더는 발을 끌면서 그의 옆을 지나 거실로 들어가 버렸다. 질질 바닥을 끄는 슬리퍼 소리가 났다. 노인이 바보를 부르듯이 손짓하는 것을 보고 토드는 뜨거운 피가 목과 뺨에 치솟는 것을 느꼈다. 토드는 노인의 뒤를 따라갔다. 처음으로 미소가 사라졌다. 이런 상태가 되리라고는 전혀 예상하지 못했다. *그러나 반드시 잘 될 거야. 지금 문제가 확실해지고 있어. 당연한 일 아니겠어. 언제나 그렇다니까.* 토드는 거실로 들어가면서 다시 미소를 띠었다.

그 방은 다시 실망(그것도 지독한 실망)을 주었지만 생각해 보면 충분히 예상할 수 있었던 일이었다. 물론 거기에는 머리카락을 앞으로 내리고 이쪽을 바라보는 히틀러의 초상화는 없었다. 케이스에 들어 있는 훈장도 없고 벽에 걸린 의식용 칼도 없었으며 벽난로 위에 루거 권총이나 PPK 발터도 없었다(실은 벽난로도 없었다.). 토드는 스스로에게 말했다. 이 사람이 머리가 돈 사람이 아니라면 그런 것들을 사람들의 눈에 띄는 장소에 둘 리가 없지. 그렇지만 영화나 TV에서 본 여러 가지 것들을 머릿속에서 몰아내기는 힘들었다. 지극히 평범한 노인이 얼마 안 되는 연금에 의지해서 살고 있는 듯한 느낌을 주는 방이었다. 모조품 난로에는 모조품 벽돌이 붙어 있었다. 그 위에 웨스트클락스의 시계가 걸려 있었다. 모토롤라의 흑백 TV가 받침대 위에 있었다. 토끼의 귀를 닮은 안테나의 끝에는 수신 상태를 좋게 하기 위해 알루미늄 호일을 말아 놓았다. 바닥을 덮고 있는 깔개는 이미 낡아서 털이 빠지고 있었다. 소파 옆 잡지꽂이에는 《내셔널 지오그래픽》과 《리더스 다이제스트》와 《LA 타임스》가 꽂혀 있었다. 히틀러의 초상화와 의식용 칼 대신 벽에 걸려 잇는 것은 시민권 증서와 종(鍾) 모양의 이상한 모자를 쓴 여자의 사진이었다. 듀샌더가 뒤로 와서 그 종모양의 모자를 클로슈라고 부른다는 것과 1920년대부터 1930년대에 걸쳐 인기가 있었다는 것을 소년에게 말해 주었다.

"내 마누라란다." 듀샌더는 감상적인 어투로 말했다. "내 처는 1955년 폐병으로 죽었지. 그 무렵 나는 에센의 멘슐러 자동차 공장에서 일하고 있었단다. 가슴이 찢어지도록 슬펐지."

토드는 계속해서 미소를 띠고 있었다. 그는 사진의 여자를 좀 더 잘 보려는 것처럼 방을 가로질러 갔다. 그런데 사진은 보지 않고 작은 탁상용 스탠드의 스위치를 돌렸다.

"그만둬!"

듀샌더는 날카롭게 말했다. 토드는 놀라서 뒤로 물러났다.

"깜짝 놀랐잖아요." 토드는 진심으로 말했다. "정말 관록 있는 목소리인데요. 인간의 피부로 스탠드의 갓을 씌운 것은 일제코흐였던가요? 그녀는 가늘고 휘어진 유리관을 사용해서 잔인한 고문을 했다던데."

"무슨 이야기인지 하나도 못 알아듣겠구나." 듀샌더가 말했다. 필터 없는 쿨이 한 갑 TV 위에 있었다. "담배 피우니?"

듀샌더는 담배를 내밀면서 빙긋이 웃었다. 기분 나쁜 웃음이었다.

"안 피워요. 담배를 피우면 폐암에 걸려요. 아버지도 예전에는 피웠는데 딱 끊었어요. 금연 클럽에 가입해서요."

"그래?"

듀샌더는 겉옷의 주머니에서 성냥을 꺼내들고 TV의 플라스틱 위에 대수롭지 않게 그었다. 담배를 피우면서 말했다.

"이제 경찰에 연락해서 조금 전에 네가 나에게 말한 어처구니 없는 비방에 대해 말하면 왜 안 되는지 한 가지라도 이유를 댈 수 있니? 한 가지라도 좋아. 빨리 말해, 꼬마야. 전화는 복도 바로 앞에 있어. 아마 네 아버지는 네 엉덩이를 마구 때리겠지. 일주일 정도는 쿠션을 깔고 앉아 밥을 먹어야 할 거야. 안 그래?"
"아버지는 엉덩이를 때리거나 하지 않아요. 체벌은 문제를 해결하기보다는 새로운 문제를 만들어 낼 때가 더 많기 때문이에요."
토드의 눈은 갑자기 빛을 발하기 시작했다. "당신은 그 녀석들의 엉덩이를 두들겨 주었어요? 여자들의 엉덩이도? 먼저 옷을 벗기고, 그러고 나서……."
희미하게 신음소리를 내며 듀샌더는 전화 쪽으로 걷기 시작했다. 토드가 냉정하게 말했다.
"그러지 않는 게 좋을 거예요."
듀샌더가 돌아서서 말했다. 틀니를 하고 있지 않았지만 그의 말은 매우 차분했다.
"딱 한 번만 얘기해 주겠다, 꼬마야. 딱 한 번뿐이다. 내 이름은 아서 덴커이고 그 이외의 이름을 가져본 적이 없다. 미국식으로 바꾼 이름조차 없지. 아버지는 아서 코난 도일을 무척 좋아하셔서 내 이름을 아서라고 지었다. 듀샌더였던 적도 없고 히믈러였던 적도 없으며 산타클로스였던 적도 없지. 2차 대전 때에 나는 예비역 중위였지만 나치에는 입당하지 않았다. 베를린 전투에서는 3주일간 싸웠지. 1930년대 말 처음 결혼했을 때 히틀러를 지지했던 것은 인정하마. 그는 불황을 끝냈고 그 불쾌하고 불공평한 베르사유 조약의 결과로 국민이 잃었던 자존심을 되찾아 준 사람이었으니까. 내가 그를 지지한 주된 이유는 내게 직장이 생긴 것과 길가에 꽁초가 떨어져 있지 않을까 하고 찾아 헤맬 필요 없이 담배가 내 손 안에 들어 왔기 때문이야. 위대한 인물이라고 생각했지. 아마 그는 그 나름대로 위대했을 거야. 그러나 말년에 미치고 말았지. 점성술사의 변덕에 놀아나 환상의 군대를 지휘하고 있었던 거지. 애견 블론디에게도 독약이 든 캡슐을 먹였어. 미친 사람이나 할 짓이지. 마지막에는 그들 모두가 미쳐서 나치 행진곡을 부르면서 아이들에게 독약을 먹였지. 1945년 5월 12일 내가 있던 연대는 미국군에게 항복했어. 해커마이어라는 미국병사가 초콜릿 바를 준 것을 아직도 기억하고 있지. 나는 울었단다. 이젠 더 이상 싸울 필요가 없다고. 전쟁은 끝났다고. 사실 2개월 전에 이미 끝나 있었던 거지. 나는 에센에 억류되었지만 극진한 대우를 받았어. 모두 모여 뉘른베르크의 재판 소식을 들었어. 게링이 자살했을 때에는 14개비의 미국 담배를 슈납스 반병과 바꾸어 술에 취해 곤드레만드레가 되었지. 석방되고 난 뒤에는 에센의 자동차 공장에서 차바퀴 다는 일을 했고 1963년에 그만두었다. 미합중국에 귀화한 것은 그 다음의 일이야. 미국으로 오는 것은 오랫동안의 꿈이었지. 1967년에는 시민권을 받았고 지금은 투표도 할 수 있어. 부에노스아이레스, 마약 거래, 베를린, 쿠바 그 어느 것도 나와 관계없어."

그는 '쿠바'를 '큐바'라고 발음했다.

"그럼, 이야기를 들었으니 집으로 돌아가야지? 아니면 전화를 걸 테니까."

듀샌더가 다이얼을 돌리기 시작했지만 토드는 그저 지켜만 보았다. 토드의 심장은 빠르게 고동을 치며 가슴 안에서 쿵쾅거리기 시작했다.

듀샌더는 네 번째 다이얼을 돌린 다음 돌아서서 토드를 바라보았다. 그의 어깨가 아래로 처졌다. 그는 수화기를 내려놓았다.

"어린애에게 들키다니······." 그는 한숨을 쉬며 중얼거렸다. "어린애에게······."

토드는 수줍은 듯이 빙그레 웃었다.

"어떻게 알았지?"

"약간의 행운과 많은 노력의 결과예요." 토드는 대답했다. "해롤드 페글러라는 이름을 가진 친구가 있는데, 여우를 닮아서 흔히 폭시라고 불러요. 우리 야구팀의 2루수죠. 그 자식의 아버지는 차고 안에 잡지를 많이 모아 놓았어요. 큰 더미가 몇 개나 돼요. 낡아빠진 전쟁 잡지들이에요. 요새 것을 찾아보았는데, 학교 건너편에 있는 가판대 아저씨에게 물어 보니까 거의 폐간이 되었다고 그러더라고요. 대개의 잡지에는 크라우트(독일 병사를 가리키는 말이에요.)나 일본군, 아니면 여자들을 학대하는 사진이 실려 있었죠. 거기에 강제수용소에 대한 기사도 함께. 그 강제수용소에 대한 이야기는 근사했어요."

"'근사······ 했다?"

듀샌더는 소년을 물끄러미 바라보고 한 손으로 뺨을 어루만지면서 샌드페이퍼를 미는 듯한 희미한 소리를 내었다.

"'근사하다'라는 말 알죠? 재미있었어요, 흥미진진했거든요."

토드는 폭시의 차고에 있었던 그날을 지금도 확실히 기억하고 있다. 태어나서 겪었던 그 어떤 날보다 생생했다. 그 일과 함께 생각나는 것은 5학년 때 진로 지도일 전날 앤더슨 선생이(큰 앞니를 가진 여선생으로 학생들은 벅스 버니에 착안해서 벅스라는 별명을 붙였다.) '인생 최고의 관심사'를 찾아내라고 한 말이었다.

"그것은 느닷없이 다가오는 것입니다." 벅스 앤더슨은 열광적인 어투로 말을 했다. "여러분이 처음 그것을 보았을 때 '인생 최고의 관심사'를 찾았다는 느낌이 들 것입니다. 열쇠를 돌려서 자물쇠를 여는 듯한 느낌, 아니면 처음으로 사랑에 빠진 듯한 느낌 같은 것 말입니다. 따라서 진로 지도일은 대단히 중요한 날입니다. 여러분, 그날 자기의 '인생 최고의 관심사'를 찾을 수 있기를 바랍니다."

그리고 계속해서 선생은 자기의 '인생 최고의 관심사'에 대해 이야기했는데, 그것은 5학년을 가르치는 것이 아니라 19세기의 그림엽서를 모으는 것이었다.

그때 토드는 앤더슨 선생이 말한 것을 허튼소리라고 생각했었는데, 폭시의 차고에서의 그날 그 이야기를 생각해 내고 선생이 말한 것이 터무니없는 것만은 아니라고 생각을 바꾸었다.

그날은 산타 아나(캘리포니아 남부의 뜨겁고 강한 푄 바람 ― 옮긴이)가 불었고, 동쪽의 몇 군데에서는 들불이 발생했다. 뜨겁고 기름타는 듯한 냄새가 난 것을 토드는 기억하고 있다. 폭시의 짧은 머리와 앞머리에 비늘처럼 더덕더덕 붙은 무스를 기억하고 있다. 그 날의 모든 것이 기억났다.

"어딘가 만화가 있을 텐데."

폭시가 말했다. 그의 어머니는 소란스럽고 대책이 없는 아이들을 밖으로 내보내려고만 했다.

"굉장하지, 거의 서부극이지만 「돌의 아들 투록」도 있고……."

"저건 뭐야?"

토드는 계단 아래에 있는 터져나갈 것 같은 종이 박스를 가리켰다.

"응, 저건 지루한 거야." 폭시가 말했다. "전쟁 실화인데, 더럽게 재미없어."

"봐도 돼?"

"그래, 난 만화나 찾아볼 테니까."

그러나 폭시가 만화를 찾아냈을 때 토드는 이미 만화 같은 것에는 흥미가 없었다. 그는 꿈속에 있었다. 토드는 완전히 몰입하고 있었다.

열쇠를 돌려서 자물쇠를 여는 것 같은 느낌, 아니면 처음으로 사랑에 빠진 듯한 바로 그런 느낌. 물론 토드는 그 전쟁에 대해 알고 있었다. (지금 치르고 있는 것처럼, 미군이 검은 파자마를 입은 동양인에게 꼴좋게 당하고 있는 바보 같은 전쟁이 아닌) 제2차 세계대전이었다. 미군은 망을 씌운 철모를 썼고 독일군은 사각형 느낌을 주는 철모를 쓰고 있었다는 것쯤은 알고 있었다. 미군이 대부분의 싸움에서 이겼던 것이나, 독일군이 종전에 즈음해서 로켓 폭탄을 발명해서 독일에서 런던으로 쏘아 올린 것도 알고 있었다. 강제수용소에 대해서도 조금은 알고 있었다.

그런 것들과 차고의 계단 아래에 있던 낡은 잡지에서 본 것의 차이는 세균의 이야기를 듣는 것과 실제로 현미경을 통해서 살아 움직이는 세균을 들여다 본 차이와 같았다.

이 여자가 일제코흐다. 이것이 시체소각로다. 문이 열리고 그을음투성이인 경첩이 보인다. 이것이 SS의 군복을 입은 장교와 주름진 작업복을 입은 죄수들이다. 낡은 펄프 잡지의 냄새는 산토 도나토의 동쪽에서 기세 좋게 타오르고 있는 들불의 냄새를 닮았다. 그는 종이가 낡아빠져 손가락 사이에서 푸석푸석 떨어져 나가는 것을 느끼며 꿈속에서 페이지를 넘겼다. 그 속은 차고가 아니라 어딘가 시간의 교차점으로 들어가 *녀석들이 정말로 이렇게 했구나, 정말로 이런 일을 한 인간들이 있었구나, 그 인간들이 명령해서 이런 일을 하게 했구나,* 라고 이해하고 있으려니까 혐오와 흥분으로 머리가 아파왔으며 눈이 뜨거워지며 어찔어찔해졌다. 그러나 신경 쓸 겨를도 없이 계속 읽어 가는 도중에 다카우라는 곳에서 찾아낸 산더미 같은 시체를 찍은 사진이 있었고, 그 아래에 붙어 있는 설명에서 이러한 숫자가 눈에 확 들어왔다.

'6,000,000'

숫자를 보고 토드는 생각했다. 누군가 잘못 알았겠지, 누군가 0을 하나 더 그려 넣었을 거야. 육백만이라면 로스앤젤레스 인구의 두 배나 되잖아! 그러나 얼마 지나지 않아 다른 잡지에서 (이 잡지의 표지는, 쇠사슬로 묶여진 여자들이 있는 벽 쪽으로 나치의 군복을 입은 남자가 한손에 불쏘시개를 들고 빙글빙글 웃으면서 가까이 다가오는 그림이었다.) 그 숫자를 찾아냈다.

'6,000,000'

두통이 훨씬 심해졌다. 입 안이 바싹바싹 타는 것 같았다. 어렴풋이 어딘가 멀리에서 폭시가 저녁식사 시간이 되었다는 것과 돌아가야 할 거라고 말하는 소리가 들려왔다. 토드는 폭시가 저녁을 먹으러 집에 가는 동안 좀 더 이 잡지를 보면 안 될까 하고 물었다. 폭시는 좀 의아한 표정을 지었지만 어깨를 한 번 들썩이고는 "좋아."라고 대답했다. 토드는 계속해서 읽었다. 낡은 전쟁 실화 잡지가 들어 있는 종이 박스 위에 등을 굽히고 읽어 치우고 있는 사이 어머니가 와서 언제 돌아갈지 물었다.

열쇠를 돌려서 자물쇠를 여는 바로 그 느낌.

어느 잡지를 보아도 거기서 일어난 일은 나쁜 일이라고 쓰여 있었다. 그러나 모든 기사는 잡지의 뒤표지에까지 계속 이어져 있었고, 그 페이지를 넘기면 나쁜 일이라고 말하고 있는 문장은 여러 가지 광고에 의해 둘러싸여 있었는데 그 광고에는 독일 군용 나이프나 혁대, 철모가 탈장대(脫腸帶)나 발모약과 함께 소개되어 있었다. 갈고리 십자가가 그려진 독일군 깃발이나 나치의 루거 권총 그리고 「팬저 어택」이란 게임의 광고가 통신강좌나 키 작은 남자에게 키 높이 구두를 팔아 돈을 벌라는 광고와 함께 기재되어 있었다. 나쁜 일이라고는 쓰여 있었지만 많은 사람들은 그런 것에는 별로 개의치 않는 것 같았다.

처음으로 사랑에 빠진 듯한 그런 느낌.

바로 그것이었다. 토드는 분명하게 기억하고 있었다. 뭐든지 기억해 낼 수 있다. 누렇게 변색되어 가고 있는 몇 년 전의 미녀 사진이 있는 뒷벽의 달력, 시멘트 바닥에 쏟아진 오일의 얼룩, 낡은 잡지를 묶고 있던 오렌지색 끈. 그 믿을 수 없는 숫자를 생각하면 할수록 두통이 조금씩 심해져 가던 것을 토드는 기억하고 있다.

'6,000,000'

이렇게 생각했던 것도 기억하고 있다. 강제수용소에서 일어난 일을 난 모두 알고 싶어. 처음부터 끝까지. 그리고 어느 쪽이 정말인지도 알고 싶어. 이 기사인지, 아니면 그 기사 뒤에 실린 광고인지.

마지막에 종이 상자를 계단 아래 원래 있던 곳으로 옮기면서 벅스 앤더슨에 대해 생각했던 것도 기억하고 있다. 그 선생이 말한 대로야. 나는 '인생 최고의 관심사'를 찾아냈어.

듀샌더는 오랫동안 토드를 쳐다보고 있었다. 그러고 나서 방을 가로질러 털썩 흔들의자에 앉았다. 토드를 보았다. 하지만 조금 꿈이라도 꾸고 있는 듯한, 조금 향수에 젖기라도 한 듯한 그 소년의 표정을 이해할 수 없었다.

"그래요, 내가 관심을 가지게 된 것은 그 잡지 때문이었지만 거기에 쓰여 있는 것들은 뭐라고 할까, 허튼소리라고 생각되지는 않았어요. 그래서 도서관에 가서 좀 더 많은 책을 찾아냈죠. 그 중에는 더 굉장한 것도 있었어요. 처음에는 좀 깐깐한 여사서가 성인용의 서가에 있는 책이라서 보여 주지 않았지만 학교의 숙제라고 말하고 결국 해냈죠. 학교의 숙제라고 하면 아무리 깐깐한 사서라도 보여주게 되어 있어요. 물론 아버지에게 전화했지만."

토드는 경멸하는 듯이 눈을 휙 쳐들었다.

"그 여잔 내가 뭘 하고 있는지 아버지에게 알리지 않았다고 생각한 모양이에요, 병신같이."

"아버지도 알고 있니?"

"물론이에요. 아버지는 이렇게 생각하고 있어요. 아이들에게는 가능한 한 빨리 인생이라는 것을 알려주는 것이 좋다, 좋은 것이든 나쁜 것이든. 그렇게 하면 인생의 준비가 가능해진다는 거죠. 인생이란 호랑이의 꼬리를 붙잡는 것과 같대요. 그 호랑이의 성질을 잘 알지 못하면 잡아먹히게 되죠."

"흠."

"엄마도 그렇게 생각하고 있어요."

"흐음."

듀샌더의 얼굴은 자기가 있는 곳이 어딘지 잘 모르겠다는 듯이 당황한 얼굴 표정이었다.

"여하튼." 토드는 말을 계속했다. "도서관에 있는 책은 매우 유익했어요. 나치의 강제수용소에 대해 쓴 책은 여기 산토 도나토 도서관만 해도 백 권이 넘어요. 어지간히 많은 사람들이 그런 책을 읽고 싶어 하는 모양이에요. 폭시 아버지의 잡지처럼 사진이 잔뜩 실려 있지는 않았지만, 읽으면 오싹오싹해져요. 날카로운 못이 박혀 있는 의자라든지, 금니를 펜치로 빼냈다든지, 샤워기에서 독가스가 나온다든지."

토드는 감동했다는 듯이 머리를 저었다.

"알고 있어요? 당신들은 좀 지나쳤어요. 뭐든지 했어요."

"오싹오싹 했단 말이지."

듀샌더가 툭 한 마디 던졌다.

"난 그 일에 대해 리포트를 썼어요. 점수를 얼마나 받았을 것 같아요? A 플러스. 물론 주의해서 썼어요. 그런 것을 쓸 때에는 쓰는 방법이 있으니까, 주의하지 않으면 안 돼요."

"그래?"

듀샌더는 부르르 떨면서 새로운 담배에 불을 붙였다.

"그럼요. 도서관에 있는 책들은 말이에요, 모두 같은 방법으로 써 놓았어요. 글을 쓴 사람 모두 자기가 쓰고 있는 것을 구토가 나올 정도로 싫어하고 있다는 느낌이 들어요."

토드는 인상을 쓰며 자기의 생각을 어떻게 해서라도 표현해 내려고 고심하고 있었다. 문장에 적용되는 '논조'라는 말을 아직 몰랐기 때문에 표현하는 것이 한층 더 어려웠다.

"그들은 신경을 곤두세우고 썼어요. 이런 일이 두 번 다시 일어나지 않도록 우리들이 조심해야 한다고. 나도 그렇게 리포트를 썼어요. 선생이 나에게 'A'를 준 것은 구토가 나올 정도로 그런 자료를 읽었기 때문이 아닐 거예요."

다시 토드는 애교가 듬뿍 담긴 미소를 지었다.

듀샌더는 필터 없는 쿨을 깊이 들이마셨다. 담배의 끝이 가늘게 떨리고 있었다. 코에서는 자주색 연기가 퍼져 나오고 노인 특유의 습한 기침을 했다.

"나는 여기서 이런 이야기를 하고 있다는 게 믿기지 않는구나." 몸을 앞으로 쑥 내밀고 토드를 찬찬히 쳐다보았다. "얘야, 실존주의라는 말을 알고 있니?"

토드는 그 질문을 무시했다.

"일제코흐를 만난 적이 있어요?"

"일제코흐?" 잘 들리지 않는 목소리로 듀샌더는 말했다. "아아, 그래."

"미인이었어요?"

토드는 열심히 물었다.

"그러니까……." 양손으로 허공에 모래시계 같은 원을 그렸다. "그 여자 사진을 본 적은 있을 테지? 너같이 호사가(好事家)라면."

"뭐라고요? 호…… 사……."

"호사가." 듀샌더가 말했다. "무언가에 흥미를 느끼는 사람이야. 그러니까…… 근사한 것에 몰입하는 사람을 호사가라고 부르지."

"그래요? 그거 폼 나는데요." 잠깐 동안 당황해서 약해졌던 토드의 미소가 다시 우쭐거리는 웃음으로 바뀌었다. "물론 사진은 보았어요. 그렇지만 그런 책에 나온 사진이라는 것이, 좀 그렇잖아요?" 소년은 듀샌더가 그 책들을 모두 가지고 있다고 생각하는 듯한 말투였다. "흑백이고, 색도 바랬고…… 그리고 스냅 사진뿐이에요. 뭐라고 할까, 그 자식들 자기가 찍고 있는 사진이 역사라는 것을 몰랐던 거예요. 일제코흐 말이에요, 가슴이 정말로 풍만했어요?"

"그녀는 뚱뚱보였어. 꼴사납게도 여드름투성이였지."

듀샌더는 절반쯤 피운 담배를 꽁초로 가득한 재떨이 위에 비벼 껐다.

"흐응, 그래요."

토드는 낙담한 표정을 지었다.

"단지 우연일까?" 듀샌더는 토드를 쳐다보면서 생각한 것을 말했다. "넌 전쟁 모험 잡지에서 내 사진을 본 다음, 어쩌다 버스에서 나를 만났단 말이지. 젠장!"

그는 의자의 팔걸이를 주먹으로 내리쳤지만 그 손에는 그다지 힘이 실려 있지 않았다.

우등생 193

"듀샌더 씨, 그렇지 않아요. 더 여러 가지가 있어요, 훨씬 많아요."

토드는 몸을 내밀면서 열띤 표정으로 말했다.

"호오 그래, 정말이냐?"

짙고 흉한 눈썹을 치켜 올리면서 믿지 못하겠다는 표정을 지었다.

"물론이에요. 그러니까, 내 스크랩북에 있는 당신의 사진은 30년 전의 것이에요. 지금은 1974년이죠."

"너…… 스크랩북을 만들고 있니?"

"당연하죠! 굉장해요. 수백 장의 사진들, 언젠가 보여 드릴게요. 재미있어 할 거예요."

듀샌더는 혐오감으로 얼굴을 찌푸렸지만 아무 말도 하지 않았다.

"처음 두 번 정도 당신을 보았을 때는 확신하지 못했어요. 그렇지만 비 내리는 날 버스에 탔을 때 검고 윤기 나는 레인코트를 입고 있었잖아요……."

"그거였군."

듀샌더가 중얼거렸다.

"그래요. 폭시의 차고에 있었던 잡지 안에도 그것과 비슷한 코트를 입고 있는 사진이 있었어요. 그리고 도서관에서 빌려온 책 가운데에도 SS의 큰 외투를 입은 사진이 있었어요. 그래서 그날 당신을 보았을 때 나는 마음속으로 이렇게 외쳤어요. '틀림없어, 저건 쿠르트 듀샌더다!' 그래서 미행을 시작했고……"

"뭘 했다고?"

"미행이요. 뒤를 밟는 일이요. 내 장래 희망은 소설에 나오는 샘 스페이드나 TV에 나오는 매닉스 같은 사립탐정이 되는 것이에요. 여하튼 상당히 조심했어요, 당신이 눈치 채지 못하도록. 그 당시의 사진을 보고 싶으세요?"

토드는 뒷주머니에서 마닐라 봉투를 끄집어냈다. 접혀진 봉투 뚜껑이 땀으로 착 달라붙어 있었다. 토드는 그것을 조심스럽게 벗겨냈다. 그 눈은 생일이나 크리스마스나 독립기념일의 불꽃놀이를 생각하고 있는 소년처럼 반짝반짝 빛나고 있었다.

"내 사진을 찍었단 말이야?"

"예, 찍었어요. 코닥에서 나온 얇고 편편하며 손 안에 숨길 수 있는 소형 카메라를 가지고 있어요. 렌즈가 보일 수 있는 틈만 벌리면 돼요. 그러고서 엄지손가락으로 누르기만 하면 찍히는 거죠." 토드는 겸손하게 웃었다. "요령은 잘 알고 있었지만 그렇게 되기까지는 얼마나 많이 내 손을 찍었는지 몰라요. 그래도 포기하지 않았어요. 열심히 하면 인간은 뭐든지 해낼 수 있다는 말 알고 있어요? 케케묵은 표현이지만, 정말 그래요."

쿠르트 듀샌더는 창백하고 비참한 표정을 지으며 실내복 안으로 몸을 집어넣었다.

"너, 그 사진 동네 현상소에서 현상했니?"

"뭐라고요?" 토드는 하늘로 펄쩍 뛸 것 같은 얼굴을 했다가 다시 경멸하는 얼굴로 바꾸었다. "미쳤어요, 내가 그렇게 멍청하게 보이세요? 아버지가 암실을 가지고 있어요. 아홉 살 때부터 내 손으로 현상했어요."

듀샌더는 아무 말도 하지 않았지만 조금 긴장이 풀렸는지 얼굴빛이 원래 상태로 돌아왔다.

토드는 광택 있는 몇 장인가의 사진을 노인에게 건네주었는데 들쑥날쑥한 테두리가 집에서 인화했다는 것을 증명해 주었다. 듀샌더는 말없이 엄숙한 표정으로 그것을 조사했다. 시내버스 창가의 자리에서 등줄기를 곧게 펴고 제임스 미치너의 최신작 『센테니얼』을 양손에 들고 있는 모습, 데본가의 버스 정류장에서 우산을 옆구리에 끼고 드골의 가장 오만한 순간의 모습을 연상시키는 머리를 세우고 있는 모습, 마제스틱 극장 앞에서 벽에 기대고 있는 십대들과 눈썹 화장을 한 멍청한 주부들에 둘러싸여 키도 자세도 이채를 띠면서 줄을 서 있는 모습, 그리고 마지막으로 집 앞 우편함을 들여다보고 있는 모습이 거기에 있었다.

"그것을 찍을 때에는 들키지 않을까 하고 조마조마 했어요." 토드가 계속 말했다. "위험하다는 것은 충분히 알고 있었지만, 나는 길 건너편 정면에 있었죠. 아, 망원렌즈가 달린 미놀타를 살 수 있으면 좋은데. 언젠가 살 거예요."

토드는 잠깐 먼 곳을 보고 있는 듯한 표정을 지었다.

"만일의 경우를 생각해서 핑계는 생각해 두었겠지?"

"'개를 보지 못하셨습니까?'라고 물을 작정이었죠. 그 사진을 찍은 다음 그것을 이것과 비교해 보았어요."

토드는 세 장의 복사된 사진을 듀샌더에게 내밀었다. 듀샌더가 예전에도 몇 번 본 적이 있는 사진이었다. 첫 사진은 파틴에 있는 강제수용소 소장실에 있을 때의 모습이었다. 주위는 잘라 냈기 때문에 사진에 나온 것은 그와 책상 옆에 있는 나치 깃발뿐이었다. 두 번째는 입대하던 날 찍은 사진이었고 세 번째는 히틀러 다음으로 높았던 하인리히 글뤽스와 악수하는 모습이었다.

"이게 상당한 확신을 주었는데 그 콧수염 때문에 언청이인지 아닌지 몰랐어요. 그렇지만 분명히 확인해 볼 필요가 있어서 이걸 손에 넣었어요."

토드는 봉투 안에서 마지막 자료를 꺼냈다. 몇 번이고 접은 종이였다. 접혀진 부분은 더러운 때가 묻어서 까맣게 변했다. 네 귀퉁이는 말려 있었고 너덜너덜했다. (자유롭게 뭐든 하고 어디든 가는 건강한 소년이 주머니에 오랫동안 넣어 두었던 종이가 당연히 그렇듯이.) 그 종이는 이스라엘에서 발행한 쿠르트 듀샌더의 지명수배서였다. 그것을 두 손으로 펴든 듀샌더는 묻힌 채 가만히 있지 않고 소란을 일으키는 많은 시체들에 대해서 생각했다.

"당신의 지문을 채취했어요." 토드는 빙글빙글 웃으며 말했다. "그런 다음 지명수배서의 지문과 대조해 보았죠."

듀샌더는 무엇에 얻어맞은 듯이 멍하게 소년을 쳐다보면서 '씨발'에 해당하는 독일어를 외쳤다.

"설마!"

"거짓말이 아니에요. 작년 크리스마스 때 엄마와 아빠가 지문 채취기 세트를 사 주셨어요. 장난감이 아니에요. 진짜예요. 분말과 세 종류의 솔과 지문을 찍어 내는 종이가 들어 있어요. 내가 사립탐정이 되고 싶어 하는 것을 부모님이 잘 알고 계시니까요. 물론 지금쯤은 내가 그 꿈을 버렸으리라 생각하시겠지만." 토드는 그 생각을 깨끗하게 털어버리듯이 두 어깨를 아무렇지 않게 들썩여 보였다. "부록으로 딸린 책에 와상문(渦狀紋)이라든지, 옹이 무늬의 차이점에 대해서 전부 설명되어 있어요. 그것을 컴페어즈라고 부른대요. 지문이 법정의 증거로 채택되기 위해서는 여덟 개의 컴페어즈가 필요해요. 그리고 어느 날 당신이 영화를 보러가서 집에 아무도 없을 때 여기의 우편함과 문의 손잡이에 분말을 뿌려 남은 지문을 채취했죠. 어때요, 대단하죠?"

듀샌더는 할 말을 잃었다. 의자의 팔걸이를 두 손으로 꽉 붙든 채, 이가 없어 움푹 들어간 입 주위를 떨고 있었다. 토드는 낙담했다. 상대는 당장이라도 울음을 터뜨릴 것 같았다. 이런 바보 같은 짓이 어디에 있을까? 파틴의 흡혈귀가 눈물을 뚝뚝 흘린다? 그렇다면 시보레가 파산하고 맥도날드가 햄버거를 그만두고 캐비어나 버섯을 파는 것과 마찬가지다.

"지문은 두 개씩 채취했어요. 하나는 지명수배지의 지문과 전혀 닮지 않았어요, 분명히 우편배달부의 것일 거예요. 다른 하나는 판에 박은 듯 당신의 지문이었어요. 컴페어즈는 여덟이 아니었어요, 열여덟 개나 찾아냈죠." 토드는 빙긋이 웃었다. "그렇게 해서 밝혀 낸 거예요."

"이 개자식이." 듀샌더는 욕을 퍼부으며 순간 험상궂은 얼굴이 되었다. 토드는 아까 복도에서 맛보았던 스릴을 느꼈다. 듀샌더는 다시 몸을 웅크렸다. "이 일을 다른 사람에게 말했니?"

"아니오."

"친구에게도? 코니 페글러에게도 말하지 않았겠지?"

"폭시요, 폭시 페글러? 그 자식은 입이 가벼워서, 누구에게도 말하지 않았어요. 믿을 수 있는 놈이 없어요."

"도대체 원하는 것이 뭐야? 돈이야? 안됐지만 나는 돈이 없단다. 남미에 두고 왔지만 마약 거래 같은 위험한 것도, 로맨틱한 것도 아니야. 브라질과 파라과이와 산토도밍고에 일종의 동창회 조직이 있어…… 아니 있었지. 전쟁이 끝난 뒤 도망자들이 모인 조직이었다. 나는 그 서클에 가입해서 금속과 광석으로 어느 정도 돈을 벌었어. 주석, 구리, 보크사이트. 하지만 거기에 변화가 생겼다. 민족주의와 반공주의가 그것이었지. 방법에 따라서는 그 변화를 무사히 넘겼는지도 모르지만, 하필 그때 거기서 비젠탈(유대인 학살 관련자 고발 활동을 하던 폴란드 계 유대인 — 옮긴이)의 부하 하나가 내 냄새를 맡았어. 불운은 불운을 부르는 법이야. 마치 발정난 개들이 암컷을 뒤쫓듯이……. 붙들릴 뻔한 적이 두 번이나 있었지. 한 번은 옆방에서 유대인 개자식들의 목소리가 들렸어.”

듀샌더가 이어 중얼거렸다.

“그 녀석들은 아이히만을 교수형에 처했어.”

한 손을 목 언저리에 대고,『헨젤과 그레텔』이나 『푸른 수염』 같은 무서운 이야기의 가장 기분 나쁜 부분을 듣고 있는 아이처럼 눈을 둥글게 떴다.

“아이히만은 노인이었고, 누구에게도 위험한 인물이 아니었는데. 게다가 정치에는 무관심한 사람이었어. 그래도 그 녀석들은 그의 목을 매달았지.” 토드는 고개를 끄덕였다. “나는 곧바로 유일하게 나를 도와 줄 수 있는 친구들이 있는 곳으로 갔어. 그들은 다른 친구들을 도운 적이 있고, 난 더 이상 도망갈 방법이 없었거든.”

“오데사(전쟁의 향방을 내다본 일부 나치들에 의해 세워진 생존계획 — 옮긴이)에게 부탁해 본 거예요?”

토드는 열심히 물었다.

"마피아에게 부탁했지." 듀샌더의 무덤덤한 말을 듣고 토드는 다시 낙담한 얼굴이 되었다. "그들이 필요한 것을 준비해 주었어. 가짜 서류, 가짜 이력. 뭣 좀 마실래?"

"예, 코크(콜라) 있어요?"

"코크는 없는데." 노인은 '쾨크'라고 발음했다. "우유는?"

"우유 주세요."

듀샌더는 아치형 칸막이를 지나 부엌으로 들어갔다. 형광등 켜는 소리가 들렸다.

"나는 지금 주식 배당금으로 살고 있단다." 목소리가 저쪽에서 들려 왔다. "전쟁 후에 바꾼 이름으로 사 둔 주식이지. 그것도 메인 주의 은행을 통해서 말이야. 그 수속을 해 준 은행가는 내가 주식을 산 다음해에 부인을 죽이고 교도소에 들어갔어……. 가끔 인생이란 알 수 없는 것이라는 생각이 들어, 너는 안 그러니?"

냉장고가 열리고 닫히는 소리가 들려왔다.

"그 욕심 많은 마피아도 그 주식에 대해서만큼은 몰랐단다. 지금은 어디에나 마피아가 있지만, 당시는 보스턴 위 북쪽에는 없었지. 그 녀석들이 주식에 대해서 알았다면 그것도 빼앗았을 게 분명해. 피골이 상접할 때까지 빨아 먹고 나서 나를 미국으로 보냈어. 주식이 없었다면 지금쯤 생활보호와 식량권을 받으며 굶주리고 있겠지."

토드는 찬장을 여는 소리를 들었다. 컵에 액체를 붓는 소리가 났다.

"제너럴 모터스가 조금, 미국 전신전화회사가 조금, 레블론에 150주 있어. 전부 그 은행가가 골라 준 것이야. 듀프레인이란 사람이었다. 내 성과 비슷해서 기억하고 있어. 그가 성장주를 골라 줄 때만큼 부인을 능숙하게 죽이진 못한 모양이야. 치정이라는 것이 그렇지만 모든 남자들이 읽고 쓸 줄 아는 당나귀에 지나지 않는 다는 것을 증명한 셈이지.”

실내화를 끄는 소리가 들리고 듀샌더가 방으로 돌아왔다. 그가 두 손에 들고 있는 녹색 플라스틱 컵은 주유소 개점 기념으로 나눠 준 컵 같았다. 기름을 가득 채우면 그냥 주는 그런 물건이었다. 듀샌더는 그 중 하나를 토드에게 내밀었다.

“듀프레인이 처리해 준 금융자산으로 처음 5년간은 그럭저럭 살 수 있었어. 그런데 그 이후 이 집과 빅터에서 그리 멀지 않은 곳에 있는 작은 별장을 사기 위해 다이아몬드 매치 주식을 팔아야 했지. 그러고 나서 인플레가 시작되었고 경기는 후퇴했지. 나는 별장을 팔고 주식을 하나 둘씩 팔아 치웠지. 대부분의 주식은 믿을 수 없을 정도로 많은 이익을 가져다주었단다. 좀 더 사 놓았으면 좋았을 텐데. 그러나 그때는 다른 예금도 있고 이것저것 하면 늘그막에 편안히 지낼 수 있을 거라고 생각했어. 주식은 너희 미국식으로 하면 일종의 ‘모험’이니까……”

듀샌더는 이빨 없는 입으로 슛 하는 소리를 내고 손가락으로는 탁 하고 소리를 냈다.

토드는 따분했다. 여기에 온 것은 듀샌더가 돈 때문에 우는 소리를 하거나, 주식에 대한 이야기를 들으러 온 것이 아니었다. 듀샌더를 등쳐서 돈을 빼앗으려는 생각은 머리에 떠올린 적도 없었다. 돈이라고? 돈을 받아서 뭐해? 토드는 용돈을 받고 있었고 신문배달 아르바이트도 하고 있었다. 만일 돈이 필요하면 잔디를 깎고 싶어 하는 집을 찾아보면 되었다.

토드는 우유를 입에 가져갔다가 그대로 내려놓았다. 다시 미소가 떠올랐다. 스스로를 칭찬하는 듯한 미소였다. 소년은 주유소에서 공짜로 나눠 준 그 컵을 듀샌더에게 내밀었다.

"먼저 마셔 보세요."

토드는 빈틈없는 말투로 말했다.

듀샌더는 순간적으로 멍하게 상대를 쳐다보고 나서 충혈된 눈을 부릅뜨고 노려보았다. "맙소사!" 컵을 받아 들고는 두 모금 마시고 나서 토드에게 돌려주었다. "이건 숨을 막히게 하지도 않고 목을 쥐어뜯지도 않으며 씁쓸한 아몬드의 냄새도 안 나는, 단순한 우유일 뿐이야. 데일리아 팜스의 우유라고. 겉포장에는 빙글거리며 웃고 있는 소의 그림이 그려져 있단다."

토드는 잠시 주의 깊게 상대를 바라보다가 한 모금 마셔 보았다. 분명히 우유 맛은 났지만 왠지 더 마시고 싶은 생각이 들지 않았다. 그는 컵을 내려놓았다. 듀샌더는 어깨를 으쓱하고는 자기의 컵을 들고 입에 털어 넣은 다음 입맛을 다셨다.

"슈납스?"

토드는 물었다.

"버본이야. '에인션트 에이지'. 굉장히 맛있고 값도 싸지."

토드는 청바지의 봉제선을 하릴없이 만지작거렸다.

"만약 네가 여기에서 '모험'을 걸려고 왔다면 가치도 없는 주식을 골랐다는 것을 알아야만 할 거야."

듀샌더가 말했다.

"뭐라고요?"

"공갈 말이야. 「매닉스」나 「하와이5-0」이나 「명탐정 바너비 존스」에서는 그렇게 부르지 않았니? 협박에 의한 금품강요 말이야. 만일 그것이 목적이라면……."

그때 토드가 웃음을 터뜨렸다. 아이처럼 쾌활한 웃음소리였다. 그는 목을 옆으로 흔들며 무언가 말하려고 하다가 다시 웃음을 터뜨렸다.

"그만둬."

듀샌더가 말했다. 갑자기 토드와 처음 말하기 시작한 때보다 더욱 풀이 죽고 겁내는 것 같았다. 다시 위스키를 한 잔 마시고는 얼굴을 찌푸리고 부르르 몸을 떨었다.

"그렇지 않은 것 같구나……. 최소한 금품강요가 목적은 아닌 것 같은데. 그러나 너의 웃음은 어딘지 모르게 협박하는 듯한 느낌을 주는구나. 도대체 목적이 뭐야? 왜 여기 와서 늙은이의 평화를 깨뜨리는 거지? 네 말대로 나는 예전에 나치였는지 몰라, SS였을지도 모르고. 그러나 지금은 그저 늙은이에 지나지 않는다. 변비 때문에 좌약을 쓰지 않으면 안 되는 늙은이란 말이야. 네가 원하는 게 대체 뭐냐?"

토드는 이미 원래 모습으로 돌아와 있었다. 개방적인 성격이며 매력 만점의 솔직함을 가진 토드는 듀샌더를 바라보았다.

"뻔하잖아요. 이야기가 듣고 싶어요. 그뿐이에요. 내 목적은 단지 그것뿐이에요. 정말이라고요."

"이야기를 듣고 싶다고?"

듀샌더는 앵무새처럼 말을 되풀이했다. 완전히 당황한 표정이었다. 토드는 빛에 그을린 팔을 청바지의 무릎 위에 대고는 몸을 앞으로 내밀었다.

"그래요. 총살부대, 가스실, 소각로, 자기의 무덤을 자기가 파고 그 무덤 안으로 뛰어 들기 위해 그 가장자리에 서 있어야 했던 사람들, 시체······." 소년은 혀끝으로 입술을 빨았다. "검사, 실험, 모두 말이에요. 오싹오싹 하는 이야기를 전부 해주세요."

듀샌더는 너무나 경악한 나머지 오히려 초연해진 태도로 소년을 지켜보았다. 머리가 둘인 새끼 고양이를 낳은 어미 고양이를 바라보는 수의사처럼 소년을 쳐다보았다.

"너는 괴물이야."

작은 소리로 말했다.

토드는 '흥'하고 콧소리를 내었다.

"내가 리포트를 쓰기 위해 읽은 책에선 당신을 괴물이라고 불렀어요, 듀샌더 씨. 내가 아니에요. 당신이 그 사람들을 가스실에 보냈어요, 내가 보내지 않았어요. 당신이 부임하기 전 파틴에서는 하루에 2000명, 부임하고 나서는 하루 3000명씩, 소련군이 진주해서 당신들이 더 이상 그 일을 할 수 없게 되기 바로 전에는 3500명씩 가스실로 보냈잖아요. 히틀러에게 일을 능률적으로 처리한다고 인정받고 훈장까지 받았죠? 나를 괴물이라고 부르지 마시죠. 정말 대책 없는 사람이네."

"뭐든지 미국이 엄청나게 부풀린 추잡한 거짓말이다."

듀샌더는 불같이 화를 내면서 말했다. 컵을 내동댕이치듯 내려놓았기 때문에 버본이 튀어서 손과 책상 위로 물방울이 튀었다.

"그 문제는 내가 원해서 한 일도 아니고 해결법도 마찬가지야. 나는 지시와 명령을 받았고, 단지 그대로 실행했을 뿐이다."

토드의 얼굴에는 웃음이 퍼져 나갔다. 지금의 그 웃음은 함박웃음에 가까웠다.
"미국인이 어떻게 그 일을 왜곡시켰는지 알고 있다."
듀샌더는 계속 중얼거렸다.
"너희 정부의 더러운 수법과 비교하면 괴벨스 박사 같은 사람은 그림책을 가지고 놀고 있는 유치원 아이에 불과해. 자기들은 도덕에 대해서 입에 거품을 물고 말하면서 비명을 지르는 어린 여자 아이를 네이팜으로 태워 죽이고, 징용 기피자는 겁쟁이나 피스닉(평화 데모광 — 옮긴이)라고 부르지 않나, 명령에 따르지 않으면 교도소에 집어넣든지 국외로 추방해 버리지. 이 나라에서는 베트남 전쟁 개입에 반대하는 데모를 한 사람은 길을 가다가 곤봉으로 얻어맞아 머리가 깨지고, 무고한 시민을 살해한 GI(미군)는 대통령으로부터 훈장을 받질 않나, 어린 아이를 총검으로 찌르거나 병원을 태워 버린 대가로 퍼레이드나 현수막이 걸린 도시에서 환영을 받질 않나. 만찬회에도 초대되어 시민의 열쇠나 프로 미식축구 초대권도 받게 되더란 말이야."
노인은 토드 쪽으로 컵을 들어 건배했다.
"명령이나 지시에 따랐을 뿐인데, 전쟁에 진 놈들만 전범(戰犯)이란 자격으로 재판에 초대를 받는 거지."
듀샌더는 술을 단숨에 마셔버리고는 계속되는 기침 발작으로 뺨에 엷은 피가 튀었다.
듀샌더가 말하고 있는 사이에 토드는 부모님이 가끔 그날 밤의 뉴스에 대해 토론하는 자리에 있는 것처럼 머쓱거렸다. 아버지는 언제나 그 뉴스 해설자를 오랜 친구처럼 좋은 월터 클론다이크라고 불렀다. 토드는 듀샌더의 정치관에 대해서도 듀샌더의 주식과 마찬가지로 관심이 없었다. 토드는 인간이 자기가 하고 싶은 것을 하기 위해 정치를 만들었다고 생각했다. 작년 샤론 애커먼의 드레스 아래를 만지려고 했던 때도 마찬가지였다. 샤론은 그런 일을 해서는 안 된다고 말했지만 그 말투를 들어보면 어딘지 모르게 흥분하고 있음을 알 수 있었다. 나중에 크면 의사가 되고 싶어서 그런다고 말했다면 아무 말 없이 만지게 해 주었을 것이다. 그게 정치였다. 토드가 듣고 싶은 것은 독일의사가 여자와 개를 교미시키려고 했던 것이나, 일란성 쌍둥이를 냉장고 안에 집어넣으면 동시에 죽을까 아니면 한쪽이 더 오래 살아남을 것인가 하는 것이나, 전기 쇼크 요법이나, 마취하지 않은 수술이라든지, 독일 병사가 닥치는 대로 여자를 강간한 것 같은 이야기였다. 그 외 다른 이야기는 누군가가 와서 그 이야기를 그만두게 했을 때 오싹오싹 하는 것을 감추기 위해 만들어낸 지루하고 허튼 소리였다.

"만일 명령에 따르지 않았다면 나는 죽었을 거야." 듀샌더가 거친 숨을 내쉬면서 상체를 의자 위에서 흔들거렸고 스프링이 삐걱삐걱 소리를 냈다. 위스키 냄새가 그 주위를 떠돌아 다녔다. "그때 너도 알겠지만 소련군이 밀려오고 있었어. 안 그래? 우리들의 지도자는 분명히 미치광이였지. 그리고 그 누가 미치광이와 토론한단 말이니? 그것도 특출한 최고의 미치광이가 악마처럼 행운을 가진 경우에는 어떻게 되겠어? 히틀러는 교묘한 암살계획을 겨우 빠져나왔지. 히틀러는 암살을 계획한 녀석들을 피아노선으로 목을 감아 천천히 죽였지. 그들의 처참한 고통은 엘리트 계몽을 위한 영화로 만들어……."

"우와, 정말이네!" 토드는 자기도 모르게 외쳤다. "그 영화 보셨어요?"

"그래 보았다. 모두 보았지. 폭풍에서 도망쳐 그것이 잠잠해지는 것을 기다리려고도 하지 않았지. 기다리는 것이 불가능한 인간에게 어떤 일이 일어나는지를 말이야. 그때 우리들이 한 것은 바른 일이었어. 그때 그 장소에서는 바른 일이었지. 만약 다시 그때 그곳으로 가야 한다면 나는 같은 일을 되풀이할 거야. 그러나……"

노인은 컵을 보았다. 안은 비어 있었다.

"……그러나 그 일은 말하고 싶지 않구나. 생각하고 싶지도 않다. 우리들에게 동기를 부여한 것은 생존이었어. 그리고 생존을 위한 일 가운데 깨끗한 일은 하나도 없어. 나는 꿈을 꾸었지……"

노인은 TV 위에서 느릿느릿 담배를 집었다.

"그래, 몇 년 간 계속해서 꿈을 꾸었지. 어둠. 어둠 가운데서 들리는 소리. 트랙터의 엔진. 불도저의 엔진. 인간의 두개골을 깨부수는 듯한 소리. 호루라기, 사이렌, 총소리, 비명. 추운 겨울 오후에 가축 수송차의 문이 드르륵거리며 열리는 소리. 그러고 나서 꿈속의 모든 소리가 멈추고…… 그리고 그 어둠속에서 많은 눈들이 눈을 뜨고, 열대우림에 서식하는 동물의 눈처럼 빛을 내지. 오랫동안 나는 정글 근처에서 살았지. 꿈속에서 냄새를 맡거나 느끼는 것이 언제나 정글인 것은 그 때문인지도 몰라. 그 꿈에서 깨어나면 언제나 땀으로 흠뻑 젖어 있고 가슴은 두근거리며, 손은 비명을 지르는 것을 막기 위해 입 속에 처박혀 있었지. 그래서 이렇게 생각해……. 꿈은 현실이라고. 브라질, 파라과이, 쿠바……
그 곳이 오히려 꿈이었다고. 현실의 나는 아직 파틴에 있고 소련
군은 어제보다 더욱 가까이로 밀려와. 소련군 중에는 1943년 당
시, 살아남기 위해 얼어 죽은 독일군의 시체를 먹었던 일을 기억
하고 있는 놈도 있어. 그리고 천천히 다가오면서 차갑지 않은 피,
뜨거운 독일인의 피를 마시고 싶어 해. 잘 들어, 그들이 독일에 쳐
들어 왔을 때 일부는 실제로 그렇게 했다는 소문이 있었어…….
포로의 목을 잘라내고 장화에 고인 피를 마시는 거지. 정신을 차
리고 생각해 보았어. 우리들이 거기서 한 일의 증거를 없애거나
아니면 약간의 증거밖에 없어서 사람들이 우리가 무슨 일을 했는
지 잘 모르고 끝나게 하기 위해서 우리는 그 일을 계속해야 한다
고 생각했지. 만약 우리가 살아남기를 바란다면 그 일을 계속해
야 한다고 생각했어."

토드는 흥미를 느끼며 열심히 이야기를 들었다. 상당히 좋은
방향으로 이야기가 진행되고 있어. 며칠 지나면 더욱 신나는 이야
기를 들을 수 있을 거야. 듀샌더는 뒤에서 밀어주는 약간의 힘만
있으면 돼. 정말 운이 좋아. 그 나이쯤 되면 대개의 인간은 변변치
못하게 되는데.

듀샌더는 깊이 담배 연기를 들이마셨다. "그 후 꿈을 꾸지 않
게 된 다음에는 파틴에 있던 누군가를 본 듯이 생각되는 시기가
찾아왔어. 그것도 동료 장교나 군인들이 아니라 언제나 죄수들이
었어. 10년 전 어느 날 오후에 서독에서 이런 일이 있었지. 아우토
반에서 사고가 발생했지. 교통 체증 때문에 나는 모리스의 운전
석에서 라디오를 들으면서 늘어선 차들이 움직이기를 기다리고

있었지. 문득 오른쪽을 보았는데, 옆 차선에 굉장히 낡은 심카가 서 있었어. 그 차의 핸들을 쥐고 있던 남자가 이쪽을 보았어. 나이는 오십 정도로 안색이 안 좋아 보였지. 한쪽 뺨에는 상처 자국이 있었고 머리카락은 하얗게 세었으며 어설픈 짧은 머리를 하고 있었지. 나는 눈을 돌렸어. 몇 분이 지나도 차들은 움직이지 않았고 나는 심카의 남자를 흘낏 보기 시작했지. 그런데 언제 보아도 그는 나를 가만히 보고 있는 거야. 얼굴은 죽은 듯이 움직이지도 않았고 눈은 깊게 들어가 있었지. 나는 그가 파틴에 있었다는 확신을 가졌어. 저놈은 파틴에 있었고 내 얼굴을 알아차린 거야."

뒤샌더는 한 손으로 눈을 비볐다.

"마침 계절은 겨울이었고 그 녀석은 오버를 입고 있었지. 그렇지만 나는 확신이 있었어. 만약 지금 차에서 내려 그 남자에게로 가 오버를 벗기고 셔츠의 소매를 걷으면 분명히 번호가 새겨진 문신이 팔에 있을 거라고. 꼼짝도 하지 않던 차들이 겨우 움직였지. 나는 서둘러서 심카에서 떨어졌어. 만일 정체가 10분 더 지속되었다면 아마도 그 남자를 밖으로 끌어냈을 거야. 번호가 있든 없든 그 녀석을 두들겨 패주었을 거야. 그런 식으로 나를 바라 본 벌로 말이야. 그 일이 있고 얼마 후 나는 영구히 독일을 떠났어."

"운이 좋았네요."

토드가 말했다.

뒤샌더는 어깨를 들썩였다.

"어디나 마찬가지였지. 아바나, 멕시코시티, 로마……. 너도 알겠지만 난 로마에 3년 있었어. 카페에서 카푸치노를 마시고 있는 남자가 컵 너머로 나를 보았지…… 호텔 로비에 앉아서 잡지보다 나에게 흥미를 가진 얼굴…… 레스토랑 종업원이 다른 사람의 테이블에 음식을 배달하면서 흘낏흘낏 나를 보기도 하고. 지금 말한 것처럼 사람들이 나를 관찰하고 있다는 생각이 들면 그날 밤 반드시 나는 꿈을 꾸었어……. 소리와 정글과 많은 눈. 그렇지만 미국에 와서는 그런 것들을 머릿속에서 내쫓았어. 영화를 보고, 일주일에 한 번 외식을 하는데 언제나 패스트푸드를 선택하지. 청결하고 밝은 형광등의 조명이 있는 가게를 골라. 집에서는 조각 그림 맞추기를 하거나 소설을 읽거나(대개 형편없는 것이지만.). 그리고 TV를 보거나 하면서 시간을 보내. 밤에는 졸릴 때까지 술을 마셔. 이젠 꿈에 시달리지 않아. 예를 들어 슈퍼나 도서관이나 담배 가게에서 누군가가 나를 쳐다보아도 그것은 내가 상대방의 할아버지를…… 아니면 옛날 가르침을 받았던 선생…… 그것도 아니면 몇 년 전에 떠나온 고향 도시의 이웃 사람과 닮았기 때문이라고 생각하곤 안심해.”

듀샌더는 토드를 향해서 머리를 흔들어 보였다.

“무슨 일이 파틴에서 일어났다고 해도 그건 다른 사람이 일으킨 일이야. 내가 아니야.”

“재미있어요! 그 일을 전부 말해 주세요.”

듀샌더는 눈을 꼭 감았다가 얼마 후 천천히 눈을 떴다.

“아직도 모르겠니? 그 이야기는 하고 싶지 않아.”

“그렇지만 하게 될 거예요. 말하지 않으면 당신의 정체를 모두에게 알릴 테니까.”

듀샌더의 얼굴은 흙빛으로 변했고 소년을 묵묵히 바라보았다.

“언젠가는 이런 협박을 당할 거라는 것은 알고 있었다.”

"오늘은 가스실에 대해서 듣고 싶은데요." 토드가 말했다. "죄수들을 죽인 다음 어떤 식으로 태웠는지를 말이에요."

소년은 그늘 없는 밝은 웃음을 지었다.

"이야기하기 전에 틀니를 끼우세요. 이빨이 있는 것이 보기 좋아요."

듀샌더는 토드의 희망을 들어 주었다. 그리고 토드가 점심을 먹으러 집에 갈 때까지 가스실에 대해서 지껄였다. 노인의 이야기가 일반론으로 흐르려고 하면, 토드는 엄격하게 얼굴을 찌푸리고 특정한 질문을 해서 이야기를 원래 상태로 되돌려 놓았다. 듀샌더는 지껄이면서 많은 술을 마셨다. 조금도 웃지 않았다. 토드는 생글생글 웃고 있었다. 그는 한꺼번에 두 사람분의 미소를 지었다.

2

1974년 8월.

구름 한 점 없는 화창한 하늘 아래에서 두 사람은 듀샌더의 뒷마당에 앉아 있었다. 토드는 청바지에 케즈 운동화를 신고 리틀리그의 셔츠를 입고 있었다. 듀샌더는 헐렁헐렁한 회색 셔츠와 멜빵이 달린 구깃구깃한 카키색 바지(알코올 중독자의 바지라고 토드는 마음속으로 경멸하는 말을 내뱉었다.)를 입고 있었다. 셔츠나 바지 모두 시내에 있는 구세군 가게의 뒷문에서 직접 상자에 넣어 받아온 느낌이었다. 아무리 집이라고 해도 듀샌더에게 좀 더 말쑥한 복장을 갖추게 해야겠다고 생각했다. 그렇지 않으면 재미가 반으로 줄었다.

두 사람은 커다란 맥도날드 햄버거를 먹고 있었다. 토드는 햄버거를 자전거의 바구니에 담아서 식지 않게 하기 위해 필사적으로 페달을 밟아 달려 왔다. 그는 플라스틱 빨대로 콜라는 마시고 있었고 듀샌더 옆에는 버본 한 잔이 놓여 있었다. 듀샌더의 거친 목소리는 높아졌다가 낮아지고 말소리가 입에서 옹알거릴 때는 알아듣기 힘들게 작아졌다. 언제나 충혈되고 축축한 푸른색 눈동자는 한순간도 멈추지 않았다. 누군가 이 광경을 보았다면 틀림없이 할아버지가 손자에게 어떤 의례적인 일들이나 입으로 전해지는 무언가를 일러주고 있다고 생각했을 것이다.

"그뿐이야. 그게 내가 기억하고 있는 전부야."

얼마 지나지 않아서 듀샌더는 이야기를 매듭짓고 햄버거를 한 입 크게 물었다. 맥도날드 특유의 소스가 한 줄기 턱을 따라 흘러내렸다.

"아직 남아 있을 텐데요."

토드가 작은 소리로 말했다.

듀샌더는 버본을 벌컥벌컥 마셨다.

"죄수복은 종이로 만들었다." 고함이라도 치듯이 말했다. "죄수가 죽은 뒤에 다시 사용할 수도 있었고, 죄수복은 다른 곳으로 보냈어. 때로는 40명의 죄수가 한 벌의 종이옷으로 충분했던 적도 있었지. 그래서 내 검소함이 높은 평가를 받았고."

"글뤽스에게?"

"히믈러야."

"그렇지만 파틴에는 피복 공장이 있었잖아요? 지난주에 그렇게 말했어요. 어째서 거기서 죄수복을 만들지 않았어요? 죄수들에게 시키면 되는데."

"파틴의 피복 공장은 독일군의 군복을 만드는 곳이야. 게다가 우리들은……." 듀샌더의 목소리는 순간적으로 끊어지려 했지만 억지로 다음 이야기를 계속했다. "사회복지 시설을 운영하고 있었던 게 아니야."

토드가 큰 소리를 내며 웃었다.

"오늘은 이걸로 충분하겠지? 부탁해. 목이 바싹바싹 타는 것 같구나."

"담배를 적게 피우면 되잖아요?" 토드가 미소를 지으면서 말했다. "제복에 대해서 좀 더 말해 주세요."

"어느 쪽 말이냐? 죄수들, 아니면 SS?"

듀샌더가 체념한 목소리로 말했다.

싱글거리면서 토드는 대답했다.

"둘 다요."

3

1974년 9월.

토드는 자기 집 부엌에서 땅콩버터와 젤리 샌드위치를 만들고 있었다. 부엌은 레드우드 계단을 여섯 칸 올라간 곳에 있었다. 조금 높은 부엌은 크롬과 스테인리스로 번쩍번쩍했다. 어머니의 전동 타이프는 토드가 학교에서 돌아왔을 때까지도 계속 소리를 내고 있었다. 어떤 대학원생을 위하여 석사 논문을 타이핑 하고 있었다. 그 대학원생은 머리를 짧게 깎았고 두꺼운 안경을 썼다. 토드가 보기에는 우주에서 온 괴물처럼 보였다. 논문의 테마는 「제2차 세계대전 후의 샐리너스 밸리에 있는 과실파리의 영향」이던가, 뭐 그런 종류의 허튼소리였다. 방금 타이프 소리가 멎었고 어머니가 서재에서 모습을 드러냈다.

"우리 아기, 토드."

"우리 아기, 모니카."

토드도 쾌활하게 박자를 맞추었다. 우리 엄마는 서른여섯이라고 하기에는 눈부시게 아름다운 여자라고 토드는 생각했다. 두 군데 정도 회색이 섞인 금발에, 키가 크고 스타일도 좋았다. 지금은 연지색 짧은 바지와 따스한 위스키색의 블라우스를 입고 있었다. 블라우스는 가슴 아래에서 아무렇지 않게 옷자락이 묶여 있어 팽팽하고 주름이 없는 배가 보였다. 터키옥 머리핀으로 대수롭지 않게 묶은 머리카락 안에 타이프용 지우개의 찌꺼기가 묻어 있었다.

"학교는 재미있었니?"

부엌으로 올라오면서 어머니가 물었다. 토드와 가벼운 입맞춤을 하고는 의자에 앉았다.

"학교는 문제없어요."

"요번에도 우등상을 받을 수 있겠지?"

"당연하죠."

사실 이번 1학기는 성적이 좀 떨어질 것 같았다. 듀샌더의 집에서 보내는 시간이 너무 많았고 그나마 듀샌더의 집에 있지 않을 때는 그에게 들은 이야기가 머릿속에 가득 차 있었기 때문이었다. 한두 번인가 듀샌더에게서 들은 이야기가 꿈에 나타난 적도 있었다. 그렇지만 괜찮을 거야, 어떻게 되겠지.

"우리 우등생."

어머니는 덥수룩한 금발을 어루만졌다.

"샌드위치 맛이 어때?"

"맛있어요."

"엄마 것도 하나 만들어서, 서재까지 갖다 줄래?"

"미안해요." 토드가 일어섰다. "덴커 씨와 약속이 있어요. 오늘도 가서 한 시간 정도 책을 읽어 주기로 했거든요."

"아직도 『로빈슨 크루소』 읽어 드리니?"

"아뇨." 소년은 헌책방에서 20센트를 주고 산 두꺼운 책을 보여 주었다. "『톰 존스』."

"아니 그렇게나 두꺼워! 다 읽으려면 일 년은 걸리겠다. 『크루소』 같은 요약본이 있을 텐데."

"있을 거예요. 그렇지만 듀샌더 씨가 이 책 전부를 읽어 주면 좋겠다고 그랬어요."

"그래······."

어머니는 잠시 소년을 바라보고 나서 꽉 껴안았다. 그녀가 이렇게 감정을 드러내는 것은 흔치 않은 일이었다. 토드는 숨쉬기가 좀 거북했다.

"놀 시간을 이용해서 책을 읽어 주는 상냥한 우리 아들. 아빠도 말씀하셨어, 정말로 요즈음 보기 드문 아이라고." 토드는 겸손하게 눈을 내려 떴다. "게다가 누구에게도 말하지 못하게 하니까,

숨겨진 선행이야."

"친구들에게 그 일에 대해서 말하면 큰일 나요. 아마도 녀석들, 나를 미쳤다고 할 거예요." 토드는 미소를 지으면서 조심스럽게 고개를 숙였다. "개지랄 떤다고 그럴 거라고요."

"그런 말 쓰면 안 돼."

어머니는 건성으로 꾸짖었다.

"이러면 어떨까, 덴커 씨를 집으로 초대해서 저녁이라도 같이 먹을까?"

"생각해 볼게요." 토드는 분명하지 않게 얼버무렸다. "엄마, 나 늦어요."

"그래, 저녁식사는 6시야, 잊지 마라."

"예, 6시 전에 올게요."

"아빠는 오늘도 일 때문에 늦으시니까, 우리 둘뿐이야."

"멋있어요, 엄마."

어머니는 사랑에 푹 빠진 미소를 띠고 아들을 지켜보면서 『톰 존스』 안에 열세 살의 어린이가 봐서는 안 되는 것이 없기를 빌었다. 그러나 그런 부분이 있을 리 없다고 생각했다. 그 아이가 자라고 있는 이 사회에서는 《펜트하우스》 같은 잡지를 1달러 25센트만 내면 누구라도 살 수 있고, 만약 진열대의 맨 위까지 손이 닿는 아이라면 가게 주인이 꺼지라고 말하기 전까지 잡지 안을 볼 수 있다. '그대 이웃집 사람과 정을 통하라.'라는 신조를 믿고 있는 듯이 보이는 이 사회에서 200년 전에 쓰인 책에 토드의 머리를 혼란스럽게 만들 부분이 있을 거라고는 생각되지 않았다(노인은 그 책에 푹 빠질지 모르지만.). 게다가 리처드가 자주 말하듯이 애들에게 세계는 하나의 실험실이었다. 자유롭게 만질 수 있도록 해 주는 게 좋아. 만일 아이가 건강한 가정생활과 이해심 깊은 부모들과 같이 지내고 있다면, 조금은 색다른 경험을 해 보며 살아가는 것이 오히려 늠름하게 될 테니까.

지금 스윙자전거를 타고 달려가는 토드는 그녀가 아는 그 누구보다 건강한 아이였다. *우리들은 저 아이를 잘 키웠어……*. 샌드위치를 만들려고 돌아서면서 그녀는 생각했다. 실패할 리가 없지 않은가.

4

1974년 10월.

듀샌더는 체중이 줄었다. 둘은 부엌에 앉아 있었고, 낡은 『톰 존스』는 식탁보가 덮인 책상 위에 놓여 있었다(거리가 잘 돌아가는 토드는 용돈을 털어서 『톰 존스』에 대한 대학 부교재를 사서 만일 부모님이 줄거리에 대해 물어보면 대답할 수 있도록 대강의 줄거리를 열심히 읽고 있었다.). 토드는 슈퍼에서 산 케이크를 먹고 있었다. 듀샌더에게도 주었지만 그는 아직 손도 대지 않았다. 가끔 버본을 마실 때 침울한 표정으로 케이크를 한 번씩 볼 뿐이었다. 토드는 맛있는 케이크가 쓸모없게 되는 것을 보고만 있을 수 없었다. 조금 지나도 그가 먹지 않으면 자기가 먹겠다고 말할 셈이었다.

"그런데, 어떻게 해서 그 물건들을 파턴까지 옮겼어요?"

토드가 듀샌더에게 물었다.

"화물열차야." 듀샌더가 대답했다. "'의약용품'이라는 라벨을 붙인 화물열차지. 관처럼 가늘고 긴 상자에 넣어져 있었는데 잘 어울리는 상자였을지도 모르지. 죄수들은 그 상자를 화물열차에서 내려서 진료소 안으로 날랐어. 그 다음 내 부하들이 그것을 창고로 운반했지. 주로 밤에 했지. 창고는 샤워실 뒤에 있었어."

"언제나 '치클론B 가스'였어요?"

"아니, 때로는 다른 것도 썼지. 시험적으로 만든 가스였어. 최고 사령부는 언제나 능률의 향상을 중요시했지. 한번은 페가수스라는 암호명의 가스를 보내 온 적이 있었는데, 신경가스였지. 다행스럽게도 두 번 다시 그걸 보내지 않았지만. 여하튼……."

듀샌더는 토드가 몸을 내밀고는 눈을 빛내면서 듣고 있는 것을 보자 갑자기 말을 끊고 주유소에서 얻어온 컵을 가볍게 흔들어 보였다.

"잘 안 되었어. 뭐라고 할까……? 사실 심심했지."

그러나 그런 걸로 토드를 속일 수 없었다.

"어떻게 되었어요?"

"죽었지, 뭐……. 도대체 어떻게 되었을 거라고 생각하는 거야? 그들이 물 위를 걷게 되었을 거라고 생각하는 것은 아니겠지? 그들은 모두 죽었어. 그뿐이야."

"말해 주세요."

"안 돼."

듀샌더는 공포심을 숨기려 하지 않았다. 그 페가수스를 생각하지 않게 된 것이 몇 년 전이던가. 10년…… 20년?

"절대로 말할 수 없어! 절대로!"

"말해 줘요." 토드가 손가락에 묻은 초콜릿을 빨면서 되풀이해서 말했다. "말하지 않으면 어떻게 되는지 알죠?"

그래 알고 있지 라고 듀샌더는 생각했다. 말하지 않으면 어떻게 되는지 너무나 잘 알고 있어, 이 하등한 괴물아.

"그 가스 때문에 그들은 춤을 추기 시작했어."

듀샌더는 어쩔 수 없이 말을 시작했다.

"춤이라뇨?"

"치클론B 가스와 마찬가지로 그 신경가스도 샤워 꼭지에서 뿜어 나왔어. 그러자 그들은…… 그들은 뛰어다니기 시작했지. 어떤 놈은 비명을 질렀어. 그러나 대개는 웃고 있었지. 그 사이에 구토가 시작되고 그러고 나서는 자기 의지와 상관없이 똥을 싸지르기 시작했어."

"대단한데요." 토드가 말했다. "똥 천지가 되었겠네요, 그렇죠?"

토드가 듀샌더의 접시에 있는 케이크를 가리켰다. 자기 것은 모두 먹어 버린 것이다.

"이거 안 먹어요?"

듀샌더는 대답하지 않았다. 그의 눈은 과거의 기억으로 흐려져 있었다. 그의 얼굴은 자전(自轉)을 그만둔 행성의 뒷면같이 차가워져 있었다. 마음속에 솟아오르는 감정은 두려움과 기묘함으로 조화를 이루고 있었다. 그것은 혐오와 그리고…… 어쩌면 과거에 대한 향수일지도.

"그들은 온 몸으로 경련을 하면서 목에서는 날카롭고 기묘한 소리를 내기 시작했지. 내 부하는…… 페가수스를 요들가스라고 이름 붙였지. 마침내 가스실 안에 있는 사람들은 바닥 위에 그들이 뿌려댄 오물에 뒤섞여서 누웠지. 그래, 콘크리트 바닥 위에 누워서 코피를 흘리면서 요들송 같은 비명을 질러댔지. 그러나 얘야, 아까 말한 것은 거짓말이야. 그들은 가스 때문에 죽은 게 아니야. 가스가 별로 독하지 않았던지, 아니면 우리가 좀 더 기다렸어야 했는지는 몰라. 아마도 후자이겠지. 그런 일을 겪은 사람이 더 살 수 있겠니? 난 다섯 명의 부하를 들여보내 총으로 그들의 고통을 끝내 주었지. 만약 이 일을 상부에서 알았다면 내 경력에 오점이 남았을 거야. 총통이 '모든 탄약은 국가 자원이다.'라고 선언한 그 시기에 탄약을 쓸모없이 사용했으니까. 그러나 부하들은 나를 믿었지. 얘야, 나는 그 사람들의 비명소리를 결코 잊을 수 없을 것이라고 생각한 적이 있었어. 그 요들송 같은 비명, 그 웃음소리를……."

"음, 그렇겠죠."

토드는 듀샌더의 케이크를 두 입 정도 남겨 두고 전부 먹어버렸다. '남기지 않으면 자유로워.' 토드의 어머니는 토드가 남은 것 때문에 드물게 불평을 했을 때 그렇게 타일렀다.

"지금 이야기는 굉장히 재미있었어요. 당신 말솜씨는 대단히 뛰어나요. 내가 분위기만 잡아주면."

토드는 그에게 미소를 띠워 보냈다. 그런데 믿을 수 없게도 (그런 기분은 전혀 아니었는데도 불구하고) 듀샌더의 얼굴에도 미소가 떠올랐다.

5

1974년 11월.

토드의 아버지 딕 보던은 영화나 TV에 나오는 로이드 보크너라는 배우와 매우 닮았다. 보던은 38세였다. 깡다른 남자로 아이비리그 스타일의 셔츠와 무늬 없는, 그것도 검은색의 양복을 즐겨 입었다. 건축현장에 갈 때에는 평화부대에서 가져온 카키색의 제복과 안전모를 쓰고 나갔다. 평화부대에 있을 때에는 두 개의 댐 설계와 건설에 협력한 적이 있었다. 집의 서재에서 일을 할 때에는 안경을 썼는데 안경이 언제나 코끝까지 흘러 내려와서 대학의 학생 과장처럼 보였다. 지금 그는 그 안경을 쓰고 아들의 성적표로 자기 책상 위의 반짝거리는 유리를 툭툭 치고 있었다.

"B가 한 개, C가 네 개, D가 한 개. D는 뭐야, 이 녀석아! 토드, 네 엄마는 내색하진 않지만 대단히 걱정하고 있다."

토드는 눈을 내리깔았다. 미소를 띠지 못했다. 아버지가 이런 말을 할 때에는 뒷일이 무서웠다.

"대책이 없는 놈. 지금까지 이런 성적표를 본 적이 없다. 대수(代數) 기초가 D라고? 도대체 왜 이러는 거냐?"

"모르겠어요, 아빠."

토드는 걷어 올린 자기의 무릎을 바라보았다.

"엄마하고 얘기 했는데, 너 덴커 씨 댁에 너무 오랫동안 있는 것 아냐? 그 때문에 성적이 떨어진 것일 테지. 이제부터 덴커 씨 댁은 주말에만 가도록 해라. 최소한 성적이 어느 정도 올라갈 때까지라도."

토드가 눈을 들었고, 순간적으로 보던은 아들의 눈동자에서 창백하고 흉포한 분노를 본 듯한 느낌이 들었다. 보던도 눈을 크게 뜨고 토드의 엷은 갈색 성적표를 꽉 쥐었다. 문득 정신이 들자, 토드는 조금 슬픈 듯했지만 순진한 눈빛으로 이쪽을 바라보고 있을 뿐이었다. 저 눈동자에 그런 분노가 있단 말인가? 아니야, 그럴 리가 없어. 단지 그 순간 나는 엉겁결에 당황해서 어떻게 말을 해야 할지 몰랐을 뿐이야. 토드는 미치지 않았고 보던도 심하게 말할 작정은 아니었다. 아들과 자기는 친구이며, 지금까지도 언제나 친구였다. 앞으로도 친구관계를 유지하고 싶다고 보던은 생각했다. 두 사람은 서로 비밀을 가지고 있지 않다. 그래, 단 하나의 비밀도 말이다(자기가 가끔 비서와 바람피우는 것은 예외지만, 하긴 열세 살짜리 아들에게 할 이야기도 아니고 게다가 그 일은 가정생활에 전혀 영향도 없지 않은가.). 친구관계야말로 아버지와 아들이 가져야 할 모습이며, 이 질 나쁜 사회 안에서는 그렇게 하지 않으면 안 된다. 이 세계는 살인자가 벌을 받지 않고 거리를 방황하며, 고교생이 헤로인을 복용하고, 중학생이(토드와 같은 또래 아이들이) 성병에 걸린다.

"아빠 부탁인데요, 그 일만은 눈감아 주세요. 그러니까 내가 한 일을 덴커 씨에게 전가하지 마세요. 그 사람은 내가 없으면 힘들어 할 거예요. 진짜로 대수는…… 처음에 좀 귀찮아서, 그렇지만 벤 트레메인의 집에 가서 이삼 일 열심히 공부하면 알 수 있을 거예요. 처음엔 조금…… 잘 모르지만, 쉽게 생각해서 그럴 거예요."

"역시 덴커 씨와 너무 친하게 지내는 것 때문에 그런 것 같은

데."
 보던은 그렇게 말했지만 그의 말투는 힘이 없었다. 토드의 요구를 무정하게 거절해서 토드를 실망시키는 것은 힘든 일이었다. 게다가 자기의 성적이 떨어진 것을 노인에게 전가시키려 하지 않는 마음 씀씀이……. 역시 내 아들이야. 마음에 들었어. 그 노인도 마음속으로 토드를 기다리고 있을 테고.
 "대수 선생인 스토먼 선생은 점수가 굉장히 짜요." 토드가 말했다. "D를 받은 애들도 많아요. 세 명인가 네 명은 F를 받았어요."
 보던은 이해심 깊은 표정으로 고개를 끄덕였다.
 "이제 수요일에 가는 것은 그만두겠어요, 성적이 오를 때까지." 토드는 아버지의 안색을 알아차렸다. "그리고 학교의 과외활동을 그만두고 그 대신 매일 남아서 공부할게요, 약속해요."
 "너는 그 노인네가 그렇게 좋으니?"
 "그 사람 멋있는 사람이에요."
 토드는 진심으로 그렇게 말했다.
 "그래 알았다. 네 방식대로 한번 해보자. 그렇지만 다음 달 1월에는 성적이 쑥 올라간 모습을 보여줘야 돼, 알았어? 네 장래에 대해서 늘 생각한단다. 중학생의 장래를 생각하는 것이 조금 이르다고 생각될지 모르지만 결코 그렇지 않아."
 어머니가 낭비하지 말라고 말하기를 좋아하는 것처럼 보던은 결코 그렇지 않아 라는 말을 쓰기 좋아했다.
 "알았어요, 아빠."
 토드는 엄숙하게 말했다. 남자 대 남자의 약속이었다.

"자, 그럼 열심히 공부해라."

보던은 안경을 코 위로 밀어 올리고 토드의 어깨를 툭 쳤다. 쾌활하고 밝은 미소가 토드의 얼굴에 퍼졌다.

"예, 그렇게 할게요."

보던은 토드가 뽐내는 듯한 미소를 지으며 나가는 것을 지켜 보았다. 백만 명 중에 단 하나뿐인 아들. 역시 그때 토드의 얼굴에 떠올랐던 것은 분노가 아니야. 틀림없어. 필시 애가 타서든지……. 여하튼 아까 얼핏 봤던 것 같은 강렬한 감정이 그 눈동자에 있었을 까닭이 없어. 만일 토드가 그렇게 이글이글거렸으면 내가 알아차렸을 거야. 아들의 생각은 책처럼 읽을 수가 있어. 지금까지 언제나 그랬으니까.

딕 보던은 아버지의 의무에서 해방된 지금 휘파람을 불면서 청사진을 펼쳐 들고 그 위로 몸을 굽혔다.

6

1974년 12월.

초인종을 누르는 토드의 집요한 손에 못 이겨 나타난 얼굴은 누렇게 여위어 있었다. 7월에는 많았던 머리카락이 뼈만 남은 이마에서부터 벗겨지기 시작하고 있었다. 윤기가 없고 부스스한 것처럼 보였다. 듀샌더의 몸은 원래부터 말랐으나 요사이 더욱 수척한 느낌을 주었다. 듀샌더는 당연하다고 생각했지만 그래도 옛날 그가 맡았던 죄수들의 수척함과 비교해 보면 아직 큰 차이가 있었다.

듀샌더가 현관에 나왔을 때 토드는 왼손을 등 뒤로 감추고 있었다. 지금 그는 그 손을 내밀고 포장된 상자를 듀샌더에게 내밀었다.

"메리 크리스마스!"

듀샌더는 상자를 억지로 받아 들고 순간적으로 몸을 움츠렸다. 그는 기쁨도 놀라움도 표현하지 않고 그 상자를 받았다. 상자 안에 폭약이나 들어 있는 것처럼 손을 벌벌 떨었다. 밖에는 비가 내리고 있었다. 일주일 가까이 비가 내리다가 그치다가 해서 토드는 그 상자를 코트 안에 넣어서 갖고 왔다. 상자는 화려한 포장지로 싸여 있었고 리본이 달려 있었다.

"뭐냐?"

함께 부엌으로 향하면서 듀샌더가 열의 없는 말투로 물었다.

"열어 보세요."

토드는 재킷에서 콜라를 꺼내어 부엌 테이블에 깔려 있는 빨간색과 흰색의 체크무늬 오일클로스 위에 놓았다.

"보기 전에 차양을 내리는 게 좋을 거예요."

토드가 비밀스럽게 말했다.

순간 불신의 표정이 듀샌더의 얼굴에 떠올랐다.

"그래? 왜?"

"그러니까…… 누가 보고 있을지도 모르잖아요."

토드가 미소를 지으면서 말했다.

"지금까지 쭉 그렇게 살아오지 않았어요? 당신을 찾고 있는 상대를 저쪽이 발견해 내기 전에 먼저 찾아내지 않았어요?"

듀샌더는 부엌의 차양을 내렸다. 그러고 나서 버본을 한 잔 따랐다. 이윽고 상자의 리본을 당겼다. 토드의 포장법은 소년들이 흔히 크리스마스 선물을 싸는 것과 같은 방법이었다. 소년들에게는 포장을 하는 일 외에도 중요한 일이 얼마든지 있었다. 미식축구라든지, 길에서의 하키라든지, 집에 자러 온 친구들과 함께 이불을 둘둘 말아서 소파 끝에 앉아 금요일 TV의 괴물 특집을 보며 웃든지. 포장지의 각진 부분은 울퉁불퉁했으며 접은 곳은 느슨했고 스카치테이프를 여기 저기 붙여 놓은 것으로 보아 여자들이나 하는 일에 시간을 빼앗길 수 없다고 초조해 하는 모습이 눈에 선했다.

듀샌더는 정신을 잃을 뻔했다. 그는 공포가 얼마간 가라앉은 다음 이렇게 생각했다. 왜 좀 더 빨리 알아차리지 못했을까…….

그것은 제복이었다. SS 제복이었다. 장화까지 모두 갖춰져 있었다. 그는 마비된 얼굴로 상자의 내용물에서 상자 덮개로 눈을 옮겼다.

"가장(假裝)무대용 의상, 피터 의복점, 1951년부터 영업!"

"싫어." 듀샌더가 중얼거렸다. "입지 않을 거다, 네 노리개 역할은 여기까지야. 죽어도 이런 건 안 입어."

"녀석들이 아이히만에게 어떻게 했는지 생각해 봐요." 토드는 엄숙하게 말했다. "그는 노인이었고 정치에는 관심도 없었어요. 당신이 그렇게 말했잖아요? 게다가 나는 이것을 사기 위해 가을부터 계속 저금을 했단 말이에요. 장화를 포함해서 80달러도 넘어요. 그리고 1944년까지 당신은 불평 없이 이 옷을 입었잖아요? 아무 불평 없이."

"이 개자식이!"

듀샌더는 주먹을 머리 위로 들어올렸다. 토드는 조금도 기가 죽지 않았다. 눈을 빛내면서 한 발도 물러서지 않았다.

"좋아요." 작은 목소리로 대답했다. "얼마든지 덤벼보세요. 내 몸을 조금이라도 건드리면, 아시죠?"

듀샌더는 손을 내렸다. 입술이 부들부들 떨리고 있었다.

"너는 지옥에서 온 악마다."

"입어 봐요."

토드가 권하자, 듀샌더의 두 팔은 실내복의 벨트에 가서 멈추었다. 양을 연상시키듯 간절히 애원하는 눈이 토드의 눈에 보였다.

"부탁해, 나는 이제 노인이야. 이해해 줘."

토드는 천천히 그러나 단호하게 고개를 흔들었다. 눈은 아직 빛나고 있었다. 듀샌더가 이렇게 애원하는 모습을 보는 것은 굉장히 기분 좋은 일이었다. 옛날 파틴의 죄수들은 이렇게 듀샌더에게 애원했을 것이다.

실내복을 바닥에 벗고 나니 듀샌더의 몸에는 실내화와 반바지만 남았다. 가슴은 쑥 들어가고 배는 조금 나왔다. 팔은 말라비틀어진 노인의 팔이었다. 그러나 제복이 있어. 토드는 생각했다. 제복을 입으면 싹 변할 거야.

듀샌더는 상자에서 제복을 꺼내 느릿느릿 입기 시작했다.

십 분 후 그는 SS 제복을 다 입고 그 자리에 섰다. 모자는 조금 삐뚤어지고 몸은 좀 구부러졌지만 해골 훈장이 선명하게 빛을 내고 있었다. 지금의 듀샌더는 (적어도 토드에게는) 이전에는 없었던 기분 나쁜 위엄을 갖추고 있었다. 토드는 구부러진 등과 어긋난 두 다리의 각도를 제외하고는 모두 만족했다. 듀샌더의 모습은 토드가 그래야만 한다고 생각했던 그대로였다. 물론 그때보다 나이를 먹었고, 훨씬 초라해지기도 했다. 그러나 다시 제복을 입은 모습으로 돌아온 것이다. 실내 안테나에 알루미늄 호일을 감은 몹시 낡은 흑백 TV로 로렌스 웰크를 바라보면서 만년을 허송세월하는 노인이 아니라 파틴의 흡혈귀, 바로 쿠르트 듀샌더였다.

한편 듀샌더는 혐오와 불쾌감, 거기에 비밀스런 안도감을 복합적으로 느끼고 있었다. 그 제3의 감정을 그는 부분적으로 부인했다. 그 감정이 토드가 자기 위에 쌓아올린 심리적 지배를 단적으로 말해 주는 것임을 알아차렸기 때문이었다. 듀샌더는 자기가 이 소년의 죄수이며 다시금 새로운 치욕 가운데서 살아가야 한다는 것을 알 때마다, 그리고 그 엷은 안도감을 느낄 때마다 소년의 지배력은 점점 커졌다. 제복은 옷감과 단추와 저축한 돈에 지나지 않는다. '그것도 가짜다.'라고 생각하는 순간 듀샌더의 마음은 가벼워졌다. 바지의 앞섶은 단추로 만들어져야 하는데 지퍼였다. 계급장도 잘못되어 있으며 바느질도 조잡했고 장화는 싼 인조가죽이었다. 결국 겉모습은 제복의 형태를 하고 있었지만 그다지 나쁜 기분이 들지는 않았다. 안 그래? 그래. 그것은…….

"모자를 바로 써." 토드가 큰소리로 말했다. 듀샌더는 놀라서 눈을 깜빡깜빡 거렸다. "바로 써!"

듀샌더는 시키는 대로 했다. 그리고 무의식중에 SS 중위의 트레이드마크인 오만한 느낌을 주기 위해 비뚤게 쓰는 것으로 마지막 마무리를 하였다. ……그래 슬플 정도로 틀린 곳은 많지만 이것은 SS 중위의 제복이다.

"양 뒤꿈치를 붙여!"

듀샌더는 그렇게 했다. 찰칵하고 작은 소리를 내면서 뒤꿈치를 붙였다. 거의 무의식중에 지금까지 오랜 세월동안 어떻게 실내복을 입고 살았는지 궁금할 정도로 바른 자세를 취했다.

"차렷!"

듀샌더가 부동자세를 취했을 때 순간적으로 토드는 무서운 생각이 들었다. 정말로 무서운 생각이 들었다. 빗자루에 생명을 불어넣어 준 것까지는 좋았지만 움직이기 시작한 다음 멈추게 하는 방법을 알지 못하는 마술사 제자 같은 기분. 가난한 은둔생활을 보내고 있던 노인은 어디론가 사라졌다. 거기에 있는 것은 듀샌더였다.

거기서 토드의 공포는 오싹오싹 하는 듯한 권력의 느낌으로 바뀌었다.

"우로 돌아!"

듀샌더는 버본을 잊고, 4개월간의 고통스러움도 잊고 빠릿빠릿하게 그 자리에서 방향 전환을 했다. 자기의 뒤꿈치가 내는 소리를 들으면서, 기름으로 더러워진 가스레인지 쪽으로 향했다. 그 건너편에 보이는 것은 군인이라는 직업을 배우게 해 준 자부심으로 가득한 사관학교의 연병장이었다.

"우로 돌아!"

듀샌더는 다시 방향을 바꾸었지만 이번에는 명령을 잘 수행하지 못하고 조금 비틀거렸다. 옛날 같으면 이 실수 때문에 벌점 10점을 받은 다음 장교용 지팡이로 명치를 쿡 찔려 뜨겁고 강렬한 고통으로 숨도 못 쉬었을 것이다. 내심으로 그는 조금 웃었다. 이 소년이 알지 못하는 것이 아직 있었다. 그것도 많이.

"앞으로 가!"

토드가 외쳤다. 소년의 눈은 뜨겁게 달아오르고 있었다.

듀샌더의 어깨에서 강철 같은 의지가 빠져 나갔다. 다시 앞이 보이기 시작했다.

"싫어." 노인이 말했다. "제발 부탁이야……."

"앞으로 가! 앞으로 가라고 말하잖아!"

질식할 것 같은 소리와 함께 듀샌더는 부엌의 색 바랜 리놀륨 위에서 행진을 위해 걷기 시작했다. 테이블을 피하기 위해 우향우를 했다. 벽에 부딪힐 것 같아 다시 우향우를 했다. 노인의 얼굴은 조금 위를 향해 있었고 무표정했다. 발이 기세 좋게 올라가고 쿵쿵 발을 디뎠기 때문에 개수통 선반 위의 싸구려 도기가 삐걱거렸다. 양팔은 짧은 반원을 그렸다.

토드의 얼굴에는 다시 걷는 빗자루의 이미지가 떠올랐고 그것과 함께 공포가 춤추듯 되살아났다. 갑자기 듀샌더는 지금 이 상황을 즐기고 있지 않을까 하는 기분과 자기가 듀샌더의 참모습보다는 우스꽝스러운 모습을 원하고 있는 게 아닐까 하는 기분이 들었다. 왠지 노령이고 부엌에서의 장난임에도 불구하고 듀샌더는 우스꽝스럽게 보이지 않았다. 오히려 무섭게 보였다. 토드에게 구덩이나 소각로 안의 시체가 비로소 현실처럼 다가왔다. 팔과 다리와 몸통이 물고기의 배처럼 하얗게 뒤얽혀서 독일의 차가운 봄비를 맞고 있는 시체 사진이 공포 영화의 한 장면처럼 만들어진 것(예를 들면 촬영이 끝나면 뒤쪽 어딘가로 가져가 버리는 백화점의 마네킹을 사용한 시체 더미 같은 것.)이 아니라 이해할 수 없는 사악하고 사실적인 사건을 직접 찍어놓은 것이라고 생각되었다. 순간적으로 토드는 시체가 부패하면서 풍기는 평온하고 희미하며 아릿한 냄새를 맡은 듯한 느낌이 들었다. 공포가 그를 빙 둘러 쌌다.

"그만해!"

토드가 외쳤다.

듀샌더는 걸음의 보조를 맞추며 제자리걸음을 걸었다. 그 눈은 얼빠지고 어딘가 멀리 보고 있는 듯했다. 머리는 전보다 높이 쳐들고 말라비틀어진 목의 핏줄은 팽팽하게 당겨져 있었으며 턱이 오만한 각도로 기울어져 있었다. 칼날 같은 코는 외설적으로 튀어 나와 있었다.

토드는 겨드랑이에 식은땀이 흐르는 것을 느꼈다.

"멈춰!"

토드는 다시 한 번 외쳤다. 듀샌더는 멈추었다. 오른쪽 발을 앞으로 내딛고 왼쪽 발을 뒤로 빼서 들고 있다가 피스톤 같은 움직임으로 오른발의 옆에 갖다 댔다. 잠깐 동안 그 얼굴에는 차가운 (로봇같이 감정이 없는) 무표정이 남아 있었으나 얼마 되지 않아 혼돈스런 표정으로 바뀌었다. 혼돈의 다음에는 패배감이 밀려 왔다. 노인은 축 늘어졌다.

토드는 '휴'하고 한숨을 쉬고 나서 일순 자기에 대한 맹렬한 분노를 느꼈다. 도대체 여기서 누가 대장인가? 그 둘음 뒤에 자신감이 밀려왔다. *내가 대장이야. 언제나 그가 그것을 잊지 않도록 해야 해.*

토드는 다시 미소 지었다.

"아주 잘 했어요. 조금 더 연습하면 더 잘 할 수 있을 거예요."
듀샌더는 숨을 내쉬면서 고개를 푹 숙인 채 아무 말 없이 서 있기만 했다. "이제 옷을 벗어도 좋아요."

토드는 관대한 명령을 내리고…… 그리고 듀샌더에게 다시 옷을 입혀야 할지에 대해 고민했다. 아까는 순간적으로 어떻게 되는 줄 알았기 때문에.

7

1975년 1월.

토드는 수업이 끝나는 벨이 울리자 혼자서 학교를 나와 자전거에 올라타고 공원까지 페달을 밟았다. 비어 있는 벤치를 발견하고는 스윙자전거를 멈추고 뒷주머니에서 성적표를 끄집어냈다. 아는 얼굴이 있는지를 확인하기 위해 주위를 둘러보았다. 눈에 띄는 것은 연못 근처에 바싹 붙어 앉아 있는 고교생 커플과 휴대용 종이주머니를 주고받고 있는 거지들뿐이었다. 더러운 알코올 중독자들이라고 생각했지만 사실 신경 쓰이는 것은 알코올 중독자들이 아니었다. 성적표를 펼쳤다.

영어 C
미국사 C
지구과학 D
지역사회와 생활 B

초급 프랑스어 F
대수기초 F

토드는 눈을 의심했다. 성적이 나쁠 거라는 각오는 하고 있었지만, 이건 심각하다.

어쩌면 잘된 일인지도 모르지. 느닷없이 내면의 목소리가 말했다. *어쩌면 네가 일부러 그렇게 한 것일지도, 네 일부분이 어서 결말을 내고 싶었기 때문이야. 뭔가 나쁜 일을 저지르기 전에 결말을 내길 원했기 때문이지.*

토드는 그런 생각을 거칠게 털어버렸다. 그게 뭐든 나쁜 일이 생길 리가 없어. 듀샌더는 나의 먹이야. 완전히 내거야. 그 노인에게는 나의 친구 중 하나가 듀샌더에 관한 편지를 보관하고 있다고 말했지만 사실 친구들은 아무도 듀샌더를 몰라. 만약 어떤 일이(어떤 일이라도) 토드에게 일어나면 그 편지가 경찰서로 보내질 것이라고 듀샌더는 믿고 있으리라. 그럼에도 불구하고 전에는 듀샌더가 여전히 무엇인가 음모를 꾸미고 있지 않을까 하는 의심을 갖곤 했다. 하지만 지금의 듀샌더는…… 예를 들어 도망가려고 한다 해도 나이를 너무 많이 먹어서 도망갈 수도 없다.

"그 녀석은 내 손 안에 있어, 문제없어."

토드는 그렇게 지껄이고 나서 근육이 꽉 오그라들 정도로 강하게 허벅지를 두들겼다. 혼잣말을 하는 것은 좋지 않은 버릇이다. 머리가 이상한 녀석들이 혼잣말을 지껄인다. 최근 6주간 왠지 알 수 없으나 그런 버릇이 생겼는데 어떻게 해도 고칠 수가 없었다. 그 버릇 때문에 몇 명인가는 묘한 얼굴을 하고 흘끔흘끔 쳐다보았다. 그것도 그들 중 두 사람은 예전 담임들이었다. 게다가 엿 같은 버니 에버슨이 일부러 가까이 와서 미쳤냐고 놀렸다. 정말 그 호모의 얼굴을 한 대 갈겨주고 싶었지만 그런 일은(말싸움을 하든, 맞붙어 싸우든, 치고받고 싸우든) 손해였다. 그런 일을 하면 눈에 띄어서 여러 가지 오해를 살 여지가 생긴다. 혼잣말을 하는 것은 좋지 않다. 그렇지만······.

"꿈도 별로 안 좋아."

그는 중얼거렸다. 이번에는 자기가 그렇게 말한 것도 알아차리지 못했다. 아주 최근에 굉장히 끔찍한 꿈을 꾸었다. 꿈속에서 토드는 언제나 제복을 입고 있었는데 그 종류는 여러 가지였다. 때로는 종이로 만든 제복을 입고 몇 백 명의 말라비틀어진 죄수들과 함께 줄을 서 있을 때도 있었다. 타는 냄새가 나기도 하고 불도저의 엔진 소리가 단속적으로 들려오기도 했다. 마침내 듀샌더가 죄인들이 서 있는 줄에 와서 이쪽의 누구, 저쪽의 누구 하는 식으로 사람들을 가리켰고 그들은 줄을 떠났다. 남아 있는 사람은 소각로를 향해서 행진했다. 그 중에서는 몸부림치면서 저항하는 사람도 있었지만 대부분은 영양실조로 극도로 피곤해 했다. 마침내 듀샌더가 토드 앞에 섰다. 몸이 마비가 될 정도로 긴 시간 동안 서로를 바라보았다. 듀샌더는 색이 바랜 우산의 끝으로 토드를 쿡 찔렀다.

"이 놈을 실험실로 데리고 가." 듀샌더는 꿈속에서 그렇게 말했다. 입술이 위로 올라갔고 틀니가 드러났다. "이 미국 꼬마를 말이다."

다른 꿈에서 토드는 SS 제복을 입고 있었다. 장화는 거울처럼 물건이 비칠 정도로 반짝거렸다. 해골과 번개의 훈장이 빛나고 있었다. 그러나 토드가 서 있는 곳은 산토 도나토 거리고, 모두 토드를 보고 있었다. 군중들이 손짓을 했다. 그 중에는 웃음을 터뜨리는 사람도 있었다. 다른 사람들은 충격을 받거나 화를 내거나 혐오스럽다는 표정을 지었다. 이 꿈 안에서 낡은 자동차가 끽 하고 날카로운 소리를 내며 멈추고 듀샌더가 안에서 이쪽을 바라보았다. 이백 살 정도의 거의 미라 같은 얼굴을 하고 피부가 누런 담배처럼 변한 듀샌더가.

"너를 알고 있어!"

꿈속에서 듀샌더는 금속처럼 날카로운 목소리로 외쳤다. 듀샌더는 구경꾼들을 둘러본 다음 토드에게 시선을 돌렸다.

"너는 파틴의 책임자다! 잘 보시오, 여러분! 저놈이 파틴의 흡혈귀요! 히믈러가 말한 능률전문가요! 너를 고발한다! 이 유아살인범! 너를 고발한다!"

또 다른 꿈에서는 토드가 주름진 죄수복을 입고 돌로 만든 벽으로 둘러싸인 통로를 따라 부모님을 매우 닮은 두 사람의 간수에 의해 끌려갔다. 간수들이 찬 누런 완장에는 별이 그려져 있었다. 그 뒤에는 한 사람의 사제가 『신명기』를 낭독하면서 걸어오고 있었다. 토드가 뒤를 바라보자 그 사제는 듀샌더였고 SS 장교의 검은 제복을 입고 있었다.

돌로 만든 통로의 막다른 곳에는 쌍여닫이문이 있고 유리로 된 팔각형의 방이 연결되어 있었다. 그 중앙에 교수대가 있었다. 유리벽 저쪽에는 비참하게 깡마른 벌거벗은 남녀가 몇 줄로 서서 어둡고 무감동의 표정으로 토드를 바라보았다. 모두의 팔에는 파란 번호가 새겨져 있었다.

"걱정하지 마." 토드는 작은 소리로 자기에게 말했다. "괜찮다니까, 잘 될 거야."

바싹 붙어 있던 커플이 이쪽을 바라보았다. 토드는 '뭐가 문제야?'라고 말하듯이 날카롭게 노려보았다. 그 커플은 저쪽으로 고개를 돌렸다. '저 자식이 히쭉거렸어?'

토드는 일어나서 성적표를 뒷주머니에 넣고 자전거에 올라탔다. 목적지는 길 건너편에 있는 약국이었다. 거기서 잉크 지우개와 파란 잉크가 나오는 가는 글자를 쓸 수 있는 만년필을 샀다. 공원에 돌아와(아까 있던 커플은 사라졌지만 거지들은 아직 남아서 악취를 풍기고 있었다.) 영어를 B, 미국사를 A, 지구과학을 B, 초급 프랑스어를 C, 대수기초를 B로 고쳤다. 지역사회와 생활은 일단 지웠지만 원래의 점수를 적어 넣었다. 성적표가 유니폼처럼 말끔하게 보이게 하기 위해.

그래 제복이다.

"걱정하지 마." 그는 작은 소리로 자기에게 말했다. "이걸로 속일 수 있어. 문제없어."

1월도 거의 끝나가는 어느 날, 새벽 2시가 막 지난 참이었다. 쿠르트 듀샌더는 침대 위에서 이불과 격투하며 숨이 곧 끊어질 듯한 신음 소리와 함께 눈을 떴다. 무서운 어둠이 주위에서 몰려들었다. 공포로 거의 질식 상태였으며 몸이 마비되어 있었다. 가슴 위에 큰 돌이 놓인 듯해서 심장발작이라도 일으킨 것일까 하고 의심할 정도였다. 어둠 가운데서 침대 옆에 있는 스탠드를 손으로 더듬었고 거의 침대 옆에 있는 책상을 뒤집을 뻔하면서 겨우 전등을 켰다.
 '여기는 내 방이야.' 그는 안심했다. 내 방이다. 여기는 산토 도나토다. 캘리포니아다. 미국이다. 자 보아라, 언제나처럼 갈색 커튼이 드리워져 있지 않은가. 언제나처럼 책장에 소렌 스트리트에 있는 서점에서 사온 문고판 책이 꽂혀 있지 않은가. 언제나처럼 회색 깔개가 깔려 있고, 언제나처럼 푸른 벽지가 있고, 심장발작이 아니다. 정글도 아니다. 많은 눈도 없다.
 그러나 공포는 악취를 풍기는 모피처럼 아직도 주위에 남아 있었고 심장은 계속해서 빠르게 쿵쾅거리고 있었다. 그 꿈이 다시 찾아온 것이다. 언젠가는 이렇게 되리라고 생각하고 있었다. 그 소년도 그런 일을 계속한다면 언젠가는 이렇게 될 것이다. 그 개자식. 듀샌더는 소년이 자기 방어를 위해 편지 운운하는 것은 단지 허풍에 지나지 않으며, 그것도 질이 나쁜 허풍이라는 것을 알고 있었다. 아마 TV의 탐정 드라마에서 배웠을 것이다. 그 정도 중요한 편지를 열어 보지 않고 보관하고 있는 그런 신뢰 깊은 친구가 과연 있을까? 그런 친구가 있을 리 없다. 그것이 답이다. 적어도 나는 그렇게 생각한다. 단지 거기에 확신만 있다면……. 관절 류머티즘의 아픔을 참고 견디기 위해 두 손을 꽉 쥐었다가 천천히 벌렸다. 책상에서 담배를 집어 들고 침대 받침대에 성냥을 그어 한 대 물었다. 시계의 침은 2시 41분을 가리키고 있었다. 오늘밤은 이제 더 잘 수 없을 것이다. 연기를 마시고 그러고 나서 격렬한 기침 발작과 함께 담배 연기를 토해냈다. 침대에서 나와 술을 마시지 않으면 도저히 잠을 이룰 수 없을 것이다. 그것도 세 잔은 마셔야 할 것 같다. 근래 6주간 아무리 생각해 보아도 술을 너무 많이 마셨다. 나는 이제 젊지 않아. 1939년에 베를린에서 휴가를 얻은 사관생도 시절처럼 끝없이 마셔댈 수는 없다. 그때는 승리의 향기가 주위를 떠다니고 있었다. 어디를 가도 총통의 목소리가 들리고, 그 불타는 강렬한 눈이…… 그 소년…… 개자식!

"솔직해져 봐."

목소리를 내서 그렇게 말한 순간 조용한 방 안에 자기의 목소리가 크게 울려 깜짝 놀라 펄쩍 뛰었다. 특별히 혼잣말하는 버릇은 없었지만 이번이 처음이 아니었다. 생각해 보니 파틴의 마지막 이삼 주일 동안 계속해서 무언가를 혼자서 중얼거렸다. 모든 것이 와르르 무너져 버리고 소련군의 포성이 처음은 하루에 한 번 꼴로, 마침내는 한 시간에 한 번꼴로 점점 빨라졌다. 혼잣말을 하는 것도 무리는 아니었다. 그때 스트레스를 많이 받았고 스트레스를 받은 인간은 가끔 이상한 일을 저지르기 마련이다. 바지 주머니에서 자기 불알을 쥐고는 이를 딱딱 부딪치는 소리를 내거나……. 볼프는 이빨로 소리 내는 것이 특기였다. 이빨로 소리를 내면서 빙그레 웃었다. 후프만은 손가락으로 똑똑 소리를 내고 허벅지를 두드리며 복잡하게 얽힌 빠른 리듬을 만들어냈지만 정작 본인은 그것을 알아차리지 못했다. 나 쿠르트 듀샌더는 가끔 혼잣말을 했다. 그러나 지금은…….

"넌 지금 스트레스 받고 있어."

듀샌더는 지금 자기가 독일어로 지껄였다는 것을 깨달았다. 벌써 몇 년 동안 독일어로 지껄여 본 적이 없었지만 독일어는 따스하고 기분 좋게 느껴졌다. 독일어는 그를 달래 주었고 복잡하게 얽힌 마음을 풀어 주었다. 감미롭고 어두컴컴했다.
"그래, 넌 스트레스에 시달리고 있어. 그 아이가 원인이야. 하지만 솔직해지자. 이른 아침부터 거짓말을 한다고 해도 별 수 없지만, 너도 옛 이야기를 하는 것이 싫지만은 않은 거야. 처음에는 그 아이가 비밀을 지키지 않으면 어떡하나 하고 공포에 떨었지. 언젠가 너에 대한 이야기를 친구에게 털어 놓고. 그 친구는 다른 친구에게 말하고, 그 친구가 이번에는 두 명의 친구에게 이야기하지 않을까 하고. 만일 내가 끌려가면 그 아이는 자기의⋯⋯ 이야기하는 책을 잃어버리게 돼. 나는 그 아이에게 그 정도의 상대일까? ⋯⋯그런 모양이다."
듀샌더는 혼잣말을 그만두었지만 생각은 그만둘 수 없었다. 그는 고독했다. 얼마나 고독했는지는 아무도 모를 것이다. 신중하게 자살을 생각한 때도 있었다. 은둔생활은 익숙하지 않았다. 들려오는 것은 라디오에서 흘러나오는 소리뿐이었다. 찾아오는 손님이라고는 더러운 사각형 유리 건너편에서 무언가 목적이 있어 굽실거리는 영상뿐이었다. 듀샌더는 노인이고 죽음을 두려워하는 나이였지만 더욱 두려운 것은 고독이었다.
때때로 자기 방광에 배신당하는 때도 있었다. 화장실에 가는 도중 검은 자국이 바지 앞으로 번졌다. 날씨가 흐린 날이면 관절이 먼저 쑤시고 신음소리가 절로 흘러나왔다. 해가 떠서부터 해가 질 때까지 관절 류머티즘의 아픔을 멎게 하기 위해 약 한 통을 다 삼킨 날도 더러 있었다. 그러나 아스피린은 단지 아픔을 얼마간 잊게 해 줄 뿐이었다. 책을 책장에서 꺼내거나, TV의 채널을 돌리기 위해 움직여도 고통스러웠다. 눈도 나빠졌다. 가끔 물건을 엎거나 정강이가 까지거나 머리를 부딪치곤 했다. 뼈가 부러지면 전화도 못 걸고 그 자리에서 죽을지도 모른다는 걱정을 하면서 살고 있었다. 심지어 어떤 의사가 덴커의 병력(病歷)이 존재하지 않는다는 것을 수상히 여겨 그의 정체를 밝혀내는 것이 아닐까 하는 걱정을 하며 살아왔다.

그 아이가 이러한 걱정들을 조금 줄여 주었다. 그 아이가 여기에 있을 때에는 옛날 그 시절을 되살릴 수가 있었다. 그 시대에 관한 기억은 이상하게도 선명하게 떠올랐다. 거의 무제한적으로 많은 사람들의 이름과 사건을 나열할 수 있었고 그날그날의 날씨까지 생생하게 기억났다. 북동쪽의 감시탑에서 기관총을 메고 있던 헨라이트. 헨라이트의 미간에 있던 혹도 기억난다. 동료들은 그를 '세눈박이'라던가, '사이클롭스'라고 불렀다. 애인의 사진을 가지고 있던 케셀도 생각난다. 케셀은 양손을 머리 뒤로 돌려 깍지를 끼고서 소파에서 자고 있는 사진을 관람료를 받고 동료들에게 보여 주었다. 의사들, 그 실험에 대한 기억도 남아 있다. 고통의 세계, 빈사 상태인 남녀의 뇌파, 생리적 지체, 여러 가지 방사능 영향, 그 외에도 수십 종류의 실험. 아니 수백 가지의 실험이 있었다.

듀샌더는 자기가 그 아이에게 해 준 이야기가 세상 노인들의 장황한 이야기에 지나지 않을 것이라고 생각했다. 그러나 노인들의 주위에는 대부분 듣는 것에 인색한 사람, 무관심한 사람, 아니면 예의라고는 눈곱만큼도 없는 사람뿐이었다. 듀샌더는 그들보다는 운이 좋았다. 듀샌더의 이야기를 들어 주는 사람은 언제나 그의 이야기에 몰두하니까.

하지만 그 덕분에 가끔 악몽을 꾸는 것은 그 대가치고 너무 비싼 것일까?

그는 담배를 비벼 끄고 잠시 천장을 바라보고 누웠다가 잠시 후 두 발을 빙글 돌려서 바닥으로 내려놓았다. 자기와 그 아이가 하고 있는 것은 비열한 짓이었다. 서로의 피를 빨고 서로를 착취하고 있었다. 만일 오후에 이 집 부엌에서 배 터지게 착취하고, 그 우울로 가득 찬 음식물 때문에 나는 가끔 가슴이 쓰리고 아픈 발작을 일으키는데 그 소년은 어떤 행동을 취할까? 그냥 잠을 잘까? 아마도 그렇지 못할 것이다. 요즈음 소년의 얼굴빛이 어쩐지 생기가 없고 처음 자기 인생으로 뛰어들었을 때보다 마른 것처럼 느껴졌다.

그는 침실을 가로질러 옷장 문을 열었다. 양복걸이를 옆으로 밀어 놓고 어둠속으로 손을 넣어 그 가짜 제복을 꺼냈다. 제복은 대머리 독수리의 가죽처럼 손에 매달려 있었다. 노인은 한 손으로 제복을 만졌다. 제복을 만지고…… 쓰다듬기 시작했다.

듀샌더는 침대 위에 제복을 늘어놓고 천천히 갈아입기 시작했다. 옷을 입고 단추를 잠그고 벨트를 맸다(진짜 제복에는 없는 바지 지퍼도 올렸다.).

다 입고 나서 거울에 비친 자기의 모습을 보고 고개를 끄덕였다. 듀샌더는 침대로 돌아와 길게 드러누워서 담배를 한 대 피워 물었다. 담배를 다 피우고 나자 졸음이 밀려왔다. 침대 옆에 있는 스탠드를 껐지만 믿기지 않았다. 이렇게 간단하리라 생각지 못했다. 오 분 후에는 잠이 들었고 이번에는 꿈이 없이 깊이 잠들었다.

8

1975년 2월.
저녁식사가 끝나고 딕 보던이 꺼내 놓은 코냑을 보고 듀샌더는 내심 몸을 부르르 떨었다. 물론 노인은 붙임성 있는 미소를 만들어 좀 과장되게 웃었다. 보던의 아내는 아이에게 몰트 초콜릿을 내놓게 했다. 식사 중 아이는 보기 드물게 말이 없었다. 불안일까? 그런 것 같다. 어떤 이유인지는 모르지만 아이는 안절부절못하고 있었다.
듀샌더는 아이에게 이끌려 이 집에 도착한 다음부터 딕과 모니카 부부를 매혹시켰다. 아이는 덴커 씨가 시력이 나쁘다는 것을 실제보다 과장해서 말했다(만일 그렇다면 나는 맹인견이 필요하겠는데 하고 듀샌더는 아니꼽게 느꼈다.). 아이가 책 읽어 주는 서비스를 계속하고 있는 이유에 대한 설명은 그것으로 충분했다. 듀샌더는 그 점에 대해서는 주의 깊게 행동해서 어떤 실수라도 하지 않을 자신이 있었다.
듀샌더는 세 벌의 나들이 옷 중 제일 좋은 옷을 입고 있었다. 날씨가 매우 흐린데도 관절 류머티즘은 의외로 가만히 있었다. 가끔 찌릿 하는 아픔이 지나갈 뿐이었다. 어떠한 이유에서인지 아이는 우산을 집에 두고 오라고 말했는데 듀샌더는 그 말을 듣지 않고 가지고 왔다. 이것저것 모두 유쾌하며 상당히 자극적인 저녁을 보낼 수 있었다. 독한 코냑도 오랜만이었고 밖에서 만찬을 즐긴 것은 9년 만이었다.
식사 중에 그는 에센의 자동차 공장, 전후의 독일 부흥(보던은 그 일에 대해 몇 가지 뛰어난 질문을 했고 듀샌더의 대답에 감동을 받은 듯했다.), 그리고 독일 작가들에 대해 이야기했다. 모니카 보던이 왜 만년에 독일을 떠났냐고 물었을 때, 듀샌더는 눈물이 글썽거리는 슬픈 표정을 지으며 사랑했던 부인의 죽음에 대해 꾸며내어 이야기했다. 모니카 보던은 동정심으로 넋을 빼앗길 정도였다.

딕 보던은 코냑을 권하면서 말했다.

"덴커 씨, 제 질문이 지나치다고 생각되시면 대답하지 않으셔도 됩니다. 전쟁 중에 무엇을 하셨는지 무척 궁금하거든요."

아이는 두려움으로 몸을 조금 떨었다.

듀샌더는 미소를 띠우고 담배를 집으려고 더듬었다. 어디에 있는지 잘 보이지만 아주 사소한 실수라도 해서는 안 되었다. 모니카가 담배를 밀어 주었다.

"고맙습니다, 부인. 오늘밤의 식사는 최고였습니다. 정말 뛰어난 요리사시군요. 죽은 내 처도 이렇게는 못할 겁니다."

모니카는 당황한 표정을 지었다. 토드는 초조한 표정으로 아버지와 어머니를 보았다.

"지나친 질문은 아닙니다." 듀샌더는 담배에 불을 붙이면서 보던 쪽으로 돌아앉았다. "전 1943년 이후 예비군이 편입되어 있었습니다. 신체는 건강하지만 전쟁터에 나가기에 나이를 너무 먹어버린 사람은 모두 예비군이었지요. 그 즈음 패배의 징조가 분명히 보였습니다. 제3제국이나, 그것을 만들어낸 미치광이들에게도 그 징조는 분명했습니다. 물론 특출한 미치광이 한 사람에게도 마찬가지지만."

듀샌더는 성냥불을 붙인 후 엄숙한 표정을 지었다.

"형세가 히틀러에게 불리하게 되었을 때는 정말 안심했습니다. 물론 마음속 깊이에서요." 남자 대 남자니까 말한다는 듯한 표정으로 보던을 정답게 바라보았다. "그런 감정을 표현하지 않으려고 매우 조심했죠. 입 밖에 내면 안 되니까요."

"그렇겠죠."

보던의 목소리에는 경의가 내포되어 있었다.

"그렇습니다." 듀샌더는 엄숙하게 말했다. "입 밖에 내서는 안 되었죠. 지금도 기억납니다만, 어느 날 밤에 일이 끝난 다음 4, 5명의 친구들과 함께 가까운 공영 술집에 한잔 마시러 갔을 때입니다. 이미 그 때는 슈납스는 고사하고 맥주도 떨어진 경우가 많았는데 마침 그날은 운이 좋게도 두 가지 술이 모두 있었습니다. 친구들은 모두 20년 이상 사귄 사람들이었습니다. 그 중의 한스 하슬러라고 하는 친구가 느닷없이 총통이 소련을 상대로 싸움을 건 것은 무분별한 짓이라고 지껄였습니다. 나는 말했죠. '한스, 함부로 지껄이지 마!' 당황한 한스는 얼굴이 파랗게 질려서 바로 화제를 바꾸었습니다. 그렇지만 며칠 지나지 않아서 그는 쥐도 새도 모르게 사라졌습니다. 다시는 그와 만나지 못했죠. 내가 아는 한 그날 밤 그 자리에 있었던 다른 사람들도 모두 그를 다시는 보지 못했습니다."

"우우, 끔찍해!"

모니카는 숨을 삼켰다.

"코냑 더 드시겠어요?"

"아니, 괜찮습니다." 노인은 그녀에게 미소를 보냈다. "아내는 어머니에게서 들은 이런 속담을 자주 말하곤 했죠. '최고는 도를 넘지 않는 법이다.'라고요."

토드의 얼굴에 드리운 불안이 점점 강해졌다.

"그 사람은 강제수용소로 보내졌을까요?" 딕이 물었다. "당신 친구 헤슬러 말입니다."

"하슬러입니다." 듀샌더는 온화하게 정정했다. 그러고 나서 침통한 목소리를 냈다. "많은 사람들이 강제수용소로 보내졌지요. 강제수용소, 그것은 지금부터 천 년 후에도 독일인의 치욕으로 남을 것입니다. 그것이야말로 히틀러의 유산입니다."

"그 말씀은 너무 지나친 말씀입니다." 보던은 파이프를 물고 체리 블랜드의 질식할 것 같은 연기를 뿜어냈다. "제가 읽은 책에서는 독일 사람의 대다수가 어떤 일이 일어나고 있는지를 몰랐다고 쓰여 있더군요. 아우슈비츠 근처의 주민들은 수용소를 소시지 공장이라고 알고 있었다고 했던가……."

"우우, 끔찍한 일이에요."

모니카는 '좀 적당히 하세요.'라고 말하는 표정으로 담배연기 속의 남편을 노려보았다. 그리고 듀샌더를 향해서 미소를 지었다.

"저는 파이프의 냄새를 좋아하는데, 덴커 씨는 어떠세요?"

"저도 좋아합니다, 부인."

듀샌더는 막 재채기가 나오려는 것을 억지로 참고 있는 중이었다.

보던은 갑자기 테이블 건너로 손을 뻗어 아들의 어깨를 툭 쳤다. 토드는 깜짝 놀랐다.

"왜 이렇게 오늘밤은 조용해? 기분이 안 좋으니?"

토드는 아버지와 듀샌더에게 절반씩 나누어 주듯이 기묘한 웃음을 지었다.

"기분 나쁘지 않아요. 그렇지만 이런 이야기는 전에도 여러 번 들어서요."

"토드!" 모니카가 말했다. "실례잖아, 그렇게 말하면……."

"이 아이는 정직하지 않습니까?" 듀샌더가 중재했다. "솔직함이야말로 소년들의 특권입니다. 어른이 자주 포기해야만 하는 특권입니다. 그렇지 않습니까, 보던 씨?"

딕은 웃으며 고개를 끄덕였다.

"자, 그러면 슬슬 실례해야겠습니다. 토드는 우리 집까지 바래다주겠지?" 듀샌더가 말했다. "토드는 공부를 해야 될 테니까, 저는 이만 집으로 가겠습니다."

"토드는 우수한 학생이에요." 그러나 모니카의 말투는 거의 기계적이고 토드를 바라보는 눈에는 당혹감이 서려 있었다. "언제나 A나 B뿐입니다만 지난 학기에는 C가 하나 있었답니다. 그렇지만 3월에는 반드시 프랑스어의 성적을 높이겠다고 약속했습니다. 그렇지, 우리 아기?"

토드는 다시 기묘한 미소를 띠우면서 고개를 끄덕였다.

"걸어갈 필요 없습니다. 댁까지 차로 모셔드리겠습니다."

딕이 제안했지만 듀샌더는 정중히 사양했다.

"감사하지만, 건강을 위해 되도록이면 걸으려고 합니다. 그렇게 하게 해 주시죠. 토드가 싫다고만 하지 않으면."

"예, 싫지 않아요. 나, 걷는 것 좋아해요."

토드의 말을 듣고 부부는 빙긋이 그를 바라보았다.

두 사람이 듀샌더의 집 근처 길 모서리까지 왔을 때 듀샌더가 침묵을 깼다. 안개비가 내리고 있었고 그는 두 사람의 머리 위에 우산을 받쳐 들고 있었다. 그런데 궂은 날씨에도 불구하고 오늘밤은 관절 류머티즘이 조용히 졸고 있는 듯했다. 늘랄 일이다.
"너는 내 관절 류머티즘을 닮았어."
"뭐라고요?"
토드는 얼굴을 들고 놀란 듯이 말했다.
"둘 다 오늘밤은 얌전해. 누가 혀를 뽑아가기라도 했니? 고양이, 아니면 가마우지?"
"별로 할 말 없어요."
토드는 중얼거렸다. 두 사람은 듀샌더의 집 쪽으로 꺾어졌다. 듀샌더는 악의 없는 말투로 말했다.
"난 왜 그런지 알 것 같은데. 넌 내가 뭔가 잘못을 하지 않을까 걱정했던 거야. 본색을 드러내지는 않을까 해서 말이야. 그렇다고 나를 초대하지 않을 수도 없었겠지. 왜냐하면 더 이상 다른 핑계를 댈 수 없었을 테니까. 그런데 모든 일이 잘 풀려서 오히려 당황하고 있는 거야. 이것이 솔직한 네 현재 심정 아니냐?"
"뭐, 상관없어요."
토드는 토라진 것처럼 어깨를 들썩였다.
"왜, 모든 일이 뜻대로 되지 않더냐?" 듀샌더는 집요하게 물었다. "난 네가 태어나기 전부터 아무도 알아보지 못하게 변장하고 있었단다. 그리고 너 역시 상당히 훌륭하게 비밀을 지켜냈지. 그것은 인정하마. 그러나 오늘밤의 나를 보았겠지? 나는 네 부모님을 매혹시켰어. 매혹시킨 거야!"

토드가 갑자기 소리쳤다.

"그런 짓 안 해도 돼!"

듀샌더는 급히 걸음을 멈추고 토드를 뚫어지게 쳐다보았다.

"안 해도 된다니? 왜? 네가 그렇게 하기를 원하리라 생각했는데. 그래야 부모님도 네가 계속해서 우리 집에 와서 '책을 읽어주는' 것에 대해 반대하지 않을 거 아니냐?"

토드는 발끈했다.

"그래요, 자아아아알 했어요! 어쩌면 이제 당신에게 들을 수 있는 이야기를 모두 들었을지도 몰라요. 그런데 누군가의 명령에 따라 그 초라한 집에, 그것도 역 근처에서 어슬렁거리는 거지같이 위스키를 벌컥벌컥 마시는 사람을 보러 갈 거라 생각하는 거예요? 정말로 그렇게 생각해요?"

토드의 목소리는 날카로웠으며 히스테릭한 상태였다.

"누가 내게 강제로 그 일을 시키진 않아요. 가고 싶으면 가고, 가고 싶지 않으면 안 가요."

"목소리를 낮춰. 모두에게 들리겠어."

"내 알 바 아니에요."

토드는 그렇게 말하고는 다시 걷기 시작했다. 일부러 우산 밖으로 나가서 걸었다.

"그래, 누구도 너에게 강제로 시키지 않아." 듀샌더는 그렇게 말하고 나서 계산적으로 따져 물었다. "그뿐 아니야. 이제 오지 않았으면 좋겠구나. 믿어주렴. 난 혼자서 술 마시는 것을 결코 두려워하지 않아. 그러니 누구도 필요하지 않다고."

토드는 경멸하듯이 그를 보았다.

"그래에에에요?" 듀샌더는 애매하게 웃고 있을 뿐이었다. "그럼 상대하지 않으면 되겠네."

두 사람은 듀샌더의 집 현관으로 통하는 콘크리트로 된 좁은 길을 걸었다. 듀샌더는 현관의 열쇠를 꺼내려고 주머니를 뒤졌다. 관절 류머티즘은 손가락 관절 안에서 엷은 붉은색 섬광을 발하고 나서 다시 가라앉아 뭔가를 원했다. 지금 듀샌더는 관절 류머티즘이 무엇을 원하는지 이해할 수 있을 것 같았다. 그가 혼자가 되는 것을 기다리고 있는 것이다. 혼자가 되면 류머티즘은 다시 근엄하게 찾아올 것이다.

"가르쳐 줄까요?" 토드는 묘하게 숨을 내쉬면서 말했다. "만약 우리 부모님이 당신의 정체를 안다면, 만약 내가 그것을 가르쳐 주면, 그 두 사람은 당신에게 침을 뱉고 그 말라비틀어진 엉덩이를 걷어찰걸."

듀샌더는 안개비가 내리는 어둠 속에서 토드를 쳐다보았다. 아이의 얼굴은 도발적으로 이쪽을 바라보고 있었지만 피부는 새파랗게 변해 있었으며 눈 밑에는 검은 주근깨가 나 있었다. 다른 사람이 자고 있을 때 깊은 생각에 골몰해 있는 인간의 안색이었다.

"분명히 네 부모님들은 나에 대해 불타는 혐오감을 가지게 되겠지."

듀샌더는 그렇게 말하면서 속으로 생각했다. 아버지 쪽은 일단 분노를 참으면서 아들이 했던 것과 비슷한 종류의 질문을 여러 가지 하지 않을까…….

"분노뿐이야. 그러나 애야, 내가 진상을 말하면 네 부모님은 너에 대해 어떤 기분이 될까? 네가 거의 팔 개월 동안 나의 정체를 알고 있었으면서도 나의 정체에 대해 아무 말도 하지 않은 것에 대해서 말이야."

어둠 속에서 토드는 아무 말 없이 그를 되돌아보았다.

"만약 부모님께 알릴 생각이 있으면 언제든지 찾아와라." 듀샌더는 아무렇지 않게 말했다. "그럴 생각이 아니라면 집에 가거라. 잘 자라, 얘야."

그는 현관 쪽으로 가버렸고, 혼자 남겨진 토드는 안개비를 맞으며 입을 조금 벌린 채 듀샌더의 뒷모습을 지켜보고 있었다.

다음날 아침 식사 때 모니카가 토드에게 말했다.

"아빠는 덴커 씨가 무척 마음에 드시는 모양이더라. 할아버지 생각이 나신대."

토드는 토스트를 들고 이해할 수 없는 말을 중얼거렸다. 모니카는 아들을 보면서 이 녀석이 요즈음 잠은 잘 자고 있을까 하고 의심했다. 얼굴빛이 나쁘고, 성적도 급강하하는 것을 보면 혹시……. 지금까지 C 같은 것은 받아본 적이 없었는데.

"토드야, 요새 몸 컨디션이 나쁘니?"

토드는 순간적으로 멍하게 어머니를 보았지만, 바로 밝은 미소를 얼굴에 띠우며 그녀를 안심시켰다. 토드의 턱에는 딸기잼이 묻어 있었다.

"아주 좋아요." 토드가 말했다. "완벽해요."

"우리 아기, 토드!"

"우리 아기, 모니카!"

토드가 장단을 맞추는 것과 동시에 두 사람은 웃었다.

9

1975년 3월.
"고양아." 듀샌더였다. "이쪽이야, 고양아. 이리와, 이리와."
그는 뒷마당의 경사면에 앉아서 핑크색 플라스틱 그릇을 오른쪽 발언저리에 놓아두었다. 그릇 안에는 우유가 가득 들어 있었다. 시각은 1시 30분, 아지랑이가 피어오르는 무더운 날이었다. 서쪽에서 밀려오는 풀을 태우는 냄새가 달력하고는 어울리지 않게 가을의 냄새를 주위에 풍기고 있었다. 만일 그 아이가 온다면 1시간 이내에 올 것이다. 그러나 최근에는 매일 오지 않았다. 예전에는 매일 왔지만 요즘은 4일이나 5일 정도 찾아왔다. 듀샌더의 마음속에서는 하나의 직관이 조금씩 형성되고 있었는데, 그 직관이 '그 소년도 고민을 하고 있을 것이다.'라고 말해 주었다.
"고양아."
듀샌더는 고양이를 유혹했다.
도둑고양이는 듀샌더의 집 담 옆의 잡초 가장자리에 앉아 있었다. 그 수고양이는 자기가 앉아 있는 잡초와 비슷할 정도의 덥수룩한 털을 가지고 있었다. 노인이 부를 때마다 고양이의 귀는 쫑긋 올라갔다. 고양이의 눈은 우유가 담겨 있는 핑크색 그릇에서 한 번도 떨어지지 않았다.
어쩌면 하고 듀샌더는 생각했다. 그 아이는 성적 때문에 고민하고 있을지도 모르는 일이다. 아니면 악몽 때문에, 그것도 아니면 둘 다든지.
그는 이런 생각을 하면서 빙긋이 웃었다.

"고양아."

그는 부드럽게 불렀다. 고양이의 귀가 다시 쫑긋 일어섰다. 아직 움직일 듯이 보이지는 않았지만 여전히 우유를 물끄러미 바라보고 있었다.

듀샌더도 분명히 자기 일로 고민하고 있었다. 요즈음 3주간 SS 복장을 파자마 대용으로 입고 침대에 들어갔고, 그 제복이 불면증과 악몽으로부터 그를 해방시켜 주었다. 처음 얼마 정도는 하루 종일 나무를 쓰러뜨린 나무꾼처럼 침대에 쓰러져 깊은 잠에 빠졌다. 그런데 악몽이 그를 찾아냈다. 그것도 조금씩 그를 덮친 것이 아니라 한꺼번에 부활해서 이전보다 더 지독하게 나타났다. 많은 눈이 등장하는 꿈뿐만 아니라 달리고 있는 꿈도 꾸었다. 축축하게 젖은 정글을 끊임없이 달리는 꿈이었다. 정글에서는 무거운 잎사귀나 젖은 잎이 얼굴을 때리고 어떤 액체가 얼굴에 묻는다. 그것은 수액인지도 모르고 피일지도 모른다. 언제나 주위를 둘러싸고 있는 빛나는 눈동자…… 넋이 없는 듯이 느껴지는 눈동자에 쫓겨 끝없이 도망치다 보면 숲속의 공터가 나온다. 어둠이 내린 공터의 구석에는 험상궂은 비탈길이 있고 그 정상에 파틴이 있다. 낮은 시멘트 건물과 광장이 철조망과 고압전선 철책에 둘러싸여 있고 『우주전쟁』의 삽화에서 화성인의 전투기계가 빠져나와 만들어진 것처럼 감시탑이 치솟아 있다. 그리고 그 중앙에는 거대한 굴뚝에서 하늘로 연기가 뭉게뭉게 피어오르고, 벽돌로 만들어진 둥근 기둥 아래에는 점화된 채로 준비를 끝낸 소각로가 무시무시한 괴물의 눈처럼 어둠속에서 새빨갛게 빛을 내고 있다. 근처의 주민들에게는 파틴의 죄수들이 의복이나 양초를 만들고 있다는 설명을 해 두었지만 당연히 주민들은 그 설명을 믿지 않았다. 아우슈비츠 주위의 주민들이 수용소를 소시지 공장이라고 믿지 않은 것처럼. 그건 어찌되어도 좋다.

꿈속에서 뒤를 돌아본 그는, 드디어 녀석들이 은신처로부터 나오는 것을 보고 말았다. 평화롭지 못하게 죽은 유대인들이 무더기로 손을 벌리고 있고 그 벌린 청동색 팔에서 파란 번호가 번뜩이고 있으며, 양손은 갈고리처럼 구부리고 있다. 이제는 무표정이 아닌 증오로 번뜩이며 복수의 일념에 불타고 살인에 대한 기대감으로 들떠 있는 얼굴로 비틀비틀 이쪽으로 다가오고 있다. 아장아장 걷는 어린 아이가 어머니 옆을 뛰어다니고 노인네들이 중년의 아들들에게 업혀 온다. 그리고 녀석들 모두의 얼굴에 있는 가장 지배적인 표정은 절망이다.

절망? 그래. 왜냐하면 내가 그 비탈길 언덕에 다다르면 나를 도와줄 사람들이 있기 때문(녀석들도 그것을 알고 있다.)이다. 이 축축하고 습한 저지대에서는, 밤에 꽃을 피우는 식물이 수액 대신 피를 분비하는 정글에서는 나는 쫓기는 것, 즉 먹이였다. 그러나 그곳에 올라가기만 하면 내가 지배권을 쥘 수 있다. 만약 여기가 정글이라고 한다면 언덕 위에 있는 저 수용소는 동물원이다. 모든 야수가 안전한 울타리 안에 처박혀 있다. 그러니 원장이 할 일은 어느 동물에게 먹이를 주고 어느 것을 살릴 것이며, 어느 놈을 생체해부자에게 건네줄 것인가, 어느 놈을 이동차로 도살업자에게 배달할 것인가를 결정하는 일이다.

그는 그 비탈길 언덕을 뛰어오르기 시작했다. 악몽 특유의 감질 나는 속도로 계속해서 달리고 있다. 마침내 해골같이 마른 첫 번째 손에 목덜미를 붙잡혀 차갑고 악취가 나는 그들의 숨결을 느끼고, 그 썩는 냄새를 맡고, 새소리와 닮은 승리의 외침을 들으면서 땅바닥으로 고꾸라진다. 구원이 저기 보일 뿐만 아니라 조금만 손을 뻗으면 닿는 곳에 있는데…….

"이리 와." 듀샌더는 계속해서 고양이를 불렀다. "우유야, 맛있는 우유가 있어."

고양이는 조금씩 다가왔다. 마당의 절반쯤 되는 곳에서 다시 주저앉았지만, 가볍게 앉아 이쪽으로 오려고 꼬리를 흔들고 있다. 이쪽을 신용하지 않는 모양이다. 그러나 고양이가 우유 냄새를 맡았기에 듀샌더는 자신이 있었다. 언젠가 이쪽으로 올 테니까.

파틴에서는 귀중품 반입 문제가 처음부터 없었다. 죄수들 중에 귀중품을 작은 세무가죽 자루에 넣어서 항문 안에 감추고 있는 녀석들이 있었다(그러나 그 귀중품의 뚜껑을 열고 보면 그 정도로 값어치 있는 것이 아닌 경우가 많았다. 사진, 인조보석, 배우자의 머리카락 등.). 그들은 종종 막대기를 사용해서 깊숙이 밀어 넣어 두었기 때문에 '냄새나는 엄지'라는 별명이 붙은 우두머리 죄수의 가운데 손가락조차 숨겨둔 귀중품에 닿지 않았다. 어떤 여자는 작은 다이아몬드를 감추고 있었다. 잘 보면 흠이 있어서 그다지 비싼 물건은 아니었다. 그러나 '어머니가 장녀에게'라는 방식으로 6대나 전해진 집안의 보물이었다(그 여자는 이렇게 말했지만 유대인들은 늘 거짓말을 한다.). 그녀는 파틴에 들어오기 전에 그것을 먹었다. 다이아몬드가 변에 섞여서 나오면 다시 먹었다. 그 짓을 몇 번 하는 사이에 다이아몬드가 내장을 긁기 시작해서 출혈이 멈추지 않았다. 그 외에도 여러 가지 방법이 있었다. 대개는 몰래 숨긴 담배라든지 한두 개의 머리 리본 같은 쩨쩨한 물건이었다. 그런 것은 상관없다. 듀샌더가 죄인을 심문하기 위해 사용한 방에는 지금 부엌에 있는 것과 비슷한 빨간 책상보가 덮인 소박한 식탁과 전열기가 있었다. 전열기 위에는 언제나 램 스튜의 냄비가 부글부글 소리를 내고 있었다. 밀수품을 반입한 혐의가 있으면(그렇지 않은 경우는 없다.) 용의자 그룹의 한 명이 그 방으로 끌려온다. 듀샌더는 스튜의 향기로운 냄새를 풍기는 전열기 옆에 상대를 세운다. 그리고 친절한 말투로 '누구야?' 하고 묻는다. '누가 금을 감추고 있어?', '누가 보석을 감추고 있어?', '누가 담배를 가지고 있는 거야?', '누가 기베네트 부인의 아이에게 약을 주었어?', '누구야……?' 그렇게 말하면서도 스튜를 먹여 주겠다는 약속을 해 본 적은 없다. 그러나 그 향기는 예외 없이 꽉 다문 상대의 입을 벌려 놓는다. 물론 곤봉으로도 같은 효과를 얻을 수 있고, 개 머리판으로 녀석들의 더러운 가랑이를 두들겨 주는 방법도 있지만, 스튜는 참으로 우아한 방법이었다. 그렇고말고.

"고양아, 이리와."

듀샌더가 계속해서 부르자 고양이의 귀가 쫑긋 일어섰다. 고양이는 허리를 들더니 먼 옛날 안 좋은 기억이나, 수염을 태운 성냥을 생각해 냈는지 다시 쪼그리고 앉았다. 그렇지만 얼마 지나지 않아 다시 움직일 것이다.

듀샌더는 자기의 악몽을 달래는 방법을 찾아냈다. 어떤 의미에서는 SS 제복을 입는 방법과 별 다를 바 없었다. 그러나 SS 제복보다 몇 배나 강도가 강했다. 듀샌더는 스스로에게 만족했다. 더 빨리 생각해 내지 못한 것이 아쉬웠다. 자기의 마음을 가라앉힐 수 있는 새로운 방법을 찾아낸 것에 대해 아이에게 감사해야겠다고 생각했다. 과거의 공포로부터 해방될 수 있는 열쇠는 머리로부터 그것을 거부하는 것이 아니라 그 과거의 공포에 대해서 신중하게 생각해 보고 오히려 친구처럼 꼭 안아 주는 것이라고 그 아이가 알려 주었으니까. 작년 여름 그 아이가 갑자기 나타나기 전까지 오랫동안 악몽을 꾸지 않았던 것도 사실이다. 그러나 그는 이렇게 믿었다. 그것은 겁쟁이들이나 할 과거와의 화해였던 것이다. 자기의 일부를 억지로 방치해 버렸던 것이다. 그리고 지금 자기는 그것을 다시 되찾은 것이라고.

"고양아, 이리와."

듀샌더는 부르면서 빙긋이 웃었다. 따스한 미소, 친절하게 보이는 미소. 잔혹한 인생행로를 빠져나왔지만 별다른 상처를 입지 않았고 오히려 얼마간은 지혜를 가슴에 남기고 안전한 장소로 돌아온 노인에게서 공통적으로 볼 수 있는 미소였다.

수컷은 겨우 몸을 일으켰다가 다시 순간적으로 망설이더니, 탄력 있고 우아한 몸짓으로 마당을 가로질러 왔다. 경사면을 올라와서 다시 한 번 불신의 눈으로 듀샌더를 흘끔 보고 나서 물어뜯기고 부스럼이 앉은 귀를 눕혔다. 그리고 우유를 먹기 시작했다.

"맛있는 우유야." 듀샌더는 그때까지 무릎 위에 얹어 놓았던 녹색 비닐장갑을 꼈다. "멋있는 고양이의 맛있는 우유."

그 비닐장갑은 슈퍼에서 샀다. 슈퍼의 가장 눈에 잘 띄는 곳에 진열되어 있어 중년부인들의 찬탄과 욕심이 가득 찬 눈초리를 받고 있는 물건이었다. 그 비닐장갑은 TV에서 광고하는 상품이었다.

팔꿈치까지 낄 수 있게 만들어진 장갑이었다. 상당히 부드러워서 비닐장갑을 끼고서도 동전을 집을 수 있다고 광고하고 있었다.

듀샌더는 녹색 손가락으로 고양이의 등을 어루만져 주면서 달래듯이 말을 걸었다. 고양이는 그의 손가락의 움직임에 맞춰 등을 굽히기 시작했다.

그릇이 다 비기 전에 그는 고양이를 움켜잡았다. 힘이 들어간 그의 손 안에서 고양이는 전기 충격을 받은 것처럼 난폭해졌고, 몸을 비틀고 발버둥 치면서 고무장갑을 할퀴었다. 몸뚱이는 부드러운 가죽처럼 앞뒤로 튀었다. 만일 이빨이나 손톱으로 그를 물어뜯었다면 고양이가 이길 거라고 듀샌더는 생각했다. 이 녀석은 역전의 용사였다. 용사가 용사를 알아보는 법이다. 듀샌더는 이렇게 생각하며 빙긋이 웃었다. 주의 깊게 고양이를 자기의 몸에서 조금 멀리해서 들고는, 씁쓸한 미소를 지으며 뒷문을 발로 열고 부엌으로 들어갔다. 고양이가 슬픈 듯이 비명을 지르고 몸을 뒤틀고는 비닐장갑을 찢었다. 흉포하게 화난 머리가 날렵하게 덤벼들어 녹색 엄지손가락을 물었다.

"그러면 안 돼."

듀샌더는 비난 섞인 목소리로 말했다.

오븐의 뚜껑이 열려 있었다. 듀샌더는 그 안에 고양이를 집어넣었다. 고양이는 손톱으로 쇠를 긁는 소리를 내며 비닐장갑에서 떨어졌다. 오븐의 뚜껑을 한쪽 무릎으로 거칠게 닫는 순간 관절 류머티즘의 고통이 덮쳐 왔다. 그래도 히죽거리며 웃는 것을 그치지 않았다. 거친 숨을 내몰아쉬면서 잠시 머리를 숙이고 렌지 쪽으로 갔다. 그것은 가스오븐이었다. 냉동식품 요리 외에는 별로 사용하지 않았다. 그리고 고양이를 죽이는 일과.

오븐 안에서 희미한 소리가 들려왔다. 고양이가 발톱을 세우고 밖으로 내보내 달라고 슬프게 애원하고 있었다.

듀샌더는 오븐의 다이얼을 돌려 500도에 맞추었다. 확 하는 소리가 나고 나란히 정렬된 불꽃구멍에서 뿜어 나오는 가스에 불꽃이 이열로 점화됐다. 고양이는 냐옹냐옹 우는 소리를 그치고 비명 같은 소리를 지르기 시작했다. 그 목소리는 어린 소년의 목소리처럼 들렸다. 지독한 고통에 시달리는 어린 아이의 비명. 그렇게 생각하자 듀샌더의 얼굴에는 더욱 웃음이 번져났다. 가슴 한가운데에 있는 심장의 고동이 빨라지고 있었다. 고양이는 오븐 안을 북북 긁어대며 아직도 비명 같은 소리를 내고 있었고 이리저리 정신없이 뛰어 다녔다. 얼마 안 있어 살과 뼈가 타는 냄새가 오븐에서부터 점차 새어나와 방 안을 떠다니기 시작했다.

30분 후 듀샌더는 오븐을 열고 고양이의 시체를 끄집어내었다. 끄집어내는 데 사용한 바비큐 포크는 1킬로 반 떨어진 쇼핑센터에서 2달러 98센트를 주고 사 온 것이었다.

타버린 고양이 시체를 빈 비닐봉투에 집어넣었다. 그는 그 봉투를 지하실로 들고 내려갔다. 지하실의 바닥은 시멘트가 아닌 흙이었다. 다시 듀샌더는 위로 되돌아왔다. 부엌이 소나무 냄새로 가득 찰 때까지 스프레이를 눌러댔다. 창문을 전부 열어 놓았다. 바비큐 포크는 잘 씻어서 벽에 걸어 두었다. 그리고 나서 의자에 앉아 소년이 오기를 기다렸다. 웃음이 복받쳐서 멈추질 않았다.

토드가 온 것은 '오늘은 오지 않는구나.'라고 생각한 지 5분 뒤였다. 아이는 학교의 마크가 새겨진 재킷을 입고 있었다. 샌디에이고 파드리스의 야구 모자를 쓰고 교과서를 옆구리에 끼고 있었다.
"어, 무슨 냄새야?" 토드는 부엌에 들어오자 코에 주름이 생기도록 찌푸리며 이어 말했다. "뭐예요, 이 지독한 냄새는?"
듀샌더는 담배에 불을 붙이며 말했다.
"오븐을 사용해서 그런다. 저녁 식사를 완전히 태워버렸지 뭐니. 버렸어."

며칠이 지난 어느 날 소년은 평소보다 일찍, 평소 같으면 아직 학교가 끝나지 않았을 시간에 듀샌더의 집에 나타났다. 듀샌더는 부엌에 앉아서 에인션트 에이지의 버본을 채색이 벗겨진 컵으로 마시고 있었다. 컵 언저리에는 '엄마 커피 마셔요, 호! 호! 호!'라는 문자가 적혀 있었다. 듀샌더는 흔들의자를 부엌에 갖다 놓고 버본을 마시면서 몸을 흔들며 실내화 끝으로 색 바랜 리놀륨 바닥을 툭툭 치고 있었다. 굉장히 기분이 좋아 보였다. 귀를 물어뜯긴 수고양이를 죽이고 나서 어젯밤 전까지는 악몽을 꾸지 않았던 것이다. 그러나 어젯밤 꿈은 뜻밖에 무서운 것이었다. 그것은 부정할 수 없는 사실이다. 언덕을 절반쯤 올라갔을 때 녀석들에게 끌려 내려갔다. 그 다음 필사적으로 눈을 뜰 때까지 말로 할 수 없는 고통을 받았다. 그러나 몸부림치면서 다시 혼실 세계로 돌아온 듀샌더는 뜻밖에도 자신이 듬뿍 생겼다. 악몽은 언제든지 마음만 먹으면 꾸지 않을 수 있었다. 어쩌면 이번에는 고양이가 효력이 없을지도 모르지만 그때는 유기견 수용소를 찾으면 된다. 그래. 유기견 수용소는 어디에나 있다. 이렇게 생각하고 있을 때 토드가 느닷없이 부엌으로 들어왔다. 소년의 얼굴은 창백하게 굳어 있었고 땀으로 번들거리고 있었다. 확실히 체중이 줄어든 것 같았다. 듀샌더는 흰자위를 까뒤집은 듯한 아이의 기묘한 표정이 마음에 들지 않았다.

"당신은 나를 도울 책임이 있어."

갑자기 토드가 도전적으로 말했다.

"그래?"

듀샌더는 부드럽게 대꾸했으나 문득 불안이 밀려왔다. 그러나 토드가 교과서로 난폭하게 테이블을 내리치는 것을 보면서도 안색을 바꾸지 않았다. 그 중의 한 권이 빙글빙글 돌다가 오일클로스의 위를 미끄러져 텐트 모양을 한 채 듀샌더의 발끝으로 떨어졌다.

"그럼 당연하지!" 토드는 날카로운 목소리로 말했다. "장난하는 게 아니라고! 이건 당신 탓이니까! 전부 당신 때문이야!" 성홍열처럼 빨간 반점이 토드의 양 볼에 생겼다. "따라서 당신은 어떻게 해서라도 나를 도와주지 않으면 안 돼. 왜냐하면 내가 비밀을 쥐고 있으니까! 당신의 가장 아픈 곳을 내가 알고 있으니까!"

"내가 할 수 있는 일이라면 무슨 일을 해서라도 너를 도와주마."

듀샌더가 조용하게 말했다. 의식하지 않은 사이에 자기가 자연스럽게 두 손을 향해 깍지를 끼고 있다는 것을 알았다(옛날과 비슷하게.). 그는 그 두 손의 윗부분이 턱에 닿을 정도로 흔들의자 위에서 몸을 앞으로 구부렸다(조금은 옛날처럼.). 그 얼굴은 평온했고 매우 친절해 보였으며 좀 어이가 없다는 표정을 지었다. 불안이 조금씩 강해졌지만 얼굴에 조금도 내비치지 않았다. 그렇게 앉아 있으니 뒤의 렌지에서 램 스튜의 냄비가 끓고 있는 듯했다.
"무슨 걱정이 있는지 말해 봐라."
"이거야, 이게 빌어먹을 고민이지."
토드는 거칠게 말하고는 듀샌더에게 종이를 집어 던졌다. 그 종이는 듀샌더의 얼굴에 맞고 무릎 위로 떨어졌다. 그는 순간적으로 자신의 내부에서 용솟음친 격렬한 분노에 놀라움을 느꼈다. 벌떡 일어나서 손바닥으로 소년의 뺨을 때리고 싶은 충동이 일었다. 그러나 듀샌더는 평온한 표정을 잃지 않았다. 그것이 학교의 성적표라는 것은 알았다. 그런데 학교는 그 사실을 숨기기 위하여 바보 같은 정성을 들이는 모양이었다. 게다가 성적표라고 적지 않고 '학기말 경과보고'라는 이름을 붙였다. 노인은 콧소리를 내면서 안을 펼쳤다.
타이프로 친 메모가 아래로 떨어졌다. 그것은 나중에 보기로 하고 먼저 소년의 성적을 훑어보았다.
"밑바닥으로 떨어진 게로구나."
듀샌더는 약간의 쾌감을 느끼면서 그렇게 말했다. 소년이 합격점을 딴 것은 영어와 미국사뿐이었다. 나머지 과목은 모두 F였다.
"내 잘못이 아니야." 토드가 증오를 드러내며 말했다. "당신의 잘못이야. 그런 이야기를 해서 그래. 덕분에 악몽에 시달려. 알기나 해? 앉아서 교과서를 펼치면 그 순간부터 그날 말한 것들이 생각나기 시작해. 정신이 들고 나면 엄마가 이제 잘 시간이라고 말하는 소리가 들려. 그렇지만 그것은 내 잘못이 아니야! 듣고 있어? 내 탓이 아니라고!"

"잘 듣고 있단다."

듀샌더는 대답하고 나서 성적표 안에 끼어 있었던 타이프 친 메모를 읽기 시작했다.

친해하는 보던 부모님께.

아드님의 제2, 제3 학기의 성적에 대하여 간담회를 가지고 싶어서 이렇게 편지를 씁니다. 과거의 토드의 성적을 비추어 보아도 최근의 성적 저하는 어떤 개인적인 문제가 있어서, 그 문제가 면학에 나쁜 영향을 주고 있지 않나 하고 생각됩니다. 이러한 문제는 종종 솔직하고 개방적인 토론을 통해서 해결할 수 있습니다.

여기에서 지적하겠습니다만 토드는 학년의 중간시험은 통과했지만 4학기에 극적으로 성적이 좋아지지 않는 한 최종성적에서는 여러 과목이 낙제를 할 가능성이 있습니다. 낙제를 하게 되면 유급을 피하기 위해 여름학기의 보충수업을 받게 되고 스케줄에 상당한 불편이 생기게 됩니다. 또 하나 말씀드리고 싶은 것은 토드가 대학 진학반이지만 지금까지의 성적은 대학입학 허가 수준을 상당히 밑돌고 있습니다. 또한 대학 진학 적성시험의 학습능력 수준에도 미치지 못하고 있습니다. 저희는 가능한 희망하시는 날에 간담회를 갖고 싶습니다. 어려워 마시고 상담해 주십시오. 이러한 문제는 빨리 처리하는 것이 좋습니다.

경의를 표하며
에드워드 프렌치

"에드워드 프렌치가 누구냐?"

듀샌더는 그 메모를 성적표 안에 끼워 넣으면서 물었다. (마음속으로는 허세를 좋아하는 미국인에게 감탄하고 있었다. 아들이 낙제의 위기에 처한 것을 부모에게 알리기 위해 이런 예의바른 공문서 같은 것을 보내다니!) 그리고 다시 깍지를 끼었다. 불안의 예감은 이전보다 더 강해졌지만 거기에 굴복하지 않았다. 1년 전이라면 굴복했을지도 모른다. 1년 전의 듀샌더는 재난에 빠져 있는 느낌이었다. 그러나 지금은 다르다. 이 지긋지긋한 아이가 가져다 준 변화였다.

"너희 학교 교장이니?"

"고무장화 에드가? 웃기는군. 지도교사야."

"지도교사라니? 뭐야 그건?"

"생각해 보면 알 거 아니야?" 토드는 히스테리를 터뜨리기 일보 직전이었다. "그 지랄 같은 메모를 봤잖아!"

토드는 불안하게 방 안을 걸어 다니면서 날카로운 눈으로 듀샌더를 흘깃 쳐다보았다.

"빌어먹을! 나는 여름 보충수업에 안 가. 요번 여름에 아빠하고 엄마하고 하와이에 가기로 했는데, 씨발." 토드는 테이블 위의 성적표를 가리키며 분통을 터뜨렸다. "아빠가 이걸 보면 어떻게 할지 뻔해."

듀샌더는 머리를 흔들었다. 토드가 계속해서 말했다.

"내 비밀을 깡그리 털어놓게 할 거야. 모조리. 그러면 이 모든 게 당신 때문임이 밝혀지겠지. 다른 이유가 없잖아? 그 외에 특별히 변한 게 없으니까. 아빠는 꼬치꼬치 캐물을 거야. 그러면……

그러면, 나는…… 신뢰를 잃게 돼." 토드는 적의로 가득 찬 얼굴로 듀샌더를 바라보았다. "부모님은 나를 감시할 거고, 어쩌면 나를 의사에게 데리고 갈 거야. 거기까지야 알 수 없지만. 그러나 그런 바보 같은 짓은 안 할 거야. 개 같은 여름 보충수업에는 안 가."

"어쩌면 소년원에 갈지도 모르겠구나."

듀샌더가 평화롭게 말했다.

토드는 방을 돌아다니다 멈추었다. 얼굴이 얼어버린 것 같았다. 이미 파랗게 질린 뺨과 이마가 더욱 창백해졌다. 토드는 듀샌더를 째려보고 두 번 정도 중얼거리다가 겨우 말을 내뱉었다.

"뭐? 지금 뭐라고 했어?"

듀샌더는 극도의 참을성을 가지고 말했다.

"잘 들어라, 애야. 오 분 동안 시끄럽게 우는 네 목소리를 들었지만, 요약해 보면 이렇구나. 넌 지금 겁을 먹고 있어. 네가 하고 있는 일이 탄로 날지도 모른다고 말이야. 넌 현재 아주 난처한 처지에 놓여 있구나."

듀샌더는 토드의 주의를 완전히 끌었다는 것을 알고 컵에 든 버본을 한 모금 마셨다.

"얘야." 그는 계속해서 말했다. "네가 그런 태도를 취하는 것은 매우 위험하단다. 게다가 나도 매우 위험하지. 잠재적인 위험은 내가 훨씬 더 크다고 할 수 있으니까. 너는 성적표 일로 걱정하고 있지만 성적표 같은 것은 아무것도 아니야."

담뱃진이 배어버린 누런 손가락으로 듀샌더는 테이블 위의 성적표를 집어 던져버렸다.

"내가 걱정하는 것은 내 목숨이야!"

토드는 아무 말도 하지 않았다. 흰자위를 내보이면서 조금은 광기가 뒤섞인 눈초리로 듀샌더를 지켜보고 있었다.

"이스라엘 자식들은 내가 일흔여섯의 노인네라고 해서 보복을 주저하지는 않아. 거기서는 사형이 유효해. 특히 피고석에 있는 남자가 강제수용소와 관계가 있는 나치의 전범이라고 한다면 더욱더."

"당신은 미국 국민이잖아." 토드가 말했다. "미국은 당신을 이스라엘에 인도하지 않을 거야. 책에서 읽었어. 책에는……"

"책을 읽었어도, 중요한 대목을 빠뜨렸구나! 나는 미국 국민이 아니야. 나의 증명서는 코사 노스트라에서 만든 거야. 그 때문에 나는 외국으로 추방될 것이고 어디가 되었든 비행기에서 내리면 모사드의 요원들이 나를 기다리고 있을 테지."

토드는 두 손을 꽉 쥐고는 주먹을 보이면서 중얼거렸다.

"그러면 교수형을 당하면 되잖아. 당신을 알게 된 것이 잘못이었어."

듀샌더는 엷게 웃었다.

"그래, 그게 잘못이지. 그러나 너는 나와 관계를 맺고 있어. 우리들은 지금 살아남지 않으면 안 돼. 얘야, '그때 그렇게 하지 않았으면'이라는 후회를 할 때가 아니야. 너의 운명과 내 운명이 떼려야 뗄 수 없이 서로 얽혀 있다는 것을 잊지 마라. 만일 네가 흔히 말하듯이 '사냥개를 덤벼들게 하면' 나는 너에게 그렇게 안 할 것 같니? 파틴에서 70만 명이 죽었다. 세상 사람들이 보면 나는 범죄자고 괴물이기도 하고 미국의 좌익 신문은 나를 대량학살자라고 부르고 있어. 그렇다면 너는 전범 추종자야. 너는 불법으로 입국한 이민자가 있는 것을 알면서도 그것을 신고하지 않았지. 만약 내가 잡힌다면 난 너와의 일을 모두 세상에 밝힐 거야. 기자가 마이크를 들이대면 몇 번이고 네 이름을 되풀이할 거야. '토드 보던. 그래, 그것이 그 아이의 이름입니다. 기간은 어느 정도? 1년 가까이 됩니다. 그 아이는 모든 것을 알고 싶어 했습니다. 오싹오싹한 이야기의 전부를. 예, 그 아이는 이렇게 말했습니다. **오싹오싹하는 이야기 전부라고.**'"

토드는 아까부터 숨을 죽이고 있었다. 피부가 투명하게 된 것 같았다. 듀샌더는 토드에게 미소를 던지고는 버본을 조금 마셨다.

"너는 교도소에 처박힐 거야. 아! 소년원이겠지. 아니면 이 '학기말 경과보고'와 같은 멋진 이름인 '교정보호 시설'일지도 모르지." 그는 입술을 일그러뜨리고는 계속 말했다. "그러나 교도소든 소년원이든 그곳의 창문에 쇠창살이 박혀 있는 것은 틀림없지."

토드는 입술을 빨았다.

"당신은 거짓말쟁이야. 나는 그저 당신을 찾아냈을 뿐이라고 말하면 돼. 당신 말보다 사람들은 내 말을 믿을 거야. 그걸 잊지 마."

듀샌더의 엷은 웃음은 사라지지 않았다.

"아까 네 아버지에게 모든 것을 고백하겠다고 말한 걸로 기억하는데. 잘 될까?"

토드가 그 말을 듣고 천천히 입을 열었다. 그 모습은 상황 인식과 언어 표현이 동시에 일어나고 있는 사람의 모습이었다.

"어떻게 되겠지. 돌을 던져 창을 깬 것과는 다른 문제니까."

듀샌더는 속으로 얼굴을 찌푸렸다. 아이의 판단이 옳다고 생각했기 때문이었다. 이렇게 큰 도박을 앞에 두고 이 아이는 정말로 아버지를 교묘하게 설득할지도 모른다. 이런 불쾌한 상황에 직면했을 때 설득당하는 것을 싫어할 아버지가 어디에 있겠는가?
 "잘 될지도 모르지. 잘 안 될지도 모르고. 그러나 눈이 불편한 덴커 씨에게 읽어 준 그 많은 책에 대해서는 어떻게 설명할 거야? 내 시력은 옛날만큼은 아니지만 아직 안경 쓰지 않고도 작은 활자를 읽을 수 있는데. 증명할 수도 있고."
 "당신이 나를 속였다고 말할 거야!"
 "그래? 내가 어떤 이유로 너를 속였다고 할 거야?"
 "그건…… 친구가 되고 싶어서였다고 말하면 될 거야. 당신이 외로웠기 때문이라고."
 듀샌더는 생각했다. 진실에 어느 정도 가깝기도 하고, 어쨌든 신빙성이 있는 말이다. 처음이라면 그런 변명으로 빠져 나갈 수 있을 것이다. 그러나 지금의 이 아이는 수척해져 있다. 수명이 다한 코트처럼 봉제선이 풀리고 너덜너덜해져 있다. 만일 어떤 어린 아이가 길 건너편에서 장난감 총으로 쏜다면 이 소년은 덜컥 겁이 나서 여자 아이처럼 비명을 지를 것이다.
 "네 성적표가 내 주장을 뒷받침할 거야. 과연 성적이 이렇게 형편없이 떨어진 것이 외로운 '로빈슨 크루소' 탓이라고 할 거냐? 으응?"
 "시끄러워, 좀 조용히 하지 못해? 입 좀 닥치고 있어!"
 "아니, 입 닥치고 있을 수만은 없지." 듀샌더는 성냥을 가스오븐의 뚜껑에 그어서 담배에 불을 붙이고 말을 이었다. "네가 단순한 진리를 깨닫게 될 때까지는 말이야. 가라앉든지 헤엄을 치든지 나는 마찬가지야."

그는 담배 연기 너머로 토드를 바라보았다. 파충류를 연상시키는 이 늙은이의 얼굴에서 이젠 웃음이 사라지고 없었다.

"난 네 녀석을 끌고 들어갈 거야. 그것만은 약속할 수 있지. 만약 무엇인가 폭로된다면 모든 것을 까발리겠어. 그게 나의 약속이다."

토드는 볼멘 표정으로 그를 바라보았지만 아무 대답도 하지 않았다.

듀샌더는 불쾌한 용건을 정리한 사람처럼 시원스러운 태도로 말을 이었다.

"자, 그럼. 문제는 말이야, 우리가 이 상황에서 어떻게 손을 쓰느냐 하는 거야. 너에게 좋은 생각이라도 있니?"

"성적표는 이걸로 간단하게 고칠 수 있어." 토드는 재킷 주머니에서 새로운 잉크 지우개 병을 꺼냈다. "저 지랄 같은 메모는 어떻게 해야 할지 잘 모르겠지만."

듀샌더는 만족스럽게 잉크 지우개를 바라보았다. 자기도 예전에 몇 번인가 보고서를 위조한 적이 있었다. 터무니없고 공상적인 할당 숫자. 그리고 더 아득히 높은 할당을 위해. 그리고 지금 두 사람이 놓여 있는 상황과 매우 닮은 것은 보고서(답장)의 문제였다. 그것은 전리품을 정리해서 보내는 보고서였다. 매주 많은 보석상자를 점검했다. 그 모든 것은 바퀴가 달린 대형 금고를 연결한, 특별히 제작된 열차로 베를린으로 보냈다. 모든 금고의 측면에는 마닐라봉투가 첨부되었는데, 그 봉투 안에는 금고에 든 물건에 관한 확인 보고서가 들어 있었다. 반지, 목걸이가 각각 몇 개, 금이 몇 그램. 그러나 듀샌더는 자기만의 금고를 갖고 있었다. 그다지 귀중품은 아니지만 그렇게 싼 물건도 아니었다. 비취, 전기석, 오팔, 흠이 있는 두세 개의 진주, 공업용 다이아몬드. 베를린에 보내는 보고서에 기입된 품목 가운데 좋은 투자라고 생각되는 것이 있으면 그것을 슬쩍해서 자기의 보석함에 집어넣고는 잉크 지우개를 이용하여 보고서의 품목을 정정했던 것이다. 이런 일을 되풀이 하는 사이에 위조에 대해서도 상당한 실력을 쌓게 되었다. 이 재능은 전쟁이 끝난 다음에도 가끔 도움이 되었다.

"좋은데." 그가 토드에게 말했다. "또 다른 문제가 있는데……."

듀샌더는 버본을 홀짝거리고는 다시 몸을 흔들기 시작했다. 토드는 테이블 옆으로 의자를 가져와 아무 말 없이 성적표를 주워 들고 작업을 하기 시작했다. 듀샌더의 외면적인 냉정함에 감화되기라도 한 것처럼 지금의 소년은 성적표에 얼굴을 처박듯이 해서 열심히 묵묵하게 손을 움직이고 있다. 그 일이 옥수수를 심는 일이든, 리틀 리그의 월드 시리즈에서 상대를 노히트 노런으로 제압하는 일이든, 또는 성적표의 점수를 위조하는 일이든 신의 이름을 걸고 최선을 다한다고 맹세한 미국 소년인 차로.

머리털 언저리와 티셔츠의 둥근 옷깃 사이에 선명하게 노출된 가볍게 탄 소년의 목덜미를 듀샌더는 무심히 바라보았다. 그의 시선은 목덜미를 떠나서 고기 자르는 칼이 들어 있는 선반의 가장 윗서랍을 떠돌았다. 재빠른 일격(급소는 알고 있다.), 그것으로 아이의 척추를 절단 낼 수 있을 것이다. 아이의 입술은 영구적으로 닫히게 될 것이다. 듀샌더는 아쉬운 듯이 미소를 지었다. 만일 소년이 행방불명이 되면 경찰이 수사를 하게 될 것이다. 이런 저런 질문들이 시작될 것이다. 그리고 자기에게도 그 질문이 날아올 것이다. 아이가 친구에게 맡겨놓은 편지가 없다고 해도 경찰의 주도면밀한 수사를 견디기 힘들 것이다. 아쉬운 일이다.

듀샌더는 메모를 손으로 가리키면서 말했다.

"이 프렌치라는 사람 말인데. 그 사람이 평소에 네 부모님과 교류를 한 적이 있니?"

"그 자식이? 우리 아빠와 엄마가 갈 만한 곳은 그 자식이 있을 수도 없는 곳이라고."

토드는 경멸하듯이 말을 내뱉었다.

"그렇다면 지금까지 교사의 자격으로 네 부모님과 만난 적은?"

"없어. 나는 언제나 우등생이었으니까. 여태까지는."

"그렇다면 그는 네 부모님에 대해 뭘 알고 있을까?" 듀샌더는 꿈이라도 꾸는 듯한 눈매로 거의 비어 있는 컵을 들여다보았다. "그래, 그가 너에 대해 잘 알고 있겠지. 너에 대해 참고가 될 만한 기록은 전부 가지고 있음에 틀림없어. 네가 유치원 운동장에서 벌인 싸움까지도 말이야. 그러나 네 부모님에 대해서는 아무것도 모른다는 말인데……."

토드는 만년필과 잉크 지우개의 뚜껑을 옆으로 밀었다.

"그러니까……, 이름을 알고 있어. 나이도 알겠지. 그리고 우리 집이 감리교라는 것도 알고 있고. 종교란은 비워 두어도 괜찮은데 아빠는 언제나 적거든. 교회는 잘 안 가지만 우리 집 종교가 감리교라는 것은 알고 있을 거야. 아빠 직업이 뭔지도 알 테고. 조사용지에 그 항목이 있어. 매년 새롭게 써서 제출하거든. 그뿐이야."

"만일 너희 부모님 사이에 불화가 있다고 하면, 그가 알아챌 수 있을까?"

"무슨 말이지?"

듀샌더는 컵에 조금 남아 있는 버본을 들이켰다.

"부부싸움 말이다. 네 아버지가 긴 의자 위에서 밤잠을 잔다든가, 너희 어머니가 술을 많이 마신다든가." 듀샌더는 눈을 번뜩거렸다. "또는 이혼 이야기가 나온다든가 말이야."

토드가 발끈하며 소리를 질렀다.

"그런 일 없어! 절대로 그럴 리가 없다고!"

"언제 그런 일이 있다고 그랬니? 그렇지만 얘야, 생각해 봐. 만약 너희 가정이 흔히 말하는 '비탈길에서 굴러 떨어진다.'는 얘기와 같은 상태라고 한다면?"

토드는 미간을 좁히고 그를 바라볼 뿐이었다.

"너는 부모님 때문에 걱정을 하게 되겠지." 듀샌더는 덤덤하게 말했다. "그 걱정을 견딜 수 없고, 식욕도 사라지고, 밤에 잠도 잘 안 오고. 무엇보다 슬픈 것은 책이 손에 잡히지 않는다는 것이지. 안 그래? 아이들에게 무엇보다 슬픈 일이지, 부모의 불화는."

토드의 눈에는 이해의 빛이 떠돌았다. 이해와 무언의 감사와도 같은 것이. 듀샌더는 만족했다.

"그래, 집안이 붕괴의 위험에 처해 있다는 것은 확실히 불행한 상황이지." 듀샌더는 버본을 따르면서 거드름을 피우며 말했다. 흠뻑 취기가 돌았다. "TV 드라마를 참고해 보면 당연한 일이야. 험악한 공기. 상호 중상과 거짓말. 무엇보다도 거기에는 고통이 있

우등생 271

어. 고통 말이야. 너는 부모님이 어떤 지옥을 헤매고 있는지 상상도 할 수 없어. 그 두 사람은 자기들의 싸움에 완전히 몰두한 결과 귀여운 아들의 고민을 풀어줄 여유도 없어. 아들의 고민은 자기들의 고민과 비교도 안 된다고 생각하기 때문이야. 그렇지 않을까? 언젠가 마음의 상처가 아물고 나면 부모님도 아들에게 더 많은 관심을 가지게 되겠지. 그러나 지금 두 사람이 할 수 있는 유일한 서로간의 양보는 마음 좋은 할아버지를 프렌치 선생에게 보내는 것이야."

토드의 눈은 점차로 생기를 되찾아 지금은 백열전구처럼 빛을 발하고 있다.

"잘 될까?" 작게 혼잣말로 중얼거렸다. "어쩌면. 어쩌면 잘 될지도 몰라……."

소년은(토드가) 갑자기 침묵했다. 다시 눈빛이 엷어져 갔다.

"안 돼. 잘 안될 거야. 당신은 나와 전혀 닮지 않았잖아. 고무장화 에드는 속지 않을 거야."

"멍청하긴! 그런 허튼소리가 어디 있냐?"

듀샌더는 그렇게 외치고는 벌떡 일어났다. 그는 조금 어정거리는 발걸음으로 부엌을 가로질러 지하실의 문을 열고 새 에인션트 에이지 병을 끄집어냈다. 마개를 돌려 컵에 찰랑찰랑하게 따랐다.

"머리가 재빠르기는 하지만 어쩔 수 없는 돌머리구나. 언제부터 손자하고 할아버지가 닮았지? 나는 백발이 성성한데 너도 백발이니?"

듀샌더는 테이블로 돌아가서 의외라고 느낄 정도로 민첩하게 손을 뻗어 토드의 풍성한 머리카락을 붙잡고 꽉 끌어당겼다.

"아! 아파."

토드는 그렇게 외쳤지만 얼마간은 밝은 얼굴이 되어 있었다.

"그리고……." 듀샌더는 흔들의자로 돌아가서 말을 계속했다. "너는 금발이고 파란 눈을 가지고 있어. 내 눈은 파랗고 이 머리가 하얗게 새기 전에는 금발이었어. 지금부터 네 집안의 역사에 대해 말해 봐라. 숙부나 숙모에 대해서. 네 아버지와 일하고 있는 동료들에 대해서. 어머니의 취미에 대해서. 내가 기억해 두겠다. 공부해 두도록 하지. 이틀 후에는 홀딱 잊어버리겠지만. 최근의 내 기억력은 자루에 물을 넣어 두는 것과 같거든. 그러나 잠깐 동안은 기억할 수 있을 게다."

노인은 기분 나쁘게 웃었다.

"그래도 젊었을 때는 비젠탈의 의표를 찔러 히믈러 그 사람도 아무렇지 않게 속인 적이 있는데 말이야. 미국 초등학교의 교사 하나 속이지 못하면 수의를 몸에 걸치고 스스로 무덤으로 기어 들어가는 편이 훨씬 낫겠지."

"아마, 잘 될 거야."

토드는 천천히 말했다. 듀샌더는 상대가 이미 승낙한 것을 알았다. 토드의 눈은 안도의 빛으로 가득 찼다.

"틀려, '반드시' 잘 될 거야."

듀샌더가 소리쳤다.

그는 흔들의자를 앞뒤로 삐걱거리며 쿡쿡 웃기 시작했다. 토드는 이상한 듯 약간 공포심을 느끼면서 그를 바라보았지만 결국 그도 웃기 시작했다. 듀샌더의 부엌에서 두 사람은 웃고 또 웃었다. 듀샌더 옆의 열린 창에서 따스한 캘리포니아의 산들바람이 불어왔다. 그리고 토드는 부엌의 의자를 뒤로 기울여서 의자의 등을 오븐의 문에 기댔다. 그 하얀 에나멜에 탄 듯한 검은 선이 옆으로 쭉쭉 나 있는 것은 듀샌더가 거기에다 성냥을 그어 대서 생긴 자국이었다.

고무장화 에드 프렌치(토드가 듀샌더에게 설명한 것에 따르면 이 별명은 비가 오는 날이면 언제나 운동화 위에 고무로 만든 신발을 신는 것에서 유래한 듯싶다.)는 비쩍 마른 사람이었고, 언제나 일부러 케즈 스니커즈를 신고 학교에 왔다. 그런 스스럼없는 태도를 취함으로써, 카운슬링의 대상인 열두 살부터 열네 살까지의 106명의 학생들이 자기를 좋아할 것이라고 믿는 모양이었다. 그는 남색에서 노란색까지 색이 다른 다섯 켤레의 케즈 운동화를 가지고 있었다. 그러나 그 때문에 '고무장화 에드'뿐 아니라 '운동화 피트'라든지 케드맨이라고 불린다는 것은 전혀 몰랐다. 그 창피한 사실과 그 별명의 유래를 알게 된다면 필시 지독한 굴욕감에 빠질 것이 틀림없었다.

그는 넥타이를 잘 매지 않고 터틀넥 스웨터를 즐겨 입었다. 60년대 중반에 데이비드 맥컬럼이 「U. N. C. L. E에서 온 사나이」에서 터틀넥 스웨터를 유행시킨 이래 쭉 그것을 입었다. 대학시절에는 정원을 가로질러 가는 그를 보고 학교 친구들이 이렇게 수군거리곤 했다. '풋내기가 U. N. C. L. E 스웨터를 입고 나타났다.'라고. 그는 교육심리학을 전공했으며, 마음속으로 자기가 누구보다도 뛰어난 카운슬링 지도자라고 생각하고 있었다. 자기는 아이들과 진실한 신뢰관계를 가지고 있다, 자기는 아이들과 진지하게 얘기하는 것이 가능하다, 자기는 아이들과 잘 어울리고 잘 통하며 만일 상대가 제멋대로 행동을 하며 비뚤어지려고 할 때 아무 말 없이 동정을 표시할 줄도 안다, 자기는 그들의 고민을 철저하게 함께 할 수 있다 등……. 그것은 자기가 13살 때에 누군가에게 놀림을 당하거나 자기 뜻대로 되지 않았을 때 얼마나 약이 올랐었던가를 기억하고 있기 때문이며, 이런 기억들이 아이들을 이해하는 토대가 된다고 생각했다.

그러나 사실 13살 때에 자신이 어떤 소년이었는지는 그는 잘 기억해 내지 못했다. 그것은 50년대에 성장한 사람들이 받아야 하는 보상이라고 생각했다. 그리고 풋내기라는 별명을 갖고 60년대의 멋진 신세계를 여행할 수 있었던 것은 또 다른 보상이라고 생각했다.

지금 토드 보던의 할아버지가 사무실에 들어왔다. 작은 돌 모양 무늬의 유리문이 반듯하게 닫혔을 때, 고무장화 에드는 존경을 표하며 일어나기는 했지만 일부러 책상을 돌아가서 노인에게 인사하는 노력은 하지 않았다. 자기의 스니커즈가 마음에 걸렸기 때문이다. 대체로 노인들은 스니커즈가 선생 콤플렉스가 있는 아이들에게 심리적 구제책이 된다는 것을 이해하지 못하며, 일부의 노인들은 케즈 스니커즈를 신은 카운슬링 지도자를 곱게 보지 않았다.

'이 사람은 대단한데.'라고 고무장화 에드는 생각했다. 노인은 백발을 정성스럽게 뒤로 곱게 빗어 넘겼다. 잘 갖춰 입은 양복은 주름 하나 없이 깨끗했다. 보라색을 띤 짙은 회색 넥타이를 맨 것도 흠 잡을 곳이 없었다. 접힌 검은 우산을(밖은 주말부터 안개비가 계속해서 내리고 있었다.) 거의 군대식이라 할 정도로 왼손에 들고 있었다. 이삼 년 전에 고무장화 에드와 그 아내는 도로시 세이어스에게 빠져서 그 위대한 여류탐정소설 작가가 쓴 작품을 손에 넣을 수 있는 한 닥치는 대로 읽은 일이 있었다. 그는 갑자기 그 생각을 떠올렸다. 이 노인은 세이어스가 창조한 명탐정 피터 윔지경을 그대로 닮았다. 다른 것이 있다면 소설 속에서는 집사인 번터와 그의 아내인 해리엇 베인과 함께 있는 75세의 윔지였지만……. '집에 돌아가면 바로 손드라에게 말해 주어야지.'라고 마음속에 적어 두었다.

"보던 씨." 그는 공손하게 한 손을 내밀었다. "처음 뵙겠습니다."

보던은 그 손을 잡았다. 고무장화 에드는 학부형들과 악수할 때와 달리 힘을 넣지 않으려고 신경 썼다. 노인이 머뭇머뭇 손을 내미는 것을 보아서는 관절 류머티즘을 앓고 있는 것이 분명했다.

"처음 뵙겠습니다, 프렌치 씨."

보던은 인사를 하고 의자에 앉으면서 바지의 무릎을 당겨 올렸다. 두 다리 사이에 우산을 세웠다. 노인의 모습은 늙기는 했지만 매우 세련된 대머리 독수리가 사무실에 날아와서 나무에 앉아 있는 느낌을 주었다. '말에 조금 사투리가 있는 듯한데.'라고 고무장화 에드는 생각했다. 윔지라면 시원스러운 영국 상류계급의 억양을 썼겠지만 노인은 텁텁한 유럽 사투리를 사용했다. 여하튼 토드와 매우 닮았다는 것은 놀라운 일이었다. 특히 코와 눈 부분이.

"어려운 걸음 하셨습니다." 고무장화 에드는 의자에 앉았다. "대부분 이러한 경우는 학생의 어머니와 아버지가……."

이 말은 다음 말을 꺼내기 위한 실마리였다. 10년 가까이 지도

교사로 일한 경험에서 생긴 확신이지만, 부형간담회에 숙부나 숙모 아니면 할아버지가 나타나는 것은 대개가 가정불화가 있는 경우였다. 그리고 그런 종류의 불화는 예외 없이 학생 문제의 직접적인 원인으로 판명이 났다. 고무장화 에드는 부담이 가벼워지는 것을 느꼈다. 가정 붕괴도 귀찮은 일이지만 토드처럼 머리가 좋은 소년의 경우 습관성 마약의 경우가 훨씬 더 귀찮다.

"예, 물론입니다." 보던은 슬픔과 분노를 동시에 얼굴에 나타냈다. "아들 녀석과 며느리는 '저희들 대신 가 주세요. 이 슬픈 문제를 프렌치 씨와 얘기해 주세요.'라고 부탁했어요. 좋은 아이입니다. 믿어 주십시오. 학교성적이 떨어진 것은 아주 일시적인 현상입니다."

"예, 저희도 그렇기를 바라고는 있습니다. 안 그렇습니까? 보던 씨. 아! 담배 말입니까? 마음대로 피우세요. 교내에서는 금연이지만 제가 아무 말 하지 않으면 되지 않겠습니까?"

"고맙습니다."

보던 씨는 눌려 찌부러진 카멜을 주머니에서 꺼내어 지그재그로 구부러진 두 대의 담배 중 한 대를 입에 물고 다이아몬드 블루 성냥을 꺼내 검은 구두의 발뒤꿈치에 성냥을 그어서 불을 붙였다. 한 모금 빨고 나서 노인 특유의 습한 기침을 한 후, 성냥을 흔들어 불을 끄고는 고무장화 에드가 내민 재떨이에 검게 변한 성냥의 타고 남은 찌끼를 넣었다. 고무장화 에드는 상대가 구두에 담뱃불을 붙이는 의식을 흥미를 숨기지 않고 홀린 듯이 지켜보았다.

"어디서부터 시작할까요?"

마음에서 우러나온 걱정이 새겨진 보던의 얼굴이 피어오르는 자주색 연기 너머에서 고무장화 에드를 바라보고 있었다.

"예, 시작해야죠." 고무장화 에드는 부드럽게 대답했다. "할아버지께서 부모 대신에 여기에 오신 것을 보니 어느 정도 해결에 가까이 간 느낌이 듭니다."

"그래요? 역시……."

노인은 팔짱을 끼었다. 카멜이 오른손의 둘째 손가락과 셋째 손가락 사이에 삐죽 나와 있었다. 노인은 등을 쭉 펴고 턱을 당겼다. 이 노인이 단도직입적으로 말하는 모습은 프로이센의 독특한 방법에 가깝다고 고무장화 에드는 생각했다. 어릴 때 많이 보았던 전쟁영화가 왠지 연상되었다.

"아들과 며느리는 가정 내의 문제를 안고 있습니다." 보던은 한마디 한마디 끊어서 토해내듯이 말했다. "상당히 심각한 고민입니다."

노인치고는 놀라울 정도로 빛을 내는 그 눈은 고무장화 에드가 책상 위 서류철에서 파일을 펼쳐드는 것을 지그시 보고 있었다. 파일 안에는 몇 장의 서류가 들어 있었는데 매수는 그리 많지 않았다.

"그러면 그 고민이 토드의 학업 성적에 영향을 미쳤다는 말씀이신가요?"

보던은 15센티 정도 몸을 내밀었다. 그 푸른 눈은 고무장화 에드의 갈색 눈동자에서 한 번도 떨어지지 않았다. 깊은 생각에 잠긴 듯한 침묵이 흐르고 난 뒤 보던이 말했다.

"며느리가 술을 마십디다."

노인은 다시 막대기를 세워둔 듯한 자세로 되돌아갔다.

"예에."

고무장화 에드가 말하자 보던은 엄숙하게 고개를 끄덕였다.

"그렇게 된 겁니다. 아이가 그러는데, 학교에서 돌아오면 부엌 테이블 위에서 만취해 자고 있는 어머니를 본 적이 두 번이나 있다더군요. 제 아버지가 어머니의 음주벽에 대해 어떻게 생각하는지 알고 있는 아이는 그럴 때마다 스스로 저녁 식사를 오븐에 넣어서 데우고 어머니에게는 뜨거운 블랙커피를 잔뜩 마시게 했답니다. 그래서 최소한 딕이 돌아오기 전에는 눈을 뜨게 만들었고요."

"그거 안된 일이네요."

그렇게 맞장구를 치면서 고무장화는 지금까지 들은 더 지독한 고민들을 생각해 냈다. 헤로인 중독이 되어버린 어머니들. 갑자기 딸을 덮치거나, 혹은 자기의 아들을 범하고 싶어 하는 미친 아버지들.

"보던 부인이 자신의 문제를 전문가에게 상담해 본 적은 없습니까?"

"아이도 그 방법이 가장 좋다고 며느리를 설득해 본 모양입니다. 하지만 며느리는 자신의 상황을 매우 수치스럽게 여기고 있답니다. 조금만 더 시간을 주면……."

노인이 담배를 쥔 손을 웅변하는데 사용하자 사라져가는 담배연기의 원이 공중에 남았다.

"상황을 아시겠습니까?"

"예, 물론 잘 알 것 같습니다."

고무장화 에드는 고개를 끄덕이면서 담배연기로 원을 그리는 모습을 보며 감탄했다.
"아드님……, 그러니까 토드의 아버지는……"
"그 녀석도 절반은 책임이 있습니다." 보던은 엄격한 말투로 말을 이었다. "직장에서 늦게 오거나 식사시간을 지키지 않으며 밤에도 갑자기 출근하기도 하고……. 프렌치 씨, 여기니까 말하겠는데 그 녀석은 모니카보다도 일과 결혼했다고 하는 것이 더 옳을 것입니다. 나는 남자에게 가장 중요한 것은 가족이라고 교육받으며 자랐습니다. 당신도 마찬가지 아닙니까?"
"예, 말씀하신 그대로입니다."
고무장화 에드는 진심으로 대답했다. 아버지는 로스앤젤레스의 커다란 슈퍼의 야간 경비를 하고 있었기 때문에 그가 아버지를 만날 수 있는 것은 주말과 휴가 때뿐이었다.
"그것이 문제의 다른 한 면입니다."
보던이 말했다.
고무장화 에드는 고개를 끄덕이고 잠시 생각했다.
"보던 씨, 또 다른 아드님은 어떻습니까? 그러니까……." 파일을 훑어보면서 말했다. "해롤드 씨군요. 토드의 숙부 말입니다."
"해리와 데보라는 지금 미네소타에 있습니다." 보던은 알고 있는 사실을 대답했다. "그 녀석은 그곳의 의과대학에서 일하고 있습니다. 그곳을 떠나는 것은 그 아이에게는 무척 어려울 뿐만 아니라 그것을 요구한다는 것도 좀 지나친 처사라는 생각이 듭니다."
노인의 얼굴은 공정한 표정을 띠었다.
"해리와 며느리는 정말 원만하게 결혼생활을 보내고 있으니까."
"알겠습니다."
고무장화 에드는 다시 한 번 파일에 눈을 주고 표지를 덮었다.
"보던 씨, 솔직히 말씀해 주셔서 많은 도움이 되었습니다. 저도 솔직하게 말씀드리겠습니다."
"고맙습니다."
보던은 딱딱하게 대답했다.
"카운슬링을 하는 우리들은 기대만큼 학생들에게 충분한 것을 해 주지는 못합니다. 여기에는 여섯 명의 지도교사가 있지만 각각 100명 이상의 학생을 상대하고 있습니다. 여기에 가장 늦게 오신 헵번 선생은 115명이나 담당하고 있습니다. 이 시대, 이 사회의 모든 아이들에게 도움이 필요합니다."
"그렇고말고요."
보던은 재떨이에 거칠게 담배를 눌러 끄고 다시 팔짱을 끼었다.
"때로는 심각한 문제임에도 그냥 지나칠 때도 있습니다. 가장 많은 것이 가정환경과 마약, 이 두 가지입니다. 최소한 토드는 스피드나 메스칼린, PCP를 쓰고 있지는 않습니다."
"당연하죠."
"때로는……." 고무장화 에드가 계속해서 말을 했다. "우리들이 손을 댈 수 없 경우도 있습니다. 마음이 무거워지는 일입니다만 그것은 또한 삶의 진실 중 하나이기도 합니다. 일반적으로 여기서 우리들이 가장 먼저 선도해야 할 대상은 교실 내의 말썽꾼들입니다. 행동이 삐뚤고 마음을 털어 놓지 않는 아이, 노력하지 않으려고 하는 아이들이 바로 그들입니다. 그들은 학교의 시스템을 역이용하여 성적불량으로 자기를 퇴학시키는 때를 기다리거나, 부모의 동의 없이 학교를 그만둘 수 있는 나이…… 그러니까 군에 지원 입대하던가, 세차장에서 일하든지, 남자 친구하고 결혼할 수 있는 나이가 되는 것을 기다리고 있을 뿐인 열등생에 지나지 않습니다. 무슨 말인지 아시겠습니까? 생각하는 바를 숨김없이 솔직하게 말씀드렸습니다. 우리들의 시스템은 분명히 말해서 그다지 평판이 좋지 않습니다."

"솔직히 말해 주셔서 감사합니다."

"그러나 그 시스템이 토드 같은 학생을 잘라내야 하는 것을 보면 마음이 아픕니다. 그의 작년 성적은 평균 92점으로 상위 5퍼센트에 들어 있었습니다. 영어 성적은 대단히 뛰어납니다. 토드는 글 쓰는 재주가 뛰어난데 요즘 학생들에게 드문 일입니다. 요즘 아이들은 문화를 TV앞에서 시작해서 가까운 극장에서 끝나는 것으로 생각합니다. 작년 작문반에서 토드를 담당했던 여선생님과 이야기를 해 보았습니다. 그 여선생님은 토드가 제출한 학기말 리포트가 20년간의 교사생활 중에 본 최고의 작문이었다는 말을 하더군요. 제2차 세계대전 독일의 강제수용소가 그 주제였습니다. 그녀는 작문반에서 전무후무하게 A플러스를 주었다고 하더군요."

"나도 그것을 읽어 보았습니다." 보던이 말했다. "대단히 뛰어났습니다."

"아이는 사회과학과 생명과학 모두 평균 이상의 능력을 보이고 있고 금세기 유수한 대수학자가 되고 싶어 하는 것 같지는 않은데 대수를 열심히 공부하더군요. 작년까지 말입니다. 작년까지.

이것이 전부입니다. 뭐, 간단한 요약입니다만."

"그렇습니까?"

"보던 씨, 저는 토드가 언덕길에서 굴러 떨어지는 것을 가만히 두고 볼 수는 없습니다. 게다가 여름 학기 보충수업은…… 그렇지, 솔직히 말씀드리기로 약속했지요. 여름 보충수업은 토드 같은 학생에게는 백해무익한 것입니다. 중학교의 보충수업이라는 것은 마치 동물원과 같아서요. 교실 안에는 원숭이나 웃고 있는 하이에나만 있는 것이 아니라 도도새의 무리들도 있습니다. 토드 같은 소년에게는 별로 좋지 않은 친구들 말입니다."

"예, 확실히 그렇겠군요."

"그렇기 때문에 거두절미하고 말씀드리겠습니다. 저의 제안은 이렇습니다. 보던 씨 부부에게 시내의 카운슬링 센터에 몇 번쯤 가게 해 주십시오. 물론 모든 것은 비밀입니다. 거기에서 카운슬링을 하고 있는 해리 액커먼은 내 친구니까 그런 걱정은 하지 않으셔도 됩니다. 단, 토드가 부모님께 그것을 권하는 것은 그리 좋지 않습니다. 직접 권해 주셔야 합니다." 고무장화 에드는 빙그레 웃었다. "그렇게 하면 6월까지는 모두가 제자리를 찾게 될 것입니다. 결코 불가능한 일이 아닙니다."

그러나 보던은 그 제안에 강한 반발을 느꼈다.

"아니오, 만일 그 제안에 대해 말을 꺼내면 아들 녀석과 며느리는 제 자식을 미워하게 될지도 모르겠군요. 상황이 매우 미묘해서 말이죠. 어떤 행동을 취하게 될지 예측을 할 수 없거든요. 그 아이는 지금부터 더 열심히 공부하겠다고 나와 약속했습니다. 그 아이도 성적이 떨어진 것에 대해 큰 충격을 받았습니다." 노인의 엷은 미소는 에드 프렌치가 해석하기 어려운 미소였다. "선생님이 상상하는 것보다 훨씬 더 강한 충격을 말이요."

"그러나……."

"게다가 두 내외는 나에게 증오를 퍼부을지도 몰라요." 보던은 재빠르게 말을 낚아챘다. "그것은 신의 이름을 걸어도 좋을 정도로 분명해요. 모니카는 이미 나를 쓸데없이 참견하는 늙은이로 취급하고 있습니다. 그렇게 되지 않도록 나도 노력은 해 보겠습니다만, 상황을 이해하실 수 있으시겠습니까? 그러니까 만사를 그냥 가만히 내버려두는 것이 최선이라고 생각합니다. 당분간은 말이죠."

"저는 이런 문제에 대해서 많은 경험이 있습니다." 고무장화 에드는 토드의 파일 위에 양손을 끼고 정면으로 노인을 바라보았다. "역시 카운슬링이 필요합니다. 아드님 내외가 안고 있는 가정 내의 문제에 관한 저의 관심이 토드에 대한 영향의 측면에서만 생각하고 있다는 것을 알아주셨으면 좋겠습니다. 그런데 지금 현재 그 가정의 문제는 토드에게 중대한 영향을 미치고 있기 때문에……."

"내가 반대 제안을 하겠습니다." 노인이 말을 가로챘다. "분명히 학교에는 성적 불량의 경우 부모에게 경고하는 시스템이 있지요?"

"있습니다." 고무장화 에드가 주의 깊게 대답했다. "IOP 카드, 학습상황 설명카드라고 부릅니다. 물론 아이들은 낙제카드라고 부르지요. 학생이 이 카드를 받게 되는 것은 어느 과목에서 성적이 78점 이하로 떨어진 경우입니다. 그러니까 어떤 과목에서 D나

F를 받은 학생만 IOP 카드를 받게 됩니다."
"음."
보던은 고개를 끄덕이며 들었다.
"그렇다면 나의 제안은 이렇습니다. 만일 그 아이가 그 카드를 한 장이라도…… 단 한 장이라도 받는다면." (관절을 편 손가락 하나를 세우고) "내가 아들 녀석과 며느리를 만나서 당신의 카운슬링에 대해서 말하겠습니다. 아니 그뿐 아닙니다. 만약 그 아이가 4월에 그 낙제카드를 한 장이라도 받는다면……"
"5월에 나눠 줍니다, 실제로는."
"그래요? 만일 그 아이가 그때 한 장의 낙제카드라도 받는다면 아들 내외를 카운슬링 센터에 보낼 것을 내가 보증하겠소이다. 그 두 사람도 자기들 아이에 대해서는 꽤 신경을 쓰는 편이라서. 지금은 자기들 문제로 머리가 복잡하기 때문에……"
"알겠습니다."
"따라서 그 아들내외가 자신의 힘으로 문제를 해결할 때까지 조금 시간을 주면 좋지 않겠습니까? 자신의 힘으로 문제를 해결한다. 이것이 미국인의 신조 아닙니까? 틀립니까?"
"분명히 그렇기는 합니다."
고무장화 에드는 잠시 생각한 다음, 그리고 흘낏 벽시계를 보고 나서 말했다. 오 분 후에 다음 면접 약속이 있다.
"그 제안을 받아들이겠습니다."
그가 일어나자 보던도 일어났다. 두 사람은 다시 한 번 악수를 했고 이번에도 에드는 노인의 관절 류머티즘에 신경을 썼다.
"그렇지만 제가 보는 견해를 말씀드리면, 얼마 남지 않은 4주의 수업에서 18주 동안 공부한 것을 쫓아갈 수 있는 학생은 극히 드뭅니다. 기초부터 하지 않으면 안 됩니다. 그 기초가 대단한 분량이어서……. 제 생각으로는 결국 보던 씨의 아드님 내외에 대한 보증 쪽에 기대할 수밖에 없다는 생각이 듭니다."

보던은 그 이해하기 어려운 엷고 수수께끼 같은 미소를 떠올렸다.

"그럴까요?"

그 말밖에 하지 않았다.

고무장화 에드는 왠지 모르게 면접 도중 계속 신경 쓰이는 것이 있었는데 그게 뭔지는 알 수 없었다. 그 원인을 알아낸 것은 그로부터 한 시간이 지나서 식당에서 점심을 먹을 때였다.

토드의 할아버지와의 대화는 적어도 15분, 아마도 20분 가까이 계속 되었는데, 에드가 기억하는 내에서 노인이 손자를 언급할 때 한 번도 이름을 부르지 않았다는 것이다.

토드는 숨을 죽이고 듀샌더의 집으로 자전거를 타고 들어가 자전거를 구석에 세웠다. 학교가 끝나고 바로 달려온 것이다. 그는 현관 앞 계단을 한 걸음에 뛰어올라 열쇠로 문을 열고 복도를 재빠르게 지나 햇빛이 비쳐드는 부엌으로 들어갔다. 희망의 햇살과 음울한 구름이 뒤섞인 듯한 얼굴이었다. 그는 명치와 성대에 응어리를 느끼며 잠시 부엌 입구에 서 있었다. 듀샌더가 무릎 위에 버본 컵을 들고 의자를 흔들고 있는 것을 지켜보았다. 노인은 넥타이를 5센티 정도 풀어 헤치고 와이셔츠 소매 단추를 풀어 놓았지만 아직 양복은 입은 채로 있었다. 도마뱀을 닮은 눈을 절반쯤 감고는 무표정하게 토드를 올려다보았다.
"어땠어?"
토드는 겨우 목소리를 짜냈다.
듀샌더는 소년을 애태우게 했다. 적어도 10년은 흘렀을 거라고 생각할 만큼 긴 순간이었다. 듀샌더는 서서히 컵을 테이블 위의 에인션트 에이지 병 옆에 내려놓았다.
"그 얼간이가 완전히 속았어."
안심한 토드는 한꺼번에 숨을 몰아쉬었다.
듀샌더는 토드가 다음 숨을 들이마시기 전에 말을 계속했다.
"그는 가련한 고민을 안고 있는 네 부모님께 시내에 있는 자기 친구가 하고 있는 카운슬링 센터에 갈 것을 권유했어. 상당히 강경하더라고."
"맙소사! 그래서…… 뭐라고…… 어떻게 해서 그걸 빠져나왔어?"
"순간적으로 생각했지. 사키의 단편에 나오는 그 소녀처럼, 즉석에서 이야기를 만들어서 사실을 조작하는 것이 내 특기 아니냐? 그래서 이렇게 약속했어. 만일 네가 5월에 낙제카드를 한 장이라도 받으면 네 부모님을 카운슬링 센터로 데리고 가겠다고."
토드의 얼굴에서 핏기가 싹 가셨다.
"뭘 약속했다고? 채점 기간이 시작되고 나서 이미 대수 시험에서 두 번, 역사 시험에서 한 번 낙제점을 받았단 말이야!"
그 목소리는 절규에 가까웠다.
창백한 얼굴을 땀으로 번뜩이면서 토드가 방 안으로 들어왔다.
"어제 오후는 프랑스어 시험이 있었는데 그것도 결과는 뻔해.

틀림없이 낙제라고. 머릿속이 꽉 차서 아무것도 생각할 수가 없었어. 고무장화 에드의 일이라든지, 당신이 그 녀석을 잘 요리했는지가 신경 쓰여서 말이야. 잘 구워삶았다고 믿었는데…… 당신에게 질렸어." 토드는 불쾌한 듯이 지껄여댔다. "한 장의 낙제 카드라고? 5, 6장 정도는 너끈히 받을걸."

"그것이 의심을 받지 않고 할 수 있는 최선의 방법이었다." 듀샌더는 대답했다. "그 프렌치 선생은 얼간이일지는 모르지만 정확하게 자기의 할일을 하고 있어. 이번에는 네가 자신의 일을 할 차례야."

"무슨 뜻이야?"

토드는 험악한 얼굴이었고 목소리는 반항적이었다.

"공부해. 월요일에는 각 과목의 선생님들을 만나서 지금까지의 나쁜 성적에 대해서 잘못했다고 말하고. 지금부터는……"

"절대로 그럴 수 없어. 아니 모르는 거야? 불가능한 일이잖아. 과학과 역사는 최소한 5주 정도 늦었고 대수는 10주 정도 공부를 안 했단 말이야."

"어쨌든 해야 돼."

듀샌더는 버본을 컵에 따랐다.

"당신, 상황을 유리하게 바꾸려고 그러는 거지?" 토드는 고함을 질렀다. "그렇지만 당신 명령 따위는 듣지 않을 거야. 당신이 명령을 내리는 시대는 벌써 옛날에 지났다고. 알기나 해?"

이어서 소년은 목소리를 낮추어 말했다.

"지금 이 집에 있는 가장 위협적인 건 살충제 정도일 테지. 당신은 타코를 먹고 썩은 달걀 같은 똥을 누는 늙고 쇠약한 노인네

일 뿐이고. 아마 요에다 오줌을 싸지를 거야."

"내 말 들어라, 이 머리에 피도 안 마른 녀석아."

듀샌더는 조용하게 말했다.

그 말을 듣고 토드는 화가 난 얼굴로 듀샌더를 향했다.

"어제까지만 해도……" 듀샌더는 신중한 말투로 말했다. "네가 나를 고발해도 너는 무사히 빠져나갈 수 있었지. 간신히 말이야. 지금과 같은 신경질적인 태도로는 무리겠지만. 아무튼 기술적으로는 가능했지. 그렇지만 이젠 모든 것이 바뀌었다. 오늘 나는 네 친할아버지 빅터 보던이 되었어. 누가 보아도 분명히…… 그것을…… 뭐라고 하더라? ……너의 묵인 아래서 그 일을 했다는 것은 누가 보아도 의심의 여지가 없어. 만일 지금 폭로된다면, 얘야, 너는 이전보다 더욱 나쁜 처지에 놓이게 돼. 변명의 여지도 없지. 그 점을 오늘부터 머릿속에 새겨두는 것이 좋을 거야."

"가능하면……"

"가능하면! '가능하면'이라고!" 듀샌더가 고함을 질렀다. "네 희망이 무엇인지 내 알 바 아냐. 네 희망을 듣고 있으면 토할 것 같으니까. 네 희망 따위는 구덩이 안에 있는 개똥보다 못해! 내가 지금 요구하는 것은 우리들이 처한 상황을 분명히 인식하라는 거야!"

"인식하고 있어."

토드는 중얼거렸다. 듀샌더가 화를 내는 것을 들으면서 소년은 두 손을 굳게 맞잡았다. 누가 자신에게 고함지르는 것에 익숙하지 않았다. 그는 두 손을 벌려 보고서 손톱이 손바닥을 파고 들어가 반월형으로 피가 나는 것을 알아차렸다. 요 4개월 동안 손톱을 물어뜯는 버릇이 없었다면 좀 더 심한 상처를 입었을 것이다.

"좋아. 그러면 선생님들에게 분명히 잘못을 빌고 공부를 하는 거야. 학교에서 쉬는 시간에도 공부해. 점심시간에도 공부하고, 방과 후에도 여기에 와서 공부를 하는 거야. 그리고 주말에도 여기 와서 공부하도록 해."

"여기는 싫어." 토드가 서둘러 말했다. "집에서 할래."

"안 돼. 집에 있으면 지금까지와 마찬가지로 약해져서 대낮부터 꿈에 빠져들 거야. 여기에 있으면 필요한 경우에 내가 감독하고 힘을 북돋아 줄 수가 있어. 그렇게 해서 이 문제로부터 나의 안전을 지키겠어. 시험도 치르게 해주겠어. 공부하는 것을 도와줄 거야."

"내가 여기서 공부하고 싶지 않다면 강제로 시킬 수는 없어."

듀샌더는 버본을 마셨다.

"그것도 맞는 말이야. 그러나 모든 일은 예전처럼 흘러가겠지. 너는 낙제점을 받고 그 지도교사 프렌치는 내가 약속을 이행할 것으로 기대하고 있어. 그 약속을 지키지 못하면 그는 부모님을 부르겠지. 그리고 그 마음 좋은 할아버지 덴커 씨가 네 할아버지 역할을 했다는 것이 밝혀지겠지. 네가 성적을 고친 것도 적나라하게 밝혀지겠지. 네가……"

"조용히 좀 해. 알았어. 공부하러 오면 되잖아."

"이미 와 있잖아. 바로 대수 공부를 시작해."

"싫어, 지금은 금요일 오후란 말이야."

"무슨 요일 오후건 상관할 바 아니야. 지금부터는 오직 공부만 하는 거야."

듀샌더는 평온하게 말했다.
"대수부터 시작해."

토드는 그를 쳐다보았다. 바로 눈을 내리 뜨고 가방에서 대수 교과서를 끄집어 낸 것은 아주 순간적이었다. 그러나 듀샌더는 소년의 눈에서 살의를 엿보았다. 비유적인 살의가 아닌 현실적인 살의였다. 저 어둡고 타오르는 듯한 위험한 눈매를 죄수들의 눈에서 본 이후 몇 년 만인가, 영원히 그 눈빛을 잊을 수는 없다. 듀샌더는 생각했다. 그날 소년의 하얗고 무방비한 목덜미를 쳐다보았을 때 만약 손에 거울이 있었다면 나는 나의 눈동자 안에서 소년의 눈에서 엿본 살의를 보았을 것이다. 나를 지켜야 하겠는걸, 하고 듀샌더는 얼마간의 놀라움을 느끼면서 생각했다. 상대를 깔보는 것은 위험의 원인이다.

노인은 버본을 마시고 의자를 흔들거리면서 소년이 공부하는 모습을 지켜보았다.

토드가 자전거를 타고 집에 돌아간 것은 5시가 가까워서였다. 완전히 녹초가 되었다. 눈은 가물가물하고 몸에는 힘이 하나도 남아 있지 않았지만 터트릴 곳 없는 노여움이 불쑥 치밀어 올랐다. 교과서 안에서(뜻도 모르고 부아가 나는 지랄 같은 집합이나 부분집합, 순열, 데카르트 좌표의 세계에서) 다른 세계로 눈을 돌리려고 하면 나이 먹은 듀샌더의 둔한 질타가 날아왔다.

그 외 다른 시간에는 한 마디도 하지 않았다. 단지 바닥을 툭툭 치는 미쳐버릴 듯한 실내화 소리와 흔들의자가 삐걱거리는 소리뿐이었다. 듀샌더는 먹이가 죽을 때를 기다리는 대머리 독수리처럼 거기에 앉아 있었다. 내가 왜 이런 일에 발을 들여놓았단 말인가? 어째서 이런 곳에 자청해서 들어왔을까? 이건 진창이다. 지독한 진흙구덩이야. 어제 오후에 비로소 조금 진도가 나갔다. 크리스마스 휴가 전에는 전혀 알 수 없었던 집합론이 찰칵 하는 소리와 함께 정리가 되었다. 그러나 이 상태로는 밤을 새워 공부를 해도 다음 주의 대수 시험에서 D도 맞을 수 없을 것 같았다.

세계의 종말까지 이제 4주 남았다.

사거리 모서리까지 와서, 토드는 보도 위에 파란 어치새가 뒹굴고 있는 것을 발견했다. 주둥이가 서서히 여닫히고 닫히고 있었다. 가느다란 발로 어떻게 해서라도 일어나 그 장소에서 달아나려고 하는 소용없는 노력을 되풀이하고 있었다. 날개가 눌려 찌그러진 것을 본 토드는 거리에 오고 가는 차에 치어 보도 위로 튕겨졌을지도 모른다고 상상했다. 새는 한 눈으로 그를 올려다보았다.

토드는 자전거의 변형 핸들을 가볍게 쥔 채로 그 새를 오랫동안 쳐다보았다. 낮의 따스함도 이미 상당히 엷어졌고 바람은 소름이 돋을 정도로 차가웠다. 친구들은 모두 오후 내내 월넛 스트리트에 있는 베이브 루스 다이아몬드에서 뛰어 놀며 지냈겠지. 아마도 토스 배팅이나 플라이 연습, 땅볼 연습, 배팅 연습을 했을 것이다. 슬슬 야구로 몸을 단련시키는 시기였다. 올해는 스스로 야구팀을 만들어 비공식 도시 대항전에 참가하자는 말이 있었다. 모두를 혹독하게 코치해 줄 아버지들도 위촉했다. 물론 투수는 토드였다. 작년 시니어 리틀 리그를 졸업할 때까지 계속해서 에이스 투수였기 때문에 당연히 투수는 토드였다.

그것이 무슨 상관이야? 그 녀석들에게 몸이 별로 안 좋다고 말하면 그만이야. 이렇게 말하면 돼. '야, 나는 독일 전범과 얼어 죽을 인연이 있어서 말이야. 그 자식의 불알을 잡았다고 생각했는데 거기서…… 하하…….' 여기서부터는 웃을 수밖에. '야, 알고 봤더니 그 자식이 내 불알을 단단히 붙잡고 있지 뭐야. 악몽을 꾸기도 하고, 식은땀을 흘리기도 해. 성적은 형편없이 떨어지고 부모에게 들키지 않으려고 성적표를 고치고, 태어나서 처음으로 성적을 올리기 위해 공부해야 되는 처지가 되고 말았어. 그렇지만 낙제 카드를 두려워하고 있는 것은 아냐. 소년원에 처박히는 것이 두려워. 그래서 어쩔 수 없이 올해는 너희들과 야구를 할 수 없게 되었어. 이해해 주게나, 친구들이여.'

듀샌더의 미소와 닮은, 지금까지의 토드의 밝은 미소와는 전혀 다른 엷은 미소가 그의 입술에 떠올랐다. 거기에는 햇살이 한 자락도 없었다. 그림자가 짙은 미소였다. 거기에는 밝음도 없고 자신감도 없었다. 단지 이렇게 말하고 있을 뿐이었다. *이해해 주게나, 친구들이여.*

토드가 파란 어치새 위로 자전거를 천천히 밀고 가자 새의 날개에서 신문을 접는 듯한 소리를 내면서 속이 텅 빈 작은 뼈가 으스러졌다. 토드는 돌아와 다시 한 번 새 위로 자전거를 밀었다. 새는 비척비척 다시 움직였다. 토드가 또다시 자전거로 밀고 지나가자 피가 뒤섞인 날개가 자전거 바퀴에 묻어 빙글빙글 돌아가는 바퀴를 따라 올라갔다 내려갔다를 되풀이했다. 이내 새의 움직임은 멎었다. 새는 완전히 뻗었다. 새의 숨을 끊어졌고 하늘에 있는 새들의 집으로 사라져 버렸다. 그러나 토드는 깔려서 찌부러진 새의 시체 위를 자전거로 몇 번이고 계속 움직였다. 거의 5분이나 되는 시간 동안 아까부터 띠고 있던 엷은 미소는 한 번도 그의 얼굴에서 사라지지 않았다. 이해해 주게나, 친구들이여.

10

1975년 4월.

노인은 구내 통로의 중간에 서서 빙긋빙긋 웃고 있었다. 데이브 클링거먼은 상대를 맞이하기 위해 그곳까지 나왔다. 노인은 주위에 가득 찬, 귀가 멍멍할 정도의 개 울음소리에도 태연하게 서 있었다. 그는 개들의 똥냄새나 털에서 나는 냄새, 그리고 백 마리의 개가 각각 우리 안에서 이리저리 뛰어다니며 철망을 할퀴거나 짖거나 신음하는 소리에도 전혀 개의치 않는 것 같았다. 클링거먼은 한눈에 그 노인이 개를 좋아한다는 것을 알아차렸다. 노인의 웃는 얼굴은 부드럽고 붙임성 있는 사람으로 보였다. 노인이 관절 류머티즘으로 부은 손을 내밀었기 때문에 클링거먼은 손을 뻗어 악수했다.

"안녕하십니까?" 클링거먼은 입을 열었다. "꽤 소란스럽죠?"

"아닙니다." 노인이 대답했다. "전혀 개의치 않습니다. 저는 아서 덴커라고 합니다."

"클링거먼입니다, 데이브 클링거먼."

"잘 부탁드립니다. 신문에서 읽었습니다만 (믿을 수가 없지만) 여기서 개를 무료로 나누어 주신다고 하던데요. 아마도 제가 잘못 읽었겠지요."

"아닙니다, 정말 무료로 나누어 드립니다." 데이브가 말했다. "개를 맡아줄 사람이 나타나지 않으면 처분할 수밖에 없습니다. 60일이 그 기간입니다. 주 정부에서 인정해 주는 시간은 그뿐입니다. 끔찍한 이야기지요. 이쪽 제 사무실로 들어가시지요. 좀 조용할 겁니다. 그리고 냄새도 그렇게 심하지 않고요."

사무실 안에서 데이브는 흔히 하는 이야기(그렇지만 감동적인 이야기)를 들었다. 아서 덴커는 지금 70세. 아내가 죽은 다음에 이 캘리포니아로 왔다. 유복하지는 않지만 얼마간의 재산을 잘 이용해서 살고 있다. 가족이나 의지할 사람이 없어 쓸쓸하다. 단 한 사람의 친구가 있을 뿐인데, 가끔 찾아와서 책을 읽어 주는 소년이다. 독일에 있을 때에는 아름다운 세인트 버나드를 키웠다. 지금 산토 도나토의 집에는 상당히 넓은 뒷마당이 있다. 뒷마당은 목책으로 둘러쳐져 있다.

"그런데, 신문을 보았는데 혹시……."

"공교롭게도 지금 세인트 버나드는 없습니다." 데이브가 말했다. "아이들의 놀이 상대로 인기가 좋아서 말이죠."

"그렇습니까? 뭐 상관없습니다. 다른 종류는……."

"그렇다면…… 셰퍼드의 새끼라면 한 마리 있습니다. 어떻습니까?"

덴커 씨의 눈은 광채를 내며 지금이라도 눈물이 쏟아질 듯했다.

"멋지군요. 정말로 멋져요."

"개는 무료로 드립니다만, 그 외 돈이 조금 듭니다. 광견병 예방주사비, 그리고 시 애견등록비가 그것입니다. 보통이라면 전부 25달러 정도 듭니다만, 65세 이상의 노인들에게는 주정부에서 절반을 부담합니다. 캘리포니아 노인 우대 정책의 하나죠."

"노인…… 그거 저를 가리키는 말입니까?"

덴커 씨는 웃음을 터뜨렸다. 잠시 (엉뚱한 말이지만) 데이브는 일종의 쓸쓸함과 연민을 느꼈다.

"그러니까…… 뭐 그런 것입니다."

"굉장히 친절한 제도군요."

"예, 그렇게 생각하고 있습니다. 같은 종의 개를 가게에서 사면 125달러 정도 듭니다. 그런데 대개의 사람들은 여기로 오지 않고 그곳으로 발걸음을 옮깁니다. 그건 개가 아닌 혈통 증명서를 비싼 값에 사는 셈이지요." 데이브는 슬픈 듯이 고개를 저었다. "매년 얼마나 많은 귀여운 동물들이 버려지는지를 모두가 알아준다면……."

"만일 60일 이내에 적당한 사람이 나타나지 않으면 그 동물들을 처분한다는 말인가요?"

"그렇습니다. 잠들게 합니다."

"잠들게 한다……? 미안합니다만 제 영어 실력으로는……."

데이브가 설명을 해주었다.

"시의 조례에 말이죠……. 들개의 무리들이 시내를 방황하는 것을 원하지 않으니까요."

"사살하게 됩니까?"

"아닙니다. 가스로 죽입니다. 상당히 인도적이지요. 개는 아무 것도 느끼지 못합니다."

"역시. 분명히 그럴 줄 알았습니다."

덴커가 말했다.

대수 기초 시간의 토드의 좌석은 두 번째 줄의 앞에서 네 번째였다. 거기에 앉아서는 될 수 있는 대로 무표정한 얼굴을 하고서 스토먼 선생이 시험의 답안지를 나누어 주기를 기다리고 있었다. 그러나 너무 씹어서 짧아진 손가락의 손톱은 다시 손바닥을 파고 들고 있었으며 온 몸에 식은땀이 흐르는 것을 느꼈다.

하늘에 비는 일 같은 짓은 하지 마. 너도 참 깨끗이 체념하지 못하는구나. 합격할 이유가 없잖아. 안 된다는 걸 잘 알면서 왜 그래.

그렇게 스스로에게 말을 했지만 그 어리석은 희망을 완전히 버리지 못했다. 최근 몇 주 동안 본 시험 가운데 이렇게 무슨 말인지 알아들을 수 없는 시험은 처음이었다. 그때의 신경질적인 상태에서는(신경질? 솔직히 확실한 본심을 말하자면 그것은 공포였다.) 답안을 잘 쓸 수가 없었다. 혹시……? 그렇지만 다른 선생이라면 몰라도 스토먼은 안 돼. 심장 대신에 실린더를 달고 다니는 사람이니까.

그만 둬! 자기에게 그렇게 명령한 다음 순간 오싹하는 느낌이 든 (그 순간) 토드는 자기가 한 혼잣말이 교실 안에 울려 퍼졌다고 확신했다. *너는 실패했어, 잘 알고 있겠지, 이 세상에 무슨 일이 일어나더라도 그것만은 변하지 않아.*

스토먼 선생은 무표정한 얼굴로 토드에게 답안지를 돌려주고는 뒤로 걸어갔다. 토드는 이니셜이 여기 저기 새겨져 있는 책상 위에 뒤집혀 있는 답안지를 올려놓았다. 지금은 답안지를 뒤집어 결과를 볼 만한 의지력조차 남아 있지 않았다. 겨우 넘기기는 넘겼지만 발작적으로 힘을 주었기 때문에 쭉 찢어졌다. 혀를 입천장에 붙인 채로 답안지를 보았다. 심장이 멈춘 것 같았다.

답안지의 가장 위에는 동그라미로 둘러싸인 83이라는 숫자가 있었다. 그 아래에는 C플러스라는 평점이 적혀 있었다. 평점 아래에는 짧은 글이 적혀 있었다.

'대단해! 선생님은 너보다 두 배는 안심했다. 무심코 하는 실수를 조심할 것. 최소한 세 문제는 잘못 안 게 아니라 그저 계산 착오였으니까.'

심장의 고동이 세 배의 속도로 뛰었다. 안도감이 전신을 감쌌지만 그것은 시원한 파도가 아니었다. 뜨겁고 복잡하며 기묘한 감정이었다. 토드는 눈을 감았다. 다른 아이들이 시험의 결과 때문에 소란을 피우며 여분의 점수를 받으려고 선생을 상대로 승산 없는 전투를 벌이고 있는 것도 들리지 않았다. 심장의 리듬과 함께 그 감정이 핏속을 흐르는 것처럼 뛰기 시작했다. 그 순간 그는 듀샌더를 그 어느 때보다 격렬하게 증오했다. 두 손을 굳게 맞잡고 빌고 빌고 또 빌었다. 그 두 손 사이에 듀샌더의 말라비틀어진 닭처럼 생긴 머리가 있으면 좋을 텐데. 얼마나 좋을까.

딕과 모니카 보던의 침실에는 더블 침대가 있었고 나이트 테이블과 그 위에 놓인 아름다운 티파니 램프 모조품이 거울을 가로막고 있었다. 침실의 벽은 진짜 레드우드로 만들어졌고 거기에는 책이 넉넉하게 꽂혀 있었다. 방의 저쪽에는 상아로 만든 북엔드 (뒷다리로 선 머리가 둘인 코끼리) 사이에 둥그스름한 소니 TV가 있었다. 딕은 TV 이어폰을 꽂고서 자니 카슨을 보고 있었고 모니카는 그날 북클럽에서 보내온 마이클 크라이튼의 새로운 작품을 읽고 있었다.

"딕?"

그녀는 크라이튼의 소설에 책갈피를 끼우고(그 책갈피에는 '여기서 잠들다'라고 쓰여 있다.) 책을 덮었다.

TV에서는 버디 해커트가 모두를 웃기고 있는 중이었다. 딕도 빙그레 웃었다.

"딕?"

그녀가 큰 소리로 남편을 불렀다.

남편은 이어폰을 뺐다.

"왜 그래?" 보던은 미간을 좁히고 아내의 얼굴을 보고 나서 머리를 옆으로 가볍게 흔들었다. "모르겠어요, 체리(je ne comprends pas, cherie)."

그의 수상쩍은 프랑스어는 부부 사이에서만 통하는 개그였다. 학창 시절 프랑스어에서 낙제를 했을 때 아버지가 가정교사를 구하라고 200달러를 보내 주셨다. 그는 학생 클럽 게시판에 붙어 있는 가정교사 구직 카드를 대충 보고 '모니카 대로'를 선택했고 그 해 크리스마스에 그녀는 그의 애인이 되었다. 그리고 그는 프랑스어에서 겨우 C를 받았다.

"그러니까 그 아이 체중이 줄었어요."

"그래 분명히 마른 것 같아." 딕의 무릎 위에 놓여 있는 TV 이어폰에서 작은 소리가 들려 왔다. "그건 어른이 되고 있다는 증거야, 모니카."

"벌써?"

아내가 불안한 표정을 지으며 물었다.

남편은 웃었다.

"그럼, 나도 토드만 할 때 18센티나 키가 컸어. 12살 때에는 167센티로 꼬마였는데, 앗 하는 순간에 지금 당신 앞에 있는 185센티의 미남자가 되었지. 어머니가 말씀하시기를 내가 14살 때에는 밤중에 키 크는 소리가 들렸다고 하시던데."

"어찌 되었건 딴 곳은 그런 식으로 크지 않아서 잘 되었어요."

"그래, 모두 사용하기 나름이니까."

"오늘밤 사용해 보고 싶어요?"

"그거 대담한 유혹인데."

딕 보던은 이어폰을 방 저쪽으로 집어 던졌다.

얼마 후 남편이 꾸뻑꾸뻑 졸고 있을 때 모니카가 여전히 걱정스런 목소리로 물었다.

"딕, 그 아이가 꿈에 시달리고 있는 것은 아니겠지요?"

"악몽 말이야?"

남편이 중얼거렸다.

"밤중에 두세 번 그 아이가 잠꼬대로 신음하는 소리를 화장실에서 들은 적이 있어요. 그렇지만 깨우고 싶지는 않았어요. 미신일지도 모르겠지만 우리 할머니가 자주 그런 말을 하셨어요. 악몽을 꾸고 있을 때 깨우면 사람이 미치는 경우가 있다고."

"할머니는 폴래크(폴란드계 사람을 깔보는 말 — 옮긴이)였었지."

"폴래크라고요? 예 그래요, 폴래크예요. 당신, 나쁜 말을 사용하는군요."

"내 말 뜻 알잖아. 그렇다면 2층 화장실을 이용하면 되잖아."
그는 2년 전에 2층에 화장실을 만들었다.
"2층 물 내리는 소리 때문에 언제나 잠에서 깬다고 말한 사람은 당신 아니에요?"
"그러니까 물을 내리지 않으면 되잖아."
"딕, 아주 나쁜 사람이네요."
그 말에 딕이 한숨을 쉬었다.
"때때로 자는 모습을 보러 내려가면 아이가 식은땀을 흘리고 있어요. 셔츠는 땀에 흠뻑 젖어 있고……."
남편은 어둠속에서 웃었다.
"그럴 거야."
"그거 무슨 뜻이에요……? 이……." 아내는 남편을 가볍게 때렸다. "정말로 질이 나쁜 사람이잖아. 그 아이는 아직 열세 살이에요."
"다음 달이면 열네 살이야. 언제까지나 어린 아이가 아니야. 좀 조숙할지도 모르지만 이미 어린 아이는 아니야."
"당신은 몇 살 때였어요?"
"열넷인가 열다섯이었지, 아마. 확실히는 기억나지 않아. 기억하고 있는 것은 눈을 떴을 때, 내가 죽어서 천국에 있는 것은 아닌가 하고 생각한 것뿐이야."
"그렇지만 토드는 아직 나이가 어리잖아요?'
"요즈음은 점점 그걸 시작하는 나이가 어려진다고. 필시 우유나…… 불소 덕분일 거야. 알고 있어? 작년 잭슨 파크에 세워진 학교의 여자 화장실에 생리대 가판기가 설치되었어. 초등학교인데

우등생 301

말이야. 지금은 보통 6학년 때 시작한다고. 당신은 몇 살부터 시작했어?"

"기억나지 않아요." 아내가 말했다. "다만 알고 있는 것은, 토드의 꿈이 아무리 생각해도…… 죽어서 천국에 간 듯이 보이지는 않는다는 것이에요."

"그 아이에게 물어보았어?"

"6주 전인가, 한 번 물어보았어요. 당신이 그 이상한 어니 제이콥하고 골프 치러 가서 집에 없었을 때에요."

"그 이상한 제이콥이 1977년까지는 나를 공동경영자로 만들어주겠다고 했다고. 그때까지 그 흑인혼혈인 여비서와 지나치게 섹스를 해서 복상사로 죽지 않는다면 말이야. 게다가 언제나 골프 비용도 내주고, 그런데 토드는 뭐라고 그랬어?"

"아무것도 기억나지 않는다고 했어요. 뭐라고 할까……? 그 순간, 번뜩 얼굴에 어떤 그림자가 지나갔어요. 그 아이는 분명 기억하고 있는 것 같아요."

"모니카, 내가 지나간 청춘을 모두 기억하고 있는 것은 아니지만, 하나만은 기억하고 있지. 몽정이 언제나 유쾌한 것은 아니라는 거야. 때로는 굉장히 불쾌하기도 했어."

"왜요?"

"죄책감이지. 모든 죄책감이라고 할까. 그 일부는 어쩌면 어릴 때부터 생긴 것일지도 모르지. 자면서 오줌 싸면 안 된다고 꾸중 들었을 때부터지. 거기에 섹스의 요소도 있고. 무엇이 몽정의 원인이 되는지 누가 알 수 있겠어? 버스 안에서 여자들을 만진 것? 자습실에서 스커트를 젖힌 일? 알 수 없지. 단 하나 내가 기억하고 있는 것은 YMCA의 수영장에서 남녀공용으로 수영하는 날에 스카이다이빙을 했는데 물에 들어간 순간 팬티가 벗겨졌던 일이야."

"그래서 잘 처리했어요?"

아내가 쿡쿡 웃으면서 물었다.

"아아, 그러니까 내 말은 그 아이가 자기의 개인적인 문제를 얘기하고 싶어 하지 않을 때에 억지로 그 이야기를 들으려고 하는 것은 안 좋다는 거지."

"그런 불필요한 죄책감을 가지지 않게 키우려고 지금까지 얼마나 많은 노력을 했는데요."

"인간은 그런 죄책감에서 영원히 벗어날 수 없어. 1학년 때 흔히 그러는 것처럼 그 아이는 학교에서 그런 것들을 가지고 집에 돌아오지. 친구들이나 선생님의 모습을 본떠서 달하거나 하는 거 말이야. 나도 아버지에게 들은 얘기가 있어. '자기 고추를 밤중에 만지면 안 돼. 그런 일을 하면 손에 털이 타거나 눈이 보이지 않게 되거나 기억력이 나빠져. 자꾸 그러면 너의 거기가 검게 변해서 썩을 거야. 조심해야 돼!'"

"딕 보던! 아버님이 그런 말을 하셨을 리가……"

"그럴 리가 없다고? 그러나 그렇게 말씀하셨어. 폴래크인 당신 할머니가 가르쳐 준 것처럼 말이야. 악몽을 꾸고 있는 도중에 깨우면 미치기도 한다는 그 얘기 말이야. 아버지는 그 외에도 공중변소에서 용변을 볼 때에는 반드시 잘 닦고 앉으라고 말씀하셨지. '다른 사람의 세균'이 옮게 된다고 말이야. 그건 아마도 매독을 가리킨 것 같아. 당신 할머니도 아마 그렇게 가르쳐 주셨을 걸?"

"아니오, 어머니였어요." 아내는 건성으로 대답했다. "그리고 용변을 본 다음에 반드시 물을 내리라고 하셨어요. 그래서 아래층 화장실로 가는 거예요."

"그래도 잠이 깨는 건 같아."

딕은 중얼거렸다.

"뭐라고요?"

"아무것도 아니야."

이번에는 딕이 정말로 잠의 나라 입구로 들어서려고 하는데 다시 아내가 그의 이름을 불렀다.

"또 뭐야?"

그는 조금 화가 났다.

"어쩌면…… 음, 아무것도 아니에요. 자요."

"아니, 지금 말해. 잠이 깼잖아. 어쩌면 뭐?"

"그 노인네, 덴커 씨 말이에요. 토드가 그 집에 너무 자주 가는 것 같지 않아요? 어쩌면 그 노인네가 (이건 단순한 상상이지만) 토드에게 여러 가지 무서운 이야기를 들려주거나 하지 않을까요?"

"무서운 괴담을 말이지?" 딕이 말했다. "에센의 자동차공장의 생산이 평균 이하로 떨어진 날에 대한 이야기라든지."

딕은 콧소리를 냈다.

"상상이라고 말했잖아요."

아내는 가벼운 화를 참는 모양이었다. 반대쪽으로 돌아눕는 것과 동시에 이불에서 가벼운 소리가 났다.

"잠 깨워서 미안해요."

남편은 아내의 드러난 어깨에 손을 얹었다.

"들어봐. 어린애같이 삐치기는."

그렇게 말하고 나서 잠시 사이를 두면서 말을 신중하게 골랐다.

"나도 토드 일이 걱정될 때가 있어. 때때로 말이야. 당신이 걱정하는 것과 성질은 좀 다른 것 같지만 걱정이라는 면에서는 같아. 안 그래?"

아내는 남편을 향해 돌아누웠다.

"당신은 어떤 일로 걱정해요?"

"그러니까 말이야, 나는 그놈과는 전혀 다르게 자랐어. 우리 아버지는 작은 가게를 하고 있었지. 모두 '잡화점 딕'이라고 불렀지. 아버지는 외상을 가져 간 사람들의 이름과 외상값이 얼마나 남아 있는지를 한 권의 장부에 전부 적어 놓았지. 아버지가 그 장부를 뭐라고 불렀는지 알아?"

"아뇨."

딕은 자기의 어린 시절에 대해 거의 이야기하지 않았었다. 모니카는 분명 즐거운 어린 시절을 보낸 것은 아니라고 늘 생각해 왔다. 그녀는 남편의 이야기를 신중하게 들었다.

"아버지는 '왼손의 장부'라고 불렀어. 오른손은 판매를 하지만 오른손은 왼손이 하고 있는 일을 알아서는 안 된다고 말했지. 만일 오른손이 그것을 알면 분명히 고기 자르는 칼을 번쩍 들어서 왼손을 잘라버릴 거라고 말하셨어."

"그런 이야기 처음 들었어요."

"뭐라고 할까……. 당신하고 결혼했을 당시 아버지를 별로 좋아하지 않았고, 솔직히 말하면 지금도 별로 좋아하지 않아. 그 당시 나는 아버지를 이해할 수 없었어. 매저스키 부인이 매번 똑같은 핑계를 대면서 외상으로 햄을 사 가게 내버려 두면서 정작 친아들인 난 왜 항상 자선 상자에서 가져온 헌 바지를 입어야만 하는지가 말이야. 그 알코올 중독자인 빌 매저스키가 하는 일이란 고작 12센트짜리 머스키 술병을 날아가지 않도록 꽉 붙잡고 있는 것뿐인데 말이지.

그때 난 하루라도 빨리 그곳을 벗어나 아버지에게 이별을 알리고 싶었어. 그래서 열심히 공부했고 그다지 좋아하지도 않는 스포츠에 몰두했으며 UCLA 장학금도 받았어. '왼손의 장부'에는 전쟁에서 돌아온 GI들의 이름만 수두룩했기 때문에 나는 반에서 항상 상위 10퍼센트 안에 들기 위해 무척 노력했어. 아버지는 교과서 구입을 위한 돈만 보내 주었지. 그 외에 돈을 받은 것은 단 한 번이야. 프랑스어에서 낙제하고 당황해서 집으로 편지를 보냈을 때였지. 그것 때문에 당신을 만나게 되었던 거야. 나중에 집 근처에 사는 헬렉 씨에게서 들은 이야기지만 아버지는 200달러를 구하기 위해 자동차를 담보로 맡겼다고 하더군.

여하튼 그렇게 해서 나는 당신을 손에 넣었고 둘이서 토드를 가지게 되었지. 나는 언제나 그 녀석을 매우 뛰어난 아이라고 생각하고 있고, 그 녀석에게 필요한 것은 무엇이든 해 주려고 했어. 그 녀석이 한 사람의 훌륭한 어른으로 자라는데 도움을 주는 선에서 말이야. 아버지는 아들이 자기보다 훌륭한 사람으로 자라기를 원한다는 옛말이 있잖아. 옛날에는 웃고 말았지만 나이를 먹어갈수록 아이러니컬하게도 점점 진리라고 생각하게 돼. 알코올 중독자 부인에게는 햄을 외상으로 주고 자기의 아이에겐 자선 상자에서 얻어온 바지를 입히는 것 같은 짓은 절대로 토드에게 하고 싶지 않아. 이해 돼?"

"네, 이해해요."

모니카가 조용하게 대답했다.

"그런데 10년 전인가. 아버지가 도시 재개발 부동산 업자를 쫓아내는 일에 지쳐 막 일을 그만두려 할 때 가벼운 심장발작을 일으킨 적이 있었지. 10일간 입원하고 있었는데 근처에 사는 사람들 모두가(이탈리아계도, 독일계도, 게다가 1955년경 이사 온 흑인들까지) 빚을 갚았지. 마지막 1센트까지. 나는 믿을 수가 없었어. 그리고 입원 중에는 다른 사람들이 가게를 봐 주었지. 피오나 카스텔라노가 실직 중인 친구들 네댓 명과 함께 교대로 가게를 지켜 주었어. 덕분에 아버지가 퇴원해서 돌아왔을 때까지 한 푼도 축나지 않았다고 하더라고."

"우와."

모니카는 작은 소리로 탄성을 질렀다.

"그리고 나에게 뭐라고 말했는지 알아? 아버지는 언제나 자기가 나이를 먹는 것이 걱정이라고 하시더군. 두려운 기분이 들거나, 몸이 아프거나, 혼자가 되는 것이 걱정이라고 말이야. 입원해서 가게를 더 이상 할 수 없게 되는 것도 그랬고, 죽는 일도 그랬고. 그런데 심장발작을 일으키고 나서 오히려 두려운 마음이 가셨다고 말씀하시는 거야. 잘 죽을 수 있겠다는 생각이 들었다고 하시면서. '아버지, 어떤 것이 행복하게 죽는 거예요?'라고 내가 물었지. 그랬더니 '틀렸어.'라고 말씀하셨지. '행복하게 죽는 사람은 아무도 없어, 디키.' 아버지는 언제나 나를 디키라고 불렀지. 지금도 그래. 그것도 아버지를 좋아하지 않은 이유 중의 하나였어. 아버지는 아무도 행복하게 죽을 수는 없지만, 잘 죽을 수는 있다고 말씀하셨어. 나는 감동했지."

'디키'는 상당히 오랫동안 사색이라도 하는 듯 침묵에 빠져들었다.

"이 5~6년 동안 나는 아버지에 대해서 객관적인 시각을 가지게 되었어. 아버지가 산레모에 계시기 때문에 잔소리를 하지 않아서 그럴지도 모르지. 하여간 그 '왼손의 장부'라는 것이 그렇게 나쁜 것만은 아니라는 생각이 들어. 토드의 일에 대해 더 이상 걱정을 하지 않게 된 것이 바로 그때야. 그 아이에게 이런 이야기를 해 주고 싶어서 참을 수가 없었어. 어쩌면 내가 가족들을 한 달 동안 하와이에 보내 줄 수 있다든지, 나프탈렌 냄새가 나는 자선 상자에서 얻어온 것이 아닌 새 바지를 사 준다든지 하는 것보다 더 중요한 것이 인생에 있다고 생각했어. 그런데 그런 것들을 어떻게 그 아이에게 말하면 좋을지 알 수가 없었어. 그렇지만 그 아이는 아마 알고 있을 거라고 생각해. 덕분에 나도 기분이 가벼워졌어."

"덴커 씨에게 책을 읽어 주는 것 말이에요?"

"그래, 그 아이는 아무런 보수도 받지 않고, 덴커 씨도 돈이 없어. 그 노인은 아직 살아 있을지도 모르는 친구나 친척들로부터 몇 천 킬로나 떨어져 혼자 살고 있어. 우리 아버지가 두려워했던 그대로 살고 있어. 그런데 거기에 토드가 있는 거지."

"지금까지 그렇게 생각해 본 적이 없었어요."

"그 노인의 이야기가 나올 때마다 토드가 어떤 태도를 취했는지 눈치 채고 있어?"

"아무 말도 하지 않아요."

"그래, 곤란하다는 얼굴을 하고는 아무 말도 하지 않지. 마치 무언가 나쁜 일을 하고 있다는 표정을 짓고 있지. 우리 아버지도 어떤 사람이 외상값을 재촉하지 않고 기다려 주어서 고맙다는 말을 들으면 역시 그런 표정을 지었어. 우리들은 토드의 오른팔이야. 그뿐이야. 당신도 나도 그 외 전부...... 이 집도, 타호의 스키 여행도 주차장의 선더보드도, 그 아이의 컬러 TV도 역시. 모두 토드의 오른팔이야. 그리고 그 아이는 자기의 왼손이 무엇을 하고 있는가를 우리들에게 보여주고 싶지 않은 거야."

"그러면 당신은 덴커 씨와 너무 자주 어울린다고 생각하지 않는다는 말씀이세요?"

"아니, 그 아이의 성적을 보면 알잖아. 만약 그 아이의 성적이 떨어진다면 내가 먼저 화를 낼 거야. 그러니 적당해 해. 만약 문제가 있으면 제일 먼저 표면에 나타나는 것이 학교 성적이야. 그런데 어땠어?"

"우등생이에요. 처음 조금 떨어진 것 빼고는."

"그러니까 걱정할 것 없잖아? 내일 9시부터 회의가 있어. 조금 자두지 않으면 머리가 잘 안 돌아."

"그렇겠네요. 자요."

아내는 달콤한 목소리로 말하고 그가 자기 쪽으로 돌아눕는 것을 기다렸다가 남편의 어깨에 가볍게 키스를 했다.

"사랑해요."

"나도 당신 사랑해."

남편은 기분 좋은 듯이 말하고는 눈을 감았다.

"모든 일은 순조롭게 되고 있어, 모니카. 당신이 지나치게 걱정하고 있는 거야."

"그런 것 같네요. 잘 자요."

두 사람은 잠에 빠져들었다.

"창밖을 보지 마." 듀샌더가 명령했다. "창밖에 재미있는 것은 아무것도 없어."

토드는 볼멘 표정으로 듀샌더를 바라보았다. 테이블 위에는 역사 교과서가 펼쳐져 있고, 테디 루즈벨트가 산후안 언덕 정상에 서 있는 장면이 컬러로 나와 있었다. 쿠바군은 꼼짝도 하지 못하고 테디의 말발굽 아래에서 뿔뿔이 도망치고 있었다. 테디는 밝은 미국적인 미소를 띠고 있었다. 신은 언제나 하늘에 있고 모든 일은 순조롭다고 믿고 있는 인간의 미소였다. 토드 보던은 웃지 않았다.

"당신은 노예 감독을 좋아하나 보지? 안 그래?"

"나는 자유의 몸으로 있는 것이 좋아." 듀샌더가 대답했다. "공부해."

"쳇, 좆이나 빠시지."

"내가 어릴 때는 그런 말을 하면 빨래 비누로 양치질을 하게 했지."

"시대는 항상 바뀌기 마련이야."

"그럴까?" 듀샌더는 그렇게 말하며 컵에 버본을 따랐다. "공부해."

토드는 듀샌더를 노려보았다.
"당신은 아무것도 아닌 개 같은 알코올 중독자야. 알기나 해?"
"공부해."
"시끄러워." 토드는 교과서를 거칠게 덮었다. 듀샌더의 부엌에서는 책을 덮는 소리가 라이플을 발사하는 소리처럼 들렸다. "이렇게 해서 쫓아갈 수 있겠어? 이래선 시험에서 낙제하는 게 당연해. 아직 50페이지도 더 남아 있어. 이런 허튼소리가 제1차 세계대전부터 계속 된다고. 내일은 커닝을 할 거야."
엄격한 목소리로 듀샌더가 말했다.
"커닝해서는 안 돼!"
"어째서? 누가 말릴 거야? 당신이?"
"얘야, 너는 아직도 우리가 하고 있는 도박이 얼마나 위험한 일인지 잘 모르고 있는 모양인데, 내가 그 콧물 투성이인 코를 교과서에 처박아 달라고 부탁하고 있다고 생각하니?" 노인의 목소리는 높아졌고 무시무시해졌으며, 가혹해지고 위압적으로 변했다. "내가 너의 짜증이나 젖비린내 나는 어처구니없는 행동에 대해 듣는 것이 즐거울 거라고 생각하니? '좆이나 빠시지!'"
듀샌더가 토드의 흉내를 내는 것을 듣고 토드의 얼굴이 붉게 달아올랐다.
"좆이나 빠시지. 어떻게 되는 상관없어. 난 내일 커닝할 거야. 그러니 좆이나 빠셔!" 토드는 화를 버럭 냈다. "당신 좋아서 그러는 거잖아! 그래, 좋아서 그러는 거야! 당신이 좀비 같다는 기분이 안 들 때는 나에게 딱딱거릴 때뿐이니까. 그러니 조금은 쉬게 해 달라고!"

"만약 커닝하다가 걸리면 어떤 일이 일어날 거라고 생각하니? 바로 연락이 가는 것은 누구겠어?"

너무 씹어서 울퉁불퉁하게 된 손톱을 바라보면서, 토드는 아무 말도 하지 않았다.

"누구에게 연락이 갈까?"

"쳇, 잘 알고 있으면서. 고무장화 에드지 누구야. 그리고 나서 부모님에게도."

듀샌더는 고개를 끄덕였다.

"게다가 나에게도 연락이 오겠지. 공부해. 커닝 페이퍼는 머릿속에 집어넣어. 원래 있어야 할 그 장소에."

"당신을 증오해." 토드는 떫은 목소리로 말했다. "정말로 당신을 증오한다고."

그러나 소년은 다시 교과서를 펼쳤다. 테디가 손에 검을 들고 20세기를 향해서 말을 달리고 있고, 쿠바군은 그 앞에서 이리저리 뿔뿔이 도망치고 있었다. 그것은 어쩌면 테디의 강렬한 미국적인 미소의 힘에 의한 것일지도 몰랐다.

듀샌더는 다시 의자를 흔들기 시작했다. 두 손은 버본이 들어 있는 컵을 감싸고 있었다.

"좋은 아이야."

그는 부드러운 목소리로 말했다.

토드는 4월 마지막 밤에 처음으로 몽정을 체험했다. 눈을 떴을 때에는 창밖의 나무가 지붕 위에서 비와 소곤거리고 있었다.

꿈속에서 토드는 파틴의 실험실에 있었다. 가늘고 길며 낮은 침대 한쪽 끝에 서 있었다. 놀랄 정도로 예쁘고 풍만한 젊은 여자 아이가 침대 위의 금속 띠에 묶여 있었다. 듀샌더가 토드의 시중을 들었다. 듀샌더는 정육점에서 입는 하얀 앞치마만 두르고 다른 것은 아무것도 걸치고 있지 않았다. 그가 검사기계 쪽으로 돌아서자, 말라비틀어진 엉덩이가 볼품없는 하얀 돌처럼 달려 있는 것이 토드의 눈에 비쳤다.

노인은 무언가를 토드에게 내밀었다. 실제로 보기는 처음이지만 그것이 무엇인지는 바로 알 수 있었다. 남자 성기 모조품이었다. 그 앞 끝은 잘 닦인 금속으로 천정의 형광등에 반사되어 차가운 크롬처럼 빛났다. 그 성기 모조품은 속이 텅 비어 있었다. 검은 전기 코드가 이어져 있고 끝에는 빨간 고무공이 달려 있었다.

"시작해." 듀샌더는 말했다. "총통은 그렇게 해도 좋다고 말씀하셨다. 네가 열심히 공부한 대가라고 말씀하셨어."

토드는 아래를 내려다보고 자기가 벌거벗었다는 것을 알았다. 작은 성기는 완전히 발기해서 복숭아의 솜털처럼 엷은 음모를 헤치고 우뚝 솟아 있었다. 그는 성기 모조품을 끼웠다. 꽤 갑갑했지만 안에 어떤 윤활유가 칠해져 있는 것 같았다. 그 마찰은 좋은 기분이었다. 아니 좋은 기분이 아니라 하늘을 날 듯한 기분이었다.

토드는 침대 위의 여자애를 내려다보고 자기의 생각이 기묘하게 변하는 것을 느꼈다. 생각이 나긋나긋한 구덩이에 빠진 듯했다. 갑자기 모든 것이 옳다고 생각되었다. 문이 열렸다. 그는 그곳을 지나가면 된다. 왼손에 빨간 고무공을 쥐고 침대 위에 무릎을 대고 잠깐 동안 각도를 계산했다. 성기의 모조품은 몸매는 예쁘지만 강하지는 않은 소년의 육체에서 제멋대로 툭 튀어 나와 있었다. 어딘가 멀리서 듀샌더가 무언가를 읽고 있는 소리가 희미하게 들렸다.

"실험 제84회. 전류, 성적자극, 신진대사. 부하(負荷)의 강화에 관한 티센의 설에 근거한 것임. 피실험자는 젊은 유대인 여자, 나이 16세 정도, 상처 없음, 신체적 특성 없음, 질병 없음……."

여자애는 성기 모조품의 끝이 닿았을 때 비명을 질렀다. 그 비명이 토드의 쾌감을 증진시켰다. 그 여자애는 몸을 자유롭게 하려는 그녀의 이룰 수 없는 저항도, 최소한 두 다리를 붙이려고 하는 노력도 헛된 일이라는 것을 알았을 것이다.

이것은 전쟁잡지에 실려 있지 않은 것이었다. 그렇지만 여기에는 있다.

토드는 느닷없이 올라타고는 사정없이 그녀의 몸 안으로 성기를 끼운 성기 모조품을 밀어 넣었다. 그녀는 종(鍾)처럼 절규했다. 그를 뿌리치려고 하는 처음의 발버둥이나 노력은 헛되이 끝나고 말았다. 그녀는 가만히 움직이지 않고 오로지 참기만 하는 것 같았다. 윤활유를 바른 성기 모조품의 내부가 토드의 발기한 성기를 비벼주었다. 하늘이라도 날아갈 것 같은 기분. 천국에 있는 듯한 기분. 왼손으로 고무공을 주물렀다.

멀리서 듀샌더가 숫자를 읽고 있었다. 맥박, 혈압, 호흡, 알파선, 베타선, 왕복운동.

클라이맥스가 체내에서 밀려오기 시작하는 것을 느끼면서 토드는 완전히 정지하고 고무공을 꽉 쥐었다. 지금까지는 어쩔 수 없이 눈을 꼭 감고 있던 여자애가 갑자기 번쩍 눈을 떴다. 핑크색 입술 안에서 혀가 떨고 있었다. 양손과 양다리가 경련했다. 그러나 가장 많은 활동을 하고 있는 것은 그녀의 상반신이었다. 상반신은 상하로 진동하고 있었다. 모든 근육이.

(아아, 모든 근육, 모든 근육들이 경련으로 조여지고)

모든 근육과 감각이 클라이맥스로

(엑스타시)

아! 이건, 이것은.

(밖에서 세계의 종말이라고 울려 퍼지고 있었다.)

그 소리와 빗소리에 그는 눈을 떴다. 정신을 차리고 보니 자기가 검은 공처럼 몸을 옆으로 움츠리고 누워 있으며, 심장은 단거리 선수처럼 쿵쿵 고동치고 있었다. 아랫도리에는 미지근하고 끈적끈적한 액체가 덮여 있었다. 순간적으로 출혈 때문에 죽는 것은 아닌가 하고 당황하며 공포에 사로잡혔다……. 그리고 겨우 그 정체를 알아내고 정신이 아찔해질 정도로 토할 것 같은 혐오감이 그를 짓눌렀다. 정액. 시먼, 음수(淫水), 정글 주스. 여기저기의 벽이나 라커룸, 주유소 등의 외벽에 낙서되어 있는 언어. 이런 것은 정말이지 원하지 않아.

토드는 힘없이 양손을 꽉 쥐어 주먹을 만들었다. 방금 꿈속에서 느꼈던 클라이맥스가 머릿속에 떠올랐지만, 지금은 색이 바래고 무의미하며 단지 두려울 뿐이었다. 그러나 날카로운 신경의 끄트머리는 서서히 안정되어 갔다. 지금 엷어지고 있는 마지막 장면은 불쾌하기도 하였지만 뭔지 모르는 강제력이 있었다. 아무 생각 없이 열대의 과일을 한입 베어 물었을 때 그 과일이 놀라울 정도로 단 이유가 썩어 있기 때문이라는 것을 (조금 늦게) 알아차렸을 때처럼.

그때 꿈속에서 자기가 무엇을 해야만 했는지가 생각났다.

자기를 되돌려 놓는 길은 한 가지밖에 없다. 듀샌더를 죽이는 것이다. 그 외에는 방법이 없다. 놀이는 끝났다. 이것은 생존의 문제이다.

"그 노인네를 죽이면 모든 것이 정리될 거야."

토드는 어둠을 향해서 중얼거렸다.

밖에는 비가 나뭇가지를 두드리고 있었고 배 위에서는 정액이 말라가고 있었다. 비가 소곤거리는 소리를 들으며 구체적으로 어떻게 듀샌더를 죽일지 생각했다. 듀샌더는 언제나 에인션트 에이지 버본 병 서너 개를 지하실의 가파른 계단 위에 있는 찬장에 넣어두었다. 듀샌더는 그 찬장에 다가가 문을 열고 (대개의 경우는 다리가 흔들거렸다.) 두 걸음 계단을 내려간다. 그리고 나서 몸을 내밀고는 한 손으로 찬장을 붙들고 다른 한 손으로 새로운 술병을 집어 들었다. 지하실 바닥은 시멘트가 아닌 흙이었다. 토드도 기계적이고 독일식이라기보다 프로이센식 느낌을 주는 능률성의 일환으로 두 달에 한 번 석유를 지하실 바닥에 뿌렸다. 바퀴벌레가 흙 위에서 번식할 수 없게 하기 위해서였다. 시멘트이건 흙이건 노인의 뼈는 쉽게 부러질 것이다. 게다가 노인들은 사고가 많았다. 검시 결과 덴커 씨가 굴러 떨어졌을 때에는 이미 많은 양의 술을 마시고 있었다는 것을 알 수 있겠지.

'……무슨 일이 있었니, 토드?'

'……초인종을 눌러도 나오지 않아서 전부터 가지고 있던 열쇠로 문을 열고 들어갔습니다. 그 할아버지는 가끔 졸고 있을 때가 있었거든요. 부엌에 가보니까 지하실의 문이 열려 있었어요. 그래서 계단을 내려가 보았지요. 그랬더니 할아버지가…… 할아버지가…….'

그리고 물론, 눈물을 흘린다.

잘 될 거야. 그리고 나는 원래대로 돌아올 수 있게 되겠지.

오랫동안 토드는 어둠 속에 누워 눈을 뜬 채로, 내려치는 번개가 서쪽 태평양의 하늘로 지나가는 것을 들으며 비의 비밀스러운 속삭임에 귀를 기울이고 있었다. 아침까지 눈을 뜬 채로 몇 번이나 그 일을 되풀이해서 생각했을까? 여기에 생각이 다다르자마자 토드는 잠에 곯아 떨어졌다. 한쪽 주먹을 턱 아래에 받치고 깊이 잠들었다. 눈을 뜨니 5월 1일이었고, 몇 개월 만에 완전한 휴식을 취한 듯한 기분이 들었다.

11

1975년 5월.

토드에게는 인생에서 최고로 긴 금요일이었다. 첫째 시간도 둘째 시간도 무엇 하나 귀에 들어오지 않았다. 드디어 마지막 다섯째 시간이 되자 선생님이 낙제 카드 다발을 꺼내들고 나누어 주기 시작했다. 선생님이 낙제 카드를 들고 다가오자 토드의 등줄기는 서늘해졌다. 선생님이 그의 자리에서 발을 멈추지 않고 지나가 주기를 현기증과 반히스테리 상태에서 빌었다. 대수는 최악이었다. 스토먼 선생이 다가와서(발을 멈칫거리면서) 그냥 지나쳐 갈

듯하다고 확신을 가진 그 순간, 낙제 카드 뒷면이 토드의 책상 위에 놓였다. 토드는 아무 감정도 없이 냉담하게 낙제 카드의 뒷면을 바라보았다. 지금 이런 일이 벌어진 이상 남은 것이라고는 냉담한 기분뿐이었다. 올 것이 왔다. 포인트, 게임, 세트, 그리고 매치포인트. 듀샌더가 뭔가 새로운 아이디어를 내지 못하면 게임은 끝이다. 이번에는 듀샌더도 어쩔 수 없을 것이다.

토드는 심드렁하게 낙제카드를 뒤집어서 자기가 몇 과목에서 C도 얻지 못했는지 보려고 했다. 점수가 조금 모자랐을 것은 틀림없겠지만 돌 같은 스토먼 선생이 편의를 보아 주었을 리는 없었다. 토드는 성적란이 완전히 공백인 것을 발견했다. 평점을 적는 란에도 점수란에도 아무것도 적혀 있지 않았다. 감상란에는 이런 한 마디가 적혀 있었다.

'진짜 낙제 카드를 너에게 주지 않게 되어서 얼마나 기쁜지 모르겠다. 차스 스토먼.'

다시 현기증이 났다. 이번에는 아까보다 더 격렬했으며 머릿속이 텅 비어서 헬륨 가스가 가득 찬 기구 같았다. 그는 책상의 양쪽 끝을 단단히 붙잡고 집념에 불타는 사람처럼 단 한 가지만을 계속해서 생각했다. *너는 기절 같은 것을 해서는 안 돼, 기절해서는 안 돼, 기절해서는 안 돼.* 조금씩 조금씩 현기증이 사라지고 난 다음 새로운 충동을 억누르기 위해 다시 혼신의 힘을 다했다. 벌떡 일어나 스토먼을 따라가서 뒤로 돌아보게 만든 다음 끝을 뾰족하게 깎은 연필로 눈동자를 쑤셔버리고 싶었다. 그러나 그 시간이 끝날 때까지 그의 얼굴은 주의 깊은 표정을 짓고 있었다. 마음속의 감정이 드러난 유일한 표시는 한쪽 눈꺼풀이 가볍게 깜빡이는 것뿐이었다. 15분 후에 수업은 끝났고 일주일간 방학이 시작되었다. 토드는 천천히 학교를 가로질러 자전거를 보관하는 곳으로 걸어갔다. 머리는 숙이고 두 손은 주머니에 집어넣었으며 교과서는 옆구리에 끼고 있었다. 달리거나 무언가를 외치는 친구들도 눈에 들어오지 않았다. 그는 교과서를 자전거 앞의 바구니에 집어넣고 열쇠를 돌리고는 페달을 밟기 시작했다. 듀샌더의 집을 향해서.

오늘이야. 오늘이 제삿날이야, 늙은이.

"안녕."

듀샌더는 토드가 부엌에 들어오는 것을 바라보면서 자기의 컵에 버본을 따랐다.

"피고가 법정에서 돌아왔구나. 그런데 판결은 어땠냐?"

듀샌더는 언제나 입고 있는 실내복에다가 정강이의 절반까지 올라오는 울로 만든 쭈글쭈글한 양말을 신고 있었다. 저런 양말은 잘 미끄러지지 않을 거라고 토드는 생각했다. 듀샌더가 따르고 있는 에인션트 에이지 버본 병을 흘낏 보았다. 손가락 세 개 정도의 높이밖에 남아 있지 않았다.

"D도 없고 F도 없고 물론 낙제 카드도 없어." 토드가 말했다. "6월 달에는 다시 성적표를 몇 군데 고쳐야 하겠지만 학년 평균만 고치면 될 거야. 만일 지금 상태로 공부를 계속한다면 이번 학기는 전부 A나 B를 얻을 수 있을 거 같아."

"그럼, 공부는 계속해서 해야지. 한눈팔지 않도록 내가 감시해 주지." 듀샌더는 컵 속의 내용물을 털어 넣고서 다시 버본을 따랐다. "축하라도 해야겠는데."

듀샌더의 혀는 어느 정도 꼬부라져 있었다. 그리고 확연히 드러나지는 않지만 이 노인이 취했다는 것을 토드는 알아챘다. 그래, 오늘이야. 실천에 옮길 수 있는 날은 오늘뿐이야.

토드는 냉정했다.

"축하는 무슨 빌어먹을 축하."

그는 듀샌더에게 말했다.

"공교롭게도 캐비어와 버섯이 아직 배달되지 않았구나." 듀샌더는 소년을 무시하고 말했다. "요즈음의 서비스는 믿을 수가 없단 말이야. 기다리는 동안 리츠 크래커나 벨베타의 치즈라도 먹을래?"

"괜찮아. 아무것도 먹고 싶지 않아."

듀샌더는 벌떡 일어나서 (한쪽 무릎이 테이블에 부딪혀서 아픈 듯이 얼굴을 찌푸리고는) 냉장고의 문을 열었다. 치즈를 꺼내들고 서랍에서 칼을 꺼냈다. 찬장에서 접시를 꺼내고 그 위에 빵을 얹고는 리츠 크래커를 끄집어냈다.

"이것들 모두에 몰래 청산가리 주사를 놓았지."

듀샌더는 치즈와 크래커를 테이블 위에 늘어놓으면서 토드에게 설명해 주었다. 노인이 빙긋이 웃자 오늘도 역시 틀니를 하고 있지 않은 것이 보였다. 그래도 토드는 미소를 지었다.

"오늘 왜 그래? 말이 너무 없으니까 이상한데." 듀샌더가 의아해 하며 물었다. "복도를 들어올 때는 거칠게 날아 들어오는 것 같더니, 왜 그러냐?"

술병에 남은 것을 모두 따르고는 한 모금 입맛을 다셨다.

"아직도 믿어지지 않아서."

토드는 크래커를 씹었다. 오래 전부터 소년은 노인이 내놓는 음식을 거절하지 않았다. 듀샌더는 토드가 친구에게 맡겨둔 편지가 있다고 생각하고 있다. 물론 그런 것은 없지만. 토드에게는 친구가 있었지만 깊이 신뢰하고 있는 친구는 하나도 없었다. 아마 듀샌더도 그 정도는 꿰뚫어보고 있을 테지만, 그렇다고 해서 그런 추측만을 믿고 위험이 뒤따르는 살인을 하리라고는 생각할 수 없다. 토드는 이런 식으로 듀샌더를 얕보고 있는 터였다.

"오늘은 무슨 이야기를 할까?" 듀샌더는 마지막 한 방울을 털어 넣고는 물었다. "오늘 하루만 공부를 쉬기로 할까? 어때, 좋지?"

술을 마시면 듀샌더의 독일식 사투리가 아주 심해졌다. 이즈음 그 독일식 사투리가 정말로 듣기 싫었고, 증오스럽기까지 했다. 그러나 지금은 그 사투리가 별로 거슬리지 않았다. 뭐든지 이해해 줄 수 있었다. 자기 자신이 무서울 정도로 냉정해져 있는 것도 느껴졌다. 토드는 손을 보았다. 얼마 있지 않아 상대를, 그 모든 것을 밀어버릴 손이다. 그러나 평소와 다른 것은 아무것도 없었다. 떨리지도 않았다. 다만 냉정했다.

"뭐든지 좋아." 토드가 말했다. "하고 싶은 이야기를 해."

"그러면 내가 만든 특수 비누에 대해 말해 줄까? 아니면 동성애 강제실험에 대한 이야기가 좋을까? 그것도 아니면 내가 바보 멍청이같이 베를린에 간 다음 어떻게 해서 그곳을 탈출했는지 듣고 싶어? ······아주 위기일발이었지."

듀샌더는 팬터마임이라도 하듯이 제멋대로 자란 수염을 깎는 시늉을 하며 웃음을 터뜨렸다.

"정말로 뭐든지 좋아."

토드는 듀샌더가 비어 있는 병을 발견하고 그 빈 병을 한 손에 들고 일어나는 것을 바라보았다. 듀샌더는 빈 병을 쓰레기통에 가지고 가서 버렸다.

"아니, 그런 이야기는 그만두자. 지금은 그런 이야기를 듣고 싶어 하지 않는 것 같으니까."

듀샌더는 잠시 쓰레기통 앞에서 생각하다가 부엌을 가로질러 지하실의 문을 향해 걸어갔다. 울로 만든 양말이 울퉁불퉁한 리놀륨 바닥에 질질 끌렸다.

"그 대신 오늘은 무서워하는 노인의 이야기를 듣도록 하지."

듀샌더는 지하실의 문을 열었다. 지금 노인은 테이블을 등지고 서 있었다. 토드는 조용히 일어났다.

"그 노인이 무서워하는 것은……" 듀샌더는 이야기를 계속했다. "……기묘한 인연으로 그의 친구가 된 한 명의 소년이야. 매우 머리가 잘 돌아가는 소년이지. 그의 부모들은 '우등생'이라고 부르고 있고, 노인도 이미 그 소년이 우수하다는 것을 알고 있지. 소년의 어머니가 생각하는 것과는 조금 다른 의미에서."

듀샌더는 말을 잘 듣지 않는 손가락으로 벽에 있는 구식 스위치를 올리려고 잠시 서 있었다. 토드는 리놀륨 위를 미끄러지듯이 걸어갔다. 삐걱거리거나 소리가 날 만한 장소는 피해서 걸었다. 듀샌더의 부엌은 자기 집처럼 어디에 무엇이 있는지 잘 알았다. 아니 그 이상이었다.

"처음에 그 소년은 노인의 친구가 아니었다." 듀샌더는 겨우 스위치를 올리는데 성공했다. 주의 깊게 계단 하나를 내려갔다. "처음에 노인은 그 소년에게 상당한 반감을 가지고 있었지. 그런데 시간이 갈수록…… 소년과의 만남이 점점 즐거워졌어. 아직도 그 반감의 일부가 남아 있기는 하지만."

지금 듀샌더는 찬장을 보고 있었지만 아직 난간을 붙들고 있었다. 토드는 차갑게(아니 지금 그는 얼음처럼 차가웠다.) 노인 뒤로 다가가서 어떻게 하면 한 번에 듀샌더의 손을 난간에서 떨어지게 할 수 있을지를 계산해 보았다. 이윽고 노인이 몸을 앞으로 내밀 때를 기다렸다.

"노인이 즐기고 있는 건 대등함이야." 듀샌더는 깊이 생각하고 있는 듯이 말을 계속했다. "알 것 같으냐? 소년과 노인은 서로 사신(死神)처럼 꽉 맞물려 있지. 둘 다 상대의 비밀을 알고 있어. 그런데 마침내…… 마침내 노인은 상황의 변화를 눈치 챘지. 물론 그렇지. 노인의 지배력은 쇠약해졌어. 그 일부, 아니면 전부가……. 그래서 소년은 노인을 궁지에 몰아넣기 시작했지. 아주 잘 돌아가는 머리로 말이야. 그래서 노인은 잠들 수 없는 긴 밤을 지새우면서 소년에 대한 새로운 지배력을 만들어 낼 방법을 생각해 내었지. 신변의 안전을 위해서."

지금 듀샌더는 난간을 놓고 지하실의 급한 계단 위로 몸을 내밀고 있었지만 토드는 그 자리에 가만히 서 있었다. 뼛속까지 느껴지던 차가움이 어느 사이엔가 녹아버리고 분노와 혼란의 소용돌이로 바뀌었다. 듀샌더가 새로운 술병을 집어 들었을 때 토드는 당황한 마음으로 생각했다. 이 지하실의 악취는 천하일품이다. 석유를 뿌리건 뿌리지 않건 어떤 것이 죽어 있는 것 같은 냄새가 났다.

"그래서 노인은 바로 침대에서 일어났지. 노인에게 수면이라는 것이 무슨 의미가 있겠어? 하찮은 일이야. 작은 책상에 앉아서 소년이 얼마나 자기를 교묘하게 범죄 속으로 끌어들였는지에 대해 생각했지. 그 범죄라는 것은 바꿔 말하면 소년이 '폭로할 거야.' 라고 노인을 협박한 바로 그것이었어. 소년이 학교의 성적을 회복하기 위해 얼마만큼 열심히, 그리고 얼마나 필사적으로 공부했는가를 노인은 생각했어. 성적이 원래대로 오른다면 소년은 이제 노인을 살려둘 필요가 없다고 생각하게 되겠지. 노인이 죽으면 소년은 자유롭게 되니까."

듀샌더는 새로운 에인션트 에이지 병을 쥐고서 돌아섰다.

"네가 가까이 다가오는 건 다 듣고 있었지." 노인은 오히려 부드러운 말투로 말했다. "네가 의자를 뒤로 빼고 일어섰을 때부터. 얘야, 네가 생각하는 만큼 조용하지 않았거든. 아직도 수련이 부족하구나."

토드는 아무 말을 하지 못했다.

"그래!" 듀샌더는 외쳤다. 지하실의 문을 꽉 닫고 부엌으로 돌아와서 말을 계속했다. "노인은 모든 것을 적었지, 그렇지 않았을 거라고 생각해? 처음부터 마지막까지 하나도 빠짐없이 적어 넣었지. 다 적고 났을 때는 이미 새벽이 되었고, 오른손은 관절 류머티즘 때문에…… 그 끔찍한 관절 류머티즘 때문에…… 쑤셔 왔지만 몇 주간은 좋은 기분으로 보낼 수 있었지. 완전한 기분이라고 할까. 노인은 침대로 돌아가 오후까지 푹 잘 수 있었어. 실제로 그 이상 잠을 잤더라면 대단히 좋아하는 프로그램을 못 보았을 거야……. 「종합병원」을 말이야."

뒤샌더는 흔들의자로 돌아갔다. 노인은 의자에 앉아서 누런 상아자루가 달린 낡은 잭나이프를 꺼내서 정성스럽게 버본 병의 마개를 열려고 했다.

"그 다음날 노인은 양복을 꺼내 입고 아담한 예금창구가 있는 은행에 갔지. 은행 직원에게 상담을 요청하자 직원은 친절하게 노인의 질문에 대답해 주었어. 노인은 금고를 하나 빌리기로 했지. 은행직원은 손님이 열쇠를 하나 갖게 되고 은행이 다른 하나의 열쇠를 가지게 되어 있다고 노인에게 설명했어. 두 개의 열쇠가 없으면 금고는 열 수 없지. 노인이 자필로 서명한 허가증을 가지고 있지 않으면 그 누구도 열쇠를 사용할 수 없지. 단, 예외가 하나 있어." 뒤샌더는 이빨이 없는 웃음을 흘리며 토드 보던의 창백하게 변한 얼굴을 보았다. "그 예외는 금고의 주인이 사망했을 경우에만 적용 된단다."

뒤샌더는 다시 토드를 바라보고는 미소를 띤 채로 잭나이프를 실내복의 주머니에 넣었다. 그리고 버본의 마개를 돌려 새롭게 한 잔을 따랐다.

"당신이 죽으면 어떻게 되는 거야?"

토드가 갈라진 목소리로 물었다.

"그때는 은행 직원과 국세청의 대표자가 배석한 자리에서 금고를 열게 되지. 금고의 내용물은 유산의 목록으로 기재되어 있어. 그런데 그들이 발견하게 되는 것은 12페이지 분량의 서류뿐이겠지. 세금의 대상은 되지 않겠지만…… 상당히 흥미 있는 서류일 거야."

토드는 더듬더듬 손을 모아 깍지를 꼈다.

"당치 않은 일이야."

믿을 수 없다는 듯이 아연한 목소리로 말했다. 마치 천장을 거꾸로 걷고 있는 사람을 지켜보기라도 하는 듯한 목소리였다.

"그런 짓을...... 당하고 가만 있을 것 같아?"

"애야." 듀샌더는 부드럽게 토드를 불렀다. "나는 이미 그렇게 했어."

"그렇지만...... 나는...... 당신은......." 소년의 목소리는 갑자기 고통스러운 듯한 절규로 바뀌었다. "당신은 늙은이야! 자기가 늙은이라는 것을 몰라? 당신이 죽으면 난 어떡해! 언제 죽을지도 모르는데."

듀샌더는 벌떡 일어났다. 부엌 찬장으로 다가가 작은 유리컵을 꺼냈다. 원래는 젤리가 들어 있던 컵이었다. 만화 주인공이 유리컵에서 춤추고 있었다. 토드는 그 만화를 전부 기억하고 있었다. 「강한 아내의 천국」에 나오는 프레드와 빌머 플린트스톤, 버니와 배티 러블, 페블스와 밤밤. 소년은 그것을 보고 자란 세대였다. 그는 듀샌더가 행주를 꺼내 그 젤리 유리컵을 형식적으로 닦는 것을 지켜보았다. 듀샌더는 토드 앞에 그 유리컵을 놓았다. 그러고는 손가락의 폭만큼 버본을 따랐다.

"뭐하는 거야?" 토드는 중얼거리듯 물었다. "난 술 같은 건 안 마셔. 당신처럼 되기 싫어서 안 마셔."

"컵을 들어라, 애야. 오늘은 특별히 축하해야 할 날이야. 오늘만 마셔라."

토드는 가만히 상대를 쳐다보면서 컵을 들어 올렸다. 듀샌더는 자기의 작은 도기컵을 토드의 컵에 부딪쳤다.

"건배! 얘야…… 장수를 빌어주지 않겠니? 우리 두 사람의 장수를 위해서! 축하한다!"

듀샌더는 한 번에 마셔 버리고는 갑자기 웃음을 터뜨렸다. 의자를 앞뒤로 흔들고 양말을 신은 발로 리놀륨 바닥을 두드리면서 웃어댔다. 토드는 듀샌더가 그 어느 때보다 더 대머리 독수리를 닮았다고 생각했다. 실내복을 뒤집어 쓴 대머리 독수리, 썩은 고기를 찾아 헤매는 보기 싫은 살아 있는 생물.

"당신을 증오해."

토드가 작은 목소리로 말했을 때, 듀샌더는 너무 웃어서 숨이 막히기 시작했다. 얼굴이 거무칙칙한 색깔로 바뀌었다. 마치 기침을 해대는 것과, 웃는 것과, 숨이 막히는 것을 전부 동시에 하고 있는 듯했다. 무서운 생각이 든 토드는 서둘러 일어나 기침 발작이 멎을 때까지 노인의 등을 문질러 주었다.

"당케 쉐인." 노인이 말했다. "자, 술을 마셔라. 기분이 좋아질 거다."

토드는 술을 마셨다. 지독히도 형편없는 감기약 같은 맛이었지만 뱃속은 불을 붙인 듯이 뜨거워졌다.

"이렇게 형편없는 것을 하루 종일 마시다니 믿을 수 없어." 토드는 컵을 내려놓고 몸을 떨었다. "끊어. 술하고 담배를 끊어."

"내 건강을 생각해 주는 마음씨에 감동했단다." 듀샌더는 잭나이프를 집어넣은 그 실내복 주머니에서 쭈글쭈글한 담배를 끄집어냈다. "나도 너 못지않게 네 생명을 걱정하고 있단다. 애야, 혼잡한 교차점에서 자전거를 타다가 자동차에 치었다는 기사를 거의 매일 신문에서 보고 있다. 그러니까 너도 자전거 타는 것을 그만두렴. 나처럼 버스를 타고 다녀라."

"딸딸이나 쳐!"

토드는 소리를 버럭 질렀다.

"얘야." 듀샌더는 버본을 따르면서 다시 웃었다. "우리는 이미 서로를 강간하고 있잖아……. 그걸 몰랐단 말이냐?"

그로부터 일주일 후 어느 날, 토드는 버려진 철도역에서 지금은 사용하고 있지 않은 우편용 플랫폼에 앉아 있었다. 붉게 녹슬고 잡초가 가득 자란 철로 위로 석탄 조각을 하나 또 하나 던졌다.

'왜 그 자식을 죽이면 안 돼?' 토드는 논리적인 소년이었기 때문에 논리적인 답이 먼저 나왔다. 이유는 아무것도 없었다. 빠르건 늦건, 듀샌더는 죽는다. 듀샌더의 생활 습관을 보더라도 그 시간은 곧 닥쳐올 것이다. 토드가 노인을 죽인다고 해도, 듀샌더가 목욕 중에 심장 발작으로 죽는다 해도, 모든 것이 밝혀지기는 마찬가지다. 지금 그를 죽이면 적어도 그 대머리 독수리의 목을 조르는 만족감이라도 얻을 수 있다. 빠르건 늦건.

그 말은 논리적이지 못했다.

어쩌면 늦어질지도 모른다고 토드는 생각했다. 아무리 담배를 피워도, 아무리 많은 술을 마셔도 그 놈은 강인한 늙은이다. 지금까지 살아 있는 것을 보면…… 그러니까 늦어질지도 모른다.

등 뒤에서 희미한 콧소리가 들려왔다.

토드는 엉겁결에 벌떡 일어났고, 손에 쥐고 있던 한 줌의 석탄 조각을 떨어뜨리고 말았다. 콧소리 같은 소리가 다시 들려왔다.

지금이라도 도망가려고 토드는 버티고 서 있었지만, 그 콧김 같은 소리는 다시 들려오지 않았다. 800미터 저쪽에는 8차선 고속도로가 지평선을 가로지르며 잡초와 쓰레기가 버려져 있는 좁은 길, 버려진 건물과 녹슨 철망 펜스, 그리고 금이 가고 구부러진 플랫폼을 아래로 내려다보고 있었다. 고속도로를 달리는 자동차들은 딱딱한 껍질을 가진 이국적인 풍뎅이처럼 햇살을 받아 번쩍이고 있었다. 저쪽에는 8차선을 메운 자동차들의 흐름이 있고 여기는 토드와 두세 마리의 새, 그리고 아까 콧소리를 낸 물체밖에 없다.

토드는 두 손을 무릎에 대고 조금씩 몸을 굽혀서 우편용 플랫폼의 아래를 들여다보았다. 거기에는 한 명의 거지가 누런 잡초와 빈 깡통과 먼지투성이인 빈 병 사이에서 잠을 자고 있었다. 그 남자의 나이는 짐작할 수 없었다. 대충 30세부터 45세 사이일 거라고 토드는 생각했다. 너덜너덜한 셔츠에는 구역질한 것이 말라붙어 있었고 녹색바지는 헐렁헐렁 했으며 회색 가죽 작업화는 100군데도 넘게 찢어져 있었다. 그 찢어진 곳은 고통 때문에 일그러진 입처럼 빠끔히 벌어져 있었다. 그리고 듀샌더의 지하실에서 나는 냄새와 비슷한 냄새를 풍기고 있었다.

빨갛게 짓무른 거지의 눈이 느릿느릿 열리고, 놀란 기색도 짓지 않고 쓸쓸하게 토드를 올려다보았다. 거지가 그를 본 순간, 토드는 주머니에 있는 스위스제 군인용 나이프가 생각났다. 1년 전쯤에 레돈도 비취의 스포츠용품점에서 산 것이었다. 그때 점원의 말이 지금도 머릿속에 남아 있다. *이것보다 좋은 칼은 어디를 가도 찾을 수 없어. 얘야, 언젠가 너의 목숨을 구해줄 거야. 이 가게*

에서만 매년 1500개를 팔아치운단다.

토드는 주머니에 손을 넣어 나이프를 쥐었다. 마음속의 눈은 듀샌더가 잭나이프로 버본 병 포장을 따는 것을 보고 있었다. 얼마 후에 토드는 자기가 발기하고 있다는 것을 알아차렸다.

1년에 1500개.

차가운 공포가 몸속으로 파고들었다.

거지는 갈라진 입술을 손바닥으로 훔치고는 니코틴으로 누렇게 변색된 혀로 입술을 핥았다. 그가 말을 걸어왔다.

"너, 10센트 가지고 있니?" 토드는 무표정하게 상대를 바라보았다. "로스앤젤레스에 가고 싶은데, 버스비가 10센트 모자라서 말이야. 나, 약속이 있어. 누가 일을 준다고 했다고. 너같이 좋은 아이라면 아마도 10센트 정도는 가지고 있을 거야. 아니 25센트는 가지고 있을지도 모르지."

그래, 이 나이프라면 블루길의 배라도 가를 수가 있어. 아니 그럴 기분이 생긴다면 염병할 청새치의 배라도 갈라서 내장을 꺼낼 수 있어. 이 나이프는 1년에 1500개나 팔리고 있어. 때문에 만약 이 나이프로 저 더럽고 구더기 같은 거지의 배를 갈라내고 내장을 꺼낸다고 해도 붙잡힐 염려는 전혀 없어. 절대로.

거지의 목소리가 낮아졌다. 비밀이라도 말하듯이, 음침하게 중얼거렸다.

"1센트라도 주면 하늘을 날 정도로 좋은 기분을 만들어주지. 뇌가 터져나갈 정도로 좋은 기분이야."

토드는 주머니에서 손을 끄집어냈다. 손을 펼쳐보기 전까지 안에 무엇이 들었는지 몰랐다. 25센트 동전이 두 개, 5센트짜리가 두 개, 10센트짜리 동전이 하나, 1센트짜리 동전이 조금 있었다. 토드는 그것을 거지에게 집어 던지고는 도망쳐버렸다.

12

1975년 6월.
14살이 된 토드 보던은 자전거를 타고 듀샌더의 집 앞 좁은 길까지 와서 자전거를 세웠다. 계단 맨 아래 칸에는 《LA 타임스》가 뒹굴고 있었다. 그는 그것을 집어 들고 초인종에 시선을 던졌다. 그 아래에는 '아서 덴커'와 '권유, 세일즈, 강매 사절'이라고 쓰인 두개의 팻말이 각각의 장소를 차지하고 있었다. 물론 초인종을 누를 필요는 없었다. 열쇠가 있으니까.
어딘가 가까이서, 잔디 깎는 아이의 물 튀기는 듯한 소리와 트림하는 소리가 났다. 소년은 듀샌더의 마당에 는 잔디를 바라보고 풀이 길게 자란 것을 발견했다. 노인에게 잔디 깎는 기계를 가진 아이를 찾아보라고 일러줘야겠다는 생각을 했다. 듀샌더는 최근에 들어서 갑작스럽게 이런 자질구레한 일을 잘 잊어버렸다. 어쩌면 치매의 시작인지도 모른다. 아니면 에인션트 에이지가 뇌를 알코올로 가득 채우고 있는 영향일지도 모르고. 14살의 소년치고는 어른다운 생각일지 모르지만 이젠 토드에게 어색한 일이 아니었다. 요 근래에는 어른다운 생각만 떠올랐다. 그 대부분은 별로 탐탁찮은 생각이었다.
토드는 집 안으로 들어갔다. 부엌에 들어가 듀샌더가 흔들의

자에 조금 기울인 자세로 앉아 흔들거리고 있는 것을 본 순간 언제나처럼 등줄기가 섬뜩했다. 테이블 위에는 컵이 있고 절반 정도 빈 버본 병이 그 옆에 있었다. 비벼 끈 몇 개의 담배꽁초가 있는 마요네즈 뚜껑 위에 담배 한 대가 긴 재를 만들면서 타들어가고 있었으며, 듀샌더의 입은 반쯤 열린 상태였다. 얼굴은 누렇게 떴다. 커다란 두 손은 흔들의자의 팔걸이에 걸친 채로 축 늘어져 있었다. 호흡을 하고 있는 것처럼 보이지 않았다.

"듀샌더!" 엉겁결에 목소리가 거칠어졌다. "기상이야, 듀샌더."

노인이 움찔 경련을 하고 눈을 깜빡거리며 겨우 고쳐 앉는 것을 보고 토드는 안도의 한숨을 쉬었다.

"너냐? 이렇게 빨리?"

"종업식 때문에 일찍 끝났어." 토드는 마요네즈 뚜껑 위에 있는 담배꽁초를 손으로 가리켰다. "다시 이렇게 놔두면 불이 날 거야."

"그럴지도."

듀샌더는 무관심하게 대답했다. 느릿느릿 담뱃갑에서 담배를 한 대 끄집어내서 (담배가 떼구르르 구르며 테이블 위에서 떨어지려는 것을 아슬아슬하게 붙잡아) 겨우 불을 붙였다. 그 다음 긴 기침 발작이 이어지고, 토드는 질린 듯한 표정으로 얼굴을 찌푸렸다. 노인의 기침이 지독해지자, 토드는 지금이라도 듀샌더의 회색이 섞인 검은 폐조직 덩어리가 테이블 위로 쏟아지지 않을까 걱정했다. 이 노인은 그런 일이 벌어져도 분명히 웃을 거야.

겨우 기침이 가라앉자 듀샌더는 말을 할 수 있게 되었다.

"손에 가지고 있는 것은 뭐냐?"

"성적표."

듀샌더는 성적표를 받아들고 펼쳐서 글자를 읽을 수 있도록 손을 쭉 뻗었다.

"영어 A, 미국사 A, 지학 B플러스, 지역사회와 생활 A, 초급프랑스어 B마이너스, 대수기초 B."

노인은 성적표를 밑으로 내렸다.

"상당히 잘 했구나. 속어(俗語)로 이런 상황을 뭐라고 그러더라? '구사일생'이었던가? 제일 밑의 학년 평균란은 고칠 필요가 있냐?"

"프랑스어와 대수만 고치면 돼. 그렇지만 전부 합쳐서 8점이나 9점 정도면 될 거야. 들킬 염려는 없으니까. 그것만은 당신 덕분이라고 생각해. 정말이야. 고마워."

"이 얼마나 감동적인 연설인가."

듀샌더는 그렇게 말하고는 다시 기침을 하기 시작했다.

"지금부터는 그렇게 자주 만나러 오지는 못할 거야."

토드가 말한 순간 듀샌더는 갑자기 기침을 멈췄다.

"그래?"

듀샌더는 평온하게 되물었다.

"응." 토드가 대답했다. "6월 25일부터 가족 모두 한 달간 하와이에 가. 또 9월에는 도시 반대쪽에 있는 학교에 다니게 돼. 강제버스 통학으로."

"역시, 흑인들 때문인가?"

듀샌더는 나무책상 위에 덮인 오일클로스 위를 기어가는 파리를 멍청하게 바라보며 중얼거렸다.

"20년간 이 나라는 흑인 때문에 고민해 왔지. 그러나 우리들은 그 해결법을 알고 있어……. 그렇지 않니?"

이빨이 없는 노인의 미소는 토드를 향했고, 토드는 언제나처럼 불쾌하게 위장이 상하로 움직이는 것을 느끼며 고개를 숙이고 말았다. 공포와 증오와 욕망이 한꺼번에 밀려왔다. 꿈속에서나 생각할 수 있는 무서운 짓을 실제로 해보고 싶다는 욕망이 토드를 사로잡았다.

"모른다면 알려 주겠는데, 난 대학에 갈 거야. 꽤 먼 훗날의 일이지만 지금부터 계획을 세워야지. 전공과목도 정했어. 역사로."

"대단하구나. 과거부터 배우려고 하지 않는 인간은……"

"입 닥쳐."

듀샌더는 들은 대로 했다. 그는 소년의 이야기가 끝나지 않은 것을 알고 있었다……. 아직 더 할 말이 있는 것이다. 그는 팔짱을 끼고 상대를 바라보았다.

"친구에게서 그 편지를 돌려받을 거야." 토드는 느닷없이 입을 놀렸다. "알고 있겠지? 나는 당신에게 그것을 보여줄 거야. 그 다음엔 당신이 그것을 태워버려도 좋아. 만약……."

"……만약 내가 금고 안에 있는 서류를 없애버린다면 말이지?"

"응…… 바로 그거야."

듀샌더는 장탄식을 했다.

"얘야, 너는 아직 상황을 잘 이해하지 못하는 것 같구나. 예전에도 그랬지만……. 처음부터 말이야. 그 이유는 네가 아직 나이가 차지 않은 소년이기 때문이기도 하지만 그것 때문만은 아니야……. 처음부터 넌 대단히 어른스러운 생각을 하는 소년이었지. 그래, 정말로 나쁜 것은 옛날이나 지금이나 너의 유머가 담긴 미국적 자신감이야. 그 자신감이 재앙을 불러들인 거지. 그럼에도 네가 하는 행동이 어떤 결과를 초래할까 하는 가능성을 생각해 보려고도 하지 않았지…… 지금도 그래."

토드가 뭐라고 대꾸하려고 하자 듀샌더는 세계에서 나이가 가장 많은 교통경찰처럼 엄숙하게 손을 들어올렸다.

"아니, 말로 대답하려 하지 마라. 이것은 사실이니까. 만약에 그렇게 하고 싶다면 그냥 가도 좋아. 이 집에서 나가서 두 번 다시는 오지 마라. 내가 너를 막을 수 있을까? 그렇지 않아, 나는 너를 막을 수 없어. 하와이에서 가능한 즐겁게 놀다 오너라. 그동안 나는 이 덥고 기름 냄새나는 부엌에 앉아서 왓츠 지역의 흑인이 올해도 경관을 죽이고 싸구려 아파트를 태워버릴 것을 기대하며 있을 거야. 나는 그걸 막지 못해. 그것은 마치 매일 나이가 먹어가는 것을 막지 못하는 것과도 같지."

듀샌더는 토드를 바라보았고, 그 눈을 가만히 보고 있던 토드는 고개를 돌려버렸다.

"내 마음 깊은 곳에서는 너를 좋아하지 않는다. 어떻게 너를 좋아하겠니? 너는 강제로 내 생활 속에 뛰어들어 왔다. 이 집에 초대해야만 하는 손님이 되고 말았지. 네가 열게 만든 납골당은 아마 닫혀 있는 편이 나을 뻔했어. 왜냐하면 그 시체의 일부가 생매장되어 있고, 그 중 몇은 아직 숨을 쉬고 있는 것이 발견되었기 때문이야. 너의 몸도 그 납골당에 말려들었지만 그렇다고 해서 내가 너를 동정할까? 어림없는 일이지! 너는 스스로 납골당에 자기

침대를 만들었어. 이제 네가 그 침대에서 잠을 잘 잘 수 없다는 말을 들으면서 내가 너를 동정해야 하나? 아니……. 나는 너를 동정하지도 않으며 너를 좋아하지도 않아. 그러나 아주 조금은 너를 존경하게는 되었지. 이 설명을 다시 해 달라고 졸라서 나의 인내에 부담을 주지 않았으면 좋겠다. 우리 둘은 각자의 문서를 가지고 와서 이 부엌에서 태워버릴 수 있겠지. 그렇지만 그렇게 한다고 해서 문제가 해결되는 것은 아니란다. 아니 그뿐 아니라 지금의 이 순간과 비교해서 상황이 조금도 나아지지 않아."

"잘 모르겠어."

"그럴 테지. 그 까닭은 네가 저질러 놓은 사건의 결과를 조금도 생각하려 하지 않기 때문이다. 잘 들어라. 만일 우리가 서로의 편지를 여기서, 이 병뚜껑 위에서 태운다고 가정해 보자. 네가 그 편지의 사본을 따로 만들어 두지 않았다고 어떻게 알 수 있겠냐? 두 통, 세 통을? 5센트만 내면 도서관의 복사기로 누구라도 복사를 할 수가 있다. 1달러를 들인다면, 너는 여기서부터 20블록에 걸쳐 모든 모퉁이에 나의 사형집행장을 붙일 수도 있을 게다. 3킬로나 되는 사형집행장의 행렬이 되겠지. 애야. 생각해 봐! 네가 그런 짓을 하지 않는다고 누가 보증하겠니?"

"나는…… 그러니까…… 나는…… 그런……."

토드는 말이 이어지지 않는 것을 알고 억지로 입을 닫았다. 갑자기 전신의 피부가 뜨거워져 참을 수가 없었다. 아무런 이유도 없이 7살인가 8살인가에 경험한 기억이 마음속에 되살아났다. 친구들과 함께 도시에서 멀리 떨어져 있는 낡은 화물용 우회도로에 갔다가 그 아래를 가로질러 가는 하수구 관을 기어나가기로 했다. 친구는 토드보다 말랐기 때문에 아무런 문제가 없었다……. 그러나 토드는 도중에 몸이 꽉 끼어버렸다. 머리 바로 위에서 커다란 돌과 흙의 그 어두운 중량이 희미하게 느껴지기 시작했다. 마침 로스앤젤레스로 가는 트레일러가 위를 통과하면서 대지를 뒤흔들었다. 물결 모양의 낮고 단조로우며 어딘가 기분 나쁜 소리를 내면서 대지가 진동하기 시작했을 때, 토드는 엉엉 울음을 터뜨렸다. 손은 허우적거리고 다리는 피스톤처럼 움직이면서 앞으로 나가려고 노력했다. 살려달라고 소리도 질렀다. 간신히 몸이 움직이기 시작해서 겨우 파이프 밖으로 나오자마자 토드는 기절해버리고 말았었다. 지금 듀샌더가 설명한 그럴싸한 속임수는 너무 기본적이었기 때문에 오히려 한 번도 머리에 떠오르지 않았던 것이다. 토드는 자기의 피부가 점점 더 뜨거워지는 것을 느끼면서 이렇게 생각했다……. 이번에는 절대로 울지 않을 거야.

"그리고 마찬가지로 너도 안전하다고 할 수 있는 보증이 어디 있겠냐? 나도 금고에 넣은 것을 두어 통 따로 사본을 만들었는지도 모르는 일이고. 그 한쪽만 태우고 나면 모든 것이 끝이라고 어떻게 증명할 거냐?"

올가미에 걸려든 것이다. 그때의 파이프 속처럼, 나는 몸을 움직일 수가 없어. 이번에는 누구에게 도움을 요청하면 좋을까?

토드의 심장은 빠르게 종을 치기 시작했다. 손등과 목덜미에서 땀이 솟아나는 것이 느껴졌다. 그 파이프 안이 어땠는지 생각이 났다. 흐르지 않아 썩은 물의 악취와 차갑고 구불구불한 금속의 감촉, 머리 위로 트레일러가 통과했을 때의 온갖 것이 떨리던 느낌……. 그 당시 눈물이 얼마나 뜨거웠는지, 마음이 얼마나 자포

자기 상태에 있었는지가 생각났다.

"예를 들어 우리에게 믿을 수 있는 제3자가 있다고 하더라도 역시 의혹은 언제나 남게 되지. 이 문제는 해결 불가능해. 애야, 거짓말이 아니야."

올가미에 걸려든 것이다. 파이프 안에서 몸을 움직일 수가 없어. 여기는 출구가 없어.

토드는 세계가 회색으로 변하는 것을 느꼈다. 절대로 울지 않을 거야. 절대로 기절하지 않을 거야. 억지로 자신을 되찾았다.

듀샌더는 컵을 들고 홀짝 버본을 한 모금 마시고는 컵 너머로 토드를 바라보았다.

"자, 그럼 이제부터 두 가지에 대해서 이야기하자. 첫째로 이 일에서 네 역할이 밝혀진다고 해도 네가 받는 벌은 아주 작을 거다. 아마도…… 아니 십중팔구 신문 같은 데 네 얼굴이 나오지는 않을 거야. 전에 내가 소년원의 이야기를 해서 너를 공포에 빠지게 한 것은 그때 네 의지가 약해져서 모든 것을 말해버리지는 않을까 무척 걱정하고 있었기 때문이었지. 도대체가 내가 정말 그렇게 될 거라고 생각했다고 보니? 아니…… 그건 자녀들이 어두워지기 전에 집으로 돌아오게 하기 위해서 아버지가 '어린이의 혼을 뺏는 괴물' 이야기를 해 주는 것과 비슷한 거야. 네가 소년원에 가리라고는 생각하지 않아. 하기야 이 나라는 사람을 죽인 사람에게도 손목을 묶고 교도소에서 2년간 컬러 TV를 보여주는 나라니까. 게다가 다시 자유의 몸이 되어서 사람을 죽이라고 권할 정도니까.

그러나 어쨌든 그로 인해 너의 인생은 온통 엉망이 되겠지. 먼저 기록이 남고…… 그 기록이라는 것에 대해 세상 사람들은 까다롭게 굴 거야. 그리고 그 기록은 언제나 너를 따라다닐 테고. 이렇게 축축한 스캔들은 여간 해서 잊히지 않는 법이야. 와인처럼 술병에 담겨서 보존되지. 게다가 말할 필요도 없지만 시간이 지남에 따라 너와 함께 그 죄도 자라나게 돼. 너의 침묵이 길면 길수록 한층 더 무서운 죄가 되어버리지. 만일 오늘 진상이 밝혀진다고 해도 세상 사람들은 '그렇지만 어린 아이가 했으니까!'라고 말할 거야…… 사람들은 나처럼 네가 얼마나 어른스러운지를 모르니까. 그렇지만 얘야, 만일 네가 고등학교에 들어가고 난 뒤에 나에 관한 진상과 함께 네가 이미 1974년부터 나의 정체를 알고 있으면서도 아무런 말도 하지 않았다는 사실이 폭로되었다면 세상 사람들은 뭐라고 할까? 지독한 말들을 해댈 거다. 만일 대학에 들어가고 나서 밝혀진다면 그것이야말로 큰 재난이 되겠지. 그리고 막 청년시대를 시작한 경우에는……. 첫 번째 문제에 대해 이해할 수 있겠냐?"

토드의 대꾸는 없었지만 듀샌더는 만족한 듯이 보였다. 머리를 끄덕였다.

다시 고개를 끄덕이면서 그가 말했다.

"두 번째, 나는 네가 말한 편지가 있다고 생각하지 않아."

토드는 아무렇지 않은 표정을 지키려고 노력하고 있었지만 자기의 눈이 충격을 받아 둥그렇게 커지지 않았을까 걱정되었다. 듀샌더가 멀끔히 자기를 보고 있다는 것을 느끼자 갑자기 자기의 얼굴이 빨갛게 물드는 것이 느껴졌다. 이 노인은 몇 백 명 아니 몇 천 명의 사람들을 심문해 본 적이 있다. 전문가였다. 토드는 자기의 두개골이 유리창으로 변하고 그 안에서 모든 생각이 네온사인처럼 빛나고 있는 기분이 들었다.

"나는 네가 그토록 신뢰하고 있는 친구가 누구일까 스스로 자문해 보았지. 너의 친구는 누구인가…… 언제나 함께 놀고 있을까? 이 소년, 이 자부심이 강하고 냉정하게 기분을 조절할 수 있는 소년이 그토록 신뢰하고 있는 사람이 있을까? 그 대답은……? '아무도 없다'였어."

듀샌더의 눈은 누런색을 띠었다.

"오랫동안 너를 관찰하면서 그 확률을 계산했어. 나는 너란 아이를 알고 있어. 네 성격의 대부분을 잘 알고 있지……. 아니, 전부는 아니야. 어떤 인간도 타인의 마음속에 있는 것을 모두 알 수는 없지. 나는 이 집 밖에서 네가 하고 있는 일이나, 네가 만나고 있는 사람들에 대해 거의 모르고 있어. 그래서 이렇게 생각했지. '듀샌더, 네가 틀릴 수도 있어. 세월이 조금 지난 후에 한 명의 소년을 깔본 것 때문에 체포되어 죽음을 당해도 좋으냐?' 아마 내가 좀 더 젊었다면 그 확률로도 도박을 했겠지……. 배당률도 좋고 어긋날 확률도 적으니까. 지금의 나에게는 이상할 것도 없어……. 인간이 나이를 먹어가면서 생과 사의 문제로 고민하게 되면 잃는 것이 적어지게 되지……. 그럼에도 불구하고 점점 보수적이 되어 가."

노인은 토드의 얼굴을 가만히 들여다보았다.

"그리고 한 가지 더 이야기해 둘 것이 있다. 이 이야기가 끝나면 언제라도 가도 좋아. 내 이야기는 이런 거야. 나는 네 편지의 존재에 대해 의심하고 있지만 넌 내 편지에 대해서는 조금도 의

심하면 안 돼. 조금 전에 말한 문서는 분명히 존재하고 있어. 만일 내가 오늘이라도(아니면 내일이라도) 죽으면 모든 것이 밝혀지게 될 거다. 모든 것이."

"그렇다면 나에게는 아무런 미래도 없단 말이잖아?" 토드는 허탈한 표정으로 작은 웃음소리를 내었다. "그렇지?"

"그렇지 않다. 세월은 과거로 흘러가. 그것과 함께 네가 내 위에서 누리던 지배력은 그 가치가 점점 줄어들지. 왜냐하면 아무리 내 생명과 자유가 중요하다고 해도 미국인들이(이스라엘 사람도 마찬가지지만) 내 생명과 자유를 빼앗아가는 것에 대해 흥미를 잃어갈 테니까."

"그래? 그렇다면 어째서 루돌프 헤스(독일의 정치가. 종전 후 뉘른베르크 재판에서 종신형을 선고받았다 — 옮긴이)를 석방하지 않는 거지?"

"만일 헤스의 신병을 확보하고 있는 것이 미국뿐이라면…… 그래, 살인범이라도 손목이나 때리고 석방시켜주는 미국인뿐이라면…… 이미 그는 석방되었을 거야. 미국인은 80살의 노인을 이스라엘에 인도해서 그들이 아이히만에게 그렇게 한 것처럼 헤스를 교수형에 처하는 것을 허락할까? 그렇지는 않다고 생각해. 나무에 올라가서 내려올 수 없게 된 고양이를 소방수가 구조하는 사진이 대도시 신문의 제1면에 게재되는 이 나라에서는 말이야.

그래. 나에 대한 너의 지배력은 내가 너에 대해 가지게 되는 지배력이 강해지는 것과는 반대로 점점 약해지겠지. 어떤 상황도 가만히 정지하고 있는 경우는 없어. 그리고 내가 그때까지 살 수 있다는 가정 하에 말하는 것이지만, 네가 알고 있는 비밀이 별로 중요하지 않다는 판단이 서면, 그때가 오면, 그 유언장을 없애버리겠어."

"하지만 그 사이에 당신의 신변에 어떤 일이 생겨날지 모르잖아! 사고라든지, 병이라든지……."

듀샌더는 어깨를 들썩였다.

"'신의 뜻하심에 의해 물이 솟아오르고, 신의 뜻하심에 의해 우리들이 그것을 발견하고, 신의 뜻하심에 의해 우리들이 그 물을 마신다.' 우리들의 힘으로는 아무것도 할 수 없어."

토드는 오랫동안 듀샌더를 물끄러미 바라보았다. 대단히 긴 시간이었다. 듀샌더의 주장에는 어딘가 구멍이 있어. 반드시 있을 거야. 빠져 나갈 수 있는 길, 두 사람 중 어느 쪽이, 아니면 한 쪽, 엄밀히 말해 나만 빠져 나갈 수 있는 비상구가 반드시 있을 거야. 변명으로 모든 것을 해소할 수 있는 방법이…… 잠깐 기다려봐, 완전히 발이 묶였잖아, 숨바꼭질은 끝이야. 그의 눈 깊숙한 곳으로 앞날에 대한 어두운 예감이 스며들고 있었다. 그는 그것이 의식적인 생각 속에 자리 잡기 시작하는 것을 느꼈다. 자기가 어디를 가더라도, 무엇을 하고 있더라도…….

토드는 머리 위에 쇠모루가 정지해 있는 만화 영화 주인공들이 생각났다. 언제 머리 위로 떨어질지 모른다. 내가 고등학교를 졸업할 때, 듀샌더는 81세. 그래도 듀샌더는 그 서류를 폐기하지 않을 것이다. 내가 학사학위를 받을 때, 듀샌더는 85세. 역시 마찬가지일 것이다. 아니면 자기가 충분히 나이를 먹었다는 것을 인정하지 않든지. 석사논문을 다 쓰고 대학원을 졸업할 때 듀샌더는 87세. 그래도 듀샌더는 아직 안전하다고 생각하지 않을 것이다.

"안 돼." 토드는 불분명한 목소리로 말했다. "당신이 말한 것…… 그대로 받아들일 수 없어."

"얘야."

듀샌더가 부드럽게 부르는 소리를 듣고 토드는 처음으로 공포가 움트는 것을 느꼈다. 노인의 가벼운 한 마디에 내포되어 있는 강조의 뜻을.

"얘야…… 나는 그렇게 할 수밖에 없구나."

토드는 상대를 쳐다보았다. 입 안에서 혀가 부어오르고 목이 꽉 막혀서 숨을 쉴 수 없었다. 갑자기 소년은 자리를 박차고 일어나 그 집을 뛰쳐나갔다. 듀샌더는 모든 것을 아무런 표정 없이 바라보았다. 문이 쾅 닫히고, 소년의 거친 발걸음이 잦아들고, 자전거에 올라탄 것까지 알고 나서 담배에 불을 붙였다. 물론 금고는 존재하지 않으며 문서도 없다. 그러나 소년은 금고와 문서가 존재한다고 굳게 믿고 있다. 완전히 믿고 있다. 자신은 안전하다. 이것으로 결말이 났다.

그러나 결말이 난 것이 아니었다.

그날 밤 두 사람 모두 살인의 꿈을 꾸고, 두 사람 모두 공포와 쾌감이 뒤섞인 채로 눈을 떴다.

토드는 눈을 뜨고 지금은 익숙하게 된 아랫도리의 끈적거림을 느꼈다. 그런 것을 느끼기에는 나이를 너무 먹어버린 듀샌더는 SS 제복을 입고 다시 누워서 두근거리는 심장이 가라앉기를 기다렸다. 조잡하게 만들어진 SS 제복은 이미 여기저기 닳았다.

꿈속에서 듀샌더는 겨우 언덕 꼭대기에 있는 수용소에 도착했다. 넓은 문이 양 옆으로 열리면서 그를 맞이해 주었고, 일단 안으로 들어가자 강철 레일 위를 구르는 소리를 내면서 닫혔다. 문과 수용소를 둘러싸고 있는 벽에는 전류가 흐르고 있었다. 쇠약한 벌거숭이 추격자들이 밀려오는 파도처럼 차례차례로 그 벽에 몸을 실었다. 듀샌더는 그들에 대해 비웃음을 날리면서 가슴을 폈다. 그리고 모자를 바른 각도로 고쳐 쓰고 보조를 맞추면서 걷기 시작했다. 살이 타면서 내뿜는 검은 공기는 매우 자극적인 와인 냄새 같았다. 잠에서 깨어나 보니 그곳은 남부 캘리포니아였고…… 그는 호박으로 만든 등불을 들고 흡혈귀가 파란 불꽃을 찾는 밤에 대해서 생각했다.

보던 일가가 하와이로 출발하기 이틀 전, 토드는 버려져 있는 철도역에 다시 가 보았다. 옛날엔 모두 여기에서 샌프란시스코나 시애틀, 라스베이거스 행 열차를 탔었다. 좀 더 나이를 먹은 사람들은 예전에 여기서 로스앤젤레스 행 열차를 타 본 적도 있었다.

토드가 거기에 도착한 것은 해질녘이었다. 800미터 앞에 있는 고속도로의 커브길을 지나는 대부분의 차가 주차등을 켜고 있었다. 날씨가 따뜻한데도 토드는 가벼운 잠바를 입고 있었다. 잠바 아래의 벨트에는 낡은 타월로 감싼 고기 자르는 칼이 비밀스럽게 끼워져 있었다. 토드는 그 칼을 할인점(그곳은 몇 에이커나 되는 주차장이 설치된, 몇 개의 거대한 매장 중 하나였다.)에서 샀다.

그는 한 달 전에 거지가 있었던 플랫폼의 아래를 들여다보았다. 그의 머릿속은 빙빙 돌고 있었는데 아무것도 나오지 않았다. 그 순간 그의 머릿속을 꽉 채운 것은 검은 것에 검은 것을 더한 어둠이었다. 그가 발견한 것은 그때의 거지인지 혹은 다른 거지인지 확실하지 않았다. 그가 누구든, 그가 어떤 사람이든 오로지 그 누군가를 닮은 것처럼 보였다.

"이것 봐!" 토드는 그를 불렀다. "이것 봐, 돈이 필요하지 않아?"

거지는 눈을 깜빡거리면서 몸을 뒤척였다. 토드의 밝은 미소를 보고 빙긋이 웃음을 보내 주었다. 그 순간 고기 써는 칼이 번쩍거리며 날아들어 무성하게 수염이 자란 뺨을 거침없이 찔렀다. 피가 사방으로 튀었다. 거지가 벌리고 있는 입 안에서 칼날이 보이고…… 처음에 칼 끝이 순간적으로 거지 입술의 왼쪽 구석에 처박히면서 벌려진 입은 비참하게 삐뚤어진 웃음을 짓고 있었다. 그리고 그 웃음을 더욱 크게 만들었다. 토드는 그 거지의 얼굴을 할로윈의 호박처럼 여기 저기 찔렀다.

토드는 거지를 37번 찔렀다. 한 번 한 번 세어가면서 찔렀다. 37번……. 거지의 입술에 떠올랐던 머뭇거리던 미소는 몸의 털이 곤두설 정도로 큰 웃음으로 바뀌었다. 첫 번째 일격을 포함해서 네 번째 찔렀을 때부터 거지는 목소리를 낼 수가 없게 되었다. 여섯 번째 찔렀을 때는 토드로부터 도망가려고도 하지 못했다. 그 때 토드는 플랫폼 아래로 기어 들어가 마지막 숨통을 끊어버렸다. 집으로 돌아오는 도중에 토드는 칼을 강물에 던졌다. 바지에 피가 묻어 있었다. 그 바지는 얼른 세탁기에 집어넣고 빨았다. 세탁이 끝난 바지에 엷은 흔적이 남아 있었지만 별 신경 쓰지 않았다. 얼마 지나지 않아 지워질 테니까. 다음날 아침 오른쪽 팔이 어깨까지 잘 올라오지 않는 것을 알았다. 아버지에게는 공원에서 친구들과 토스 배팅을 하다가 근육에 알이 배긴 것 같다고 설명했다.

"하와이에 가면 나을 거다."

딕 보던은 토드의 머리를 쓰다듬으면서 말했다. 정말 그랬다. 집으로 돌아올 때쯤 되자 팔이 멀쩡해졌다.

13

7월이 다시 돌아왔다.

듀샌더는 세 벌의 양복 중의 하나를 말쑥하게 차려 입고 정류소에 서서 집으로 가는 마지막 버스를 기다리고 있었다. 밤 10시 40분. 오늘밤은 영화를 보았다. 가볍고 천박한 코미디로 굉장히 재미있었다. 그는 아침에 편지를 받은 다음부터 하루 종일 기분이 좋았다. 그 아이가 보낸 그림엽서가 도착했다. 뼛가루처럼 하얀 고층 호텔을 배경으로 한 와이키키 해변의 칼라 광택 사진이었다. 뒤에는 이런 짧은 글이 적혀 있었다.

친애하는 덴커 씨……

역시 여기는 멋있는 곳입니다. 나는 매일 수영을 하고 있습니다. 아버지는 큰 고기를 낚았고, 어머니는 아무 말 없이 책을 읽고 있습니다. (농담)
내일은 화산을 보러 갑니다. 떨어지지 않도록 주의해야죠!
별일 없겠죠.

언제까지나 건강하시기를
토드

　마지막 구절의 의미를 곱씹으면서 다시 미소를 짓고 있을 때 누군가의 손이 팔꿈치에 닿았다.
　"어르신."
　"네?"
　듀샌더는 주의 깊게 뒤돌아보았다. 여기 산토 도나토에도 노상 강도가 있었다. 그러나 우선 상대의 악취에 질려버렸다. 맥주와 입 냄새와 말라버린 땀, 게다가 어깨에 붙인 파스 냄새…… 별의 별 냄새가 다 풍겼다. 남자는(아니 그 살아있는 물체는) 플란넬 셔츠와 더러운 테이프를 덧붙인 낡은 신발을 신고 있었다. 그 잡다한 복장 위로 비죽 나온 얼굴은 마치 죽음의 신 같았다.
　"어르신, 10센트만 빌려주십쇼. 나 말이에요, 로스앤젤레스 가고 싶어서 그래요. 일자리를 준다는 사람이 있어서요. 그런데 급행버스 요금이 10센트 모자라서요. 말하기는 어렵지만 나에게는 절호의 기회라서……."
　처음엔 떨떠름한 표정을 짓고 있던 듀샌더가 다시 웃기 시작했다.
　"정말로 버스를 타고 싶나?" 거지는 의미를 몰라서 어색한 웃음을 지었다. "그렇다면 버스를 타고 우리 집어 가는 건 어떻겠나?"
　듀샌더가 거지에게 제안했다.
　"술과 식사와 목욕탕과 침대를 제공해 주지. 그 대신 나와 얘기나 해주면 돼. 나는 노인이야. 혼자서 살고 있지. 때때로 말할 상대가 그리울 때가 있어."

정신없이 취한 거지의 웃는 얼굴은 더 밝아지더니 갑자기 무척 건강한 얼굴이 되었다. *이 자식은 거지에게 취미가 있는 호모 노인네로군.*

"혼자 사신다고요! 정말 외롭겠네요, 안 그래요?"

듀샌더는 알랑거리는 상대의 웃는 얼굴을 보면서 예의바른 웃음으로 대했다.

"단, 버스를 탈 때는 나에게 떨어져서 앉아 주겠나? 냄새가 너무 나서 말이야."

"그렇다면 그 냄새를 풍기면서 집에 들어가는 것은 실례가 아닐까요?"

정신없이 취한 녀석은 그 와중에도 갑자기 예의를 과시했다.

"어쨌든 곧 버스가 올 거야. 내가 내리거든 그 다음 정류장에서 내려서 두 블록을 되돌아와 주게. 거리의 모서리에서 자네를 기다리겠네. 내일 아침이 되면 자네에게 2달러쯤 줄 수 있겠지."

"5달러쯤 줘도 좋은데."

정신없이 취한 녀석이 명랑하게 말했다. 거나하게 취했다고는 하지만 아까 보여준 예의는 깡그리 사라지고 없었다.

"그럴지도 모르지."

듀샌더는 짜증이 난다는 듯이 말했다. 다가오는 버스에서 낮은 디젤 엔진의 신음소리가 들려왔다. 버스 요금 25센트를 땟물이 흐르는 거지의 손바닥에 놓고 뒤도 돌아보지 않고 두세 걸음 떨어졌다.

거지는 노선버스의 헤드라이트가 언덕을 비추고 있는 가운데 어떻게 할까 망설이면서 서 있었다. 아직 거기에 서 있는 채로 25센트짜리 동전을 바라보면서 생각에 잠겨 있는 사이에, 호모 노인은 뒤도 돌아보지 않고 그대로 버스에 올라타 버렸다. 거지는 일단 걷자고 생각했지만 최후의 순간에 방향을 바꾸어 문이 닫히기 직전에 버스에 올라탔다. 도박에서 100달러를 거는 사람의 표정을 지으며 아까 받은 25센트를 요금함에 집어넣었다. 듀샌더는 흘낏 한 번 눈을 주고는 거지 앞을 지나 버스의 제일 뒤쪽 구석 자리에 앉았다. 꾸벅꾸벅 졸다가 눈을 뜨자 그 부자 호모 노인이 보이지 않았다. 그래서 여기가 맞는지는 모르지만 다음 정류장에서 내리기로 했다. 아무래도 상관없었으니까.

거지가 두 블록 걸어가자 가로등 아래 희미하게 사람의 그림자가 보였다. 분명히 그 호모 노인이었다. 노인은 그가 가까이 다가오는 것을 지켜보면서 마치 차렷 자세를 취하고 있는 것처럼 서 있었다.

순간, 거지는 불길한 예감이 들었다. 우향우를 해서 없었던 일로 하고 싶다는 충동이 일었다.

그러나 그럴 기회가 없었다. 이미 노인이 그의 팔을 잡고 있었다……. 그것도 생각보다 강한 힘으로.

"좋아." 노인이 말했다. "자네가 와 주어서 기쁘네. 우리 집은 요 앞일세. 그렇게 멀지 않아."

"어쩌면 10달러……"

거지는 이끌려가면서 말했다.

"어쩌면 10달러." 호모 노인은 동의하고 나서 웃음을 터뜨렸다.

"누가 알겠나?"

14

1976년.

건국 200주년 기념행사가 열리고 있었다.

1975년 여름 하와이에서 돌아온 다음부터 고적대와 국기의 물결, 대형범선의 구경이 클라이맥스에 이르고 토드가 부모와 함께 로마로 여행을 떠나기 전까지 그는 5, 6회 정도 듀샌더를 방문했다.

언제 찾아가도 평온하였으며 결코 불쾌하지 않았다. 두 사람 모두 정중한 시간을 보내려고 의식적으로 노력했다. 말보다는 오히려 침묵으로 이야기하는 경우가 많았으며 그들이 나눈 대화는 설사 FBI요원이 듣는다고 해도 졸릴 만한 이야기뿐이었다. 토드는 노인에게 요즈음 안젤라 패로라는 계집아이와 만나고 있다고 말했다. 그녀에게 빠져 있는 것은 아니고 단지 어머니 친구의 딸이어서 만난다고 했다. 노인은 토드에게 관절 류머티즘에 좋다고 해서 십자수로 깔개를 만들고 있다고 말했다. 토드는 몇 번이나 그 작품을 보고 잘 만들었다고 칭찬했다.

너는 상당히 키가 자란 것 같은데, 안 그래? (예, 5센티 정도). 이제 담배는 안 피워요? (피워. 그렇지만 양을 줄였지. 기침이 심해져서.) 학교 공부는 그 뒤에 어떻게 되었어? (어렵기는 하지만 재미도 있어요. 성적은 A 아니면 B고 과학박람회의 태양열 연구 콘테스트에서는 주 최종예선까지 올라갔어요. 대학에 가면 역사가 아닌 인류학을 전공해 볼까 생각하고 있어요.) 여기 잔디는 누가 깎았어요? (이 거리 바로 앞에 사는 랜디 챔버스라는 아이인데, 착하기는 하지만 살이 쪄서 일이 느려.)

그 해 듀샌더는 자기의 부엌에서 이미 세 명의 거지를 해치웠다. 시내버스 정류장에서 스무 번 정도 말을 걸어서, 거기에 응한 상대를 일곱 번에 걸쳐 술과 저녁과 목욕과 침대로 낚았다. 거절당한 것이 두 번이고 듀샌더가 버스 값으로 준 25센트를 그대로 가지고 도망친 경우가 두 번이었다. 얼마 후에 꾀를 내서 노인은 그 대책을 강구했다. 회수권을 사면 돼. 2달러 50센트로 열다섯 장의 회수권을 샀다. 회수권으로는 술을 마실 수 없으니까.

최근 날이 따뜻해지자 지하실에서는 불쾌한 악취가 올라오기 시작했다. 그런 날은 문과 창을 꽉 닫아걸었다.

토드 보던은 시에나가 도로 공터 끝에서 사용하지 않는 하수 터널을 보금자리로 사용하고 있는 거지를 발견했다. 12월 크리스마스 방학 때의 일이었다. 토드는 양손을 주머니에 집어넣고 잠시 그곳에 서서 몸을 떨면서 거지를 바라보았다. 5주 동안 6번이나 그 공터로 발을 옮겼지만 그는 언제나 가는 선이 그어져 있는 점퍼를 입고 지퍼를 반쯤 올렸다. 그리고 벨트 속에 기술자들이 쓰는 망치를 숨겼다. 겨우 그 거지를 만난 것은 (먼저와 다른 사람일지도 모르지만 알게 뭐람.) 3월 1일이었다. 토드는 먼저 뭉툭한 곳을 사용하기 시작하여 도중에 (그것이 확실히 언제인지는 기억나지 않지만 모든 것이 시뻘건 덤불 안에서 허우적거리고 있을 때부터였다.) 못 빼는 곳으로 방향을 돌려서 거지의 얼굴을 알아볼 수 없을 정도로 만들었다.

쿠르트 듀샌더는 거지 사냥이 일정 정도는 아이러니컬하게도 신들과의 화해라고 생각했다. 게다가 거지 사냥은 즐거운 일이었다. 새 사람이 된 듯한 기분이었다. 듀샌더는 산토 도나토에서 보낸 세월(그 소년이, 커다랗고 파란 눈동자와 밝고 미국적인 웃음을 띠며 처음으로 현관에 나타나기 이전의 세월)이 자기를 빨리 늙게 만든 세월이었다고 생각하기 시작했다. 처음 여기에 왔을 때 그는 60이 조금 넘은 나이였다. 그런데 지금은 그때보다 훨씬 젊어진 것 같았다. 자기 행위가 신들을 달래기 위한 것이라고 토드에게 말하면 처음에는 펄쩍 뛸 것이다. 그러나 언젠가 그것을 받아들이게 되겠지.

플랫폼 아래에서 거지를 난도질하고 난 다음, 토드는 악몽이 더욱 심해질 거라고, 어쩌면 미쳐버릴지도 모른다고 예상하고 있었다. 심신이 마비되어버릴 것 같은 죄악감의 파도가 끊임없이 밀려와서 마침내는 참을 수 없게 되어 고백하든지 아니면 자살하게 될 거라고.

그러나 그런 일은 일어나지 않았고 오히려 부모님과 함께 하와이에 가서 지금까지 경험하지 못한 최고의 휴가를 즐겼다.

지난 9월 토드는 기묘하지만 신선하고 산뜻하게 고등학교 생활을 시작했다. 마치 토드 보던의 피부 아래에 전혀 다른 인간이 살고 있는 듯했다. 분별력이 생기고 나서부터는 특별한 인상을 주지 못하던 여러 가지 것들(새벽녘의 해돋이나 낚시를 하는 제방에서 보는 바다, 가로등이 켜지기 시작할 무렵 석양이 물드는 시간에 시내를 바쁜 듯이 걸어가는 사람들의 풍경)이 지금은 그의 머릿속에서 일련의 빛나는 카메오처럼 깊은 인상을 주었다. 전기 도금한 것처럼 선명하게 새겨진 이미지였다. 병에 입을 대고 마신 와인처럼 그는 인생의 맛을 느끼고 있었다.

가장 많이 보이는 것은 버려진 플랫폼에서 난도질한 그 거지의 꿈이었다.

학교에서 돌아와 집으로 뛰어 들어가면서 쾌활하게 '다녀왔어요, 우리 아기 모니카!'라고 외치려고 했다. 그러나 계단 위에 죽어 있는 거지를 본 순간 입이 얼어붙고 말았다. 거지는 그 토한 냄새가 나는 잠바와 바지를 입고 나무탁자 위에 대자로 뻗어 있었다. 깨끗한 타일 바닥 위에 피가 무늬를 만들고 있었고 스테인리스 카운터 위의 피는 벌써 말라붙기 시작했다. 진짜 소나무로 만든 식기 찬장 위에는 선명한 손자국이 몇 개 있었다.

냉장고 옆 알림판에는 어머니의 전하는 말이 있었다. '토드에게 ― 슈퍼에 물건 사러 감. 3시 반까지는 돌아오마.' 렌지 위에 걸려 있는 젠 에어의 멋진 원형 시계침은 이미 3시 20분을 가리키고 있었다. 거지는 고물상의 지하에서 나온 무섭고도 축축한 유물처럼 힘없이 축 늘어져 있고 주위는 피투성이였다. 토드는 재빨리 주변을 치우기 시작했다. 바닥을 닦으면서 토드는 그(그것)에게 나가라고 꺼지라고 소리 질렀지만 거지는 축 늘어져 있었다. 죽은 채로 천정을 향해 빙그레 웃음을 짓고 있었으며 더러운 피부에 생긴 칼자국이 난 상처에서는 아직도 피가 뚝뚝 떨어지고 있었다. 토드는 화장실에서 걸레를 꺼내 가지고 와서 미친 듯이 바닥 위를 닦았지만 피는 잘 닦이지 않았다. 오히려 핏빛을 엷게 주위로 펼쳐 놓은 듯한 효과만 났다. 그래도 멈출 수는 없었다. 어머니의 타운 앤드 컨트리 왜건이 골목길로 들어오는 소리가 들려왔을 때 그 거지가 듀샌더라는 것을 알았다. 토드는 이런 악몽을 꾸면서 숨을 헐떡거리며 이불을 움켜쥐고 땀을 흠뻑 흘린 채 눈을 떴다.

그러나 하수구 터널 안에서 겨우 그 거지를(아니면 다른 사람을) 발견하고 망치로 두들겨 죽이고 나서부터는 그러한 악몽을 꾸지 않았다. 언젠가는 다시 죽여야만 한다는 것, 그것도 한 번으로 끝나지 않을 것이라는 사실을 토드도 잘 알고 있었다. 거지에겐 안된 일이지만 그들은 인간으로서의 유용성을 이미 잃어버린 사람들이었다. 물론 토드에게 제공해 주는 유용성은 제외하면. 토드는 다른 사람들과 마찬가지로 성장함에 따라 자기의 생활방식을 그의 특수한 욕구에 맞춘 것뿐이었다. 있는 그대로 말하자면 다른 사람과 다를 바가 없었다. 이 세상의 인간은 자기 삶의 방향을 정하지 않으면 안 된다. 만일 잘해 나가고 싶다면 그것을 자신의 손으로 해내야 한다.

15

고등학교 2학년의 가을, 토드는 산토 도나토 쿠거스의 수비를 맡았고, 리그 우수선수로 선발되었다. 그 해의 2학기, 1977년 1월 말에 끝나는 학기에서는 재향군인회 주최의 애국 논문 콘테스트에서 최우수상을 받았다. 이 콘테스트는 미국사 과정을 선택하고 있는 도시 전체의 학생을 대상으로 한 것이었다. 토드의 논문은 「한 미국인의 책임」이라는 제목이었다. 그해 야구 시즌에는 고교 팀의 에이스로서 4승 1패의 성적을 거두었고 타격에서도 3할 6푼 1리의 타율을 남겼다. 6월의 표창식에서는 그해의 최고 운동선수로 뽑혀서 헤인스 코치로부터 상패를 받았다(이 헤인스 코치는 전에 그를 자기 옆으로 불러놓고 '커브를 연습해, 보던. 왜냐하면 깜둥이 놈들은 전혀 커브를 칠 줄 몰라, 한 놈도 말이야.'라고 말한 적이 있었다.). 모니카 보던은 학교에서 전화를 걸어 토드가 상을 받게 되었다고 알렸을 때 울음을 터뜨렸다. 딕 보던은 표창식이 끝난 뒤 2주 일가량 사무실에서 일이 손에 잡히지 않았고, 틈만 나면 다른 사람들에게 자랑하고 싶은 충동을 참느라고 상당한 노력을 해야 했다. 그 해 여름 보던 가족은 빅서에 방갈로를 빌려 2주간 머물렀다. 거기서 토드는 스노클을 물고 뇌가 튀어나올 정도로 오랫동안 물속에 있었다.

  같은 해 토드는 네 명의 거지를 죽였다. 찔러 죽인 것이 두 사람, 때려죽인 것이 두 사람이었다. 그는 수렵 원정을 위해 사냥을 나갈 때마다 언제나 바지를 두 벌씩 입고 갔다.

  때로는 시내버스를 타고 좋은 사냥터를 물색하는 일도 있었다. 그가 찾아낸 최고의 장소는 두 군데였다. 더글러스 스트리트의 산토 도나토 빈민구제 사업단과 유클리드 스트리트의 구세군 본부에서 조금 떨어진 거리 모퉁이가 그곳이었다. 토드는 이 일대를 천천히 지나가며 거지가 금품을 요구하기를 기다렸다. 거지가 강요하면 토드는 이런 제안을 했다. 위스키를 한 병 사려고 하는데 자기가 미성년자라서 살 수가 없다. 자기 대신 술을 사 와서 술을 함께 나눠 마시자. 술 마시기 좋은 장소는 내가 알고 있다. 물론 그때마다 다른 장소를 사용했다. 그는 그 버려진 역이나 시에나가 도로의 공터에 있는 하수구 터널에 다시 한번 가보고 싶다는 충동이 강했지만 그것을 억제했다. 예전의 범죄현장에 가보는 것은 현명한 일이 아니니까.

같은 해 듀샌더는 담배를 줄였지만 여전히 에인션트 에이지 버본을 마시고 TV를 보면서 살고 있었다. 때때로 토드가 찾아왔지만 두 사람의 대화는 점점 무미건조해졌다. 서로의 사이에 거리가 생긴 듯했다. 그 해 듀샌더는 79번째의 생일을 맞이했고, 또 토드가 16살이 되는 해이기도 했다. 젊은이의 인생에서 최고의 연령은 16세, 중년의 최고 좋은 나이는 41세, 노인의 최고 연령은 79세라고 듀샌더는 감상을 읊었다. 토드는 예의 바르게 고개를 끄덕였다. 술을 많이 마시고 헤헤거리며 웃는 듀샌더의 목소리를 들을 때마다 토드는 불안을 느꼈다.

토드가 1학년이었던 76년부터 77년에 듀샌더는 두 명의 거지를 없앴다. 두 번째의 남자는 보기보다 힘이 셌다. 듀샌더가 고주망태가 되도록 술을 먹였음에도 불구하고, 목 뒤에 스테이크 나이프가 꽂힌 채로 셔츠 앞과 바닥 위에 막대한 양의 피를 흘리며 비틀비틀 부엌 안을 돌아다녔다. 고통스럽게 부엌을 두 바퀴 돌고 나서 거지는 현관을 발견하고는 집에서 달아나려 했다.

듀샌더는 부엌 가운데 서서 믿을 수 없는 놀라움에 눈을 크게 뜬 채로, 거지가 헐떡이는 신음소리를 내며 현관을 향해 가는 것을 보았다. 거지는 벽을 짚고 비틀거리며 걷다가 커리 앤드 이브 석판화의 싸구려 모조품을 바닥에 떨어뜨렸다. 듀샌더가 마비

상태에서 겨우 풀려난 것은 거지가 실제로 문의 손잡이를 더듬기 시작했을 때였다. 그 순간 듀샌더는 서둘러 방을 가로질러 가서 서랍을 열고 미트포크를 끄집어냈다. 포크를 앞으로 향해 들고 복도를 달려가는 탄력을 이용해서 거지의 등에 쑤셔 박았다.

듀샌더는 쓰러진 상대의 옆에 서서 숨을 헐떡거렸다. 늙은이의 심장은 무서울 정도의 속도로 뛰고 있었다. 마치 심장 발작 환자, 토요일 밤에 언제나 보는 TV 프로그램인 「긴급사태!」에 나오는 환자처럼. 그러나 얼마 후 심장은 평소의 리듬을 되찾았고 그는 자기가 살아남았다는 사실에 안도하였다.

가장 먼저 해야 할 일은 사방에 떨어져 있는 피를 닦아내는 것이었다.

그것이 4개월 전의 일이었다. 그 이후 듀샌더는 시내버스 정류장에서 먹이를 찾아다니는 일을 그만 두었다. 마지막 먹이를 위태롭게 처리하고 나서 마음이 약해졌던 것이다. 그러나 최후의 순간에 자기가 매우 흡족하게 처리한 것을 생각하자 가슴에 자부심이 가득 찼다. 결국 그 거지는 현관에서 한 걸음도 밖으로 나가지 못했다. 중요한 것은 바로 그것이었다.

16

토드는 1977년 가을, 그러니까 3학년 1학기에 라이플 클럽에 가입했다. 1978년 6월에는 2급사수의 자격증을 땄다. 그 해에도 풋볼 리그 우수선수로 선발되었고 야구 시즌에는 투수로서 5승

1패의 성적을 남겼으며(유일하게 패배한 것은 두 개의 에러 때문에 생긴 것으로 자책점이 아닌 1실점 때문이었다.), 공훈 장학생 선발시험에서는 그 고등학교 역사상 3위의 성적을 거두었다. 토드는 버클리 대학에 지원해서 바로 입학을 허가받았다. 4월에 열리는 졸업식날 밤에 학생 대표로서 연설을 하든지, 차석학생으로서 내빈에게 인사를 하든지 둘을 선택하게 되어 있었는데 토드의 희망은 학생 대표로 연설을 하는 것이었다.

3학년 후반이 되어서 어떤 기묘한 충동이 일어났다. 토드에게 있어 그것은 불합리할 뿐만 아니라 두렵기까지 한 것이었다. 지금은 분명히 그 충동을 완벽하게 억누를 수 있는 힘이 있었다. 억누를 수 있다는 것은 위안이 되었지만 그래도 그런 생각이 떠오른다는 자체가 어쩐지 기분이 으스스했다. 토드는 이미 인생과 어떤 약속을 했다. 모든 일과 타협을 했다. 그의 인생은 예를 들면 어머니의 밝고 번쩍이는 부엌과도 같았다. 거기에는 모든 표면이 크롬과 내열 플라스틱과 스테인리스로 덮여 있다. 단추를 누르기만 하면 모든 것이 정해진 대로 움직였다. 물론 이 부엌 깊숙한 구석에 어두운 식기 찬장이 있고 거기에는 많은 물건이 들어 있으며 문은 아직 닫힌 채로 있었다.

이 새로운 충동은 집에 돌아와서 어머니의 깨끗하고 밝은 부엌에서 피를 뒤집어쓰고 죽어 있는 거지를 발견하는 그 악몽을 연상시켰다. 마치 그것은 토드가 정성들여 만들어낸 빛나는 인생설계, 예를 들면 머리 속에 잘 정돈되어 있는 방에 피투성이 침입자가 비틀비틀 걸어다니며 가장 눈에 잘 띄는 장소를 찾고 있는 듯했다……

보던의 집에서 400미터 떨어진 곳에 8차선의 고속도로가 있다. 풀이 무성하게 난 제방의 급한 아래쪽 경사가 이 고속도로에 맞닿아 있다. 작년 크리스마스에 아버지는 토드에게 윈체스터 30-30을 사 주었고 그 총에는 뗐다가 붙일 수 있는 조준 망원경이 달려 있었다. 러시아워로 8차선에 차들이 가득할 때 그 제방 위의 적당한 장소를 골라서…… 그래, 간단하게…….

무엇을 하려고 하는 거야? 자살하고 싶은 거야? 이 4년간 노력했던 모든 것을 부숴버리려고 하는 거야? 어떻게 할 작정이야? 아니야, 그렇지 않아, 그런 일을 할 리가 있겠어?

단지…… 웃기는 이야기일 뿐이야.

분명히 그래……. 그러나 그 충동은 쉽게 사라지지 않았다.

고등학교 졸업식이 반달 정도 남은 어느 토요일, 토드는 주의 깊게 탄창을 비우고는 윈체스터 총을 케이스에 집어넣었다. 그 장총을 아버지의 새로운 장난감(중고 포르쉐)의 뒷좌석에 실었다. 그러고 나서 고속도로를 향해 급경사를 이루고 있는 풀밭의 경사면까지 차를 몰고 갔다. 부모님은 스테이션왜건을 타고 LA로 가서 이번 주말까지 돌아오지 않을 것이다. 그토록 열원하던 공동경영자가 된 딕은 리노에 세우는 새로운 호텔 일 때문에 지금쯤 하얏트 체인의 높은 사람들을 만나고 있을 것이다.

케이스에 들어 있는 장총을 양손으로 껴안고 경사면을 내려가는 도중, 토드의 심장은 늑골에 부딪칠 정도로 거세게 뛰었고 입 안에는 긴장 때문에 시큼한 침으로 가득 찼다. 쓰러져 있는 나무 뒤에까지 가서 책상다리를 하고 앉았다. 장총을 케이스에서 꺼내어 마른 나무의 매끄러운 줄기 위에 옆으로 눕혔다. 기울어져서 길게 늘어진 가지가 총신을 지탱하는 도구로 매우 적합했다. 개머리판을 어깨에 대고 조준망원경을 들여다보았다.

미친 새끼! 그의 마음속으로 스스로에게 버럭 화를 냈다.

너 정말 어떻게 된 거 아냐? 만일 누가 보기라도 한다면 총에 탄알이 들어 있고 아니고는 문제가 안 돼! 너는 어처구니없는 짓에 말려들어 결국 마약 중독자에게 거꾸로 총을 맞을지도 모른다고!

아직 정오를 지나지 않은 탓인지 고속도로는 한산했다. 그는 파란 도요타의 핸들을 쥔 여자에게 십자선을 맞추었다. 여자가 앉은 창은 반쯤 열려 있었고 소매 없는 블라우스의 둥근 옷깃이 바람에 흔들리고 있었다. 토드는 십자선의 중앙을 여자의 관자놀이에 맞춰 방아쇠를 당겼다. 빈 총을 쏘는 것은 총을 위해 좋은 일이 아니었지만, 알게 뭐람.

"탁."

작은 소리가 난 후 얼마 지나지 않아 도요타는 토드가 있는 장소에서 800미터 정도 떨어진 지하도로 들어가 더 이상은 보이지 않게 되었다. 딱 붙은 동전 덩어리가 목을 메운 것 같은 답답함을 느끼면서 그는 침을 삼켰다. 이번에는 스바루 브래트 픽업을 타고 있는 남자가 다가왔다. 이 남자는 지저분한 회색을 띤 턱수염을 기르고 샌디에이고 파드리스의 야구모자를 쓰고 있었다.

"네 놈은……네 놈은 추접스러운 시궁창 쥐야……. 나의 형제를 쏜 시궁창 쥐새끼야."

토드는 그렇게 중얼거리고 쿡쿡 웃으면서 다시 30-30을 쏘았다. 토드는 5명을 더 쏘았는데, 마지막으로 울린 무력한 공이소리가 환상을 깨뜨렸다. 그것을 기회로 그는 장총을 케이스에 집어넣었다. 사람들이 보지 못하도록 몸을 낮추어서 경사면 위에까지 올라갔다. 장총을 포르쉐의 뒷좌석에 밀어 넣었다. 건조하고 뜨거운 맥박이 관자놀이에서 울리고 있었다. 그는 집으로 차를 몰았다. 그리고 계단 위에 있는 자기 방으로 가서 자위를 했다.

17

그 거지는 낡아서 올이 풀린 두꺼운 순록 모양의 스웨터를 입고 있었다. 이 남부 캘리포니아에서는 거의 구경하기 힘든 형편없는 옷이었다. 그가 입고 있는 선원용 청바지는 양 무릎에 구멍이 나 있었고, 그 구멍으로 털이 덥수룩한 하얀 피부와 벗겨지기 시작한 부스럼 딱지가 몇 개 보였다. 거지는 젤리 유리컵을 들어 올렸다. 유리컵의 테두리에는 「강한 아내의 천국」의 프레드와 윌머, 버니와 베티가 기묘한 풍요의 의식 같은 춤을 추고 있었다. 거지는 컵 안에 담긴 에인션트 에이지를 단숨에 비웠다. 그리고 이 세상에서 할 수 있는 마지막 입맛을 다셨다.
"야, 정말로 이 맛은 근사한데."
"나도 밤에 마시는 버본을 매우 좋아하네."
듀샌더는 그 남자의 뒤에서 그렇게 대답하고 고기 써는 칼로 상대의 목덜미를 찔렀다. 연골이 깨지는 소리가 울렸다. 마치 불에 구운 닭다리를 기세 좋게 찢은 것 같았다. 젤리 유리컵이 거지의 손에서 테이블 위로 떨어졌다. 데굴데굴 테이블 모서리까지 굴러 갔는데 그 움직임은 만화영화의 주인공이 춤추고 있는 듯한 환상을 불러 일으켰다. 거지는 고개를 뒤로 젖히고 비명을 지르려 했다. 그렇지만 기분 나쁜 작은 소리 이외에는 아무것도 나오지 못했다. 양쪽 눈을 크게 뜬 남자의 머리가 부엌 테이블의 오일 클로스 위에 둔탁한 소리를 내면서 부딪쳤다. 거지의 위쪽 틀니가 벗겨져 떼었다 붙일 수 있는 웃음처럼 입에서 튀어 나왔다.

듀샌더는 칼을 뽑아서(뽑기 위해 두 손의 힘이 필요했다.) 개수대로 다가갔다. 개수대에는 뜨거운 물과 레몬 프레시 세제와 저녁식사로 더러워진 접시가 가득 들어 있었다. 칼은 초소형 전투기가 구름 속으로 급강하 하는 것처럼 레몬 향기가 나는 거품 속으로 사라졌다.

듀샌더는 다시 식탁으로 돌아가 그곳에 멈춰 섰다. 한 손을 거지의 어깨에 댄 채로 잠시 격렬한 기침을 해댔다. 뒷주머니에서 손수건을 꺼내 다갈색 가래를 그곳에 뱉었다. 최근 담배를 너무 많이 피웠다. 새로운 살인을 결정하기 전에는 언제나 그랬다. 그러나 이번에는 순조롭게 끝났다. 정말이지 아무 탈 없이 끝났다. 지난번 난장판을 벌인 이후 다시 살인을 저지르는 것이 운명의 여신을 거역하는 것이 아닐까 두려워하고 있었다.

빨리 정리하고 나면 「로렌스 월크 쇼」의 뒷부분을 볼 수 있을지도 모른다.

듀샌더는 빠른 걸음으로 부엌을 가로질러 지하실의 문을 열고 전기 스위치를 켰다. 도중에 다시 개수대로 되돌아와 아래에 있는 찬장에서 녹색 비닐 쓰레기 봉지를 끄집어냈다. 그 가운데 한

장을 꺼내 쓰러져 있는 거지 옆으로 갔다. 피가 오일클로스의 위에 사방팔방으로 튀어 있었다. 거지의 무릎 위와 색이 바랜 울퉁불퉁한 리놀륨 위는 피가 고여 웅덩이를 이루고 있었다. 의자 위에도 흘러내리고 있었지만 그런 건 닦으면 깨끗하게 될 터였다.

듀샌더는 거지의 머리카락을 붙잡고 불끈 들어올렸다. 맥없이 간단하게 머리가 들어 올려졌고, 얼마 지나지 않아 거지는 이발소에서 이발을 하는 사람처럼 얼굴을 젖히고 위로 향한 상태로 의자에 걸터앉았다. 듀샌더는 쓰레기 비닐봉지를 거지의 머리 위에서부터 뒤집어씌우고 양어깨와 팔, 팔꿈치까지 끌어내렸다. 그 비닐봉지는 거기까지밖에 씌워지지 않았다. 듀샌더는 상대의 버클을 풀고 닳아빠진 허리띠를 벗겨냈다. 그 허리띠를 양 팔꿈치의 6, 7센티 위에서 묶어 확실하게 고정시켰다. 비닐봉지가 바스락 소리를 냈다. 듀샌더는 낮게 콧노래를 부르기 시작했다. 거지의 두 발은 낡고 더러운 허시퍼피 구두를 신고 있었다. 듀샌더가 허리띠를 쥐고 시체를 지하실의 문 앞으로 끌고 가자 그 두 다리가 바닥 위에서 힘없이 V자를 그렸다. 무언가 하얀 것이 쓰레기 봉지에서 바닥으로 떨어져 작은 소리를 냈다. 그 거지의 윗틀니였다. 듀샌더는 그것을 주워서 거지의 청바지 앞주머니에 끼워 넣었다.

거지는 지하실 입구에 길게 누웠다. 아래로 향한 거지의 머리는 계단 두 개의 높이에서 얼굴을 위로 향한 채 떨어졌다. 듀샌더는 시체를 계단 위에서 세 번에 걸쳐 힘껏 밀쳤다. 처음의 두 번은 시체가 조금 움직였을 뿐이었다. 세 번째에야 간신히 주르르 계단을 미끄러져 내려갔다. 절반 정도 미끄러져 내려간 곳에서 양발이 머리 위로 뒤집혀져 시체는 곡예사처럼 뒤로 한 바퀴 돌았다. 지하실의 바닥 위에 배가 닿는 것과 동시에 커다란 소리가 울렸다. 허시퍼피 한쪽이 벗겨져 멀리 날아가자 듀샌더는 그것을 나중에 주워야겠다고 머릿속에 메모했다. 지하실의 냄새는 그다지 좋지 않았지만 듀샌더는 별로 신경 쓰지 않았다. 한 달에 한 번 (거지를 없애고 나서는 3일에 한 번) 석회를 뿌리고 있고, 따스하고 바람이 없는 날에는 계단 위에 선풍기를 틀어서 집 안에 가득 찬 냄새를 없앴다. 노인은 요세프 크라머가 입버릇처럼 말하던 문구를 떠올렸다. '죽은 사람이 말하는 소리를 우리들은 코로 듣는다.'

듀샌더는 지하실의 북쪽 구석을 골라서 작업을 하기 시작했다. 묘의 크기는 폭 87센티, 길이 180센티. 필요한 깊이의 절반인 60센티까지 파고 났을 때, 마치 산탄총에 맞은 것처럼 격심한 고통이 가슴을 덮쳐 전신을 마비시켰다. 눈을 부릅뜨고 몸을 피려고 했다. 그 순간 고통이 팔을 거쳐 아래로 내려왔다. 믿을 수 없을 정도의 격심한 고통, 보이지 않는 손이 모든 혈관을 붙잡고 갈기갈기 찢는 것 같았다. 삽이 옆으로 쓰러지고 두 무릎이 맥없이 풀어지며 그 자리에 주저앉았다. 그 순간 자기가 그 묘로 굴러 떨어질 것 같은 두려운 느낌이 들었다.

겨우 비틀거리며 세 걸음 뒤로 물러서 작업대 위에 털썩 주저앉았다. 그 나이 먹은 늙은이의 얼굴은 얼이 빠진 표정을 짓고 있었다(스스로도 그것을 느끼고 있었다.). 노인은 자기 표정이 무성영화에 나오는 코미디언들이 자동문에 부딪치거나 소똥을 밟았을 때 보여주는 얼굴을 하고 있을 거라고 생각했다. 노인은 양쪽 무릎 사이에 얼굴을 묻고 숨을 헐떡거렸다.

느릿느릿 15분이 지나갔다. 고통은 얼마간 가라앉았지만 일어서고 싶지는 않았다. 지금까지 자기가 자각하지 못했던 노인이라는 사실이 처음으로 실감나기 시작했다. 울음을 터뜨릴 정도로 강렬한 공포를 느꼈다. 이 축축한 냄새가 나는 지하실 안에서 죽음의 신이 그를 스치고 지나갔다. 죽음의 신의 기다란 옷자락이 듀샌더에게 닿았던 것이다. 죽음의 신이 언제 다시 돌아올지 몰랐다. 그러나 그때 그는 여기에 있으면 안 된다. 만약 그것이 가능하다면.

듀샌더는 자리에서 일어난 다음 부서지기 쉬운 기계를 다루듯이 양손으로 조심스럽게 가슴을 눌렀다. 작업대와 계단 사이의 공간을 가로질러 갔다. 왼쪽 다리가 죽은 거지의 쭉 뻗고 있는 다리에 걸려 양 무릎이 꺾였다. 완만한 고통이 가슴으로 솟아올라 듀샌더는 비명을 질렀다. 그는 계단을 올려다보았다. 험하다, 험한 계단. 전부 열두 계단. 그 정상에 있는 출구의 사각형 빛은 그를 비웃고 있었다.

"하나."

쿠르트 듀샌더는 그렇게 외치고 첫 번째 계단의 높이만큼 몸을 끌어올렸다.

"둘."

"셋."

"넷."

부엌의 리놀륨 바닥 위까지 기어 올라오는데 20분이 걸렸다. 계단을 올라오는 도중에 두 번 그 격심한 고통이 되살아났고, 그때마다 듀샌더는 눈을 꼭 감고 다음에 일어날 일을 기다렸다. 그것이 만약 처음처럼 강렬하다면 분명히 죽을 것이라는 것을 알고 있었다. 그렇지만 두 번 다 고통은 심하지 않았다.

듀샌더는 이미 응고하기 시작한 피 웅덩이와 피의 흐름을 피하면서 포복자세로 부엌의 바닥을 기어서 테이블까지 가로질러 갔다. 겨우 에인션트 에이지의 병을 손에 쥐고 병째로 한 모금 마시고는 눈을 감았다. 가슴의 응어리가 조금 풀어지는 듯한 느낌이 들었다. 고통도 점점 엷어졌다. 5분이 지나자 천천히 복도를 걸을 수 있게 되었다. 전화기는 복도의 중간에 있는 작은 테이블 위에 있었다.

보던 집의 전화가 울린 것은 저녁 9시 15분이 지나서였다. 토드는 긴 의자 위에서 하품을 하며 삼각법의 최종시험을 위해 노트를 읽고 있었다. 삼각법은 어려웠다. 수학은 모두 어려웠고 분명 앞으로도 그럴 것이다. 아버지는 방 저쪽에서 전자계산기를 무릎에 올려놓고 수표수첩의 메모를 덧셈하면서 도저히 믿을 수 없다는 듯이 신나는 표정을 짓고 있었다. 전화와 가장 가까이 있는 모니카는 토드가 이틀 전 밤에 유선TV에서 녹화한 제임스 본드의 영화를 보고 있었다.

"여보세요?" 모니카는 귀를 기울였다. 희미하게 미간을 찌푸리면서 수화기를 토드에게 건네주었다. "덴커 씨야. 잘 모르겠지만 흥분하고 있으신 것 같아. 아니면 무언가 당황하고 있는 것 같구나."

놀라움이 목까지 차올랐지만 토드는 표정을 바꾸지 않았다.

"정말?" 토드는 전화기에 가까이 가서 수화기를 받았다. "안녕하세요, 덴커 씨."

듀샌더의 목소리는 거칠고 무미건조했다.

"얘야, 바로 와 주지 않겠니? 심장 발작이 일어났는데, 상당히 중증이야."

"예……?"

토드는 사라져버리려는 생각을 정리해 보려 하였다. 그리고 지금 자기 마음 가운데 커다란 자리를 차지하고 있는 불안의 뒷면을 확인해 보려고 애썼다.

"걱정은 되지만, 시간도 늦었고 공부도……"

"네가 지금 말하기 어렵다는 것은 알고 있다." 듀샌더는 거칠고 으르렁거리는 목소리로 말했다. "그러나 듣는 것은 가능하겠지. 나는 구급차를 부르는 것도, 222의 다이얼을 돌리는 것도 불가능해……. 적어도 지금은 말이야. 여기는 매우 어질러져 있거든. 나에게는 누군가의 도움이 필요해……. 그 누구는 두말할 것 없이 너야."

"그래요…… 그렇게 말한다면……"

토드의 맥박은 1분당 120까지 상승했지만 얼굴 표정은 평온하고 침착하게 보였다. 이런 밤이 언젠가 찾아오리라는 것을 알고 있었니? 물론 알고 있었지.

"네 부모님에게는 나에게 편지가 왔다고 말해라." 듀샌더가 말했다. "중요한 편지라고, 무슨 말인지 알겠지?"

"예, 알겠습니다."

토드가 대답했다.

"자, 그럼 여기서 너의 저력을 보여주지 않겠니?"

"……네." 토드는 어머니가 영화를 보지 않고 이쪽을 보고 있다는 사실을 문득 알아내고 굳어진 얼굴을 억지로 웃는 얼굴로 만들었다. "그럼 끊을게요."

듀샌더는 다시 뭐라고 지껄였지만 토드는 상관하지 않고 전화를 끊었다.

"잠깐 덴커 씨 댁에 갔다 올게요." 두 사람을 향해서 말을 던지고 있었지만 토드의 눈은 어머니를 향해 있었다. 조금 신경이 쓰이는 듯 어머니의 표정은 아직 완전히 의문이 풀리지 않아 보였다. "슈퍼에서 뭔가 사올까요?"

"나는 담배 파이프 청소 용구, 네 어머니에게는 경제관념이라는 작은 상자."

딕이 빈정거리며 말했다.

"재미있는 농담이네요." 모니카가 대답했다. "토드, 덴커 씨에게 무슨 일 있니?"

"당신 도대체 또 뭘 산 거야?"

딕이 끼어들었다.

"화장실에 장식 선반 있잖아요. 내가 전에 말했는데. 그런데 토드, 덴커 씨에게 무슨 일 있니? 조금 목소리가 이상하던데."

"장식 선반 같은 하찮은 물건이 실제로 있어? 영국 탐정소설에 쓰여 있는 머리가 이상한 할머니들의 창작이라고 생각했는데 말이야. 범인이 그곳에서 둔기를 발견할 수 있도록 말이지."

"딕, 한마디 해도 좋을까요?"

"얼마든지, 화장실에 대해서야?"

"덴커 씬 별 문제없어요." 토드는 운동부의 점퍼를 입고 지퍼를 올렸다. "그렇지만 분명히 흥분하고 있는 것 같았어요. 함부르크인가…… 뒤셀도르프인가…… 아무튼 거기에 있는 조카에게서 편지가 왔대요. 언젠가 몇 년이 지나도록 아무런 연락이 없었다고 말한 적이 있잖아요? 지금 편지가 오기는 왔는데 눈이 나빠서 읽을 수가 없다고 해서."

"그래, 그것 참 안됐구나." 딕이 말했다. "갔다 오너라, 토드. 빨리 가서 기분 좋게 해 드려라."

"누군가 대신해서 읽어 주는 아이가 있지 않았니?" 모니카가 말했다. "새로운 아이가……"

"있어요." 토드는 어머니의 눈 속에 흔들거리고 있는 어설픈 직감을 증오했다. "아마도 그 아이가 집에 없든지, 아니면 밤이 늦어서 못 나오는 모양이죠."

"그래. 그럼…… 조심해서 갔다 오너라."

"그럼 슈퍼에서 살 물건은 아무것도 없는 거죠?"

"없어. 미적분의 시험공부는 괜찮겠니?"

"삼각법이에요." 토드는 대답했다. "문제없어요. 이제 막 오늘밤 공부를 끝내려던 참이었어요."

그것은 새빨간 거짓말이었다.

"포르쉐 빌려주랴?"

아버지가 물었다.

"아니, 자전거 타고 갈래요."

듀샌더의 집에 가는데 걸리는 5분 동안 머릿속을 정리하고 감정을 가라앉히고 싶었다. 적어도 그런 노력은 해보고 싶었다. 지금의 상태로 포르쉐를 몰면 모르긴 몰라도 전신주에 부딪칠 것이다.

"덴커 씨에게 안부 전해주고."

어머니는 말했다.

"알았어요."

어떤 의혹의 빛이 어머니의 눈 속에 있었지만 아까만큼 노골적이지는 않았다. 토드는 손을 입에 대었다가 어머니에게 키스를 던지고는 자전거가 있는 차고로 향했다. 스윙자전거보다 잘 달릴 수 있는 이탈리아제였다. 심장은 아직 가슴 속에서 쿵쾅거리고 있었고, 그는 다시 미칠 것 같은 충동을 느꼈다. 윈체스터 총을 들고 집으로 돌아가 부모를 쏴 죽이고 나서 고속도로가 내려다보이는 경사면으로 가고 싶었다. 그렇게 하면 이제 듀샌더에 대해서 고민하지 않아도 될 테니까. 그렇게 하면 더 이상 악몽도 꾸지 않을 것이고 거지를 죽이지 않아도 될 테니까. 한 발만 남겨두고서 쏘고, 쏘고, 또 쏘아대면 그만이다.

다시 이성을 되찾고 토드는 듀샌더의 집으로 자전거를 달리기 시작했다. 긴 금발이 이마에서 뒤로 너울거렸다.

"맙소사, 하느님!"

토드는 하마터면 비명을 지를 뻔했다.

그는 부엌 앞에 서 있었다. 듀샌더는 테이블에 양쪽 무릎을 기대고는 도기로 만든 컵을 사이에 두고 녹초가 되어 앉아 있었다. 이마에는 땀이 송골송골 맺혀 있었다. 그러나 토드가 쳐다보고 있는 것은 듀샌더가 아니었다. 피. 피가 이어져 있는…… 테이블과 의자 위, 바닥 위에 고여 있는 피를 보고 있었다.

"어디에서 피를 흘린 거야?"

토드는 그렇게 외치면서 얼어붙은 두 다리를 겨우 움직였다.

적어도 천 년은 서 있었던 것 같았다. 이제 끝장이라고 그는 생각했다. *이제 완전히 끝났어. 기구가 하늘로 올라가고, 하늘 꼭대기까지 올라가고, 큰 소리가 나고, 그걸로 끝이야.* 그렇지만 그는 피를 밟지 않으려고 조심해서 걸었다.

"심장 발작이라고 해놓고는!"

"이건 내 피가 아니다."

듀샌더는 중얼거렸다.

"뭐라고?" 토드는 발을 멈췄다. "뭐라고 그랬어?"

"지하실에 가 봐. 거기에 가 보면 무엇을 해야 되는지 알 수 있을 거다."

"도대체 무슨 일이야?"

두려운 생각이 머릿속을 스치고 지나갔다.

"시간을 낭비하지 마라. 지하실에서 무엇을 발견하더라도 넌 그다지 놀라지 않을 테니까. 이 지하실에 있는 것들은 이미 경험한 것일 게다. 직접 체험으로."

토드는 믿을 수 없다는 얼굴로 흘끔 노인을 바라보고는 지하실의 계단을 두 개씩 뛰어 내려갔다. 하나밖에 없는 약한 노란 전구 아래서 처음 그것을 보았을 때, 듀샌더가 비닐봉지 가득히 쓰레기를 담아 옮겨 놓았다고 생각했다. 그 다음 봉지에서 삐죽이 나와 있는 두 다리와 혁대로 묶여져 있는 더러운 손 두 개가 눈에 들어왔다.

"으······, 하느님."

토드는 그렇게 되풀이했지만 이번에 그 말 속에 아무런 힘도 들어 있지 않았다. 해골들의 속삭임이 희미하게 새어 나오고 있을 뿐이었다.

토드는 오른쪽 손등으로 샌드페이퍼처럼 마른 입술을 눌렀다. 잠시 눈을 감았다. 다시 눈을 뜨자 마음이 가라앉았다.

토드는 움직이기 시작했다.

한쪽 구석의 얕은 구덩이에서 삐죽이 나와 있는 삽자루를 본 순간 토드는 듀샌더가 심장 발작을 일으켰을 때 무엇을 하고 있었는지를 깨달았다. 다음 순간에는 지하실의 악취를 확실히 느낄 수 있었다. 썩은 토마토 같은 악취. 그 냄새가 처음은 아니었지만 계단 위에서는 그렇게 강하지 않았었다. 그리고 지난 2년 동안 이 집을 자주 찾지 않았다. 지금 토드는 그 악취의 정체가 무엇이었는지 알아내고 잠시 동안 토할 것 같은 강렬한 기분에 사로 잡혔다. 목을 가득 채우려고 하는 소리가 코와 입을 누른 손 아래서 새어나왔다.

그는 서서히 평정을 되찾았다.

토드는 거지의 두 다리를 붙잡고 구덩이 근처로 끌고 갔다. 거기서 일단 손을 놓은 채 이마의 땀을 왼손으로 닦았다. 그리고 잠시 동안 미동도 하지 않은 채 서 있었다. 지금까지 살아온 그 어느 순간보다도 신중하게 생각을 했다.

토드는 잠시 후 삽을 들고 구덩이를 깊게 파기 시작했다. 1미터 50센티 정도 파고 나서 구덩이에서 나와 거지의 시체를 발로 밀어 넣었다. 토드는 묘지의 가장자리에 서서 구덩이 안을 내려다보았다. 낡고 해진 청바지. 더러운 부스럼이 가득 난 두 손. 틀림없는 거지다. 이 아이러니컬한 해학을 보면서 토드는 큰 소리로 웃고 싶었다.

토드는 계단 위로 뛰어 올라갔다.

"괜찮니?"

듀샌더가 물었다.

"괜찮아. 저걸 해치운 거야?"

"조금 전에 해치웠지."

"당신을 돼지 먹이로 만들고 싶어."

토드는 그렇게 말하고 나서 듀샌더가 대꾸할 시간을 주지도 않고 지하실로 다시 돌아갔다.

거지를 거의 묻고 나서 뭔가 이상한 느낌이 들었다. 토드는 삽자루를 한 손에 쥐고 무덤을 들여다보았다. 거지의 두 다리가 절반 정도 밖으로 나와 있어서 발끝이 보였다. 한쪽 발은 허시퍼피 같은 낡은 신발을 신고 있고, 다른 한쪽은 태프트가 대통령이 되었을 때에는 하얀 색이었을지도 모를 더러운 스포츠 양말을 신고 있었다.

허시퍼피의 다른 한쪽은? 토드는 보일러의 주위를 종종걸음 쳐서 계단 아래까지 뛰어갔다. 주위를 필사적으로 둘러보았다. 관자놀이는 두통으로 아팠으며 머릿속은 둔한 드릴 끝이 밖으로 구멍을 뚫는 듯했다. 2미터도 채 떨어져 있지 않은 아무렇게나 방치한 선반 아래에서 뒤집혀 있는 낡은 신발의 한쪽을 발견했다. 토드는 그것을 집어서 무덤 안에 집어던졌다. 그러고 나서 다시 삽으로 흙을 덮었다. 신발과 두 발과 모든 것을 흙으로 덮었다.

무덤 위를 완전히 다 덮고 나서 흙을 팠던 사실을 감추어 보려고 했지만 별로 효과가 없었다. 땅을 파고 시체를 묻은 무덤은 그저 땅을 파고 시체를 묻은 무덤일 뿐이었다. 좋은 빗자루가 있었으면······. 그러나 여기에 내려오는 사람은 아무도 없을 것이었다. 안 그래? 공범자인 토드나 듀샌더를 제외하고는.

토드는 숨을 헐떡이며 계단을 뛰어 올라갔다.

듀샌더의 두 팔꿈치는 넓게 벌려져 있고 얼굴은 테이블에 찰싹 달라붙어 있었다. 눈은 감겨져 있었고 눈꺼풀은 선명한 자주색을 띠고 있었다. 과꽃의 색깔이었다.

"듀샌더!" 토드가 외쳤다. 입 안에서 뜨겁고 축축한 맛이 퍼져 나갔다. 아드레날린과 뜨겁게 고동치는 피, 게다가 공포가 뒤섞인 맛이었다. "죽으면 가만두지 않겠어, 이 늙은이!"

"목소리가 높구나." 듀샌더는 눈을 감은 채로 말했다. "이웃에 사는 사람들이 자다가 깨겠어."

"세제는 어디 있어? 레스트 오일이나 톱조브 뭐라도 좋아. 그리고 걸레. 걸레는 많을수록 좋아."

"전부 개수대 아래에 있다."

대부분의 피는 말라 있었다. 듀샌더는 머리를 쳐들고 토드가 엎드려서 바닥을 치우고 있는 것을 바라보았다. 먼저 리놀륨 위의 피를 문질러 지우고 다음은 거지가 앉아 있던 의자의 다리에 흘러내린 피를 닦아냈다. 소년은 말이 재갈을 문 것처럼 입술을 꽉 다물고 있었다. 겨우 청소가 끝났다. 세제의 독한 냄새가 방 전체에 가득 찼다.

"계단 아래에 헌 옷가지를 넣어두는 상자가 있어." 듀샌더가 말했다. "피가 묻은 걸레는 그 아래에 숨기면 될 거야. 잊지 말고 손도 씻어."

"당신의 충고 같은 건 필요 없어. 이런 일에 끌어들이기나 하는 주제에."

"그래? 하지만 상당히 침착하더구나." 듀샌더의 목소리에는 평소처럼 비웃음이 섞여 있었지만 그때 그를 덮친 고통이 노인의 얼굴을 새로운 모습으로 찌그러뜨렸다. "서둘러."

토드는 걸레를 모두 치우고 마지막으로 계단을 뛰어 올라갔다. 잠시 신경질적으로 계단 아래를 내려다보고 나서 전등을 끄고 문을 닫았다. 개수대 옆으로 가서 소매를 걷어붙이고 물을 최대한 뜨겁게 해서 손을 씻었다. 그 손을 비누거품 속에 담그고…… 그리고 듀샌더가 사용한 고기 써는 칼을 끄집어냈다.

"이걸로 당신의 목을 베어버리고 싶어."

토드는 음침한 목소리로 말했다.

"그래, 그 다음은 돼지에게 먹이겠지. 그 기분을 알 것 같아."

토드는 칼을 씻어서 물기를 닦아내고 서랍 안에 집어넣었다. 더러운 접시도 재빠르게 치우고 개수대 안에 있는 물을 흘려버리고 나서 그 안도 깨끗하게 닦았다. 손을 닦으면서 시계를 보니 10시 20분이었다. 토드는 복도의 전화기로 다가가서 수화기를 들고 걱정스러운 듯이 전화기를 보았다. 불쾌한 생각이 마음을 휘저었다. 뭔가(거지의 그 구두 같은 증거)를 잊어버린 듯한 느낌이 들었다. 무엇을? 그게 뭔지 알 수 없었다. 두통이라도 없으면 생각해 낼 수 있을 텐데. 지랄같이 짜증나는 두통. 물건을 거의 잊어버리는 일이 없는데. 괜한 걱정이 앞섰다.

토드가 222 다이얼을 돌리고 한 번 벨이 울리고 나자 상대가 전화를 받았다.

"산토 도나토 구급센터입니다. 환자의 상태는 어떻습니까?"

"토드 보던이라고 합니다. 지금 클레어몬트 스트리트 963번지에 있습니다. 구급차를 보내 주십시오."

"환자의 상태는?"

"내 친구인 듀……."

강하게 입술을 깨물었기 때문에 피가 찔끔 나왔고, 순간적으로 격렬하게 고동치는 두통으로 기절할 뻔했다. 듀샌더. 목소리밖에 들리지 않는 구급센터의 누군가에게 하마터면 듀샌더의 본명을 말할 뻔했다.

"침착해." 듀샌더의 목소리가 들려왔다. "천천히 말하면 괜찮아질 거다."

"내 친구인 덴커 씨가……." 토드는 이름을 바꾸었다. "심장 발작을 일으킨 것 같아요."

"증상은?"

토드가 자세한 증상을 설명하려고 했지만 가슴의 통증이 왼쪽 팔로 이동했다는 말만 듣고 상대는 상황을 알아차린 것 같았다. 바로 구급차를 보내주겠다고 약속했다. 도로의 교통 사정에 따라 다르지만 10분에서 20분 정도면 도착할 거란다. 토드는 전화를 끊고 양손을 두 눈에 갖다 댔다.

"부탁했니?"

듀샌더가 기어들어가는 목소리로 물었다.

"부탁했어!" 토드는 외쳤다. "그래, 부탁했지! 이 개자식! 부탁했어. 부탁했어. 부탁했어! 닥치고 있어!"

토드가 점점 강하게 눈을 부라리자 별빛 같은 섬광이 멈춤 없이 폭발하며 얼굴 전체가 시뻘겋게 변했다. *침착해라, 토드야, 침*

착해야 해. 냉정해야 돼, 알겠지.

토드는 눈을 뜨고 다시 수화기를 집어 들었다. 지금부터가 어렵다. 이번에는 집에 전화를 걸어야 돼.

"여보세요?"

모니카의 부드럽고 상냥한 목소리가 귀를 파고들었다. 순간적으로 토드는 자기가 어머니의 코에 30-30의 총구를 쑤셔 넣고 방아쇠를 당기는 것을, 그리고 피가 용솟음치는 것을 상상했다.

"나 토드예요, 엄마. 아버지 좀 바꿔 주세요, **빨리**."

최근 토드는 어머니를 엄마라고 부르지 않았기 때문에, 지금 엄마라고 부르면 빨리 통할 거라고 예상했는데 그대로였다.

"왜 그러니? 토드야, 무슨 일 있니?"

"빨리 아빠를 바꿔줘요!"

"그렇지만 도대체······."

수화기가 찰깍 하는 소리가 들렸다. 어머니가 아버지에게 뭐라고 말하는 소리가 들렸다. 토드는 마음을 가다듬었다.

"토드, 무슨 일 있니?"

"아빠, 덴커 씨가 쓰러졌어요. 그러니까······ 심장 발작 같은 거요. 아마 틀림없을 거예요."

"뭐라고!" 아버지의 목소리가 잠시 작아지면서 그 정보를 어머니에게 전해 주는 것이 들렸다. 그러고 나서 다시 목소리가 돌아왔다. "아직 살아 계시니?"

"살아 있어요. 의식도 있고."

"그거 잘 됐구나. 구급차를 불러라."

"지금 불렀어요."

"222를?"

"네."

"그래 잘 했다. 상태는 어떠니? 위험하시니?"

"잘 모르겠어요. 구급차가 바로 온다고 했지만…… 왠지 무서워요. 여기 와서 함께 있어줘요."

"알았다. 4분 내에 도착하마."

어머니가 뭐라고 지껄였지만 아버지가 전화를 끊었다. 토드는 수화기를 내려놓았다.

4분.

4분 안에 남겨진 일을 처리하지 않으면 안 된다. 4분 안에 잊은 것이 무엇인지 생각해 내야 한다. 그런데 정말 잊어버리고 있는 것이 있나? 괜한 걱정일지도 모른다. 젠장, 전화하는 게 아닌데. 그렇지만 그렇게 하는 것이 자연스러운 거야. 안 그래? 그래. 뭔가 남겨진 것이 없을까? 무엇인가를…….

"이런, 제기랄!"

느닷없이 신음소리를 토해내고는 서둘러 부엌으로 뛰어갔다. 듀샌더는 테이블 위에 머리를 기대고 있었으며 절반 정도 감은 눈에는 생기가 없었다.

"듀샌더!" 듀샌더를 거칠게 흔들자 노인은 신음소리를 냈다. "눈을 떠! 눈을 떠 봐, 이 술주정뱅이 노인네야!"

"왜 그래, 구급차가 도착했어?"

"편지야! 지금 우리 아버지가 여기로 와, 바로 올 거야. 그 지랄 같은 편지는 어디 있어?"

"뭐…… 무슨 편지?"

"중요한 편지가 왔다고 말하랬잖아. 그래서 부모님께……." 억지로 끌려가는 기분이었다. "해외에서 온…… 독일에서 온 편지라고 말했단 말이야. 젠장!" 토드는 머리를 쥐어뜯었다. "편지 말이야."

듀샌더는 고통스러운 듯이 느릿느릿 머리를 쳐들었다. 주름투성이인 뺨은 누렇게 떠 있었고 입술은 자줏빛이었다.

"빌리로부터 온 거 말이냐? 분명히 그래. 빌리 프랑켈. 보고 싶은…… 보고 싶은 프랑켈."

손목시계를 본 토드는 전화를 끊고 나서 이미 2분이 지난 것을 알았다. 아버지가 날아온다고 해도 여기까지 오는데 4분으로는 부족할 것이며 또한 그렇게 허둥지둥 오지도 않을 것이다. 그러나 포르쉐라면 상당히 빨리 올 것이다. 그래. 이것저것 움직임이 너무 빨라. 그런데도 아직 이곳에는 뭔가 석연찮은 것이 있어. 위화감이 있어. 그러나 그것이 뭔지 천천히 둘러볼 시간이 없다.

"그래, 알았다! 내가 읽어주고 나서 갑자기 흥분해서 심장 발작이 일어났다고 하면 돼. 어디 있어?" 듀샌더는 멍하니 토드를 쳐다보았다. "편지 말이야! 어디 있어?"

"무슨 편지?"

듀샌더가 되물었고, 토드의 두 손은 이 주정뱅이 늙은 괴물을 목 졸라 죽이고 싶어서 안달을 했다.

"내가 읽어 준 편지 말이야! 빌리에게서 온 편지! 그 편지 어디 있어?"

두 사람은 동시에 테이블을 보았다. 마치 그 편지가 거기에 실제로 존재하고 있는 것을 기대하고 있는 듯이.

"2층이야." 듀샌더는 겨우 대답했다. "장롱 세 번째 서랍 속에. 그 서랍 아래에 나무로 만든 작은 상자가 있어. 잠겨 있으니까 거칠게 열어야 할 거다. 열쇠는 전에 잃어버렸거든. 친구에게서 온 낡은 편지가 몇 통 들어 있을 게다. 모두 서명이 없고 날짜도 적혀 있지 않아. 그리고 모두 독일어니까. 한두 장 있으면 흔히 말하는 것처럼 현기증이 날 정도로 도움이 될 거다. 빨리……."

"머리가 이상한 거 아니야? 나는 독일어를 몰라! 그런데 내가 어떻게 해서 편지를 읽어 줄 수 있겠어. 멍청하긴!"

"빌리가 나에게 영어로 편지를 써야 할 이유가 어디 있냐?" 듀샌더는 참을성 있게 대답했다. "네가 독일어를 낭독했지만, 너는 의미를 모른다고 해도 나는 알아. 물론 너의 발음이 지독히도 나쁘겠지만, 상관없잖아?"

듀샌더가 옳았다(이번에는). 토드는 끝까지 듣지도 않았다. 비록 심장 발작을 일으켰다고는 하지만 이 노인은 자신보다 한 발 앞서 있었다. 토드는 복도를 지나서 현관 앞에 서서 잠시 아버지의 포르쉐의 소리가 들리지 않나 귀를 기울였다. 아직 아무 소리도 들리지 않았다. 그렇지만 시계 바늘은 어느 정도 시간이 긴박한가를 알려 주었다. 이미 5분이 지났다.

토드는 계단을 두 개씩 뛰어올라 듀샌더의 침실 문을 박차고 들어갔다. 이 방에는 한 번도 와 본 적이 없었고, 호기심을 가져 본 적도 없었다. 순간적으로 익숙지 못한 공간에서 두리번거리며 주위를 둘러보았다. 장롱이 눈이 띄었다. 토드의 아버지가 현대 할인가게 양식이라고 부르고 있는 스타일의 싸구려였다. 토드는 그 앞에 무릎을 꿇고 세 번째 서랍을 세게 잡아당겼다. 서랍은 절반 정도 앞으로 나오고 나서 어디가 걸렸는지 그 이상 움직이지 않았다.

"제기랄!"

토드는 서랍을 향해서 조그만 소리로 욕을 했다. 얼굴은 죽은 사람처럼 창백하고 두 뺨엔 붉은색 반점이 있었다. 파란 눈은 대서양의 습한 구름처럼 어두웠다.

"제기랄, 빨리 기어 나와!"

필요 이상으로 힘을 주어 당겼기 때문에 장롱 전체가 앞으로 기우뚱거리면서 하마터면 토드가 그 아래 깔릴 뻔했다. 서랍은 쑥 빠져나와 토드의 무릎에 부딪혔다. 듀샌더의 양말과 내복, 손수건 같은 것들이 여기 저기 널려 있었다. 토드는 서랍 안에 있는 물건들을 뒤집어 길이 20센티 높이 8센티 정도 되는 나무 상자를 발견했다. 뚜껑은 전혀 열리지 않았다. 듀샌더가 말한 대로 자물쇠가 채워져 있었다. 오늘밤은 되는 게 없어.

토드는 흐트러진 옷가지를 서랍 속에 집어넣고 그 서랍을 직사각형의 구멍 안에 집어넣었다. 다시 막혔다. 앞뒤로 흔들면서 밀어 넣으려고 하는 사이에 땀이 얼굴에서 뚝뚝 떨어졌다. 겨우 서랍은 소리를 내면서 닫혔다. 토드는 나무 상자를 들고 일어섰다. 지금 어느 정도나 시간이 남았을까? 듀샌더의 침대는 양쪽에 기둥이 있는 형태였다. 토드는 나무 상자에 달려 있는 자물쇠를 그 기둥에 아주 세게 내리쳤다. 두 손에서 팔꿈치까지 찌르르 울리는 고통 때문에 이를 악물어야 했다. 자물쇠를 조사해 보았다. 조금은 우그러진 것처럼 보였지만 아직 부서지지는 않았다. 아픔을 무시한 채 토드는 더 강한 힘으로 침대 기둥에 힘껏 내리쳤다. 기둥에서 나무 파편이 깨져 튀었지만 자물쇠는 아직 열리지 않았다. 토드는 작은 비명과도 같은 웃음소리를 내고 나무 상자를 침대 모서리로 가져갔다. 머리 위로 높이 쳐들고서 있는 힘을 다해 내려쳤다. 이번에는 자물쇠가 날아갔다.

토드가 뚜껑을 여는 것과 동시에 자동차의 헤드라이트가 창으로 비쳐 들었다.

토드는 상자를 뒤집었다. 안에서 로켓, 낡은 지갑. 몇 개의 신분증. 비어 있는 낡은 패스포트 지갑. 접혀 있는 여자의 사진이 나왔다. 여자는 프릴을 단 검은 양말대님 외에는 아무것도 몸에 걸치고 있지 않았다. 가장 밑바닥에 편지 다발이 들어 있었다.

헤드라이트는 점차 밝아졌고 포르쉐의 독특한 엔진 소리가 들려왔다. 그 소리가 점점 크게 들리다가 갑자기 멎었다.

토드는 독일어가 앞뒤로 빽빽하게 적힌 국제용 편지지를 세 장 집어서 방에서 달려 나왔다. 계단 근처까지 와서 두들겨 부순 상자가 아직 듀샌더의 침대 위에 있는 것을 생각해 내고 다시 돌아가 상자를 집어 들고 세 번째 서랍을 잡아당겼다. 서랍이 다시 걸려서 나무와 나무가 삐걱거리는 날카로운 소리가 났다.

밖에서는 포르쉐의 엔진 브레이크를 올리는 소리가 들려왔다. 이윽고 운전석의 문이 열리고 쾅 닫혔다. 토드는 자기가 희미하게 신음소리를 내고 있다는 것을 알았다. 기울어진 서랍 안에 상자를 집어넣고 일어서서는 발로 걷어찼다. 서랍은 매끈하게 닫혔다. 순간적으로 눈을 깜빡거리며 그것을 바라보고 나서 도망가는 토끼처럼 복도를 향해 뛰어갔다. 계단을 날아서 내려갔다. 중간까지 내려왔을 때, 빠른 걸음으로 마당에 난 좁은 길을 걸어오는 아버지의 구두 소리가 들려 왔다. 토드는 계단의 손잡이를 뛰어넘어 가볍게 착지했다. 부엌으로 뛰어 들어갔다. 국제용 편지지가 손안에서 펄럭였다.

현관의 문을 거칠게 두들기는 소리.

"토드? 토드, 아버지다!"

그 때 멀리서 구급차의 사이렌 소리가 들려오기 시작했다. 듀샌더는 의식이 몽롱한 상태였다.

"지금 나가요, 아빠!"

국제용 편지지를 테이블 위에 놓고 당황해서 그 곳에 떨어뜨린 것처럼 부채꼴로 펼쳐 놓은 다음 현관으로 돌아가 아버지를 안으로 들어오게 했다.

"덴커 씨는 어디 있니?"

딕 보던은 어깨로 토드를 밀면서 물었다.

"부엌에."

"너 아주 훌륭하게 잘 대처했구나."

딕은 이렇게 말하고 좀 수줍은 듯이 거칠게 아들을 껴안았다.

"할 도리를 한 거예요."

토드는 겸손하게 대답하면서 아버지의 뒤를 따라 부엌으로 들어갔다.

듀샌더를 구급차로 옮기기 위해 법석대는 통에 편지를 거들떠 보는 사람은 아무도 없었다. 토드의 아버지도 일단 편지를 들어 올렸다가 구급대원들이 들것을 가지고 들어오자 제자리에 놓았다. 토드는 아버지와 함께 구급차 뒤를 따라 병원까지 갔다. 듀샌더를 담당한 의사는 어떤 일이 일어났는지에 대한 토드의 설명을 아무런 질문 없이 들었다. '덴커 씨'는 뭐라고 해도 80세의 고령이었고 절제된 생활을 하고 있는 사람이 아니었다. 토드의 재빠른 판단과 행동을 의사는 무뚝뚝한 말투로 칭찬했다. 토드는 힘없이 고맙다는 인사를 하고 나서 아버지에게 이제 집으로 돌아가도 좋겠냐고 물었다.

집으로 돌아가는 도중, 아버지는 아들을 얼마만큼 자랑스러워하는지에 대해 다시 말했지만 토드는 거의 듣고 있지 않았다. 윈체스터 장총에 대해 생각하고 있었던 것이다.

18

같은 날 모리스 하이젤은 등뼈를 다쳤다.

그는 단순한 일을 하다가 등뼈를 다쳤다. 그 일은 자기 집 서쪽으로 난 물받이의 각도를 못으로 쳐서 고정시키려는 일이었다. 등뼈를 다치는 것은 정말 신경질 나는 일이다. 그렇지 않아도 그의 인생은 지겨울 정도로 많은 슬픔으로 얼룩져 있었다. 불운은 이미 경험할 만큼 경험했다. 처음의 아내는 25살의 젊은 나이로 죽었고 그녀와의 사이에서 생긴 두 딸도 죽었다. 동생도 1971년 디즈니랜드에서 그리 멀지 않은 장소에서 일어난 비참한 자동차 사고로 목숨을 잃었다. 모리스의 나이는 얼마 안 있어 60이었고 관절 류머티즘이 점점 심해지고 있었다. 게다가 두 손에 난 사마귀는 의사가 태워서 없앤 후에 더욱 크게 자랐다. 그리고 편두통도 자주 일어났고, 이웃에 사는 꼴보기 싫은 로건은 '고양이 모리스' 라고 그를 놀려댔다. 그는 혼잣말 비슷하게 두 번째 처인 리디아에게 이렇게 물어본 적이 있었다. 만일 '치질 걸린 로건'이라고 부르면 그 자식 얼굴이 어떻게 변할까? 하고.

"그만두세요, 모리스." 리디아는 그럴 때 언제나 이렇게 대답했다. "당신은 어떤 일이든지 진지하게 생각해요. 농담이라는 것은 할 줄 모르는 사람이에요. 내가 왜 이렇게 유머가 없는 사람하고 결혼했을까, 때때로 이해할 수가 없어요. 둘이서 라스베이거스에 갔었던 이야기를 해 볼까요?"

리디아는 텅 빈 부엌을 향해 마치 그녀에게만 보이는 투명한 관중이 모여 있는 듯이 말을 해댔다.

"버디 해켓의 쇼를 보고도 이이는 웃지 않았어요, 단 한 번도."

관절 류머티즘과 사마귀와 편두통 이외에도 모리스에게는 최근 5년간 전보다 더 시끄러운 여자가 된 리디아가 있었다. 리디아가 시끄러운 여자가 된 것은 자궁을 들어내는 수술을 받은 이후였다. 이런 까닭에 모리스는 등뼈를 다치지 않아도 충분히 슬픔과 고민을 가지고 있었다.

"모리스!" 리디아가 뒷문에서 나와 거품투성이의 두 손을 행주로 닦으면서 외쳤다. "모리스! 지금 바로 사다리에서 내려와요!"

"왜?"

모리스는 리디아 쪽으로 고개를 돌렸다. 지금 있는 장소는 알루미늄 사다리의 꼭대기 근처였다. 그가 디디고 있는 계단에는 눈에 잘 띄는 스티커가 붙어 있었다. 위험! 이 계단부터는 균형이 갑자기 바뀔 수가 있습니다! 모리스가 두르고 있는 목수용 앞치마의 커다란 주머니 속에는 못과 대형 꺾쇠가 좌우로 들어 있어 불룩했다. 사다리를 세운 곳이 울퉁불퉁해서 그가 움직일 때마다 조금씩 흔들렸다. 목덜미가 아팠다. 불쾌한 편두통의 징조였다. 모리스는 화가 났다.

"왜?"

"빨리 내려와요. 뼈가 부러지기 전에."

"조금만 더하면 돼."

"보트를 탄 것처럼 흔들거리고 있어요. 모리스, 밑으로 내려와요."

"끝나면 바로 내려 갈 거야!" 버럭 화를 내며 말했다. "좀 내버려 둬!"

"저러다가 뼈가 부러지지."

리디아는 슬픈 듯 중얼거리고는 집 안으로 들어갔다.

10분 후 모리스가 최대한 몸을 내밀고 마지막 못을 물받이에 박고 있을 때, 고양이 울음소리가 들리고 곧이어 개 짖는 소리가 들려왔다.

"뭐야……?"

모리스가 뒤를 돌아보는 순간 사다리가 위험하게 흔들렸다. 그 순간 집에서 기르는 두 마리의 고양이가(모리스가 아닌 러버 보이라는 이름을 가진) 차고의 모서리에서 털을 세우고, 녹색의 눈에 파란 불꽃을 일렁이면서 필사적으로 달려왔다. 로건의 집에서 키우는 콜리 새끼가 혀를 내밀고 개 줄을 질질 끌면서 그 뒤를 쫓아왔다.

러버 보이는 미신을 믿는 놈은 아닌 듯했다. 순식간에 사다리의 밑을 빠져 나갔다. 콜리 새끼도 그 뒤를 따랐다.
"장난치지 마, 장난치지 말라니까. 머저리 같은 게……."
모리스는 외쳤다.
사다리가 흔들렸다. 개의 옆구리가 부딪친 것이었다. 사다리가 기우뚱거리며 쓰러지고, 모리스도 그와 동시에 쓰러지며 절망의 외침을 내뱉었다. 못과 꺾쇠가 목수용 앞치마에서 쏟아졌다. 모리스의 몸은 좁은 콘크리트길에 절반, 밖으로 절반, 이런 식으로 떨어졌다. 굉장히 아픈 통증이 등줄기를 타고 올라왔는데 등뼈가 부러지는 소리를 들었다기보다 몸으로 느꼈다. 그러고 나서 잠시 세상이 회색으로 희미해져 갔다.
다시 모든 것이 서서히 보이기 시작했을 때 모리스는 아직도 콘크리트길의 가장자리에 가로누워 있었고 주위에는 못과 꺾쇠가 여기 저기 뒹굴고 있었다. 리디아가 옆에 쭈그리고 앉아서 울고 있었다. 이웃집 로건도 파랗게 질린 얼굴을 하고 서 있었다.
"그러게 내가 말했잖아요!" 리디아가 울면서 외쳤다. "사다리에서 내려오라고 그랬잖아요! 보세요, 이게 뭐예요!"
모리스는 아무것도 보고 싶지 않았다. 고동치는 고통의 띠가 허리띠처럼 허리를 조여서 숨이 막혀 죽을 것만 같았다. 그것만 해도 지긋지긋한데 아직도 남아 있는 것이 있었다. 그 고통의 띠 아래부터는 아무런 감각도 없었다. 완전히 감각이 없었다.
"나중에 울고." 갈라진 목소리로 말했다. "의사를 불러."
"내가 부를게요."
로건이 말하고 집으로 뛰어갔다.
"리디아."

모리스는 입술을 핥았다.

"왜요? 왜 그래요, 모리스?"

리디아가 몸을 내미는 것과 동시에 그녀의 뺨에서 한줄기 눈물이 떨어졌다. 그 순간 모리스는 감동적이라고 생각했지만 고통 때문에 얼굴을 찌푸렸고 얼굴을 찌푸림과 함께 더욱 아픔이 심해졌다.

"리디아, 보너스로 편두통까지 받았어."

"불쌍하게도! 불쌍한 모리스! 그렇지만 말했잖아요."

"이 두통은 그 지긋지긋한 로건의 개새끼가 밤새 깽깽거리는 소리 때문에 한숨도 못자서 생긴 거야. 오늘은 그 개새끼가 우리 고양이를 쫓아가다가 사다리를 뒤집어 놓았고. 등뼈가 부러진 것 같아." 리디아가 비명소리를 질렀다. 그 목소리 때문에 모리스는 머리가 지끈지끈거렸다. "리디아."

그렇게 말하고 다시 입술을 핥았다.

"왜 그래요, 모리스?"

"혹시 그렇지 않을까 하고 오랫동안 의심하고 있던 것이 있었는데, 지금 확실히 알았어."

"불쌍한 모리스! 그게 뭔데요?"

"신은 없어."

모리스는 그렇게 말하고 기절해 버렸다.

모리스는 구급차로 산토 도나토 병원으로 옮겨졌다. 평소 같으면 리디아가 만들어주는 맛없는 저녁 식사를 하고 있을 시간에, 이젠 두 번 다시 걸을 수 없는 몸이 되었다는 통보를 의사에게서 들었다. 그때 이미 온 몸에 깁스를 하고 있었다. 혈액과 오줌 샘

플도 채취했다. 케멀만 의사는 그의 두 눈을 들여다보고 나서 작은 고무망치로 그의 무릎을 두들겨 보았다. 그러나 두 다리는 아무런 반응을 하지 않았다. 그리고 언제 보아도 거기에는 리디아가 있어서 눈물을 훌쩍훌쩍 흘리며 손수건을 바꿔대며 울었다. 욥(구약성서 욥기(Job記)의 주인공 ― 옮긴이)과 결혼한 여자인 리디아는 어디를 가더라도 울며 슬퍼할 일이 있을 것을 예상하고, 작은 레이스가 달린 손수건을 많이 준비하고 다녔다. 리디아는 자기 어머니에게 연락을 했으니 금방 올 거라고 모리스에게 말했다("그건 고마운 일이야, 리디아."라고 말은 했지만, 만일 이 지구상에서 모리스가 가장 싫어하는 사람이 있다고 한다면 그 사람은 리디아의 어머니였다.). 랍비에게도 연락했으니까 바로 오실 거라고 리디아는 말했다("그건 고마운 일인데, 리디아."라고 말했지만, 모리스는 근래 5년간 교회에 가 본 적도 없고 랍비의 이름도 기억하고 있지 않았다.). "회사의 사장에게도 연락했는데 바로는 문병 올 수 없지만 마음으로 동정을 표한다고 했어요."라고 리디아는 말했다("그거 고마운 일이군, 리디아"-라고 말했지만 만일 리디아 어머니만큼 싫은 사람이 있다면 그 녀석은 바로 시가를 입에 문 그 개자식, 프랭크 해스켈이다.).

드디어 의사가 모리스에게 신경안정제인 발륨을 건네주었고 리디아를 집으로 돌려보냈다. 그 후 얼마 지나지 않아 모리스는 쌔근쌔근 잠에 빠졌다. 고민도 없고, 편두통도 없고, 아무것도 없었다. 마지막으로 머리에 떠오른 것은 이런 생각이었다. '만약 파란 신경안정제를 몇 알 준다면 다시 한 번 사다리에 올라가서 등뼈를 부러뜨려도 그다지 나쁘지 않겠는데.'

모리스가 눈을 떴을 땐(그것보다 의식이 되돌아 왔을 때라고 하는 것이 정확할지도 모르겠다.) 동이 틀 무렵이었는데 병원은 모리스가 생각한 것보다 조용했다. 기분은 매우 평온했다. 그건 평화라고 해도 좋을 듯싶다. 고통은 전혀 없었다. 온 몸에 붕대가 칭칭 감겨 있어서 무게가 없어진 것 같았다. 침대 주위를 다람쥐 우리 같은 장치가 둘러싸고 있었다. 스테인리스 철봉과 철사와 도르래로 만든 장치였다. 두 다리는 철사로 묶여 위로 올라가 있었다. 등은 아래로부터 활모양의 뭔가가 들어 올리고 있는 듯했지만 뭔지는 잘 몰랐다. 눈에 모이는 범위 내에서만 판단할 수 있었기 때문이다.

더 운이 나쁜 인간도 있다고 모리스는 생각했다. *이 세상에는 나보다도 더 운이 나쁜 인간들이 많이 있어. 이스라엘에서는 영화 구경을 하러 가던 농민들이 탄 버스가 팔레스타인의 습격으로 죽음을 당하는 정치적 범죄가 발생했지. 이스라엘 사람들은 이 불법행위를 응징하기 위해 팔레스타인 사람들의 머리 위에 폭탄을 떨어뜨렸고 거기에 있는지조차 잘 모르는 테러리스트들에게 연루되어 어린 아이까지 죽음을 당했어. 나보다 불운한 사람들은 많이 있어. 그렇지만 오해는 하지 않았으면 좋겠어. 그렇다고 해서 내가 행복하다고 이야기하고 있는 것은 아니니까. 그러나 더욱 불행한 사람들이 많이 있어.*

모리스는 얼마간의 노력으로 한쪽 손을 들어올려(몸의 어딘가에서 아픔이 느껴졌지만, 아주 미세한 아픔이었다.) 눈앞에서 주먹을 둥글게 쥐었다. *봐라. 손은 아픈 곳이 하나도 없어. 팔도 아픈 곳이 없어. 허리부터 그 아래의 감각이 전혀 없다고 해도 그게 어*

때서? 이 세상에는 머리부터 발끝까지 마비된 사람들도 있잖아. 한센병에 걸린 사람들도 있어. 매독으로 죽음을 앞두고 있는 사람들도 있어.

지금 이 순간에도 세상 어디선가 탑승권을 받고 이륙하자마자 추락할 운명을 가진 비행기에 타고 있는 사람들이 있을지도 몰라. 그래, 그렇다고 이렇게 누워 있는 것이 행운이라고는 말할 수 없지만 이 세상에는 나보다 더 운이 나쁜 사람들이 있지.

그리고 옛날 옛날에 이보다도 더 운이 나쁜 일이 있었지.

모리스는 왼쪽 팔을 들어올렸다. 팔만 몸에서 떨어져 나가 눈앞에 둥둥 떠 있는 것 같았다. 근력이 쇠약해지고 뼈만 남은 노인의 팔. 병원의 가운을 입고 있었지만 소매가 짧았기 때문에 팔 앞부분에 색이 바랜 파란 잉크로 새겨놓은 번호를 읽을 수 있었다.

P499965214

더욱 운이 나쁜 것. 그래, 교외에 있는 집의 사다리에서 떨어져 등뼈가 부러지고, 청결하고 위생적인 병원으로 옮겨져 보증서가 딸린 발륨을 마시고 모든 고민이 사라지는 것보다 더 운이 나쁜 것.

먼저 샤워실, 그건 지독했다. 처음의 아내 루츠는 그 염병할 샤워실 안에서 죽었다. 자기가 판 구덩이가 자기의 무덤으로 바뀌는 경우도 있었다. 눈을 감으면 입을 크게 벌리고 구덩이 앞에 줄지어 서 있는 사람들의 모습이 지금도 눈꺼풀에 떠오른다. 그리고 소총의 일제 사격소리가 들리고, 총에 맞은 사람들이 잘못 만든 꼭두각시 인형처럼 뒤로 넘어져서 구덩이에 떨어지는 모습들이 생각난다. 거기에다 시체 소각로, 그것도 참혹했다. 시체 소각로에서 나오는 연기는 누구에게도 보이지 않는 횃불처럼 유대인들의 달콤한 냄새를 쉬지 않고 하늘로 올려 보냈다. 이전부터 알고 있던 친구들이나 친척들의 공포에 질린 얼굴…… 꺼지려고 하는 양초처럼 녹아가는 얼굴, 자기 눈앞에서 녹아가는 듯이 생각되는 얼굴. 마르고, 말라비틀어지고, 여위어서 피골이 상접하고. 그리고 어느 날 그들은 사라졌다. 어디로? 차가운 바람에 실려 그들이 사라질 때 횃불은 어디로 가는가? 천국? 지옥? 어둠 가운데 있는 빛, 바람 가운데 있는 초의 불꽃. 욥이 도저히 참을 수 없어서 질문을 했을 때 신은 거꾸로 이렇게 물어보았다.

"내가 이 세상을 만들었을 때 너는 어디에 있었느냐?"

만약 모리스 하이젤이 욥이었다면 아마도 이렇게 대답했을 것이다.

"나의 아내 루츠가 죽음을 당할 때 당신은 어디에 있었는가? 말해 봐. 이 뇌 없는 자식아! 양키스와 세너터러스의 시합이라도 구경하고 있었던 거야? 자기의 일을 그 정도밖에 하지 못하겠거든 어서 내 앞에서 꺼져버려!"

그래, 등뼈가 부러지는 것보다 더욱 운이 나쁜 일이 있다. 그것은 의심하지 않는다. 그러나 자기의 아내와 딸과 친구가 눈앞에서 죽어가는 것을 본 사람을 다시 등뼈가 부러지게 만들어 하반신 불구로 남은 일생을 보내게 하는 것은 도대체 어떤 종류의 신인가?

신 따위는 존재하지 않아, 그런 거야.

한 줄기의 눈물이 눈에서 흘러나와 천천히 관자놀이를 지나

귀로 굴러갔다. 병실 밖에서 벨소리가 작게 울렸다. 간호사 한 사람이 낮은 신발 소리를 내면서 지나갔다. 병실 문이 절반쯤 열려 있었기 때문에 복도 건너편 벽에 있는 '중치료'라는 글자가 보였다. 아마도 '집중치료실'일 것이다.

병실 안에 움직임이 있었다. 침대의 이불이 바스락 소리를 냈다. 모리스는 문 쪽으로 돌려져 있던 얼굴을 매우 신중하게 오른쪽으로 돌렸다. 바로 옆에 작은 테이블이 있고 물주전자가 놓여 있는 것이 보였다. 테이블 위에는 호출 벨이 두 개 나란히 있었다. 그 건너에는 또 다른 침대가 있고 그 침대 위에는 모리스보다 더 나이를 먹은 병색이 무거워 보이는 남자가 누워 있었다. 모리스처럼 거대한 다람쥐 우리가 설치되어 있지는 않았지만, 링거 병이 달려 있고 그 아래에 모니터가 놓여 있었다. 남자의 피부는 쭈글쭈글하며 누런색이었다. 입과 눈 주위에는 깊은 주름이 새겨져 있었다. 윤기 없이 부스스한 머리카락은 누렇게 바랜 백발이고 엷은 눈썹은 상처 때문에 빛나고 있었다. 커다란 코에는 오랫동안 술을 마신 주정뱅이 특유의 파열된 모세혈관이 눈에 띄었다. 모리스는 눈을 돌렸다. 그리고 다시 돌아보았다. 새벽빛이 강하게 밀려와 병원이 점차 눈을 뜨면서 매우 기묘한 기분이 느껴졌다.

자기는 건너편의 남자를 알고 있다. 그런 일이 있을 수 있을까? 나이 먹은 것을 보면 75세에서 80세 정도였고, 그런 노인 중에는 아는 사람이 없었다. 설령 있다고 해도 리디아의 어머니 정도였다. 언뜻 보아 스핑크스보다 나이를 더 먹은 것 같다는 생각이 들었다. 그리고 괴물 스핑크스와 매우 닮기도 했다.

어쩌면 예전에 알던 사람일지도 모른다. 어쩌면 내가 미국에 오기 전에 알았던 사람일지도. 그럴지도 몰라. 그렇지 않을지도 모르고. 그렇지만 왜 갑자기 신경이 쓰이는 것일까? 그런데 왜 오늘밤 그 강제수용소와 파틴의 기억이 떠오르는 걸까? 언제나 마음 깊은 곳에 묻어두려고 노력했는데. 그리고 대개의 경우는 성공했는데.

갑자기 온 몸의 털이 모두 곤두섰다. 마치 마음이 유령의 집을 방황하고 있는 듯했다. 그곳에는 오래된 시체가 움직이고 오래된 망령이 이리저리 떠돌아다닌다. 지금 이 청결한 병원에 이렇게 누워 있지만 암흑시대가 30년도 지난 지금에도 그런 일이 일어날 수 있을까? 모리스는 옆 침대의 노인으로부터 눈을 돌리고 다시 자고 싶은 생각이 들었다.

저 노인이 낯익게 느껴지는 것은 너의 착각이야. 네 마음이 너를 즐겁게 하기 위해 그때 그렇게 한 것처럼.

그러나 모리스는 그 일을 생각하고 싶지 않았다. 그때의 일을 떠올리기 싫었다.

비몽사몽간에 모리스는 옛날 루츠에게 자랑하던 것을 생각해 냈다(리디아에게는 그런 자랑을 해 본 적이 없다. 그녀라면 그런 자랑을 시작도 하지 못할 것이다.). 리디아는 루츠와 달라 사리분별 없는 자랑과 허풍을 부드러운 미소와 함께 들어주지 않는다. '나는 한 번 본 얼굴을 절대로 잊지 않아.' 과연 지금도 그럴까? 그것을 확인해 볼 수 있는 좋은 기회야. 옆 침대에 누워 있는 남자를 언젠가 어디서 알았었다면 아마도 생각날 것이다. 그게 언제였는지…… 그리고 어디서였는지를.

잠의 입구를 들락날락 하면서 모리스는 생각했다. 어쩌면 수용소에서 알았던 사람일지도 몰라.
 이것은 참으로 아이러니컬한 이야기였다. 그건 사람들이 흔히 말하는 '신의 장난'이다.
 어떤 신이야? 모리스 하이젤은 자기에게 그렇게 반문하고 깊은 잠에 빠졌다.

19

 토드의 졸업성적은 2등이었다. 어쩌면 그 삼각법, 듀샌더가 심장발작을 일으킨 밤에 공부하고 있던 그 삼각법이 최종 시험에서 지독히 나쁜 점수를 받았기 때문일지도 몰랐다. 게다가 삼각법의 최종 성적은 A 마이너스의 평균보다 1점 낮은 89점이었다.
 졸업식이 끝나고 일주일 후, 보던 일가는 산토 도나토 종합병원으로 덴커 씨의 병문안을 갔다. 토드는 15분 동안 '고맙습니다'나 '건강은 어떻습니까?'와 같은 뻔한 말을 계속 듣자 마음이 가라앉지 않았다. 때문에 옆 침대의 병자로부터 잠시 이쪽으로 와 주지 않겠냐고 부탁을 받았을 때 비로소 침착성을 찾을 수 있었다.
 "이해해 주렴."
 그 병자는 미안한 듯 그렇게 말했다. 나이든 병자는 커다란 깁스를 하고 있어서인지 도르래와 철사로 만든 장치에 매달려 있었다.
 "나는 모리스 하이젤이라고 한단다. 등뼈가 부러졌지."
 "그것 참 안됐군요."

토드가 담담히 대답했다.

"정말 끔찍한 일이었단다. 그런데 너는 소극적인 표현을 하는 재주가 있구나!"

토드가 미안하다는 말을 하려고 했지만 모리스는 희미한 미소를 지으며 한 손을 들어올렸다. 창백하고 피곤해 보이는 그의 얼굴은 이 병원에 있는 다른 노인들과 다를 것이 없었다. 곧 눈앞에서 펼쳐질 삶의 큰 변화(그 변화가 좋은 방향으로 전개되는 경우는 거의 없다.)에 직면한 얼굴이었다. 그런 면에서 이 사람은 듀샌더와 서로 닮았다고 토드는 생각했다.

"괜찮단다." 모리스가 말했다. "별거 아닌 개인적인 감상에는 대답하지 않아도 괜찮단다. 넌 완전히 타인인데 생면부지인 나의 고민을 떠안아야 할 이유가 어디 있겠느냐?"

"인간은 외로운 섬이 아니다. 아무도 자기 혼자서……'"

토드가 말을 꺼내자 모리스가 웃었다.

"존 던인가? 인용도 할 줄 알고. 머리 회전이 빠른 아이구나! 저쪽 침대에 누워 있는 친구는 꽤 위독한 모양이지?"

"아니오, 의사 선생님이 경과가 좋다고 말했어요. 나이를 생각한다면 말이죠. 벌써 여든 살이니까요."

"그렇게나 연세가 많아?" 모리스가 큰 소리로 말했다. "별로 이야기를 나누거나 하지 않았지만…… 말에 섞인 사투리를 생각해보면 외국에서 귀화한 사람이 아닌가 하는 생각이 드는데. 나처럼 말이야. 나는 폴란드 사람이란다. 그러니까, 고향은 라돔이지."

"예에."

토드가 정중하게 말했다.

"그런데 오렌지색 맨홀 뚜껑을 라돔에서는 뭐라고 하는 줄 알고 있니?"

"아니오."

토드는 생긋이 웃으며 대답했다.

"하워드 존슨."

모리스는 그렇게 말하고 웃음을 터뜨렸다. 토드도 웃었다. 듀샌더가 그 목소리에 깜짝 놀라며 의아스러운 듯이 이쪽을 바라보았다. 그때 모니카가 뭐라고 말했기 때문에 듀샌더는 다시 그녀에게 시선을 주었다.

"네 친구도 역시 귀화했니?"

"예, 그렇습니다. 독일 출신입니다. 에센. 거기에 대해서 아세요?"

"아니, 독일에 가본 적은 한 번뿐이라서. 저 사람도 전쟁에 참가했을까?"

"잘 몰라요."

토드의 눈이 먼 곳으로 향했다.

"그래? 하긴 상관없지. 옛날 일이니까, 전쟁은. 이제 3년만 지나면 전쟁이 끝날 무렵엔 아직 태어나지도 않았던 사람들도 이 나라의 헌법에 의해 대통령이 될 수 있는 자격이 생기지. 대통령! 그 사람들에게는 됭케르크의 기적이나 한니발이 알프스를 넘어 간 것도 그다지 차이가 없다고 생각하겠지."

"할아버지는 전쟁에 참가하셨어요?"

"글쎄, 참가한 것과 마찬가지지, 어떤 의미에서는. 너는 참 좋은 아이구나. 저런 늙은이의 병문안도 오고. 아니 나까지 포함하면 두 사람의 늙은이가 되나?"
 토드는 수줍은 듯 미소를 지었다.
 "이젠 피곤하구나." 모리스가 말했다. "미안하지만 난 이만 자야겠다."
 "빨리 건강이 회복되시기를 빌겠어요."
 모리스는 고개를 끄덕이고는 미소를 지으며 눈을 감았다. 토드가 듀샌더의 침대로 돌아오자 마침 부모님이 작별 인사를 하고 있었다. 아버지는 시계를 보며 정말로 놀랐다는 듯이, 이렇게 시간이 간 줄 몰랐다고 큰 소리로 말했다.

 이틀 후, 토드는 혼자서 병문안을 갔다. 오늘은 옆의 모리스 하이젤이 깁스 안에 폭 파묻혀서 정신없이 자고 있었다.
 "잘 왔다." 듀샌더가 조용하게 말했다. "우리 집에 가 보았니?"
 "응, 그 염병할 편지는 태워버렸어. 그 편지에 대해서 누구 하나 관심을 가지지 않았지만 걱정이 되서…… 잘 모르겠어."
 토드는 어깨를 으쓱였다. 자기가 그 편지에 대해 미신적인 공포를 갖고 있었던 일을 듀샌더에게 차근차근 말할 수 없었다……. 혹시 독일어를 읽을 수 있는 누군가가 그 집에 들어와서, 십 년도, 아니 이십 년도 지난 내용이 쓰여 있는 것을 알기라도 하면…….
 "다음에 올 때는 아무거나 술을 좀 몰래 가지고 와. 담배 없이는 살겠지만 술 없이는 영……"
 "이제 다시는 안 와." 토드가 쌀쌀맞게 대답했다. "절대로 안 와. 이게 마지막이야. 우리들의 인연은 여기까지니까."

"인연을 끊겠다고……?"

듀샌더는 가슴 위에서 두 손을 끼고 미소를 지었다. 부드러운 미소는 아니었다……. 그러나 듀샌더로서는 그 정도가 최선일지도 모른다.

"그렇게 할 거라고 생각했지. 다음 주면 이 공동묘지에서 빠져 나갈 수 있을 것 같고……. 의사가 약속했다. 의사의 이야기로는 얼마 안 되는 시간이지만 내 몸에 아직 수명이 남아 있는 모양이야. 몇 년 정도냐고 물으니까 웃으며 대답하지 않았지만. 그렇다고 한다면 3년 이상은 아닐 게다. 아마 2년도 안 되겠지. 아니면 그 의사를 깜짝 놀라게 해 줄 수도 있을지 모르고." 토드는 말없이 듣고만 있었다. "그렇지만, 얘야. 우리 둘만의 이야기지만, 살아서 세기(世紀)가 바뀌는 것을 보겠다는 희망만은 포기했단다."

"당신에게 듣고 싶은 것이 있어." 토드는 듀샌더를 노려보았다. "오늘은 그것 때문에 왔어. 내가 듣고 싶은 것은 병원에 오기 전에 당신이 내게 한 말에 대한 거야."

토드는 옆 침대의 환자를 흘깃 보고 나서 듀샌더의 침대 옆으로 의자를 가져 왔다. 듀샌더는 박물관의 이집트 미라처럼 바싹 말라 있었다.

"물어 봐."

"그때 당신은 나에게도 체험이 있을 거라고 말했지. 그것도 직접 체험이. 그건 도대체 어떤 의미로 한 말이야?"

듀샌더의 미소가 조금 커졌다.

"얘야, 나는 늘 신문을 읽는단다. 물론 노인들은 늘 신문을 읽지만 젊은이들이 신문을 보는 것과는 조금 달라. 남미에 있는 어느 공항 활주로 끝에 대머리 독수리들이 모여드는 것을 알고 있니? 거기는 바람이 옆으로 불어서 사고가 자주 일어나기 때문이야. 노인의 신문 보는 법은 그런 식이지. 한 달 전쯤에 어떤 기사가 일요판에 실렸지. 일면에 실린 기사는 아니야. 거지와 알코올 중독자가 죽었다는 것에는 모두 무관심하니까 그런 기사는 일면에 싣질 않지. 그렇지만 그 기사는 특집란의 톱기사였다. '살인마, 산토 도나토의 변두리를 헤매고 있다.' 그렇게 제목을 뽑았더군. 대단히 저속해. 너희 미국인들은 황색 언론으로 명성이 자자하지."

토드는 두 손을 꽉 쥐고 있었기 때문에 물어뜯어서 짧아진 손톱을 감출 수 있었다. 토드는 일요판 신문을 본 적이 없었다. 그 시간이면 훨씬 좋은 것을 많이 할 수 있었다. 물론 그 신선한 모험을 했을 때마다 적어도 일주일은 매일 신문을 뒤져보았지만, 거지의 죽음에 대해 3면 이상에 실린 적은 한 번도 없었다. 누군가가 자기도 모르는 사이에 그 연관성을 눈치 채고 있었다는 것을 알고 나니 부글부글 분노가 치솟았다.

"그 기사에는 여러 건의 살인이 언급되어 있었는데, 모두 극도로 잔혹한 살인이었어. 칼로 찔러 죽이거나 둔기로 때려 죽였지. 기자는 '인간이기를 거부한 잔혹함'이라고 표현했는데 원래 신문 기자들이 뻥이 심하잖아. 이 슬픈 기사를 쓴 기자는 이렇게 혜택을 받지 못하는 사람들의 높은 사망률과 최근 산토 도나토에 급증하고 있는 거지의 죽음에 대해 연결해서 설명했어. 그 많은 거지들이 자연사를 했거나 사고를 일으켜 죽은 것은 아니야. 물론 살인도 빈번하게 일어나지. 그러나 대개의 경우 범인은 죽은 거지의 동료고 그 동기도 얼마 안 되는 돈을 걸고 하는 카드 게임이나 한 병의 머스카텔 와인을 둘러싸고 벌이는 말싸움인 경우가 많지. 범인은 대개 자진해서 자백을 하지. 후회하는 마음으로. 그런데 최근에 발생한 거지 살인 사건은 아직 해결되지 않았어. 그 황색 저널리스트 머리에서(아니면 그가 머리라고 부르고 있는 부분에서) 나온 무서운 생각은 최근 2, 3년 동안의 높은 실종률에서 비롯되었어. 물론 기자도 인정하듯이 그들은 옛날의 유랑자들과 별 차이가 없어. 홀연히 나타났다가 홀연히 사라지지. 그런데 그들의 일부는 금요일에만 지불하는 생활보호수당과 노무관리소에서 매일 지불하는 임금을 받지 않고 모습을 감추었어. 그 황색 저널리스트는 그들이 자기가 이름붙인 거지 킬러의 희생자가 되지 않았을까 의심했지. 아직 찾지 못한 거지는 없는가 라고. 하하!"

듀샌더는 터무니없이 무책임한 말을 털어내려는 듯이 한 손을 흔들었다.

"물론 별 것 아닌 짓거리에 지나지 않아. 일요일 아침 대중들에게 상쾌한 전율을 전해주기 위해 만든 기사일 뿐이지. 기자는 기억에서 사라지고 있는 낡은 괴물을 불러냈지. 클리블랜드의 토막 살인, 조디악, 블랙 달리아를 죽인 수수께끼의 미스터 X, 스프링힐의 잭. 다 허튼소리지. 그러나 나는 생각했단다. 오랜 친구가 찾아오지 않으면 생각하는 것 외에 내가 달리 할 수 있는 게 뭐가 있겠니?"

토드는 어깨를 으쓱였다.

"나의 생각은 이렇단다. 만일 내가 그 불쾌한 황색 저널리스트에게 힘을 빌려 주고 싶다면(물론 그런 생각은 전혀 하고 있지 않지만, 만약에 그렇게 생각한다면) 여러 건의 행방불명에 대해서 설명해 줄 수 있을 거야. 난도질당한 시체에 대해서는 모르지만(신이여, 그들의 혼을 돌보소서.) 말이야. 그러나 행방불명된 거지들에 대해서는 설명할 수 있어. 왜냐하면 실종된 거지들 중에 적어도 몇 명은 우리 집 지하실에 있으니까."

"몇 명 정도?"

토드가 작은 소리로 물었다.

"여섯 명." 듀샌더는 침착하고 여유 있게 대답했다. "네가 도와준 놈을 포함해서 여섯 명."

"당신, 완전히 미쳤어." 듀샌더의 아래 눈꺼풀이 하얗게 빛났다. "머리 속의 퓨즈가 완전히 나가버렸군."

"'머리 속의 퓨즈가 나가버렸다.'라고? 정말 매력적인 문구야! 아주 적합한 표현이야. 그러나 나는 스스로에게 이렇게 말했단다. 그 하이에나 같은 황색 저널리스트는 살인과 실종이라는 두 가지 측면이 한 사람(그가 부른 '거지 킬러')에 의해 저질러졌다고 가정하고 있어. 그러나 나는 그것이 헛된 추론이라고 생각해. 그래서 나는 스스로에게 이렇게 말했지. 도대체 그런 짓을 할 만한 사람이 누구일까? 이 2, 3년 동안 나와 비슷한 스트레스를 느끼고 있는 사람, 그리고 나와 마찬가지로 낡은 망령이 문을 두드리는 소리를 듣고 있는 사람이 과연 있을까? 그 대답은 '그래'였단다. 얘야, 내가 너를 알고 있더구나."

"나는 아무도 죽이지 않았어."

그 순간 머릿속에 떠오른 이미지는 거지가 아니었다. 그들은 인간이 아니다, 진짜 인간이라고 할 수 없다. 그래서 그때 생각난 이미지는 자기가 쓰러진 나무 뒤에 쭈그리고 앉아서 30-30의 망원 조준렌즈를 들여다 보면서 지저분한 턱수염을 기르고 있는 남자와 브래드 픽업을 운전하고 있던 남자의 관자놀이에 십자선을 맞추고 있는 모습이었다.

"그럴지도 모르지." 듀샌더는 너그럽게 고개를 끄덕였다. "그러나 그날 밤 나는 너의 태연한 태도에 감탄했어. 네가 그때 그렇게 한 것은 내가 갑자기 죽기라도 한다면 위험한 처지에 놓이게 될 것에 대한 분노였다고 생각한단다. 내가 틀렸니?"

"틀린 정도가 아니야. 나는 당신에게 말할 수 없이 극렬한 분노를 느꼈고 또 지금도 그래. 내가 그렇게 상황을 정리해 준 것은 당신이 금고 안에 내 인생을 파괴시킬 편지를 넣어두고 있기 때문이야."

"아니, 그런 건 가지고 있지 않아."

"뭐라고? 방금 뭐라고 그랬어?"

"그것은 네가 말한 '친구에게 맡겨 놓은 편지'와 마찬가지로 허풍이었단다. 네가 그런 편지를 쓴 적이 없다면 그런 걸 맡긴 친구도 없겠지. 나도 우리들의…… 관계라고 불러야 할까? 어쨌든 그런 것들에 대해서 한 마디도 종이에 적어 본 적이 없단다. 자, 이걸로 패를 전부 테이블 위에 펴놓은 셈이구나. 너는 내 목숨을 구해주었어. 물론 그것은 자기를 보호하기 위한 행동에 지나지 않았겠지만 말이다. 네 행동의 민첩함과 능률적인 일처리가 그것을 잘 대변해 주고 있지. 나는 네게 상처를 입힐 수는 없단다. 애야, 이것만은 분명하게 말하마. 난 지금 죽음을 눈앞에 두고 두려운 생각이 없는 것은 아니지만 예상했던 만큼 두렵지는 않구나. 그런 유언장은 없단다. 네가 조금 전에 말한 대로 하자꾸나. 우리들은 이것으로 인연을 끊는 거다."

토드는 미소를 지었다. 입술이 기분 나쁜 코르크 따개처럼 위로 일그러졌다. 소년의 눈동자에는 이상하고 냉담한 빛이 언뜻언뜻 춤추고 있었다.

"듀샌더 씨, 내가 그 말을 믿을 수 있으면 얼마나 좋을까요?"

그날 저녁 토드는 고속도로가 내려다보이는 언덕까지 걸어가 쓰러져 있는 그 나무 위에 주저앉았다. 석양빛이 막 스러지고 있었다. 따스한 저녁이었다. 자동차의 헤드라이트가 기다란 황색 물결을 이루면서 엷은 어둠을 양쪽으로 갈라내고 있었다.

유언장은 없다.

토드는 그 다음 생각을 하기 전까지 이 상황 전체가 얼마나 돌이키기 어려운 것인가를 인식하지 못했다. 듀샌더는 그렇게 의심스러우면 금고 열쇠가 있는지 없는지 집안을 뒤져보라고 말했다. 만약 찾아내지 못하면 금고가 없는 것이고 따라서 유언장도 없는 것이 증명될 것 아니냐고. 그러나 열쇠는 얼마든지 숨길 수 있다. 크리스코의 쇼트링 깡통 안에 넣어서 흙에 묻을 수도 있으며, 기침을 멎게 하는 약이 든 평평한 슈크레즈 깡통에 넣어서 벽에 붙인 널빤지의 구석을 뜯어내고 그 안에 집어넣은 것도 가능하다. 어쩌면 버스를 타고 샌디에이고 동물원에 가서 곰이 밖으로 나오는 것을 막기 위해 쌓아놓은 돌담 아래에서 특이한 돌을 골라 그 아래에 숨겼을지도 모른다. '그럴 생각만 있으면'하고 토드는 생각했다. 듀샌더가 열쇠를 버린 경우도 생각해 볼 수 있다. 버린다고 해서 나쁠 것 없잖아? 열쇠가 필요한 것은 처음 유언장을 상자 안에 넣을 때뿐이다. 그가 죽어야 다른 사람들이 그것을 열어볼 테니까.

듀샌더는 토드의 의문을 듣고 마지못해 고개를 끄덕였지만 잠시 후에 새로운 제안을 했다. 여기를 나가서 집으로 돌아가면 산토 도나토에 있는 모든 은행에 전화를 해 보라고 말했다. 은행직원에게는 할아버지 대신 전화를 하는 것이라고 말하면 되고. 불쌍한 할아버지는 2년 전부터 노망이 들었는데 마침내 열쇠까지 잃어버렸다고. 더욱 안 좋은 것은 어느 은행의 금고였는지를 기억하고 있지 못한다. 따라서 혹 거기에 중간이름 없이 아서 덴커라는 파일이 있는지 조사해 달라고. 이렇게 시내 모든 은행에 문의를 해보아서 없다는 대답을 듣게 되면…… 토드는 바로 고개를 가로저었다. 그런 핑계를 대면 상대방이 의심을 할 것이다. 왜냐하면 말의 아퀴가 너무 잘 맞아떨어지기 때문이다. 상대는 분명히 신용사기를 경계해서 경찰에 연락할 것이다. 모든 은행에 그런 핑계를 대고 전화를 해도 얻을 수 있는 것은 아무것도 없다. 게다가 산토 도나토에 있는 백여 개 은행에 덴커라는 명의의 금고가 없다 하더라도 듀샌더가 샌디에이고나 로스앤젤레스, 그 중간 어딘가의 은행에 금고를 빌렸을지도 모르는 일이다.

마침내 듀샌더는 설득을 포기했다.

"얘야, 너는 모든 것에 대해 대답을 준비하고 있구나. 한 가지만 빼고. 도대체 내가 너에게 거짓말을 해서 어떤 이득이 있지? 내가 그 말을 꾸며낸 것은 너로부터 나를 보호하기 위해서였단다. 그것이 말을 꾸며내게 된 동기야. 지금 나는 그 말을 취소하려고 하는 거란다. 내가 너에게 해를 끼쳐서 내게 무슨 이익이 있겠니?" 듀샌더는 한쪽 팔꿈치를 기대고 몸을 일으켰다. "말이 나온 김에 다 말하겠는데, 이 시점에서 왜 내 유언장이 필요하지? 만일 네 일생을 파멸시키는 것이 내 목적이라면 여기 병원 침대에 누워서도 가능해. 지나가는 의사를 불러서 고백해 버리면 그걸로 그만이야. 그들은 모두 유대인이니까 나에 대해서, 아니 적어도 옛날의 나에 대해 알고 있을 거야. 그렇지만 왜 내가 그렇게 해야 하는데? 너는 우등생이야. 전도양양한 삶이 기다리고 있어. 그 부랑자들에 대해서 주의만 한다면."

토드의 얼굴이 얼어붙었다.

"말했을 텐데……."

"알고 있다. 너는 부랑자에 대해서도 모르고, 비듬투성이에 이가 득실거리는 그들의 머리카락 하나도 건드려 본 적도 없겠지. 좋아. 그렇다면 거기에 대해선 이 이상 이야기할 필요는 없겠구나. 그렇지만 대답해 봐라, 얘야……. 내가 왜 거짓말을 해야 하지? 아까 네가 이것으로 인연을 끊는 거라고 말했지. 그렇지만 나는 이 말을 해야겠구나. 우리가 서로를 신뢰하지 않는 한 인연은 끊어지지 않아."

고속도로가 내려다보이는 언덕 위에 쓰러진 나무에 앉아 이름 모를 사람들이 탄 자동차의 헤드라이트가 느린 예광탄처럼 차례로 사라져가는 모습을 바라보면서 토드는 자기가 무엇을 두려워하고 있는가를 확실히 깨달았다.

듀샌더가 '신뢰'라는 말을 입에 담았다. 그것이 두려웠다.

듀샌더가 마음 깊은 곳에 작지만 격렬한 증오의 불꽃을 태우고 있을 가능성, 그것이 두려웠다. 젊고 잘 생겼으며 주름 하나 없는 토드 보던에 대한 증오. 우수한 학생이며 찬란한 앞날을 보장 받은 토드 보던에 대한 증오. 그렇지만 무엇보다 두려운 것은 듀샌더가 결코 토드라는 이름을 부르려 하지 않는다는 것이었다.

토드. 그 이름의 어디가 마음에 들지 않는 걸까?

토드.

불과 한 어절인데. 간단하잖아. 혀를 입천장에 붙이고 입을 조금 벌려서 혀를 원상태로 가져오면 그걸로 끝나는데. 그러나 듀샌더는 언제나 '얘야'라고 불렀다. 그 뿐이다. 모욕을 담아서. 이름이 없다는 것……. 그래, 그거야. 이름이 없다는 것. 강제 수용소의 죄수번호처럼 이름이 없다.

어쩌면 듀샌더는 진실을 말하고 있는지도 모른다. 아니 어쩌면이 아니야. 분명히 그렇다. 그러나 아직 불안이 남아 있다……. 그 중 가장 불안한 것은 듀샌더가 결코 이름을 부르지 않는다는 것이다.

그리고 모든 불안의 뿌리에는 마지막 결단을 내리기 힘겹게 만드는 망설임이 있다. 모든 불안의 근원은…… 듀샌더의 집을 찾아가기 시작한 때부터 4년이 지난 지금까지도 아직 그 노인의 머릿속을 잘 모른다는 것이다. 어쩌면 난 그다지 우수한 학생이 아닌지도 몰라.

자동차, 자동차, 자동차. 토드의 손은 윈체스터가 그리웠다. 도대체 몇 명이나 쏘아 죽일 수 있을까? 세 명? 여섯 명? 아니면 한 다스인 열두 명? 바빌론까지 몇 킬로미터? 토드는 마음을 가라앉히려고 안절부절못하며 몸을 조금 움직였다.
 결국 최후의 진실은 듀샌더가 죽지 않는 한 알 수 없다고 생각했다. 5년 안에는 죽겠지. 어쩌면 예상보다 일찍 그날이 닥쳐올지도 모른다. 3년에서 5년……. 마치 형기를 선고받는 것과 같다. 토드 보던, 본 법정은 악독한 전쟁범죄인과 관계한 죄에 대해 피고에게 3년 이상 5년 이하의 징역형을 선고함. 3년 이상 5년 이하의 악몽과 식은땀의 형벌.
 빠르건 늦건 듀샌더는 뒈질 것이다. 그러고 나서 기다리는 기간이 시작된다. 전화나 초인종이 울릴 때마다 명치에 응어리가 생길 것이다. 그것을 견디어낼 자신이 없다.
 윈체스터를 그리워하는 손가락을 주체하지 못한 채 토드는 두 손을 꽉 쥐고 두 개의 주먹으로 가랑이 사이를 때렸다. 토할 것 같은 고통이 아랫도리를 찔러왔다. 잠시 동안 몸을 웅크리고 몸부림을 치면서 풀 위에서 뒹굴었고, 무언의 비명이 입술을 부르르 떨게 했다. 고통은 강렬했지만 덕분에 끝없는 망상의 행렬은 사라졌다.
 적어도 당분간은.

20

 모리스 하이젤에게 있어 그 일요일은 기적과도 같은 하루였다.
 열광하는 야구팀인 애틀랜타 브레이브스가 강호 신시내티 레즈와의 더블헤더 경기에서 7대1, 8대0으로 신나게 이겼다. 언제나 자기의 주의 깊음을 자만하며 '예방은 치료에 우선한다.'라는 속담을 입버릇처럼 되뇌는 리디아가 친구인 자네트의 집 축축한 부엌 바닥에서 미끄러져 허리를 삐었다. 리디아는 집에서 잠에 곯아떨어져 있다. 삔 것은 대단하지 않았지만(그것이 모두 하느님(어느 하느님?) 덕분이지만) 그 때문에 적어도 이틀, 잘하면 나흘 정도는 병원에 올 수 없었다.

리디아가 없는 4일간! 이것으로 4일간은 '사다리가 흔들거린다고 말했는데……' 라든지, 그리고 '그렇게 높은 곳에 올라가니까 문제예요.'라는 소리를 듣지 않아도 된다. 그러니까 4일간은 '로건의 개새끼가 러버보이를 언제나 쫓아다녀서 당장이라도 불행한 일이 일어날 거라고 말했잖아요.' 같은 말을 듣지 않아도 된다. 이걸로 4일간은 '내가 그 보험 신청을 서둘러서 보내라고 말해서 결국 잘되었잖아요, 만약 그렇지 않았다면 우리 두 사람은 빈민 병원에 들어갔어야 했을 거예요, 여보 기쁘지 않아요?'라는 말을 듣지 않아도 된다. 그러니까 4일간은 '허리 아래가 마비된 많은 사람들도 다른 건강한 사람들과 전혀 다르지 않게 생활하고 있어. 대부분의 도시와 박물관, 미술관에 휠체어용 경사로가 있고, 특별한 버스도 있으니까.'라고 리디아에게 설명해 주지 않아도 된다. 그러고 나면 리디아는 언제나 옅은 미소를 짓고 난 다음 반드시 와락 울음을 터뜨렸다.

모리스는 만족스러운 마음으로 꾸벅꾸벅 기분 좋은 낮잠을 잤다.

다시 눈을 떴을 때는 저녁 5시 30분이었다. 옆 침대의 노인은 자고 있었다. 아직 덴커에 대해서 생각나지 않았지만 이 남자를 전에 어디서 본 사람이라는 데에는 확신이 섰다. 그래서 한두 번 덴커에게 신상에 대해서 물어보려고 했지만 왠지 꺼려져서 별 것 아닌 대화로 끝내고 말았다. 날씨 이야기나, 요전에 발생한 지진에 대해서라든지 다음에 일어날 지진에 대해서, 그리고 그래, 《TV가이드》에서 본 것이지만 요번 주말에는 「로렌스 월크 쇼」에 아코디언 연주자인 마이론 프로렌이 특별 손님으로 복귀할 것 같다는 이야기 등등.

그렇게 질문을 피한 것은 그 쪽이 심리 게임이 되기 때문이라고 모리스는 스스로에게 말했다. 어깨에서 엉덩이까지 완전히 깁스를 하고 있을 때에는 심리 게임이 좋다. 만약 머리 안에서 어떤 작은 것이라도 문제를 풀고 있으면 앞으로 어떻게 될지, 죽을 때까지 오줌관을 통해 오줌을 받아야만 할지와 같은 여러 가지 쓸데없는 생각들을 하지 않아도 된다.

만약 정면으로 질문을 하면 두뇌게임은 순식간에 불만스러운 결과를 낳을 것이다. 두 사람의 과거에서 공통의 경험을 추려 가면 된다. 열차 여행이나, 배 타고 여행을 했다든가, 그것도 아니면 수용소든지. 덴커가 파틴에 있었을지도 모른다. 거기에는 독일계 유대인들도 많이 있었으니까.

그런데 간호사는 덴커가 1, 2주일 사이에 퇴원할 것이라고 말했다. 만약 그때까지 답을 내놓지 못하면 나는 이 게임에서 패배한 것을 인정하고 이 남자에게 정면으로 물어 볼 수밖에는 없을 것이다. 엉뚱한 말이지만 당신을 전에 어딘가에서 만난 것 같은데……. 모리스는 문제가 그뿐만 아니라고 인정했다. 모리스는 「원숭이의 손」이라는 소설을 떠올렸다. 운명이 점차 나쁜 쪽으로 흘러간 결과로 모든 희망을 이룰 수 있었다는 이야기다. 세 가지 소원을 들어주는 원숭이의 손을 우연히 가지게 된 노부부는 첫 소원으로 100달러를 원했다. 그러자 외아들이 공장에서 끔찍한 사고로 죽고 그 위로금의 명목으로 100달러가 보내져 온다. 다음에 어머니는 아들이 다시 살아났으면 좋겠다고 빈다. 그러자 바로 질질 끄는 발자국 소리가 들려온다. 곧이어 현관의 문을 두드리는 소리가 들린다. 어머니는 기뻐서 어쩔 줄 모르며 계단을 뛰어 내려가 외아들을 마중하러 나간다. 아버지는 공포로 미칠 것 같아 어둠속을 더듬어서 겨우 말라비틀어진 원숭이 손을 찾아내어, 아들을 다시 죽여줄 것을 빈다. 바로 그때 어머니가 현관의 문을 열었고 문 밖에 사람의 모습은 보이지 않고 저녁 바람만 스산하게 불고 있다…….

여하튼 모리스는 그렇게 느꼈다. 어쩌면 나중에라도 어디서 덴커 씨를 만났었는지 알게 될지도 모르지만, 그 기억은 지금 이야기에 나오는 노부부의 아들 같은 것은 아닐까? 무덤에서 돌아오기는 했지만, 그것은 어머니의 기억 속에 있는 아들이 아니라 회전하는 기계에 말려들어가 흉하게 일그러지고 피투성이가 된 아들 말이다. 모리스는 덴커에 대한 자기의 지식이 마음 가장 깊은 구석의 영역과 이성적인 이해와 인식의 영역의 경계에 있는 문을 두드리며 안으로 들여보내 달라고 말하고 있다고 생각했다. 어쩌면 잠재의식의 괴물일지도 모른다고 느꼈다. 그리고 또 한편으로는 원숭이의 손을, 아니면 거기에 상당하는 심리적 원숭이의 손, 즉 그 지식이 영원히 사라져버리면 좋겠다고 비는 부적을 찾고 있는 것은 아닌가 하고.

그는 불가사의하다는 듯이 덴커를 바라보았다.

덴커, 덴커, 우리가 어디서 만났지? 덴커? 파틴인가? 그래서 알고 싶지 않은 기분이 드는 걸까? 그러나 그 공포의 경험 속에서 살아난 두 사람이 서로를 두려워할 이유가 어디 있단 말인가? 단지……, 모리스는 미간을 한군데로 모았다. 갑자기 해답 가까이에 접근한 듯한 기분이 들었지만 두 발 끝이 저리기 시작해서 정신이 집중되지 않았다. 저런 손발에 다시 피가 통하게 되었을 때 느끼는 찌르르한 기분과 비슷했다. 이 짜증나는 깁스라도 없으면 벌떡 일어나 찌르르한 느낌이 사라질 때까지 발을 주무를 텐데. 그렇게 하면……. 모리스의 눈이 동그랗게 커졌다.

그는 오랫동안 리디아를 잊었고, 덴커를 잊었고, 파틴에 대해서도 잊었다. 몸도 움직이지 못하고 길게 누워 있었다. 두발이 저리다는 것 이외에는 모든 것을 잊고 있었다. 그래, 두 발 중에 오른쪽 발이 저린 느낌이 강해. 이런 식으로 발이 저릴 때 다른 사람들은 '발이 저리도록 자고 있었다.'라고 말한다. 그러나 정확히 말하면 '발이 저려서 잠에서 깬다.'라고 해야 할 것이다.

모리스는 호출 벨을 이리저리 더듬었다. 간호사가 와 줄 때까지 몇 번이고 몇 번이고 벨을 눌렀다.

간호사는 모리스가 말하는 것을 전혀 귀담아 들으려 하지 않았다. 평소에 환자들의 거짓 부탁에 질렸기 때문이었다. 게다가 담당 의사가 퇴근한 다음이어서 간호사는 의사 집으로 전화를 걸고 싶지 않았다. 케멀만 의사는 짜증을 잘 내기로 유명했다. 특히 집으로 전화를 걸면 지독히도 화를 냈다. 그러나 이 환자는 완강하게 물러서지 않았다. 평소의 모리스는 얌전한 사람이었는데 지금은 소란을 일으켜도 좋다고 단단히 결심을 한 것 같았다. 모리스는 만약 필요하다면 큰 소란을 일으키겠다고 마음을 굳게 먹고 있었다. 브레이브스가 연승했다. 리디아가 허리를 삐었다. 그리고 좋은 일은 세 번 계속되는 법이다. 그 정도는 누구나 알고 있는 상식이 아닌가.

간호사가 마침내 인턴을 데리고 왔다. 팀프넬이라는 젊은 의사로 칼이 휘어진 론보이 사의 잔디깎이로 깎아낸 듯한 얼굴을 하고 있었다. 팀프넬 선생은 하얀 바지의 주머니에서 스위스제 칼을 끄집어내서 거기에 달린 십자드라이버의 끝으로 모리스의 오른쪽 발의 뒤를 발톱에서 발뒤꿈치까지 찔러 보았다. 발등 전체가 반응하지는 않았지만 발가락이 실룩거렸다. 두 눈으로 분명히 보았다. 확실히 움직임이 있었다. 모리스는 왈칵 울음을 터뜨렸다.

팀프넬은 잠시 당황스런 표정을 지었지만 침대에 걸터앉아서 그의 두 손을 부드럽게 만졌다.

"이런 일이 가끔 있지요." 팀프넬이 (과거 6개월간이라는 풍부한 경험을 바탕으로) 말했다. "어떤 의사도 예측할 수 없지만 이런 일이 종종 일어납니다. 그것이 당신에게 일어난 것 같습니다."

모리스는 눈물을 흘리며 고개를 끄덕거렸다.

"분명히 완전히 마비되지는 않은 것 같습니다."

팀프넬은 다시 그의 손을 쓰다듬으면서 말했다.

"일시적인 것인지, 부분적인 것인지, 완전히 회복될지는 아직 예측할 수 없습니다. 케멀만 선생님도 아마 마찬가지일 겁니다. 하이젤 씨, 당신은 이제부터 여러 가지 물리치료를 받으셔야 합니다. 그 모두가 유쾌한 일만은 아닐 겁니다. 그러나 결과적으로는 치료를 받는 편이 훨씬 좋을 테죠. 무엇과 비교해서인지는 말하지 않아도 아시겠지요?"

"예." 모리스는 울먹이며 대답했다. "알겠습니다. 하느님의 덕분입니다."

하느님 같은 것은 존재하지 않는다고 리디아에게 말한 것이 생각나서 발갛게 달아올랐다.

"자, 그럼 저는 케멀만 선생님께 알리러 가겠습니다."

팀프넬은 마지막으로 모리스의 손을 가볍게 두들기고는 일어섰다.

"우리 집 사람에게 알려 주시겠습니까?"

모리스가 물었다. 언제나 훌쩍훌쩍 울기만 하는 리디아였지만 그래도 그녀에 대한 정이 있었다. 어쩌면 그것이 사랑일지도 모른다. 그 정은 때때로 아내의 목을 조르고 싶다고 생각하는 것과는 별로 관계가 없는 듯했다.

"물론입니다. 그렇게 조치해 놓겠습니다. 간호사, 미안하지만……?"

"예, 선생님. 알겠습니다."

간호사가 대답했고, 팀프넬은 웃음을 참으려고 노력했다.

"고맙습니다." 모리스는 테이블 위에 있는 화장지를 집어서 눈자위를 닦았다. "정말로 고맙습니다."

팀프넬이 병실을 나갔다. 아까의 소란으로 덴커는 잠에서 깨어 있었다. 모리스는 지금 소란피운 것과 자기가 운 것에 대해 한마디 사과의 말을 할까 하고 생각했지만 그럴 필요가 없다고 생각을 고쳐먹었다.

"잘 되었군요, 축하합니다."

덴커 씨가 말했다.

"아직 확실하지가 않으니까요." 모리스는 그렇게 말하고 팀프넬과 마찬가지로 웃음을 참느라고 고생했다. "아직 뭐라고 말할 수 없습니다."

"세상일이라는 것이 다 혼자서 해결해 나가는 것 아닙니까?"

듀샌더는 애매하게 말하고는 리모컨으로 TV를 켰다. 이미 6시 15분전이었고, 두 사람은 그때부터 컨트리 음악의 즐거운 프로그램 「히 호」의 뒷부분을 보았다. 그 다음이 저녁 뉴스였다. 실업률이 더욱 악화되고 있다. 인플레는 소강상태. 빌리 카터는 맥주 제조업의 진출을 생각하고 있다. 만약 대통령 선거가 지금 치러진다면 네 명의 공화당 후보가 빌리의 형 지미를 이길 수 있을 것이라는 새로운 갤럽조사 통계가 나올 것이다. 마이애미 주에서는 흑인의 아이가 살해당한 사건 때문에 인종분쟁이 계속되고 있다. 뉴스 진행자는 '폭력의 밤'이라고 불렀다. 지방 뉴스에서는 46호선 고속도로 주변의 과수원에서 신원불명의 남자가 칼에 찔리고 둔기로 얻어맞아 죽어 있는 것이 발견되었다.

리디아가 6시 30분이 지나기 전에 전화를 걸었다. 케멀만 선생이 전화를 해서 젊은 인턴의 보고를 바탕으로 신중한 낙관론을 말했다고 리디아는 말했다. 리디아의 기쁨도 신중했다. "내일은 허리가 어떻게 되더라도 문병을 갈게요."라고 약속했다. 모리스는 "사랑하고 있소."라고 그녀에게 말했다. 오늘밤은 모두에게 사랑을 느꼈다. 리디아도, 이상한 머리를 한 팀프넬 선생도, 덴커 씨도,

모리스가 전화를 끊었을 때 저녁 식사를 가져다 준 젊은 간호사에게도.

저녁 식사는 햄버거랑 으깬 감자와 홍당무와 배를 섞은 것이었고 디저트로 슈크림이 담긴 작은 접시가 딸려 나왔다. 저녁식사를 가져다 준 사람은 펠리스였다. 20살 정도의 순진한 금발처녀였다. 그녀도 좋은 뉴스를 가지고 있었다. 남자 친구가 IBM에 컴퓨터 프로그래머로 취직해서 정식으로 그녀에게 청혼을 했다는.

언제나 세련된 매력으로 젊은 간호사들을 사로잡곤 하던 덴커 씨가 굉장히 기뻐했다.

"정말이야? 멋진 일이로군. 자, 여기 앉아서 모두 이야기 해봐. 뭐든지 얘기하는 거야. 하나도 빼놓지 말고."

펠리스는 얼굴을 빨갛게 붉히고는 빙그레 웃으면서 그것은 무리라고 말했다.

"아직 B병동이 남아 있고 그 다음은 C병동의 환자들이 기다리고 있어요. 그리고 벌써 6시 30분이에요!"

"그럼 내일 밤 꼭 말해줘. 안 그래요, 하이젤 씨?"

"예, 물론이죠."

모리스는 중얼거렸지만 마음은 100만 킬로도 더 떨어진 곳에 있었다.

"자, 여기 앉아서 모두 이야기 해봐."

도시적인 남자의 목소리. 교양이 있는 목소리. 그렇지만 그 목소리에는 위협이 내포되어 있었다. 벨벳 장갑을 낀 강철의 손. 그래.

(어디에서?)

'뭐든지 얘기하는 거야. 하나도 빼놓지 말고.'

(파틴?)

모리스 하이젤은 식사를 바라보았다. 덴커는 이미 덥석덥석 먹기 시작했다. 펠리스와의 대화가 매우 즐거웠던 모양이다. 마치 그 금발의 소년이 병문안 온 다음처럼.

"좋은 처녀야."

덴커가 말했지만 홍당무와 배를 입 안에 가득 넣고 있어서 말이 분명하지 않았다.

"그래요."

(여기에 앉아서)

"펠리스 말이에요."

(뭐든지 얘기하는 거야.)

"참 착한 아가씨야."

(뭐든지 얘기하는 거야. 하나도 빼놓지 말고.)

모리스는 자기의 저녁식사를 바라보다가 불현듯 수용소 생각이 났다. 처음에는 한 점의 고기라도 먹을 수 있다면 사람이라도 죽일 것 같은 기분이 든다. 그 고기에 구더기가 우글거려도 좋고, 녹색으로 썩어가는 고기도 좋았다. 그러나 미칠 것 같은 배고픔이 사라지고 나면 배가 작은 회색 돌조각처럼 줄아들었다. 그때가 되면 다시는 배고픔을 느낄 수 없을 것이라는 생각이 든다.

누군가 먹을 것을 보여주기 전에는.

(뭐든지 얘기하는 거야. 자 여기에 앉아서, 하나도 빼놓지 말고.)

병원의 플라스틱 식판 위에 담겨 모리스의 저녁은 햄버거였다. 왜 그것을 보고 갑자기 램 스튜에 대해서 생각이 났을까? 양고기도 아니고 갈비도 아닌데. 양고기는 대개 힘줄이 많고, 갈비는 딱

딱했다. 낡은 그루터기처럼 이가 빠진 인간은 양고기나 갈비에 별로 흥미를 가지지 않는 법이다. 틀려, 지금 모리스의 머리 안에 떠오른 것은 부드러운 야채가 듬뿍 들어간 매우 향기로운 램 스튜였다. 왜 램 스튜가 생각나는 것일까? 왜지? 어쩌면……

문이 벌컥 열렸다. 만면에 미소를 띤 리디아였다. 알루미늄으로 만든 목발을 옆구리에 끼고 영화 「건스모크」의 마샬 딜론 보안관의 조수 체스터처럼 한쪽 다리를 질질 끌면서 들어왔다.

"모리스!"

높은 목소리로 크게 불렀다. 그 뒤를 이웃집에 사는 엠마 로건이 희색이 만면한 얼굴로 들어왔다.

덴커 씨는 놀라서 포크를 떨어뜨렸다. 이윽고 작은 소리로 욕을 하고 나서 얼굴을 찌푸리며 바닥에서 포크를 주워 올렸다.

"정말 다행이에요!" 리디아는 흥분을 감추지 못하는 목소리로 말했다. "엠마에게 전화해서 오늘밤 함께 가지 않겠냐고 물었어요, 이미 목발도 만들었고 해서. 그리고 이렇게 말했어요. '엠마, 이 정도 고통을 모리스를 위해 참지 못한다면 내가 그 사람의 아내라고 할 수 있겠어요?' 그래요, 한마디 한마디 그대로예요. 내 말이 맞죠, 엠마?"

엠마 로건은 자기 집에서 기르는 개에게 얼마간은 책임이 있다는 것을 생각해 냈는지, 열심히 고개를 끄덕였다.

"그래서 병원에 전화했어요." 리디아는 코트를 벗고 천천히 허리를 의자에 걸쳤다. "'이미 면회 시간이 끝났지만 부인의 경우는 특별히 예외를 인정해 주겠습니다.'라고 말했어요. 그렇지만 덴커 씨에게 불편을 끼치지 않도록 오래 있지 말라고 말했어요. 덴커 씨 저희 때문에 불편하십니까?"

"아니, 그렇지 않습니다, 부인."

덴커의 말투에는 질렸다는 느낌이 배어 있었다.

"엠마, 당신도 앉아요. 덴커 씨에게 의자를 빌리면 돼요. 사용하고 있지 않으니까. 모리스! 그런 식으로 아이스크림을 먹으면 안 돼요. 어린애같이 흘리고 있잖아요. 좋아요, 이제 일어날 수 있을 테니까. 내가 먹여 줄게요. 자! 아 입을 크게 벌리고. 이를 넘어서, 잇몸을 넘어서. 자 조심하세요, 위(胃) 씨, 지금 아이스크림이 내려갑니다! 안 돼요, 가만히 있어요, 엄마에게 맡겨 두라니까. 엠마, 이 사람 좀 봐요. 머리카락이 거의 없어진 것도 무리는 아니에요. 두 번 다시 걷지 못할 거라고 했어요. 정말로 이것이야말로 하느님의 자비예요. 사다리가 흔들거려서 위험하다고 이 사람에게 몇 번이고 말했는지 몰라요. '모리스'라고 내가 말했어요. '빨리 거기서 내려오세요. 그렇지 않으면……'"

리디아는 아이스크림을 먹이고 나서 한 시간 동안 지껄이고, 또 지껄이고 나서 물러갔다. 엠마에게 한쪽 팔을 부축 받으며 목발을 집고 비틀비틀 거리며 사라질 때쯤 해서는 램 스튜도, 세월을 건너서 메아리쳐 오는 목소리도 모리스 하이젤의 마음에서 멀리 사라졌다. 그는 완전히 녹초가 되었다. 바쁜 하루였던 것은 두말하면 잔소리였다. 모리스는 정신없이 잠에 빠져버렸다.

새벽 3시에서 4시 사이에 모리스는 입을 꽉 다물고 비명을 가까스로 참으며 잠에서 깨어났다. 지금 그는 깨달았다. 옆 침대의 남자를 정확히 언제 어디서 만났는지를 깨달았다. 그러나 그 당시의 이름은 덴커가 아니었다. 그래, 전혀 다른 이름이었다.

모리스는 지금껏 살아온 인생에서 꾸었던 꿈 중 가장 무서운 악몽에서 깨어났다. 누군가가 그와 리디아에게 원숭이 손을 주었고, 두 사람은 돈이 필요하다고 빌었다. 그러자 웬일인지 히틀러 유겐트 제복을 입은 웨스턴 유니언 보이가 방에 나타났다. 보이는 모리스에게 이렇게 쓰인 전보를 전해주었다.

따님 둘의 사망을 슬픈 마음으로 전함. 파틴 강제 수용소. 이 최종적인 해결은 매우 유감임. 바로 사령관으로부터 속보를 보냄. 뭐든지 말함, 하나도 빼놓지 않고. 내일 당신의 은행계좌로 돈을 보내겠음. 받으시기 바람. 총통 아돌프 히틀러!

리디아는 큰소리로 울부짖었다. 그녀는 모리스의 딸의 얼굴을 한 번도 본 적이 없으면서도, 원숭이의 손을 높이 올리고는 딸이 살아서 돌아올 것을 빌었다. 그러자 바로 발을 질질 끄는 듯한, 비틀거리는 듯한 발소리가 밖에서 들려왔다.

모리스는 가스와 연기와 죽음의 냄새가 자욱이 끼어 있는 어둠 속에서 엎드렸다. 원숭이의 손을 찾으려 했다. 단 한 번 다시 빌 수 있었다. 다시 원숭이의 손을 찾으면 이 무서운 꿈이 사라지기를 빌 것이다. 그러면 허수아비처럼 마르고, 깊은 상처처럼 눈이 푹 꺼졌으며, 번호가 새겨진 딸들의 말라비틀어진 팔이 불타고 있는 모습을 보지 않아도 될 것이었다.

문을 거칠게 두드리는 소리가 들렸다.

악몽 속에서 필사적으로 원숭이의 손을 찾으려고 했지만 어디에도 없었다. 이미 몇 년 동안 찾아다니고 있는 듯한 느낌이 들었다. 결국 등 뒤의 문이 벌컥 열렸다. '안 돼' 라고 그는 생각했다. 끝까지 보지 않을 거야. 눈을 감아. 만일 필요하다면 내 눈을 도려내는 한이 있어도 절대로 안볼 거야.

그러나 보고 말았다. 보지 않을 수가 없었다. 꿈속에서 거대한 두 개의 손이 머리를 쥐고 억지로 고개를 젖히게 만든 것 같았다.

문 앞에 서 있는 것은 딸들이 아니었다. 덴커였다. 지금보다도 훨씬 젊은 덴커, 나치의 SS 제복을 입고 있는 덴커였다. 해골이 붙어 있는 모자가 한쪽으로 조금 기울어져 있었다. 단추는 비정할 정도로 빛나고 있었고, 장화는 황홀할 정도로 잘 닦여 있었다.

덴커가 두 손에 들고 있는 것은 보글보글 끓고 있는 거대한 램 스튜의 냄비였다. 그리고 꿈속에서 덴커는 음침하고 정중한 미소를 띠면서 말했다…….

"자, 여기 앉아서 모두 얘기해 봐. 친구가 친구에게 말하는 것처럼 말이야, 하이젤? 우리들은 너희가 돈을 숨기고 있다는 것을 알고 있어. 담배를 숨기고 있는 것에 대해서도 듣고 있어. 슈나이벨은 식중독이 아니라 이틀 전 저녁 식사에 유리가루를 섞었기 때문이라는 것도 들었지. 아무것도 모르는 표정을 하고 우리의 지능을 테스트하려고 해서는 안 돼. 너는 모든 것을 알고 있어. 그러니까 뭐든지 이야기 해 봐. 하나도 빠뜨리지 말고."

그리고 어둠 속에서 미쳐버릴 것 같은 스튜의 냄새를 맡으면서 알고 있는 모든 것을 지껄이고 말았다. 작은 회색 돌조각이었던 위에는 지금 걸신이 들어앉아 있었다. 입에서는 해서는 안 되는 말들이 넘쳐 나왔다. 의미가 분명하지 않은 미친 사람의 설교처럼 진실과 거짓이 섞인 말들이 튀어나왔다.

브로딘은 어머니의 반지를 불알 밑에 반창고로 붙여서 숨기고 있습니다!

('자 여기 앉아서')

라슬로와 헤르만 도르크시는 제3감시탑을 습격하자는 이야기를 하고 있었습니다!

('뭐든지 얘기하는 거야.')

라첼 탄넨바움의 남편은 담배를 가지고 있습니다. 차이케르트 다음에 온 간수에게 담배를 건네주었습니다. 언제나 코를 후비고 그 손가락을 빨아서 코딱지를 먹는 사람이라는 별명이 붙어 있습니다만 탄넨바움은 코딱지를 먹는 체 하면서 마누라 진주 귀걸이를 숨겨두고 있습니다!

('흠, 무슨 말인지 모르겠다. 전혀 모르겠어. 너는 두 가지의 이야기를 혼동하고 있는 것 같다. 그렇지만 괜찮아. 두 가지의 뒤섞인 이야기가 한가지의 이야기를 확실하게 하는 것보다 더 좋아, 다른 것에 대해 말해 봐, 하나도 빠짐없이!')

죽은 아들의 이름을 말하고 두 사람의 식사를 배급받는 남자가 있습니다!

('그 남자의 이름은?')

이름은 알지 못하지만 얼굴은 알고 있습니다. 정말입니다. 저 남자라고 지목할 수 있습니다. 분명히.

('뭐든지 얘기하는 거야.')

분명히분명히분명히분명히분명히분명히분명히!

모리스는 절규를 목으로 느끼며 눈을 떴다.

와들와들 떨면서 모리스는 옆 침대에서 잠자고 있는 남자를 노려보았다. 먼저 눈이 간 곳은 주름투성이의 푹 꺼진 입이었다. 이빨이 없는 늙은 호랑이. 늙고 한쪽 발톱을 잃었으며 다른 한쪽도 썩어가고 있는 흉포한 코끼리. 늙어서 쇠약해진 괴물.

"아아, 하느님!"

모리스 하이젤은 중얼거렸다. 날카롭고 가냘픈 그의 목소리는 자기의 귀에만 들렸다. 한줄기 눈물이 두 볼과 귀를 향해서 흘러내렸다.

"아아, 하느님. 나의 두 딸과 아내를 살해한 남자가 지금 이 방에서, 옆 침대에서 자고 있습니다. 하느님, 아아, 감사의 하느님, 저 녀석은 지금 이 방에서 자고 있습니다!"

눈물이 흘러 넘쳤다. 분노와 공포의 눈물, 뜨겁고 절절히 아픈 눈물이.

모리스는 몸을 떨면서 아침이 오는 것을 기다렸다. 아침은 영겁의 세월이라 해도 좋을 정도로 지독하게 밝아오지 않았다.

21

월요일인 그 다음날 토드는 아침 6시에 일어나 담담한 상태로 달걀 요리를 만들고 있었다. 아버지가 모노그램을 넣은 실내복에 실내화를 신고 내려왔다.

"안녕."

아버지는 토드에게 말을 건네면서 토드 옆을 지나 냉장고에서 오렌지 주스를 꺼냈다.

토드는 겨우 웅얼거리듯 대답을 했지만 책에서 눈도 떼지 않았다. 추리소설이었다. 운 좋게 방학 동안 아르바이트하게 된 곳이 파사데나 교외에서 영업하고 있는 조경 회사였다. 부모님이 차를 빌려 준다고 해도(결국 아무도 차를 빌려주지 않았지만) 통근하기에는 너무 먼 거리였으나, 아버지가 그 조경회사에서 그리 멀지 않은 현장에서 일하고 있었기 때문에 출근할 때 도중의 버스 정류장까지 태워다 주었고 돌아올 때도 마찬가지로 그 버스 정류장에서 아버지의 차를 탈 수 있었다. 그런 사실들이 토드는 별로 기쁘지 않았다. 아버지와 집에 함께 돌아오는 것도 그다지 좋지 않았지만, 그보다 아침에 아버지와 함께 출근하는 것은 정말 죽을 맛이었다. 아침이라는 시간은 자기를 가장 잘 드러내 보이기 때문에 자기의 실상과 허상의 거리가 엷어지는 것 같았다. 악몽에 시달린 다음날 아침은 그런 생각이 더 심하지만 특별히 전날 밤에 꿈을 꾸지 않아도 역시 그런 기분은 들었다. 어느 날 아침인가 공포에 가까운 불안을 느끼고 퍼뜩 제정신을 차린 적도 있었다. 잠시 동안 아버지의 포르쉐 핸들을 빼앗아서 2차선의 고속도로를 이리저리 몰고 다니며 아침 출근하는 사람들에게 파괴의 띠를 만들어줄까 하고 진지하게 생각하고 있었기 때문이다.

"토드 오, 계란 하나 더 먹을래?"

"아니에요, 됐어요."

딕 보던은 언제나 계란프라이를 먹었다. 계란프라이를 참 잘 먹는다고 토드는 생각했다. 먼저 계란을 깨서 프라이팬에 올려놓고 2분쯤 뒤에 가볍게 반대쪽으로 뒤집었다. 그 다음 접시에 얹었다. 그 모습은 백내장으로 흐려진 거대한 죽은 사람의 눈과 닮았다.

그것을 포크로 찌르면 그 눈에서 오렌지색 피가 질척하게 흘러나왔다.

토드는 계란이 담긴 접시를 밀어놓았다. 거의 손이 가지 않았다.

아버지는 요리를 끝낸 다음 그릴의 불을 끄고 식탁에 앉았다.

"오늘 아침에는 배가 고프지 않은 모양이지, 토드 오?"

다시 한 번 그렇게 부르기만 하면 나이프로 콧구멍을 쑤셔줄 거야, 대디 오.

"식욕이 안 생겨요."

딕은 사랑스럽다는 듯이 토드를 보고는 빙그레 웃었다. 소년의 오른쪽 귀에는 면도 크림이 아주 조금 묻어 있었다.

"베티 트래스크에게 식욕을 빼앗긴 것 아냐? 정답이지?"

"예, 그럴지도 몰라요."

토드가 떠올려 보인 쓸쓸한 미소는 아버지가 아침을 다 먹고 신문을 가지러 계단을 내려가자 바로 사라졌다. 그 여자애가 얼마나 닳고 닳은 여자인지 가르쳐 주면 너도 잠이 깨겠지, 대디 오. 내가 이렇게 말하면 어떨까? 이렇게 말하면 알아들을까, 아빠의 친구 레이 트래스크의 따님이 산토 도나토에서는 아주 유명한 창녀라고. 그 여자애는 만일 관절이 자유롭게 움직인다면 자기 성기에라도 키스할 년이야, 대디 오. 일말의 자존심도 없어. 단지 머리에 피도 안 마른 창녀일 뿐이야. 코카인 두 대만 있으면 하룻밤 그 남자의 소유가 되지. 때때로 상대에 따라서는 코카인이 없이도 역시 그 남자의 소유가 돼. 만약 남자가 없으면 개하고도 섹스할 여자야, 이걸로 잠이 깨니, 대디 오? 기분 좋은 하루를 시작할 수 있겠어?

토드는 차례차례 떠오르는 생각을 매정하게 떨쳐버리려고 했지만 잘 되지 않았다.

아버지가 조간을 손에 들고 왔다. 토드는 1면을 흘끔 보았다.

전문가 "우주왕복선 날지 못한다."

딕은 의자에 앉았다.

"베티는 미인이야. 처음 만났을 때의 네 엄마를 생각나게 하던데."

"정말?"

"귀엽고. 젊고. 신선하고……."

딕 보던의 눈은 멍하게 먼 곳을 바라보고 있었다. 그는 시선을 거둔 다음 조금 걱정된다는 듯이 아들의 눈을 보았다.

"오해는 하지 마라. 엄마는 아직 젊고 예뻐. 그렇지만 그 나이 때의 여자애들에게는 뭐라고 할까……, 일종의 광채가 있지. 그 광채는 잠시 계속되다가 사라져 버리지만." 어깨를 들썩이고는 신문을 펼쳤다. "그것이 인생이야."

그녀는 발정 난 암캐야. 어쩌면 그 광채는 그 발정인지도 모르지.

"너, 그 애를 잘 다루고 있겠지?" 아버지는 언제나처럼 스포츠 면까지 매우 빠른 속도로 훑었다. "이상한 짓은 하지 않았겠지?"

"잘 하고 있어요, 아빠."*(적당히 입 다물고 있지 않으면 난 무슨 짓을 할지 몰라. 큰 소리를 지르거나, 커피를 얼굴에 끼얹든지.)*

"레이도 너를 칭찬하던데."

딕은 건성으로 말했다. 막 스포츠 면을 펼쳐 들었다. 열심히 읽기 시작했다. 아침 식탁에는 겨우 다행스런 침묵이 감돌기 시작했다. 베티 트래스크는 처음 데이트할 때부터 끈적끈적하게 굴었다.

토드는 영화를 보고 난 다음 그녀를 연인들이 즐겨 이용하는 좁은 길로 데리고 갔다. '남자라면 그렇게 하겠지.'라고 기대를 하고 있는 베티를 위해서였다. 거기서 30분 정도 서로의 타액을 교환하고 나서 다음날 제각각 친구들에게 그럴싸하게 말하면 그만이었다. 여자 아이들은 펄쩍 뛰면서 어떻게 남자의 공격을 격퇴할 것인가에 대해 이야기한다. '남자애들은 정말로 끈질기니까. 그렇지만 나는 첫 데이트에서 섹스는 안 해, 난 그런 여자가 아냐.' 그녀의 친구들은 거기에 찬성하고 모두들 여자 탈의실로 몰려가서 여자애들이 하는 일을 한다. 화장을 고치거나 생리대를 바꾸거나.

그리고 남자애들은 무조건 누상에 나가야 한다. 최소한 2루에 나가서 3루를 노려야 한다. 그렇지 않으면 나중에 평판이 안 좋았다. 토드는 정력이 좋다는 소리를 듣고 싶지 않았다. 정상이라는 말만 들으면 그걸로 족했다. 그렇지만 적어도 손을 대지 않으면 바로 소문이 나돌았다. 모두가 그 자식은 정상이 아닐지도 모른다고 소문을 내기 시작한다.

그래서 남자는 데이트 상대를 제인스 힐로 데리고 가서 먼저 키스를 하고 가슴을 더듬고, 거기서 여자가 거부하지 않으면 좀 더 전진한다. 그걸로 끝이었다. 그쯤에서 여자 아이가 거부를 하고, 남자는 좀 기분 나쁜 표정을 짓고는 여자를 집에까지 바래다준다. 이 정도라면 다음날 여자탈의실의 소문에 대해 신경 쓸 필요가 없다. 아무도 토드 보던이 정상이 아니라고 생각하지 않을 것이다. 그런데, 그런데 베티 트래스크는 처음 데이트부터 섹스를 하는 여자였다. 누구와 데이트를 하든 다르지 않았다. 게다가 시간 나는 대로.

처음의 데이트는 그 염병할 나치가 심장 발작을 일으키기 한 달 전쯤이었다. 토드는 처음이기는 했지만 멋지게 해냈다고 생각했다. 어쩌면 신인 투수가 아무 예고도 없이 갑자기 시즌 최고의 게임에 나가 뛰어난 피칭을 한 것에 비유할 수도 있겠다. 여러 가지로 신경 쓰면서 여유를 부릴 형편이 못 된다는 면에서도 그렇다.

그날 토드는 상대가 다음 데이트에선 갈 때까지 갈 거라는 것을 느꼈다. 토드는 자기가 사람들에게 호감을 사고 있고 장래성도 아주 밝다는 것을 의식하고 있었다. 계산이 빠른 어머니들에게는 '절호의 먹이'였다. 그래서 상대의 육체적인 항복이 가까이 다가오는 것을 보면서 토드는 언제나 다른 여자와 데이트를 준비했다. 그것이 자기의 성격을 잘 말해준다는 식의 자기를 위한 준비된 변명이었다. 만일 불감증의 여자와 데이트를 시작했다고 한다면 분명히 그녀와 몇 년간 계속해서 데이트를 할 것이다. 어쩌면 청혼을 할지도 모른다.

그러나 베티와의 첫 번째 섹스는 상당히 좋았다. 토드는 동정이었지만, 베티는 그렇지 않았다. 그녀가 토드의 물건을 손으로 잡아서 자기의 성기로 가져갔지만 그렇게 하는 것이 당연하다고 생각하는 모양이었다. 섹스하는 도중 그녀는 두 사람이 펴놓은 모포 위에서 신음소리를 냈다…….

"나는 섹스하는 것이 굉장히 좋아!"

그 말은 다른 여자아이가 딸기 아이스크림을 좋아한다고 표현하는 것과 비슷한 말투였다. 그 이후 모두 다섯 번(만약 전날 밤까지 계산한다면 다섯 번 반일 테지.) 데이트를 했지만 처음만큼 좋지 않았다. 아니, 그보다도 급격한 하강곡선을 그리며 악화되었다고 표현하는 것이 옳을 것이다. 여전히 베티는 그런 사정을 몰랐다(적어도 어젯밤까지는). 사실 그 반대였다. 베티는 꿈에서 동경하던 백마 탄 기사를 만났다고 믿고 있는 모양이었다.

토드는 남자가 느껴야 하는 쾌감을 조금도 느끼지 못했다. 그녀의 입술에 키스하는 것은 따스하지만 요리하지 않은 간에 키스하는 것 같았다. 그녀가 토드의 입 안에 혀를 집어넣을 때면, 얼마나 많은 세균이 혀에 붙어 있을까 하는 걱정이 들었고 때로는 이빨에 끼어 있는 음식찌꺼기의 냄새가 나는 듯했다. 크롬과 비슷한 불쾌한 금속 냄새였다. 그녀의 유방은 거주로 싼 살덩이에 지나지 않았다.

듀샌더가 심장 발작을 일으키기 전에 토드는 그녀와 이미 두 번의 섹스를 나누었다. 그때마다 발기하는 것이 힘들었다. 두 번 다 공상을 이용해서 겨우 성공했다. 그녀는 학교 친구들이 지켜보는 가운데 벌거벗고 있다. 울고 있다. 토드는 그녀를 모두가 보고 있는 앞에서 좌우로 걷게 하면서 이렇게 명령한다. *가슴을 보여! 너의 엉덩이를 모두에게 보여, 이 창녀야! 다리를 벌려! 그래, 앞으로 몸을 구부리고 다리를 벌려!*

베티의 칭찬은 별로 의외가 아니었다. 토드는 '문제가 있지만 멋있는 남자'가 아니라 '문제가 있기 때문에 멋있는 남자'였다. 발기하게 하는 것은 첫 걸음에 지나지 않았다. 일단 시작하기만 하면 반드시 오르가즘을 느낄 수 있으니까. 네 번째로 두 사람이 섹스를 하고 있을 때(듀샌더가 심장 발작을 일으킨 사흘 후였다.) 토드는 10분 이상 그녀를 공격했다. 베티 트래스크는 죽어서 천국에 간 것 같은 느낌에 빠졌다. 그녀가 세 번이나 오르가즘을 느끼며 네 번째 느끼고 있을 때, 토드는 옛날의 환상을 생각해 냈다. 그것이야말로, 사실상 '최초의 환상'이었다. 침대 위에 손발이 묶인 무력한 계집애. 거대한 성기 모조품. 손에 쥔 고무 공. 단지 지금은 빨리 사정해서 이 불쾌한 경험을 끝내고 싶다는 필사적인 소망으로 땀투성이가 되었다. 그때 침대 위의 계집애 얼굴이 베티의 얼굴이 되었다. 그 덕분에 적어도 표면적인 오르가즘이라고 할 수 있는, 기쁨도 없는 기계적인 경련을 했다. 그 순간이 조금 지나고 베티는 주시 프레시 껌의 냄새가 섞인 더운 입김을 귀에 토하면서 이렇게 속삭였다…….

"토드, 하고 싶을 때는 언제든지 괜찮아. 전화해서 그렇게 말해."

그때 하마터면 비명을 지를 뻔했다.

토드가 생각하는 갈등의 요점은 이런 것이었다. 만일 이렇게 자고 싶어 미치는 여자 아이와 교제를 그만두었을 때 자신의 평판이 나빠질 것인가 하는 것이다. 모두들 그 이유에 대해 수상하게 생각하지 않을까? 마음 한편에서는 '그럴 리가 없어.'라는 목소리가 들려왔다. 1학년 때, 2학년생 두 명의 이야기를 뒤따라가면서 들은 적이 있었는데 지금 그 생각이 났다. 둘 중의 하나가 자기의 여자 친구와 헤어졌다고 말했다. 다른 한명이 그 이유를 알고 싶어 했다.

"그년과 할 만큼 했거든."

둘 중 하나가 말했고, 두 사람은 바람둥이처럼 웃어댔다.

만일 누군가가 왜 그녀를 버렸냐고 물어보면 '뭐 할 만큼 했거든.'이라고 대답할 것이다. 만일 그녀가 다섯 번뿐이었다고 말한다면? '그걸로 충분해?' 아니면? 다른 사람은 어느 정도나 하지? 몇 번이나, 누가 말해줄까? 뭐라고 할까?

이러한 토드의 마음은 헤치고 나갈 수 없는 미로 안에서 굶어 죽은 쥐처럼 그를 압박해 왔다. 토드는 자기가 사소한 문제를 큰 문제로 만들어가는 것을, 그리고 그 문제를 해결할 수 없는 자신의 칠칠치 못함을, 그리고 이러한 것들이 지금의 불안한 심경과 많은 관계가 있다는 것을 막연하게 느끼고 있었다. 그러나 그것을 안다고 하더라도 자신의 행동을 변화시키려고 하는 새로운 힘은 생겨나지 않았고 기분만 어둠 속으로 떨어질 뿐이었다.

대학. 대학은 그 해답이었다. 대학에 가면 다른 사람들에게 의혹을 사지 않고 베티와 헤어질 수 있다. 그렇지단 9월은 아주 멀게만 느껴졌다.

다섯 번째는 발기하기까지 20분이 걸렸다. 베티는 매우 초조한 경험이었다고 나중에 말했다. 그러나 어제 저녁에는 전혀 물건이 일어서지 않았다.

"도대체 왜 그래?" 베티가 불쾌하게 물었다. 20분이나 토드의 성기를 발기시키려고 노력했지만 결과적으로 옷차림만 흐트러진 채 기다림에 지쳐버렸다. "너, 혹시 호모 아냐?"

토드는 그 자리에서 그녀를 목 졸라 죽이고 싶었다. 만약 원체스터가 있었다면……

"야아아아, 대단해, 축하해!"

"에?"

토드는 전날의 음울한 고민에서 머리를 들었다.

"네가 남부 캘리포니아 지역 고교 올스타에 뽑혔어!"

아버지가 자랑스러운 듯이 만면에 웃음을 띠었다.

"정말?"

순간적으로 아버지가 무슨 말을 하고 있는지 잘 몰랐다. 그 말의 의미를 더듬어 보아야 했다.

"아아, 그래. 하인즈 코치가 학년 말에 그런 말을 했었어요. 나와 빌리 델리온스를 추천한다고. 그렇지만 전혀 생각해 보지 않았는데."

"뭐야, 너 조금도 흥분하고 있지 않잖아."

"왠지 아직

(그래서 그게 어쨌다는 거야?)

실감이 안 나서요. 그 기사, 제게도 보여주세요."

아버지는 식탁 너머로 신문을 건네주고 일어섰다.

"모니카를 깨우고 올게. 출근하기 전에 보여줘야지."

그만 둬. 두 사람을 모두 보아야 하다니, 오늘 아침은 정말 재수 없구나.

"그만 두세요. 엄마를 지금 깨우면 다시 못 잔다는 걸 아시잖아요. 잘 볼 수 있게 식탁 위에 펴놓고 가요."

"그래, 그렇게 하는 방법도 있구나. 너는 참 생각이 깊어, 토드."

아버지가 등을 툭 쳤고 토드는 눈을 꼭 감았다. 동시에, '쳇, 장난하지 마세요.' 라고 말하듯이 어깨를 으쓱했고 아버지는 함박웃음을 지었다. 토드는 다시 한 번 눈을 들고 신문을 바라보았다.

'남부 캘리포니아 올스타 네 선수'라는 활자가 보였다. 그 아래 유니폼을 입은 네 명의 사진이 나와 있었다. 페어뷰 고등학교의 포수와 좌익수, 마운트포드 고등학교 왼손투수, 그리고 토드가 오른손 투수였다. 네 사람은 야구모자의 챙 아래에서 세상을 향해서 빙긋빙긋 웃음을 던지고 있었다. 토드는 그 기사를 읽고 빌리 델리온스가 2군으로 뽑혔다는 것을 알았다. 적어도 그것만은 기뻐해도 좋을 듯했다. 델리온스는 자기가 감리교인이라고 혀가 닳도록 되풀이했지만 토드는 속지 않았다. 빌리 델리온스가 어떤 사람인지는 잘 알고 있었다. 뭣하면 베티를 그 자식에게 소개해 줄지도 모른다. 그녀도 유대인이었다. 그것에 대해서는 훨씬 오래 전부터 신경이 쓰였는데 어젯밤에 확실히 알았다. 트래스크 가족은 백인인 척하고 있다. 그러나 베티의 코나 올리브색 피부를 보면(그녀의 아버지와 함께 오면 더욱 그랬다.) 모든 것이 분명했다. 아마도 발기하지 않은 것도 그 때문일 것이다. 간단한 일이다. 페니스가 뇌보다 먼저 그 차이를 알고 있었던 것이다. 트래스크라고 이름을 대면서 도대체 누구를 속이려고 하는 거야?

"다시 한 번 축하해."

토드는 얼굴을 들고 먼저 아버지가 내민 손을, 다음은 아버지의 얼빠지게 웃는 얼굴을 바라보았다.

당신의 친구 트래스크는 유대인이야! 자기가 아버지의 얼굴을 향해서 그렇게 외치고 있는 목소리가 들려오는 듯했다. *그럼 뭐야, 어젯밤 그 굴러먹은 계집애 앞에서 발기 못 한 것은! 그것이 원인이었던 거야!* 그리고 그 다음 계속해서 이따금 이러한 순간에 찾아오는 그 냉정한 목소리가 마음의 가장 깊은 구석에서 치밀어 올라 비이성적인 생각의 홍수를 댐처럼 막았다.

토드는 아버지의 손을 붙잡았다. 아버지의 자랑스러워하는 듯한 얼굴에 순수한 미소가 피어올랐다.

"고맙습니다, 아빠."

두 사람은 그 페이지가 잘 보이게 해서 신문을 접어놓았고, 모니카에게 메모를 끼워놓았다. 딕의 끈질긴 권유로, 토드는 이렇게 썼다.

'올스타급의 아들, 토드로부터.'

22

에드 프렌치, 별명은 고무장화 에드, 또는 운동화 피트 내지는 케드맨 고무장화 에드는 지도교사 대회 때문에 해변에 있는 작고 아름다운 마을 산레모에 와 있었다. 대회는 두 말할 필요 없이 시간의 낭비였다. 모든 지도교사의 일치된 의견은 어떤 것에도 의견을 일치할 수 없다는 것이었다. 그래서 하루가 지나고 나자 그는 보고서와 세미나와 토론시간에 흥미를 잃었다. 이틀째가 되자 산레모도 지루해졌고, '해변의, 작은, 아름다운'이라는 세 형용사 가운데 가장 중요한 것이 '작은'이라는 것도 알았다. 멋있는 경치와 레드우드의 숲을 제외한다면, 산레모에는 극장도 볼링장도 없었다. 이 마을 유일한 술집은 초라해서 들어가고 싶은 생각이 들지 않았다. 술집의 비포장 주차장에는 픽업과 트럭이 가득했는데 차의 번호판에는 먼지가 가득했고 뒷문에는 스티커가 잔뜩 붙어 있었다. 서로 섞이는 것은 두렵지 않았지만, 카우보이들을 바라보면서 주크박스로 로레타 린을 들으며 밤을 보내는 일만은 사양하고 싶었다.

그런 까닭으로 지금은 4일 중 믿을 수 없도록 지루한 3일째였다. 그는 아내와 딸을 집에 남겨두고 홀리데이 인 217호실에서 부서진 TV와 목욕탕에 떠도는 불쾌한 악취를 친구삼아 혼자서 우두커니 앉아 있었다. 수영장이 있기는 하지만 올해 여름은 습진이 지독해서 수영복 입은 모습을 다른 사람들에게 보여주고 싶지 않았다. 정강이 아래는 종기투성이였다. 다음 연구 집회가 시작되기 전까지는 아직 한 시간이 남아 있었기 때문에('발성에 부담이 있는 어린이들의 지도'라고 하는, 말을 더듬거리는 어린이나 언청이인 어린 아이에게 해 주어야 할 것을 연구하는 집회였지만, 대놓고 그렇게 말할 수는 없었다. 그렇게 말하면 감봉 처분을 받을 가능성이 있었다.) 에드는 산레모에서 유일한 레스토랑에서 점심식사를 마치고 방으로 돌아왔지만 낮잠을 잘 기분도 아니어서 TV를 켰다. TV의 유일한 채널에서는 지루한 「부인은 마녀」를 재방송하고 있었다.

그래서 에드는 마땅히 찾는 사람도 없이 전화번호부를 손에 들고 뒤적거리기 시작했다. 자기가 무엇을 하고 있는지 거의 의식하지 못한 채, 단지 산레모의 '작은, 아름다운, 해변'이라는 말 중의 어느 하나가 마음에 들어 여기에 살고 있을 패거리들 중에 누군가 아는 사람이 없을까 하고 멍청하게 생각할 뿐이었다. 아마도 이 방법이 산레모의 홀리데이 인에서 지겨움에 지친 사람들이 마지막으로 하는 일일 것이라는 생각이 들었다. 누군가 전화해서 불러낼 만한 옛 친구나 친척이 없는지 찾아볼까. 아니면 「부인은 마녀」를 보든지, 그도 아니면 성경이라도 보든지. 그런데 만약 전화 걸 상대를 찾으면 뭐라고 말해야 하나?

"프랭크! 잘 지냈어? 그런데 자네는 이 셋 중에서 어떤 것이 가장 마음에 들어? 아름다운, 작은, 해변."

그래, 그 말도 정답이네.

그렇지만 침대에 누워서 산레모의 얇은 전화번호부를 한장 한장 넘기며 나열되어 있는 이름을 읽고 있는 중에, 자기가 분명히 산레모에 아는 사람이 있는 것 같은 생각이 들었다. 책 세일즈맨? 손드라의 많은 조카나 조카딸? 대학 때의 포커 친구? 학생들의 친척? 거기서 기억의 벨이 울린 것 같았지만 그 이상은 알아낼 수 없었다.

페이지를 계속 넘기고 있는 동안 졸리기 시작했다. 꾸벅꾸벅 조는 사이에 갑자기 옛 기억이 되살아났다. 벌떡 일어나 앉았다. 완전히 잠이 달아났다.

피터 경이다!

최근 PBS는 피터 윔지 시리즈를 재방송하고 있었다. 「목격자의 무리」, 「살인도 광고가 중요하다」, 「아홉 명의 재단사」 등. 에드와 손드라는 그 시리즈에 푹 빠졌다. 이안 카마이클이라는 배우가 윔지를 맡아서 연기하고 있었는데, 손드라는 그에게 매료당했다. 에드는 손드라가 너무 빠져서 카마이클과 피터 경이 전혀 닮지 않은 것에 분통을 터뜨렸다.

"손드라, 그의 얼굴 모습은 전혀 달라, 거기에다 틀니까지 하고, 장난하는 거야!"

"피이." 손드라는 긴 의자 위에 웅크리고 앉아서 시원하게 대답했다. "당신이 질투하고 있는 거예요. 그가 너무 잘 생겨서."

"아빠가 질투한데요, 아빠가 질투한데요."

어린 딸 노마가 오리가 그려진 잠옷을 입고 거실 안을 콩콩 뛰어다니면서 노래를 부르듯이 말했다.

"노마, 한 시간 전에 자야 된다고 말했잖니." 에드는 엄한 눈빛으로 딸을 바라보면서 말했다. "만약 계속 여기에 있으면 아빠는 네가 시간이 되었는데도 자기 침대에 없다는 것을 기억할 거야."

어린 노마는 순간적으로 부끄럽다는 표정을 지었다. 에드는 손드라를 돌아보았다.

"3, 4년 전에, 토드 보던이라는 학생이 있었는데 그 애 할아버지가 학부형 면담에 왔어. 그런데 그 노인이 정말로 웜지를 닮았더라고. 나이를 더 먹은 웜지였지만 얼굴의 형태와 말하는……"

"웜지, 웜지, 딤지, 짐지." 어린 노마는 노래를 했다. "딤지, 빔지, 두들, 우들, 우, 두……."

"쉿, 두 사람 다." 손드라가 말했다. "저 사람은 최고로 멋진 남자예요."

짜증나는 여자.

그러나 토드 보던의 할아버지가 산레모에 산다고 하지 않았던가? 그래. 조사표에 그렇게 쓰여 있었지. 토드는 그 나이의 학생들 중에서 가장 뛰어난 학생이었다. 그런데 느닷없이 성적이 끔찍하게 떨어졌어. 그래서 그 노인이 와서 흔히 있는 부부 불화에 대해 이야기하고, 에드에게 잠시 시간을 빌려서 혼자 해결해 보겠다고 부탁했다. 에드의 관점에서는 그런 방임주의가 좋은 효과를 거둔 적이 없었다. 10대 청소년기에 스스로의 힘으로 극복하든지, 싫으면 갈 데까지 가보라고 말하면 대개의 경우는 떨어질 데까지 성적이 떨어졌다. 그러나 그 노인은 기분 나쁠 정도로 설득력이 있었기 때문에(어쩌면 윔지와 닮았기 때문일지도 모른다.) 에드도 다음에 낙제 카드를 나눠 줄 때까지 유보하는데 동의했다. 그런데 정말 놀랍게도 토드는 그 난국을 헤치고 나갔던 것이다. 그 노인은 아마 가족을 불러서 호통을 쳤을 것이다. 그 노인은 호통을 치는 일뿐 아니라 다른 종류의 은밀한 일도 할 타입이었다. 게다가 바로 이틀 전에는 토드의 얼굴이 신문에 대문짝만 하게 났다. 남부 캘리포니아 지역 야구 올스타에 뽑혔다는 기사였다. 매년 봄 약 500명 정도의 소년들이 후보로 선정되는 것을 생각하면 대단한 일이었다. 만일 그 신문을 보지 않았다면 토드의 할아버지 이름까지는 생각해 내지 못했을 것이다.

에드는 아까보다는 좀 더 목적의식을 갖고 페이지를 넘기기 시작했다. 작은 활자로 인쇄된 글자들을 손으로 더듬으면서 가다 보니까 역시 거기에 이름이 나와 있었다. 보던 빅터, S 리즈 레인 403. 에드는 그 번호를 돌렸지만 아무리 신호음이 가도 상대방이 나오지 않았다. 에드가 끊으려고 하는 순간에 노인의 목소리가 들렸다.

"여보세요?"

"안녕하세요, 보던 씨. 에드 프렌치입니다. 산토 도나토 중학교의……."

"예?"

정중한 말투였지만 그뿐이었다. 생각이 나지 않는 모양이었다. 하기야 그로부터 3년이 지났고 (누구라도 그럴 거야.) 건망증도 생긴 모양이었다.

"저를 기억하지 못하시겠습니까?"

"우리가 어디서 만났더라?"

보던의 목소리는 매우 주의 깊었다. 에드는 미소를 지었다. 이 노인은 건망증이 있는데 그 사실을 다른 사람에게 알리고 싶지 않은 것이었다. 자기 아버지도 귀가 잘 들리지 않게 되었을 때 역시 그랬다.

"중학교에서, 손자인 토드의 카운슬링을 했던 사람입니다. 무엇보다 축하의 말을 전하고 싶어서. 고등학교에 진학해서 타의 추종을 불허하는 성적을 거두더니 이제는 올스타까지, 우와."

"토드!" 노인의 목소리가 바로 밝아졌다. "그래, 그래. 그 애는 대단해. 안 그래요? 학년에서 2등. 그런데 1등한 여자애는 대학을 가지 않고 취업을 한다면서요?"

노인의 목소리에는 경멸의 느낌이 담겨 있었다.

"내 아들이 전화해서 차를 보낼 테니 토드의 졸업식에 와 달라고 했는데. 나는 지금 휠체어에 앉아 지내고 있소. 요번 1월에 골절상을 입어서 말이오. 휠체어를 타고 가고 싶지는 않았는데 말이오. 하지만 손자 졸업식의 사진은 지금 현관에 보기 좋게 장식되어 있다오. 토드 덕분에 딕 부부는 어깨를 으쓱거리게 되었지. 물론 나도 그렇소만."

"그렇습니다. 우리 두 사람의 노력의 보답이지요."

에드는 그렇게 말하고 미소 지었지만, 그의 미소에는 조금 당혹감이 담겨 있었다. 어쩐지 말투가 전과는 다르게 느껴졌다. 물론 꽤 시간이 지났지만.

"노력? 노력이라니?"

"이전에 저하고 둘이서 한 상담에서 말입니다. 토드의 성적이 지독하게 떨어졌을 때, 기억 안 나십니까? 3년 전의 일인데요."

"잘 모르겠는데." 노인은 천천히 대답했다. "딕의 아들 때문에 내가 쓸데없이 나설 리가 없지. 괜히 나섰다가 큰…… 하하, 어떤 대소동이 날까, 당신은 상상도 못할 거요. 하여튼 당신의 착오인 것 같소."

"그렇지만……."

"어떤 착오일 거요. 다른 학생의 할아버지와 착각한 것 아니오?"

에드는 벼락을 맞은 듯한 기분이 되었다. 나와야 될 말이 입에서 나오지 않는 것은 드문 일이었다. 만약에 어떤 착오였다고 하더라도 그건 절대로 자신의 착오가 아니었다.

"여하튼." 보던은 애매한 말투로 말했다. "전화해 주어서 고맙소."

에드는 가까스로 말을 꺼냈다.

"보던 씨, 전 지금 이 마을에 머물고 있습니다. 카운슬링 대회가 있어서요. 내일 마지막 발표가 끝나면 아침 10시 정도가 됩니다. 가능하다면 그쪽으로……." 전화번호부의 주소를 다시 한 번 확인하고, "……리즈 레인까지 갈 테니까 2, 3분 정도라도 뵐 수 없겠습니까?"

"무슨 이유로 나를 보겠다는 겁니까?"

"단순한 호기심이라고 할 수 있습니다. 이미 상당한 시간이 흘렀습니다만, 3년 전 토드의 성적이 지독하게 떨어진 적이 있었습니다. 지나치게 많이 성적이 떨어졌기 때문에 성적표와 함께 부모님에게 면담을 하고 싶다는 편지를 보냈지요. 그런데 면담 자리에 나타나신 분은 토드의 할아버지였습니다. 빅터 보던이라고 이름을 밝힌 매우 호감이 가는 분이었습니다."

"하지만 지금 말한 것처럼······."

"예, 알겠습니다. 그럼에도 불구하고 저는 토드 보던의 할아버지라고 자신을 밝힌 사람과 이야기를 나누었습니다. 지금에 와서 별 문제는 아니지만 확인해 보고 싶은 마음이 들어서 말이죠. 시간을 오래 빼앗지 않겠습니다. 저도 저녁까지는 집으로 돌아간다고 말했기 때문에 그렇게 오랫동안 방해하지는 않겠습니다."

"지금 나에게 있는 것은 시간뿐이니까." 보던은 조금 슬픈 듯이 말했다. "나는 하루 종일 집에 있소. 언제라도 들르시오."

에드는 감사하다는 말을 하고 전화를 끊었다. 침대 끝에 앉아서 골똘히 전화기를 바라보았다. 잠시 후 일어나서 의자에 걸쳐져 있는 스포츠 코트에서 필리스 여송연 상자를 꺼내들었다. 이젠 가야 한다. 연구집회가 곧 시작될 거고 에드가 없으면 모두들 곤란할 테니. 에드는 홀리데이 인 성냥으로 궐련에 불을 붙이고 타버린 성냥을 홀리데이 인 재떨이에 버렸다. 그는 창가로 다가가서 앞마당을 내려다보았다.

지금에 와서 별로 대단한 일도 아니라고 보던에게 말했지만 자기에게는 매우 중요한 문제였다. 학생들에게 당하는 것에 익숙하지 않았고, 이 의외인 뉴스로 토드 보던에 대한 생각이 180도로 바뀌었다. 엄밀하게 말하면 노인 건망증의 결과일 가능성도 아직 남아 있지만 먼젓번 빅터 보던은 턱수염에 침을 질질 흘리는 듯한 말투를 쓰지 않았다. 제기랄, 목소리가 전혀 달랐다.

나는 토드 보던에게 당한 것일까?

우등생 441

그럴지도 모른다고 에드는 생각했다. 적어도 이론적으로는 생각할 수 있다. 토드같이 머리가 좋은 아이라면 얼마든지 가능한 일이다. 그 아이가 그렇게 하려고 마음을 먹는다면 에드 프렌치뿐 아니라 누구라도 간단하게 속일 수 있을 것이다. 성적이 곤두박질 쳤을 때의 낙제 카드에 아버지나 어머니의 서명을 위조했을지도 모른다. 낙제 카드를 받았을 때 많은 학생들이 자신의 숨겨진 위조의 재능을 발견해 낸다. 토드가 2학기와 3학기의 성적표에 잉크 지우개를 사용하여 부모에게 보이기 전에 성적을 고치고 학교에 사인을 받아 제출할 때는 원래대로 고쳤을 가능성도 있다. 잉크 지우개를 두 번 사용한 흔적은 잘 보면 눈에 띄게 마련이지만 담당 교사는 평균 60명의 학생을 담당하고 있다. 첫 시간 벨이 울리기 전에 출석부의 이름을 모두 부르면 그건 행운이었다. 따라서 반환된 성적표의 고친 흔적을 조사할 시간이 있을 리 없었다.

그리고 학년말 토드의 성적은 아마 평균에서 3점 정도밖에 떨어지지 않았을 것이다. 12학기 중에서 낙제점을 받은 학기는 둘뿐이다. 그 외의 다른 학기의 성적은 눈부시게 올랐기 때문에 충분히 메울 수 있었다. 게다가 어떤 부모가 일부러 학교에 와서 캘리포니아 주 교육당국이 보존하고 있는 학생의 기록을 보고 싶어 하겠는가? 특히 토드 보던 같은 우등생의 부모가.

평소 같으면 매끈매끈했을 에드 프렌치의 이마에 몇 줄의 주름이 생겼다. 지금에 와서 별 문제는 아니다. 그것은 틀림이 없는 사실이었다. 토드의 고교 성적은 모범적이었다. 눈속임으로 평균 4점을 따는 방법은 이 세계 어디에도 없다. 신문기사에 따르면 그 소년은 버클리에 진학한다고 했다. 부모들도 자부심이 대단할 것이라고 에드는 생각했다. 자부심을 느끼는 것은 당연한 일이다. 최근 에드는 미국인의 추악한 뒷면이 눈에 띄어 참을 수가 없었다. 편의주의와 적당주의와 안이한 마약, 쉬운 섹스가 횡행하고 있으며 매년 도덕이 무의미해지면서 전락의 언덕길을 내려가고 있다. 자기의 아이가 그런 것들을 바람직한 방법으로 헤치고 나갈 때 부모는 자부심을 느낄 권리가 있다.

지금에 와서 큰 문제가 아니야. 그렇지만 그 염병할 할아버지는 도대체 어떤 놈이야?

그 의문이 머릿속을 가득 채우고 떠나지 않았다. 도대체 누구란 말인가? 토드 보던이 영화배우조합 출장소에 가서 게시판에 이런 광고라도 붙였단 말인가. '나는 성적저하로 고민하고 있는 소년임. 노인을 구함. 연령 70~80세로 아카데미상 수준의 연기를 하실 수 있는 분. 보수는 조합지정 요금.' 그건 아니다. 도대체 어떤 인간이 그런 계획에 가담했단 말인가? 그리고 이유는 대체 무엇인가?

에드 프렌치, 고무장화 에드는 전혀 알 수 없었다. 지금 와서 그건 아무 문제가 아니야. 그쯤에서 에드는 담배를 끄고 연구 집회에 참석했다. 그러나 마음은 연구집회에 참석하지 않았다.

다음날 에드는 리즈 레인까지 차를 몰고 가 빅터 보던과 오랫동안 이야기를 나누었다. 두 사람은 포도를 화제로 삼거나, 잡화 소매업을 화제로 하거나 대형체인점이 얼마나 영세업자들을 압박하고 있는가에 대해 이야기했다. 남부 캘리포니아의 정치적 풍토에 대해서도 이야기했다. 보던 씨는 에드에게 와인을 권했다. 에드는 기쁜 마음으로 와인을 받았다. 비록 아침 10시 40분이었지만 와인이 필요했다. 이 빅터 보던은 기관총이 곤봉과 닮지 않은 것과 마찬가지로 피터 윔지와는 전혀 닮지 않았다. 빅터 보던은 에드가 기억하고 있는 희미한 사투리를 쓰지 않았고 게다가 상당히 뚱뚱했다. 토드의 할아버지라고 사칭한 사람은 너무 말랐는데.

작별하기 전에 에드는 이렇게 말했다.

"이 일은 보던 씨 부부에게 비밀로 해주십시오. 그것이 토드를 도와주는 일입니다. 그리고 이미 지나간 일이기도 하고요."

"때로는." 보던은 와인글라스를 태양빛에 비추고 그 풍부하고 어두운 색채를 감상하면서 말했다. "과거가 그렇게 완전히 잠들어 주지 않는 경우도 있더군. 그렇지 않으면 누가 역사를 공부하려고 하겠소?" 에드는 마음에도 없는 미소를 지으면서 침묵을 지켰다. "걱정할 필요 없소. 딕의 가정에 대해서는 아무런 말을 안 하기로 작정하고 있으니까. 게다가 토드는 좋은 아이고 차석 졸업생이니까. 그걸 보더라도 좋은 아이인 것은 틀림없소. 안 그렇습니까?"

"물론이고말고요."

에드 프렌치는 진심으로 그렇게 말하고 와인을 한 잔 더 부탁했다.

23

듀샌더의 잠자리는 불안했다. 그는 악몽의 늪에 빠져 있었다.

녀석들이 철책을 부수려 하고 있었다. 몇 만 명, 어쩌면 몇 백만 명. 정글 밖으로 뛰어나와 전류가 통하고 있는 철조망으로 몸을 던졌다. 철책이 무서우리만큼 안으로 기울어졌다. 가시가 달린 쇠줄 몇 가닥이 잘라져서, 연병장의 단단한 지면 위에 뱀처럼 똬리를 틀고 파란 불꽃을 발하고 있었다. 그리고 녀석들이 물밀듯이 밀려왔다. 끝이 없었다. 만약 총통이 이 문제에 대해 최종적 해결이 있다고 지금 생각하고 있다면(아니 한 번이라도 생각해 본 적이 있다면) 롬멜의 주장대로 총통은 미친 것이다. 녀석들은 몇 억, 몇 조나 되었다. 그들은 우주를 채우고 있고 그 모두가 나를 추적하고 있다.

"노인장. 일어나, 노인장. 듀샌더. 일어나."

처음 그는 그것을 꿈속에서 들려오는 목소리라고 생각했다.

독일어 목소리. 꿈의 일부가 틀림없다. 그래서 그 목소리가 이렇게 소름끼치는 거라고. 눈을 뜨면 그 목소리로부터 도망갈 수 있다고. 그는 수면을 향해서 헤엄치기 시작했다.

그 남자는 침대 옆에서 거꾸로 돌려놓은 의자에 앉아 있었다……. 현실에 존재하는 남자였다.

"노인장, 일어나."

그 남자는 되풀이해서 말했다. 나이는 아직 젊었다. 아마 서른이 채 안되었을 것이다. 흑갈색 쇠로 만든 안경 너머로 보이는 눈동자는 지적으로 느껴졌고 갈색 머리카락은 목덜미까지 내려왔다. 순간적으로 머리가 혼란해진 듀샌더는 그 소년이 변장한 것이라고 생각했다. 그렇지만 캘리포니아의 기후에는 맞지 않게 정장을 한 그 남자는 소년이 아니었다. 셔츠의 한쪽 소매에는 은색 단

추가 달려 있었다. 은. 옛날 흡혈귀나 이리 남자를 죽일 때 사용한 금속. 그것은 다윗의 별이었다.

"나에게 말을 하고 있는 건가?"

듀샌더는 독일어로 물었다.

"달리 사람이 없잖아. 옆 침대의 환자도 없고."

"하이젤? 그래, 그는 어제 퇴원을 했지."

"이제 잠에서 깼나?"

"물론, 그런데 자네는 나를 다른 사람과 착각하고 있는 것 같은데. 내 이름은 아서 덴커야. 병실을 잘못 찾은 것 아닌가?"

"내 이름은 바이스코프. 그리고 당신 이름은 쿠르트 듀샌더."

듀샌더는 입술을 핥고 싶었지만 그렇게 하지 않았다. 어쩌면 이건 그 꿈의 연장일지도 모른다. 새로운 단계, 그뿐일지도 모른다. 당장 거지를 데리고 오고 스테이크용 칼을 가져와. 다윗의 별. 그러면 너를 연기처럼 사라져 버리도록 해주지.

"듀샌더라는 사람은 모르겠는데." 그는 청년에게 말했다. "무슨 말인지 모르겠군. 간호사를 불러주게."

"아니, 알고 있어."

바이스코프는 조금 자세를 바꾸고 이마에 흘러내린 머리카락을 쓸어 올렸다. 그 평범한 행동이 듀샌더의 마지막 희망을 무너뜨렸다.

"하이젤."

바이스코프는 그렇게 말하며 빈 침대를 가리켰다.

"하이젤, 듀샌더, 바이스코프. 어떤 이름도 나에게는 의미가 없네만."

"하이젤은 자기 집에서 새로운 물받이에 못을 박다가 사다리에서 떨어졌어." 바이스코프가 말했다. "그는 등뼈가 부러졌지. 이제 두 번 다시 걷지 못할지도 몰라. 운이 나쁘지. 그러나 그것이 그의 유일한 비극은 아니었어. 옛날 그는 파틴에서 아내와 두 딸을 잃었지. 파틴 강제수용소. 당신이 그곳의 사령관이었고."

"자네, 미쳤군." 듀샌더가 말했다. "내 이름은 아서 덴커일세. 아내가 죽고 난 다음 이 나라에 왔고. 그 이전에 나는……."

"꾸며낸 이야기는 듣고 싶지 않아." 바이스코프는 한손을 올렸다. "그는 당신 얼굴을 잊지 않았지. 이 얼굴을."

바이스코프는 마술사 같은 손놀림으로 듀샌더의 얼굴 앞에 사진을 꺼냈다. 그것은 토드가 몇 년 전에 보여준 것과 같은 사진이었다. SS 모자를 삐딱하게 쓰고 책상 뒤에 앉아 있는 젊은 날의 듀샌더였다.

듀샌더는 영어로 바꾸어 발음에 신경을 쓰면서 천천히 지껄였다.

"전쟁 중에 나는 공장의 기계 기사였네. 나의 일은 장갑차나 트럭의 구동축과 동력부분의 제조를 감독하는 것이었단 말일세. 언젠가는 타이거 전차의 제조에도 협력한 일이 있긴 했지. 내가 속한 예비군 부대는 베를린 방위전투에 소집되었고 나는 짧은 기간이었지만 용감하게 싸웠네. 전쟁이 끝난 다음에는 에센의 자동차공장에서 일했는데, 마침내……."

"……마침내 당신은 남미로 도망가야만 했지. 유대인의 금니를 녹여 만든 금과 그들의 보석을 녹여 만든 은, 그리고 스위스 은행의 계좌와 함께 말이야. 하이젤 씨는 행복한 기분으로 퇴원을 했어. 그래, 어둠 속에서 눈을 뜨고 자기가 누구와 함께 나란히 누워 있는지를 알았을 때 오싹 공포를 느낀 모양이야. 그러나 지금은 만족해하고 있어. 하느님이 등뼈를 부러뜨리는 최고의 은총을 주신 덕분에, 동서고금을 통해 최고 대량살인귀의 한 사람을 잡는데 일조를 했다고 느끼고 있으니까."

듀샌더는 또다시 발음에 신경 쓰면서 천천히 말했다.

"전쟁 중에 나는 공장의 기계 기사로……"

"발버둥은 이제 그만치지? 당신의 신분증명서류를 본격적으로 조사하면 더 이상 버틸 수 없을걸. 우리 서로 잘 아는 사실일 거야. 이제 당신의 정체는 만천하에 드러날 거야."

"나의 일은 장갑차와 트럭의 구동축이나 동력부분의 제조를……"

"시체 제조라고 하시지! 어떤 방법으로든 해가 바뀌기 전에 당신을 텔아비브로 데리고 갈 거야, 듀샌더. 이번엔 미 당국도 우리에게 협력해 주기로 했어. 미국 정부가 우리에게 기쁨을 주었지. 당신의 신병인도가 그 기쁨이야."

"……감독하는 것이었네. 언젠가는 타이거전차의 제조에도 협력했지."

"왜 시간을 끌지? 왜 질질 끌고 있는 거야?"

"내가 속한 예비군 부대는……"

"그래, 알았어. 가까운 시일 안에 다시 한 번 오도록 하지."

바이스코프는 일어나 병실을 나갔다. 순간적으로 그의 그림자가 벽 위에서 상하로 흔들리면서 사라져갔다. 듀샌더는 눈을 감았다. 바이스코프가 미국 정부의 협력 운운한 것은 사실일까? 3년 전 미국에 석유 파동이 일어났을 때라면 그런 일을 믿지 않았겠지만, 그러나 최근의 이란 정변으로 미국은 이스라엘에 대한 지지를 강화하고 있을지도 모르는 일이었다. 있을 수 있는 일이다. 여러 가지 방법으로 바이스코프와 그의 동료들이 나를 끌고 가겠지. 나치에 관해서만큼은 녀석들은 타협이라는 것을 모르고, 강제수용소라는 문제에 대해서는 미친 사람과 매 한가지로 덤벼들고 있으니까.

듀샌더는 온몸이 떨리기 시작해서 멈춰지질 않았다. 그러나 이제 무엇을 해야 하는지는 분명히 알고 있었다.

24

산토 도나토 중학교를 졸업한 학생들의 기록은 도시의 북쪽에 있는 낡고 남루한 창고에 보관되어 있었다. 그곳은 폐쇄된 철도역에서 그리 멀리 떨어져 있지 않았다. 어둡고 울림이 많은 건물로 왁스와 연마제와 999 공업용 세제 냄새가 났다. 거기가 교육부의 보관창고였다.

에드 프렌치는 노마를 데리고 오후 4시쯤 그곳에 도착했다. 관리인은 두 사람을 안으로 들여보내 주었고, 에드가 찾고 있는 것은 4층에 있다는 대답과 함께 엘리베이터가 있는 장소를 가르쳐 주었다. 노마는 엘리베이터가 느리고 시끄러운 소리를 내자 공포를 느꼈는지 평소와 달리 입을 다물고 조용히 있었다. 그러나 4층에 올라가자 다시 원래의 성격으로 돌아가 쌓여 있는 상자나 서랍식의 파일 사이의 어두운 통로를 뛰어다니기 시작했다. 그 사이에 에드는 자기가 찾는 것을 뒤져 마침내 1976년 성적표를 묶어 놓은 상자를 찾았다. 두 번째의 서랍을 열고 B부분을 재빠르게 넘겼다. 보크, 보스트위크, 보스웰, 보던 토드. 그 카드를 꺼내어 어두운 조명 가운데서 짜증이 난다는 듯이 머리를 흔들고는 먼지로 뒤덮인 창가로 가지고 갔다.

"여기서 뛰면 안 돼, 노마."

그는 어깨 너머로 말을 걸었다.

"아빠, 왜?"

"잠자고 있던 식인종이 깨어나거든."

에드는 그렇게 말하고 토드의 성적표를 창에 갖다 대었다.

그것은 한눈에 알 수 있었다. 3년 동안 잠자고 있던 성적표는 거의 전문가 같은 솜씨로 고쳐져 있었다.

"어처구니가 없군."

에드워드 프렌치는 중얼거렸다.

"식인종이다, 식인종이다!"

노마는 기쁜 듯이 그렇게 외치면서 이쪽저쪽 통로를 마구 뛰어다니고 있었다.

25

듀샌더는 병원 복도를 슬슬 걸어 다녔다. 아직 발근처가 시큰거렸다. 병원의 하얀 환자복 위에 자기의 파란 실내복을 입고 있었다. 밤 8시가 지나 간호사의 교대가 이루어질 시간이었다. 지금부터 30분은 시끄러웠다. 듀샌더는 언제나 간호사 교대 시간이 소란스럽다는 것을 잘 알고 있었다. 지금의 간호사 대기실은 메모를 전해주거나, 가십과 커피 타임일 것이다. 그 방은 물을 마시는 곳에서 모서리를 조금 돌아간 곳에 있었다. 듀샌더의 눈이 머문 곳은 물 마시는 곳 바로 앞이었다. 넓은 복도에서 그를 주시하고 있는 사람은 아무도 없었다. 이 시간의 복도는 여객열차 출발 전에 기적소리가 들리는 긴 역의 플랫폼을 연상시킨다. 외상을 입은 보행환자가 열을 지어 천천히 왕래하고 있었다. 개중에는 듀샌더와 같은 가운을 입은 사람도 있고, 한 줄로 서서 앞에 있는 하얀 등을 따라가는 사람도 있었다. 6개의 병실에 있는 트랜지스터 라디오에서 단조로운 음악이 흘러나왔다. 병문안 손님이 오고 갔다. 어느 병실에서는 남자의 웃는 소리가, 다른 병실에서는 남자의 우는 소리가 복도까지 흘러나왔다. 한 명의 의사가 문고판 책을 열중해서 읽으며 스쳐 지나갔다.

듀샌더는 물 마시는 곳에 가까이 다가가 한 모금을 마신 후 한 손으로 입을 닦은 다음 복도의 맞은편을 바라보았다. 이 문은 항상 자물쇠가 채워져 있었다. 적어도 이론적으로는 그랬다. 그러나 자물쇠가 열려진 채로 방에 아무도 없는 경우가 있었다. 가장 확률이 높은 시간은 간호사들이 당직 교대로 도서리를 돌아간 방에 모이는 이 혼잡한 30분이었다. 듀샌더는 오랫동안 쫓겨다닌 남자의 단련된 눈으로 그 사실을 모두 파악했다. 가능하면 일주일 정도 더 그 방의 상태를 관찰해서 위험한 예외가 없는지를 조사해 보고 싶었다. 기회는 한 번밖에 없으니까. 그러나 일주일이나 기다릴 시간이 없었다. 입원하고 있는 사람이 추악한 인간 살인귀란 것이 2, 3일 내에 알려지지 않겠지만, 어쩌면 내일이라도 당장 알려질지 모르는 일이었다. 기다릴 용기가 없었다. 신분이 밝혀지면 끊임없이 감시를 받게 될 것이다.

듀샌더는 다시 한 모금 마시고 입을 닦고는 복도의 좌우를 살폈다. 그리고 나서 우물거리지 않고 자연스러운 듯한 발걸음으로 복도를 가로질러 가서 문의 손잡이를 돌려 약국 안으로 들어갔다.

만일 당직 간호사가 책상 뒤에 있으면, 근시인 덴커 씨인 척하면 된다. '아, 미안합니다. 화장실인 줄 알았어요.' 멍청한 표정으로.

그러나 약국에는 아무도 없었다. 듀샌더는 왼쪽 가장 높은 선반을 훑었다. 안약과 점이약밖에 없었다. 두 번째 선반에는 하제와 좌약. 세 번째 선반에서 수면제를 찾아냈다. 세코날과 베로날. 그는 세코날을 한 병 실내복의 주머니에 집어넣었다. 그리고 나서 문을 열고 복도로 나와 두리번거리지 않고 의아스러운 미소만 떠올렸다. 뭐야, 화장실인 줄 알았잖아. 저기야, 물 마시는 곳 바로 옆이야. 이 멍청한 놈아!

듀샌더는 '남자용'이라고 적힌 문을 밀고 들어가 손을 씻었다. 그리고 나서 복도를 되돌아서 자기의 병실로 왔다. 그 방은 공로자 하이젤이 퇴원한 이후 완전히 개인 병실이 되었다. 침대와 침대 사이의 탁자 위에는 유리컵과 물이 가득 든 플라스틱 주전자가 있었다. 버본이 없는 것이 매우 유감이었다. 정말이지 그것만은 여한으로 남을 것이다. 그러나 무엇을 사용해서 목으로 흘려넣든, 이 수면제는 나를 둥실둥실 실어서 저 세상으로 보내줄 것이다.

"모리스 하이젤 씨, 건배."

듀샌더는 희미하게 웃음을 짓고는 유리컵에 물을 따랐다. 긴 세월 동안 그림자를 보고 두려움에 떨거나, 공원이나 레스토랑, 버스 터미널에서 비슷한 얼굴을 만날 때마다 흠칫 놀라다가 결국 전혀 알지도 못하는 남자에게 발견되어 밀고당한 것은 정말 아이러니였다. 그 하이젤이라는 남자에게는 특별히 주의를 기울인 적도 없었다. 하이젤과 신이 부여한 등뼈의 골절. 잘 생각해 보면 아이러니 정도가 아니라, 정말로 엄청난 아이러니다.

듀샌더는 세 알을 입에 넣고 물을 마시고, 다시 세 알을 먹고, 다시 세 알을 먹었다. 복도 건너편의 병실에서는 두 사람의 노인이 침실 가운데 있는 탁자 위에 몸을 기대고 불평 많은 카드놀이를 하고 있었다. 그 중 한 사람은 탈장으로 입원했고, 다른 한 사람은 뭐였더라? 담석? 신장결석? 종양? 전립선염증? 노령의 공포. 병명은 엄청나게 많으니까.

듀샌더는 유리컵에 물을 채웠지만 더 이상 수면제를 먹지는 않았다. 양이 너무 많으면 목적을 달성하지 못할 가능성이 있었다. 구토라도 하기 시작하면 결국 위가 빌 때까지 세척을 당해 죽지도 못하고 미국 정부와 이스라엘 정부가 하자는 대로 따라야 하는 치욕을 받게 될 것이었다. 가정주부나 빽빽 울어대는 연약한 남자처럼 어설프게 자살할 생각은 조금도 없었다. 졸음이 밀려오면 다시 몇 알을 먹으면 그걸로 그만인 것이다.

카드놀이를 하고 있는 노인들의 떨리는 목소리가 날카롭고 자랑스러운 듯이 들려왔다.

"······세 장의 런 더블로 8점, 15 두 장으로 12점, 거기에 같은 잭으로 13점. 어때, 어떻게 생각해?"

"걱정하지 마." 탈장으로 입원한 쪽이 자신있는 목소리로 대답했다. "첫 번째는 이거야. 역전승을 해 주지."

역전승이라고, 슬슬 졸리기 시작한 머리로 듀샌더는 생각했다. 실로 정확한 표현이다. 미국인은 관용구를 만들어내는 재능이 있어. '양철조각만큼도 신경 안 써', '납득이 가지 않으면 나가지 마.' '햇볕이 잘 드는 곳으로 뛰어들어라.' '돈이 지껄이기 시작하면 아무도 돌아가지 않는다.' ……멋있는 관용구.

녀석들은 나를 붙잡았다고 생각하고 있지만, 나는 그들의 눈앞에서 '역전승'을 거두겠어.

듀샌더는 어리석은 짓이지만 소년에게 유서를 남기고 싶었다. 세심한 주의를 하도록 가르쳐주고 싶었다. 결국 한쪽 발을 헛디뎌버린 노인이 하는 말에 귀 기울이라고. 최후의 순간에 내가, 이 듀샌더가 그 소년을 결코 좋아하지는 않았지만 존경하게 된 것, 그리고 그와 이야기하는 것이 스스로 다 하지 못한 망상에 귀를 기울이는 것보다 더 나았다는 것을 전해주고 싶었다. 유서를 남기면 그 내용이 아무리 무해한 것이라 해도 그 소년에게는 의혹을 던져주는 일이 될 것이다. 듀샌더는 그것을 바라지 않았다. 그래, 그 소년은 불안한 한두 달을 보내게 되겠지. 언제 어디서 정부의 수사관이 나타나 아서 덴커, 쿠르트 듀샌더의 금고 안에서 발견된 유언장에 대해서 심문을 당하게 될지. 그러나 그 소년도 언젠가는 내가 진실을 말했다는 것을 믿을 수 있을 것이다. 내가 제정신을 잃지 않는 한 그 소년을 끌어들일 필요는 없다.

듀샌더는 몇 킬로 정도로 생각되는 탁자 위에 손을 뻗어 유리컵을 들고 다시 세 알을 먹었다. 유리컵을 제자리에 놓고 눈을 감은 다음 부드러운 베개에 머리를 깊숙이 묻었다. 이 정도로 강렬하게 졸음이 밀려온 적은 평생 없었다. 이번의 졸음은 매우 길 것이다. 그리고 아마도 편안하겠지.

그 악몽만 없다면.

악몽을 떠올린 것은 자기가 생각해도 충격이었다. *악몽? 아아 신이여. 그것만은 피하게 해 주십시오. 악몽만은. 악몽이 영원히 계속되고 눈을 뜰 수 있는 가능성이 전혀 없다고 한다면······.* 듀 샌더는 갑자기 공포를 느끼며 필사적으로 눈을 뜨려고 했다. 굶주린 수많은 손이 침대 안에서 일제히 기어 나와 자기를 붙잡으려 했다.

싫어!

그의 사고는 점차로 가팔라지는 어둠 속으로 미끄러져 갔으며, 듀샌더는 기름을 바른 미끄럼틀을 타고 있는 듯이 아래로 끊임없이 떨어져갔다. 어떤 악몽이 기다리고 있을지 모를 밑바닥을 향해서.

듀샌더의 수면제 과다 섭취는 오전 1시 35분에 발견되어 그 15분 후에 사망이 확인되었다. 아직 젊은 당직 간호사는 평소에 듀샌더의 조금은 냉소적인 고상함에 매력을 느끼고 있었다. 그녀는 듀샌더의 죽음을 보며 울음을 터뜨렸다. 가톨릭 신자였던 간호사는 듀샌더의 죽음을 전혀 이해할 수 없었다. 왜 자살 같은 짓을 해서 불멸의 영혼을 지옥으로 떨어뜨렸는지.

26

 보던 가족은 언제나 토요일 아침이면 9시가 되기 전까지 아무도 일어나지 않았다. 그날 아침 9시 30분 토드와 아버지는 아침 식탁에서 활자를 쫓고 있었고, 아침잠이 많은 모니카는 아직까지 몽롱한 상태로 한마디도 하지 않은 채 달걀요리와 주스와 커피를 식탁에 늘어놓았다.
 토드는 SF 문고판을 읽고 있었고, 딕은 《건축 다이제스트》에 몰두하고 있었는데, 그때 현관에 신문이 배달되는 소리가 들렸다.
 "내가 가지고 올까요?"
 "내가 간다."
 딕은 조간을 집어 들고 커피를 한 모금 홀짝거리면서 1면에 눈을 주었을 때 목이 꽉 막혔다.
 "딕, 왜 그래요?"
 모니카가 서둘러서 뛰어왔다.
 딕이 기침을 하면서 커피를 뱉어내는 것을 토드는 책 너머로 이상하다는 듯이 바라보았고, 모니카는 남편의 등을 쓸어주었다. 그녀의 눈도 신문에 대서특필된 것을 보고는 등을 쓸던 동작을 그만두고 마치 조각처럼 서 있었다. 모니카의 눈은 동그래졌고 지금이라도 식탁 위로 쓰러질 것 같았다.
 "이런 어처구니없는 일이!"
 딕 보던은 목이 멘 듯한 목소리로 겨우 말을 했다.
 "그것은 그…… 정말……" 모니카는 말을 하려다가 얼른 입을 다물었다. 그리고 토드를 바라보고 말했다. "오오, 내 아들아."

이상하게 여긴 토드는 가만히 있을 수 없어서 식탁으로 다가갔다.

"왜 그래요?"

"덴커 씨가……."

딕이 말했다……. 그렇게 말하는 것이 한계였다.

토드는 신문을 보고 한눈에 모든 것을 이해했다. 새까만 문자가 이렇게 나열되어 있었다.

도망 중인 나치 전범, 산토 도나토 병원에서 자살.

그 아래에는 두 장의 사진이 옆으로 나란히 있었다. 두 장 모두 토드가 본 적이 있는 사진이었다. 하나는 6년 전에 찍은 아서 덴커의 사진이었다. 우연히 히피 거리의 사진사가 사진을 찍었고 아서 덴커는 다른 사람의 손에 넘어가지 않도록 조심스럽게 돈을 지불하고 그 사진을 사들였다. 다른 한 장의 사진은 쿠르트 듀샌더라는 이름을 가진 SS 장교가 모자를 삐딱하게 쓰고 파틴의 수용소 소장실 책상에 앉아 있는 모습이었다.

그 기사를 재빨리 읽어 내려가면서 토드의 머리는 미칠 듯이 빠르게 회전했다. 거지에 대해서는 어디에도 나와 있지 않았다. 그러나 언젠가 거지의 시체가 발견될 것이다. 그 발견은 세계적인 뉴스가 될 것이다.

파틴 사령관의 팔은 건재했다. 나치가 숨어 있던 집, 그 지하실의 공포. 살인을 멈추지 않은 남자.

토드 보던의 몸이 비틀거렸다. 어머니의 절규하는 소리가 어딘가 멀리서 날카롭게 울려 퍼졌다.

"딕, 그 애를 잡아요! 기절했어요!"

우등생 457

기절, 기절, 기절.

그 말이 몇 번이고 반복되었다. 아버지의 팔에 안긴 것까지는 희미하게 기억나지만 그 이후 잠시 동안은 아무것도 느끼지 못했고 아무것도 듣지 못했다.

27

에드 프렌치는 데니슈를 먹으면서 신문을 펼쳐들었다. 그는 격렬하게 기침을 하며 질식할 것 같은 목소리와 함께 형태가 없어진 데니슈를 식탁 위에 질펀하게 토해냈다.

"에디!" 손드라 프렌치가 놀란 목소리로 말을 걸었다. "괜찮아요?"

"아빠가 토했다, 아빠가 토했다."

어린 노마가 재미있다는 듯이 떠들어대면서 엄마와 함께 즐겁게 아빠의 등을 두들겼다. 그러나 에드는 노마의 토닥거리는 안마를 거의 느끼지 못했다. 아직 눈을 동그랗게 뜨고 신문을 노려보고 있었다.

"에디, 왜 그래요?"

손드라가 물었다.

"이 사람이야! 이 사람이야!"

에드는 외치면서 손가락으로 신문을 가리켰는데, 손가락에 힘을 너무 많이 넣어서 손톱으로 신문을 찢고 말았다.

"이 남자야! 피터 윔지!"

"도대체 뭐라는 거야?"
"토드 보던의 할아버지는 바로 이놈이라고!"
"네? 그 나치 전범이? 에드, 그런 바보 같은 말이 어디 있어요!"
"그렇지만 틀림없어." 에드는 신음소리를 냈다. "젠장, 도대체 어떻게 된 거야? 여하튼 그 남자야!"
손드라 프렌치는 그 사진을 뚫어지게 쳐다보았다.
"피터 웜지와는 전혀 닮지 않았어요."
그녀가 마지막 판결을 내렸다.

28

토드는 창유리처럼 파란 얼굴로 부모님과 함께 긴 의자에 앉아 있었다.
맞은편에 앉아 있는 사람은 리칠러라고 하는 백발이 희끗하고 허리가 잘록한 경찰이었다. 토드는 아버지가 경찰에 연락한다는 것을 만류하고 스스로 전화를 걸었다. 14살 변성기 때처럼 갈라지는 목소리를 쥐어짜서.
지금 토드는 설명을 마쳤다. 그다지 길지는 않았다. 모니카는 토드의 기계적이고 빛깔이 없는 목소리를 들으며 까무러칠 정도로 겁을 냈다. 분명히 토드는 17살이었지만 아직 여러 가지 면에서 어린애였다. 이 사건은 아이에게 평생 잊을 수 없는 상처가 될 것이다.

"내가 그 사람에게 읽어 준 것은…… 에…… 그러니까, 뭐였더라. 『톰 존스』와 『플로스 강변의 물방앗간』이었어요. 그 책은 정말 지겨웠기 때문에 마지막까지 읽고 싶은 생각이 들지 않았어요. 그리고 너새니얼 호손의 단편……. 그 사람이 『큰바위 얼굴』과 『젊은 굿맨 브라운』을 재미있어 했던 것이 기억나요. 『피크위크 페이퍼스』는 훑어보았는데 그 사람이 좋아하지 않는다고 말했어요. 디킨스는 진지해야 할 때 해학이 있을 뿐이고, 『피크위크 페이퍼스』는 멋을 부린 것에 지나지 않는다고 말했어요. 멋을 부리고 있다, 그렇게 말했어요. 제일 재미있었던 것은 『톰 존스』였는데, 둘 다 그 책을 좋아했어요."

"그런데, 그것이 3년 전의 일이라고?"

리칠러는 질문했다.

"네. 한가한 시간이 생기면 그 사람 집에 가곤 했는데 고등학교에 들어가서는 도시 맞은편까지 버스를 타고 통학하게 되었고…… 게다가 친구들과 야구팀을 만들거나…… 숙제도 많고…… 아시죠……? 여러 가지 해야 할 일이 많다는 거."

"그전만큼 한가한 시간이 나지 않았다는 말이니?"

"네. 고등학교의 공부는 전보다 훨씬 많아지기도 하고 어려워서…… 대학에 갈 수 있도록 성적을 올리지 않으면……."

"토드는 공부를 잘하는 아이에요." 모니카가 거의 기계적인 목소리로 끼어들었다. "2등으로 졸업했어요. 우린 토드가 자랑스러워요."

"그렇겠죠." 리칠러는 부드러운 웃음을 띠었다. "내 아들들도 좀 떨어지는 페어뷰 고등학교에 다니고 있는데, 둘 다 스포츠클럽에 가입할 수 있는 최저 기준 성적에 빠듯합니다." 리칠러는 다시 토드에게 질문을 던졌다. "그렇다면 고등학교에 들어가서는 책을 읽어 주는 일은 그만 두었니?"

"예. 가끔, 신문은 읽어 주었어요. 내가 가면 1면에 어떤 기사가 실려 있는지 물었어요. 워터게이트 사건에 관심이 많은 것처럼 보였어요. 그리고 언제나 주식 시세를 알고 있어 했어요. 그런데 그 면은 염병할 활자가 너무 작아서……. 아, 미안해요, 엄마." 모니카는 아들의 손을 쓰다듬었다. "왜 주식 시세를 알고 싶어 했는지는 모르지만 언제나 알고 싶어 했어요."

"그가 주식을 조금 가지고 있었더구나." 리칠러가 말했다. "그걸로 생활을 영위했던 거지. 그 이외에도 다섯 벌의 다른 신분증이 그 집에 숨겨져 있었지. 아주 빈틈없는 사람이야."

"그 주식을 은행 금고에 맡겨 두었나요?"

토드가 물었다.

"뭐라고?"

"주식 말이에요."

토드가 다시 묻자 역시 의아한 표정을 지은 아버지가 리칠러에게 고개를 끄덕여 보였다.

"남겨진 얼마 안 되는 주식은 그의 침대 밑 작은 트렁크에서 찾아냈단다." 리칠러는 말했다. "신문에 난 그 덴커인 척하고 찍은 사진과 함께 있었지. 혹시 그가 금고를 가지고 있었니? 아니면 그런 것이 있다고 말한 적이 있니?"

토드는 잠시 생각한 다음 고개를 옆으로 저었다.

"아니에요. 다른 사람들은 주식 같은 것을 금고에 넣어두는 경우가 많이 있잖아요? 그래서 생각해 본 거예요. 이…… 이 사건으로…… 뭐라고 할까…… 머리가 어떻게 된 것 같아요."

토드는 멍한 모양으로 머리를 흔들었는데 몸짓이나 표정이 정말 그래 보였다. 실제로도 머리가 멍했다. 그렇지만 조금씩 자기 보존본능이 머리를 쳐드는 것이 느껴졌다. 점차로 신경이 예민해지고 자신감이 꿈틀거렸다. 만약 듀샌더가 정말로 금고를 계약해서 자기를 지키기 위해 유언장을 넣어 두었다면 남아 있는 주식도 금고 안에 넣어 두지 않았을까? 그리고 그 사진도?

"우리들은 이 사건에 대해 이스라엘에 협력하고 있습니다." 리칠러가 말했다. "매우 은밀하게 진행 중입니다. 만일 매스컴 패거리들과 만나게 되시더라도 그 부분에 대해서는 비밀을 지켜주시면 고맙겠습니다. 이스라엘측은 프로들입니다." 그리고 그는 토드를 향해 다시 말했다. "바이스코프라는 남자가 내일 너를 만나보고 싶어 하던데. 물론 사정이 허락한다면 말이지만."

"나는 괜찮아요."

토드는 그렇게 말했지만, 듀샌더의 반평생을 집념 있게 추적해 온 사냥개들과 만나는 일에 본능적인 공포를 느꼈다. 듀샌더도 그들에게 충분히 경의를 표했고, 토드도 그것을 마음에 새겨두는 것이 자기를 위해 좋은 일이었다.

"보던 씨는 어떻습니까? 토드가 바이스코프를 만나는 것에 대해 다른 의견이 없으십니까?"

"토드가 괜찮다고 한다면." 딕 보던이 대답했다. "그렇지만 나도 참석하고 싶은데요. 책 같은 것을 보면 모사드 사람들은……"

"바이스코프는 모사드가 아닙니다. 이스라엘의 특별조사원입”

니다. 사실, 그는 이디시 문학과 영문법 선생입니다. 게다가 소설도 두 권 썼습니다."

리칠러는 미소를 지었다. 딕이 한손을 올리고 말했다.

"그가 어떤 인물이건 토드를 집요하게 괴롭히는 짓을 방관할 수 없습니다. 책에서 보니까 그 사람들은 프로의식이 강한 것 같더군요. 아마 그 사람은 괜찮겠죠. 그러나 당신도 그 바이스코프도, 토드가 그 노인을 선의로 도와주려고 했다는 것을 알아주었으면 좋겠습니다. 그 노인이 정체를 숨기고 있었기 때문에 토드는 알지 못했던 것입니다."

"괜찮아요, 아빠."

토드는 슬픈 미소를 떠올렸다.

"토드야, 나는 네가 할 수 있는 한 우리에게 협력해 주면 좋겠다." 리칠러는 딕을 향해 돌아앉았다. "보던 씨, 걱정하지 않으셔도 됩니다. 그러나 곧 아시게 되겠지만 바이스코프는 느낌이 좋은 부드러운 남자입니다. 에…… 그리고, 저의 질문은 마쳤습니다만, 이스라엘 사람들이 관심을 가지고 있는 부분을 알려드리자면……. 듀샌더가 심장발작을 일으켜 병원에 갔을 때 토드가 함께……."

"집에 와서 편지를 읽어달라는 부탁을 받았어요."

토드가 말했다.

"알고 있다." 리칠러가 무릎 위로 팔꿈치를 대고 상체를 내밀었기 때문에 넥타이가 빠져나와 바닥과 수직을 이루었다. "이스라엘 사람들은 그 편지에 대해 알고 싶어 합니다. 듀샌더는 거물이었지만 호수에 숨어 있는 마지막 물고기는 아닙니다. 샘 바이스코프는 그렇게 말했고 나도 그렇게 믿고 있습니다. '듀샌더가 다른 많은 물고기를 알고 있는 것이 아닐까?'하는 의심이 듭니다. 살아남은 대부분은 분명히 남미에 있을 것이고, 그 외에도 십여 개 국가에 숨어 있는 듯합니다. 미국을 포함해서죠. 알고 계시는지요, 브헨발트 수용소의 부사령관이었던 사람이 텔아비브의 호텔 로비에서 붙잡힌 것 말입니다."

"정말이에요?"

모니카가 눈을 동그랗게 떴다.

"사실입니다." 리칠러는 고개를 끄덕였다. "2년 전이었죠. 그러니까 요점을 말하면 듀샌더가 토드에게 읽어달라고 했던 그 편지라는 것이 그런 물고기들로부터 온 것일지도 모른다는 것이죠. 그들이 옳든 그르든, 둘 중의 하나겠지만, 아무튼 진실을 알고 싶어합니다."

그날 이후 듀샌더의 집으로 가서 그 편지를 태운 토드는 이렇게 대답했다.

"리칠러 씨, 가능하면 당신의, 아니면 바이스코프 씨의 도움이 되고 싶습니다만, 그 편지는 독일어로 쓰여 있었어요. 굉장히 읽기 어려워서 내가 바보가 된 듯한 느낌이 들었어요. 덴커 씨는…… 듀샌더는…… 점차로 흥분해서 잘 알지도 못하는 단어의 스펠을 불러 달라고 말했습니다. 내 발음이 나빴지만 그래도 대강의 의미는 안 것 같았습니다. 지금도 기억하고 있는데요, 도중에 한 번 웃음을 터뜨리고는 이렇게 말했어요. '그럴 테지, 그래, 그래야 되지.' 그리고 나서 독일어로 뭐라고 말했어요. 그게 심장 발작을 일으키기 2, 3분 전의 일이었어요. 둠코프라든가. 독일어로 멍청이라고 생각되는데."

토드는 자신 없는 표정으로 리칠러를 보았지만 마음속으로 자기의 거짓말에 대해 만족감을 느꼈다.

리칠러는 몇 번이고 고개를 끄덕였다.

"그래, 그 편지가 독일어였다는 것은 알고 있어. 병원의 의사도 너에게서 설명을 들었다고 그 사실을 뒷받침해 주었지. 그런데 그 편지 말인데, 토드…… 그 편지가 어떻게 되었는지 기억하고 있니?"

토드는 이렇게 생각했다. 드디어 왔구나. 이제부터가 고비야.

"구급차가 왔을 때 아직 탁자 위에 있었다고 생각되는데요. 그러고 나서 모두 밖으로 나갔어요. 법정에서 증언할 수 있는 자신은 없지만……."

"나도 탁자 위에 편지가 있었다고 생각되는데." 딕이 말했다. "손에 쥐고 흘낏 본 기억이 있습니다. 국제용 편지지 같았는데, 그게 독일어였는지는 잘 보지 않아 모르겠습니다."

"그렇다면 아직 거기에 있어야 되는데." 리칠러가 말했다. "그게 좀 이상합니다."

"없다고요." 딕이 물었다. "없었던 말입니까?"

"없었습니다, 없어요."

"어쩌면 누군가 자물쇠를 열고 안으로 들어갔을지도 모르잖아요?"

모니카가 끼어들었다.

"자물쇠를 열 필요가 없습니다." 리칠러는 말했다. "구급차가 와서 듀샌더를 운반하는데 정신이 팔려서 그 집을 열어둔 채로 방치해 두었던 것입니다. 듀샌더도 누군가에게 문단속을 부탁하는 것을 잊어버린 모양이죠. 그가 죽었을 때 현관의 열쇠가 그의 바지 주머니에 들어 있었습니다. 그러니까 그 집은 구급차의 대원이 들것을 들고 그를 싣고 간 다음부터 우리가 오늘 새벽 2시 30분에 출입 통제를 하기 전까지 자물쇠가 채워져 있지 않았습니다."

"그럼, 어쩔 수 없군요."

딕이 말했다.

"그렇지 않아요." 토드가 말했다. "리칠러 씨가 왜 고민을 하고 있는지 알 수 있을 것 같아요."

나는 잘 알고 있어. 모를 리가 없어. 그걸 모른다면 내가 바보게.

"보통 도둑이라면 왜 편지만 훔쳐가겠어요? 그것도 독일어로 적힌 편지를? 논리가 맞지 않아요. 덴커 씨는 누가 훔쳐갈 만한 물건을 갖고 있지도 않지만 이왕 들어갔다면 좀 더 돈이 되는 물건을 갖고 갈 거라고요."

"그래, 네가 말한 그대로다." 리칠러가 칭찬했다. "대단한데."

"토드는 나중에 어른이 되면 탐정이 되려고 생각한 적이 있어요."

모니카는 그렇게 말하고 토드의 머리카락을 조금 쓰다듬었다. 모니카는 토드가 탐정이 되겠다고 결심한 것에 대해 내심 걱정하였으나 오늘은 그런 것에 신경 쓰지 않는 눈치였다. 모니카는 파랗게 질린 아들의 얼굴을 안쓰러워 볼 수가 없었다.

"요즘은 희망을 역사로 바꾸었지만."

"역사는 좋은 공부죠." 리칠러가 말했다. "역사탐정이 될 수도 있지. 너, 조세핀 티의 소설을 읽은 적이 있니?"

"아니오."

"하기는 우리 집 애들도 올해 엔젤스에서 우승하는 것보다 더 큰 야심을 가지면 좋을 텐데."

토드는 쓸쓸한 미소를 떠올리고는 아무 말도 하지 않았다.

리칠러가 다시 진지한 말투로 되돌아 왔다.

"우리가 생각하고 있는 가설을 이야기해 보겠습니다. 우리들의 생각은 이렇습니다. 누군가가…… 아마 산토 도나토에 사는 누군가가 듀샌더의 정체를 알고 있었다는 것이죠."

"정말로요?"

딕이 물었다.

"그렇습니다. 누군가가 진상을 알고 있었고, 그는 어쩌면 도망 중인 나치의 잔당일지도 모르죠. 로버트 러들럼(『본 아이덴티티』 등 정치 스릴러 소설로 잘 알려진 작가 — 옮긴이)의 소설에도 가끔 나옵니다만 대체 누가 이런 조용한 교외주택지어, 비록 한 명이라 하더라도 나치가 살고 있는지를 상상하겠습니까? 듀샌더가 병원으로 실려 간 사이에 그 미스터 X가 서둘러 그 집에 잠입해서 실마리가 될 만한 그 편지를 훔치지 않았을까요? 지금쯤 태운 재가 하수도를 통해서 빠져나가고 있겠죠."

"논리적으로는 그럴 듯하지만 진실에는 가깝지 않은 것 같은데요."

토드가 말했다.

"왜지? 토드."

"왜라뇨, 만일 덴…… 듀샌더가 강제수용소 시절의 동료가, 아니면 나치 친구가 있다고 하면 왜 나를 일부러 불러서 그 편지를 읽게 했을까요? 그러니까 발음도 안 좋아서 잘 알아듣지도 못하면서…… 적어도 나치 친구라면 독일어를 잘 읽을 수 있을 것 아니에요?"

"정곡을 찔렸구먼. 단, 그 친구가 휠체어에 앉아 있을지도 모르고 눈이 보이지 않을지도 모르지. 어쩌면 밖으로 나가서 사람들을 만나는 것을 두려워하고 있는지도 몰라."

"눈이 보이지 않거나, 휠체어에 앉아 있다면 다른 사람 집에 들어가 편지를 훔치는 것은 상당히 어려운 일 아닌가요?"

토드의 말에 리칠러가 감탄한 표정을 지었다.

"분명히 그렇지. 그러나 눈이 보이지 않는 인간도 편지를 훔치는 일은 할 수 있단다. 비록 읽을 수는 없다 하더라도. 아니면 누군가를 고용해서 훔칠 수도 있고."

토드는 잠시 생각하며 고개를 끄덕였다. 그러나 그것과 동시에 어깨를 으쓱하고는 자기가 그 가설을 수긍하지 않는다는 것을 분명히 했다. 리칠러는 로버트 러들럼을 너무 많이 읽어서 황당무계한 서커스의 세계로 빠져든 것 같았다. 그렇지만 그 가설이 터무니없다고 해도 자신이 상관할 바는 아니었다. 안 그런가? 문제가 되는 것은 리칠러가 다시 냄새 맡으며 돌아다니는 것이다. 게다가 그 유대인 바이스코프도 함께 수사를 하고 있다는 점이 마음에 걸렸다. 그 편지, 그 짜증나는 편지! 멍청한 듀샌더의 대책 없는 생각! 느닷없이 토드는 케이스에 넣은 채로 차갑고 어두운 차고 선반 위에 올려놓은 윈체스터가 생각났다. 서둘러 자기의 마음을 그 총으로부터 떼어놓으려 했다. 양손의 손바닥이 축축하게 젖었다.

"듀샌더에게 친구가 있었니? 물론 네가 아는 범위 내에서지만."
리칠러가 물었다.
"친구요? 없었어요. 전에는 청소하는 아주머니가 왔었지만, 그 아주머니가 이사하고 나서는 다른 사람을 구하지 않았어요. 여름에는 집 근처의 아이를 시켜서 잔디를 깎게 했는데, 올해는 그것도 하지 않은 것 같던데요. 풀이 많이 자라 있죠?"
"그래. 이웃에게 물어보았는데 아무도 깎지 않았다. 듀샌더의 집에 전화가 걸려 온 적이 있니?"
"예."
토드는 대수롭지 않게 말했다. 빛이 조금 보이기 시작했어, 이것은 비교적 안전한 탈출구일지도 몰라. 사실 토드가 그 집에 드나든 이후 5, 6번밖에 벨이 울리지 않았다. 세일즈맨, 아침식사용 앙케트, 나머지는 잘못 걸린 전화. 듀샌더가 전화를 설치한 것은 갑자기 병이 생겼을 때를 대비해서였다. 그리고 결국 그렇게 되었다. 그 자식의 영혼이 지옥에서 썩고 있을 것이다.
"전에는 일주일에 한두 번 전화가 걸려 왔어요."
"그때 듀샌더는 독일어로 말했니?"
리칠러가 열띤 목소리로 물었다. 흥분하고 있는 것 같았다.
"아니오."
토드는 갑자기 주의 깊어졌다. 리칠러의 흥분에 말려들지 않았다. 어쩐지 상태가 이상해, 뭔가 위험한 것이 있어. 그런 확신을 가진 순간 토드는 불안이 밀려오는 것을 느끼며 필사적으로 자기를 지키기 위해 노력했다.
"그다지 오래 이야기하지 않았어요. 두 번 정도 이런 말을 하는 것을 들었어요. '언제나 책을 읽어 주는 아이가 와 있어, 나중에 내가 다시 걸게.'"

"그래, 그 녀석이야!" 리칠러는 손바닥으로 자기의 허벅지를 강하게 쳤다. "두 주일분의 급료를 걸어도 좋아. 틀림없이 그놈이야!"

리칠러는 수첩을 접고 (토드가 본 것에 의하면 지금까지 그가 적고 있었던 것은 낙서였다.) 벌떡 일어났다.

"여러분, 바쁘신 중에 시간을 내주셔서 감사합니다. 특히 네 도움이 컸다. 이 사건이 네게는 끔찍한 충격이었으리라고 생각하지만, 곧 마무리가 될 거야. 우리는 오늘 오후에 그 집을 철저하게 조사해 볼 생각이다. 지하실에서 지붕까지, 그리고 다시 지하실까지. 특별수사반도 총출동하지. 듀샌더의 전화 상대를 잘 추적해 보면 뭔가 실마리가 잡힐지도 모르지."

"그렇다면 좋겠죠."

토드가 대답했다.

리칠러는 모두에게 악수하고 돌아갔다. 딕이 토드에게 점심 때까지 마당에서 배드민턴이라도 하지 않겠냐고 물었다. 토드는 배드민턴도 하기 싫고 점심도 먹고 싶지 않다고 대답하고 어깨를 축 늘어뜨리고 고개를 숙인 채 2층으로 올라갔다. 부모들은 연민과 걱정이 듬뿍 담긴 시선을 나누었다. 토드는 침대에 누워서 천장을 바라보며 윈체스터에 대해서 생각했다. 마음의 눈에는 그 총이 또렷하게 보였다. 토드는 파란빛이 도는 강철 총구를 유대인 베티 트래스크의 매끈한 성기에 쑤셔 넣는 장면을 상상했다……. 거기에 그녀가 바라고 있는 것, 절대로 힘을 잃지 않는 페니스를.

기분이 좋겠지, 베티? 토드는 자기가 그렇게 물어보고 있는 목소리를 들었다. *만족하면 만족했다고 말해, 알았어?* 토드는 그녀의 비명을 상상했다. 그제야 무섭고 차가운 미소가 토드의 얼굴에 떠올랐다. *아니면 그렇다고만 말해도 돼, 이 모든 것을. 알았어? 알았어? 알았어……?*

"그런데, 당신의 느낌은?"
바이스코프는 보던의 집에서 세 블록 떨어진 술집 앞에서 리칠러의 차에 올라타면서 바로 물었다.
"글쎄, 그 아이는 어딘가 관계가 있을 거라는 생각이 들어." 리칠러가 대답했다. "뭐랄까, 좀 짚이는 게 있어. 그런데, 아주 차가운 녀석이어서 입 안에서는 부글부글 끓고 있는데도 결국은 얼음을 내뱉는단 말이야. 두 번 정도 말을 걸어 보았지만 법정에서 쓸 만한 것은 아무것도 말하지 않는 거야. 게다가 그 이상 질문하면 뭔가 증거를 잡을지도 모르지만 머리가 잘 돌아가는 변호사라도 고용한다면 경찰이 올가미를 씌웠다고 주장해서 무죄 방면될 것이 뻔하고. 법정이 무엇보다 먼저 그가 소년이라는 것을 인정해 버릴 테니까……. 그 아이는 아직 17살이야. 어쩌면 8살부터 소년 취급을 받지 않았을지도 모르지."
리칠러는 담배를 물면서 웃음을 터뜨렸다. 그 웃음소리는 조금 떨리고 있었다.
"그 아이가 어디서 꼬리를 내밀었어?"
"전화야. 그게 제일 먼저지. 먹이를 던져주니까 그 아이의 눈은 핀볼 머신처럼 빛났어."

리칠러는 왼쪽으로 꺾어서 눈에 잘 띄지 않는 시보레 노바를 고속도로 입구로 몰고 들어갔다. 오른쪽으로 200미터 앞에는 지난번 일요일 아침에 토드가 고속도로의 차를 조준해서 장총을 쏘던 그 언덕과 쓰러진 나무가 있는 곳이 있었다.

"그 아이는 마음속으로 이렇게 말하고 있어. '이 마을에 듀샌더의 동료가 있다고? 이 경찰 머리가 어떻게 된 거 아니야? 그렇지만 그렇게 생각한다면 나는 혐의에서 벗어날 수 있어.' 그래서 그 아이는 듀샌더의 집에 일주일에 두세 번 전화가 왔다고 말했지. 참 이해하기 힘든 전화야, 안 그래? 'Z5호, 지금은 말할 수 없다, 나중에 걸겠다.' 이런 종류의 전화야. 그러나 듀샌더는 7년 동안 '사용하지 않는 전화' 특별할인 혜택을 받고 있었어. 거의 사용하지 않았고, 장거리 전화는 한 번도 해본 적이 없어. 일주일에 두세 번씩 전화를 받았을 리가 없지."

"그 외에는?"

"갑자기 편지만 없어졌다는 결론을 도출하더군. 없어진 것이 편지뿐이라는 것을 알고 있다는 것은 그 아이가 나중에 현장으로 돌아가 편지를 없앤 장본인이라는 말이지."

리칠러는 담배를 재떨이에 비벼서 껐다.

"우리가 본대로 편지는 구실에 지나지 않아. 듀샌더는 그 시체…… 그 새로운 시체를 묻으려고 하는 순간에 심장 발작을 일으킨 거야. 그의 구두에도 바지의 접혀진 부분에도 흙이 묻어 있었으니까, 이것은 타당한 추측이라고 생각해. 그렇다고 한다면 그가 아이를 부른 것은 심장 발작이 일어난 다음이야. 그는 지하실 계단을 기어올라 와 그 아이에게 전화를 했고, 그 아이는 어쩔 줄을 모르고(그 아이로서는 드물게 당황을 했겠지만) 순간적으로 그 편지 건을 날조해 냈지. 그다지 멋지게 꾸며진 이야기는 아니지만, 그렇게 나쁜 것도 아니지……. 그 때의 상황을 추측해 보면. 그 아이가 듀샌더의 집에 가서 뒤처리를 했지만, 그 다음은 아이에게 있어서 한계상황이었지. 왜냐하면 구급차가 바로 도착할 것이고, 소년의 아버지도 바로 오기로 되어 있으니까. 그런데 그 전에 소품으로 편지가 반드시 필요하고, 그래서 2층으로 가서 그 상자를 부수고……."

"거기에 대해 뒷받침할 만한 근거가 있나?"

바이스코프가 담배에 불을 붙이면서 물었다. 그건 필터가 없는 플레이어라는 담배로 말똥냄새가 났다. 리칠러는 대영제국이 붕괴할 만하다고 생각했다. 모든 사람이 이런 담배를 피우면 말이다.

"그래, 뒷받침할 만한 사실을 찾아냈지." 리칠러가 대답했다. "그 상자에 묻어 있는 지문은 학교의 기록에 있는 지문과 일치해. 그러나 그 아이의 지문이 듀샌더의 집 곳곳에 묻어 있는 게 문제야."

"그거라면……, 그 사실을 전부 들이대면 녀석도 허둥대겠지."

바이스코프가 말했다.

"바로 그거야. 잘 들어봐. 자네는 그 아이를 몰라. 아까 차갑다고 한 것은 과장이 아니야. 아마도 그 아이는 이렇게 말하겠지. 듀샌더가 가끔씩 그 상자를 갖다 달라는 부탁을 했다고."

"그 애 지문은 삽에도 묻어 있었어."

"그것도 이렇게 말하겠지. 뒷마당에 장미를 심을 때 사용했다고."

리칠러는 담뱃갑을 끄집어냈지만 비어 있었다. 바이스코프가 담배를 내밀었다. 리칠러는 한 모금 빨아보고 기침을 해댔다.

"냄새처럼 맛도 지독하네."

리칠러는 숨이 막히는 것을 느꼈다.

"어제 둘이서 먹은 햄버거와 마찬가지야." 바이스코프가 미소를 지으면서 말했다. "그 맥도널드 햄버거."

"빅맥 말이야?" 리칠러는 웃음을 터뜨렸다. "문화교류가 언제나 잘 이루어진다고는 할 수 없으니까."

미소가 사라졌다.

"잘 생각해야 돼. 그 아이는 자기 보호본능이 매우 뛰어나."

"알았어."

"바스코 주위에서 머리카락을 항문까지 기르고 오토바이용 부츠에 체인을 쩔렁거리며 돌아다니는 비행소년과는 전혀 다르니까."

"그래?"

바이스코프는 주위의 자동차 행렬을 바라보면서 자기가 운전하지 않기를 잘했다고 진심으로 생각했다.

"그는 보통 소년이야. 교육을 잘 받은 백인 소년이야. 그래서 더 믿을 수 없지만······."

"잠깐, 이스라엘에서는 소년이 18살이 될 때까지 장총과 수류탄의 사용방법을 배우잖아?"

"그거야 그래. 그러나 이 모든 것이 시작되었을 때에 그 아이는 불과 13살이었어. 왜 13살의 소년이 듀샌더 같은 사람과 관계를 맺을 생각을 했을까? 아무리 생각해 보아도 그 심리를 이해할 수 없어."

"나는 그 동기라도 알았으면 좋겠어."

리칠러가 말하고는 창밖으로 담배를 던져버렸다. 그걸 피우고 있으면 두통이 생길 것 같았다.

"만약 그런 일이 있었다고 하더라도 그건 우연이었겠지. 우연의 일치. 생각지도 못한 발견. 하얀 것만 있는 것이 아니라 검은 것도 있구나 하는 생각지도 못한 발견이었겠지."

"무슨 말인지 잘 모르겠는데." 리칠러는 우울하게 중얼거렸다. "내가 알고 있는 것은 그 아이가 돌덩이 밑에 깔려 있는 벌레보다도 기분이 나쁘다는 거야."

"내가 말하고 있는 것은 간단해. 이런 경우 다른 아이라면 의기양양하게 부모나 경찰에 말했을 거야. 이렇게 말이야. '수상한 사람을 발견했어요. 이 주소에 살고 있는 사람이에요. 예, 틀림없어요.' 그리고 다음 일은 당국에 맡겨버리고 늘았겠지. 내 생각이 잘못된 것일까?"

"아니 틀리지 않았어. 그 아이는 며칠 동안 스포트라이트를 받겠지. 대개의 소년이라면 그것으로 만족할 거야. 신문에 사진이 나고, 저녁 뉴스시간에 인터뷰도 하고, 게다가 학교에서 표창장도 받을 거야." 리칠러는 웃음을 터뜨렸다. "아니. 그뿐 아니라,「리얼 피플」에 출연하게 될지도 모르지."

"그건 뭐야?"

"아냐, 혼잣말이야."

바퀴가 열개 달린 트레일러 두 대가 시보레 노바의 양쪽으로 추월하려고 했기 때문에 리칠러는 소리를 크게 질러야만 했다. 바이스코프는 불안한 듯이 양쪽을 번갈아 보았다.

"소년에 대한 자네의 추측은 맞는 것 같아, 물론 일반적인 소년들에 관해서지만."

"그렇지만 그 소년은 달라."

"그 소년은 우연한 행운으로 듀샌더의 정체를 알아냈을 거야. 그런데 부모나 경찰에 알리지 않고⋯⋯ 왠지 모르지만 듀샌더의 집에 찾아갔어. 왜지? 그 이유에는 관심이 없다고 말했지만 이유가 분명히 있었을 거야. 나처럼 자네의 머리에서도 이 의문이 떠나지 않을 거야."

"강요는 아니겠지?" 리칠러가 말했다. "그건 사실이야. 그 아이는 원하는 것을 뭐든지 얻을 수 있었지. 주차장 안에는 윈체스터도 있었어. 그걸로 코끼리를 잡지는 못하겠지만. 그리고 재미로 듀샌더에게 무엇인가를 뜯어내려고 생각했다고 해도 아무것도 뜯어낼 것이 없었을 거야. 그 얼마 안 되는 주식을 빼고 나면, 듀샌더에게는 동전 한 푼 없었으니까."

"경찰이 시체를 발견한 것을 그 소년이 모르는 것이 확실하지?"

"확실해. 뭣하면 오후에 다시 한 번 찾아가서 그 아이에게 그 시체에 대해서 찔러 볼까? 지금 그것이 가장 좋은 방법일 것 같은데." 리칠러는 핸들을 가볍게 두들겼다. "만약 이 사건에 대해서 하루만 일찍 알았더라면 수사영장을 청구해서 물증을 확보할 수 있었는데."

"그날 밤 소년이 입고 있던 옷 말이야?"

"그래, 만일 그 아이의 옷에 묻어 있는 흙이 듀샌더의 지하실의 흙과 일치하면 입을 갈라서라도 자백을 받아 낼 수 있는데. 그러나 그날 밤 입고 있던 옷은 그 후 적어도 여섯 번은 빨았을 거야."

"다른 거지 살인자는 어때? 경찰이 이 도시의 주변에서 발견한 몇 구의 시체는?"

"그건 댄 보츠먼 담당이야. 아무래도 연관성이 있을 것 같지는 않아. 듀샌더에게는 그런 일을 할 수 있는 체력이 없어……. 게다가 분명한 것은 그가 이미 교묘한 수법을 생각해 냈다는 사실이야. 거지에게 술과 식사를 제공할 것을 약속하고는 시내버스에 태워서 집으로 데리고 가서(제기랄, 시내버스라니.) 자기 부엌에서 그들을 요리했지."

바이스코프가 조용하게 말했다.

"내 생각엔 듀샌더만이 아니야."

"뭐라고, 그게 무슨 뜻……."

그렇게 말하다 말고 리칠러는 급히 입을 꽉 다물었다. 긴 침묵 속에 들리는 것은 두 사람 주위를 떠다니는 자동차 소리뿐이었다. 마침내 리칠러가 작은 목소리로 말했다.

"숨 막히겠어, 빨리 설명해 봐……."

"이스라엘 정부의 수사원으로서 내가 토드 보던에게 가지는 관심은 그가 듀샌더의 나치 지하조직의 연락상대에 대해 뭔가를 알고 있는가 하는 거야. 단지 그뿐이야. 그렇지만 난 한 사람의 인간으로서 그 소년에게 점점 흥미를 느끼고 있어. 그를 움직이게 하는 힘이 무엇인가 알고 싶어. 그 이유를 알고 싶어. 그리고 그 질문에 대한 만족한 대답을 얻기 위해 노력하다가 이런 질문을 던지게 되었어…… 다른 무엇이 있는 걸까?"

"그렇지만……."

"나는 스스로에게 이렇게 물어보았어. 옛날 듀샌더가 저지른 잔혹 행위 그 자체에 그 두 사람을 끌어당기는 공통적인 토대가 있는 것은 아닐까 하고. 그건 무서운 생각이라고 스스로에게 말했지. 강제수용소에서 일어난 일은 지금도 위장을 자극해서 토해내게 할 힘이 있어. 나 스스로도 그것을 느껴. 내 경우 강제수용소에 들어간 친척이라고는 할아버지뿐이야. 그것도 내가 3살 때 돌아가셨지. 그러나 어쩌면 그 독일인 녀석들이 저지른 일들은 우리들에게 끔찍한 매력을 불러일으키게 하는 뭔가가 있을지도 몰라……. 상상력의 지하묘지를 열어젖히는 무엇인가가. 어쩌면 우리들의 전율과 공포의 일부가 어떤 일련의 적당한(아니 부적당한) 상황에 놓이게 되면 우리들 스스로 자진해서 그런 시설물을 만들고, 거기에 가두겠다는 비밀스런 생각이 잠재하고 있을지도 몰라. 검은 부분에 대한 생각지도 않은 발견이지. 어쩌면 적당한 일련의 상황이 갖추어진다면, 인간의 마음속에 내재한 어두운 단면들이 기꺼이 밖으로 기어 나올지도 모르지. 그것들은 어떤 모습을 하고 있을까? 앞머리를 내리고, 구두약을 바른 듯한 콧수염을 기르고, 하일! 히틀러라고 외쳐대는 미친 총통의 패거리들일까? 빨간 악마일까? 귀신일까? 아니면 냄새나는 파충류의 날개로 퍼덕이며 날아다니는 용일까?"

"모르겠어."

리칠러가 대답했다.

"그 모습은 흔히 볼 수 있는 회계사의 모습을 하고 있지 않을까…… 생각해." 바이스코프는 말했다. "그래프나 도표, 전자계산기를 가진 작은 인간들. 그들이 살인율을 최대로 높이려고 준비하고 있어. 6명이 아니라 2, 3000만 명을 죽이려고 하고 있지. 그리고 그들 중의 어떤 사람은 토드 보던과 닮았을지도 모르지."

"자네, 그 아이에게 너무 심한 거 아니야."

리칠러의 말에 바이스코프는 고개를 끄덕였다.

"이야기 자체가 끔찍한 화제야. 듀샌더의 지하실에서 그 인간과 동물의 시체를 보았을 때…… 그건 정말 끔찍했어, 안 그래? 어쩌면 그 소년도 강제수용소에 대한 단순한 흥미에서 시작했다고 생각되지 않아? 동전이나 우표를 모으거나 옛날 서부극의 난폭한 사람의 이야기를 읽고 싶어 하는 소년들의 흥미와 별다를 것이 없는 단순한 흥미로 말이야. 그 때문에 그는 듀샌더의 집으로 갔다고 생각하지 않나? 말 대가리로부터 확실한 정보를 직접 듣기 위해서."

"주둥이가 맞겠지." 리칠러는 기계적으로 그렇게 대답하면서 말했다. "일이 이쯤까지 왔으니 나는 뭐든지 믿을 수 있어."

"그렇겠지."

바이스코프는 중얼거렸다.

그 목소리는 다시 바퀴 열 개짜리 트레일러가 추월해 왔기 때문에 거의 들리지 않았다. 트레일러의 측면에는 2미터 정도 높이에 '버드와이저'라고 쓰여 있었다. 정말 놀라운 나라라고 바이스코프는 생각하고 다시 담배에 불을 붙였다. 미국인들은 내가 반쯤 미친 아랍인들에게 둘러싸여 어떻게 살고 있는지 궁금하겠지만, 만약 여기서 2년쯤 살면 노이로제에 걸리고 말 거야.
 "아마도 그럴 거야. 살인이나 살인의 옆에 있으면서 그것에 오염되지 않고 살 수 있는 사람은 거의 없을지도 모르지."

29

 경찰 대기실에 들어온 이 작은 남자는 배가 지나간 뒤에 나는 듯한 악취를 풍겼다. 썩은 바나나와 와일드루트 머리 오일 냄새, 바퀴벌레 똥과 바쁜 아침의 쓰레기 수거차…… 등등이 혼합된 역겨운 냄새였다. 작은 남자가 입고 있는 옷은 낡아빠진 줄무늬 바지와 찢어진 회색 셔츠, 색이 바랜 파란색 운동복 상의였다. 상의의 지퍼는 거의 어긋나 있었고 줄로 이은 피그미족의 이빨처럼 축 늘어져 있었다. 신발은 클레이지 글루 접착제로 바닥을 고정했고 머리에는 역병이라고 걸린 것처럼 모자를 쓰고 있었다.
 "야, 나가, 햅!" 당직경찰이 화를 내면서 버럭 소리를 질렀다. "체포한 적 없으니까, 당장 나가라고. 농담이 아니야! 그러니 꺼져버려! 빨리 꺼져! 숨을 못 쉬겠어."
 "보츠먼 경사를 만나게 해 줘."
 "죽었어, 햅. 어제 죽었다고. 우리 모두 죽을 것 같다고. 그러니까 빨리 꺼져. 우리가 조용히 고인의 명복을 빌 수 있도록."
 "보츠먼 경사를 만나게 해 줘!"
 햅이 외치듯이 말했다. 입에서도 지독한 냄새가 뿜어져 나왔다. 피자와 홀스, 달고 붉은 와인이 뒤섞인 강렬한 발효 악취였다.

"보츠먼 경사는 사건 때문에 태국으로 출장 갔어. 그러니까, 제발 나가줘. 어딘가 가서 전구라도 먹으면 어때?"

"보츠먼 경사를 만나게 해 주기 전까지는 나. 안가!"

당직경찰은 방에서 도망가 버렸다. 그리고 나서 5분 후 보츠먼을 데리고 왔다. 보츠먼은 마르고 새우등을 한 50세 정도의 남자였다.

"어서 자네 방으로 데려가라고, 제발." 당직경찰은 애원했다. "부탁이야."

"이리와, 햅."

1분 후 두 사람은 삼면이 벽인 작은 방으로 들어갔다. 거기가 보츠먼의 사무실이었다. 보츠먼은 신중을 기해서 하나밖에 없는 창문을 열고 책상 위에 있는 선풍기를 틀고 나서 자리에 앉았다.

"무슨 일이야, 햅?"

"당신 아직도 그 살인사건을 뒤쫓고 있어?"

"거지 살인 말이야? 그래, 아직 내 담당이야."

"나, 모두를 죽인 자식을 알고 있어."

"정말이야, 햅?"

보츠먼은 서둘러 파이프에 불을 붙였다. 파이프는 거의 피우지 않지만, 선풍기도 창문도 햅의 악취에는 당해내지 못했기에 피워야만 했다.

"당신 내 말을 기억하고 있어? 있잖아, 폴레이가 하수관 안에서 난도질당해서 발견되기 전날, 폴레이가 어떤 자식과 이야기했었다는 것. 그 말을 기억하고 있겠지, 경찰 아저씨."

"기억하고 있어."

구세군 본부와 거기서 두세 블록 떨어진 급식 장소 주위에 모여 있던 몇 명의 거지가, 죽은 두 사람의 동료 찰스 써니 소니 브라켓과 피터 폴레이 스미스에 대해서 그것과 비슷한 말을 했다. 그들은 어떤 젊은 남자가 소니와 폴레이에게 말을 건네는 것을 보았다고 말했다. 소니가 그 '남자'와 함께 갔는지 어떤지는 아무도 확실히 알지 못했다. 그렇지만 햅과 다른 두 사람은 폴레이 스미스가 그 '남자'와 어디론가 가는 것을 보았다고 주장했다. 그들의 말에 따르면 그 '남자'는 자기가 미성년자이기 때문에 자기 대신에 술을 사 주면 머스키 한 병을 사주겠다고 흥정을 한 모양이었다. 다른 몇 명의 거지도 그것과 비슷한 '남자'가 어슬렁거리는 것을 보았다고 말했다. 그 '남자'의 인상착의가 분명했고, 이 정도 많은 증인이 있으면 틀림없이 법정에서도 인정받을 수 있을 터였다. 금발의 젊은 백인이었다. 체포하는데 더 뭐가 필요하겠는가?

"그런데, 어젯밤에 나 공원에 있었는데……." 햅이 말했다. "마침 낡은 신문이 있어서……."

"이 도시에는 거지를 단속하는 법이 있어, 햅."

"낡은 신문을 정리하는 거야, 그뿐이야." 햅은 또렷하게 말했다. "제기랄, 이놈이나 저놈이나 쓰레기를 버린단 말이야. 나는 사회봉사를 하고 있는 거라고, 경찰 아저씨, 사회봉사라고. 개중에는 일주일 전의 신문도 있어."

"알았어, 알았어."

보츠먼은 조금 전만 해도 굉장히 배가 고파서 점심식사를 애타게 기다리고 있었는데 그게 먼 옛날 일처럼 느껴졌다.

"그런데 잠을 깨서 보니 얼굴 위에 바람에 날린 신문이 덮여 있더라고. 흘끔 보니까 그 얼굴이야. 야, 정말 놀랬어. 이것 봐. 이 놈이야, 여기에 있는 이놈."

햅은 운동복 상의 주머니에서 구겨지고, 누렇게 바랬으며, 비를 맞은 자국이 분명한 신문을 끄집어냈다. 그리고 그것을 펼쳤다. 보츠먼은 얼마간의 흥미를 가지고 몸을 내밀었다. 햅이 신문을 책상 위에 펼쳤기 때문에 신문의 헤드라인을 읽을 수 있었다. '남부 캘리포니아 올스타에 네 명 선발' 그 아래에 네 장의 사진이 실려 있었다.

"햅, 이 중에 어느 놈이야?"

햅은 때가 잔뜩 낀 손가락으로 가장 오른쪽 사진을 가리켰다.

"이 자식이야. 이름은 토드 보던."

보츠먼은 사진에서 햅의 얼굴로 시선을 옮기고 햅의 뇌세포 가운데 아직 흐물흐물 거리는 것을 빼고 열심히 활동하고 있는 것이 얼마나 될까 의심했다. 아무튼 햅의 뇌는 부글부글 끓고 있는 붉은 와인으로 만든 소스를 끼얹은 소테 요리처럼 되어 있을 것이다.

"어째서 그렇게 생각하지, 햅? 이 사진의 아이는 모자를 쓰고 있어. 금발인지 아닌지 어떻게 알아?"

"이 웃는 모습." 햅은 말했다. "이 밝게 웃는 얼굴. 이 자식은 폴레이와 함께 갈 때도 이렇게 웃었지. 인생은 멋있는 거라고 말하는 것처럼 폴레이에게 웃음을 던졌지. 이 밝은 웃음은 100만 년이 지나도 바뀌지 않을 거야. 이 자식이야. 이 자식이 범인이야."

보츠먼은 마지막 말을 거의 듣지 않았다. 그는 생각에 잠겼다. 진지하게 생각에 잠겼다. 토드 보던. 그 이름을 어디선가 들은 기억이 난다. 도시의 고등학생 영웅이 거지들을 죽이고 있다는 생각보다, 좀 더 다른 데에 신경이 쓰였다. 그 이름은 오늘 아침에도 분명히 들었다. 그게 어디였는지를 생각해 내려고 그는 이마에 주름을 지었다.

보즈먼은 햅이 돌아간 다음에도 계속해서 생각하고 있었다. 그때 리칠러와 바이스코프가 들어와 둘이서 경찰 대기실에서 커피를 마시며 이야기하는 것을 들었다. 그리고 그 순간 보즈먼은 그게 어디였는지를 생각해 냈다.

"이럴 수가."

보즈먼 경사는 중얼거리고 서둘러 자리에서 일어났다.

토드의 부모는 둘 다 오후의 예정(모니카는 시장에 가서 물건을 사고, 딕은 거래처와의 골프)을 취소하고 함께 집에 있으려 했지만, 토드는 가능하면 혼자 있고 싶다고 말했다. '윈체스터나 손보면서 이번 일에 대해서 생각해 보고 싶어요, 머릿속을 정리하고 싶어요.'라고.

"토드."

딕은 그렇게 말하고 나서 문득 할 말이 없다는 것을 알았다. 만일 자기의 아버지였다면 이런 상황에는 기도를 하자고 했을 것이다. 그러나 이미 세대가 바뀌었다. 요즘 보던 가족은 별로 기도를 하지 않았다.

"이런 일은 살다보면 가끔 생기는 법이야." 토드의 눈길을 느끼며 서둘러 말을 마쳤다. "너무 심각하게 생각하지 마라."

"괜찮아요."

토드가 대답했다.

부모가 외출한 다음 토드는 넝마조각과 총을 손질하는 알파카 기름병을 장미 화단 옆에 있는 벤치로 가지고 갔다. 그리고 다시 차고로 가서 윈체스터 30-30을 손에 쥐었다. 벤치로 돌아와서 총을 분해하고는 화단에서 풍겨 나오는 흙냄새와 달콤한 향기를 깊이 마셨다. 토드는 총의 구석구석까지 청소했다. 손질을 하면서 콧노래를 부르거나, 때로 가사의 한 구절을 작은 소리로 읊조리기도 했다. 그러고 나서 총을 다시 조립했다. 이제는 눈을 감고서도 조립을 할 수 있을 것 같았다. 마음이 둥실둥실 부풀어 올랐다. 5분 후 그 마음이 제자리에 돌아왔을 때 토드는 자기가 총에 탄알을 장전하고 있다는 것을 알았다. 적어도 오늘 만큼은 사격 연습을 하고 싶지 않았지만 이미 탄알을 가득 채웠다. '왜 그런지 알 수 없어.'라고 스스로에게 말했다.

아니 너는 알고 있어, 토드. 결행의 시간이 마침내 다가온 거야. 막 그렇게 생각하고 있을 때 번쩍거리는 노란색 사브 자동차가 골목길로 들어왔다. 차에서 내린 남자가 누군지 희미하게 기억났다. 그 남자가 차의 문을 닫고 이쪽으로 걸어오기 시작했을 때, 운동화가 눈에 들어왔다. 윈체스터의 얇은 케이스. 지금 보던의 골목길에 나타난 것은 고무장화 에드 케드맨이었다.

"안녕, 토드. 오래간만이야."

토드는 벤치 옆에 총을 세워놓고 명랑한 웃음을 만들었다.

"안녕하세요, 프렌치 선생님. 이런 곳에서 뭐하세요?"

"부모님은 계시니?"

"공교롭게도 외출하셨는데요. 볼일이라도 있으신지요?"

"아니야." 에드 프렌치는 뭔가 걱정이라도 있는 듯이 긴 침묵을 가졌다. "아니야, 별로. 아마도 너하고 둘이서 이야기하는 것이 좋을지도 모르겠다. 적어도 시작은 말이야. 모든 것에 대해서 뭔가 납득할 만한 설명을 너에게 들을 수 있을지도 모르겠구나. 물론 나는 거기에 대해서 회의적이지만."

에드가 뒷주머니에서 신문을 내밀었다. 토드는 고무장화에게 신문 쪼가리를 받기도 전에 그것이 무엇인지 알고 있었지만, 그날 듀샌더의 사진을 본 것은 이것으로 두 번째였다. 거리의 사진사가 찍은 사진에 검은 잉크로 동그라미가 쳐져 있었다. 토드는 그 의미가 무엇인지 금세 알았다. 프렌치는 토드의 할아버지가 누구였는지를 알아차린 것이다. 그리고 지금 세계의 모든 사람들이 그 일에 대해서 떠들어대고 있었다. 에드는 이 좋은 소식의 산파 역할을 하고 싶어 하는 것이다. 반가운 고무장화 에드, 애들 흉내내는 말투와 염병할 스니커.

경찰은 그에게 흥미를 갖고 있었다. 아마 예전부터 흥미를 가졌을 것이다. 토드는 지금에서야 그 사실을 깨달았다. 이 푹 빠져드는 듯한 허탈감은 리칠러가 돌아간 다음 30분 후부터 느끼기 시작했다. 행복한 가스를 가득 채운 기구를 타고 하늘을 날고 있는 기분이었다. 거기에 강철 화살촉이 달린 화살이 기구로 날아와 박혔고 기구는 점점 아래로 하강하기 시작했다.

그 전화에 대한 이야기가 핵심이었어. 리칠러는 기분 나쁜 올빼미처럼 매끈하게 유인했어.

'예.'라고 머리를 굽히는 순간 올가미에 걸려들었다.

"전에는 일주일에 한두 번 전화가 걸려 왔습니다."

녀석들, 남부 캘리포니아를 전부 뒤져서 병에 걸린 나치 노인을 찾아봐라. 깨소금 맛이다. 어쩌면 녀석들은 통신회사에서 다른 정보를 손에 넣었는지도 모른다. 전화회사가 전화의 사용빈도를 어느 정도까지 알 수 있는지 토드는 몰랐다. 그러나 리칠러의 눈에 어떤 표정이…….

게다가 편지 건도 있지. 그때는 당황해서 그 집에 도둑이 들지 않았다는 것을 리칠러에게 말하고 말았다. 리칠러는 분명히 이렇게 생각하면서 돌아갔을 것이다. 토드가 그것을 알고 있는 것은 사건 뒤에 그 집에 다시 갔기 때문이라고. 사실 그랬다. 한 번도 아닌 세 번이나 듀샌더의 집에 갔었다. 처음은 편지를 원상태로 갖다놓기 위해, 다음 두 번은 뭔가 실마리가 될 만한 것을 남겨놓지 않았을까 확인하기 위해서였다. 증거가 될 만한 것은 아무것도 없었다. 그 SS 제복도 없었다. 듀샌더가 최근 4년 사이에 없앤 것이었다.

그리고 시체. 리칠러는 시체에 대해서 전혀 이야기하지 않았다. 처음 토드는 시체를 화제 삼지 않는 것은 좋은 일이라고 생각했다. 경찰이 시체를 찾아내기 전에 나는 머릿속을(물론 변명도) 정리할 수 있었다. 시체를 매장할 때 옷에 묻은 흙에 대해서는 걱정하지 않아도 좋았다. 그날 밤에 깨끗하게 세탁했다. 듀샌더가 죽으면 모든 것이 밝혀지리라는 것을 알고 있었기 때문에 스스로 세탁기를 돌렸다. 듀샌더라면 '얘야, 아무리 주의를 해도 지나치지 않는다.'라고 충고했을 것이다.

드디어 조금씩 그것이 좋은 것이 아니라는 사실을 알아차리기 시작했다. 요즘 날이 더웠다. 더운 날에는 지하실에서 지독한 악취가 난다. 마지막으로 듀샌더의 집에 갔을 때 끔찍한 악취가 났었다. 분명히 경찰은 그 악취에 관심을 가졌을 것이고, 그 악취의 근원지를 찾아냈을 것이다. 그렇다고 한다면 왜 리칠러는 그 정보를 숨기고 있었을까? 나중을 위해 남겨두었을까? 나중에 불의의 기습을 하기 위해? 만약 리칠러가 불의의 기습을 준비하고 있다면 그 이유는 자기에게 의혹을 갖고 있기 때문이다. 다른 이유가 없다.

토드가 신문에서 눈을 들었을 때 고무장화 에드가 다른 곳을 바라보고 있었다. 고무장화 에드는 집 앞 거리를 바라보고 있었지만, 그렇다고 거기에 무슨 특별한 일이 벌어진 것은 아니었다. 리칠러가 의심을 품는 것은 자유지만, 의심만으로는 아무 일도 못한다. 그렇지만 토드와 노인을 연결시킬 수 있는 구체적인 증거가 있다면 이야기가 달라진다. 멍청이 운동화를 신은 얼간이 같은 남자. 이런 얼간이는 살아 있을 자격이 없다. 토드는 손을 뻗어 30-30의 총신을 쥐었다. 그래, 고무장화 에드는 경찰이 아직 찾아내지 못한 열쇠 중의 하나였다.

듀샌더가 저지른 살인 가운데 한 건을 토드가 사후처리 했다는 것을 경찰은 절대로 증명하지 못할 것이다. 그러나 고무장화 에드의 증언이 있으면 공모를 증명할 수 있다. 그리고 그것으로 끝날까? 절대로 그렇지 않아. 그 다음 경찰은 고등학교 졸업사진을 구해서 그 사진을 구세군 부근의 거지들에게 보여 주겠지. 희망이 별로 없는 도박이지만 리칠러는 그렇게 할 것이다. 듀샌더의 지하실에 있는 거지 살인에 대해서는 문제가 없겠지만, 또 다른 거지 살인에 대해 증인을 찾아낼지도 모른다.

그 다음은? 그 다음은 법정이다. 물론 아버지가 훌륭한 변호사를 구해 줄 것이다. 그리고 물론 변호사들은 무죄를 입증해 줄 것이다. 상황 증거가 너무 많다. 그리고 자신도 실력을 발휘해서 배심원들에게 좋은 인상을 심어줄 수 있도록 노력하고. 그렇지만 어떤 결과가 나오든지 그때쯤이면, 듀샌더가 말한 것처럼 토드 인생은 엉망이 될 것이다. 신문은 마구 휘갈겨댈 것이고, 토드는 듀샌더의 지하실에서 썩어가는 시체처럼 파헤쳐져 세인의 주목을 받게 될 것이다.

"그 사진의 남자는 네가 3학년 때 내 사무실에 왔던 사람이야." 에드가 느닷없이 토드를 향해서 그렇게 말했다. "그는 자기가 네 할아버지라고 말했지. 지금 안 사실이지만 그는 도망 중인 나치의 전범이었어."

"그래요."

토드가 말했다. 그의 얼굴은 기묘하게도 무표정했다. 백화점의 마네킹 같은 얼굴이었다. 모든 건강함도, 생명도, 쾌활함도 그 얼굴에는 사라지고 없었다. 남아 있는 것은 전율을 불러일으키는 공허한 껍데기뿐이었다.

"도대체 어떻게 된 일이냐?"

에드가 물었다. 분명히 그 질문은 격렬한 비난을 하기 위해 내뱉은 말이었지만 실제도 입에서 나온 것은 슬퍼서 어쩌할 바 모르는, 여하튼 서로 상반된 목소리였다.

"어떻게 된 거야, 토드?"

"그냥 어떻게 하다보니까 그렇게 된 것이죠, 뭐." 토드는 이렇게 말하고 30-30을 들어올렸다. "사실 그래요. 그냥…… 어떻게 하다보니까." 토드는 안전장치를 엄지손가락을 풀고 윈체스터의 총구를 고무장화 에드를 향해 겨누었다. "어처구니없다고 생각할지도 모르지만, 어떻게 하다보니까 그렇게 된 거야. 그뿐이야."

"토드……!" 에드는 물끄러미 토드를 쳐다보았다. 한 걸음 뒤로 물러났다. "토드, 설마…… 부탁이다. 토드야, 네가 원하지 않는다면…… 우린 단지 의논을 할 수도……"

"지옥에 가서 질릴 때까지 이야기 해. 그 지긋지긋한 독일 녀석하고."

토드는 방아쇠를 당겼다.

총소리가 바람 한 점 없는 무더운 오후의 정적 속에서 울려 퍼졌다. 에드 프렌치는 자동차에 쿵 소리를 내면서 부딪쳤다. 한 손이 꿈틀꿈틀 기어가서 앞 유리창의 와이퍼를 잡아 뜯었다. 파란 터틀 스웨터에 핏자국이 퍼졌다. 에드는 와이퍼를 쳐다보고 나서 그것을 손에서 떨어뜨리고 토드를 바라보았다.

"노마……."

에드가 작은 소리로 딸의 이름을 불렀다.

"알았어. 희망하시는 대로 해 드리지."

토드가 다시 한 번 고무장화 에드를 쏘자, 얼굴 절반이 피와 뼈 파편으로 뒤덮였다. 에드는 취한 사람처럼 몸의 방향을 바꾸어 운전석이 있는 문을 향해서 손을 더듬으며 조금씩 조금씩 약해지는 목소리로 딸의 이름을 되풀이해서 불렀다. 토드가 척추의 가장 아래를 노려서 다시 한 번 쏘자 에드는 쓰러졌다. 두 다리가 자갈 위에서 순간적으로 떨렸지만 마침내 움직이지 않았다.

지도교사 치고는 폼 나게 죽었다고 생각하고 토드는 짧은 웃음소리를 냈다. 그 순간 아이스피크와 같은 날카로운 통증이 뇌를 찌르고 송곳처럼 파고들어서 그는 눈을 감았다.

다시 눈을 떴을 때 몇 개월 만에 상쾌한 기분을 느낄 수 있었다. 어쩌면 몇 년 만에 맛보는 상쾌한 기분일지도 모른다. 뭐든지 멋있었다. 뭐든지 마음에 들었다. 조금 전까지 자리 잡고 있던 공허한 감정은 사라지고 토드의 얼굴에는 일종의 거친 아름다움이 꽉 차 있었다. 토드는 차고로 가서 가지고 있는 실탄을 모두 긁어 모았다. 400발이 넘었다. 그것을 낡은 배낭에 채운 후 어깨에 걸쳤다. 다시 햇살 속으로 나왔을 때 그의 눈은 두근거리는 듯한 미소와 함께 빛나고 있었다. 그것은 소년들이 생일이나 크리스마스, 독립기념일에나 떠올릴 만한 미소였다. 그것은 불꽃놀이나 비밀 사인과 비밀 놀이, 또는 큰 경기에서 이긴 선수들이 열광하는 팬들의 어깨에 들려 스타디움에서 도시까지 실려 오는 그런 왁자지껄한 축제를 예감하는 미소였다. 금발의 소년들이 석탄 양동이 모양의 헬멧을 쓰고 전쟁터로 나가면서 짓는 그 황홀한 미소 말이다.

"나는 세계의 왕이다!"

토드는 얼빠진 사람처럼 푸른 하늘에 그렇게 외치면서 두 손으로 총을 머리 위로 들어올렸다. 그러고 나서 총을 오른손에 들고 고속도로 위쪽의 그곳, 언덕이 아래로 뻗어 있고 나무가 쓰러져 숨을 곳을 제공해 주는 그 장소를 향해 출발했다.

다섯 시간 후 해질 무렵이 되어서야 경찰이 그를 붙잡았다.

글을 옮기고

봄과 여름 두 편의 이야기는 각각 희망과 욕망에 대해 말하고 있다. 인간에게 희망이 얼마나 소중한 것인지, 그리고 그 희망이 봄의 앤디처럼 스스로 일군 것이 아닌 것일 때 여름의 토드의 예에서 보듯 인간을 갉아먹는 헛된 욕망으로 변하고 그로 인해 인간이 어떻게 파멸되는지를 이야기한다.

희망은 그리스 신화에 나오는 '판도라 상자'를 굳이 들먹이지 않아도 인간에게 남겨진 어쩌면 거의 유일한 미덕임을 우리는 안다. 희망이 없다면 용기나 사랑과 같은 아름다운 미덕이 발현될 수 없을 테니까. 인간은 나약하지만 나약하지 않은 것은 희망 때문이다. 그것이 판도라의 역설이다. 19세기의 실존주의 철학자 키에르케고르는 인간을 죽음에 이르게 하는 것으로 희망의 반대편에 있는, 희망이 사라진 상태인 절망을 꼽았다. 죽음에 이르는 병은 절망이고 그 절망은 헛된 욕망에서 시작된다.

봄과 여름 두 편의 이야기는 이 희망과 절망의 교묘한 변주곡이다. 봄은 더할 수 없는 절망 속에서 희망을 말하고 여름은 풍요와 평화 속에서 파멸과 절망의 이야기를 풀어놓고 있기 때문이다.

스티븐 킹의 글 솜씨와 이야기를 풀어가는 재주는 이미 잘 알려진 사실로, 매번 그를 만날 때마다 경탄하게 된다. 특히 이 작품은 인간에 대한 깊은 통찰까지 더해 본문 속의 표현대로 사람을 '오싹오싹'하게 만든다. 그러나 그런 재주가 있을 리 없는 번역자는 모차르트를 바라보는 살리에르가 될 수밖에 없다. 아니 그보다 그냥 모차르트를 즐기는 평범한 귀를 가진 애호가에 불과하다. 이런 까닭에 이 글을 위해 많은 사람들이 함께 수고했고 그분들에게 고개 숙여 감사를 전한다.

옮긴이 | 이경덕

저술가 및 번역가. 대학에서 철학을, 대학원에서 문화인류학을 전공(박사과정 수료). 쓴 책으로 『우리 곁에서 만나는 동서양신화』, 『하룻밤에 읽는 그리스신화』, 『우리 고대로 가는 길, 삼국유사』 등이 있고 옮긴 책으로 『고민하는 힘』, 『고덕, 불멸의 아름다움』 등이 있음.

리타 헤이워드와 쇼생크 탈출

1판 1쇄 펴냄 2010년 4월 5일
1판 14쇄 펴냄 2024년 5월 15일

지은이 | 스티븐 킹
옮긴이 | 이경덕
발행인 | 박근섭
편집인 | 김준혁
펴낸곳 | 황금가지

출판등록 | 2009. 10. 8 (제2009-000273호)
주소 | 06027 서울 강남구 도산대로 1길 62 강남출판문화센터 5층
전화 | 영업부 515-2000 편집부 3446-8774 팩시밀리 515-2007
홈페이지 | www.goldenbough.co.kr

도서 파본 등의 이유로 반송이 필요할 경우에는 구매처에서 교환하시고 출판사 교환이 필요할 경우에는 아래 주소로 반송 사유를 적어 도서와 함께 보내주세요.
06027 서울 강남구 도산대로 1길 62 강남출판문화센터 6층 민음인 마케팅부

한국어판 ⓒ 황금가지, 2010. Printed in Seoul, Korea

ISBN 978-89-6017-227-2 04840
ISBN 978-89-6017-226-5 04840(세트)

㈜민음인은 민음사 출판 그룹의 자회사입니다.
황금가지는 ㈜민음인의 픽션 전문 출간 브랜드입니다.

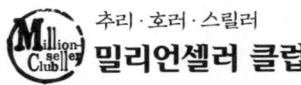
추리·호러·스릴러
밀리언셀러 클럽

1	리타 헤이워드와 쇼생크 탈출 사계 봄·여름	스티븐 킹
2	스탠 바이 미 사계 가을·겨울	스티븐 킹
3	살인자들의 섬	데니스 루헤인
4	전쟁 전 한 잔	데니스 루헤인
5	쇠못 살인자	로베르트 반 훌릭
6	경찰 혐오자	에드 맥베인
7·8	고스트 스토리 (상) (하)	피터 스트라우브
9	경마장 살인 사건	딕 프랜시스
10	어둠이여, 내 손을 잡아라	데니스 루헤인
11·12	미스틱 리버 (상) (하)	데니스 루헤인
13	800만 가지 죽는 방법	로렌스 블록
14	신성한 관계	데니스 루헤인
15·16	아메리칸 사이코 (상) (하)	브렛 이스턴 엘리스
17	벤슨 살인사건	S. S. 반다인
18	나는 전설이다	리처드 매드슨
19·20·21	세계 서스펜스 걸작선 1·2·3	제프리 디버 외
22	로마의 명탐정 팔코 실버피그	린지 데이비스
23·24	로마의 명탐정 팔코 2 청동 조각상의 그림자 (상) (하)	린지 데이비스
25	쇠종 살인자	로베르트 반 훌릭
26·27	나이트 워치 (상) (하)	세르게이 루키야넨코
28	로마의 명탐정 팔코 3 베누스의 구리반지	린지 데이비스
29	13 계단	다카노 가즈아키
30	마이크 해머 시리즈 1 내가 심판한다	미키 스 레인
31	마이크 해머 시리즈 2 내총이 빠르다	미키 스 레인
32	마이크 해머 시리즈 3 복수는 나의 것	미키 스 레인
33·34	애완동물 공동묘지 (상) (하)	스티븐 킹
35	아이거 빙벽	트레바니언
36	뱀파이어 헌터 애니타 블레이크 1 달콤한 죄악	로렐 K. 해밀턴
37	뱀파이어 헌터 애니타 블레이크 2 웃는 시체	로렐 K. 해밀턴
38	뱀파이어 헌터 애니타 블레이크 3 저주받은 자들의 서커스	로렐 K. 해밀턴
39·40·41	제 1의 대죄 1·2·3	로렌스 샌더스
42·43	스티븐 킹 단편집 스켈레톤 크루 (상) (하)	스티븐 킹
44	아임 소리 마마	기리노 나쓰오
45	링	스즈키 고지
46·47	가라, 아이야, 가라 1·2	데니스 루헤인
48	비를 바라는 기도	데니스 루헤인
49	두번째 기회	제임스 패터슨
50	톰 고든을 사랑한 소녀	스티븐 킹
51·52	셀 1·2	스티븐 킹
53·54	블랙 달리아 1·2	제임스 엘로이
55·56	데이 워치 (상) (하)	세르게이 루키야넨코
57	로즈메리의 아기	아이라 레빈
58	데릭 스트레인지 시리즈 1 살인자에게 정의는 없다	조지 펠레카노스
59	데릭 스트레인지 시리즈 2 지옥에서 온 심판자	조지 펠레카노스
60·61	무죄추정 1·2	스콧 터로
62	암보스 문도스	기리노 나쓰오
63	잔학기	기리노 나쓰오
64·65	아웃 1·2	기리노 나쓰오
66	그레이브 디거	다카노 가즈아키
67·68	리시 이야기 1·2	스티븐 킹
69	코로나도	데니스 루헤인
70·71·74	스탠드 1·2·3	스티븐 킹
75·77·78	4·5·6	
72	머더리스 브루클린	조나단 레덤
73	여탐정은 환영받지 못한다	P. D. 제임스
76	줄어드는 남자	리처드 매드슨
79	러시아 추리작가 10인 단편선	엘레나 아르세네바 외
80	블러드 더 라스트 뱀파이어	오시이 마모루
81·82·90·91	적색, 청색, 흑색, 백색의 수수께끼	다카노 가즈아키 외
83	18초	조지 D. 슈먼
84	세계대전Z	맥스 브룩스
85	텐더니스	로버트 코마이어
86·87	듀마 키 1·2	스티븐 킹
88·89	얼티드 카본 1·2	리처드 모건
92·93	더스크 워치 1·2	세르게이 루키야넨코
94·95·96	21세기 서스펜스 컬렉션 1·2·3	에드 맥베인 엮음
97	무덤으로 향하다	로렌스 블록
98	천사의 나이프	아쿠마루 가쿠
99	6시간 후 너는 죽는다	다카노 가즈아키
100·101	스티븐 킹 단편집 모든 일은 결국 벌어진다 (상) (하)	스티븐 킹
102	엑사바이트	하토리 마스미
103	내 안의 살인마	짐 톰슨
104	반환	리 밴스
105	하루하루가 세상의 종말	J. L. 본
106	부드러운 볼	기리노 나쓰오
107	메타볼라	기리노 나쓰오

한국편

1	몸	김종일
2·3·4	팔란티어 1·2·3	김민영 (옥스타칼니스의 아이들 개정판)
5	이프	이종호
8	한국 공포 문학 단편선	이종호 외 9인
9	B컷	최혁곤
10	한국 공포 문학 단편선 2 - 두 번째 방문	이종호 외 8인
11	한국 추리 스릴러 단편선	최혁곤 외
12	한국 공포 문학 단편선 3 - 나의 식인 룸메이트	이종호 외
13	한국 추리 스릴러 단편선 2 - 두 명의 목격자	최혁곤 외
14	한국 공포 문학 단편선 4	이종호 외